Staread
星文文化

慈悲殿

CIBEI DIAN

上

尤四姐 著

长江出版社

章节	页码
第九章 · 情若连环	137
第十章 · 碧树堪摧	157
第十一章 · 当年陈伤	174
第十二章 · 何处良宵	190
第十三章 · 花明月暗	207
第十四章 · 心意辗转	225
第十五章 · 沉梦微澜	241
第十六章 · 况味三千	257

目录

第一章 · 淡月初瞳　　001

第二章 · 青丝绕怀　　018

第三章 · 无何化有　　036

第四章 · 独怜幽草　　053

第五章 · 潜智已深　　072

第六章 · 画堂自乐　　088

第七章 · 芳草迷途　　106

第八章 · 两相娱情　　120

第一章 淡月初瞧

冷是真冷啊，今天下了入冬后头场雪，昨儿太阳照在人身上，背后还出一道热汗呢，今儿说话就变天了。

杨愚鲁搬着成摞的题本，从廊子底下快步而来，风卷着细雪，铺天盖地，无处不在，飘进他的领窝里，落在遮挡不住的手腕子上，消融的时候一片刺骨冰凉。路过正堂的时候，堂上高悬的画像中，岳飞扬起朱红的斗篷，像一蓬喷洒的血雾……

他缩起脖子，匆匆到了暖阁外，门前站班的小火者[1]掀起厚重的门帘，暖意夹裹着炭火的馨香迎面而来。将要黄昏的当口，屋子里黑洞洞的，没有掌灯。他回头问："少监人呢？"

小火者哈腰道："先头内阁张大人送爷爷[2]手谕来，少监点了东厂的番子，出去办事去了。"

杨愚鲁"哦"了声，心里明白了个大概。

转身看，万里穹顶如墨，半空云霭间，一只鹰隼正扑张着翅膀盘旋，一声尖啸后向西飞去——

---

[1] 小火者：明代宦官中之地位低者。

[2] 爷爷：明代太监私下对皇帝的称呼。

崇山峻岭，苍茫平原，雪越下越密，只有常绿的树木，从无边的白中顽强挣脱出枝丫来。就着暮色看，也是寒凉错落，像烧坏的青花瓷，斑斑驳驳，散落在萧索的大地上。

鹰眼倒映出一点微茫，那是山脚驿站窗口的火光。笔直的官道那头，十几乘快骑疾驰而来，马蹄飒踏，扬起漫天的雪沫子。将到驿站前勒缰下马，开路的番子一脚踹开驿站的大门，轰然一声巨响，惊动了厅堂里打尖的旅人。众人回头看，见锦衣轻裘的一行人长驱直入，为首的身着过肩蟒袍，玄狐披领遮住了大半张脸，因官帽压得极低，看不清长相。但单凭这身打扮，还有下裳襞积[1]上繁复得令人晕眩的绣金丝膝襕，便知道是司礼监办事，别说客人们，连驿丞也不敢吱一声。

"少监，人就在里头。"番子压刀回禀，正要闯进去，上峰抬了抬手。番子意会，道了声"是"，恭恭敬敬退到了一旁。

描金袖襕下的手指白洁细长，微微曲起来，轻叩了叩门扉，说话的声气儿很是温软和善，如平时一样，缓声道："干爹，儿子来给您请安了。"

屋里没有回应，但灯下有个人影移过来，在桌前落了座儿。

大档头上前，小心翼翼地替他解了肩上斗篷。斗篷底下，鸾带束出一截好身腰来，人显得越发挺拔修长。他迈进槛内，向上行礼："干爹脚踪儿不定，叫儿子好找。"

座上的汪轸托着茶盏一哼："我的四条马腿，到底敌不过梁少监手眼通天，跑到这地方，还是叫你找见了。这回你亲自出马，八成是打算取我性命了？总不至于长途跋涉，当真给你干爹请安来。"

汪轸说完这话，跟前的人缓缓从交叠的双手上抬起眼来，一双光华万千的眸子，平时敛起锋芒；到了狩猎时，警敏得像头豹子，吃人不吐骨头。

他在笑，那种带着丝丝凉意的神气如日光下的冰凌，装点着那张眼角眉梢俱是诗的面孔。当初汪轸就觉得他是个好苗子，是天生吃弄权饭的人，果然没有看走眼。这个曾经鞍前马后为他效力的孩子长大了，终于把刀架在了他干爹的脖子上。

"儿子是奉命行事，内阁弹劾干爹的奏疏，是夏连秋直送到皇上面前的，儿子想拦都拦不住。"他笑了笑，复又道，"不过干爹放心，待事情平息后，儿子一定替干爹报仇。"

报仇？说得好听，不过是铲除异己罢了。汪轸笑不出来，知道落在他手里，终是难逃一死。

1　襞积：衣服上的褶皱。

汪轸放下手里的杯盏，长长叹了口气："梁遇，咱家记得，当初你入咱家门下，不过十四岁，这些年咱们通力合作，也算父慈子孝。如今干爹老了，挡了你高升的道儿，其实只要你一句话，咱们父子之间，有什么不好商量的？"

梁遇听了，似乎也静心思量了一番，那双沉沉眼眸里涌起对往日岁月的眷恋来，然而说出的话，却全然不是面上表露的那样。

"干爹进宫，今年正满五十年，五十年一点一滴积累，才走到今儿。儿子很想在干爹跟前尽孝，也多番提醒过干爹，万事留一步，才好有回身之地，可惜干爹不听儿子的。如今上头下了手谕，儿子正是念着干爹多年教导之恩，才向皇上讨了恩旨，由儿子来处置这件事。"他说着，回身在一旁坐了下来，"儿子是为顾全干爹颜面，干爹别错怪了儿子，也叫儿子为难。要是换了旁人，哪里容得干爹走到这沙田峪来，早在前头凤鸣关，就把事情办了。"

这么看来，太极是预备打到底了。梁遇的心狠手辣他早就知道，以前尚觉得这把刀用起来趁手，这会子看看，刀有了道行，成气候了，就再也不听使唤了。

汪轸搁在膝上的双手虚虚拢起了拳，那张沟壑纵横的脸，在灯影下显得有些狰狞："咱家知道，内阁弹劾的那些案宗，少不得你推波助澜。好小子，咱家是养虎为患，反咬了自己的脖子。"

梁遇依旧恭敬，在椅上微欠了欠身，谦逊道："全赖干爹教诲。"

他倒坦然，汪轸一时顿住，良久才道："这件事，还有没有转圜的余地？"

梁遇一副很遗憾的模样，缓缓摇头："干爹在宫里伺候多年，应当明白咱们的难处，食君之禄忠君之事嘛，谁让咱们是听差办事的。这回要干爹命的是皇上，纵是儿子有心，也救不得干爹。"

汪轸不由得讥嘲："皇上的意思……你是皇上大伴[1]，平素最亲近的，这样的交情，你要真有那份孝心，皇上未见得不叫我致仕颐养。"

梁遇果然不说话了，只是似笑非笑地看着他，隔了半晌道："干爹一向爽快，早前也常教导我，吃咱们这行饭的，揽得了权就要下得去狠手，干爹忘了？"边说边站起身来，曼声道，"时候差不多了，干爹上路吧，我也好回去交差。"

汪轸知道大势已去，自己丧家犬般出逃，到了离老家二十里的地方折了，也算归于故里。只是最后毁在自己调理出来的人手上，像个讽刺的笑话。

他抬头看向梁遇，灰败的脸上肌肉不住痉挛："你还记得咱家的话，很好。不过光记得这句可不成，还有另一句更要紧的，你也该放在心上。咱们这号人，干的

---

[1] 大伴：皇帝身边有头有脸的大太监，一般是皇帝从小的伴当。

本就是窃权的勾当，常在河边走，哪能不湿鞋？你今儿这么对咱家，明儿自有人也这么对你，初一十五轮番做东，这是咱们的命。"

梁遇原要出门，听了他的话微微回了回头，满身平金绣蟒，在灯火中折射出细碎的辉煌。他牵了下唇角，淡然道："干爹今日种种，教会儿子一个道理，既要登高，就要管得住嘴。我和您不一样，我没有收干儿子的瘾，您下辈子要是还托身太监，千万记住这个教训。"

他提袍迈出门槛，再不管身后愤怒的咒骂，昂首吩咐："送汪大人一程。"

番子领命，如狼似虎地扑了进去，隔着窗屉子看，一左一右生拽绫子，那情景投在桃花纸上，如同一幕皮影戏。

人啊，一辈子大梦一场，糊里糊涂地来，无可奈何地去，真是半点意思也没有。他叹了口气，从袖底抽出帕子拭了拭鼻子，转头看外面天色，星月俱灭，只有一盏白纱灯笼高高悬在桅杆上，照出细雪纷飞的夜。

千户冯坦上前道："大人，看样子今儿是走不脱了，卑职让驿丞预备几间上好的客房，大人好好歇一晚，明早再赶路不迟。"

梁遇调过视线四下打量了一番："荒村野店，不住也罢。叫些吃的，填饱肚子就动身。"

司礼监的人向来挑剔，住不惯这冷炕臭被卧。冯坦不敢有违，忙哈腰应了个"是"。

雪到后半夜时渐停，次日，皇帝五更起身，梁遇已经在东暖阁外候着了。

年轻的皇帝，登基才不过两年，举手投足间尚有一股少年义气。跟前伺候穿戴的内侍是新近提拔的，戴冠的时候因为不敢窥视天颜，一味垂着眼皮忙活，皇帝嫌他手脚慢，每每脸上有愠色。

梁遇当即挥手让人退下，自己亲自上来伺候。

皇帝抬高下巴问："汪轸的事都办妥了？"

梁遇手上微顿了下，复又仔细替他整理好组缨，轻声回禀："臣去的时候，晚了一步，掌印大约自觉愧对主子，已经悬梁自尽了。"

皇帝得知后有些怅然，喃喃道："是吗……汪轸早年还算兢业，朕当初龙潜，他处处关照朕，你还是他送到朕身边的。后来有了年纪老糊涂，做下那些贪赃枉法的事，朕虽恨他，也念着旧情儿，不愿意叫他死。原想着赏他还乡，留他一命的，可惜……"

梁遇道："万岁爷这心田，掌印泉下有知，也会感激涕零的。只是生死早有定数，半点不由人，怨臣的马半道上失了蹄，耽搁了，要是不出这岔子，兴许还能留住他。"

皇帝摆了摆手："大伴顶风冒雪，自己没伤着就是万幸了。细想想，汪轸也确实该死，既然连天都不容他，那就由他去吧。眼下最要紧一宗，司礼监不能乱，还有东缉事厂，那帮混账行子没人提点不成事。"一面说，一面拍了拍梁遇的肩，"大伴是朕膀臂，朕最信任的人就是你。这两年来朝野上下表面宾服，暗地里却非议不断……"

帝王家讲究多子多孙多福气，子孙多固然是好事，但到了要分出伯仲来时，少不得伤筋动骨。无论皇子中最后是谁克承大统，总会与一部分人的利益相左，梁遇明白皇帝的意思："臣愿粉身碎骨为皇上分忧，请皇上放心。"

皇帝点了点头："司礼监和东厂一向是你管着，填了你干爹的缺，不过左手倒右手，不费事儿。今儿授了官印，就走马上任吧。"

一切都顺理成章，早在汪轸痴迷小戏儿，张罗私宅养女人的时候，两个衙门的实权就一点点落进了他手里。其实加官晋爵没什么值得高兴，唯独可高兴的是如履薄冰十余年，终于不必再仰人鼻息，让那些猪狗一样的东西驱使了。

从乾清宫退出来，总管太监在檐下待命，他抚了抚手上扳指，视线落在远处连绵的殿顶上："重挑个稳当的，伺候穿戴档。"

总管太监一迭声道是："小的疏忽了，请大人恕罪……"再抬头时，人已经拐了弯儿，往游廊那头去了。

司礼监是这皇城里头消息最灵光的，通常乾清宫一发话，衙门里就洞悉。梁遇甫一出乾清门，那些素日追随的已经候在台阶下，见他来，脚下踩着碎步上前接应，一声"老祖宗"，叫得人通体舒坦。

"先头汪公公的遗物都收拾干净了，东边阁子腾出来，安置了老祖宗惯用的东西。老祖宗这两日辛劳，且回府里歇歇……"随堂太监承良说罢顿了顿，复细声道，"还有一桩事要回老祖宗，东厂高千户今早递话进来，说老祖宗让找的姑娘找着了，这会子人在提督府上，只等老祖宗召见。"

这个消息盼了太久，久得自己几乎要忘记了，现在忽然说找着了，竟让梁遇愣了好一会儿神。

原本是不抱希望的，这样吃人的世道，他以为人早就不在了，没想到居然能活下来。能活着，总有许多不易，他略定了定神问："在哪儿找见的？"

承良道："就在直隶地界儿上，姑娘这些年跟着南北商贩跑单帮，没投靠谁，全凭自己的本事吃饭。千户他们依着督主吩咐踅摸，找见姑娘的时候，姑娘活蹦乱跳的，虽受了些磨难，但不自苦，督主见了就知道了。"

梁遇颔首："不自苦就好……"说着脸上浮起一点笑意来，"这样的性子，才像我们梁家人。"

左右随堂们这阵子都夹着尾巴当差，司礼监要变天，谁敢多喘一口气，闹得不好就把自己的脑袋吹没了，这种战战兢兢的日子很不好过。眼下输赢已定，头把交椅也换了人，大家伙儿全看掌印的脸色行事。见他有了笑模样，众人卡在嗓子眼儿里的气才敢痛快呼出来，一时鸡一嘴鸭一嘴地捧场道贺，贺督主费尽心力，得偿所愿。

雪又下起来，这回下得不讨厌，细沫子纷纷扬扬，像大一点儿的尘埃，在混沌的天地间悬浮飘荡。承良打了伞，一行人簇拥着梁遇往司礼监去，承良边走边道："卑职这就打发人备车，料督主也着急见姑娘。"

梁遇却说不忙："上头的旨意说话儿就来，没人在，场面上不好看。如今司礼监虽换了人坐堂，也要提防树大招风，内阁时时盯着呢，别叫人拿住把柄。"一头说，一头进了值房大门，在堂上落了座儿。这一坐下就有成堆要务亟待处置，直忙到掌灯时分，才从暖阁里移出来。

要入夜了，风有点大，吹动了檐下悬挂的灯笼，铁钩在铜钮上摇曳，吱呀作响。梁遇跟前伺候的秦九安上来替他披了大氅，压声道："照着督主的吩咐，已经命东厂番子彻查夏连秋了。"

何谓彻查，只是罗织罪名的雅称罢了。内阁里头有些人天生和司礼监八字不对付，文人骄傲的风骨在没受过摧残之前，顶天立地像旗杆一样。梁遇倒也敬重这些言官，读书人嘛，牢骚多些不算什么，但万事皆有度，过了这个度就不好说了。夏连秋不是初出茅庐，他只是不信邪，弹劾汪轸的奏疏上，党羽之首写的就是梁遇。既然伤了和气，想必并不惧怕和司礼监打交道。不过厂卫的大牢进得去出不来，这位阁老要长记性，恐怕得等下辈子了。

梁遇抬手紧了紧领上的錾金领扣，淡声道："给我好生着实问。夏阁老还有个侄儿，今冬才出仕的，也叫人多关照吧。"

那几句话在外行人听来并不觉得什么，内行人听的却是门道。譬如核查官员，"好生问"是据实查问，据实回禀；"着实问"是往深了追究，不在乎牵连；"好生着实问"，那就没说的了，不问真假曲直，一气儿以送去见阎王为目的。

秦九安应了个是，笑道："那位小夏大人正要补通政使司参议的缺，这要是填上来，假以时日又是个进内阁的角色。"

梁遇哼笑了声，接过油纸伞慢悠悠撑开了，将下台阶时偏头吩咐："汪公公如今不在了，他的家伙什儿都要收拾干净，别遗漏了什么。"

秦九安微顿了下，立时明白了督主的意思。

早前承良已经带人把掌印值房重新布置了一番，里头该处理的都处理了，为什么督主还有这一问，看来重点不在东西，而在收拾上。一朝天子一朝臣，内侍衙门也是如此。汪轸左右不乏溜须拍马之辈，当初借着汪轸的体面招摇过，现如今到了秋后算账的时候了。

秦九安嘿嘿一笑："督主放心，小的早就给他们物色好了去处。大内十二衙门，缺人的地方多啦，远远儿打发了，他们掀不起浪花儿来。"

梁遇没再说什么，也不用人随行，自己打着伞，闲庭信步走远了。

司礼监衙门在贞顺门以东，即便宫门下了钥，掌事的出入也不受限制。门上太监见风雪中有人款款而来，忙抬下门上闩木静候。早前梁遇还是秉笔时，莫说太监们，就是宫内主子也得让他几分面子，眼下当了掌印，是实打实的一人之下了。守门太监见他来，越发垂手哈腰，待恭送他出了横街，由对面锦衣卫接应后，方退回门内，重新落了锁。

厂卫是一家，都在梁遇手里攥着，那些锦衣卫原都是有根底的人家出身，平时目空一切惯了，但见了他也是毕恭毕敬，半点不敢造次。

"卑职等接了消息，恭喜督主高升。"锦衣卫千户蔡鼎那张粗豪的脸上带着纤细的笑，话说得十分由衷。

梁遇摆了摆手，这掌印的位置本来就是他囊中之物，要不是碍于皇帝才登基那会儿不便闹出大动静来，也不能让汪轸霸揽到这早晚。现在好了，眼中钉拔除了，暂且安逸，这会儿最要紧的是家事。

是啊，家事，他从没想过，走到今时今日还能论一论家事。蔡鼎替他打起轿帘，他端端坐了进去，抬轿的官靴踏着雪地，发出一片挤压的轻响。夜色漫上来，像水一样浸泡过人的头顶，他偏过脸，抬手掀起窗幔一角。寒夜的街道和白天不同，有种冷峻深沉的美。轿在前行，商户住家门前的灯笼在后退，他看得有些出神，腕上手串的琥珀坠脚轻摆着，敲在撒青金袖襕上，云气纹映过半透明的珀体，放大得盘龙一样。

他的府邸建在冰盏胡同，离紫禁城很近，边上就是贤良寺。干他们这行的，手上人命过得多了，有时候也寻求一点心理上的安慰。轿子到了门前，他俯身下轿，抬眼便看见匾额上御笔的"提督府"，他望着那三个字，牵唇笑了笑。

这一笑，光风霁月，边上随侍的见了忙上来讨好："前门汪府盖得倒是豪奢，如今也空着，可督主必住不惯那个脏窝儿，还是摘了匾额挂到府上来的好。"

梁遇嗯了声，提起曳撒下摆登上台阶，走了几步想起什么来，在槛前停住了。

蔡鼎松了一半的气重又提起来，忙拱手听示下。上首的人微微回头，那秀目微垂时，有种睥睨天下的味道："汪府打发人好好守着，等咱家腾出空来，再请旨抄没汪轸家产。记好了，里头物件一样也不许丢，倘或缺了一件半件，就拿你们的脑袋来填。"

锦衣卫的毛病他最知道，钻营捞油水是他们的拿手绝活儿，倘或不发话，他们半天就能搬空汪府。现如今他过问了，就算吃进去的东西，也要照原样吐出来。

蔡鼎心下一凛，俯首帖耳道是，一行人弓着身目送他进府，待府门关上，他们才敢直起身子来。

"咱们这位督主，真是滴水不漏。"抬轿回去的路上，一个缇骑半带抱怨地嘟囔，"要论起对下头人的宽和来，怕还不如先头提督。"

结果这话招来蔡鼎一声低喝："夹紧你的嘴！你不要命，老子还要命呢！"把几个缇骑吓得噤若寒蝉。

左右瞧瞧，夜黑风高，这京城乃至大邺上下，哪一处没有东厂的耳目？上回监察御史梦里夸老婆脚香，第二天就传得满朝皆知了。他们在这里信口雌黄，谁知道明儿要为这句妄言付出什么代价！

反正梁遇吃人不吐骨头，要比名声，他的恶名不在汪轸之下。

一个人名声坏，原本没什么，要说司礼监出了个大善人，那才是活见了鬼了。他不在乎外头怎么传他，但在迈进花厅前，他却有些犹豫了。一种奇怪的、亏心的感觉忽然爬上来，他蹙了蹙眉，耳根子竟隐约开始发烫。

然而转念再想想，又觉得十分可笑，他一步步走到今天，该报的仇报完了，该享的福也只会多不会少，有什么不足意儿？

他重又挪起步子，从廊庑底下漫步踱过来，花厅四角高高吊着料丝灯，泻下满地柔软的光。他打帘进去，进门便见玫瑰圈椅上坐着一个姑娘，一双晶亮的眼睛迎上他的视线，那瞳仁儿黑白分明，大约算得上他近年见过的最好看的眼睛了。

年纪差不多，小鼻子小嘴，和小时候也有些像。她是五岁那年走丢的，他推断不出她长大后是什么模样，但瞧这眉眼，似乎同他母亲有几分相似。

人就是这样，头一眼的直觉难免影响接下来的判断，他心里虽认了七八分，但事关重大，不得不慎重。

"姑娘叫什么名字？"他和颜悦色地问，转身在她对面的圈椅里坐了下来，"哪里人氏，今年几岁？还记得自己的生辰八字吗？"

灯下的姑娘有点呆。因为见惯了码头上那些光膀子扛盐粮的男人，头一回看见这样的精致人儿，让她产生了微醺的错觉。

看人下菜碟，这是世人的通病。要是换个猪头狗脸的来问话，一句就打发了，可这人长得实在好看，对于好看的人，留下个好印象很重要。

她微微挪动一下身子，坐出了很腼腆的姿势："我叫月色，'梨花院落溶溶月，柳絮池塘淡淡风'的那个月色。"

月色狗肚子里没有二两墨，只粗粗识得几个字，却不妨碍她感慨今夕何夕，有此艳遇。没学问的人，最爱生拉硬凑让自己和学问沾边，早前她住的那片有个私塾，她每天回来经过那里，都爱蹲上一阵儿，听那些孩子摇头晃脑地背书。太长的她记不住，唯有这句她记下了，因为里头有个"月"，她觉得拿来介绍自己的名字有身价倍增之感。

果然，对面的人挑起了一道眉毛，眼里迸出惊艳的光，月色觉得自己这回可能有谱了。

于是她又笑了笑："那个……大人，我今年十七了，属鸡的。我没爹没妈，也不知道自己的生辰八字和祖籍，擎小儿[1]我到处跑，飘到哪里是哪里。"说完觑了觑他的脸色，"大人，我向来奉公守法，从不作奸犯科，您看……您是不是拿错人了？"

跑江湖的就有这点好，见多识广，遇事不慌。这人的官服和锦衣卫很像，但品级显然要比锦衣卫高出一大截，她被人带进这府门的时候，看见匾额上写着"提督府"，心想说不定他是个九门提督也未可知。

官府抓人，动真格儿的都得押进大牢，她被带进了私宅，可见算不得公事，至多是私事。她搜肠刮肚想了半天，想不出自己和这么大的官儿能有什么牵扯……再悄悄看他一眼，那一身锦衣衬着白净的肉皮、清朗的眉眼，就像琉璃外头镶了一圈儿金边……

月色忽然激灵了下，脑瓜子里蹦出个古怪的念头——这大官拨冗单独接见她，别不是要找个品貌好八字重的姑娘做通房吧！

这么一琢磨，好像不大妙，虽说在达官贵人家过日子吃喝不愁，但通房地位也

---

1 擎小儿：北京方言。擎，往上托。擎小儿就是从小的意思。

太低了，不及她跑码头逍遥。

对面的那双眼睛还在探究地打量她，她从没见过这样的人，话不多，但每道目光里都带着无形的刀，能剖开人的皮囊，把心肝掏出来赏玩。

月色不是那种小家子气的女孩，她在外面挣饭辙[1]，什么三教九流的人都领教过。鉴于她有看脸划分三六九等的陋习，长得丑的直勾勾盯着她，她能歪毛回瞪，但长得好看的待遇就不一样了：他审视她的脸，她羞答答地避开人家的视线；他审视她的手，她就把袖子往下拽一拽，含蓄地偏过身去。

爷们儿都喜欢这种欲拒还迎的小情趣，果然，他从那片光瀑里站起来，披着满身辉煌，一步步走到了她面前。

他身上有种很好闻的味道，从袖笼领褾飘散出来，不似市井里烂俗的气味，清冽中略带松塔的干燥硬朗，这种香一嗅就知道很名贵。

可贵虽贵，离得太近也让人觉得不安全。月色退后半步，这回笑得有点勉强："大人，我是良民，一向安分守己，连下年的水脚钱和车脚钱都提前缴清了……"

见多识广的姑娘，嗓音里到底夹杂了惊惶的声调，再也没有柳絮池塘淡淡风的洒脱了。梁遇的语气倒放和软了些："月色姑娘，我正找一个人，这人和你一样年纪，我手底下的人把你当作了她。"一面说，一面将视线落在她肩上，复笑了笑道，"粗人无状，办事难免莽撞，要是有惊扰姑娘的地方，还请姑娘见谅。"

"惊扰倒是不惊扰……"他一笑，月色的心头就哆嗦一下，果然好看的人，连致歉也显得比旁人有诚意啊。既然是个误会，那就不必较真了，多个朋友多条道儿，月色大手一挥，"我这些年五湖四海到处跑，没准儿能帮上您的忙呢。大人要找的姑娘多高个头？长得什么模样？我替大人留意着，万一遇上了，也好给大人牵个线。"

梁遇一直仔细留意她的一举一动，看来承良说的都是实情，不自苦，欢蹦乱跳的，生命力旺盛，这样很好。

于是他沉默着，一把拽住了她的左手。

月色吃了一惊，心道这大人物也太急色了，看上去年纪轻轻的，地位又显赫，不至于一副毛脚鸡模样啊。

她有点尴尬，这是个陌生男人，和小四不一样。小四是她的穷哥们儿，比她还小两岁，两个人饿得头昏眼花时，在长堤上插香拜了把子。后来小四随她混，这些年吃在一起住在一起，小四今年唇上长了绒毛，在她眼里依旧不是男人。这位呢，

1　饭辙：北京方言，指吃饭的门路，维持生活的门路。

细皮嫩肉，也没胡子，可一碰她，她心头就过电。她想挣出来，试了好几回也没成功，这下子真急眼了，梗着脖子说："大人，我可是好姑娘，您要是再动手动脚，那后半辈子可得管我吃喝！"

丑话说在头里，将来才好论长短。没错儿，月色年幼的时候以吃饱肚子为目标，如今十七，该为自己的终身大事考虑了。

原本她也是浑浑噩噩度日子的人，奈何身边有个狗头军师。小四说："姑娘十八岁之前得找好下家，不管是给人做老婆还是做小妾，十八岁之前最有行市。等过了十八岁，人家就得挑人。要是过了二十，那更完了，只有上人府里做奶妈子。"

月色没弄明白，二十岁怎么就要做奶妈子了，不过十八岁是个坎儿，这点无可否认。好人家的姑娘过了十五就有人登门说媒，她没这个造化，唯有自己操心。

当然了，十五岁那年起，从小看着她长大的那些盐商粮商也有给她说亲的，她收拾停当见了人，见完回来小四问她怎么样，她直摇头。跑船的能有几个好看的？月色是从煤堆里长出来的向日葵，她脚插大地，心向太阳，眼界高着呢。小四对她的挑剔嗤之以鼻，剔着牙花儿说："您取错了名字，不该叫月色，您该叫好色。"

既要有饭吃，还要供饭的长得好看，小四觉得她没认清自己的斤两。月色不理他，人活着，谁还没点儿奔头呢。瞧瞧眼前这位，长相是撞进人心坎儿里来了，通房差了点意思，要不然打个商量，往上升一等，做个爱妾也成啊。

可惜她的那番话，换来人家一句"得罪了"，她还没来得及细琢磨，只觉胳膊一凉，琵琶袖就被撸到了肩头。

月色有点傻眼。这是什么癖好？怪道那些官兵事先嘱咐她，让她换袖口宽大的衣裳，原来就是为了投上司所好？她有点生气，她是码头上行走的，生意人最讲究约法三章。先发货后具款，最后势必谈不出好买卖来。

她拉长了脸："大人，您做得太过了，我可不是花街的粉头儿……"待要拽下袖子，却被他拦住了。

梁遇怔怔望着那个胎记，望了半天。这些年他的情绪一向控制得很好，控制得久了，连自己都忘了自己是血肉之躯。然而他现在的心竟开始打战，一阵阵地，推动着血潮涌向四肢百骸，朽木也有活过来的迹象了。他下意识抓紧她的肩，像怕她跑了似的，手指几乎陷进她肉里去。

"这个胎记……"他听见自己嘶哑的嗓音，越接近真相，越让人忐忑，"是自小就有的吗？"

月色不知道他究竟要干什么，看他血红着双眼，要吃人的架势，她有点怕，忍痛咽了口唾沫："和……和大人有什么相干！"

结果那张脸越发阴森了，他紧紧盯着她的眼睛，一字一句道："我在问姑娘话，姑娘只管答是或者不是，就成了。你最好给我老实些，要是有半句假话，我即刻命人宰了那个叫小四的孩子，听明白了？"

这回月色终于被吓破了胆，打算做妾的念头也飞到九霄云外去了。这个人她惹不起，于是哭说："回大人的话，这胎记我打小就有，我自己瞧不见，还是小四告诉我的，说看上去像个刀螂……我和您没仇吧？就算老辈儿里有过节，您也不能翻小账，事儿过去那么久了，我什么都不知道……"

她一哭，一双楚楚的大眼睛里满含热泪，连着脸颊和鼻子都红起来，看上去一副可怜相。梁遇忽然松了口气，替她放下袖子，自己退坐回了圈椅里。

可怕的沉默，只有烛火跳动发出噗噗的声响。月色绞着手指，无措地站在地中央，对眼下的局势感到绝望。

提心吊胆留神他的动向，过了好一会儿才见他抬起头来，那张脸已经退去了狰狞，还原成最初的模样。他带着一点傲慢，又带着一点矜重，从袖袋里掏出一张银票递过来，淡声道："给你的，拿着。"

月色摸不着头脑，但她从来无法拒绝银票的诱惑。上前接有点害怕，不接又辜负人家的心意，便壮起胆儿伸出一只手，勉强笑道："无功不受禄，大人有什么话，只管吩咐吧。"

梁遇看着那细细的爪尖探到面前，他不撒手，她还使劲拽了一下。他忽然低头笑了，左撇子，和小时候一模一样。

"你坐下吧，我有话说。"

他抬了抬下巴示意，她虽然满脸防备，还是依言坐下了。

"六岁之前的事，你还记得多少？"他放轻了声音问她，"记得家里爹娘的样子吗？记得家里还有什么人？"

月色想了想，歪着脖子说："那么长远的事儿，有些记得，有些不记得了。我爹娘的长相，我想不起来，只记得早前我也住过大宅子，家里还有个哥哥。"

梁遇直起了身子："哥哥的名字，你记得吗？"

月色摇摇头："我就管他叫哥哥，不知道他的名字。有一天哥哥说要带我去买风筝，那天之后我就再也没见过爹娘。后来连哥哥也不见了，想是我不听话，他们都不要我了吧。"

时隔多年，再回忆以前的事，淡得像一缕烟。

那时她还小，记得不真切，印象里亲人们仿佛一夜之间全都消失了，她来这世上受用了没几年，剩下的就是没完没了地吃苦。起先她也常哭，哭完了还得和野狗抢吃的，时候一长悟出个道理来，把哭这项给戒了，因为流着眼泪跑不过野狗，被追上了挨咬受痛，死了也没人管她。

往事不堪回首，好在都过去了，月色脸上带着笑，谨慎地问："大人怎么和我打听这个呢？中间隔了十多年，闹不清楚里头的缘故啦。"

对面的人眉间有怅然之色："不是……不是哥哥不要你了，是那天街上人太多，走散了。"他说完顿了顿，低着头缓了好久，才重整情绪，慢慢将事情的来龙去脉告知她。

"咱们原也是好人家，爹是进士出身，官至叙州府知府，不大不小，正四品的衔儿。那年上头下令开矿，司礼监指派大太监任矿监，那些人急于立功胡乱开采，弄得民不聊生。爹是父母官，自然要护佑百姓，因此得罪了他们，东厂调遣番子闯进梁家见人就杀，那天除了你我，没有一个人逃出来。你那时小，我不愿意让你知道爹娘不在了，所以谎称带你出去买风筝。官衙被司礼监接管后，我领着你流落到登州，十几日下来身无分文，本想上市集讨些吃的，没想到那天是浴佛节，人群把咱们冲散了。后来我四处找你，找了半年也没你的消息，只得离开登州进京。我恨，是谁害得我们家破人亡，我就找谁讨命。"

他已经很久没有一气儿说这么长一段话了，十几年前的仇恨在心头滚了千百遍，到如今可以很平静地说出来。他笑了笑，语气温和，带着点惬意的味道，曼声说："就在昨儿，当年那个下令的人被我结果了，我替爹娘报了仇。今儿恰巧又有好消息，番子说找见你了，想是爹娘在天上保佑，让咱们骨肉团聚吧！"

月色不由得发蒙，事情的发展好像和她设想的不一样。才刚她还在盘算着巴结人家混饭辙，谁知眼睛一眨，攀上亲戚了？

她以为自己听错了，站起身干笑："大人，您的意思是……"

对面那双眼睛是月下的深海，眼波一漾，便泛起粼粼的银光。

他也站了起来，叠着手含笑的样子，像个优雅的读书人："你不叫月色，你的本名叫月徊。我也不叫梁遇，我以前的名字，叫日裴。"

日裴月徊，这是父亲当初给他们兄妹取的名字。月徊比他小八岁，那天他才从宗学回来，母亲含笑告诉他，不日家里会来一个人，也许是个小子，也许是个小姑娘，问他喜欢哪样的。

母亲总拿他当孩子，他还能不知道梁家要添丁了吗？他说小子姑娘都好，来了哪个他就疼哪个，但心里还是巴望着，来个妹妹更好。学堂里有不少年纪相仿的兄弟，天天怄气打架，倒是方家的那对兄妹，哥哥在学里念书，妹妹常猫在窗下给他送水果糕饼，看来看去还是妹妹更贴心。后来母亲终于临盆，他也盼来了妹妹，可是不承想家里遇上那样的横祸，他带着月徊逃出来，又把她弄丢了，从此日裴月徊，天各一方。

这个丫头，一时不能消化他的话，那迷茫的样子，依稀还如小时候般憨傻。

他对待所有事都有足够的耐心，抬起两手轻轻落在她肩头，弓着身子望住她的眼睛，心平气和地告诉她："朝廷命官无端枉死，那些人必要罗织罪名，才能向天下人交代。我不能再用原来的名字了，可我盼着兄妹重逢，所以取了个'遇'字。你的记忆，你肩上的胎记，还有你惯用左手，这些都能证明你的身份。月徊，我找了你很多年，原来你一直在京畿。"

月色蒙了半天，虽然还不敢置信，但看他一脸真挚，再想想自己孑然一身，要什么没什么，应该也没人会来坑骗她吧。

她眨眨眼："大人是我哥哥？"

梁遇点了点头。

因为斗大的字也没识得两个，她小心翼翼地问："我的名字是哪个怀？胸怀的怀？还是槐树的槐？"

他说："是徘徊的徊。你这些年四处流浪，各地方言又不通，一个人叫错，就错上一大片。时候久了以讹传讹，大约就变成月色了。"

她长长哦了声，心里琢磨起来，徘徊的徊啊，听上去比月色缠绵多了，只是不知道"淡淡风"那句诗，再拿来套用合不合适……

"碧玉盘中珠宛转，瑠璃殿上月徘徊。"梁遇知道她愁什么，预先给她想好了，"以后有人问你的名字，你就这么告诉他。"

这下子再没有什么可犹豫的了，她最懂得审时度势，凭空冒出这么个哥哥来，分明是菩萨开眼了啊！她见天苦巴巴为一口嚼谷挣扎的日子，从此一去不复返了，虽说梁家当年的惨况她没有亲眼看见，但想想爹娘，再想想这些年饥一顿饱一顿的坎坷……她一把抱住了眼前人，放声大哭起来。

别看她个头小，力道却不小，梁遇被她撞得退了半步，顿时有些错愕。然而错愕过后，心里涌起漫漫柔情来，这些年他身边从没有亲近的人，倾情的怀抱是什么滋味儿，他早就忘了。如今找到了亲人，姑娘又是个感情丰沛的人，他庆幸磨难没有打垮她，让她还有这样的勇气，能够对人掏心掏肺。

那脑瓜子上的黑发茸茸的，贴着脸颊有点痒，他抬起手抚了抚她的脊背，衣衫下的身子还是略显瘦弱，码头上讨生活不易，恐怕那点子进项不够买肉吃的。他叹了口气，好在找到她了，往后在他身边，一日日养回来，也就好了。

月徊干号着，狠狠在他怀里蹭了一回，一面为找到失散的亲人高兴，一面又遗憾这么好看的人以后只能当兄妹了。不过情况不算太糟，一样是抱上了粗大腿，当妹妹比当小妾强。月徊抽抽搭搭地说："哥哥，我总算找着您了，看您过得这么滋润……如今在哪儿高就啊？"

梁遇的手臂僵了僵，话不大好说出口，然而瞒是瞒不住的。

他松开她，缓缓踱回灯下坐着："我……任司礼监掌印，提督东缉事厂。"料她一定失望了，便自嘲道，"我一心找太监寻仇，最后却把自己变成了太监，世事弄人，妹妹觉得很可笑吧？"

月徊愣了下，抬眼看他，那张脸在灯下白净如缎帛，眼波婉转间自有一段惊世风流，谁会想到这样的齐全人儿会是个残疾？

她先前也揣测过他的官职，见他公服华贵，一径往锦衣卫那头琢磨了。现在他自己说破，她才想起来，皇帝跟前最得势的是司礼监，据说蟒袍是按皇帝衮服制式裁织的。可惜再大的体面，也弥补不了那种残缺，月徊揪心不已，只是不能说，说了更叫他难堪，于是搜肠刮肚找说辞安慰他："这世上有什么比没权没势更可怕？太监怎么了？我哥哥就算做了太监，也是太监堆里的头儿！"

梁遇听了涩涩颔首："可不是吗，我抬抬脚，比那些二品大员头还高，天底下没有什么是恒定的，得到一样，总要失去更多……所幸，活着不是总在失去，我找见了你，无论如何，你还能在我身边待上一两年。"

月徊心头一热，十一年前的好些事儿她都忘记了，但和哥哥离乡背井，两个人吃一碗面的情景，她还记得清清楚楚。眼前这人，多年未见已经陌生了，但骨子里那份牵绊是割不断的。她冲口说："我不嫁人了，往后就陪着哥哥，陪上一辈子。"

太监今生今世成家无望，就算和宫女结个对食儿，也不过是搭伙做伴，生不出孩子，情分终归有限。月徊为人呢，很讲江湖义气，连那个来路不明的小四都能捡回家当亲弟弟疼，面对这个亲哥哥，她很有放弃小我的决心，反正跟着他，不愁生计。

小孩儿家的话不经思索，梁遇知道当不得真，但于内心深处，也感到一丝安慰。

"难得你有这份心，我也领你的情，不过姑娘大了总要嫁人的，我不能耽误你。"他怅然说着，指尖在赤红色的金刚菩提间慢慢捻弄，复上下打量了她一遍，"爹娘不在了，我少不得代他们替你打算。你放心，日后哥哥一定给你挑个好人家，这满朝文武多的是想巴结攀亲的，就算你要进宫做娘娘，也不是不能够。"

月徊顿时有种老鼠落进米瓮里的感觉，就在昨儿，她还在为天冷封码头后的嚼谷操心，没想到今天居然时来运转了。嫁个做官的女婿，或是干脆进宫做娘娘，换了以前可连做梦都不敢想，如今有了这样的哥哥，似乎什么都是触手可及的。越容易得到，就越不珍贵，她忽然又觉得那些都不重要了，自己没什么野心，只要能吃饱穿暖，其他都随缘。

她低头瞧瞧手里的银票，一张一百两的面额，都够她置办两艘小货船了。她长出了一口气："我刚认亲，不着急嫁人，就是有件事，想求哥哥答应。"

梁遇道好："你说。"

"我认了个干弟弟，这您知道吧？就是叫小四的孩子，您先前还拿他的脑袋威胁我来着。"月徊笑着说，"我和他自小一块儿长大的，那时候穷，他偷了个馒头，情愿自己饿着也要留给我，我不能撇下他。哥哥让我带上他吧，像书上说的，狗升发了还不忘贫贱之交呢，我不能连狗都不如。"

梁遇看着她，慢慢皱起了眉头："是苟富贵，勿相忘。此苟非彼狗。"

月徊道："管他什么狗，反正我到哪里，小四就到哪里。"

梁遇有些无奈，念在要求不算过分，便松口应下了："这么大的宅子，不计较再多一副碗筷。不过我应准了你，你也要答应我一件事，明儿起我打发人来教你规矩体统，你要好好学。"

月徊倒也爽快："都听您的。您也说了，爹是进士出身，养出我这么个胡天胡地的姑娘来，实在对不起爹娘，我不能丢爹娘和您的脸。"

她愿意听话，这点很让梁遇高兴："再有一桩，女红可以不学，读书写字一定要会。万一将来走了远道儿，互相见不着了，能通一通书信很要紧。"

或许是受够了音讯渺茫的苦，他的话里总有一种前程未知的忧伤。关于哥哥小时候的种种，月徊还有一些记忆，曾经也是秋月春风等闲度的少年啊，眼下弄得这样，钱有了，权也有了，可一辈子却葬送了。

她暗暗叹息，脸上却笑得坦荡："哥哥在宫里，是不是专管调理人的？世上还有比您更好的老师吗，要是您亲自教我，那我就好好学。您也知道，我在外头混惯了，怕寻常的师父嬷嬷管不住我，回头我再把人打了，还得哥哥替我善后，那多不好。"

她这样，想是指着兄妹能多多相处吧！梁遇看着她，灯火里的姑娘年轻鲜焕，十七岁，正是琉璃般通透的年纪，眉眼弯弯瞧着他，满脸藏着希冀。他原是想着，宫里的太监都是野泥脚杆子出身，何谓调理，无非打骂，他怕自己教不好她。可再细想，失而复得的妹妹不因多年不见而刻意疏远，她在跟前，仿佛那十一年时间从来不曾失去,她还是一样依赖他。

他说:"好,我不在府里的时候,你且跟底下人学着,等我回来,再亲自教你。"

月徊笑着点头,扬了扬银票揣进怀里:"这个权当哥哥给我的见面礼,我就收下啦。"边说边朝门外张望,"这府里没有旁人做主吧?我把小四带回来,要不要先给人家拜门头儿?"

梁遇明白她的意思,太监建了宅子,十个有九个要养女人。这号人身上虽残缺了,心里还把自己当男人。没有女人不算家,所以即便弄回来做摆设,也要讲究个齐全。

"府里没有第二个做主的人,只有我,用不着和人拜门头儿。你带那小子回来可以,但有一条,身世内情不能向他透露,也不许和他同吃同住。我会命人另给他安排去处,如今你也大了,只要是男人,不拘年纪大小,都要避嫌,否则……"

"否则您就砍了人家的脑袋,"月徊吐了吐舌头,"我知道。"

第二章 青丝绕怀

找见了亲人，往后再不是没人管的野孩子了，河堤边的那个小屋当夜没能回去，哥哥给她的院子又大又漂亮，月徊舒舒服服受用了一夜，第二天才折回去找小四。

雪暂停了，天还是灰蒙蒙的，府里下人把她送到岸边，她从轿子里下来，触目满地萧瑟，天和河面是一样的颜色，分辨不清哪里是云，哪里是水面。

跟前伺候的嬷嬷躬着身腰上来搀她："姑娘，天儿不好，风又大，您还是在轿子里等着吧，让底下人去找就成啦。"

月徊却摇头："我们小四儿胆子小，看见腰里别刀的人就害怕，他们吆五喝六的，没的把他吓得跳河。"

那个牙尖嘴利的男孩子，因为有她这个拜把子的姐姐护着，养成了一副窝里横的毛病。虽然有时候人嫌狗不待见，但月徊还是尽心尽力顾念着他。都是苦出身，相互扶持着活到这么大，太不容易了。

"你们在这儿等着我，我自己去。"月徊嘱咐了一声，拢着暖袖往长堤上去了。

临水的地方没遮没挡，风比岸上还大点儿。回想以前，西北风一起，刀子似的，连脑袋都不敢探出去。现在呢，穿得暖和，有厚厚的大氅，脑门上还戴个卧兔儿[1]，余光里只看见丝丝缕缕的狐毛迎风招展，风透不过狐裘，人裹在底下，像站在

---

[1] 卧兔儿：古代流行的女子头上毛皮饰物，戴在冬季，一般用貂鼠皮制成。

生了炭炉的屋子里。

小四见她打扮成这个样子,不定怎么惊讶呢。月徊龇牙笑起来,没准能唬住他,骗他两个响头。

越想越高兴,加紧步子往前去。他们住的那个窝棚,搭在三面临水的一处半岛上,因为住得久了,一年年添改,也有模有样拿篱笆插了个小院子。月徊兴冲冲进屋,没找见人,不由得泄气,嘴里嘀咕着:"真是个没良心的小子,又上哪儿野去了!"

屋子面东建造,南边山墙背风,天冷的时候两个人都爱在那里晒太阳。她绕过去瞧了眼,没想到他真在那儿,手里提溜着一沓纸钱,垂头丧气地站着,背影看上去甚是落寞。

他八成以为她死了,月徊惆怅地想,还算有良心,知道给她烧纸钱。

她清清嗓子叫了声小四,那小子一回头,呆怔了一下,眼睛里蓦地蹦出光来:"月姐,您一夜没回来,真给人做妾去了?"

毕竟她今天改头换面穿得不一般,牙色玫瑰团花对襟袄下一条铁锈红撒亮金缂丝马面裙,外头罩了件灰鼠斗篷,单这一身行头,抵得上他们三年的进项。

月徊啐了一声:"你就不能盼着我点儿好?"边说边瞧他手里的纸钱,"这是给我的?"

小四点了点头:"你是被番子抓走的,我在东厂衙门外候了一夜也没见你出来,料你八成没命活着了。看在咱们拜把子的分儿上,我得给你捎点儿盘缠,让你下去过得宽裕点儿。不过现在用不上了……"说着当风一扬,那金黄色的一个个小圆饼子乘风飞出去,洒得满河皆是,小四搓了搓手说,"咱们进去吧,外头怪冷的。"

怎么从穷得叮当乱响变成现在穿金戴银的模样,这个必须好好说道说道,月徊把昨天的际遇都告诉他了,末了带着遗憾跺脚长号:"那么漂亮的人儿,怎么是哥哥呢,做哥哥太可惜了,太可惜了……"

小四一向知道她贪色,见她惆怅直咋舌:"人家是您亲哥哥,您对亲哥哥起邪念,还是人吗?"

月徊听得生气,虎着脸说:"我还对弟弟起邪念呢,少废话,快收拾东西跟我走。"

她一脚踹过来,小四挨了踢,悻悻地摸了摸鼻子。这屋里称得上家徒四壁,也没什么可收拾的,他在地心转了两圈,扭头问她:"您要带我上哪儿去呀?"

那还用说吗，一人得道鸡犬升天，月徊说："我认了门儿好亲，不能放着你不管。你这个年纪还能读点书，要是实在学不进，想辙混个差事，总比上河堤扛盐袋子强。"

小四是那种长手长脚的孩子，又赶上长个子拔条儿的时候，看他扛盐粮爬台阶总觉得晃悠，叫人替他捏把汗。

其实他真不是干粗活儿的皮相，能被月徊捡回来的孩子，必长着一张好看的脸。照月徊的话说："世道如此艰难，我再弄个丑的搁在身边恶心我，怎么那么想不开呢"。小四是那种风吹日晒都不显粗糙的肉皮儿，别人大夏天晒得浑身冒黑油，他光膀子一身白肉，混在污浊的人堆儿里实在格格不入。好马得配好鞍，月徊琢磨好了，等他再长大点儿，求哥哥给他弄身锦衣卫的衣裳穿上，他有了出息，也不枉自己小时候养活他一场。

小四只收拾了两件换洗衣裳，就跟着她出门了。他斜背包袱，对插袖子双眼望天，破了口子的衣摆处棉絮招展："您说，我会不会是哪位王爷的私生子？闹得不好哪天也有人找上门来，磕着头请我回去袭爵呢。"

月徊瞧了他一眼："能做梦是好事儿，那就委屈您先跟着我，等将来袭了爵，您再上我这儿赎身来。"

小四一听不干了："我也没卖给您呀。"

月徊把眼一瞪："你五岁到我跟前，是我拉扯你长大的，怎么不要赎身？你都当上王爷了还那么抠门儿，少说也得给我送三万两银子来，报答我的养育之恩。"

这下小四没话说了，天知道的养育之恩，九岁以前确实是跟在她屁股后头跑，九岁之后自己给人拾粪摇煤，勉强也能挣饭吃。倒是她，学人跑单帮，赔得多赚得少，最穷的时候连个馒头都吃不上，还是他省下口粮接济她。女孩儿就爱死要面子抢功劳，他晃了晃脑袋，横竖说她不过，什么王爷、袭爵、三万两，也全是白日做梦，依着她就对了。

"是是是，不光三万两，我还要给您置个三进的大宅子，连带着把我自己也送给您。"他慷慨地说，私心想想，这样也挺好的。

月徊打起轿窗帘子嫌弃地打量他："身板单薄，饭量挺大，三万两最后又叫你吃回去了，你当我傻？"

两个人吵惯了，一路拌着嘴回到提督府。

白天的提督府，相比晚上更显高大气派，门簪联楹用的是百姓不可及的规格，就连下马石前的地面，都是磨砖对缝，半点儿也不马虎。

小四看看这大红门，唏嘘着："往常这种地方，咱们在门前多站一会儿都是杀头的罪过。"

可今时不同往日，这回非但能站，里头主事的也亲自迎了出来。

梁遇府上用的基本都是太监，太监无牵无挂，办起事来要比寻常人更细致。这里掌事的叫曹甸生，原是司礼监的随堂，因汪轸在时犯了点小事险些被打死，梁遇求了情，讨出来放在府里替他看守门户。曹甸生是个知恩图报的，这些年兢兢业业，比在宫里时更周到。月徊出门他就留意着，等人回来，还没进胡同口，他已亲自带领底下人出来迎接了，分毫不差。

"姑娘。"他垂着手上来，笑道，"天儿冷，姑娘外头走了这么长时候，没的着了凉，快进屋暖和暖和。"

曹甸生因家里穷，打小就净了身，因此那条嗓子说话时轻声细语，透着温存。月徊对于太监的认识，以前都停留在大奸大恶上，并不知道他们除了弄权，还有那样仔细的一面。心里正愁梁遇昨儿不许她和小四同吃同住，曹甸生便替她想了个折中的法子："小的把饭摆在西边花厅里，中间拿屏风隔一道，相互是看不见的。因着姑娘才回来，这位小爷又是初来乍到，今儿还能讨个特例，下回就不成了。您二位先换衣裳，宫里管教化的嬷嬷奉督主的令儿，已经在府里了，回头姑娘用饭，就让她过来伺候。"

以前野惯了，谁也不在乎她怎么活着，到如今得从头开始调理，想是昨儿哥哥对她的言行有了审度，今天才着急打发人过来教规矩吧。

月徊讪讪说好，瞧了瞧小四，他挤眉弄眼，分明存着看热闹的心。也是的，他们这些年没正经吃过一餐像样的饭，穷家子有口吃的就不错了，哪还顾得上什么规矩体统。

月徊这人除了贪财好色，剩下倒有一宗好，就是说话算话。既然答应了，学就学吧，人有了规矩才能挣体面，于是她冲小四指点了下："你也给我好好听着，往后谋了差事见人，别闹笑话。"

其实饭桌上能有多少学问，无非就是吃，应该不难应付。她收拾停当了上花厅里坐着，曹甸生给她指派的四个丫头在她身后一字排开，面前桌上摆了满满一桌菜，可她举着筷子，有些无从下手。

教化嬷嬷在一旁站着，到底是调理人的，就算脸上带着笑，举止神情也自有一段威严，叠着手说："姑娘，奴婢奉了掌印之命，斗胆来给姑娘指点指点，倘或有失当的地方，还请姑娘见谅。"

这话一出口，就知道是要先礼后兵，月徊忽然发现，自己竟连怎么使筷子都不知道了。

好不容易伸出手去，筷头才点着盘沿，嬷嬷就出声了："要说吃饭，人人都会，可怎么吃得有体统，里头大有讲究。吃饭不吧唧嘴，喝汤不出声，这是首要一条。不把筷子插在米饭上头，插上那叫'倒头饭'，不吉利。筷子不能把碗勺碰得哐当响，会敲碗的都是花子，有规矩的人家不这么干。"

月徊听完憋着一口气，小心翼翼夹了片百合，因那百合离得稍有点远，夹完就觉得不大对劲，果然挨了嬷嬷的训。

"夹菜时，只取向己的一方，不向碗盘顶心取菜取汤，这点姑娘要记好。宫里有规矩，主子们用膳，再好吃的菜只尝三筷，民间虽不强求，但往来不住也不雅，更别提越过跟前的盘儿，伸长胳膊夹远处的了。"

好吃也不能多吃，这点实在折磨人。月徊看看这满桌佳肴，远的地方又不让夹，那上这么多干什么，只上一道不就完了。

她泄了气，吃菜讲究太多，吃饭总可以吧！低头挪过筷子，还没碰着米饭，嬷嬷又一笑："姑娘，吃饭不能挑着吃，得拿手把碗端起来，拇指扣着碗沿，其余四指托底。有的人爱拿整手托碗底子，这是家里没教好，搁在有体面的人家，大人见孩子这么着，鞋底子就抽上去了。"

所以她是吃得错漏百出啊，再好的菜色在跟前顿时也没了胃口，她愁眉苦脸地说："难怪小姐们看着都不胖，原来见天饿着，吃不饱饭。这么活着还有什么趣致，大碗喝酒大口吃肉，那才痛快呢。"

这种谬论以前很少听到，能进宫的都是良家子，从没哪个会抱怨规矩重饿死人的。嬷嬷碍于梁遇的缘故不好说什么，只是含蓄道："梁掌印既托付奴婢，是看得起奴婢，奴婢必要把这些不中听的都告知姑娘，将来到了场面上，才不叫人背后说嘴。"

"那我想吃那盘清蒸武昌鱼，可怎么办？"

嬷嬷道："吃鱼不翻身，姑娘也要记下……"

规矩太多太复杂，自己怕是一辈子都学不会了，正在她看着满桌菜色兴叹时，屏风那边传来一声响亮的饱嗝。小四压根儿没往心里去，他已经秋风扫落叶般吃了个尽够，这越发让月徊觉得难过。

愁肠百结地调开了视线，她得分散精力才能压住馋虫。花厅外是个玲珑小院，有漂亮的太湖奇石堆叠的假山，天上的雪从勾头瓦当外大而寂静地落下来，目光所及都是迷迷濛濛的。

然而穿过纷扬的雪，忽然发现对面抄手游廊上站了个人，披着乌云豹的氅衣，乌纱帽沿盘金绲绣，衬得那面目皎皎，异常明朗。他正往这里眺望，脸上带了一点笑，眉间有种慈悲和善的味道。

管教嬷嬷噤住了，立刻敛神垂首退到一旁，月徊终于松了口气，站起身，欢实地叫了声哥哥。

梁遇从廊子那头伴伴过来，风吹动曳撒的下摆，无数褶皱开阖，夹着繁复的金丝绣云气纹，像一片起伏的水浪。

月徊迎上去，笑着问："哥哥中晌怎么回来了？衙门里得闲？"

司礼监衙门从早到晚有忙不完的公务，大到票拟批红，小到宫苑门禁，没有一样不要他过问，就算逢年过节官员休沐，他也闲不下来。今天是特特儿抽了个空，把那些事务交代承良等照管，心里惦记这个妹妹，也不知她学得怎么样，服不服管，索性回来看一看。

边上曹甸生替他解了斗篷，却行退到一旁，他在桌前坐了下来："今儿闲在，回来瞧你学规矩。"说完转头问管教嬷嬷，"姑娘学得怎么样？"

管教嬷嬷的身腰又矮下去半分，恭恭敬敬道："回掌印的话，姑娘很聪明，学得也快……"

这是客套话，关于月徊的种种，底下番子一五一十都仔细回禀了他，加上昨儿夜里同她相处那么长时候，他也瞧出来了，这是个浑不吝，大而化之一身臭毛病，别人管束着她，起先也许还能买账，三番五次下来，她不掀桌子已经是大造化了。

梁遇点了点头："你辛苦了，先下去吧，剩下的咱家亲自教。"

嬷嬷得了特赦，忙道是，跟着曹甸生退出了花厅。这小小的厅堂里拢着炭盆子，梁遇垂手在炭火上取暖，冲月徊递了递眼色："我瞧你没吃什么，还不坐下？"

月徊暖了声，原本粗枝大叶的姑娘，在他面前还是有些放不开，装模作样拿半拉屁股挨着凳子，探头问："哥哥吃了吗？"

炭是上好的红螺炭，烧出来的火焰是蓝色的，只有薄薄一层灰烬下似有红光隐现。梁遇的手纤瘦，因外头冷，略略泛出青白，显出一种清高孤冷的美。金刚菩提下的琥珀坠脚遇热，弥漫出清冽的松香味，他摘下来搁在桌上，垂着眼道："我特意回来吃的，这是咱们团聚后的头一餐，就算团圆饭罢。"

月徊倒有点不好意思："那您怎么不打发人回来说一声儿，我就不动筷子了。"

他说无妨，收回手端坐着，示意边上丫头上来伺候。

那四个丫头是曹甸生精心挑选出来的，拿古琴名重给她们取了名字，送到月徊院子里照顾她的起居饮食。月徊对琴棋书画一窍不通，绿绮、秋籁、松风、玉振，她花了好半天，才记住她们谁是谁。

"自己家里头吃饭，原没那么多讲究，让人教你规矩，是为应付场面上的应酬，将来总要见人的，不出错就成了。"梁遇慢慢说着，牵起袖子替她布菜，"你也不必拘着，想吃什么，让侍膳的送到你面前，坏不了规矩。种种礼节，乍听好像烦琐得很，等时候一长习惯养成了，自然就没什么了。"

月徊这才高兴起来："我就说了，还是哥哥亲自教得好。嬷嬷这不许那不许，吓得我连筷子都不敢伸，情愿饿肚子。"

梁遇微微一笑，命人送酒来："我平时不大饮酒，今儿高兴，和妹妹喝上一杯庆贺团圆。斟酒也有规矩，酒满敬人，茶满送人，酒须斟上十分满，才是待客之道。"他探过手提起那把青瓷酒壶，一手持壶一手护着，稳稳替各自斟了一杯，然后捏起酒杯敬她，"姑娘若不能喝，略抿一口就是了。"

这点显然是多虑，月徊跑船的那些年，别的没攒下，攒下一身好酒量。不同之处是粗豪的人吃烧刀子，府门里头多吃某某酿，像蜜饯兑了水似的，甜丝丝的，没什么力道，对她来说毫不为难。

她端起酒杯："我敬哥哥。"颇有梁山好汉的豪迈。

谁知梁遇却避让开了："同上司或长辈碰杯，自己的酒杯须低于对方的，千万不能忘了。"

月徊听了，忙小心翼翼将杯口往下压了压。真是奇怪，要是那个嬷嬷来说教，没准儿她已经把杯子撂下了。可这个人换成哥哥，她倒也不是畏惧，就是顺理成章照着他的话做，仿佛是骨子里带的顺从，没有半句抱怨。

后来用饭，桩桩件件也算有章程，月徊拿捏不准的地方，就暗暗瞧着哥哥临摹。梁遇长于诗礼人家，和那些穷家子养不起了净身入宫的内监不一样，他的端稳矜重是与生俱来的，因此汪轸领着他给当时的皇后过目，皇后一眼就瞧准了他，下令让他近身侍奉楚王。

所谓"大伴"，面儿上是伺候皇子的，私下却如师长一样，皇子不对的地方要加以提点，若不听话，往上头告上一状，皇子就得吃挂落儿。梁遇那年调到楚王跟前时，楚王也才五六岁光景，他是伴着楚王一同长大的。后来淳宗病重，楚王晋封太子，不久承袭大统，他的地位也水涨船高，虽官衔逊汪轸一筹，但司礼监的实权，早握在了他手上。

一时饭罢，梁遇搁了筷子，下人又送茶水来，他慢悠悠地将那串金刚菩提绕回手腕上，就着绿绮伺候的动作告诉月徊："茶七、饭八、酒十分，斟茶后壶嘴不能对着客人，也不能当着客人面把茶泼在地上。泼茶即为逐客，懂事儿的一见你这么干，头也不回就走了。"

月徊只顾答应，府门宅门里用的茶具不像平常百姓家，又是盖碗又是碟，那精瓷胎质娇脆得像玉一样，端在手里都怕它碎了。她只能眼巴巴瞧着梁遇，看他左手捧着托碟和碗，右手纤细的三指将碗盖掀开一个缝，然后仪态优雅地举到唇前，轻轻嘬了一小口。

杯身和碟要固定好不是件容易事，又不能两手捧着杯子，一旦倾斜就出溜。月徊姿势尴尬地试了好几回，笨手笨脚的模样看得梁遇发笑，他倒也不恼，只说："慢慢来，了不起多砸几回杯子，没有学不会的。"

月徊终于别别扭扭吃完了那盏茶，到这会儿想起小四来。那小子隔在另一边，老实得连半点声儿都不敢出，她心说终于有个人能镇住他了，便对梁遇道："哥哥，您见见我那弟弟吧。"

她管小四叫弟弟，情分自是不同寻常。梁遇搁下茶盏颔首，她忙把小四招呼过来，笑着给他们引荐，拿手一比梁遇："这是我哥哥，提督东缉事厂，当着好大的官儿，底下人管他叫督主。"又一比小四，"这是小四儿，没正经名字，打小随我一起长大的，我拿他当亲弟弟。"

一个是哥哥，一个是弟弟，但彼此间没什么交集，见这样的闲杂人等，也是瞧在月徊的面子上。梁遇靠着椅背，淡声道："这些年是你伴在姑娘身边，咱家要多谢你。"

小四知道东厂和锦衣卫的厉害，先前姐弟俩闲谈不觉得什么，眼下见了真佛，光听那单寒的喉咙，就知道是个目空一切的主儿。他行礼作揖的手加在额上，有点不大自在，躬身道："我自小全凭姐姐拉扯，欠着姐姐一份情呢，不敢在督主面前邀功。"

一个乡野间长大的毛头小子，能识眉眼高低，又会说两句讨巧的话，倒也算难得。梁遇嗯了声："你的事，姑娘和我提过，你到如今还是不知道爹娘在哪儿？"

这回小四不做袭爵的梦了，老老实实说："回督主，我没爹没妈也活到今儿了，小时候既没养育，长大了何必上赶着认亲给人当儿子。"

梁遇识人多了，从他字里行间听出些桀骜的意思来。不愿给人当儿子……可不嘛，他给汪轸当了十一年儿子，着实是恶心坏了。看来这小子性情还算洒脱，道理也懂几分，爱屋及乌，勉强能入得眼。

不过留下可以，规矩还是要做一做的，梁遇道："姑娘想让你跟着一道进府，咱家顾念姑娘，愿意给你个安生之所。不过丑话要说在前头，你往后敬着姑娘，实心对她，咱家拿你当自己人。要是让我知道你逾越，或是玩儿虚的，那咱家就砍了你两条腿，扔到永定河里喂王八，记住了？"

他的语速很慢，清冽的声线敲金戛玉般，丝丝往外冒着寒气儿。小四吓得耳根子滚烫，鼻尖也沁出汗珠子来，越发躬了腰道："请督主放心，小四不是丧良心的人。我和姐姐擎小儿相依为命过来的，这辈子我对不住谁，也不会对不住她。"

月徊站在一旁看着，才发现男人间原来是这么说话的。她从来不知道，小四也有俯首帖耳的时候。他只要不犯浑，活像一气儿长大了，她听他表了心意，忽然觉得老怀甚慰，这些年到底没有白疼他。

梁遇对他的回答尚算满意："读书还是习武，自己挑一样，将来好安排个差事自立门户。"

小四一听，忙抬起头说要习武："习了武不挨人欺负，我能吃苦……"后半截话渐渐低下去，不为旁的，只为座上的人当真长了一张惊人的俊美面容。

别瞧月徊干什么都是半吊子，眼光可从没出过岔子。难怪她回来捶胸顿足说可惜，这么清贵的人儿缺了一块，怎么能不可惜！

小四瞧完了梁遇，再瞧月徊，有点纳闷。虽说月徊长得也体面利索，可兄妹两个的五官并不相像，梁遇似乎还要胜她三分。

月徊明白他的意思，错牙瞪他，一个像爹一个像妈，不成吗？

他们打眉眼官司，梁遇并不理会，抬手击掌，外面很快进来个番子，叉手道："听督主示下。"

梁遇指了指小四："带他去见冯坦，安排个师父好好调理他。"

番子道是，领着小四去了。

月徊目送他，喃喃道："男孩儿总跟着我，确实不成事，还是得入行伍，才不耽误他的前程。"

梁遇轻飘飘朝外瞥了眼："这孩子不错，生得眉清目秀，将来你要是进宫，让他近身伺候，必定忠心。"

月徊吃了一惊，讶然回头看他。宫里除了皇帝都是太监，让小四进宫，怎么进宫？

梁遇没再说下去，盘着菩提一笑："他小你两岁，年纪差得不算多，倘或调理出来了，你想留他，就留下吧。"

月徊发了一回愣，忽然明白过来，他所谓的留，有另一层含义。

难道她对色相的执念过深，让他误解了？他一定以为她拉扯小四，是为了给自己当童养夫，可天地良心，她就算再糊涂，也不能做出这么混账的事来。

她尴尬地摸了摸前额："我对小四没有非分之想，就是拿他当亲弟弟来着。我和他是一块儿苦大的，他的丑样子我全见过，实在下不去那嘴，哥哥千万不要误会。"

梁遇也不过拿话一探罢了，世上的事本就说不准，如果他没有认回她，两个小儿女越长越大，找外人婚嫁未必能有好结果，或者日久年深，当真搭伙过日子了。可如今月徊既然回到他身边，好多事都不会照着原来的轨迹发展，他问明白了，她对小四没有那个意思，那将来的安排就是另一种说法，不会伤筋动骨，不会对谁造成伤害。

他笑了笑，唇边一点清浅的笑纹，像三月里落花激起的涟漪："这样也好，将来各有各的前程，不必捆绑成一家子。多份人情多条出路，我手里握着那么大的衙门，身边却没个信得过的人，倘或小四是块材料，好好栽培，有他出人头地的机会。"

月徊总算放心了，自己虽然只比小四大两岁，但大多时候像他的老母亲，填饱了肚子就开始盘算，这孩子怎么才能有出息。眼下大邺的官场不容易进，要么闷头死读书考取功名，要么家里有祖荫——连锦衣卫都是世袭的。小四要什么没什么，如果不是她意外认回了这么个哥哥，他大概只能凭着好皮囊做小倌，或是勾引好人家的姑娘，给人当上门女婿了。

月徊笑着说："我原本是有这个打算，想求哥哥替他周全的，谁知哥哥懂我，没让我开口就把事办了。"

梁遇轻扬了扬唇角："梁家人由来重情重义，别人待咱们七分好，咱们自要回报他十分。"

他说着，站起身踱到门前，看外头雪花纷扬，落在乌色的瓦当上，慢慢长出一口气道："这个宅子，是我当少监那年建的，到如今总有三四年了，我留宿的次数屈指可数。因为家里没人，回来也是门庭冷落，越发让我觉得孤单，所以情愿在值房里过夜。今儿我在衙门，接到外埠的题本，有人参奏永宁郡王嫁妹逾制，忽然就想到了你。我原是抽不出空来的，可又担心底下人伺候不周，担心嬷嬷教导不好你，这才撂下公务回来瞧瞧。"他偏过头，温软地看了她一眼，"虽说我如今走了这条道儿，多分牵挂多分危险，可你放心，哥哥会尽最大的努力保你无恙的。"

月徊本来是个粗枝大叶的人，听他这么说，鼻子也发酸。

她站在他身旁，犹记得小时候个头矮，只到哥哥齐腰，这些年虽长高了些，勉勉强强也才及他肩头。宫里当差的人，每一处都透着精细，她看见他磊落的鬓角，线条清晰的下颌，喉结处微有起势，却别有一种伶仃的凄凉味道。

不是至亲骨肉，没法子对他的心思感同身受。月徊觉得哥哥还是有些清瘦，就算权大势大，身处这样的位置，恐怕也日夜悬心，不能像寻常人那样踏实吧！

她还如幼时一样搂住了他的胳膊，仰头说："咱们的命是捡来的，当年要不是您带我跑出来，我也活不到今儿。人说富贵险中求嘛，您只要保住自己，就是保住我了。"

她软软地偎着他，一道轻柔的分量落在他臂上，这么多年了，他在官场上叱咤来去，本以为厌恶所有人的碰触，原来不是。按理说她如今大了，也该讲究男女授受不亲了，可话到嘴边又舍不得说出口，不单是顾念手足才团聚，更是为满足自己渴望亲近的心。

月徊有个问题憋了好久，这时才壮胆问道："哥哥今年二十五了，怎么不找个伴儿？老是一个人孤孤单单的，也不成事啊。"

梁遇淡淡的："我是个太监，找伴儿做什么？"

"是找不着吗？"她开始费劲地琢磨，"宫里那么多宫女子，全归您管，怎么连个合适的都找不着？"语气里满含同情。

梁遇有些无奈："不是找不着，巴结的人多了去了，要女人还不容易！我只是没那个心思，身子不中用，谁能同你交心？一头躺着，各怀鬼胎，倒不如一个人清净自在。"

其实那也未必，月徊嘴上不好说，心里暗忖，单这张脸也能看上一辈子，身子中不中用，有什么要紧！

不过有些苦处只有他自己知道，再说下去徒增伤感，便忙去扯闲篇了："曹管事的替我预备了一间书房，我带哥哥瞧瞧去？"

边上丫头上来伺候，梁遇抬指示意她们不必跟着，和月徊各自打着伞，信步走出了花厅。

雪下得大，扯絮一样落下来，落在伞面上，沙沙一阵轻响。月徊穿了件素色妆缎狐肷褙子，衣裳的身腰剪裁合体，从背后看上去纤纤的，很有如兰似桂的韵致。她不时回一回头，像小时候得了宝贝，急于带他去开眼界，嘴里絮絮说着："我以前很羡慕哥哥有自己的书房，后来流落在外，连饭都吃不上，这个念想就彻底断了。今儿曹管事领着我去瞧了，其实我觉得受之有愧，毕竟大字不识几个，用着那么好的文房，实在糟蹋。"

梁遇跟她迈上台阶，抖落伞面上的积雪，将自己的伞阖上，又去接她手里的："东西是死物，原就是让人用的，只要你落了笔，用多少都不算糟蹋。"言罢顿了顿，垂眼道，"要是家里没有遭逢骤变，你也会是个饱读诗书的姑娘，哪里会像现在这样……好在我找见你了，一切都不算晚。"

曹甸生准备的书房布置得很雅致，没有华美的装点，一桌一椅一琴台，古拙间极有禅意匠心。月徊很喜欢，对那些东西都存着敬畏，小心翼翼一样样触摸过去，摸完了站在那里，满眼希冀地望着他。

梁遇想了想："今儿不教你别的，先教你写自己的名字。"他探过手去，就着窗下一片天光压纸蘸墨，在宣纸上端端写下两个字，"月徊"。

她的名字笔画算少的，学起来并不难，只是月徊尚未入门，连握笔的姿势都透着古怪，示范之下还是不得要领，梁遇只好手把手地教她。

"五指执笔，每根手指各司其职。"他将笔管嵌在她的中指和无名指之间，"压、钩、格、抵，笔在指间不能僵硬，须得能灵活转动，才能写出好字来。"

他教她，教得十分尽心尽力，可月徊却神游太虚，一双眼睛全用来欣赏他的手了。

美人在骨，梁遇的精致蔓延到了指尖。他有一双漂亮的手，根根骨节分明，且匀称修长，拇指上一截赤金錾花的扳指，越发衬得那十指素净优雅。月徊有个怪毛病，她瞧一个人，头一眼是脸，第二眼便是手。有时候脸不那么好看没关系，只要手长得够美，在她眼里也照样算齐全。

有点大逆不道，但真的垂涎三尺，她回头道："哥哥，咱们等会儿练字，我先给你看看手相。"

梁遇愣了下："看手相？"

她龇牙笑，点头说对："我会看手相。"然后不由分说一把抓住他的手，翻转过来摸了个尽够。

梁遇哪里知道她贼心不死，只觉得姑娘大概是血虚气弱，手凉得厉害。他蹙了蹙眉："回头让曹甸生叫个大夫来，开两剂补药替你补补身子。"

月徊说："用不着，我结实得很。是药三分毒，我没病没灾的，吃什么药！"

梁遇见她执拗也没法子，耐着性子让她盘弄，她啧啧了半天，他问："看出什么来了？"

"白手起家，多受毁谤，一朝得志，青云直上。"她虚头巴脑地说，"哥哥的坎坷，坎坷在太聪明上，聪明人心思细腻，难免活得累，要放开心胸才好啊。还有这姻缘线，哥哥是个一条道儿走到黑的人，这辈子不动三妻四妾的心思，专一得很哪。"

这点就算不看也知道，他要是愿意三妻四妾，也不会等到这会子。

他收回手,乜了她一眼:"我的姻缘怎么样,暂且不知道,可我知道一点,你想蒙混,所以拽着我胡诌。"

这却是冤枉她了,月徊忙说"不是",拾起笔重新摆好了架势。

梁遇写的是正经小楷,笔锋娟秀挺拔,"月徊"两个字搁在眼前,照着临摹小菜一碟。她提笔运了口气,本来是很有成算的,可谁知笔尖落到纸上,发觉不好掌握。单单一个"月"字,已经被她写得七倒八歪,连私塾里六七岁的孩子都不如。

她呜的一声:"有没有硬笔?我写不了这狼毫!"

梁遇还算有耐心:"初学都是这样,熟能生巧,好字是靠练出来的。"他替她掀开上层的宣纸,抬了抬下巴,"再来。"

结果月徊依旧写得盘曲如长虫,这回不单字丑,笔顺还颠倒,一片兄妹情深,怕是要毁在这一教一学之间了。

站在她身后的梁遇不住摇头,无可奈何捉住了她的手。她坐他站,他不得不弯下腰来,将她半圈进怀里。

"横平竖直……"他喃喃说,见她越发拘谨,纳罕道,"写字又不是砍头,你哆嗦什么?"

月徊歪着脖子小声嗫嚅:"哥哥,您拽着我头发了……唉,疼……"

梁遇这才低头看,果然见自己胸前领扣勾住了她的发髻。

牵一发动全身,那细细的青丝绕在珊瑚扣边缘的缝隙里,他试图将头发解出来,但细微处的牵扯使不上力,拽一下她就直喊疼。最后没有办法,他只得解开领扣,把那两圈头发褪了下来。

"别搁笔,接着写。"

他就任由领口敞着,照旧握住她的手,一遍一遍教她运笔:"腕子太僵,放松些……再放松些……"有了他的引领,狼毫笔尖在月徊手里逐渐通了灵性,那两个字终于有模有样,至少笔顺不再出错,渐渐也运转自如起来。

从实握到虚拢着,最终半松开,他一直替她鼓劲儿:"比前一个又好了些,再来……"

月徊嗅着他领下散发出来的香味,晕陶陶心花怒放。

他的语调里带了点轻俏,想来还算满意。月徊对声音的解读比一般人更灵敏,梁遇的嗓音和曹甸生的不同,也许是因为大了才进宫,有些东西定了型,就不会再更改了。梁遇说话时,隐隐约约带着点鼻音,那声线是他独有的,清高、倨傲,且暗藏攻击性。如果隔着一道屏障单听他的声音,眼前会出现一个白衣胜雪的公子,右手执剑左手拈花,唇角含笑,眼风却锐利如刀。

她有点走神，结果手肘上招来一记敲打，他站在一旁提高了嗓门："练字最忌分神，这会儿什么都别想，只盯着自己笔下的字就好。"

月徊忙定定神，宣纸上密密匝匝一排写下来，写到最后，竟有些不认得那两个字了。

自觉已经有他三分神韵，她把最得意的递给他看："哥哥掌掌眼，还成吗？"

他的挑剔不用在她身上，很赏脸地说："明儿再练一天就差不多了。"

她听了很高兴，前倾着身子道："您的名字呢，怎么写？"

他提笔蘸了蘸墨，悬腕写下了大大的"日裴"二字。

月徊把她的名字拽了过来，四个字摆在一起，一看就是自己人。

她又有些惆怅，喃喃说："我已经不记得爹娘的样子了，小时候好像只有个奶娘跟着我，见天儿问'姑娘饿吗、姑娘渴吗'。"

关于爹娘，时隔多年回忆起来，像上辈子的亲人。梁遇因进了宫，自觉愧对父母，大仇虽得报，梁家的香火大约也要断送在他这儿了。他尽量不去想以前的事，把月徊弄丢后，更是亏心得不敢直视。直到现在兄妹团聚，他才慢慢从那种无边无涯的困顿中挣脱出来。

他搁下笔，直起了身子。

"爹爹的个头和我一般高，自打我记事起他就留着胡子，穿的那一身文官的公服，既硬朗又有气派。爹爹二十岁中进士，是十里八乡出了名的青年才俊，据说年轻那会儿做媒的差点踏平门槛，爹爹眼界颇高，一直没有定下亲事。后来有一回，爹的马蹄溅湿了一位姑娘的裙裾，那位姑娘又美又豪横，连讹带哄的，把自己嫁给了爹。"他的目光在她脸上游移，涩然道，"你和娘长得很像，尤其是眉眼。娘到三十八岁那年，眼睛里头也没有世故，她一辈子明明白白的，和爹是最般配的一对夫妻。"

可是彩云易散琉璃脆，得罪了东厂，可没人管你是不是好官。当初淳宗在位时，因国库空虚大肆开矿，司礼监奉的是皇帝的旨意，收拾个挡道的，皇帝根本不会过问。

梁家就那么散了，连个鸣冤的人也没有，从世上消失得干干净净。起先他也钻牛角尖，也想过告御状，然而越踏入官场越是懂得，这世道是黑的，文武百官个个重利，好官早就死绝了。

月徊摸着自己的腮帮子："我长得像娘……"听他这么描述，她甚至觉得脾气也是一样的，看脸行事，豁得出面子。

梁遇见她恍惚，又添了一句："不过娘很有学问，傅家也是书香门第，娘会作诗，还写得一手好字。"

月徊琢磨了下，一拍大腿说："我也会作诗啊，上年我有感而发作过一首，我念给您听。"

这倒是奇事，梁遇洗耳恭听，只见她挺了挺胸，仰着脖子长吟："家家吃咸菜，财主却不然，清晨用点心，晚晌吃糖丸。夏天打卤面，鸡蛋带肉汤，麻汁调凉粉，各样材料香。"居然还是五言八句，顿时把梁遇念得怔住了。

这丫头打小就爱作怪，过了这么多年还是一样。

他退后两步，倚着书架轻声笑起来，这一笑真如春阳潋滟。月徊先前也见他笑过几回，但他总是不开怀，笑里藏着三分自矜，甚至他的笑是习惯性的一种应对，没有实质内容。可这回不一样，他眯着眼睛仰着唇，她能看见他齐整的牙齿，边缘两颗尖尖的，露齿的时候竟有种少年般的纯真味道。

她得意扬扬："哥哥快说说，我这诗作得怎么样？"

梁遇仍是给予肯定的："对仗工整，韵脚也不赖，诗虽歪了点，但你没念过书，这样已经是极大的天分了。"

她高兴了，复又坐回去，执起笔照着他的范本描摹，写一个字便拖着长腔吟诵："日……裴……"

这个名字已经荒芜了太多年，现在从她口中叫出来，实在别有一番滋味在心头。

他慢慢踱开了，踱到月洞窗前看外头的景致。金丝竹帘半垂着，一株梅花攲[1]伸过枝丫，横贯窗角的步步锦格栅，枝头绽出三两花苞，小小的，顶端透出一点嫣红来。

他抚抚腕上菩提，回头望了她一眼。

"月徊……"

月徊的心思全在写字上头，随口曼应了一声。

梁遇负着手，缓步又踱了回来，探究地望着她道："这些年你在外头，究竟是怎么活下来的？运河码头在锦衣卫和东厂管辖下，我知道那里一年之中只有三季能挣嚼谷，冬天水面冰封，漕船也停运了，是你们生计最艰难的时候……你和小四两张嘴，前头三季的进项不会有太多盈余，你是用什么法子，才撑到开春的？"

月徊手上顿住了，偷偷瞥了他一眼，有点心虚："哥哥怎么忽然问起这个来？"一面讪笑着敷衍，"城里头有的是饭辙，只要肯干，还能饿死大活人吗。"

可是这样的话，压根儿没法子在梁遇跟前糊弄。

---

[1] 攲：倾斜，歪向一边。

大邺朝到了如今，朝廷怎么样，外头街市上怎么样，没有人比他更知道。东厂掌全国上下密报，京畿一代的民生，其实并不如想象的好。官员要贪墨，要刮油水，遍地的赌场烟馆，大冬天里路边上尽是倒卧，捡尸首有的是，要挣饭辙几乎是不可能的。

她没有说实话，他站在书案前，心平气和道："你晓得东厂番子最拿手的是什么吗？当初奉我的命找你，既然能把你带回来，自然也会将你的底细盘摸清。我听说你擅拟人声，有没有这回事？"

月徊啊了声，怏怏红了脸："连这个您也知道？"

认真说，这也算个绝活儿，但用处并不光彩。月徊在十四岁那年，忽然发现自己长了这样本事，就像梁遇写下两个字，她能依葫芦画瓢地临摹一样，只要是她仔细分辨过的人声，就可以学上七八分像。她也说不上是为什么，仿佛喉咙里开了无数个单间儿，每个单间儿都储藏着不同的声音，通过气息和声线的挤压，她可以做到以假乱真。小四曾经笑话她，说她是鹦鹉错投了人胎，不留神把舌头带来了。他们那时候也想过演双簧挣钱，可惜京城每样行当都有掌舵的，你不是这个派别的，自己要是扯大旗立门户，非被人活活打死不可。

冬天就像梁遇说的，是最难熬的一季，从小雪起就得勒紧裤腰带，等到来年雨水河道复苏，他们才能找到活儿干。人两个月不吃不喝，那得死，他们走投无路时只好行骗。

京城里头穷人多，腰缠万贯的也不少，只要盯上一个摸准了音色，骗底下人送十两八两银子来，不费吹灰之力。当然经验需要积累，头几次失败居多，真正得手的也只两回。有了那两回，月徊自觉有了一技傍身，正运足了气打算干第三回，谁知那次崴了泥，遇上了微服的锦衣卫。

好险啊，锦衣卫毕竟和寻常商人不一样，他们交谈中有很多惯用的暗语，什么外卦内卦，响卦变卦……那回要不是跑得快，只怕已经死在那里了。

后来小四就不让她干了，这项手艺在锦衣卫面前点了眼，接下去恐怕大事不妙。于是月徊金盆洗手，今年冬天打算老老实实挨饿，不承想时来运转，认回了失散多年的哥哥。

无论如何也算官宦之后，骗人到底丢份子，这种事让无关痛痒的人知道了至多臊一回，让最在乎的人知道，那还怎么见人！

月徊屈起手肘，把脸埋了进去："老皇历了，不提也罢。"

梁遇却问得仔细："这件事除了你和小四，还有谁知道？"

月徊说："没人知道，又不是什么长脸的事儿，说出去招人笑话不算，还会惹麻烦，我当然谁也没告诉。"

梁遇放心了，颔首道："不说的好，咱们自己的能耐，自己知道就成了。"

月徊的通透，是多年在码头上厮混练就出来的，平时看着糊涂虫似的得过且过，紧要关头她也会觑人脸色。

"哥哥掌管那两个衙门，上头要应付皇帝，下头又要安抚百官，必然有分身乏术的时候。倘或忙不过来了，哥哥想着我吧！"她冲他眨了眨那双天真无邪的大眼睛，"您如今不是掌印吗，提拔我当个火者也行啊。我跟在哥哥身边当差，既能进宫长见识，紧要关头还能给哥哥分忧，您瞧一举两得，可好不好？"

梁遇失笑："进宫当太监？你知道紫禁城是什么地方吗？"

月徊想了想，托着腮帮子道："我知道那是个富贵窝儿，里头住着皇帝老爷子，一大堆嫔妃伺候他，他喜欢哪个就点哪个的卯。那些主子们，用的是金碗银筷，连挖耳朵勺儿都是象牙的，那得多有钱啊！还有宫里出来办事的太监们，一个个吃五喝六，把谁都踩在脚底下，动不动啐人一脸唾沫星子，别瞧在宫里是奴才，出了宫门全是爷。"

梁遇听她说完，哂笑了一声："所以你觉得做太监不是坏事，天底下养不起儿子的穷家子也这么觉得。最后心甘情愿让儿子净身入宫，还指着将来升发了，能接济接济家里。"

月徊说："是啊！我以前认得的一户人家就是这样，家里穷得揭不开锅，想让儿子进宫发财。可净身的师傅动一回刀要价很高，就找了给猪羊去势的人帮忙，孩子差点儿连命都丢了，结果因为没门道，最后也没能进宫。眼下人废了，整天疯疯癫癫的，看着真可怜。"

可怜……天底下可怜的人多了，要论不值，太监确实能占一半儿。

"你只瞧见风光的太监，没瞧见宫里最低那一等，过的是什么日子。"梁遇垂着眼，无情无绪道，"那些穷孩子，过得连猪狗都不如，干最苦最累的活儿，一月拿两个大子儿一升米，连掌事的太监都见不着，更别提伺候主子贵人们了。就算冷桌子热板凳一步一步升上来，能不能活着也得看造化。有时候说错一句话，迈错一条腿，都是掉脑袋的因由，宫里头内监的地位还不如宫女子，六根不全的不算是人，懂吗？"

他的语调虽平常，可月徊却听出了一丝悲凉。她不敢再拿太监这个词儿说事了，怕触及他的痛肋，忙言归正传，笑着阿谀："才刚咱们说什么来着……我说想进宫，只是想跟在哥哥身边，给哥哥打打下手，伺候伺候哥哥吃喝罢了。"

孩子有心，又依赖你，搁在谁身上都硬不起心肠。梁遇抬了抬眼，窗外天光倒映在他眸底，一小簇菱形的光，生动了他的眉目。

"家里头的事，外人暂且不知道，咱们的身世也不便公之于众，免得有心人挖出梁家前情，拿来做文章。"

月徊说："明白。太监不是爱认干爹吗，我管您叫干爹，他们就知道咱们是一伙的了。"

她是个百无禁忌的人，梁遇却斥她胡闹："乱了辈分，那还了得？"

月徊不由得泄了气，咬着笔杆子嘟囔："您让我做深闺里的小姐，让我读书写字，时候一长我怕是会闲出病来的。再说我只服您的管教，把我带在身边，也好时时看顾我，不好吗？"

可惜他并未被说动，拒绝也拒绝得不留情面："司礼监和东厂，都是见不得光的衙门，我不想让你看清哥哥有多丑恶，你要是时时跟在我身边，有朝一日你会怕我的。"

月徊诧然望向他，他面上波澜不惊，只是慢悠悠瞥了瞥她身前的宣纸："接着练字吧，再写上两百遍，也就差不多了。"

他负着手走出书房，听见身后的人绝望地叹气，他忖了忖，两百遍而已，不算多吧……

第三章 无何化有

曹甸生迎上前来，悠着声问："督主今晚不回衙门了吧？"

梁遇嗯了声，信步往他的院子去。府里人伺候起来极为仔细，早早儿在屋里拱了炭盆，半人高的镂空金丝炉罩前摆着躺椅，只等他回来，有现成的地方歇着。

天儿寒浸浸的，他在椅上落座，左右侍从忙跪地，拿狐裘替他包住了腿脚。一旁矮几上放了几本杂书，他随手挑了一本，半倚着引枕，漫不经心地打开了扉页。

"那个小四，着人仔细留意，言谈举止要是审慎就留下，倘或不成事，远远儿打发出去，别让他留在京里。"

曹甸生道是："看着模样挺机灵，不像那种不识眉眼高低的。姑娘也是真心疼他，毕竟一块儿过了那么些年，事事都顾念着他。"说罢又一笑，"督主往常不在家，这府里冷清，小的守着个空院子，整日间也无所事事。如今姑娘回来了，府里显见的活泛起来，我让玉振打听姑娘的口味，回头置办好了送进姑娘院子里。姑娘写字写怨了，有口可心的吃食，心里就高兴了。"

梁遇大多时候除了衙门里那套，不问人间事，难得听一回家常，心头倒也融融。

"让人尽心伺候，要是谁惹得姑娘不喜欢了，咱家扒了他的皮。"

曹甸生哈腰说是，略顿了顿，将左右的人支了出去，细声道："爷爷明年要立后，听太后跟前的桂生说，那些大员千方百计把家里闺女的画像往慈宁宫送，只怕皇后的人选要从里头拔出来。"

梁遇牵唇冷笑了声："那点子伎俩，还想瞒天过海？画像进了慈宁门，能不能进慈宁宫可就两说了。宫里上下如今哪一处不捏在咱家手里，绕过咱家行事，可见是没把咱家放在眼里啊。"

曹甸生了然，叠着手附和地笑了笑。官场上那些大臣犹如黄豆，才从豆荚里打下来，里头不免混进杂质。东厂就像个大筛子，一遍一遍筛选，把里头没用的废料淘澄干净了，剩下的就是一心的人。

他又俯身，小心翼翼地提点："姑娘和爷爷一般儿大，明年也是十八……"

梁遇沉默了下，半晌卷起书撑住太阳穴，合眼道："你去吧，咱家头疼。"

曹甸生领命，却行退了出去，他听着脚步声渐渐去远了，抚着额头长出了一口气。

司礼监掌印、东厂提督，早前那么多辈儿，没几个有好下场的。居安当思危，再强的铁腕也有松懈的时候，若没有血亲作为后盾，想呼风唤雨一辈子，断无可能。这世上，他唯一的亲人只有月徊，他找了她很久，一则是为骨肉团圆，二则是为多条膀臂。

他倒是想过，替她安排个光辉的出身，送进宫为妃为后。将来龙子继承大统，舅舅可比大伴亲多了，甚至一半江山都得姓梁。这些不带感情的盘算，在没有见到她之前已经有了雏形，然而真的把人找回来后，似乎又要重新斟酌了。

到底还得以她为重，骨肉至亲难得，他丧良心的事办了许多，月徊是他最后的底线。她倒也主动表示想进宫，不过不是去当娘娘，是要跟他去做太监……

罢了罢了，不去想这些。他把书展开盖在脸上，午后惬意，熏笼烧得一室如春，困意也阵阵袭上来。那些繁杂公务和骂名都抛到了脑后，他呼吸匀停，从这混乱的尘世挣出来，跳进了另一段无为境界。

那厢月徊练字，也算练得一丝不苟，两百个名字稳稳写下来，将到傍晚时分已经小有所成了。

把自己写的展开，和梁遇写的并排比对，已然没有太大分别，正想送去给哥哥过目，门外松风通传了声，说"四爷回来了"。

这声四爷叫得妙，月徊移过镇尺把那沓宣纸压好，打起帘子迎出去，站在檐下打趣招手："四爷，来来……"还像以前一样，得了好吃的要留给他，指指桌上刚送来的喇嘛糕和杏仁酥酪，"吃吧。"

小四进了东厂，也换上了番子的行头，尖帽直身，脚上穿皂靴，论打扮算不得好看，但胜在他有一张漂亮的脸，把那平淡无奇的衣裳穿出了一股磊落的味道。

他在桌旁坐了下来，平时天塌也挡不住他的好胃口，今天不知怎么，摇头说不饿，一脸菜色呆坐了半天，瓮声瓮气地感慨："官家这口饭，怕是不好吃。"

月徊有点纳闷："哥哥不是指派了师父，让人好好带着你吗，这是怎么了？"

小四两条胳膊对扣着搁在桌上，看了她一眼，垂头丧气地说："我是拜了东厂千户做师父，师父待我也不赖，不叫我做什么活计，只说头天先带我各处走走看看。我也没想那么多，他走到哪儿，我就跟到哪儿。起先还行，衙门各处值房库房转了一圈儿，后来就不对了，他带我下大狱……天爷，您是没去过那地方，就像河口买卖市的屠宰场，地上血混着泥垢，把砖缝儿都糊住了。师父还冲我笑，说带我去见见世面，今天正好审个京官，据说作了反诗给拿住了，里头预备上大刑。"他说着，哭腔都出来了，"师父下令让他们'弹琵琶'，我琢磨狱里怎么还有这等好兴致，谁知道是我想岔了。他们拿肋叉子当弦儿，番子用刀在上头来回刮，刮得人皮开肉绽，那个血，跟泼水似的往外渗。"

月徊坐在那里愣神，半晌道："你还记得那年城门上挂的人皮吗？说是贪官昧了赈灾的银子，剥皮揎草就是为了警示文武百官，那活儿也是厂卫干的。"

说到这里，两个人对望了一眼，都有点儿发瘆。

月徊才想起来，难怪刚才梁遇不让她跟着，说日子久了担心她会怕他，毕竟他掌管的衙门办的都是下黑手的案子，要论这人间美事，他们是浑身上下半点儿不沾边的。

月徊巴巴儿地望着小四："那你有什么打算呢，还习不习武？要是改主意了，就回来念书吧。"

可小四又有一股拧劲儿，挺腰子说："我不回来，番子干得了的事儿，我也干得了。我今年十五了，靠念书出人头地，那得熬到多早晚？东厂的事由来钱快，我得自己养活自己，不能样样指着您。"

月徊呀了声："好小子，有志气！"说罢探过手去，在他的脑袋上揉了一把。

小四直皱眉："您别老摸我顶心，不知道我梳这头费了多大工夫！"

月徊却不爱听，小四的头发很柔软，跟女孩儿似的。老话儿说了，头发软的人心也软，她一摸他脑袋，就觉得这孩子将来一定会好好孝顺她。

当然了，一个不让摸，一个偏要摸，最后指定得打起来。

正在他们互不相让扭作一团时，门外有人咳嗽了一声，月徊心头作跳，忙拽着小四起身。丫头打起门帘，一片绣着金妆花云蟒纹的襞积迈进了门槛，梁遇面色寻常，但这样的人，即便眉目平和，也有不怒自威的震慑力。

他倒也没说什么，在窗前官帽椅里坐了下来，抬手抚抚袖口袖襕，淡声道：

"既在东厂习学,眼下天儿冷,就不必顶风冒雪回来了。咱家命人给你安排了值房,明儿起留宿那里,潜心跟着他们好好学,等明年开春经办个把案子,就正经升司房吧。"

对于一个没有根底的孩子来说,进了东厂就能领差事,这是做梦也不敢想的。小四大喜过望,忙向梁遇揖手行礼:"多谢督主。请督主放心,小四一定好好学,绝不给督主丢脸。"

梁遇嗯了声,看着他们一唱一和挤眉弄眼,微蹙了蹙眉,调开了视线。

头前月徊要带小四回来,他就已经提醒过她,男女有别不能过分亲昵,她嘴上虽答应了,可见并没有往心里去。如今人领回来了,他倒不是没有容人的雅量,只怕日久年深,大而不自觉,总是这么打打闹闹,实在不成个体统。为免将来出纰漏,还是先下手为强,东厂也好,锦衣卫也好,掌班、百户、千户,任免都在他一句话,赏小四个差事,让他离月徊远着点儿就成。

好在月徊很领他这份情,哥哥叫得又甜又脆,挨在他身边说:"既然要正经当差,还请哥哥赏他个名字,老这么小四小四地叫,多没面子。"

也确实,从提督府出去的,日后少不得平步青云,回头当了官儿,还让人这么阿猫阿狗地称呼,岂不叫人笑话。

梁遇偏过头,见书案上放着一本《乐府诗》,随手翻了翻:"南风知我意,吹梦到西洲,就叫傅西洲吧。"

小四对这名字满意至极,欢天喜地地冲月徊蹦跶:"月姐,我有名字啦,我叫傅西洲!"

月徊也跟着一块儿高兴:"西洲啊,这名字可太好听了,配你正合适。"心里自然明白,哥哥让小四随了母亲的姓,算是不圆满中的一点安慰。

小四有了名字,底气很足,没留下吃饭就回东厂去了,着急把各项录档上的名字改了,便于日后别人称呼他。

梁遇把人打发完了后顾无忧,站起身整了整中单的衣领道:"原想在家过夜的,可惜宫里有消息传出来,说圣躬违和,我得赶紧进宫一趟。"

月徊不懂那些文绉绉的词儿,歪着脑袋问:"圣躬违和是什么?"

"就是皇帝生病了。"梁遇走到门前,小太监躬身呈了乌纱帽来,他接过戴上,正了正冠服道,"皇上年少有为,只是身子不大好,这两年尽心调理过,虽有些起色,但逢着天寒岁末还是极易着凉。"说着回头叮嘱,"天儿冷,夜里别练字了,早早歇下吧。缺什么短什么吩咐下头人去要,别忍着,也别委屈了自己,记着了?"

月徊哎了声："那您多早晚回来？"

梁遇望着漫天静静落下的雪，长叹了口气道："要瞧皇上病势如何，明儿能见好，就明儿回来。"曹甸生举着黄栌伞上来接应，他微偏了偏头道，"外头冷，进去吧。"说完提袍下了台阶。

月徊站在廊上目送他，他的乌纱帽下戴了网巾，两根细细的棕绳垂在背后，尾梢悬挂珊瑚和蓝晶石坠脚，每走一步，撞着底下的香色蟒袍，一片玲珑轻响。

天色渐晚，宫门前挂了巨大的白纱灯笼，那点迷漭的光照不进幽深的门洞，只看见押刀的禁军，旗杆似的立在风雪里。宫墙内外各有两路人马把守，待宫门内侧落了钥，甬道那头辉煌的世界才显现出来。

司礼监的人早就在门上候着了，见他来，拱肩塌腰叫了声老祖宗，道："爷爷找老祖宗，已经问了好几回了。"

梁遇嗯了声："太医瞧过了？怎么说？"

杨愚鲁道："老症候上又添风寒，才吃了药，要看今儿夜里怎么样。"

"太后那里通禀没有？"

杨愚鲁说："没有，老祖宗不回来，底下人不敢擅作主张。"

大邺十五朝皇帝，有半数不是正宫娘娘生的，隔层肚皮隔座山，就算面上母慈子孝，也要分一分轻重缓急，什么当讲什么不当讲。

皇帝的母亲原是刘淑妃，入宫后得宠时间不长，默默生下孩子，又默默地死了，淳宗是在楚王四岁时，才想起有这个儿子的。既然想起来，就不能不闻不问，于是交代皇后多加看顾。皇后自己虽只生了一位帝姬，但极看重成顺妃的儿子晋王，成顺妃和皇后是嫡亲的姐妹，外甥比起丈夫和别人生的孩子来，关系自然更为亲厚。

原本那么多位皇子里头，最有可能继位的就数晋王，可晋王失德，品行不好，十四岁被勒令离京就藩，太子名册上永失了资格。剩下几位皇子，毕竟生母都在世，捧了哪一位将来都是威胁。梁遇挑了个机会向皇后谏言，几番活动之后，才换来了楚王册立太子的机会。

可惜楚王自小没得好照顾，身底子不强健，到如今还是动辄抱恙。梁遇也常为这个忧心，一朝天子一朝臣，他是当今天子的大伴，倘或皇帝有个好歹，江山换了他人来坐，那么汪轸就是他的前车之鉴。

皇帝又病了，这件事得捂住，不能让太后知道。他脚下匆匆穿过夹道，进了乾清宫东暖阁，远远见皇帝高卧着，便趋身停在脚踏前，低低唤了声"万岁爷"。

皇帝脸色发白,颧骨却一片潮红,听见他的声音才睁开眼,哦了声道:"厂臣来了。"

梁遇又上前半步:"主子眼下觉得怎么样?"

皇帝轻咳了声,歪在枕上道:"也不觉得怎么样,才吃了药,发了点汗,不像先前那么热了,就是口渴。"

梁遇忙招宫女送茶水来,自己亲自登上脚踏喂皇帝,和声道:"臣看了太医档,还是肺热引发的症候,不是什么要紧的病。不过眼下时机上头有些挂碍,内阁正拟主子亲政事项,怕这点小岔子,会横生枝节。"

皇帝何尝不明白他的意思,他是十六岁登基的,太后拿捏他,口头上不承认称制[1],但政务却时时要干预。好容易忍到年满十八,太后再也不得以任何借口干预政事,谁知到了这个节骨眼儿上,自己的身子却不争气。

"怪朕病的不是时候。"皇帝惨然一笑,苍白的唇色有种羸弱的气象。顿了顿道,"倘或这两天有起色,事儿还能遮掩过去,要是病气儿一时半刻不散,只怕太后那里不好敷衍,到时候还需厂臣想法子……"说罢又是一阵干咳。

梁遇替他拍背顺气,宽解道:"主子放心,这件事臣自会料理。眼下入了九,正是最阴冷的时候,又连着十来日没见太阳,不留神受了寒也是有的。好好养息,旁的事儿都撂下,有臣在,臣当上这掌印,就是为替主子分忧的。"

皇帝听了点头,仰在枕上缓缓舒了口气。

梁遇替他掖好被角,顿了顿问:"主子心里,对皇后人选可有什么想法?"

皇帝有些怠懒,抚额道:"皇后与朕同体,选后当慎之又慎。朕没有特别的人选,只要是忠良之后,不和太后一伙儿,就成了。"

梁遇略斟酌了下道:"主子不豫,这事原不该现在提,可情况迫在眉睫,又不好隐瞒主子……臣接着密报,说朝中素日维护太后的几位臣工,偷着往慈宁宫送画像。选后这桩事上,太后必然要做主,臣唯恐不经主子首肯,慈宁宫擅自把人选定下。"

皇帝不说话了,沉默良久,掉转视线望向他:"厂臣手中有刀,朕将这大权赏你,只愿厂臣忠君事主,一切以大邺江山为重。"

梁遇等的就是这句话,毕竟那些重臣辅佐过先帝,要着手处置,总得讨皇帝一个示下。如今皇帝松了口,那么一切就都好办了,谁有罪,谁该死,全凭他定夺。

"臣遵旨,剩下的事交由东厂处置就是了。主子好生静养,今儿臣为主子上夜,主子有什么吩咐,臣就在外头听着。"

1　称制:指古时后妃掌权临朝。

皇帝微点点头，复闭上了眼。抛开身份不谈，其实他也就是个十七岁的少年，侧脸略带青涩，鬓角汗毛茸茸的，仰卧在宽大的龙床上，因气息急促，被面团龙急剧起伏。

梁遇退出正殿，西南角有内奏事处值房，平时作司礼监办差之用，白天人员往来络绎不绝，到了夜里只剩四人对班轮值。今晚他要留在乾清宫，里头当值的早就退到廊下侍立了，这两天因私事耽误了不少公务，到了月尾，宫门进出档要检点，臣工题本要查阅，内闱燕衰[1]要过目，怕是忙到明早也尽够了。

脚下摆了熏笼，他在案后坐定了，一大摞册子堆得像山一样高。一旁伺候的秦九安道："该核对的底下人早前都核对过，督主酌情抽验几本，大晚上的，寒气直往骨头缝儿里钻，何必受那份累！"

司礼监自他掌管后就极少出岔子，差事分摊到每个人头上，倘或有疏漏，醋打哪儿酸，盐打哪儿咸，总有个来由。不过掌事的太好糊弄，底下人就作妖，梁遇少不得劳苦些，该查验的还是要查验，直忙到子时前后，御茶房送果子茶水来，他才稍稍歇了会子。

夜很深了，雪还在下，穿过空阔的广场看正殿，檐下灯笼摇曳，窗屉子里透出橘黄色的光来，正大光明殿也像远处的住家儿。

他呷了口酽茶[2]，舌根上一片苦涩。探手取过彤册，这是记录帝王御幸起居事宜的，皇帝还未立后，妃嫔位也都出缺，只有早前东宫伺候的四位女官侍奉。那些女官说穿了就如大家子少爷跟前的通房，是给皇帝学本事用的，将来是去是留，全看皇帝的心情。

上半月召幸稀松，下半月……十七日、二十三日、二十六日均有记档。他的视线落在二十九日上，这一夜幸了司寝司帐两位，怪道身子不成就了。

梁遇阖上了彤册，倚着圈椅扶手道："那四个的药停了吧，也是时候了。"

秦九安应了，只是不解，小心翼翼道："这会子停了，万一遇喜，怕坏规矩。"

梁遇哂笑了声："规矩是人定的，搁在哪朝哪代，帝王家子嗣兴旺都是好事。真遇了喜，太后还能掐死皇孙不成？"

他做了皇帝十来年的大伴，皇帝的一应事物都由他安排，包括这四位女官。早前皇帝太年轻，未册立皇后之前有了皇子，必叫那些酸儒说嘴。如今开春就要亲

1　燕衰：日常家居。

2　酽茶：浓茶。酽，指茶、酒等饮品味厚。

政,立后也在眼前,掐准了时候先占了皇长子的缺,朝野上下谁又敢置喙?

说到底,还是皇帝身子太弱了,不得不未雨绸缪。

他的指尖在彤册上摩挲,曼声道:"吩咐那四个,也要略尽劝解之职。皇上年轻,多少阳气儿也经不得她们吸,别弄得盘丝洞似的。"

秦九安嗐的一声笑,笑完了忙捂住嘴,讪讪道"是":"小的明儿就传话。"边看看西洋钟,抚膝说,"老祖宗,时候不早了,您眯瞪会子……"

话音才落,外面传来皂靴踩地的声响,御前太监停在门上向内传话:"老祖宗,万岁爷像是有些不大安稳,您瞧瞧去吧。"

梁遇赶过去的时候,几个太医正轮番给皇帝号脉,看皇帝气色,拧着眉头呼吸急促,他抓过一个太医质问:"吃了药不见好,反倒越发沉重了,你们当的什么差!"

掌班的太医见他搓火,忙上来支应,拱着手说:"梁大人,皇上这症候总有反复,以前的药用了,压不住势头,请大人容咱们再合议药方儿。大人也不必着急,病症不凶险,皇上又是春秋正盛,拉灯晚儿的时候略重些,到后半夜渐次会转轻的。"

梁遇听了,手上方松了松,一把推开那个太医道:"咱家后半夜就等着瞧了,要是不见好,你们可别怪咱家手黑。"

这话绝不是吓唬人,几个太医忙一迭声应是,掌班的跪在脚踏上施针,直忙了半个时辰,皇帝的热症才逐渐退下来。

这样的风波每隔三五个月总要经历一回,皇帝打小就是如此。梁遇还记得当初向太后谏言,太后坐在南炕上,凉笑道:"楚王?那孩子身子骨不结实,将来要是继了位,再有个好歹……社稷经不得这样折腾。"

很多人不看好皇帝,甚至觉得他能不能平安活到弱冠都是未知,所以这两年的太医档得准备阴阳两份,皇帝真正的看诊次数对外是绝不宣扬的。又病了……每个人得知皇帝欠安,病了之前必要加个"又",亲政之前大病,要是叫太后知道,那就是个话把儿,也许会换来一句"皇帝病着,不宜太操劳,亲政之事暂缓"的慈谕。

皇帝缓过来,偏头看了梁遇一眼:"厂臣,朕没事。"话里带着一丝庆幸,甚至有些邀功的味道。

梁遇忙上前,哈腰道:"是,主子安然无恙。"

扶持一个病弱的皇帝,实在需要很大的耐心,皇帝贵为天子,心思比一般人更警敏，每当这个时候总有自轻自贱之感，害怕身后空无一人，连大伴都放弃他。

只是病势虽稳定了，他的中气却大大不足，才说一句话就要张口喘气，明天的晤对怕是不成了。

梁遇把跟前的人都遣了出去，犹豫片刻方道："明儿内阁要进来奏事，臣倒是能够抵挡一阵子，但只怕那些阁老听不见主子发话，不好打发。"

内阁的人最擅勾缠，且一两句未必能绕得过去，皇帝强撑着抚胸说："朕明儿尽力……"

可是彼此都知道，内阁觉察出异样来，消息会即刻传进慈宁宫，要不了一炷香，太后就会亲临探望。

事情紧急，也是天意如此吧，梁遇道："主子曾问臣，这两日在忙什么，臣没有向主子禀明实情。臣在入宫前，有个失散的妹妹，前儿终于找回来了……"

皇帝哦了声："好事儿，恭喜厂臣了。"

梁遇俯身谢恩，计较再三才又道："臣这胞妹流落在民间，学会了一项绝活儿，她擅拟人声，只要听过的，总能学个八九不离十。臣原是想，这不是什么好本事，身怀奇技犹如临渊而行，难免招人忌惮，若不是到了这般境地，臣是绝不会向主子提及她的。"

皇帝艰难地喘了口气道："朕明白你的顾虑……你放心，朕绝不是那种……背信的人，你让她进宫，见朕。"

总是将来用得上的时候多了，他有这个病根儿，正缺另一条喉咙来替他传话。

梁遇领了命，从暖阁里退出来，实心说，他并不愿意月徊以这样的姿态进入皇帝的视野。今日你有用，人家抬举你，待他日尘埃落定了，焉知你不会成为别人的心头刺？可眼下是顾不得了，先稳住了大局，将来才好施为。小皇帝这三五年内还需仰仗他，三五年，足够他把持内阁，将东厂推向顶峰了。

时候不多，再有两三个时辰就要天亮，得赶在宫门开启之前把人接进宫。好在冰盏胡同离紫禁城不远，他亲自回去，乘着一片呼啸的北风进了二门。

外间有丫头值夜，曹甸生扣着门扉压声喊："绿绮、绿绮……快醒醒！"

里头掌起了灯，窸窸窣窣的脚步声到了门前，绿绮隔着门问："管事的，姑娘正好睡呢，出什么事了？"

曹甸生也不和她多解释，只说："开门，赶紧给姑娘收拾起来，督主要接她进宫。"

绿绮吃了一惊，忙拔下门闩打开门，果然见梁遇在廊下站着。随侍的小太监挑着灯笼，圈口的光映照着他的脸，诡谲莫测，又无懈可击。

里间秋籁不敢耽误，忙进去通传，跪在脚踏上绵绵唤姑娘："您快醒醒，督主回来接您啦。"

月徊正睡得蒙眬，撑起来唔了声："什么时辰了？"

秋籁看看座钟："快丑时了。"

正要拽过夹袄来给她穿上，绿绮托着一件墨绿葵花补子的圆领袍进来，往前递了递："让换这个。"

秋籁展开看，讶然望了绿绮一眼："这不是宫里太监的公服吗？"

绿绮摇了摇头，示意她别多嘴，横竖是督主的令儿，照着做就是了。

月徊任她们摆弄，脑子还是糊里糊涂的，等穿好夹袄蹬上皂靴，看见镜子里的自己才咦了声："三更半夜让我扮太监……哥哥改主意了？"

梁遇静静坐在正屋灯下，听见她的话，涩然闭了闭发烫的眼睛。

底下人忙替她梳头，她坐不住，带着揪住她头发的秋籁跑进了正屋，笑道："我都收拾好了，这就能进司礼监点卯。"

她是个急性子，即便被牵住了脑袋也还扑腾。梁遇在外头专横无情得很，见了她却发作不出来，招手让她坐下，接过秋籁手里的发带和网巾，仔细替她束好发，戴上了内侍纱帽。

"宫里遇着了难处，想求姑娘帮着解个围。"他替她正了正帽子，灯下看她，那双大眼睛是挡也挡不住的机灵。

月徊笑得讪讪："宫里到处是能人儿，还有用得上我的地方？"

梁遇嗯了声："这事非你不可，你先跟我进宫，回头自然知道。"

没见过世面的穷孩子，巴不得有机会长见识，况且自己的亲哥哥又是司礼监头把交椅，几乎没有什么后顾之忧。月徊欢蹦乱跳地说好，抻抻袍子又摸摸牙牌，跟着梁遇登上了马车。

她是头回进宫，宫里虽有很多太监是擎小净身，没能长出男人模样，但和正经姑娘还是不一样的。梁遇诸样嘱咐她："对外别让人知道咱们的关系，宫里最忌出头冒尖，要人不注意你，就得尽量窝着点儿。遇人问话自称奴婢，别仰脸瞧人，低头回话总错不了。"

月徊说是，耸着肩垂着手，抬眼一笑："您瞧这样行吗？"

梁遇打量了一眼，温声道："忍着点儿吧，熬过了今明两天，后儿就让你出宫。宫里不是久留之地，多待一日就多一分危险。"

月徊偏爱抬杠，嬉皮笑脸道："您前儿还说我能进宫当娘娘的呢，哥哥忘了？"

梁遇被她回了个倒噎气,愠声道:"进宫做太监,和进宫做娘娘是一样的吗?你别顾撺嘴,好歹记住我的话。"

月徊吐吐舌头,知道再胡扯要惹哥哥生气了,便正色问:"大半夜的,哥哥到底为什么接我进宫?要我解围的,究竟是什么事儿?"

梁遇垂眼捋了下膝上褶皱,淡声道:"也不是多为难的事,皇上病了,明儿应付不得内阁的人,要借你的嗓子说两句话。"

月徊愣住了,耳朵里嗡嗡作响,这还不是为难的事,多大的事才算为难?

她有点怯,支吾着:"这可不是闹着玩儿的,那位可是皇上!再说我这嗓子也不是人人能借的,有的我也学不好。"

梁遇说:"不碍的,你先进去见一面,能不能学成不强求。皇上开了春要亲政,可他身子不好,怕人挟制,夺他手里的权。哥哥眼下虽执掌司礼监,提督东厂,但朝野上下不对盘的人不少。我是新官上任,还没肃清政敌稳固地位,要是不能保皇上亲政,这太监头儿也当不长。"

月徊听到这儿算是明白了,他们是一根绳上的蚂蚱,帮了皇帝就是帮了哥哥。

怎么办呢,到了这个份儿上,这顶帽子不戴也得戴。她吸了口气道:"我试试吧,要是不成,还请哥哥担待。"

马车驶过长桥,在顺贞门前停下来,月徊是极有眼力见儿的丫头,她蹦下车立在车辕旁,向上架起了细细的胳膊。梁遇像寻常式样,扶着她的胳膊,踩着小火者的背下了车,昂首走进门洞。这紫禁城太大了,夹道甬道错综复杂,漆黑的夜里小太监挑灯引路,月徊躬身垂首跟在他身后,不能抬头四顾,只好就着夜幕笼罩,悄没声儿地拿眼尾余光偷瞧。

夹道宽而直,两边高墙对起,割得这天顶也只剩窄窄一线,人走在底下很觉逼仄。深夜的皇城四处下了钥,满世界静悄悄的,仿佛一座空城,只有官靴踏在青砖上,发出一点轻微的声响。

小太监在前头开道,临近一座随墙门便匀匀击节,门里值夜的听见了,随即落钥放行。月徊数不清过了多少道门,直到视野之内亮起来,她微抬了抬眼,才发现已然到了一座巨大恢宏的宫阙前。

乾清宫是皇帝住的地方,梁遇带她从月华门进去,这是有品级的官员才能走的道儿,若是宫女太监行走,只能从乾清宫月台前丹陛下的老虎洞通行。

月徊一直谨记哥哥教诲,进了宫必要比太监还像太监,因此一直老老实实盯着自己的脚尖。身旁内侍列着队来去,一色云气纹绲边的官靴,看来都是有头有脸的，见了梁遇俯首帖耳叫"老祖宗"，然后恭敬让到一旁。月徊在家时看哥哥和颜悦色，除了头回见面有些怕，后来并不畏惧他。到现在跟在他身后旁观，才知道他在外头不可一世，这阖宫上下当差的，没有一个敢不宾服他。

他摘下身上斗篷，随手扔给一旁侍立的人，快步穿过正大光明殿往东次间去。月徊低头尾随，殿里暖意融融，也不知燃了什么香，香得那样沁人心脾。

梁遇停在槛前回禀："皇上，人带来了。"说完牵了月徊的手领到龙床前。

月徊心里哆嗦，实在是这辈子没见过这么大的人物。正慌得不知怎么好，听梁遇说了句"给皇上行礼"，她扑通一声就跪下了。

暖阁里铺着巨大的双狮戏球栽绒毯，手触在上面也不觉得凉。屋里头寂静无声，好半晌才听见皇帝的声音，说："起来吧。"

皇帝的声线听上去很儒雅，像月徊早前在码头时遇上的大盐商家的公子，不骄不躁，透着一股养尊处优式的从容散淡。要论年纪，应该不大，但出于自矜身份，字里行间总带着三分清高。

月徊不太懂得宫里的规矩，甚至连谢恩的时候该说什么她都不知道。她只知道磕头，脑门在栽绒毯上叩了一下，然后抚膝站起来。皇帝就躺在不远处的龙床上，余光能瞥见一个模糊的剪影，但她还是老老实实管住了自己的眼睛，不让它瞎瞧。

梁遇上前，轻声道："主子，这是舍妹月徊，前两天才找回来的。因自小长在民间，规矩体统一概稀松，要是有糊涂的地方，请主子管教。"

皇帝疲惫地点了点头："厂臣兄妹一心为朕，朕……心里都知道。"说罢又喘了口气，"你抬起头来，让朕瞧瞧。"

月徊应了个是，这才仰起脸，满室的华贵灿烂撞进眼里来。她看见床上的皇帝卧在一片妆蟒堆绣之间，果然很年轻的模样，有点瘦，但脸架子清秀美好。因身上余热未消吧，眼梢和眼皮有些发红，那样蒙蒙看人一眼，奇怪竟有一种欲说还休的味道。

果然紫禁城里的风水养人啊，月徊暗想，外头那些面朝黄土背朝天的小力笨儿[1]，哪个也不能长得这么细皮嫩肉，当然他们家小四是个例外。不过这位终究是皇帝，她感慨之余也不敢多瞧，只是垂着眼，任皇帝打量。

女扮男装的太监，皇帝也瞧个新鲜劲儿，瞧完了心里有衡量，到底是梁遇的妹妹，长得很漂亮，究竟怎么漂亮法儿呢，大概就是把他身边的女人都比下去了吧。

---

1 小力笨儿：方言，指在小店铺里打下手、做杂活儿的小伙计。

"朕该怎么做？"刚才喝下去的药起了药效，他这会儿略有了点精神，强撑着问，"要朕背书吗？"

月徊说："不必，皇上寻常说话就成了，奴婢听着，能学个大概。"

皇帝其实不太相信这世上真有人能拟别人的声线，就算能，学上个四五分，想必已经顶破天了。

梁遇的消息原本也是从番子那里得来，并没有亲自见证，便转头对月徊道："皇上刚才那两句，你能学成吗？"

月徊微哈了哈腰，抬起袖子掩住嘴："朕该怎么做？要朕背书吗？"

琵琶神后的嗓音响起，竟让人有汗毛炸立之感，那嗓了的主人明明正躺在床上，可声音却在隔了两丈远的地方响起来……梁遇暗舒了口气，转身向皇帝拱手待命。

皇帝有些不可思议地看向月徊，到这时才信大千世界无奇不有。心里紧着的弦儿松懈下来，慢慢点了点头。

梁遇道："这两日就让月徊留在御前伺候吧，待主子好些了再让她出去。"

皇帝嗯了声，复合上眼，再不说话了。

看看外面天色，离西华门开启也只个把时辰，梁遇让殿外侍立的人进来，自己带着月徊进了内奏事处。

内阁奏对时少不得花样百出，月徊没有经历过那些，要糊弄过去不太容易。梁遇在地心踱了两步，回身道："你只要记好一句话，'朕今日倦怠，题本交司礼监合议后，再送朕过目'，就成了。"

月徊道好，照着他的吩咐操练了两遍，待梁遇认可了，差事才算领了一半。

可她还是有点怯，支吾着说："万一被那些人瞧出来了，那可怎么办？我冒充皇上发话，这是杀头的大罪吧？"

一个糊里糊涂的丫头懂得忧心掉脑袋，也算一项进步。梁遇见她细细蹙着眉，便安抚道："别怕，到时候我也在，有什么变故，我自会抵挡的。"

月徊这才放心，背着手绕室走了一圈儿，笑道："这紫禁城可真大，从宫门到皇上的院子，走得我脚底下起火。没想到我这辈子还有造化进宫哪，回头我得告诉小四，好好给自己长一回脸。"

可惜她这样的打算，并不得梁遇支持："这件事谁也不能告诉，就算小四跟前也不能说。"见月徊茫然，他叹了口气道，"哥哥明白你和小四以前的不易，也知道你们比至亲手足还要亲，可你要记好一点，同患难不易，共富贵更难。因为吃不饱的时候一门心思全在糊口上，等吃饱了就会腾出心眼儿来琢磨别的事，这世上除了哥哥，所有人都得提防。"

月徊哦了声，应得有些低落，在哥哥眼里，小四终究是个外人。

梁遇转身望向门外漆黑的夜，喃喃说："我今儿带你进宫，也不知是对是错。我这样的人，时时走在刀尖上，不知道什么时候不留神，就给劈成两半了。让你掺和进来是解燃眉之急，等这急救完了，哥哥可能要送你去别的地方……"

月徊呆了呆："我不和您分开。"说得气急败坏，一蹦三尺高。

梁遇失笑，孩子果然是孩子，想得不长远，说风就是雨。他只好宽慰她："我是信口一说罢了，不到万不得已，不会送你走的。"

月徊脸上还有余怒，嘟嘟囔囔盘着牙牌说："都丢了十一年了，还没丢够……既要打发我，找我回来干什么！"

姑娘使性子，让人招架不住，最后还是杨愚鲁送了点心和油茶进来，才让她息了怒。

窗纸渐渐泛起一点蓝，外面的夜色在灯笼下也不显浓稠了，五更的梆子响起来，嗒嗒地，一下下敲在人心上。

梁遇站起身道："走吧。"领月徊重入东暖阁。皇帝的病症折腾了大半夜，到这会儿人昏昏沉沉，只顾闭着眼睛睡觉。梁遇安顿她在一旁侍立，压声嘱咐她照着先头的话去做，待这里都预备好，外头的臣工也该入正殿了。

往常皇帝召见内阁，养心殿或乾清宫都有之，天儿冷的时候一般设在暖阁里，阁老们迈进殿门，轻车熟路就要往东暖阁去，不承想在门前被梁遇拦住了。

梁遇一派和煦气象，含笑道："诸位，皇上昨儿受了凉，怕把病气儿过给阁老们，今日的奏对就隔帘呈禀吧。"

内阁的人见他拦路，只得悻悻收住了腿。

梁遇弄权，仗着是皇帝大伴只手遮天，内阁人人心中有数，只是碍于他手握锦衣卫和东厂，到底忌惮他几分。如今朝中局势是如此，皇帝倚重司礼监和厂卫，内阁倚仗太后，两两对抗也算势均力敌。皇帝继位两年来，没有过隔帘奏事的先例，眼下正是亲政的当口，不见臣工，难免叫人起疑。

武英殿大学士宋惊唐执着笏板，慢腾腾道："臣等微贱之躯，若怕过了病气就隔帘参奏，是对皇上大不敬。皇上既受了寒，臣等忧心皇上龙体，还是当面向皇上请安才好。"

内阁那帮文人，最不缺的就是抬杠的热情，往慈宁宫送画像的名单里头也有这位宋阁老一份。梁遇调过视线来，轻慢一笑道："宋大人此言差矣，内阁是朝廷股肱，多少政务需仰仗诸位，宋大人自称微贱，纵是其余诸位答应，咱家也不依。皇上体谅诸臣工，是皇上的恩典，宋大人非要往里头闯，惊了圣驾反倒不好……"边说边瞧了首辅张恒一眼，"张阁老道是不是？"

张恒是个懂得审时度势的人，虽然不知梁遇葫芦里卖的什么药，却明白因这种小事顶风而上没必要。他笑了笑，乐得和稀泥："梁大人说得是，皇上体恤，是臣等的福泽，隔帘奏事也一样的。"

然而宋惊唐不肯罢休，昨晚顺贞门开阖数次，其中必定有其缘故。先前在西朝房，大伙儿就因这个消息合计过，料着又是圣躬违和了。现在晤对，皇帝不肯露面，难道叫他们对着门帘子长篇大论，人在不在里头还不知道呢！

"今儿的奏对不新鲜，前两天已经呈过题本的。依着我说，挑两个人进去回话也成。"宋惊唐似笑非笑地对梁遇道，"梁大人是司礼监的老祖宗，东缉事厂的督主，知道为臣者奏事必面圣的道理。倘或皇上违和，差遣御前的人下令息朝就是了，到底皇上带病理政，我等也心疼。"

"宋大人这是在质疑皇上勤政的心吗？"梁遇偏头乜着他，"咱家听说宋大人和夏连秋夏大人关系匪浅，看来宋大人今儿是有心叫咱家为难啊。"

内阁的人眼见梁遇动了怒，忙出来打圆场，鸡一嘴鸭一嘴地说和："不是什么大事，何必伤了和气……"

"看来朕的话是不管用了。"

正在剑拔弩张时，门帘里传出皇帝的嗓音来。阁老们原本笃定皇帝病了，且病得不轻，暗想闹一闹也不赖。谁知一听这声儿，分明没有半点病势，当即就打了退堂鼓。

"臣等惶恐，请皇上息怒。"阁老们纷纷举着笏板躬下了身子。

里头的月徊听见哥哥被人顶撞，气涌如山，原想借势骂他们两句的，但想起梁遇先前的叮嘱，只得勉强按捺住了。

"朕今日倦怠，题本交司礼监合议后，再送朕过目。"帘内的一把嗓子无情无绪道，想想心里头憋屈得慌，又擅作主张追加了一句，"朕圣躬违和，自有太医替朕调理，你们一个个不依不饶，打量朕好性儿，不治你们的罪是不是？"

此话一出，梁遇无可奈何，那些内阁官员却惊惧，呼啦啦跪倒了一大片。

皇上息怒、皇上恕罪……皇上在他们眼里到底还是皇上。

梁遇站在一旁道："诸位大人，圣意已下，就不必在这里蹉跎了，都按皇上的意思办吧。"

阁老们不好再多说什么了，冲着厚厚的门帘子长揖行礼，鱼贯退出了正大光明殿。

月华门外，宋惊唐依旧觉得不平："梁遇不过是个内官，如今仗着皇上宠信，挡起内阁的道儿来……"

众人亦摇头，还没来得及说话，迎面见司礼监的秦九安率一队锦衣卫到了跟前。

秦九安皮笑肉不笑，抱着拂尘对宋惊唐哈了哈腰："宋大人，东厂承办的案子移交锦衣卫，人犯供出了几样罪证都和宋大人有关，咱家是没法儿，只好大清早的来麻烦宋大人了。大人也别忧心，不过是请大人上锦衣卫衙门吃碗茶，问几句话，等问完了，自然放大人回去。"

说罢一使眼色，那些押着绣春刀的锦衣卫上前来，恶狠狠地比了比手："宋大人，请！"

宋惊唐是文人，文人在武夫面前，连半点反抗的能力也没有。他嘴上不屈叫嚷着"我是命官，你们好大的胆"，结果招来了一记闷拳。

这是司礼监第二回正大光明捉拿内阁官员了，阁老们眼神惊惶面面相觑。秦九安见了囫囵一笑，世上事总是如此，凶的怕狠的，狠的怕不要命的。

他摸了摸鼻子，一条尖细的嗓子拖着长腔，阴阳怪气敲缸沿："这是赶上好时候啦，什么鸟儿都出来叫唤。自己的屁股还没擦干净呢，倒抢着报头功，这可好，兔儿爷掏耳朵——崴泥了吧。这宋大人啊，活了一把岁数还不晓事，可见书都读到狗肚子里去了。"边说边回身踱着方步腾挪，拂尘一甩，马尾毛扬起老高。

一种山雨欲来的预感悄悄从四面八方爬上来，众人皆惶惶看向张恒。张恒叹了口气："司礼监坐大，梁遇不是汪轸。诸位，往后留神吧。"

梁遇打帘进来，趋身上前瞧皇帝。先前的动静大，月徊的嗓门也大，想是把他吵醒了，那双无神的眼睛开一道缝，艰难地喘了口气："人都散了吗？"

梁遇道是，牵起琵琶袖摸了摸皇帝的额头，轻声道："主子身上还有余热，但比昨儿夜里已经好多了。眼下没有精神头儿，不碍的，让他们好好调理。您安心将养两日，很快就会好起来的。"

皇帝点了点头，因半夜咳嗽得厉害，嗓子哑了半截，问："内阁的人……瞧出什么没有？"

梁遇看了月徊一眼，垂首道："主子放心，臣在外头听不出异样来，阁老们纵是怀疑，也不敢置喙。"

"太后那头……"

"臣在永康左门上加派了人手，内阁官员凡有出入者，一概叫免，乾清宫的事儿传不进慈宁宫去。"说罢在脚踏前跪了下来，深深磕了个头，"臣有罪，教导妹子不力，险些让她坏了大事，请皇上责罚。"

月徊到这时才惴惴起来，知道自己的一时冲动可能要闯大祸了，忙在梁遇边上跪定，俯首道："一切都是奴婢自作主张，和我哥哥不相干。奴婢错了，皇上要杀就杀奴婢，饶了我哥哥吧。"

兄妹两个泥首顿地，月徊因惧怕瑟缩着，小小的个头穿着太监的袍服，往下低头，帽子就磕到地上。

皇帝吃力地喘了口气道："起来。你非但没罪，还有功……那些话，朕早就想说了。"

他要当明君，必须接受文官各种刁钻刻薄的谏言，就算心里再不痛快也得受着，两年下来早受够了。泥菩萨尚有三分泥性呢，要是依着他的性子，那些有意为难唱反调的大臣都该狠狠收拾，收拾得服服帖帖的，天下就太平了。可是解气的话他没法说，也不能在臣工面前轻易发火，内阁小刀嗖嗖的时候，他就端坐在腥风血雨里频频点头。皇帝得戒骄戒躁，虚心受教，有时候觉得这皇帝，当得跟孙子似的。

月徊是个直爽性子，他看出来了。其实那时自己已经醒了，见她握着拳红着脸，那双眼睛里满含愤怒的光，他忽然发现能像她一样活着也挺好。她呵斥那群元老，虽然狠劲儿只使了三分，但也不错了。皇帝觉得借着她的胆儿出了口恶气，如果今天应付内阁的是自己，怕是做不到那样硬气。

他轻轻牵了下唇角："只是你有个地方说错了，皇帝不说朕圣躬违和……"他缓了缓才又道，"说朕躬……朕躬违和。"

月徊起先提心吊胆，怕自己莽撞连累了哥哥，没想到皇帝和善，并不因这个怪罪她。

她觑觑梁遇，梁遇连瞧都没瞧她一眼："还不谢皇上恩典！"

她忙道是："奴婢受教了，谢皇上恩典。"

皇帝微微颔首，才说了几句话便耗尽了力气，偏过头去，重又阖上了眼。

第四章 独怜幽草

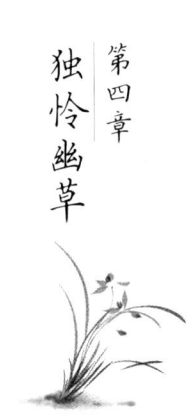

月徊跟着梁遇退出来,照旧退回内奏事处,一路上瞧他脸色,他的侧脸在风雪里显得寒凉,深浓的眼睫交织着,猜不透他心里在想些什么。

"哥哥。"月徊轻轻扯了扯他的袖子,"您还恼我呢?"

梁遇不说话,嘴唇抿得紧紧的,脚下也走得匆忙。

月徊心里撕扯起来,嗫嚅道:"皇上又没治我的罪,哥哥就别生气了。再说我也是替您鸣不平,谁让那些人顶撞您!"

是啊,终究是她舍不得见哥哥受委屈,是她的一片手足之情。梁遇平了平心气儿,垂眼看她:"那些人顶撞我,我自然叫他们吃不了兜着走。可我先头和你说的话,你全忘了,这宫里每走一步都要仔细,倘或任性胡来,多少脑袋也不够砍的。"

他又要念叨,月徊赶紧敷衍,赔着笑脸道:"这回我一定记下,不该说的话不说,不该办的事儿不办。不过皇上人是真好,我犯了这样的错,他也能担待。"

黄栌伞下有细碎的雪沫子刮进来,翻转飘浮,撞进人眼里,梁遇微含起眼,凉凉一笑道:"那是天底下最尊贵的人,生杀予夺全在他一念之间。他和咱们不一样,皱一皱眉头,咳嗽一声,多少人都得丧命。好?不要因为眼巴儿前的见识,就轻易断定一个人的好坏。"

大约是苦了这些年,早就看透了世间百态,梁遇对任何人或事的解读都留有三分，不达极致。月徊太年轻，她眼里的恶只局限于码头上所受的委屈，穷人间的欺压都是赤裸裸的，很少有谁愿意花时间弄那些弯弯绕。而有权有势的人不同，未必喊打喊杀，把臂之间却刀刀见血，她没有领教过，所以她不懂。

横竖哥哥的话总不会错，月徊诺诺应下了，复仰脸问："咱们什么时候回去？我在这里，总不大自在。"

梁遇怅然望向乾清宫，呼出的气在眼前凝结成霜："兴许明儿吧，得看皇上什么时候缓过来。宫里幺蛾子多了，说不定还有用得上你的时候，且再等一等，等皇上发话吧。"

一入宫门身不由己，月徊只好对插着袖子叹息。梁遇在前面走着，她在后面尾随，才到廊下，一个穿朱红曳撒的人过来，低眉顺眼地叫了声老祖宗，道："事儿都办妥了。"

梁遇嗯了声："给内阁一个下马威，看他们服不服，要是不服，就接着给咱家敲山震虎。"

承良道："是。秦九安亲自押人进昭狱，横竖姓宋的别想活着出来。还有那些送画像的，名额全给他们留着呢，老祖宗瞧，接下来是让番子逐个敲门还是怎么，听老祖宗的示下。"

承良一口一个老祖宗叫得欢实，一旁的月徊觉得有些好笑。

哥哥才二十五，这样的年纪被人称作老祖宗，没的把人叫老了。可瞧瞧他们，一个敢叫一个敢应，且这宫里的太监似乎都是这样称呼，想是人到了一定地位，不做人祖宗对不起头上这顶乌纱。

梁遇说："不急，离过年还有一个月，剩下的三位匀着点儿收拾，我要让内阁人人自危，不知这横祸接下来会落到谁头上。"话说完，忽然想起月徊还在身边，他倒一惊，担心这样的算计吓着了她，谁知她眉眼弯弯，正含笑看着他。一本正经的谋算在她面前，忽然变得滑稽起来。

承良看看他，有点尴尬，之前找人这件事是他承办的，虽不知道掌印和这女孩儿之间有什么关系，但单凭猜测，也知道绝不一般。

他叠着手道："那什么……老祖宗的话我记下了，全照老祖宗的吩咐办。小的这头没旁的事了，小的告退。"临走前还冲姑娘哈了哈腰。

梁遇瞥了月徊一眼："进去吧。"

月徊跟在他身边，笑呵呵地问："他们为什么都管您叫老祖宗？"

"这是司礼监历来的规矩，大概因为太监断子绝孙，底下的人献媚，抢着给上头当孙子吧。"

月徊哦了声，开始瞎琢磨："我当着人面儿可怎么称呼您呢，也跟他们叫老祖宗？"

这比拜干爹更复杂，梁遇蹙眉说："别，你是我的小祖宗，我可不敢承你这一声儿。"想了想道，"就跟着宫人叫掌印吧，人前人后警醒着点儿就成了。"

月徊说"得嘞"，答得十分干脆响亮。她是那种扎在哪里就能落地生根的人，这一天在司礼监厮混，冷了烤火，饿了吃果子。掌印值房里有个小小的隔间，外人是不能进的，她就踏踏实实在里头待了一整天，还尝了大内专供掌印的膳食，直竖大拇哥儿："可比东来顺的厨子强多了！"

她不是正经宫里人，不能在乾清宫点眼，因此皇帝那头情势怎么样，她也不知道。等到将夜的时候，御前的人来回皇帝病势，据说比上半晌又好了些，已经能坐起身进东西了。

梁遇舒了口气，回身对月徊道："看来用不着等到明儿了，回了皇上一声，我打发人送你回去。"

月徊暗里有些可惜，难得进一回宫，昨儿半夜来，今儿掌灯又出去，没能着实开一回眼界。不过宫里步步凶险，她还是早早儿出去的好，也省了哥哥的麻烦。

于是跟着一块儿上乾清宫去，预备给皇帝请个跪安就告退。穿过细密的雪沫子，暮色中巍峨的宫阙竖立在广袤的天街前，一溜宫灯高悬着，把檐下的和玺彩画照得熠熠发光。

皇帝还在东暖阁，门上垂挂的金丝绒帘子打起来半边，隐约能听见里头的动静。皇帝正用酒膳，膳桌上排得满满当当，但他胃口欠佳，只点了一盅金丝燕窝粥捧在手里，慢慢拿金匙舀着吃。

门上有人进来，他抬了抬眼。月徊见过他几回，头前他都是躺着的，看不真切长什么模样。这会儿坐起来了，一条攒珠的眉勒束在额上，底下两道眉毛长得又黑又长。皇帝的眼睛是那种丹凤眼，月徊印象中的单眼皮大多伴有肿眼泡儿，但皇帝不一样，他的丹凤眼是古画上王昭君的眼睛，眼角上翘且狭长，要是斜着瞧人一眼，那了不得，很有眉目传情之感。

月徊还算自省，她懂得欣赏美，但也要看一看对方是谁。这位是天字第一号，她不敢放肆，很恭顺地跟在哥哥身后，一切听哥哥安排。

梁遇的语气里满含庆幸："臣仔细问了当值的太医，主子病势消退了大半，这回竟比以往利索得多。"

皇帝叹道："是啊，早前总要缠绵三四日。"

"臣瞧主子精神头很好，当真是病去如抽丝。既这么，臣就让月徊回去了……"他回头瞧了瞧她，"宫里人来人往，免得夜长梦多。"

原本随口应一句，这事儿就结了，可皇帝却不然。他微微偏过身，寻找梁遇身后的人："月徊，这趟进宫太匆忙了，你愿不愿意再多留两天？"

月徊大觉意外，茫然看向梁遇，哥哥面色如常，连半点波动也没有。

若拒绝，皇帝是什么人呢，既然发了话，哪里是询问的意思，分明是下令。月徊叠着手，斟酌了下道："承蒙皇上抬举，这是奴婢的福气。只是奴婢不懂宫里规矩，只怕不留神捅了篓子，给皇上添麻烦。"

皇帝也才十七岁，少年人脸上总有一股真挚的神气，笑道："你不懂规矩不要紧，横竖其他人都懂，他们自然与你方便。"

这回是不能再推脱了，月徊不知接下来是吉是凶，忐忑地拿眼瞄哥哥。梁遇见她迟疑，也不好说旁的，轻声道："这是皇上恩典，快跪下领旨谢恩吧。"

月徊的"谢主隆恩"说得山响，听上去真是感激不尽的模样。可是留在宫里总要物尽其用，这帝王家虽阔，也不养闲人。让再留两日，时候倒是不长，只是不知道皇帝要做什么。她有这样一条嗓子，是福也是祸，她心里头隐隐知道，接下去只怕难得太平了。

"奴婢自小不讲究地长大，粗鄙是粗鄙了些，但奴婢端茶递水还是可以的。"眼下最要紧一桩是揽点活儿，只要不让她再去蒙那些大臣就好。月徊扶正帽子笑了笑，"或者伺候文房也成，奴婢会研墨。"

皇帝却说："朕跟前不缺伺候的人，你留下陪朕说话，解解闷儿，就是你的功绩了。"

留下说话解闷，这里头学问很大，月徊平时懂得察言观色，但对于那些达官贵人高深的话，理解上头还是差点意思。她冲皇帝笑得没心没肺，梁遇心里却有些悬。他不得不预先替她请一回罪，说："山野间长大的孩子难免鲁莽，要是言行上有失当之处，请皇上恕罪。"

皇帝倚在被褥卷成的靠背上，看了月徊一眼道："大伴不必忧心，朕留她没有旁的意思，就想听她说说宫外的见闻，看看朕治下的江山是个什么样儿。"

皇帝自小在宫里长大，大邺有十四岁开牙建府的规矩，轮到他的时候恰好淳宗皇帝晏驾，他转头就登基继位，因此没有上外头走走看看的机会。也许留月徊两天是实心的，毕竟她和那些太监宫女不一样，不是从最底下一层层爬上来的，也没有受过嬷嬷总管的调理。她不会谨小慎微，更不至于在皇帝面前连大气儿也不敢喘，有些话她敢说，说得真真儿的，一点不掺假——皇帝爱听真话。

梁遇依旧是一副宠辱不惊的神情，鞠身道："臣是怕她口没遮拦，在主子跟前放肆。既然主子瞧得起，且让她伺候着，臣先告退了。"

他说罢却行，缓缓退出了暖阁，只听皇帝同月徊笑谈："大伴是怕朕吃了你。"

月徊的语气轻快，答得也机灵："哥哥是心疼奴婢，那时候我们家穷，吃不饱穿不暖……后来走散了，哥哥天天儿地想奴婢……"

这丫头，胡诌起来倒有两把刷子。梁遇踏出前殿时唇角含着笑，这笑一时没散开，被站在檐下的承良看见了，觍着脸上来搭话："老祖宗遇着高兴的事儿了？"

梁遇没理会他，披上斗篷大步往内奏事处去。承良在后头琢磨，就算不说他也知道，掌印花大气力找来的姑娘被万岁爷留下了，御前四个女官再加上这个，胜算又大三成。

既然是钦点，将来后宫论资排辈儿，怎么着也是个选侍。承良对插着袖子嘿嘿一笑，快步跟了上去："老祖宗，资治少尹刘栋家前儿才死了个闺女，因他们家老太太还没落葬，他又是丁忧出缺，姑娘悄没声儿地就给埋了，外头没一个人知道。那刘栋，原和太后还沾着点儿亲，要是往那上头靠一靠，咱们姑娘的第一步算是走扎实了。"

梁遇脚下略慢了些："刘栋？这人惯会趋吉避凶，倒是个不错的人选。"

承良说："可不，资治少尹好歹是从三品的衔儿，姑娘要是入宫应选，借着刘家的势，准错不了。"

这些狗腿子揣摩上头心思，真能揣摩出花儿来，梁遇哂笑了声："你瞧她是个当后妃的料吗？"

承良斟酌了下，很虔诚地说："依姑娘这貌，可有什么说的。爷爷既出口相留，自是有几分意思。"

梁遇没再多言，边走边想，真要送上去也不是坏事，毕竟他向皇帝举荐月徊时，确实有一霎儿动了那个心思。皇帝是他看着长起来的，要论心性，他还知道几分，即便年岁越大算计越深，只要他牢牢把持住司礼监和厂卫，这地位便不可动摇。

可是月徊……真填了那个窟窿，他又觉得可惜。站在至亲的立场上看，皇帝身子骨太弱，万一有个好歹，姑娘年纪轻轻的往后艰难，将来也许会恨他这个做哥哥的。

其实要论这步棋，走得很险，月徊既可成为埋在皇帝身边的眼线，稍有不慎也会成为皇帝牵制他的手段。左思右想都悬心，罢了，还是顺其自然吧。

内阁的题本一摞摞送上来，他定了定神坐下蘸笔批红，一面悠着声儿说："皇上抱歉，这两天越性儿做绝，把内阁面圣递本子的权夺下来，一律由司礼监代呈。规矩是做出来的，早前的票拟虽由咱们贴，但还是有人越过次序往皇上跟前送，这是不把司礼监放在眼里，是寻事挑衅，咱家不惯他们这个臭毛病。这回把内阁两个好事的处置了，对其他人也是个警醒，往后只要题本捏在咱们手里，该往御案上送的送上去，要是小事儿，咱们能代劳的就代劳了，到底皇上身子要紧，不能委屈了圣躬。"

承良一听就明白他的意思，什么叫小事，大小还不全由掌印定嘛。前头几朝司礼监固然风光，手上实权却也有限，这辈儿只要稳稳拿下来，那也是功在当代利在千秋的创世之举。

"这么着，往后连内阁都要敬咱们几分。等这规矩坐实了，张恒张首辅见了老祖宗，怕是还得给老祖宗磕头呢。"

值房里几个随堂都笑起来，一副胜券在握的模样。

梁遇哼笑了声："那些朝廷大员向来瞧不起咱们，借着这回画像的由头立个威，也让他们知道知道厉害。横竖想入仕的人多了去了，只要听话就给官做，你瞧将来朝堂上还有人敢唱反调不敢。"

他从不无的放矢，所以每一句话都令底下人深信不疑。早前汪轸在时只图小利，他就算有一展拳脚的心，也碍于受人压制不得实行。不论哪个行当，新旧交替时总有人念旧不满，他这一招是让整个十二监扬眉吐气，也彻底堵住了那些人的嘴。

事情既然定下了，就按着这个路数去办，差事自有底下人出头料理，那些随堂一个个摩拳擦掌急于表现，毕竟秉笔的位置如今空了出来，若是办事得力些，自有他们出头的时候。

人渐次散了，巡视宫门的巡视宫门去了，上东厂和锦衣卫夜审的也得赶着出宫，值房里只剩两个小太监伺候笔墨。梁遇忙时暂且把外面的事撂下了，等手上的题本都批完，才发现戌时了，月徊竟还没回来。

他转头问侍立的人："今儿哪个轮值乾清宫上夜？"

小太监道："回老祖宗话，是御前掌班赵小川。"

梁遇搁下笔站起身："你去乾清宫瞧瞧，皇上这会子就寝没有。"

小太监道是，压着帽子提着袍角，匆忙跑了出去。

他有些忐忑，皇帝大病方愈，照理说不会出什么岔子的，可再一想彤册上的荒诞记载……谁知道呢。但愿不要如他担心的那样，他想起年幼跟他漂泊到异乡，抱着他的腿大哭想家的孩子，心里无端一阵抽搐。这宫里太多迫于无奈的女人打他手上过，事儿不落在自己头上不知道疼。现在他似乎隐约明白了些，可越是明白，就越是彷徨。

他从案后走出来，在地心来回踱步，外面风雪肆虐，乾清宫隔着一个巨大的广场，从这里看去渺渺茫茫。御前值夜是有定例的，到了时候不相干的人必须清场，她留在那里不合规矩。

终于外面有脚步声传来，料是小太监来回话了，他定眼瞧门上，门帘子一掀，进来的却是月徊。

她是顺着廊庑过来的，虽没淋着雪也冻红了鼻子，进门直跺脚，嚷嚷着好冷。

梁遇松了口气，让她到炭盆前坐着，自己倒了杯热茶给她递过去："怎么留了那么长时候，皇上和你说什么了？"

月徊吹开茶叶啜了一口："也没什么，就是闲聊，聊庙会、琉璃厂什么的。"

"没说旁的吗？"梁遇抛了颗枣儿进炭火里，"松口什么时候让你回去了吗？"

炭盆上热气升腾，带着枣香的热浪也随即扩散开来，屋子里甜意弥漫。月徊说"没有"，一缕头发从帽子的边缘落下来，她抬指绕到耳后："不过放了恩典，明儿领我四处逛逛。"

梁遇不赞同："身上才好，天寒地冻不宜走动，万一因你再受风寒，任谁也吃罪不起。"

月徊从炭火上抬起眼来，那面色因灼热熏得桃花一般："哥哥放心，我推辞了，也不知能不能让皇上打消念头。等明儿我再辞一回，就说我怕冷，不愿意出去，谢谢皇上的好意。"

梁遇这才点头，顿了顿问："你能拟声这事儿，后来提起过吗？"

月徊笑道："夸我来着，说怎么那么大本事呢，学得挺像。"言罢略一犹豫，怯怯望向他，"哥哥，我知道这不是好事儿，皇上会不会提防我将来假传圣旨？"

梁遇愣了下，原来这孩子通透得很，他的左右两难被她一语戳破，其实早在他向皇帝举荐她时，她就没有第二条路可走了。

他叹了口气："所以你要让皇上信任你，咱们终究人在矮檐下，有些时候不得不委曲求全。不过你的那手绝活儿，确实稀奇得很。你是单会学一类人呢，还是男女老少都能行？"

月徊搓着手说："年轻男女学得像些，上了年纪的得琢磨琢磨。"

梁遇也是一时兴起，试着问："学我呢？能行吗？"

月徊眨着那双大眼睛，装模作样道："那得琢磨琢磨。"

梁遇一愣，才发现自己被她绕进去了。

把梁掌印气了个仰倒，月徊顿时大为得意，瞧他平时四平八稳的，原来也有发怔的时候。但他的声音需要雕琢是实话，这种凉薄贵公子的味道很难学，不像皇帝还是少年音色，容易模仿。

她站起来掐腰吊嗓，架势摆得很足，梁遇抱胸看着她，好奇她能学成什么样。

结果她稳稳拿捏住了他的嗓子："咱家有的是银子，笑一个一锭，脱衣裳百两……咱家问你，脱是不脱？"语气恶狠狠的，说完龇牙，冲他一笑。

这是掌印大人喝花酒去了呀，那语气声调惟妙惟肖，只要是没看见脸，就算是他最贴身的下属也分辨不出来。

梁遇惊诧之余又有些气恼，板着脸叱了句："胡闹！谁让你挑这句说的，叫人听见像什么话！"

月徊还是嬉皮笑脸的："您让我学，又没指定我学哪句，我爱说什么，您管得着吗？"言罢话锋一转，又讲起情义来，"我是想着呀，您怪寂寞的，给您找点儿乐子。我那天问了曹管事，哥哥平时靠什么解闷哪，曹管事想了半天，说没有，了不得就是看看经书，再抄抄经书。您说您和经文较劲有什么意思，您得看看外面。"她说得眉飞色舞，在自己胸口拍了拍，"哥哥，我知道很多好玩儿的去处，等开了春，我带您去逛逛。什刹海那片，到天儿暖和了有画舫游湖，以前我和小四穷，只能趴在栏杆上瞧……里头好多漂亮姑娘啊，梳着堕马髻，敞着胸怀……"说到最后发现不大对劲儿，偷着觑觑他，忙住了口。

梁遇不由得叹气："你是为了看漂亮姑娘，才鼓动我去喝花酒的？"细想想，自己这么威严一个人，往常个个都怕他，谁知她回来了，胡天胡地什么都敢说。

月徊笑得讪讪："我就是想跟着哥哥见世面，也给哥哥解闷儿。"

梁遇依旧不悦："皇上那头呢？你也是一顿天花乱坠，说那些喝花酒的事儿？"

月徊心虚起来，她没法子告诉他，皇上真给她说动了，约好挑个晴朗日子出去长见识。

她支吾了声，退回机子上坐着，蹬了靴子把脚抱在怀里，东拉西扯着："宫里小太监过得真不易，这鞋还是单的……哎哟，可冻坏我了。"

梁遇看她那模样，再也不指望她有什么闺秀风范了。不过鞋是单的，这桩倒真是忘了，忙扬声唤人送厚棉袜来，让她加在靴子里头。她收拾脚的时候，他不便看，转过身去一面归整案上题本，一面叮嘱："在我面前随意些不要紧，在皇上跟前千万留神，别什么话都说，也得知道凡事留三分的道理。还有你那条嗓子，我知道你有能耐，能耐该显的时候显，该藏的时候也得藏着。要是皇上再让你学别人，记好切不可大包大揽,就是能也得说不能,因为会的越少,活得越长,知道吗?"

月徊其实什么都明白,就算他不吩咐,她也不打算再在皇帝面前显摆了。皇帝话里话外也曾打听过,问她会学哪些人,她笑着说:"我这嗓子学年轻爷们儿还行,学旁人可就不成了,要是天底下的人我都能学,那不成神仙了!"也算藏拙吧。

心里明明都知道,但她有时候愿意闷着,不肯说出来。这些年在外头漂泊,她知道装傻充愣才能明哲保身,要不是番子消息灵通,打探出了她的这手绝活儿,她甚至连哥哥都想瞒着。

哥哥和小时候那阵儿确实大不一样了,经历得太多,会忘了自己是谁。她转过头瞧,他背对着她,玉带束出纤细的腰,下裳是云锦织成的,竖襕间有环身的膝襕,衬着那缎面,在灯下回旋出虚浮的银芒。

这么美的人啊,真可惜了。她撑着脸问他:"您这大官儿当的,高兴吗?"

梁遇手上微顿了下,他也问过自己这个问题,最后发现高不高兴并不重要,重要的是活着,进而掌握更大的权力,搅动起大邺王朝的风云来。

他将手里的朱砂墨放进盒子,咔的一声关上了盒盖,垂着眼睫道:"人活于世,常被无量众苦所迫,人生来就是受苦的。我不在乎活得高不高兴,我只在乎活得好不好,自由自在三餐不继,还快活吗?既喘着气儿,就该干点儿什么。"

月徊迟迟道:"我以前在码头上混,盐商粮商们见了厂卫,活像见了太岁。他们骂那些缇骑和番子,也骂背后掌权的人。那时候我还没认您,觉得他们骂得对,现在越想心里越不好受,原来他们骂的是您,我还跟他们一块儿骂来着,真是罪过。"

梁遇回身一笑:"这世上有不挨骂的官儿吗?办了坏事百姓骂,办了好事权贵骂。百姓骂至多耳根子发热,权贵骂可是连脑袋都保不住,孰轻孰重,你是聪明人,不会不明白。我知道你在琢磨什么,见了内阁咄咄相逼的阵仗,想让哥哥卷些钱财辞官,上外头逍遥快活去,是不是?"

月徊说:"是啊,我想让您从良,别再留在宫里了。"

她很机灵,但有时候用词实在古怪,梁遇无奈道:"那不叫从良,窑子里的粉头才从良呢,那叫致仕,叫退隐。"

"管他叫什么,横竖不做东厂提督了。"月徊唉声叹气说,"其实我们骂锦衣卫,暗里也眼热那些吃公粮的人,所以我想让小四走那条道儿,挨骂也没什么,不挨骂长不大嘛。可我瞧见您,在这宫里也不那么自在,那些读书人挤对您,他们八成打心眼儿里瞧不起您。"

这话说到梁遇心缝儿里去了，也只有最亲的人，才见不得他受委屈。

"那个挤对我的人，这会儿已经见阎王去了。还有那些瞧不起我的，用不了多久我就让他们跪在我脚下，管我叫祖宗。"他踱过来，在她肩头拍了拍，复又长叹，"我身在其位，这辈子都没法抽身了，外头仇家太多，今儿辞官，明儿就有数不清的人扑上来，喝我的血吃我的肉，为了活命，我也得继续在这位置上霸揽下去。再说我从秉笔到掌印，花了整整六年，六年里多少血泪，拿一辈子的荣华富贵来偿也偿不尽，让我抽身……绝无可能。"

他说这话的时候，脸上带着阴冷入骨的神情，看来想劝他挟资远遁是没戏了。月徊倒也不是失望，只是觉得东厂头目不好当，她虽不在乎名利，也担心他遭臭万年。

算了，那么长远的事，担心不过来。她调过视线，又见他腕上那串金刚菩提，倒觉得有些奇怪："哥哥怎么会信佛呢？"

看经书，抄经文，连府邸都建在寺庙旁，不大像他的作风。

梁遇道："因为恶事做得太多，盼佛祖保佑我下辈子做个好人。"说完自觉风趣。

月徊听了讪笑，也算笑得赏脸，但哥哥说笑话的本事实在不怎么高明，他还是板着脸教训人更合适。

梁遇也有自知之明，尴尬地摸了摸鼻子。外面雪还在下，到明儿早上大约又要堆积起来了。这寒冷的夜，屋里生着火，也没有外人，倒是难得的惬意。

"等天暖和些，别去看人喝花酒了，我带你去见个朋友，他叫炼心，是寒山寺的和尚。"

"和尚？"月徊觉得不可思议，他这样的人，会有个做和尚的朋友？

所以世上缘法就是这么奇妙，梁遇负手道："你不是爱作诗吗，他也会。他给自己的法号找了个出处——一朝朱墙别倾城，杖上履下听梵声。草木江湖娑婆境，万丈红尘自炼心。将来你们要是有缘得见，可以以诗会友。"

月徊一听舌头都麻了，就她那首"鸡蛋打卤面"，还是别上人家大师面前点眼了吧！

她连话也不敢应，含糊敷衍着："我觉得……姑娘比和尚好看……哎呀，我今晚睡哪里？昨儿半宿没得好睡，您瞧我这眼皮子，都快耷拉到肚脐眼了。"

她不是宫里当差的，既不属太监也不属宫女，安排起来确实不方便。倘或他放心，宫里围房多得是，随便收拾出一间来足以安顿她，可这黑灯瞎火的，她除了他谁都不认识。宫里那些挨了刀的里头，常有心术不正者，万一惊扰了她，那怎么好！

不必想别的去处了，梁遇道："就睡这里，后面有张榻，对付一夜，剩下的明儿再说。"

横竖月徊是不挑拣的，这宫里两眼一抹黑，让住哪里都可以。

她起身往帘子后头去，边走边调侃："您不让人知道我是您妹妹，又这么处处顾念我，叫别人怎么说？别回头我在宫里几天，毁了您的一世英名，往后该有人往提督府送小倌了。"

她整天没正形儿，梁遇也不拿她的话当回事，只说别胡闹，叫人送了桶热水来，放下金丝帘容她擦洗。

里头水声哗哗，他一个人孤单了太久，即便听见绞帕子的声音，心里也生出家常的温情来。

宫里一应都有人伺候，等她洗完，小火者把水桶又撤了下去，月徊从帘后探出脑袋来："您睡哪儿？昨晚一宿没合眼，今晚不歇不成，啊？"

梁遇嗯了声："我在躺椅里凑合一晚，你睡吧。"

月徊听罢舒舒服服躺下了，掖着被子说："我记得逃难那会儿，我和哥哥睡在一处，没想到这么多年过去了，睡下了睁眼还能看见哥哥，可真好。"

那段年月现在想起来真是苦不堪言，好在都过去了。

梁遇怕她夜里冷，摘下椅背上的斗篷进去替她盖上。她睡在他的被卧里，眼眸明亮地望着他，虽长到十七岁了，那张团团的脸上仍稚气未脱。

"我这儿暖和着呢，您自己留着吧。"她这么说，他却还是把那件猞猁狲斗篷替她压在了被褥上。

"值房里没有炕，只怕后半夜凉，你要是冷，我命人灌汤婆子来。"

月徊笑着应了，鼻子却有些发酸。早前一直无依无靠，她没受人这么知冷暖地疼爱过，现在找到亲人了，这辈子的福气到这里才又续上。

只是她也好面子，不愿意让他看出自己要哭鼻子，忙拧过脸撞进枕头里，摆手说："我火气旺，不怕冷。"说完使劲嗅了一口，"哥哥的被窝可真香！"

梁遇是个精致人儿，对吃穿用度皆有讲究，他用的熏香当然也不一般，传闻是黄帝封禅时焚烧的香，烧上一截三日不散，有个名字叫沉榆。

月徊打从头一回扑到他怀里闻见这种香，就生出了觊觎之心，现在躺在这种香气环绕的被窝里，脸上的神情简直堪称贪婪。

她鼻息咻咻，那模样像个无耻的登徒子钻进了姑娘的被窝要做尽无耻之事。梁遇有些无奈，这妹妹在市井里厮混了太多年，刚回来那阵儿还知道装一装，现在可说是原形毕露了。

他叹了口气，把她的脸从枕头里挖出来摆正："男人的香有什么好闻的，等明儿我让造香处把大内的香全搬来让你闻个痛快，喜欢哪样就留哪样，带回去给你熏衣裳。"

月徊笑得眉眼弯弯，她笑着的时候最好看，仿佛世上从来没有悲苦，她是个在糖罐子里泡大的孩子。

这笑能传染人，也带出了他的轻快，他替她挑开拂面的发丝，轻声道："睡吧。"

月徊在哥哥面前永远长不大，奇怪得很，即便十一年没见，从重逢那刻起她就开始全身心地依赖他。别人都说梁遇心狠手辣，可在她眼里，他是世上最温柔的人，他们诋毁他，只是因为他高高在上，他们怕他。

她老实合上了眼，但眼皮子合得不严，中间留了道缝儿，从那一线天光里偷瞧他。

梁遇举手投足间，总有一股不紧不慢的从容劲儿，那是风烟俱静的澹宁，是浓丽优雅的富贵气象，就是那种游刃有余，很令月徊羡慕。她看他走到案前，把堆得高高的题本齐整码好，由于睡榻和长案对角，瞧不见他的脸，只有一个侧影，头发一丝不苟地束起，低头的时候宽镶领褖下露出一截脖颈和玲珑下颌，这时候的掌印大人，清嘉得像一幅画儿。

不过直盯着一个人，那人早晚会察觉，他忽然回过头来，吓得她忙闭紧了眼。他犹疑地唤了声："月徊……"

她哪里敢应，咬紧了牙关只管装死，他略等了等，不见她有动静，便作罢了。

值房里值夜，不像寻常那样讲究，他草草洗漱后便和衣躺下了。月徊因自己霸占了他的床，又霸占了他的斗篷，怕他夜里冷，想看看那个暖炉在不在他跟前。结果刚撑起身子，就听他慵懒的声音响起来："时候不早了，快睡吧。"

其实他一直知道她在偷看，却好性儿地没有戳穿她，月徊吐吐舌头："哥哥冷吗？"

梁遇说："不冷，你料理好自己就成了。"

她哦了声，想了想又问："咱们明儿早上吃什么呀？"

真是个啰唆丫头，梁遇闭上了眼："想吃什么都有，点心饽饽燕窝粥……"

"羊眼包子有没有？"

梁遇开始作头疼："别吃羊眼包子了，吃鸡丝窝面成吗？我让他们预备……"

"那个也成。"月徊琢磨了下说，"要加多多的醋。"

"好。"

"那明儿中晌吃什么呀？"

孩子的聒噪有时候真让人受不了，梁遇勉强压下了要教训她的冲动，耐着性子说："宫里膳房有各路厨子，你想吃什么有什么。梁月徊，你才刚不还说眼皮子耷拉到肚脐眼了吗，如今怎么不睡，还有闲心在这儿琢磨吃的？"

这下子她不吭气儿了，隔了好半晌才自言自语地嘟囔："我就是想和您说说话……"

单这一句，就把他的心火浇灭了一大半。梁遇抬眼看着屋顶的棱子，心里有些怅然，兄妹俩这样亲近的机会不多，将来她有了男人孩子，见了他至多笑一笑，说句"哥哥来了"，哪里还会不依不饶地问明早吃什么，中晌吃什么。

"月徊，要是这回皇上不放你回去了，你打算怎么办？"他试探道，"其实就算留在宫里也没什么，横竖我在……"

可是等了等，不见她回应，他撑身回头看，见她拥着被子，已经睡着了。

雪下了一夜，将要天亮的时候才渐渐停了，乾清宫前的广场上积了厚厚一层，风从上头吹过来，严寒之上更添严寒。

月徊是头一回看见宫里扫雪的场面，几十个小火者一字排开，推着半人高的木板刮过天街，后面又跟着几十人挥着竹枝扎成的笤帚清理砖缝。因天儿太冷，脚下的残雪碾碎变成了薄冰，人在上面走过直打滑，才半炷香时候，接连有好几个人摔了。

从最底下一步一步升上来，该有多不易！月徊站在檐下远望，恍惚看见了十四岁的梁遇清扫天街的模样，昨天他说的那些话，她到这会儿才咂摸出点滋味儿来。官场上升迁就像玩儿赌局，本儿下得越大，越不容易收手。这紫禁城真是个奇怪的地方，困住了那么些人，跟个囚牢似的，偏偏这牢狱里头还要分出个三六九等来，有人坐在云端上，有人匍匐在尘埃里。

回廊那头有小太监抬着食盒过来，送的正是说定的鸡丝面。月徊一早上没见着哥哥，不知道饭点儿上他去了哪里，正四下张望，昨儿回事的那个太监抱着拂尘进来，笑道："别等掌印啦，您自个儿先用吧。"

这人也算眼熟，月徊笑了笑："请问公公，怎么称呼哪？"

那太监哟了声："可不敢承您一声公公，您叫我承良就是了，我是司礼监的随堂，专给咱们老祖宗打下手的……"说着把声儿矮下去，四下看了看，见近处没人，才压声道，"像找姑娘这件差事，当初就是我奉命承办的。"

月徊立刻一脸感激的模样："那我可得谢谢您。"手里的盖儿揭开了，待要动筷，又有点不好意思，拿手指了指，"您用过了吗？要不……一块儿吃点儿？"

承良失笑，这宫里上到太后老娘娘，下到宫女嬷嬷，没一个像她这样的，民间生过根的就是会来事儿。

"您快别客气，我早用过了，候在这儿就为听您差遣。"

这司礼监原不是等闲衙门，里头的人跑出去个个是爷，月徊早前怕这号人，这会子屎壳郎变知了，轮着他们来巴结了。可饶是如此，她也还是不大自在，僵着脸皮扮笑，说："让我差遣您，那我可不敢……怪我睡得死，早上起来就没见着掌印，他老人家这会子忙什么呢？"

承良叠着手道："不怪姑娘起得晚，是咱们这儿忒早了。宫里历来是这样，鸡起五更雷打不动，不光底下办差的，连皇上也是一样。今儿有朝议，卯初臣工们在朝房数人头点卯，卯正万岁爷摆驾保和殿，咱们老祖宗随驾上朝去了。"说罢一笑，"不过打明儿起，可不是'随驾'了，是正经官员上朝议事。您不知道，早前司礼监虽是十二衙门里的大拿，可照着宫规家法还是奴才衙门，奴才只管办差，不得和文武百官同朝。如今好了，咱们老祖宗开了这个先河，往后就是朝臣，能和内阁分庭抗礼。头前内阁的那帮书虫人五人六，姑娘也瞧见了，自打昨儿狠狠做了规矩，这回可老实了，皇上要提拔司礼监，谁敢说半个不字儿！"

月徊恍然大悟，怪道哥哥昨儿说，要叫那些反叛跪下叫祖宗呢，这才一天光景，事儿竟办下来了。到这时不由得感慨，权力果真叫人沉醉，撇开那些不长进的不说，但凡愿意登高的男人，这东西可不是最有意思的玩意儿吗？

鸡丝窝面吃得草草，胡乱扒了两口就上外头等好信儿去了。结果等了半天，没等见梁遇，皇帝倒是先回来了。

冠服端严的皇帝和抱病时不一样，年轻是年轻了点儿，但不减其帝王威严。一溜大红吉服的太监抬着九龙肩舆从乾清门上进来，天光透过曲柄金顶绣龙黄金伞，泻下一层金棕色的柔光。他在那片皇权庇佑的阴影里坐着，起先无情无绪的样子，但看见她，就露出浅淡的笑来。

"月徊。"皇帝叫了她一声，领班太监忙击了击掌，肩舆稳稳停下。他倚着扶手居高临下，问她，"你吃了吗？"

万岁爷这一问，家常得不像话，仿佛村口上每日经过的小秀才，见谁都是笑眯眯的——"吃了吗您？"

月徊忙鞠下腰，垂手低头道："奴婢给皇上请安。回皇上话，奴婢吃了，吃的鸡丝窝面。"

"就这个？"皇帝因昨晚和她相谈甚欢，说话并不端着，盛情邀请她，"朕过会子要传吃的，你来不来？"

月徊有点纳闷："您视朝前没进东西，就一直饿着？"

皇帝说："也不是，朕吃了两个竹节卷，没吃饱，打算回来接着吃。你呢？爱吃什么，朕让人预备。"

月徊到底是个姑娘，不好意思张嘴要吃的，只说："奴婢才吃完，这会儿不饿，多谢皇上恩典。"

可皇帝想了一圈儿，这宫里除了御膳，没有别的能让她品出好来了，不在吃上头做文章，恐怕留她不住。

关于月徊，有种缘分叫一见如故，其实说来有些荒诞，这世上谁都能凭义气办事，唯独皇帝不能。自小老师教他遵皇子风范，等到了登基时，太后又把他传去结结实实教导了一通，要他时时顾全人君体面，因此他不常和人接近，更没有一句闲话可同人聊。若说最亲近的，这些年就数大伴。梁遇是他六岁那年到他宫里的，虽说本是个伺候人的宫监，但自己着实信赖他，倚重他。或许也是因为这个，见了梁遇的妹子，又是年纪相仿兴趣相投的，就想留下她。

人慢慢有了年纪和阅历，一些东西流水似的逝去，他每常回忆，深深眷恋，要是可以，情愿不要长大。然此一时彼一时，人的身份变了，处境也得顺势而变。自己当了皇帝，大伴便得替他管着司礼监，管着东厂锦衣卫，这些权柄是皇帝的胆儿，没有不成。大伴忙，于是身边最要紧的那个位置出缺了，月徊成了最好的补给。她和梁遇是一根藤上下来的，且又有另一番风味，他的私心作起祟来，忽然明白了一个道理：只要留住了她，梁遇就是拴了线的风筝，飞不高，拽得住。

因此皇帝极尽诱哄之能事："早上吃不了，就想想晌午的膳食，白扒广肚、菊花里脊、清炸鹌鹑、红烧赤贝……下半晌朕闲着，还能教你制香，怎么样？"

皇帝坐在高高的御辇上，低头说话的样子像路遇街坊，字里行间透出脉脉温情来。

月徊不敢造次，谨慎地哈了哈腰："奴婢不敢在皇上面前讨吃的，奴婢只知道伺候皇上。皇上让奴婢做什么，奴婢就做什么，奴婢听皇上的示下。"

她不傻，暗里也觉得心惊，昨儿夜里她和哥哥闲聊的那些话，有吃食也有熏香，今儿这么巧，皇帝拿这两样来骗她，究竟是有人听了壁角，还是皇帝蒙对了？

她是前儿半夜进宫的，也就昨天囫囵待了一整天，政局上那么多针锋相对，她窥见的不过是冰山一角。皇帝病愈后留了她两个时辰，她陪着说外头的见闻，告诉他什么叫"响闸[1]"，码头上卸粮食的工人打着赤膊怎么偷粮食，说得绘声绘色，皇

1　响闸：发出巨大声响的水闸。

帝也听得很高兴。

这是关在富贵窝儿里头的金丝鸟，瞧着华贵，手握江山，但底层的那些辛苦他欠见闻，因此一递一声地询问，也不拿大，很有虚心求教的意思。月徊愿意和他说，说到高兴处不觉得他是皇帝，就是年纪差不多的一个闲人，聊起来也是闲聊。可她好像真的有点儿忘形了，忘了人家是什么身份，忘了这紫禁城里的一切都随他心意处置。她不知道哥哥有没有察觉，横竖她心里先忐忑起来。昨天的没上没下，到这里就该打住了，别因自己一时口没遮拦，给哥哥招去什么祸患。

没见过猪肉，但她见过猪跑，乾清宫里伺候的宫人以太监为主，司礼监又都是太监当值，那些办差的怎么说话，怎么谨小慎微听示下，她能学个十成十。

皇帝对她忽来的正经也没做什么评断，不过淡淡一笑，然后收回视线坐正身子，望着前方宽阔的广场道："过会子来吧，还有些事儿，朕要和你说道说道。"

月徊又弯下半截腰，帽子两角的红绳细缨垂下来，在晨风里轻摇。

伺候銮仪的太监们受过调理，他们穿着紫禁城里最体面的吉服，每个人一样高矮，每一步也是一样大小，肩舆在他们肩头稳稳的，上坡下台阶纹丝不动。一行人神气活现地抬着皇帝往乾清宫去了，月徊目送圣驾走远，这才直起身问一旁的承良："万岁爷回来了，咱们掌印怎么没回来呢？"

承良说："不急，今儿才在前朝站稳脚跟，接下来还有好些事要处置。再说这宫里主子多，像先头老皇爷留下的老娘娘们，除了发落到陵里守陵的，剩下的全养在寿康宫和寿安宫。十几号人呢，要吃要穿还不爱找别人，专找老祖宗，老祖宗又不好推辞，少不得亲自过问，实也艰难。"他摇了摇脑袋，"今儿八成又有闲事了，依着我说，大海架不住瓢舀，这么下去事多伤身，理她们干什么！"

月徊不好多嘴，只道："能者多劳，宫里老娘娘都有道行，是宁撞金钟一下，不打破鼓三千。"言罢整了整冠服，笑道，"得了，我上皇上跟前伺候去了，回头掌印要是问起我，请替我应一声儿。"

她一并足，一领首，简直把太监行当的架势学到家了。承良愣了一回，见她沿着御道旁的甬路疾步去了，要是不瞧脸，光看背影，像个没长成的半大小子，没头没脑地透出一股子机灵劲儿。

御前的每一样活计都有专人伺候，譬如上茶水、换衣裳，这些外人不能插手。月徊懂规矩，暖阁的帘子放着，里头一点声响也没有，她就在门旁侍立。等到托着黄云龙包袱的太监却行退出来，里间扬声叫"月徊"，她忙应了个"是"，垂手迈进了暖阁。

皇帝才换上常服,鲛青如意云纹曳撒的领缘镶了一圈狐毛出锋,衬得面色冠玉一样。因前儿大病了一场,到昨儿入夜才缓过来,眼下还有青影,但气色比之昨儿已经好了太多,人也显得很精神。

他面前放着一盘枣儿,个个长得赤红,往前推了推道:"这是回疆才进贡的,朕尝了一个,很甜,料你也喜欢。"

这个节令还能看见枣儿,确实招人稀罕。月徊瞧了一眼,笑得有点腼腆:"这是御用的,奴婢不敢僭越,皇上自个儿吃吧。"

皇帝笑起来没有棱角,从里头挑了个圆而饱满的给她递过来:"你不必拘着,朕不常吃这个,怕克化不动,至多尝个鲜。所谓御用,进了宫的都是御用,朕吃不完那些,还是得四处赏人。"

月徊只好双手来接,一面托着一面谢恩。皇帝让她吃,她没法子,侧过身,拿牙在上头犁了一道。

"怎么样?"皇帝觑着她的脸色问,"甜吗?"

月徊对于山珍海味的品鉴差点儿火候,对地里长出来的东西却很有研究。她仔细品了品:"其实御供的东西不一定好。"

皇帝含着高深的笑:"怎么个说法儿?"

"您尝过盐碱地里长出来的果子吗?"她举着枣儿摇了摇手,"奴婢早前……大概三年前吧,跟着盐船上山东去过一趟,那儿一片连着十八个营,一色的盐碱地,地上长毛似的,远看白茫茫一片,什么庄稼也种不出来,唯独能长枣儿。那种枣儿,有我拳头那么大,等长熟了,掰开直拉丝儿,就是那么甜,比这贡枣儿可强多了。"

她痛快说完了,忽然发现太过耿直会让万岁爷下不来台。人家好心请你吃枣儿,结果你不领情,还嫌它不够甜,这可怎么说话儿的!

她愣了下,怔忡着瞧皇帝脸色,忙又尴尬地补救:"我不是说这枣儿不好,它瞧着油光锃亮的,要论卖相比我说的拳头枣儿好……我也知道御供,都得是吃口好又漂亮的……那拳头枣儿上长斑,容易招虫,果农摘它,如虫口下抢食吃。卑贱东西自然上不得京,也没法子得见天颜。"

皇帝听了,慢慢颔首:"其实你说得也没错,真正的好东西进不了宫门。譬如茶叶,县官吃明前,州官吃雨后,皇上吃陈茶,这是官员们心照不宣的规矩。"

月徊不大明白了:"按理说新茶比陈茶好啊,怎么让您喝陈茶呢?"

皇帝眼里浮起一点嘲讪的神气来:"因为养刁了皇上的嘴,将来不好糊弄。倒不如打一开始就让你喝陈茶,喝惯了陈茶的嘴不会挑剔,明前新茶数量有限,怕应付不了,只要皇上不知道世上有好东西,陈茶也全当好茶喝,地方官员可不轻省了吗?"

月徊才算开了眼界,原来做皇帝还有这样的委屈。她一直以为皇帝是占尽天下便宜的人,谁知道七品芝麻官敢给皇帝喝下脚料,如此欺君罔上,竟还成了约定俗成的"规矩"。

她简直有点同情他了:"您没喝过明前?不要紧的,等奴婢回去,专请人给您趸摸。眼看年尾了,再等三四个月就能摘茶,到时候让人候在茶园外头,给您收头一造儿新茶。"

皇帝听了她的话,心里升起一点小小的感动。他们俩是一边儿大,一样的年纪,没有太深的心思,想起什么就说什么了,都是肺腑之言。

他轻轻叹了口气:"你不用忙,跑得了茶园,治不完大邺的黑心肝,所以朕要大伴这样的膀臂,来替朕肃清吏治。"

月徊的胳膊肘到底是往里拐的,既然话赶话地说到这里了,要是不趁机替哥哥美言两句,岂不是对不起这样现成的机会?

只是还需掂量着些,要点到即止,不能显得太过刻意,于是道:"哥哥老说我不懂,不愿意和我细说朝里的事,可我知道他对主子掏心掏肺。原本我这样的人,哪来的福气上万岁爷跟前献丑来,哥哥那时候只想着救急,什么也顾不上了……"她微顿了下,缓缓摇头,"唉,前儿我也瞧出您的不易了,人吃五谷杂粮,还不许人身上不好……皇上要整顿吏治,应该的,哥哥能为皇上分忧,是我们祖上积了大德了。"

皇帝听她字斟句酌,一个惯说果子盐粮的人,这么文绉绉地谈官场吏治实在难为她。

"朕知道大伴忠心,对朕忠心的人,朕愿意抬举他。"他说罢,抬眼又问,"你们家如今只你们兄妹两个?没有旁人了吗?"

月徊道:"咱们是苦出身,亲戚朋友多年不见,早散了。"

皇帝沉默了下,复又道:"朕这两日正琢磨一件事,既然你们家里没人了,你何不留在宫里,上朕跟前做女官来?朕是想,大伴经年累月在宫里办差,你要是留下,兄妹两个也好有个照应,你说呢?"

月徊眨了眨眼,一时不知该怎么回答。

留人这事儿,她心里也有准备,毕竟你一憋嗓子就能发御旨,是个人都不敢放你出去散养。只是真进宫做女官,她又不大情愿,她还想不时见一见小四,要是进了宫,这辈子可就交代了,像螃蟹撅断了腿,最后只能被人蒸着吃喽。

"宫里选人不是都有定例吗，奴婢空有报效的心，没有报效的命。"

她推得很委婉，皇帝是何等聪明人，只这一下就明白了。

月徊说完这话捏着心呢，照理说他这样的人要干什么，犯不上和你商量，不过一句吩咐就完事了。这会儿特特和她说，其实这皇帝也不像戏文里唱得那么霸道。

她又细瞧他一眼，奇怪这样的天之骄子，碰了个软钉子，好像并没有任何不悦的迹象。他甚至习惯性地笑着，只是这笑带了点遗憾的味道，倒叫她不大落忍。

"也是……"皇帝道，"要进宫来，非得仔细斡旋，朕该先问问大伴可不可行。不过朕也想听听你的意思，到底宫里规矩烦琐，又成天圈着不得自由，怕你心里不情愿。"

话说到这里，似乎没什么退路了，好在月徊有随遇而安的精神，留在宫里也不要紧，只要哥哥在，吃不了亏。

她说："也成，早前奴婢见过官府招募宫女子，只要是平常好人家的姑娘都能参选。虽说我哥哥是司礼监出身，可也算得好人家，我怎么不能呢。"

但是这所谓的"能"，也许只停留在女官的品阶上，再也没有更上一层楼的希望了。

皇帝轻吁了口气，扬声唤来人。门外站班的太监入内听令，垂手道："奴婢请万岁爷示下。"

皇帝朝外瞧了一眼："传梁掌印来。"

小太监应了个是，匆匆出去传旨，可不多会儿又进来回话，说慈宁宫也传了梁掌印，掌印这会儿正在太后跟前伺候呢。

第五章 潜智已深

历朝历代的皇太后都住慈宁宫，如今的太后也不例外。

太后娘家姓江，父辈的官儿做得极大，在闺中时就是内定的太子妃人选。及至先帝淳宗爷即位，尊显荣太后的令儿册封皇后，江皇后在坤宁宫的后位上坐了整整二十年，这一辈子可说是顺风顺水。

过于平坦的人生没有纹理，江皇后管理后宫不太在行，但好在婆婆活得长。前头显荣太后活到景熙十七年才过世，江皇后真正像样挑大梁，也不过短短三年时间。

三年光景，不够一个惯会使小性子的皇后成长。升作太后的那天她不肯移宫，坐在坤宁宫里大发雷霆，拍桌子摔碗暴喝："我是皇后，我不当太后！"然后哭先帝，怪先帝让她当了寡妇，她本可在这皇后的位分上一直坐下去，毕竟皇后比太后听上去年轻。那年她才三十八，当上太后就老了，也算对年轻的不屈眷恋。

后来还是内阁元老们合力劝谏，她才勉勉强强让出了坤宁宫，但这慈宁宫怎么看怎么觉得不顺眼，甚至动过一个念头，要把坤宁宫的牌匾摘下来保管。这又是一场轩然大波，没人赞成她的做法，毕竟礼不可废，乾坤本为一体，将来皇帝娶了亲，那个匾额是给新任皇后的。江太后没法子，让人拿纸把"慈宁宫"的"慈"字儿蒙住下半边，变成了"兹宁宫"。"慈"字没了"心"，也不知是在发泄自己的不满，还是在暗讽皇帝没有孝心。

梁遇接了太后传召，撂下手里的公务过来，绕过影壁就见西边院儿里堆了个很大的雪人，奇形怪状的，胸前插着一支拂尘，戴着命官的乌纱帽。太后惯会讥讽人，这里头又有一重意思，看来他入朝议政的消息，早就已经传进慈宁宫了。

他一哼，提袍登上了台阶。殿前站班的人见他来了纷纷施礼，他昂首迈进门槛，太后在东暖阁，他人还未至，脸上便先挂起了笑。

"臣请太后安。"宫女打起帘子，他进门向南炕上的人作了一揖，"太后今儿好兴致，臣才刚来时看见院儿里的雪人，堆得倒有几分俏皮。"

太后正盘弄着她的大白猫，那只套着赤金镶宝龙凤镯的手，作养得精瓷水葱样，一下下慢慢捋着猫背，听了他的话抬眼一瞥，凉笑道："是下头小子们闲得无聊，堆着玩儿的。先头一阵风，把脑袋吹掉了，我就叫人拿顶乌纱帽给它戴上，要是它能消受，兴许脑袋就保住了；倘或压不住，可见是命贱福薄，没那造化。"

梁遇听得出她话里有话，江太后一向是这么格涩[1]的性子，要是她哪天能好好说话，那定是太阳打西边儿出来了。

姑且忍她，毕竟皇帝尚未亲政，场面上还需这位太后撑一撑，就算听出夹枪带棒的味道来，也可一笑置之。

"这是太后娘娘慈悲，原本太阳一出就归于天地的东西，不值得娘娘费这么大的力气。昨儿雪下得太大，今早各宫都指派小火者清扫呢，想是娘娘跟前的人办事不力，竟在慈宁宫逗闷子抖机灵，全是臣监管不力，臣回头一定好好教训。"

他倒是会攀咬，太后被他将了一军，脸上顿时悻悻然，寒声道："不忙。今儿劳动厂臣大驾，不是为了这个雪人，我是听说先前朝会上皇帝颁旨，准你往后上朝议政了？这么大的好事儿，还没给厂臣道喜呢。"

梁遇忙道："不敢，这是太后娘娘和皇上的恩典，臣无德无能，全凭主子们栽培。其实这事臣辞过一回，但皇上有皇上的思虑，每回外埠题本呈交总要先入誊本处，再至内阁司礼监，着实麻烦，越性儿臣在，好省了两道手脚。"

太后撇唇一笑："也就是外埠题本再也不必各路衙门复核，全由你司礼监一家说了算？皇帝啊，如今是越发出息了，不像先帝爷，一道政令颁布之前，愁得几宿睡不好觉，必要权衡再三才敢实行，唯恐对不起祖宗基业。皇帝是少年天子，办事手段雷厉风行，俨然要盖过先帝爷去了，好好好……"她边说，边又刹住了笑，目光灼灼地盯着梁遇道，"皇帝既然重用厂臣，厂臣可要实心报效主子才好。打先头高宗皇帝起，内阁和司礼监便互为表里，从没听说过司礼监压内阁一头的。不说远

---

[1] 格涩：指特殊，与众不同，含贬义。

的,就说你干爹汪轸在时,两个衙门也相安无事,怎么汪轸一下台就换了天了?你东厂接连扣押了两位内阁大学士,弄得人家夫人上我跟前哭来,厂臣如此霸道,怕是不妥吧?"

梁遇心里有数,这两天司礼监动作不断,必会惊动她。她和内阁的渊源远比和司礼监深得多,当初选立楚王为太子,算是彼此唯一一次达成共识。后来嗣皇帝继位,江太后一直不满,也许要问她的心,怕是很后悔做了这样的决定。可又有什么办法,如今木已成舟,只要皇帝行端坐正,只要司礼监一力拥戴皇帝,那么谁也不能奈皇帝何。

然而这位享了大半辈子福的太后不痛快了,要发一发脾气,这个论谁也阻止不了。梁遇被她当面质问,也并不恼火,他还是一向从容的做派,拱了拱手道:"娘娘息怒,容臣回禀。东厂拿人,从来是依着大邺律例行事,上月有人偷偷往题本里夹带密折,参奏内阁大学士夏连秋写反诗,皇上得知后震怒,命东厂彻查,这才有了羁押夏连秋一说。后据夏连秋狱中交代,他这两句诗是为宋惊唐的《大悲歌》作跋,既然又牵扯上了宋大人,少不得要请宋大人过堂应审。"

也算说得有理有据、有鼻子有眼,可惜太后并不信他的话,扬手将猫从膝上赶了下去,哼道:"你是打量我不知道你们东缉事厂的好手段,再清白的人进了你们衙门,也能抹他一身老河泥,你们厂卫过了手的,还有干净人儿?眼下两位大人算是折了,要翻案也不能够,你们东厂办过的案子,朝野上下没人敢接,这是你们的本事。不过我心里明镜儿似的,夏连秋下狱是因他弹劾了司礼监,宋惊唐连坐,是因他往我慈宁宫递了画像,是也不是?"说罢也不等他回话,叹着气道,"皇帝到了大婚的年纪了,俗话说成家立业嘛,先成了家,才好干出一番大事业来。他虽不是我亲生的,我也如亲生的一样疼他,可依着眼下形势看,倒像是皇帝不大愿意我过问选后的事儿啊。这却奇了,天下婚嫁皆从父母之命,皇帝就算大到天上去,也不能越过这个次序,厂臣说,是不是这个理儿?"

梁遇是滴水不漏的性子,不因太后拿话盖过去就翻篇。他叠着手,微俯了俯身道:"娘娘想是误会了,东厂捉拿宋惊唐是依着人犯供词,和画像不画像的全无关系。臣掌管司礼监,阖宫上下但凡有一桩事是臣不知道的,那臣便是失职,该自请责罚。内阁往慈宁宫送画像,这原本没什么,太后为皇上挑选皇后人选也是应当应分的,臣只有听太后的令儿办事,哪有从中作梗的道理!"

江太后这么听下来倒也算称意,不管他是不是心口合一,横竖她等的就是这句话。

"好得很,厂臣只要忠心社稷,那我就放心了。"她一面说,一面朝边上女官递了个眼色，很快一卷画像送到了梁遇面前，"这是户部尚书孙知同家的小姐，人品才学俱是一等一的好，依我看，很有母仪天下的风范。皇帝年轻，只怕看人不准，因此我今儿只召了厂臣来，你是皇帝大伴，自小伴着他长大，他也愿意听你的。你瞧瞧，这姑娘可好不好？"

好不好的，但凡是江太后认准的，哪里容人有不好一说！

梁遇展开画卷看了一眼，其实凭画能看出什么来，就是月徊上了画像，也是个温柔娴静的可人儿。要紧一宗不是姑娘长得如何，是姑娘的出身，是她身后的背景家世。

户部尚书孙知同的夫人，是江太后的姨表妹，那孙家小姐就是太后娘家外甥女。后宫里头原就是如此，一个拉扯一个，恨不得代代皇后都是自家人。江太后打的什么主意，他哪能不知道，因而重新慢条斯理地把画卷了起来，笑道："太后娘娘的眼光最是独到，臣瞧着也甚好。"

江太后欢喜了："既这么，叫皇帝也瞧瞧？"

这是客套话，在皇帝还未亲政前，婚事哪里由得自己决定。不过是太后告知一声，皇帝"谨遵母后懿旨"，就成了。

梁遇善于揣摩人的脾气，他能走到今儿，自然不是横冲直撞挣来的。太后有时候也蛮喜欢他的晓人意儿，譬如早前斗胆来游说，字字句句都图双赢，要是单听他嘴上言语，实在巧舌如簧，且令人信服。

这回也不例外，他一下子说中了皇太后的心思："万岁爷年轻，诚如太后所言，只怕看人不准，到底还需母后多操心。臣平常和朝中官员也小有来往，孙大人为人审慎，家教必也严厉，姑娘搁到哪儿都是百里挑一的，难怪太后喜欢。依臣的浅见，既是太后看准的，就此定下也不为过，皇上岂有不遵老例的道理？"

他这一番话说得江太后受用，她也早知道最后必会依着她的意思行事，但梁遇这回这么爽快，反倒让她心生怀疑。她侧目看着他，那人惯是一张恭顺的脸，越是这样忍辱负重的人，就越是能办大事。她笑了笑："厂臣果真和我想的一样？别不是缓兵之计，回头又让皇帝闹出什么事来吧。"

梁遇忙说："不敢。万岁爷素来孝顺，咱们大邺历代帝王也均是以仁孝治天下，不能到万岁爷这里就改了家风。早前主子也同臣提起立后的事儿，臣听主子话里话外的意思，还是要请太后做主。"言罢谨慎地微微一笑，"说句僭越的话，先立后再亲政，这是祖宗定下的规矩，万岁爷也知其中利害。臣是打小伺候万岁爷的，一心为着万岁爷着想，就算主子有些个旁的想头儿，臣也自会劝谏，请太后娘娘放心。"

江太后起先身子绷得直直的，到这会儿才松泛下来，懒懒靠向锁子锦靠背："那成，皇帝大婚的事儿是司礼监掌管的，你这头先预备着，待我和首辅合议后命内阁草拟，到时候由你和张恒一块儿上孙家宣召，到底立后是大事，这么着也显得庄重。"

江太后是两手准备，就算梁遇这儿说妥了，她也断乎不会放心，只有让内阁同办此事，才能保证完全按着她的主张实行。她好强了一辈子，皇帝虽是捡来的便宜儿子，但母后的权利她也得行使。眼下事儿办成了，她很高兴，一高兴，扭头吩咐外面宫人："叫他们把雪人的脑袋装结实喽，再给它加圈儿围脖。"

梁遇暗哂，复拱手行礼，却行退出了暖阁。

慈宁宫外，杨愚鲁见他出来忙迎上前，细声问："老祖宗，是为着画像的事儿吗？"

梁遇边走边道："画像只是引子，后边还有立后的事儿呢。"说着脚踪慢下来，偏头吩咐，"今儿慈宁宫要召见内阁，只管放人进去，过了今儿，就断了内阁直面太后的路。"

杨愚鲁忙应个是，龇牙笑道："是时候立规矩啦，一帮爷们儿在慈宁宫直进直出，总不是个事儿。太后寡妇失业的，也要顾一顾名声才好。"

梁遇听得发笑，摸着鼻子瞥他一眼，骂了声"猴儿崽子"。

隆宗门上有小太监疾步过来，到了跟前哈腰回话："老祖宗，万岁爷传呢，请老祖宗过乾清宫一趟。"

梁遇也正要面见皇帝，交代了杨愚鲁几句，便踅身往内右门去了。

今儿朝上种种，总体来说尚算满意，平时中庸的皇帝发了话，也有一言九鼎的气势。原本内官参政，一向是暗里实行，那些正经科举出身的官员，从来不觉得胯下二两肉能和十几年寒窗苦读相提并论，司礼监纵然手握大权，在他们眼里奴几[1]还是奴几。可是打今儿起不一样了，照着俗语来说，就是变了天了。这宫里上下，朝野内外，还有哪一处是司礼监够不着的？细想想，怕是没有了吧！

总算不枉多年心血，小皇帝虽资质平平，但胜在听话，今日既起了司礼监上朝的头，往后一步一步地来，像阿芙蓉膏上瘾似的，只会越来越离不得他。

人逢喜事，梁掌印走出了六亲不认的步伐。月徊在窗口远远看着，那件赤红的飞鱼服浓烈得火焰一样，小时候她缠着哥哥要糖吃那阵儿，从没想过有朝一日他会变成这个模样。

---

[1] 奴几：奴才辈的。几，次第，排行。

皇帝也在一旁看着，喃喃说："大伴这些年辛苦，早在太宗皇帝时期，宫里就兴结对食了，大伴怎么从来没想过要成个家？"

月徊忽然发现，皇帝其实也挺喜欢过问那些鸡零狗碎的事儿。

她喷了一声："奴婢也想不明白，白放着那么好的宅子，情愿它空着，也不往里头填个把人，又不是养不起。那回我倒是问来着，他说忙着给皇上办差，无心成家。"说罢笑了笑，扯谎扯得脸不红气不喘。

皇帝有点儿感动："差事要办，找个知冷暖的人也应当，不说旁的，做个伴也好。"

"可不是嘛……"

月徊正感慨，听见殿门上站班的通传，说掌印到了，皇帝忙坐回座儿上，月徊则低眉顺眼，老老实实站到了一旁。

梁遇进门，先瞥了那丫头一眼，见她脸上神色如常才放心，复向皇帝行礼："主子传臣，臣也正有要事向主子回禀。"

皇帝点了点头："太后传你入慈宁宫，是为了今儿朝堂上的事吗？"

梁遇道："这是一宗，传过去砖头瓦块说上一车，臣早就习惯了。还有一宗事，臣要讨主子示下，太后给臣瞧了一张画像，是户部尚书孙知同家的闺女。这孙知同的夫人原和太后沾亲，姑娘论着辈儿的，该管太后叫表姨母。臣瞧太后的主张，大有内定皇后的意思，发话让臣协同张首辅承办此事……不知主子对皇后人选可满意？"

"满意？"皇帝冷笑起来，"太后真是好长的臂膀啊，样样霸揽着，到底管到朕的婚事上来了。她是要把这大邺的后宫，变成她江家的炕头儿，先帝时候她们姐俩儿压得其他嫔妃喘不上来气儿，如今又要联合她江家外戚，逼朕走先帝爷的老路。"

梁遇早料到皇帝会是这个反应，新仇里头夹着当初生母刘淑妃的旧恨，太后要替他安排后宫，就算是个金子捏的人，也必不得圣心。

梁遇沉吟了下："臣一向知道太后的脾气，眼下正在兴头上，谁拂了她的意儿，必闹得一天星斗。臣且领了命，回来要讨主子的主意，主子要是不乐意，臣再另想法子为主子分忧。"

他是谨慎人，一递一声都斟酌着分寸，皇帝每到走窄的时候，还有大伴能替他排忧解难，虽气恼，心里也不受委屈。

"依着大伴，这件事该怎么处置？"

梁遇略顿了下道："最简便的法子是办了那姑娘，或是落水，或是遭劫，东厂有的是法子。不过这个对策治标不治本，纵是孙家姑娘出了岔子，太后另选一个也不费工夫，到时候后位还在江家手里。依臣拙见，最一劳永逸的做法就是断了他们的后路，只要皇后人选昭告天下，太后吃了哑巴亏也不好声张。所以臣问过主子，心里可有合适的人选，届时偷天换日，这事儿就成了。"

天下的难题，到了东厂手里都不算难题，只是皇后人选不好定夺，梁遇细瞧皇帝神情，只见一道目光悠悠，移向了月徊。

有这一眼就尽够了，可惜月徊是个傻子，她光想当太监，没琢磨过怎么当娘娘。梁遇就这一个妹子，往后的路自然要替她打算，不过当下还不是时候，到底人心隔肚皮，皇帝会不会存心拿这件事儿作试探，谁也说不准。

隔了好半晌，才听皇帝道："太傅徐宿有个孙女，同朕年纪相当。徐家三朝帝师，对朕也算忠心，要是选徐家姑娘为后，大伴以为如何？"

梁遇道："主子的想头极好，徐家世代簪缨，门下子侄辈皆在朝为官，皇后出自徐家，既堵了满朝文武的嘴，对天下人也是个交代。既然人选议定了，臣心里便有了底，余下的交给臣来处置就是了。"

皇帝慢慢点头："不过这事恐怕还需费些周章，太后令内阁插手，就是为了掣肘司礼监。张恒受命于太后，要是有点子风吹草动，怕是瞒不过太后。"

江太后的任性妄为可说是历朝太后之最，这件事不让她得知便罢，要是让她事先知情，不把天捅个窟窿才怪。张恒呢，内阁首辅，和一般阁老不同，司礼监才收拾了几个唱反调的，这会子再动首辅，时机上不合适，反给人弹劾的把柄。因此要两头不惊动，悄没声儿地办了，至少确保诏书颁布之前不出什么乱子。

梁遇把视线调向月徊，皇帝立时便会意了，这是最不伤筋动骨的做法。

月徊不懂那些政事，横竖皇帝娶个亲也费老鼻子劲儿，她听他们商议，像在听天书。

原以为没她什么事儿的，她和墙上壁瓶、地心儿熏炉一样是个摆设，没想到那两道目光齐齐看向她，倒把她吓了一跳。

她愕着眼："怎……怎么？有用得上我的地方？"

梁遇没有说话，不过叠手一笑，算不言自明了。

物尽其用，就是这么个理儿。紫禁城里除了主子不养闲人，月徊很识趣儿，冲皇帝虔诚地道："奴婢为皇上鞠躬尽瘁，没有二话。"

皇帝颔首，转头对梁遇道："朕打发人传你来，其实是为另一件事儿。朕欲留月徊在宫里，又恐大伴不乐意，所以想问问大伴的意思。"

这还有什么可问的，皇帝既然开了金口，便再也没有转圜的余地了。

梁遇瞧了月徊一眼，那丫头眼巴巴的，她对自己没什么主张，走一步算一步的人，遇见这样的事儿全凭哥哥处置。

留下几乎是毋庸置疑的，但以什么方式留则大有文章。梁遇向皇帝轻哈了哈腰："臣兄妹能侍奉皇上，是咱们的造化，主子既然说留，留下便是了。"

皇帝望向月徊，那张团团的脸上写满了随遇而安，他喜欢的就是她这股不争不抢的泰然。宫里的明争暗斗他见得太多了，越是出身高贵的越爱分出高下，连他跟前四个女官都爱争个头名。不如月徊这样苦出身的，得了一块酥儿印[1]就满心欢喜，她知道好歹，容易满足，皇帝看见她，比躺在床上任那些女人揉搓受用得多。

"月徊，你的想头呢？"皇帝同她说话时，声气儿都是软的，"你入宫，想干什么事由？是在朕跟前做女官，还是……"

还是什么，却不大好意思问出口。皇帝虽早知道男女之情，但这回隐约浮起情窦初开的彷徨，一则出于她是梁遇的妹子，二则还是因她合他的脾胃——余生有个有趣的灵魂相伴，总不会太寂寞。

可惜月徊纸上谈兵能耐极大，要动真格儿的就露怯了。她甚至没有想到那一层，挺腰说："就冲您请我吃枣儿，我也得伺候您，给您端茶递水做女官。"满满一身江湖义气，把胸口拍得邦邦响。

皇帝引导半天，全是无用功，不由得泄气："可过年你就十八了，朕怕你在宫里蹉跎，耽误了你。"

月徊说："我们掌印二十五了还孑然一身报效朝廷呢，我才十八，不算什么。"

皇帝摸了摸前额，发现很难把她引上正道。这是个不撞南墙不回头的主儿，只好等她自己改主意了。

梁遇脸上淡淡的，对月徊的选择未做任何表态，只是拱手道："请主子容臣两日，待臣安排妥当，即刻让月徊进宫。"

从乾清宫出来，梁遇边走边问她："你当真愿意进宫伺候人吗？"

月徊显得无可奈何："要不怎么呢，皇上既发了话，咱们也不好回绝。我是不愿意干伺候人的差事，上富户家里做工，了不起扣嚼谷，上宫里做宫女子，闹得不好扣的就是寿元，我还不是怕您为难嘛。"

她倒体人意儿，也不算傻，梁遇瞥了她一眼："那皇上话里话外的意思，你听

---

[1] 酥儿印：一种古时糕点。用生面搜豆粉同和，用手捍成条，如筋头大（像筷子头一样粗），切二分长，逐个用小梳掠印齿花收起（每个用小梳子梳压成齿状备用），用酥油锅内炸熟，漏勺捞起来，趁热洒白砂糖细末拌之。

出来了吗？"

月徊压低了声儿："皇上立后宫的事儿，您二位商量了半天，我要是说我愿意做娘娘，皇上该怀疑您的野心了。"

原来她什么都明白，不过揣着明白装糊涂罢了。梁遇不由得一哂："窃钩者诛，窃国者侯，你听过这句话吗？你要是真愿意当娘娘也不难……"说着顿下来，复又问她，"你老实告诉我，是不是皇上的长相不合你心意？"

月徊愣了下，才发现哥哥远比她想象中更了解她。不过要说她不愿意做娘娘的原因是这个，那就猜错了。

"不是有句民谚吗，说'南宇文北慕容'，慕容家的人，再丑也丑不到哪里去。我就是瞧这宫里每个人都累得慌，不及我在外头天地广阔。眼下碍于那点小能耐，在那位爷跟前现了眼，想走也走不脱，且慢慢熬着吧，等时候一长皇上淡忘了，我不就能顺利出宫了吗？"

说来说去全是那一技之长惹的祸，梁遇叹了口气："这回恐怕还得麻烦你一遭，既入了这个局，扮一回是扮，扮二回也是扮。"

月徊认命地点点头："这回是谁，您明说吧。"

梁遇向慈宁宫的方向眺望，寒声道："江太后。"

上回扮皇帝，这回扮太后，做人做到这份儿上，一辈子算是"圆满"了。

月徊说："成啊，谁还能杀我两回呢，多早晚让我出马？出马前我得先听听太后的嗓子，能不能糊弄那些人，也得看造化。"

她说得爽快，梁遇倒有些不落忍，蹙眉道："哥哥把你带进宫，让你搅和进政事里头，实在对不住你。"

他低头看她的时候，眸中烟雨迷蒙，月徊最爱看他的眼睛，兄妹俩五官不像，但她坚持认为，自己的眼睛某种程度上和哥哥的一样漂亮。

"凭您和我的交情，说得上这话？"她大度完了头前后探看，见周围没旁人，一把搂住了他的胳膊，笑嘻嘻地说，"留在宫里怪好的，别人舍身抛家进宫，脑袋别在裤腰上当差，我就不一样，因为我有哥哥啊。哥哥在哪儿，我的家就在哪儿，离您近点儿，你一伸手就够着我了，我遇不上险境。再说我招人心疼，皇上也挺待见我的，在宫里喝肉汤，比在码头上稀粥溜牙缝强，您说是不是？"

梁遇人前的威严，认真说不比任何主子逊色，这些年他独来独往，和贴身伺候的人也不亲近，如今来了一位兴之所至就对他动手动脚的，他想把胳膊抽出来，试了一下没能摆脱她。正打算说教两句，前面龙光门上有小太监搬着题本进来，那些东西极有眼力见儿,乍一见雷劈了似的,忙缩回门内,再也不敢露面了。

梁遇无奈地看着她,这回什么也不必说了。她讪讪地把手缩了回来:"是我不好,那些人该误会您喜欢太监了。"

梁遇脑仁儿作痛,叹了口气道:"这些都是小事,底下人不敢乱嚼舌头。"

她没脸没皮地笑了:"我也是这么想,您看他们管您叫老祖宗,管皇上叫爷爷,您比皇上辈儿还大呢,他们怕您。"

她是什么都敢说,俨然长了颗牛胆。梁遇不得不告诫她:"这话叫外人听见要闯祸的,嘴上留神。皇上高坐庙堂,让人敬畏就够了,我的本分原就是让人惧怕。人有高低贵贱,有些人靠感化是不成的,必要刀架在脖子上,要鞭子狠狠抽打他,他才知道什么叫尊卑规矩。别以为只有下贱奴婢才需要管教,有时候主子们也一样。"他说罢,牵着唇角凉薄一笑,"先前东暖阁里议论如何处置孙家姑娘,你听了什么想头儿?觉得哥哥心狠手黑吧?"

月徊没吱声儿,当时他说或是落水或是遭劫,寥寥几句,吓得她心头直打哆嗦。

好好的官家小姐,就因为太后要选她做皇后,闹得不好命就要没了,细想多可怕!难怪哥哥不愿意她跟在身边,说久而久之她会怕他,好人确实干不了司礼监的差事,别说皇帝立后,光是内阁,这两天都连着出了多少事儿了。在他们眼里人命根本不算什么,只要是挡了道儿的,个个都该死。

年轻孩子,脸上藏不住事儿。梁遇细瞧她的神情,过去十一年她虽挨饿受穷,离生死大事却远得很,她从来不知道,背光的地方有多险恶。

"走吧,先在值房歇会子,申时三刻太后要上咸若馆诵经,届时我领你过去。"

他负着手,慢悠悠地走在夹道里,出了长康左门,前边就是御花园。园子里人来人往,月徊这时不敢再妄动了,叠着手低着头,亦步亦趋跟在他身后,进了司礼监衙门。

上半晌雪略停了一阵儿,进贞顺门的时候又下起来,漫天扯絮一样的白,从雕梁画栋间飞浮坠落。要说这司礼监也古怪,那么黑的衙门,却有细腻的小情调,院子当间儿栽着一棵高大的海棠,太监们拿红绸给它包裹上,另用舌红缎子扎成海棠花,一朵朵缀在枝头。进门乍一见,一树繁花开得热闹,算得上紫禁城里最喜兴的景儿了。

月徊脚下挪着边走边看,姑娘喜欢那些花了心思的东西。梁遇随口道:"快到大年下了,原想今年陪你在府里过节的,现在看来是不成了。"

月徊说:"哪里都一样,往年我们三十夜里吃了饭,就爬到天宁寺塔上看焰火,到底离紫禁城远,看不尽兴。今年在宫里,仰脖儿就能瞧见,可比费劲登塔强多了。"

她真是个搁到哪儿都能找见乐子的人,梁遇有些遗憾,原想过年把父母牌位请出来,一家子也算团聚,谁知临了出了岔子。事已至此,暂且只能这样了,等明年吧,明年总有机会的。

月徊琢磨的是别样,丧气地说:"可惜小四儿不好进来,要不还能吃个团圆饭。"

她一时一刻也不忘了小四,不知道的真要拿他们当亲姐弟了。梁遇嘴角一沉,转头叫"来人"。一个小太监上前听示下,他吩咐领月徊去围房,自己没再交代什么,转身入暖阁处置公务去了。

月徊跟着去了围房,要在这里等天黑,实在有点无聊。西炕上的窗户推开就能看见衙门正堂,也不知道哥哥在忙什么。其实她想缠着他来着,可惜人多眼杂不方便。百无聊赖只好找点儿事干,于是研究了半天案上的西洋钟,再举着通条蹲在炭盆前,拨了好一会儿的火。

司礼监衙门不算太大,一圈楼阁围绕,形成个高且深的天井,外面有点风吹草动都能听见。月徊原以为这里只有太监出入,没想到隐约传来女人的声音,她忙趴在窗口看,见一个宫女子站在廊下,谦卑又谨慎地说:"我们娘娘不豫,不知怎么,今儿吐了两回,请梁掌印过去瞧瞧。"

生了病不请大夫,找到这儿来有什么说头?正纳闷,门上有小火者送橘红糕来,月徊就势打探:"这位爷,我问您个事儿,分派太医这种活儿,也要咱们掌印亲自过问吗?"

小火者茫然说:"老祖宗公务巨万,哪儿有闲工夫操心那些个!除了御前的差事,其余都有底下人承办……哎,您吃点心吧,这是老祖宗让给送的。"边说边打量她,"您瞧着眼生得很,才进宫的吧?在哪儿当差呀?"

月徊含糊应了声:"是才进宫,派在万岁爷跟前伺候。"

小火者呀了声:"失敬失敬,原来是御前的人,怪道咱们老祖宗高看呢。"

月徊虚头巴脑地敷衍,眼睛一时也没挪开,见梁遇现身,她偏头冲小火者一笑:"梁掌印真好性儿,这种事还出来支应哪。"

小火者在宫里久了,有些事门儿清,暧昧不明地笑着说:"您才来的,不知道里头缘故,当今万岁爷还没开设后宫,宫里留下的全是先帝爷的老娘娘们。那些个老主子活得多精细呀,实在不好糊弄,鸡蛋里都能挑出骨头来,不是老祖宗经办的事儿她们不能放心。"

月徊哦了声，倒也觉得情有可原："上了年纪的人都有这宗毛病。"

小火者失笑："上了年纪？口头上称老娘娘是规矩，未见得加个老字儿就当真老了。宫里是什么地方呢，隔上三五年采选一回，皇上跟前常选常新。像老皇爷的宫眷们，里头最年轻的才二十出头，就是打发宫女传话来的那个王贵人。早前老皇爷宾天，那些无所出的除了殉葬，剩下的全打发到陵地里守陵去了，王贵人本也该出宫的，恰巧那会子怀了龙种，这才留下了。不过后来动了胎气，龙种没保住，念在她也算生育过，就养在延庆殿里头了。"

月徊一听，觉得有点儿意思。宫里下层太监都是碎嘴子，有个新人听他们数一数家珍，就显出他们的能耐和资历，因此只要轻挖，他们自然倒豆子似的全抖搂出来。

于是她装模作样地感慨："留下的全有子息，就王贵人可怜见儿，年轻轻的，没个依仗。"

"所以得找靠山哪。"小火者囫囵一笑，"老娘娘们都是精刮¹的人，早前还争宠，如今先帝爷都没了，在这后宫里活着，就图手头宽裕，吃喝舒心。"

月徊琢磨了下："您的意思是，老娘娘们也结交内官？"

小火者不说话了，摇摇脑袋以显得嘴严："这可不是我说的。"

月徊忙拿了块橘红糕递给他："来来，您也吃点儿。不瞒您说，我初来乍到，对宫里人事儿半分也不知。您提点提点我，好让我日后留个心眼儿，没的糊里糊涂，得罪了谁也不知道。"

小火者得她一块糕饼，好歹吃人的嘴软，咬了一口道："得，您既这么说，我就给您指条道儿。像福宜宫夏美人，宝华殿宋康妃，您要是遇上了，千万敬着她们点儿。她们一个结了秦九安，一个结了骆承良，虽说面儿上装正派，摆老娘娘的谱，暗里谁不知道他们那点子事儿，横竖快活受用要紧。别瞧一个个金贵人儿，私底下就如外头小寡妇似的，找个相好的受些供给，既得利又解馋，舒坦一时是一时。"

月徊听得愣神："还能解馋哪？那咱们掌印，也叫那些老娘娘祸害了？"

小火者嘿的一声："老祖宗不动心思，谁敢？不过也架不住那些人惦记，就像延庆殿那位，今儿冷了明儿病了，变着方儿地麻烦老祖宗。细想想也是的，王娘娘年轻，咱们老祖宗又是这等齐全人物，我说句打嘴的，但凡老祖宗松口，这宫里头还有不乐意和他老人家走动的？别说王贵人，就是太后娘娘……"后头的话打住

1　精刮：方言，形容精于算计。

了，反正只可意会，不可言传。

　　月徊这趟是真长了见识，以前满以为太监结对食，了不得在宫女嬷嬷里头选，没想到连皇帝的女人也能上嘴。照着小火者的话说，那些老娘娘虎视眈眈，梁遇就是块儿肥肉。她忽然有点同情梁掌印了，女人被男人调戏委屈，男人受女人纠缠，难道就不委屈？

　　好在梁遇没有亲自去，否则她可要担心哥哥被人糟蹋了。只是不便巴巴儿跑过去问他，点灯熬油等到申时，明间里总算有了动静，梁遇隔窗唤她："差不多了，跟着来吧。"

　　月徊哎了声，忙快步追出去。

　　从司礼监衙门到慈宁宫花园道儿不近，换了平时他都是乘轿的，这回碍于月徊一身太监打扮，总不能自己坐轿，让她在外头跟着，所以干脆陪她一同走过去。

　　"太后七日一礼佛，时间都有定规，咱们先她一步进咸若馆，隔墙有个斗室，门常年锁着，你在里头听仔细了，回头好办差事。"

　　月徊嘴里应着，应得心不在焉。不时觑觑他，因刚才听了小火者的话，越发觉得他秀色可餐，活脱脱的香饽饽。

　　梁遇发现她有异，转过头打量她："怎么了？心里没底？"

　　月徊憋了半天才道："不是不能找，咱们找人得有挑拣，有家有口的不要，身不由己的不要，成不成？"

　　她的神来一笔叫他摸不着头脑，但只一瞬他就明白过来："有人在你跟前说闲话了？"

　　月徊讲义气，坚决地摇头："没有，是我自己瞧出来的。"

　　所以孩子也管起大人的事儿来，开始担心哥哥遇人不淑了。

　　他走在朱墙下，在那片阴影里轻轻发笑，探手捏了捏她的腮帮子："别瞎操心。"

　　月徊嗫嚅了下，犹犹豫豫地说："我是为您好来着，寻常过日子，找个踏踏实实的就成了，这宫里的娘娘都是脚上拴了链子的金丝鸟，她们离不开这里，离开了准得死。男人娶媳妇干什么，不就是图回家热锅热炕，有个人陪着吃饭睡觉嘛，您要是和那些老娘娘……那么的，不好。"

　　梁遇发笑："你还知道这个？"

　　月徊说："当然，我又不是孩子，您正经娶一房吧，别和寡妇勾搭，叫人说起来怪难听的。"

梁遇有心逗她："宫里和外头的不一样，那些可是太妃，伺候过先帝爷的。少监们个个以此为荣，对食越有身份，于他们越是长脸。"

"这算长的哪门子脸，找个一心一意的不成吗？"她有点着急，自己就这么一个亲哥哥，自然愿意盼着他好。她比画了一下，"您好容易走到今儿，挣这份体面是为了和太妃走影吗？宫里那么多眼睛瞧着，主子们不发难倒还好，万一有人成心上眼药，祸患就打这上头来，多不值当！"

她思虑得很周全，一本正经的，天要塌下来一样。梁遇独自闯荡多年，如今有了成就，身边的人都挖空心思捧着，要说贴心，一个也难找。公事上头有人分担，逢着私情没人商量，也只有这妹妹，怕他走错了道儿，给自己找麻烦。

难为她一片心，他轻吁了口气，淡声道："你放心，哥哥没那么糊涂。男女之情对我这样的人来说，连想一想都是不该，我眼下也没那份心思……"一面摇头一面接着道，"还不是时候，离后顾无忧远着呢。"

月徊总算放心了，和聪明人说话就有这宗好，他知道什么该做什么不该做，不像那些一条道儿走到黑的，提及一个"情"字，东南西北都不认了，爱之为其死，其他四六不管。

她脚下轻快起来，笑着说："横竖我也进宫啦，您别怕寂寞，我陪着您哪。"

梁遇点了点头："忍上一程子，容我再想想办法，早晚把你择出去。"

月徊觉得既来之则安之，倒也不是急吼吼地盼着离开这里。她就跟在他身后，沿着甬道往前走，雪踩在脚下一片脆响，大冬天里日短夜长，申时才过，暮色便隐隐升了起来。

慈宁宫花园很大，他们从角门上进去，这个时辰园子里几乎没人了，只有咸若馆那片因太后要礼佛，早早儿悬了灯笼。如今宫里的门禁人事全凭司礼监指派，今儿值守的太监宫人都是事先安排好的，因此就算梁遇亲自来，也不会走漏半点风声。

承良在檐下鹄立，见人现身忙上来支应，垂着手道："时候差不多了，老祖宗请。"

梁遇提袍迈进咸若馆，三面高墙上建着通壁的金漆毗卢帽大佛龛，仿佛无边的糜烂富贵里辟出了清净地，这是物欲横流中唯一不染尘埃的地方。殿中常年燃檀香，他并不喜欢这种味道，地心的镏金三足炉顶，有青烟袅袅透盖而上，太过浓郁的味道闻着叫人头晕，他从袖笼里摸了方帕子掩住口鼻，转头对月徊扬了扬下巴，示意她往深处去。

所谓的斗室，还真是小得名副其实，大约就像大点儿的轿子，两个人对坐着都要顶膝盖。月徊闪身进去,原以为她一个人待着就成了,没想到梁遇也跟着进来了。她咦了声:"您不必……"话还没说完,就听外面传来击节的声响,是慈宁宫摆了驾,太后老娘娘礼佛来了。

承良很快掩上小门,在外头落了锁,心里只管窃笑,万年的铁树没准儿要开花啦。掌印大人对这姑娘尤其上心,这些年到处找人,费了老大的气力。要说连着亲戚,瞧他们各长各的,不像一家子模样。到底是什么缘故呢,说不定这二位早年定过亲,如今掌印有权有势,特找回来再续前缘的吧!

凑在一间小屋子里增进增进感情,这是下属对上司的孝敬。承良还盼着升秉笔呢,多揣摩揣摩上头的心思,只要马屁拍得对,后面的路就好走了。

殿门外太后来了,忙上前相迎,他在司礼监也算是个人物,太后见他在,哟了声道:"今儿太阳打西边出来了,骆少监可是大忙人儿,怎么劳动你在这儿伺候呀?"

承良赔笑,哈着腰道:"娘娘快别臊奴婢了,奴婢可算什么大忙人儿,不过听差办事罢了。上回李娘娘说的,西边的佛龛黯淡了,奴婢特过来瞧瞧,等天一响晴就打发人来上漆。且奴婢知道太后娘娘今儿要礼佛,越性儿恭候着,等伺候了娘娘再走。"

太后凉凉一笑:"可别耽误了你的差事。"

"哪儿能呢。"承良在烛台上点了香,双手捧着呈敬给太后,笑道,"太后娘娘是主子,奴婢侍奉主子天经地义,就算老子打死了亲娘,事儿也得往后挪挪,等奴婢伺候完了娘娘再说。"

奉承话说得漂亮,这是干太监这行的功底,斗室里的月徊瞧了梁遇一眼,对司礼监的圆滑表示赞叹。

太监的三寸不烂之舌,梁遇早听得耳朵生了茧子,他只是向她递眼色,让她仔细揣摩太后的语气声调,别忘了来这儿的目的。

月徊会意,挨在门缝儿上仔细分辨,太后的嗓子还是年轻的嗓子,想是作养得好,至多二十五六光景。不过人人调门儿不同,太后爱拖腔,这种声口有种慵懒傲慢的味道,不管身份多高贵,都很不讨人喜欢。

外头还在喁喁说话。"梁掌印预备筹办皇帝大婚事宜没有?"太后问承良,"譬如民间三书六礼,天子立后的礼节烦琐。今儿内阁觐见,我也交代了张首辅,回头要是有什么拿不定主意的,让你们掌印和张恒商议就是了。"

承良道:"是,咱们这辈儿虽没亲手承办过,但衙门里头老人儿还在,出不了岔子的,请娘娘放心。眼下正拟礼单,等一切预备停当,就送娘娘过目。"

太后嗯了声："皇帝那头……"

承良笑成了一朵花儿："娘娘瞧准的人可还有什么说的，万岁爷自然喜欢。"

不管这话是真是假，像钱扔进了水里听个响儿，太后也高兴。

"成了，你去吧。"太后转过身，跟前嬷嬷铺排好了礼佛的用具上来搀她，她盘腿坐在蒲团上，一手捏着犍稚[1]摆了摆，"这里不用你伺候了，立后的事儿你上点心，要是顺利办下来，我替你保举，让你们掌印升你做秉笔。"

承良哎了声，应得十分响亮。

1　犍稚：寺院报时之器具。

第六章 画堂自乐

佛堂里闲杂人等都散了，月徊透过细微的门缝，看见太后坐在一片赤金的光带里，一头数着念珠，一头诵读经文。她听声临摹，通常三五句话就有了根底，这样长篇大论斟酌下来，及至用时必定可以叫人听不出端倪。

梁遇轻声问："怎么样？能成吗？"

她龇牙一笑："厂臣这么问，看来是信不过哀家啊。"地地道道正是太后的嗓子。

梁遇无奈："戏文里头才自称'哀家'，太后是天下顶顶有福之人，是皇帝的母后，有什么可'哀'的。"

月徊耸了耸肩："男人都死了，能不'哀'吗？要不是闲着太无聊，谁愿意坐在佛堂里敲木鱼。"

横竖她有她的见地，只要正经晤对时别蹦出个"哀家"来就好。梁遇也不多言，礼佛得耗费一段时间，闲坐也是闲坐，于是褪下腕上菩提，慢悠悠地就着太后的诵经声禅定起来。

月徊是个没什么慧根的人，也从来没打算结佛缘，百无聊赖地坐了半晌，一个接一个地打哈欠。到最后实在困得睁不开眼了，就势一歪，靠在哥哥肩头打起了盹儿。

她甫一靠上来，梁遇就察觉了，为了靠得舒坦，她还特意摘了帽子。小小的脑袋拱在他脖颈处，他微转一转头，那乱蓬蓬的头发就戳了他一脸。

这丫头从来不讲究，性子大剌剌的，要不是仗着长得好，大约糙得像个汉子似的。他没奈何，又不能动，只有一双眼睛是自由的，视线落在了殿顶上。咸若馆里用海墁花卉的藻井，这斗室的墙没有修到顶，想是外面烟熏火燎的缘故，佛龛上方的和玺彩画，比头顶上这一片颜色要深得多。

他开始琢磨，等天暖和起来，该叫人重新打理一遍了。还有明儿得设好局，张恒是货真价实的太后党，慈宁宫发出的成命，只有太后亲口传令才能推翻……

忽然咕的一声，在他耳边响起，因为离得很近，听上去尤为清晰。他怔了怔，疑心是不是月徊打呼噜了，屏息凝神又等了会儿，下一声越发地响。他慌忙拿手捂住她的口鼻，月徊落水似的挣出来，昂起脑袋，莫名其妙地看着他。

外面的诵经声终于停了，错综的脚步声来去，月徊凑在门缝上看，慈宁宫伺候的人进来接应，待太后又给一圈神佛上了香，这才挑着灯笼，前呼后拥地往馆外去。

檐下灯熄了，只有佛前一星油灯燃烧着，发出一点微弱的光。

"您刚才捂我嘴干吗？"月徊小声问他，"吓我一跳。"

梁遇语气平淡："你打呼噜了，我是怕惊动了太后。"

月徊脸上一红："我打呼噜？不能啊，小四说我从来不打呼噜。"

"那是因为他比你打得还响吧。"梁遇站起身朝外看了看，门是从外面锁上的，得等承良来了才好出去。

可是等了好一阵儿，并不见有人来，月徊有点担心："您那手下，别不是把咱们忘在这儿了吧！太后都走了，还不给咱们开门？"

梁遇向来四平八稳，被锁住了也并不着急。底下人办事很靠得住，一时耽搁了，不是被哪个主子绊住了脚，就是自作聪明存心拖延。

"会来的，再等一会儿。"他重又坐了回去。

月徊却开始杞人忧天："这么冷的天儿，连床褥子都没有，夜里会冻死的。再说这地方这么小，连躺下都不容易，没法子过夜啊。您不是说我打呼噜吗，咱们俩不能一头睡……"

其实她在哥哥跟前口没遮拦惯了，刚认亲那会儿还忌惮他，如今什么叫畏惧，她全不知道。天性使然，自然而然地亲近，心贴着心地亲近，和小时候一样。

然而说来也奇怪，不知是不是空间逼仄的缘故，说完竟不自在起来。怕哥哥不喜欢她胡诌，偷着觑觑他，见他神色如常，不过垂下眼，悠闲地抻了抻琵琶袖。

这小小的隔间，伸展不开手脚，月徊觉得窝在里头难受得厉害。

哥哥不搭理她，她只好继续趴在门缝上往外瞧。整个咸若馆都暗下来，远远一盏豆灯明灭，因这斗室还隔着一道门，里头光线朦胧，像坠进了一个混沌的梦里。

"您说，要是有人告密，太后这会儿折回来了，那该怎么办？"月徊自己设想一下，背后顿时起了细栗，"会治咱们的罪吧？说咱们图谋不轨，然后砍了咱们的脑袋？"

这种情况也许会有，但那是司礼监不能掌控整个大邺后宫的时候。如今情势，就算有人走漏了风声，太后知道这斗室里藏着他，也绝不会当面锣对面鼓地来拿人。太监手黑，什么事干不出来？早前汪轸胆儿小，不管在外多招人恨，在宫里对主子们都是低三下四，没有不尽心的。梁遇呢，看着斯文好性儿，下起死手来比汪轸狠十倍。太后也挑软柿子捏，以前能压制这些内官，她纵情跋扈；现在紫禁城从里到外都由着司礼监拿捏，心里虽恨恶奴欺主，却也不得不隐忍，免于正面冲突。

月徊胆小怕死，自己琢磨一圈，也能吓得打摆子。梁遇看她傻得可笑，成心戏弄她，顺着她的话头长叹："古来阴沟里翻船的事多了，今儿脑袋装得好好的，明儿说不准就弄丢了。我倒还好，活着也就这么回事了，不图什么，万一有个好歹，全当大梦一场吧。你呢，你有什么未了的心愿吗？"

月徊看他言之凿凿，浑身汗毛都立起来了。门缝里透进的一线微光打在她口鼻上，那双大眼睛在两旁的阴影里瞪得老大。

"未了的心愿，那可太多了，不花个三五十年完不成。您看我还没享过几天福，还没看着小四儿高升娶媳妇，我死也不能瞑目。"

梁遇听见她又提小四，心里不怎么痛快。照理说一个捡来的小子，生死全捏在他手里，他吹口气就烟消云散了，可那孩子管月徊叫姐姐，这么一来竟是和他们兄妹拴在一根绳上了。一个是哥哥，一个是弟弟，她对弟弟的顾念还多些，就因为这假弟弟年纪小，没权没势。说来有意思，仿佛成了同辈儿，也会让人有分出高下的心来。梁遇不喜欢月徊小四长小四短的，认真论，自己和她才是嫡亲的，那个半道上遇见的野孩子，到底算个什么东西！

"你能陪人一截子，不能陪人一辈子，真到了那个时候，也顾不上那些。"他淡声道，"生死是个坎儿，迈过去也没什么，兴许失散的人能重逢，比活着更让人高兴。"

月徊说："您别这么想呀，活着看看花花世界不好吗？我就愿意和您一起长长久久地活下去，您揽一辈子的权，该受用的没有受用过，就这么交代了多不值得。"

梁遇无可奈何："揽权这种话，心里知道就成了，不能老搁在嘴上说。"

"那不是只有咱们两个人嘛。"她跺了跺脚,"唉,真冷,怎么还不放咱们出去……"

饿了冷了这种事儿算不得大事,但在家里人听来,就十分值得上心了。

"哪里冷?"梁遇问,"是身上穿得太单薄了?"

月徜说:"我脚上冷,到了冬天就这样,手冷脚冷,阳气不旺盛。"

他原本倒不觉得,和妹子一起困在一个狭小空间是多么难熬的事,毕竟难得清闲。可这会儿却有点上火了,嫌承良办事不力,难成气候。只是眼下顾不得那些,把她拉回来让她坐定,然后抬起她的脚,扒下了她的靴子。

寻常小太监的官靴,不像有了品级的那么考究,鞋底上缉[1]蓝咔啦的帮子,雨雪天气有渗水的可能。从司礼监衙门到咸若馆,路上虽然时时有人清扫,但她专挑有积雪的地方踩,那再厚的千层底,恐怕也挡不住她的玩兴。

摸了摸,棉袜果然透出湿气来,难怪冷得筛糠。他得想法子替她取暖,正预备脱下身上的鹤氅给她包裹上,却听见她细声细气地说:"姑娘的脚不能随便摸,就算您是我哥子也不行呀。"

这时候还想着男女大防呢,平常倒没见她这么老实。梁遇瞧都没瞧她一眼:"你哥哥是太监,和别人不一样。"

月徜被他这么一说,没得什么开解,反而有点难受:"我心里不拿您当太监,我哥哥比男人还男人呢。"

他听着,手上微顿了顿,然后严实地替她包起双脚,搁在自己腿上。

唉,这就是亲哥哥呀,月徜靠着砖墙喃喃自语:"将来怕是没人能比您待我更好了。"

梁遇在升作秉笔前,干的是侍奉人的活儿,但差事上的敷衍和打从心底里透出来的知冷暖是不一样的,这辈子他也不会像关心月徜似的去关心第二个人了。

倘或她就此留在宫里,他倒能够关照她一生一世,但她要是嫁了人,上别人府里过日子去了,万一男人对她不好,公婆小姑子欺凌她,他又怎么保她不受半点委屈?

就是不放心,撒不开手,爹娘没了,这种牵挂是双份的。可惜不舍也说不出口,他顿了下,只是问她:"还冷吗?"

月徜其实很想把那双湿袜子脱了,但哥哥面前到底不能太随性,便一径说暖和多了。

---

[1] 缉(qī):一种缝纫方法,一针连着一针密密地缝。

梁遇的五官深刻，迷蒙中也比一般人更清晰。月徊摸了摸自己的脸，忽然有点悲观，和他相比，自己真是毫无优势。明明是同一个爹妈生的啊，看来他们生头一个的时候很用心，生第二个就随意糊弄，偷工减料了。

雪终于停了，承良站在咸若馆东边的角亭下，就着灯笼洒下的光瀑，看天地渐渐归于寂静。

起了一点风，灯笼摇曳，站在四面不着边的地方斗骨严寒。

他干儿子董进对插着袖子，朝咸若馆明间方向望了一眼："干爹，是时候了吧？"

承良嘿的一笑："你说咱们老祖宗，这会子正干什么呢？"

董进忖了忖："干什么……谈心呗。书上不是说了嘛，攻心为上，话一多，交情就深，好比当初荆轲刺秦王，那二位要是能像咱们老祖宗似的，和人关在一间屋子里这半天，荆轲怎么也下不去那刀啊。"

承良点了点头："好小子，有见地。不过有一桩不一样，荆轲是爷们儿，里头那位可不是。"

太监的那点腌臜事儿，用不着明说，一点就透。董进两眼放光："您的意思是……"

承良隐晦地笑了笑："万岁爷那头发了话，要把人留在御前，既留下，临幸抬举，不是早晚的事儿吗？咱们这些人，费老鼻子劲儿搭上老娘娘们，图的不过是个面子，老祖宗图的却是实惠。只要是那位得了势，老祖宗再托她一把……你琢磨琢磨？"

董进心知肚明，掩嘴葫芦一笑："老祖宗就是老祖宗，比谁都看得长远。譬如带孩子，自小领大的诚心孝敬你，贫贱时候结交的人，将来发迹了也不忘旧情。不过儿子听说，这姑娘是老祖宗族亲……"

"就得'亲'，'亲'了才好说话儿。"承良在自己的下巴上薅了一把，"别说假亲可冒认，就是真亲又怎么的呢，咱们这号人……坏不了事儿。"

横竖底下人就得有眼力见儿，拖延拖延，给那二位制造点儿独处的机会，一来二去的，情有了，老祖宗日后人财两得，还能少得了他的好处？

董进见缝插针地对他干爹的机敏表示了一番赞叹，末了说："杨愚鲁和秦九安那两个小子没憋好屁，见天儿在老祖宗跟前卖乖，铁了心的要把您比下去。论资历，他们俩给您提鞋都不称头，如今倒和您争起秉笔的衔儿来。"

秉笔是个肥缺，个个都仰脖儿看着，成败与否，各显神通。承良自恃当初找人的差事是自己承办的，比旁人也会动脑筋，多了些小聪明，因此这回擅作了主张。

看看时候,太后礼完佛有两刻钟了,确实是时候了,于是捏着钥匙进了大殿,绕过垂挂的重重幢幡,停在小门外回话:"老祖宗,太后留小的打听御前的事儿,实在走不脱,耽误了工夫,请老祖宗恕罪。老祖宗受累,窝在这么个小地方,小的这就给您开门。"

门上铜锁开开,就见姑娘正穿鞋,承良仔细留意了一回,掌印衣衫端正,看不出什么异常来,不由得有些失望。不过转念再想想,姑娘已然在宫里留宿过,那天就是住在内奏事处值房里,要有事儿早出了,也不必等到这会子。

看来这回是多此一举了,承良觑觑掌印脸色,满以为或喜或怒能看出来分毫,可惜一切如常。这会儿便有些惴惴,底下人伺候上司,最怕的就是这样,越平静,背后不可测的可能便越多。再瞧瞧姑娘的脸色,她照旧一副乐呵呵的模样,问:"已经到饭点儿了吧?今晚上吃什么呀?"

承良道:"老祖宗夜里吃得清淡,有青菜烧杂果、酱黄芽菜,和一品梅花豆腐。"说罢赔笑,"您想吃点儿什么呀,或是有喜欢的,我吩咐膳房现做了来。"

月徊想了想,要吃要喝的似乎不大合适,便笑道:"夜里吃得多了尽长肉,清淡些的好。"

还是梁遇发了话:"加一碟胭脂鹅肝吧。"听说皇帝用膳时,她那双眼睛尽往那盘菜上瞟。可怜见儿的,皇帝让她吃,她还装样。

承良忙应了个是,掌印不说话,天就要塌,可要是听见他开腔,不拘说的是什么,都让人有爬出阎王殿的庆幸之感。

董进不得传唤不敢到跟前来,只远远在亭子边上垂手等着。掌印没有停留,快步出了咸若馆,那位一同被关在斗室里的姑娘一身内侍打扮,要看身形,真是个半大不大的少年模样。

兴许干爹就要加官晋爵啦,董进见了承良便笑得花儿一样。正要张嘴,承良杀鸡抹脖子似的冲他比手,他忙噤了口,愕着两眼望着承良。

承良踱过去,叹了口气道:"赶紧的,吩咐膳房预备胭脂鹅肝。"

董进不明所以:"老祖宗从来不吃那东西啊,说嫌脏……"

承良啧了一声:"琢磨什么呢,不是老祖宗要吃!"

一个不吃内脏的人,能容许鹅肝上他的饭桌,那得多大面子!姑娘不寻常,这是肯定的,不过还有一桩让他想不明白,太后礼佛,掌印却带着人躲进了里头的小隔间,究竟是什么缘故?按说上头不透露,也不由得他过问,但事情蹊跷得很,实在叫人费思量……

那头膳房的内侍鱼贯送夜里的吃食进来，每个盘儿上撑着金丝小伞，伞的八个角俱挂着银制的小铃铛。食盒打开，盘子搁在桌上，那小伞受了震动，簌簌一阵轻响。

宫里每顿吃饭，排场都做得很足，月徊因有外人在，不便就此坐下，只好站在一旁侍立。面前低眉顺眼的小太监往来不断，原本她只要等人散了就成，没想到这时站在最上首亲自摆盘的那个随堂，顺手把菜碟子递给了她，示意她往桌上运。

月徊忙哈腰接过来，她倒很欢喜能找着一两样自己可干的活儿，毕竟以前码头上奔波惯了，忽然闲下来没了主意。不过这个随堂和骆承良不一样，他冷着脸，完全就是寻常模样。月徊有点儿纳闷，论理说司礼监高品阶的少监们，多少知道她和掌印有渊源，不说点头哈腰，至少还有个笑模样。这位倒好，看样子把她当成了普通小太监，一道道菜经了他的手，又转头递给她摆桌子。

终于菜盘碗碟都准备妥当了，侍膳的人都退出去，月徊看这人转过身，悠着声儿朝梁遇回禀："老祖宗，歇一歇吧，膳都上齐了。"

梁遇搁下手里的题本，回身在桌前坐了下来，也没瞧月徊，一面让人伺候擦手，一面道："还是咸若馆，明儿弄得清净些，我有用处。"

那随堂应了个是，摆手把堂上的人也打发出去，这才向月徊微鞠了下腰："小的杨愚鲁，请姑娘的安。"

月徊扭头看了看梁遇，他的神情不像面对承良时那么冷淡，抬了抬手指示意她坐下。

月徊的屁股才沾着杌子，杨愚鲁就打了手巾把子呈上来，她忙站起身接手："不敢劳动少监，多谢您。"

杨愚鲁到这时才露出一点笑意："才刚场面上人多，我唐突了，请姑娘见谅。"

这就是官场上标准的一套办事手段，人前绝不显山露水，这么一来，杨愚鲁和承良的高下立时就看出来了。月徊笑着回了个礼："少监言重了，这么着没错处，您做得对。"

梁遇大动干戈找了好几年的究竟是什么人，没人敢寻根究底，只是知道要紧，准是个大宝贝。如今姑娘又要上御前，确实更该奉承，但动静要适度，时机要恰好。有的人心里有了谱，就一股脑儿发作起来，生怕别人不知道他晓事，越是这样，越是坏菜。

梁遇一面招呼月徊吃喝，一面吩咐杨愚鲁："大同的矿山缺个矿监，打发承良上那儿去吧。"

杨愚鲁听后应了个是，连眼皮子都没抬一下。

目下正是司礼监提拔人的当口，这会子把谁派出去，就像皇帝下令皇子就藩一样，永失了升任的资格。多一个人出局，剩下的人便多一分胜算，杨愚鲁暗松了口气，但高兴绝不做在脸上，想了想道："大同那地方的矿山上，矿霸流氓到处都是，我怕骆少监一个人去吃暗亏。还要请督主示下，或者东厂派几个番子跟着吧，到了那里也好照应。"

这就是杨愚鲁的聪明之处，美其名曰照应，实则是监管。况且先前派出去找姑娘的番子还在东厂，掌印和姑娘的关系既含糊着，就说明不愿让外人知道，那么那些番子势必留不得。

梁遇嗯了声："这事你去办吧。"复把鹅肝推到月徊面前，"怎么了？不爱吃吗？"

这里再没他什么事了，杨愚鲁行个礼，退出了正堂。

站在檐下看，风有点大，吹动那棵石榴树上的红绸，烈火一样招展。杨愚鲁拍了拍手，掌班上来听命，他淡声道："带几个人，往骆少监府上去一趟。眼下京城冷，大同更冷，让他多带几件御寒的衣裳，没的路上受寒着凉。"

廊子外一溜脚步声急急去了，月徊竖着耳朵，听得一清二楚。

不过随口几句话，就定夺了一个人的前程，这就是官场。月徊瞧瞧梁遇，他正慢条斯理地吃饭，外面的一切似乎和他毫不相干。

她忍不住问："哥哥，骆少监差事办得不好吗？您为什么要打发他呢？"

梁遇垂着眼，眼睫遮住眸子，曼声道："司礼监能人多了，个个会办差，可差事办得好，未必能留下。宫里有宫里的规矩，知道得太多太外露，上头人就容不得他。聪明得聪明在肚子里，要沉得住气，这才是紫禁城里保命的方儿。骆承良是个不成器的，当初狂吃滥赌败光了家业才净身入宫，这种人市侩，留在身边早晚是个祸害，不如趁早打发了好。"

月徊明白过来："今儿他有意拖延，这件事办得不地道，是吗？"

梁遇放下筷子，拭了拭嘴道："自作主张，今儿敢拖延，明儿就敢告密。况且皇上要你入宫，在你进来之前，得把外头的事断个干净。这么着不管将来走了哪条道儿，都没有后顾之忧，对你有好处。"

其实月徊知道哥哥的心思，他嘴上不说，到底还是愿意她做娘娘。她呢，对未来没有太明确的目标，当初和小四还盘算过给富户做妾，现在身份换了，找见了靠山，那水涨船高升上一等，可不是要给皇帝做小老婆了嘛。

月徊有时候没心没肺，她又吃了块胭脂鹅肝，比画一下筷子道："骆少监八成觉得，我将来要给您做对食，所以一径撮合咱们来着。"她哈哈笑起来，"那些人见天就琢磨这个，满肚子男盗女娼。我这么正经的人，哥哥也是这么个正经人，还愁我们走影儿。"

梁遇听她口没遮拦，着实叹了口气。

"姑娘家，什么对食走影儿，也留点神，别想什么就说什么。"

月徊龇牙："那您愿意我在您跟前说一套做一套？我心里头坦荡，就扒开心肝和您说话。要是我哪天心里藏了事儿，那您想听我的真话，可不能够了。"

是这个理儿，他知道，或早或晚，总会有这么一天的。

鹅肝是菜，闲话是佐料，月徊才想起问他："这么好的东西，您不尝尝？"

梁遇对那些心肝之类的东西很抵触，连看一眼都难受，忙调开了视线说："你爱吃就多吃点儿，不必管我。"

月徊有时候觉得哥哥是个奇怪的人，他有两张面孔，一面杀伐决断，一面又清贵柔软。这宫里的太监，大多是上不得台面的下路货色，可司礼监能做主的却又个个拔尖，难怪太妃们也愿意和他们小来小往。

她撑着脸颊打量他半晌："可惜！"

她天上一句地下一句，对面的人抬眼看她："可惜什么？"

月徊想起那天被番子带进府的情景，自己就先发笑了，捂着嘴道："我们认亲那天，番子冲我说了句'福气来了'，我满以为是我长得太好看被您瞧上了，我进府就是奔着做妾来的。后来阴差阳错，您成了我哥哥，我那时候就想，要是不生在一家子多好，我使尽浑身解数，也要扒拉着您不放。"

又是这样语出惊人，他听多了，早就习惯了。关于她那时候的小心思，他怎么会看不出来，打从一开始她就肖想他，那眼神搁在黑夜里头能发绿光。她扭扭捏捏，装模作样，就算知道他们是失散的亲兄妹，怕也胡思乱想了好儿大。他当时就明白，这是个看脸下菜碟的丫头，还好他长得不赖，要是丑点儿，她八成连认都不愿意认他。如今她说破了，既然说破，就证明心里已经一尘不染，只是他听着，却别有一种奇异的味道，像身上拴了细细的弦丝，拽一拽，牵筋动骨。

他轻轻舒了口气，至亲骨肉间打趣，不过笑一笑就过去了。他低头拿杯盖儿刮开茶叶："别胡说，叫人笑话。"

月徊敷衍了两句，同他谈论明天假冒太后之名，接见内阁首辅的事儿去了。

梁遇把宫里惯用的词儿都交代了她一遍，再不能出上回"朕圣躬违和"这样的岔子了。月徊很聪明，教过的东西不问第二遍。及至第二天，预先在咸若馆的东次间里坐了阵，梁遇早安排好了一切排场所需，散朝后让小太监上西朝房传话，说太后召见张首辅。张恒不疑有他，一路匆匆赶到了花园。

平常太后召见一向在慈宁宫，今天换到咸若馆，张恒心里没底。不过因着花园和慈宁宫只隔一条甬道，转念想想也没什么稀奇，到了廊下便顿住了，让人进去通传。

不一会儿，里头嬷嬷出来，笑着说："如今司礼监当家，前朝的消息叫他们截了，再进慈宁宫不方便。太后特请首辅大人来有要事相商，只是忌讳暗处有眼，没法子和大人面议，今儿就隔帘说话吧。"

张恒是老臣，在朝中多年，掌权的人物哪一位什么性情他都有数。太后平时脾气就古怪，狗啃月亮似的叫人摸不着头脑，因此不管她出多少么蛾子，都在情理之中。

就像今儿，帘子里头的太后长吁短叹："先帝爷走了两年多了，我昨儿梦见他，他站在离我三丈远的地方，红着眼睛像是哭过，说皇帝总算要大婚了，慕容家的社稷有指望了。"

张恒隔着帘子诺诺称是："皇上亲政，这是稳固朝纲、利国利民的大好事儿。"

"你也说是好事儿，我就琢磨着，好事上头给他下个绊子，到底应不应该？"太后语调沧桑，带着这个年纪早该有却迟迟不来的深稳，慢慢说，"皇帝虽不是我生的，可我保举他继位，他将来就是我终身的靠山。他大婚这桩事上依着我不依着他，我昨儿想了一夜，皇帝不说什么，先帝爷却找我哭来，我心里不大落忍。"

张恒听出她的意思，看来是改了主意，昨天的言之凿凿全不作数了。原本太后要让娘家外甥女做皇后，也是为着江孙两家的利益，和别人没什么相干，眼下就算改弦更张，也是她一句话的事儿。

张恒心里掂量的时候，太后问了这么一句："张首辅，我想明白了，你纳闷吗？"

太后都明白了，他怎么能犯糊涂！张恒说："臣不敢纳闷……臣的意思是，这皇后的诏书是颁还是不颁，全凭太后吩咐。"

"得颁。"门帘里头的太后说，"我思来想去，太傅徐宿的孙女知书达理，是个好人选。古来娶妻娶贤，他们家的书都堆到房檐了，姑娘能错到哪儿去？你说呢？"

张恒这回的"是"答得有些犹豫，因徐宿一门是保皇党，和太后向来不对付。太后呢，又是个记仇能记到下辈子的人，这回突然大度起来，实在令人匪夷所思。

张恒沉吟了下："臣先前没听清，太后娘娘的意思是，册封徐宿的孙女为皇后？"

太后说："没错，就是她。"

张恒原来统领内阁，在东厂还未崛起时风光无两，内阁官员甚至敢和皇帝叫板。可是这两天不成了，几位中流砥柱遭了迫害，精气神一下子泄完，这会儿也没了把持朝政，让小皇帝延后亲政的奢望了。

不过太后这样心高气傲的人服了软，不大像她以前的作风。张恒悄悄往帘内觑了觑，帘子缝隙处隐约露出一片暗纹弹墨金丝的裙裾，他忙又垂下眼："是，臣回内阁后，便草拟封后诏书。"

太后说好："快着点儿吧，免得夜长梦多。皇后人选一旦定下，东西六宫也该有主了，朝中凡五品上官员家里，有十四岁上、二十岁下的姑娘，都可送进来参选。还有外埠的异姓藩王们，也别忘了知会他们一声……那个南苑宇文家，说是世代出美人，问问他们家有姑娘没有，弄一个进来解解闷儿吧。"

张恒道是，因这几日活在司礼监的阴影里，正有些喘不上来气儿，恰好太后改了主意，这就不必冒险得罪梁遇了。如此一来皆大欢喜，求之不得似的领了命，加紧承办去了。

张恒从慈宁宫花园出来，没走多远就迎面碰见了梁遇。

司礼监还是那样赫赫扬扬的排场，当朝首辅身边不过跟了两个捧书小吏，梁遇身后却是三四个堂官，并一众办事太监。

紫禁城里的雪还没化，天上出了太阳，那个身穿朱红曳撒的人，率众从夹道那头款款而来，乌纱帽压得很低，金镶玉的帽正下是一双清雅深邃，又气焰逼人的眼睛。

他人还未到，脸上倒笑起来，拖着慵懒的长腔儿道："临近节下了，又兼来年皇上要大婚，大小琉球今年进贡的东西不少。才刚四方馆报进来，说使节入京了，咱家到处找张大人呢，没想到张大人竟在这儿。"

张恒对插着袖子，自矜地颔首："先前是太后娘娘召见，我往北边儿去了一趟。进贡的东西往年都有定例，什么用途归哪个库管。像进贡的缎帛银两应当收入国库，用以恭贺帝后大婚的算私账，收入如意馆更相宜。"张恒斟酌着说完了，见梁遇含笑不言声，心头不由得蹦了下。也是，如今什么年月，还讲老例儿？他立时换了话风，"不过既是年下的进贡，归为宫中过节的用度也不为过。如今宫里挑费大，万事都需梁掌印尽心，巧妇难为无米之炊嘛，这个我知道。依我之见，倒不如把贡品交由梁大人指派，也免于多费手脚。少了从公中调拨，多了归还国库，到底后宫的花销内阁不便过问，也不懂。"

这还像句人话，梁遇偏头盼咐秦九安："听见张首辅的话了？就照着首辅大人的意思办吧。"说罢冲张恒笑了笑，百般无奈道，"不当家不知柴米贵，这偌大的紫禁城那么多张嘴，睁眼就是数万银子的花销。还有后宫的主子娘娘们，今儿要这明儿要那，哪个也不敢怠慢。春秋时候还好些，不过衣裳首饰瓜果小食儿，到了冬夏可了不得，用炭用冰，哪样不是耗费巨万！唉，要说实在的，宫里还不及外头官员，下头人孝敬冰敬炭敬仔细周到。朝廷正拿赃腐，小官们有胆儿奉承上司，没胆儿奉承皇上，您说可气不可气？"

他含沙射影地说了这么多，张恒听在耳里，却是一剂醒神的猛药。如今在朝为官的，哪个能做到一清二白？纵是从来不受贿赂，只要东厂想办，你就黑得乌鸦似的，再也白不了了。梁遇不提这宗还好，一提就说明他要往这上头动脑筋，司礼监党同伐异的事儿办得多了，接下来会不会再拿这个做文章，坑害内阁官员，谁知道呢！

张恒只得顺着他的话频频点头："梁大人说得是，是这个理儿……"

梁遇又一笑，和颜悦色道："太后召见张大人，想是为了立后的事儿吧？下聘要用的大礼，司礼监已经加紧预备了，不拘什么时候放恩旨，咱们这儿说话就能抬出来。"

张恒哦了声："这事我正要转告梁大人呢，先前太后发了话，皇后的人选有变，太后又瞧上了徐太傅家的孙女，打算册立徐氏为后。"

梁遇迟疑了下，纳罕道："太后和徐太傅向来不对付，怎么会立徐宿的孙女为后呢，张大人别不是听错了吧？"

张恒却说："我也担心听岔了误事，又追问了太后一遍，说的正是徐氏，分毫不错。"

如此看来，月徊是真把张首辅糊弄住了。这丫头的能耐实在不小，但这件事办完，只怕麻烦也要接踵而至了。

梁遇道："既是太后的意思，那就照着办吧！诏书上改个名字不为难的，什么时候宣旨，咱家等首辅大人的信儿。"

张恒忖了忖："左不过这十天半个月，节前办了好过年。还有一桩，太后说东西六宫要进人口，五品上官员家适龄的姑娘都得参选。另特意提起南苑宇文家，大有存心联姻的意思。"

"宇文家？"梁遇恍然大悟，"也是，那些外姓藩王家，鲜少有进宫为妃的姑娘。太后娘娘真是一片慈母之心,想尽了办法为皇上拉拢藩王,稳固朝纲呢。"

所以说,太后像一夕变了个人似的,梦见先帝爷哭是假,梦见先帝爷说她再唱反调,要带她下去才是真吧!张恒囫囵笑了笑,复又寒暄了两句,便往南边朝房里去了。

一路行来,积雪沾染上袍角,梁遇捏着一道竖褶抖了抖,淡声道:"那些异姓藩王,是早前跟随太祖打过江山的,虽说世袭罔替到了今儿,朝廷也还得以礼相待。"

杨愚鲁道了个是:"崇宗皇帝那时候有过先例,不等接进宫再封妃,就是各家赏个封号,藩王们再推举出合适的女孩儿,算是宫里的恩典。到时候朝廷得派人过去接应,要是开春下旨意,明年六七月里事儿才能办完。"

梁遇嗯了声:"等着吧,等皇后人选大定,就该给各藩颁布旨意了。打今儿起,外头的动静不许往慈宁宫走漏半分,太后要是闹起来,慈宁宫伺候的一干人就别活了。至于封妃的事儿,还得听皇上示下,到时候司礼监、东厂、锦衣卫都得抽调人手过去接应……傅西洲这程子学得怎么样?"

杨愚鲁道:"回老祖宗话,那小子机灵能干,冯坦说是个好苗子。只要仔细调理,三年五载之后,必是东厂拔尖儿的人物。"

梁遇没再说话,虽说他对那野小子没什么好感,但瞧着月徊的面子,能成才也是好事。

从夹道往北,前面就是览胜门,这时候月徊应该还在咸若馆里。今天的差事承办完了,可以回家待上两天,皇帝虽急于让她进宫,但也得容他把一切安顿好。到底御前忽然多出个人来,身份不安排妥当,底细经不起推敲。皇帝跟前他没有隐瞒月徊的身份,但丁外头还是遮掩一下的好,这是他和皇帝达成的共识。

手上要事再多,他也得先把月徊接回来,可没想到的是,当他匆匆赶到咸若馆时,皇帝居然也在。

年轻的帝王,站在日光下自有一段风流蕴藉,那飞扬的凤眼和沉沉的鬓发,将少年模样勾勒出了别样的精美。

他立在台阶前,正回首等里头的人出来。月徊换下太后惯穿的那条裙子,穿回自己的葵花圆领袍,皇帝叫她一声,她"哎"地答应了,边扣着腰带边说"来了来了",那样松泛的相处,仿佛梁家还未遭难时,梁遇和私塾里的同窗同进同出的样子。

慈宁宫花园和慈宁宫离得太近，长信门对面就是慈宁门，因此往北这条道儿行不通，唯一的办法就是从览胜门出去进迎禧门，穿过司礼监经厂直房，绕开慈宁宫走。

他们过来了，梁遇略顿了下，闪身让到了含清斋山墙后，听着他们有说有笑地穿过角门走远了。杨愚鲁觑了他一眼："老祖宗，看样子万岁爷很喜欢姑娘。"

梁遇慢慢颔首，帝王的感情确实复杂而分裂，筹划立后选妃的同时，不妨碍他少年人情窦初开般接近喜欢的姑娘。这皇权天下本就如此，只要喜欢便有后话，何况还有他这个亲哥在，就算月徊从女官做起，他也能将她送到后位上。

好事儿……是好事儿……梁遇拧起眉，示意杨愚鲁招人过来问话。

很快，领命掌班的曾鲸到了跟前，垂着手，恭恭敬敬叫了声老祖宗。

司礼监里人才济济，去了一个骆承良，底下司房就能升上来。这曾鲸一向闷葫芦似的，但办事稳妥，梁遇冷眼看了他三年，他的机敏并不在杨愚鲁或秦九安之下。

梁遇问："皇上来了多久？是才到，还是早来了？"

曾鲸道："回老祖宗话，皇上比张首辅来得还早，里头才换衣裳，他老人家就到了。"

梁遇沉默下来，才知道这事打从一开始，皇帝就在月徊边上。

计划赶不上变化，原本他是预备自己在边上陪着的，没想到外邦使节忽然进宫，打乱了他的计划。因昨儿该说的话他都仔细交代月徊了，今天又指派了曾鲸掌事，就算她一个人也没什么可担忧的。他甚至很愿意让她自己处理这件事，虽说让从未接触过官场的孩子糊弄当朝首辅，说起来像个笑谈，但只要他还掌管着司礼监，多大的风险都可以是历练，了不起鱼死网破嘛，再坏的事他也有后招儿应对。

只是没想到皇帝会来，有他亲自坐镇，万一张恒发现帘后坐的不是太后，那么这件事就由皇帝挡着了。

说来也怪，平常走道儿都要计较先迈左腿还是右腿的人，竟有这样的魄力，看来这份喜欢已经足够深刻了。他负着手，轻轻叹了口气，之前想好的事，一旦成真了竟又有些不满，觉得一切来得太快了。人就是这样得陇望蜀，眼下他又有了新的惆怅，惆怅月徊才刚回来，也许很快，她的心就要向着别人了。

月徊那头不懂得哥哥的忧思，她在庆幸这么要紧的差事她办下来了，皇帝就算再忌惮她这条嗓子，对大伴也会心存感激。

她跟在皇帝身后进了乾清门，皇帝没回暖阁，带她一直往后去。坤宁宫就在乾清宫之后,中间隔着一座孤零零的交泰殿,皇帝指了指那个黄琉璃瓦四角攒尖顶的大屋子:"朕的宝玺全存放在那里,虽然近在咫尺,却由内阁掌握,朕每天就这么看着,看得到够不着,得等坤宁宫里住了人,朕才能随意开启那扇殿门。"

月徊点了点头:"所以咱们今天干的事儿,就是为了皇上能娶上好媳妇儿。民间也是这样,家业兴不兴旺,全看当家媳妇能不能干。我们掌印说,徐家小姐一肚子学问,将来一定能好好辅佐皇上。"

"一肚子学问?书装得太满也不好,爱较真,芝麻大的事儿也能争上半天。"皇帝浅浅一笑,"世人都说做皇帝好,可做了皇帝不自由,像这样的天气,连跑一跑都不能够。"

月徊啧了声:"不能跑不能跳,到了三十往后该发福了。我认识一个盐商,不爱走路,上漕船都要人抬着,躺着比站着还高。"仔细审视他一回,想象不出他胖了是什么模样,会不会眼皮子上也长了横肉丝儿,漂亮的丹凤眼变成肿眼泡,那可太让人难过了。

皇帝这辈子,从没有人担心过他将来发福,这种新奇的论调让他觉得有趣,认真琢磨了下,他一本正经道:"我们祖上十几朝皇帝,没一个是胖子。政务那么多,愁得吃不下睡不好,哪里还能长肉。"

"所以享得滔天富贵,就要受得无边劳累,这也是没法子的事儿。"月徊难得想出这么有学问的话来,简直有点骄傲,"现如今您还没成家,缺了几个和您贴着心的人。等明年,这东西六宫都住进了人,坤宁宫也有了主,那么多人潜心为您一个,您心里就踏实了。"

皇帝听着那些向光向暖的话,并没有感觉到安慰。

外人不明白,他们以为皇帝是天下之主,后宫的女人个个都会抢着爱他,其实并不是的。他从小长在宫里,先帝的那些后妃,每一个都是活生生的人,她们可以爱花爱草爱吃喝,皇帝翻了牌子她们按分伺候,伺候完了各归各位等着怀孩子。怀上了那可太好了,进宫的使命完成了一半;怀不上也不要紧,继续领月俸侍寝,循环往复,一辈子很快就过去了。

爱?没有,偶尔碰一回头,连搭伙过日子都算不上,比朝中大臣还不如。至于皇帝呢,人太多爱不过来,难得一两个上点儿心,其他都是锦上添花的点缀,毕竟帝王家讲究排场,少了不像话。

皇帝问她:"月徊,你有青梅竹马的玩伴没有?"

月徊说:"我有个穷哥们儿,大名傅西洲,我们插香拜了把子,他认我做姐姐。"

那是江湖式的豪迈，离皇帝很远，他有些怅惘："朕没有。"

月徊心想做了皇帝还要什么朋友，快别矫情了。可是她不敢说，想了想道："没朋友不要紧，您有我们这些伺候您、为您卖命的人，像我哥哥，还有我，还有傅西洲。"

皇帝发笑，这是个不会弯弯绕的姑娘，表起忠心来毫不含糊。袖袋里的盒子焐得发热，他犹豫了半天，到底抽出来递给了她。

"今儿你立了奇功，这是赏你的。"

月徊很意外，虽说那盒子看上去就很名贵，可她为了表示客气，还是摆手说："给皇上办差是我的福气，我怎么能要您的东西呢。"

皇帝的赏赐从来没人推辞过，伸出去的手悬在半道上很尴尬，脸上因急躁泛起一层红，又往前递了递道："你拿着……朕让你拿着你就拿着，要是不接，就是抗旨不遵，要杀头的。"

这下月徊终于"勉为其难"地收下了，一面说"您太客气了"，一面揭开了盒盖。

盒子里装着一支镏金点翠小金鱼发簪，金丝编成的大脑门上，一左一右镶着两粒红色的玛瑙鱼眼。她有点不明白："您怎么送我这个呀？"

皇帝是头回送姑娘这么寒酸的小礼，寻常赏赉不是这样的，他就是觉得越少越精才越有深意。

可惜月徊糊涂，她没有那么细致，皇帝本以为她会惊叹一声，欢天喜地向他道谢的，谁知她压根儿没这根筋。他倒有些难堪了，又不便说得太透彻，只好含糊敷衍："这鱼长了双大眼睛，像你。"

像她？月徊笑得讪讪，碍于他是皇帝，不好唱反调，于是拿手指头在那双眼睛上摸了下，赏脸地说："可不嘛，长得实在太像我了。"

皇帝见她高兴，自己也很欢喜，颇有些邀功似的说："朕挑了好久才选中的，太华贵的首饰不称你，朕觉得这小金鱼就很好。等你换上姑娘的衣裳就能戴了，这簪子灵动，你戴最相宜。"

可是她更喜欢华贵的，俗气的人并不在乎款儿好不好，只要值钱就是美。可惜彼此不够相熟，她的心里话不能说，皇帝也不了解她。要是换了小四，一定挑赤金镶宝的大牡丹，那插在头发上，才叫一个富贵无双。

无论如何，皇帝亲自挑选是大面子，她得领他这份情。月徊捧着盒子冲他哈了哈腰："谢谢万岁爷，我可太喜欢这个了，回去我就戴上。"

皇帝赧然笑了笑："还有一桩事，朕想问问你，朕要迎娶皇后了，很快后宫里头还会有各路妃嫔，你觉得这样合适吗？男人妻妾太多，是不是让人觉得不正派？"

那还用说嘛，当时梁遇教她说那些选妃的话时，她就担心皇帝贪多嚼不烂。一个人一辈了，哪儿来那么大的气力应付那么多女人？何况皇帝身子还弱，要是胡来，闹得不好要出大事的。

月徊这人没别的好，就是待人实心，她先是宽解了皇帝一回："您是什么人呢，世上哪儿来皇帝后宫多就不正派的道理？世人都知道帝王家要开枝散叶，没后宫哪儿来的孩子，您把六宫装得满满当当是应该的。不过您也得爱惜您自己个儿的身子，您不能看着这个也好看，那个也喜欢，那就坏事了。像做饭烧柴禾似的，得匀着点儿来，火头太大饭该糊了，您明白我的意思吧？"

皇帝眨了下眼睛，可见是听明白了。

有时候她说话真算不得雅致，但粗鄙里头又带着通透，他爱听她一针见血的高见。既然她能理解帝王家的无奈，那么对他这个人也未见得失望吧，于是试探着问她："你将来，对挑选夫家有什么要求吗？"

"要求？"月徊想了想，"没有，只要像哥哥那样待我好就成了。您也知道我擎小儿苦，只要吃得饱穿得暖，没那么多娇娇儿的要求。"

皇帝一听，心头便隐隐震动。偏过头看她，她站在朗朗日光下，含着笑望着远处的坤宁宫，没有艳羡也没有敬畏。其实在她眼里，坤宁宫也好，乾清宫也罢，就是大得没边没沿的屋子，别无其他。

皇帝意有所指，旁敲侧击着说："民间但凡结亲也都有章程，必是熟人托熟人……婚事上头还是相熟的更靠得住。"

月徊说："对，万一将来打起来，也是冤有头债有主。"说得皇帝噎住了。

月徊想的没那么多，她回头看了皇帝一眼："今儿奴婢得出宫回家，等掌印那头安排完了，奴婢就进来伺候您。"

皇帝点了点头："想是要不了几日的，朕等着你进来。"

月徊又问："宫外的东西，您有什么想要的吗？我进来的时候给您捎上一两样，比让太监出去采买方便。"

就是这种家常的味道，你缺什么短什么，我给你带来。她不拿他当天下万物尽在吾手的皇帝，他也不拿她当奴才秧子。因为中间有梁遇，他们在某种程度上是平等的，皇帝还记得狂风暴雨的夜里，大伴把他搂在怀里的情景。月徊在没走丢的时候，也是这样全身心地依赖梁遇，背靠过同一棵大树，自然如同盟般亲厚。

皇帝说什么都不要，就盼她早早进宫，月徊嘴上应着，其实她更愿意在外头天地广阔。

可是没法子,到了这个份儿上板上钉钉,也不用再动旁的脑筋了。好在她是个在哪儿都能活的人,这深宫无聊,她也可以在这方天地间找出新的乐子来。

第七章 芳草迷途

月彻辞过皇帝，对插着袖子从东二长街上往北走，雪停了，太阳出来了，阳光没有温度，是发白的，照得夹道南北白惨惨一片。她抬手扶扶帽子，内侍的暖帽挡不住风，丝丝缕缕的凉气儿从乌纱缝隙里透过来，吹得她头顶着凉。

她加紧步子进了贞顺门，司礼监衙门有四面宫墙遮挡，这院落里反而能咂出点儿暖意来。哥哥在不在衙门里不知道，横竖她打起门上帘子一头钻了进去。屋里拢着炭盆子，博山炉里熏了满室羯布罗香，她看了一圈，没见着人，想是还在前朝忙着吧！她从袖子里抽出了那个小匣子，摘了帽子抿抿头，把那支点翠金鱼簪插在了头顶的发髻上。

晃晃脑袋，原来这鱼眼睛有玄妙之处，底下按着小小的螺形机簧，脑袋一动，一双眼睛乱窜。

"这眼珠子……像我？"她长吁短叹，看来那位爷眼神不怎么好。不过俏皮倒是极俏皮，插在发间，连人也显得机灵了。就是好好的簪子衬着男人的发式，看上去不伦不类，不那么美观。

她这头正照镜子，镜面倒映出门帘掀动，有人从外头迈了进来。身后的人一眼就看见她搔首弄姿的模样，也没说什么，负手站着，就那么淡淡看着她。

月彻转过身来，嬉皮笑脸地叫了声哥哥，道："您瞧我这个，好看吗？"

梁遇凉凉一瞥："直眉瞪眼的，和你挺像。"

月徊愣了下，直眉瞪眼？这可不是夸她！不过他和皇帝的说法倒一致，她又扭身打量了两眼，这回越看越像了，简直是照着她的模样做的。

好东西得好好收起来，她拔下发钗装进盒子里："您不问问是哪儿得来的？"

梁遇坐在案后，随手翻了翻题本："你要是想说，自然会告诉我。"

他今天口气不好，看样子不大高兴，司礼监每天要经办各类大事小情，八成又遇上哪个不长眼的了。

月徊咽了口唾沫："这是皇上赏的，说我今儿差事办得好……哥哥，我没出什么岔子，把张首辅给唬住了。"

梁遇当然知道，张恒从园子里出去就碰上他，一通言之凿凿，半点没有怀疑咸若馆里召见他的另有其人。她有能耐，这条嗓子到了出神入化的地步，所以皇帝待见她……

"只赏了这么一支簪子？"他的视线从题本上抬起来，幽幽落在那只盒子上。

月徊说："我也觉得皇上怪小气的，我替他办了那么大的事儿呢，好歹赏我块金砖，我可以自己打全套头面。"

她就知道钱，却不明白越稀少越珍贵的道理。皇帝富有天下，别说金砖，就是金山也赏得起，为什么只挑了这么一支小小的簪子，除了道谢，恐怕也有以此诉情的意思。

然而月徊是个傻子，她那颗榆木脑袋里除了钱色，再也没有旁的了，皇帝的心思，她看清了吗？他原该提醒她一下的，可现在又打消了念头，只垂眼道："你假传懿旨的事，早晚要穿帮的，从现在起处处留神吧。我虽掌管司礼监，却也没法子做到人人宾服，你记好了，别抢阳斗胜，别出头冒尖，太后收拾不了我，却收拾得了你。要是引得慈宁宫注意，事儿出起来不过一弹指的工夫，我就算肋下生翅，也救不得你。"

他说这段话，不知怎么带着丝负气的味道，把月徊吓得不轻。

"那我岂不是没活路了？太后要办我，我找谁哭去？"她咧着嘴，过来抱住了他的胳膊，"哥哥，您不能把我撂在御前不管，咱们可是一个娘肚子里出来的。"

梁遇乜了她一眼："你如今不是投靠皇上了吗，等你到了御前，他自然保你。"

月徊眨巴着眼，觉得他这话很不负责任："我和人隔着一道呢，您才是我亲哥哥。既然上御前没人管我，那我可不去了，宁愿在家里跟着嬷嬷学规矩，我也不拿自己的脑袋开玩笑。"

可是定下的事儿，皇帝跟前都说定了，哪里容得她反悔。她没法子，搂着他的胳膊摇晃起来："您别吓唬我，是因为今儿我做错了事吗？我没等您来，就逞能见了张首辅，您生我的气了？"

梁遇被她摇得骨头散架，却也不理会她，凉声道："张恒来的时候皇上也在，我不担心你会因穿帮掉了脑袋。况且咱们头一天就议定的，以你的聪明，也不会把话说岔了。"

"那您在恼什么？我办妥了差事您不夸我，还要任我自生自灭，早知道这样，打从一开始我就不帮您这个忙了。太后和皇上闹家务，又不和我相干，我蹚这趟浑水图什么？就图一根发簪？"

她赖在他身边，这种赶都赶不走的黏缠，却让他慢慢心生满足。他叹了口气，扭头打量她："月徊，皇卜要广纳后宫了，你有什么想头？你心里喜欢的人，将来可以三妻四妾吗？你愿意埋没在人堆儿里，等着他想起你吗？"

月徊蹲着，尖尖的下巴杵在他臂弯上，那双眼睛清澈得泉水一样，想了想启唇道："我这会儿没有喜欢的人，所以觉得埋在女人堆儿里也挺好，我爱看美人。将来可就不好说了，我喜欢的人三妻四妾，我又想不开，天天以泪洗面怎么办？"

梁遇竟被她说得怔愣了，一时不知该如何解决这个难题。唯一的好办法，可能就是不要爱上任何人，但她这样天真烂漫的女孩子，怕是无论如何都做不到的。

"天底下要是有第二个像您一样的人就好了。"月徊喃喃说，"太监八成很专情，找个做伴的人不容易，不会今儿明儿他。"

梁遇听了，牵起唇角一哂："太监原本也是男人，去了势照旧拿自己当男人。这宫里混出名堂的太监没几个，宫女子却遍地都是。你竟相信太监会有真心？这类人是天底下最叫人信不实的，千万不要招惹。"

他的话里带着一种自暴自弃的情绪，月徊能听得出来。她倒也不是拍马屁，就是很实心地佩服他："您和他们就不一样，延庆殿王老娘娘这么勾搭您，您都瞧不上她，其他宫女子更不用说了。所以我才说您难得，将来遇上一个，一准儿死心塌地，比王宝钏还王宝钏。"

她说话就是这样，前几句能听，后头就渐渐走偏，拽都拽不回来了。梁遇看着她，觉得脑仁儿疼："这世上有人配我这么死心塌地？"

"那可不一定啊。"月徊笑了笑，笑完嘶嘶吸起凉气儿来，蹲麻了腿，站起来单脚蹦回了南炕上。

那个首饰盒子还在镜前搁着，他轻慢地挪开了视线："预备预备，过会子让人送你回去。"

月徊哦了声："也没什么好收拾的，您今儿夜里回去吗？"

题本摞得很高，他还有一大堆的事儿要做，信口应了声："说不准。"

月徊有她自己的打算，他要是公务忙，不回来也成啊。她兀自嘀咕着："回头我得瞧瞧小四去，他才进东厂我就给薅到宫里来了，往后怕是不得见了，也不知道他在那里混得怎么样。"

梁遇听完，搁下手里的笔道："今儿差事不多，交给底下人办就成了。我也好几天没着家了，抽个空回去清洗清洗，换身衣裳。"

月徊挠了挠头，觉得哥哥一会儿一个说法，有点摸不准他的路数。她也不管那些个，戴好了帽子说："您这就打发人送我出宫吧，我先去趟东厂，问小四夜里回不回来吃饭。"

梁遇略沉默了下，重新牵袖蘸笔，扬声唤"来人"。

门外曾鲸进来听令，垂袖道："老祖宗什么吩咐？"

梁遇道："送她出宫，顺道去趟东厂。里头番子混账，你要看顾着点儿，别叫人冲撞了。"

曾鲸应了个是，退身出门预备车轿，月徊正要跟出去，却听哥哥让等等。

她站住脚回头，等着他发话，梁遇道："那个地方不干净，别进门，在门外见一回就够了。也别逗留太久，人前少点眼，免得节外生枝。"

反正就是不要和小四多接触，月徊心里其实不愿意，可又不得不听，只好勉强答应下来。

这会儿看看，认回哥哥百样都好，只有一样不好，哥哥还拿她当孩子。"别在外头野""别见不该见的人""早早儿回家""早早儿睡下"……和幼年家道还兴隆时一样，哥哥就像第二个娘。

唉，都是这吃人世道糟践的，月徊摇了摇脑袋。但无论如何，能见小四挺让她高兴，曾鲸亲自驾车送她，过了东安门没多远就是东厂胡同。以前她也曾经过这里，但每回都是远远绕开不敢靠近，老觉得那地方是皇城根儿下最可怕的去处，喘口气都能品出血腥气。

如今走近了看，气派的大门内原来还立着个牌坊，上头写的四个大字儿她勉强识得——流芳百世。

这牌坊写的，越欠缺什么就越爱标榜什么。月徊敢笑不敢言，从车上跳下来，等曾鲸进去叫小四出来说话。

街市上行人稀少，早上赶过一轮集，积攒下的那些积雪被踩踏后，成了道旁黑色的泥沼。月徊拢着暖袖茫然看着，忽然生出些有钱人的闲愁来，感慨雪沫子从天而降时多纯净柔软，落到地上，竟成了任人践踏的模样。其实梁遇也好，皇帝也好，看着风光无限，去了那层光辉的外壳，同残雪一样。发迹前狠吃过一段苦，到如今千疮百孔，却装进了金罐子里，化成水，插上了春天初绽的一枝梅。

东厂胡同口是一片宽坦的空地，东西两头没什么遮挡。她站在风口里寒浸浸的，官靴踩着脚下青砖，砖铺得不够严实，微一跺脚，砖缝间便冒出泥浆来。她挪开了小半步，因一时贪玩，鞋面上溅得芝麻粒儿似的，真是人不愁吃喝了，就开始学着糟蹋东西。要是换了早年，宁肯自己光脚，也得把这双皂靴留给小四啊。

衙门口终于有人出来了，曾鲸把小四送到门上，自己并未跟出来。这就是司礼监随堂的眼力见儿，知道他们有话要说，不等吩咐，自己识趣儿地避开了。

小四一脸笑模样，快步到了她跟前，一瞧她，又开始贫嘴："几天没见，您净身啦？"

月徊"去"了声，上下打量他，这小子先前吃了上顿没下顿，脸上欠油水。如今到了东厂，别不是人肉就馒头吧，才几天光景就吃得头光面滑的。

她伸手，替他提溜了下耷拉的领口："我这几天没在家，进宫去了，看样子往后得在宫里扎根，今天放我回来休整休整，估摸要不了多久又得进去。"

小四怔了怔："怎么让您进宫哪？您斗大的字不识几个，大邺这是没人了，让您进去倒夜壶吗？"

月徊受他挤对，瞪眼道："你不能说两句好话？就你，瘦得跟豆芽菜似的，不也进东厂做干事了吗！我进宫不倒夜壶，我伺候皇上。满世界都是有学问的人，不缺我一个，皇上就相中我老实厚道，你管得着吗！"

两个人是磨着嘴皮子长大的，见了面不斗上两句，心里不舒坦。可斗完了，又觉得很不舍，小四哀致地看着她说："月姐，皇上是不是要提拔您当妃子？您这么大年纪了，进了宫还有出来的时候吗？这一去，我再想见您可就难了，您能不能别去？等我挣了钱，我养活着您，您何必给人当碎催[1]呢。"

月徊被他说得鼻子发酸，孩子大了，知道心疼她养活她了，有这几句话也不枉拉扯他一场。可人到了一定时候就身不由己，不像以前光杆儿，有口粥吃就高兴。如今是好吃好喝养刁了嘴，下顿两菜一汤还嫌不够，得维持住福气体面，还要使金碗象牙筷子。

再说进宫又不是杀头，大可不必这么悲悲戚戚，于是拍了拍他的肩，说："凭我的本事，你等着吧，回头我当个太后让你瞧瞧。你放心，苟富贵勿相忘。今晚回不回来吃饭？"

---

1 碎催：跑腿，跟班。

她东一榔头西一棒子，小四早习惯了，仔细算了算差事，没什么太要紧的，便道："我眼下学徒呢，有我没我都一样。回头我和师父告个假，不拘怎么都得再陪您吃顿饭。"

月徊说："得嘞，我先回去预备，你好好当差。晚上早点儿回来，我让人给你预备好吃的，啊？"

小四点了点头，见她冲曾鲸招手，那个东厂番子见了都得毕恭毕敬的随堂太监很快来了，脸上带着微微的笑，轻声细语道："姑娘交代完了，那我这就送您家去。"

月徊颔首："还得劳您驾。"

曾鲸搀她上了车，自己坐在车辕上驾马甩鞭子。小四目送马车缓缓走远，隐约感觉失去了些什么。以前懊恼吃不饱穿不暖，现在什么都不愁了，却又慢慢和相依为命的人走散了。也不知道她认回那个哥哥是好事儿还是坏事儿，太监过分精于算计，恐怕那位督主得了个妹妹，并不单纯把她当作妹妹。打着族亲的幌子，不从她身上榨出二两油来，对不起人家头上那顶乌纱帽。

月徊那头呢，由曾鲸送回了提督府。到家曹甸生和她院儿里的丫头全迎了出来，忙伺候她洗漱换衣裳。外面天太冷，走了一圈脚趾头都冻住了，泡进热水里才逐渐活过来。她后脑勺枕着木桶边沿，打了手巾把子敷在额头上，闭眼感慨还是家里头好啊，宫里虽什么都不缺，却着实做什么都不方便，这两天到处将就，从头到脚都出馊味儿了。

绿绮捧着干净衣裳过来，小声提醒："姑娘可别睡着了，没的着凉。洗会子就起来吧，干净衣裳预备下了，等擦干了头发，您再眯瞪会子。"

月徊泡得身子发红，手指头上的皮都起了褶子，这才慢吞吞从桶里爬出来。丫头们给她擦身子，她还有些不好意思，闪躲着要自己来，玉振笑道："可别，这活儿您干了，咱们干什么呢。伺候您是咱们的分内，您可不能和咱们抢。"

是啊，各有各的差事，譬如往后她进了宫，也得伺候皇帝吃喝拉撒。于是安然了，就站在那里让她们摆弄，从上到下扑一层香粉，然后给她换了一身好看的新衣裳，姜黄色蜀锦褙子底下配了条葱绿八幅裙，脖子上围个暖脖儿，还往她手腕上戴了一副金镶多宝的手镯。

秋籁捻着她的耳垂算计："姑娘小时候扎的耳朵眼儿都长实啦，等明儿咱们预备起来，再给您扎一回。"吓得她捂住了耳朵。

松风往窗口能照见光的地方搬躺椅，午后着实是犯困了，她瘫在椅子里，一觉睡到申时。等醒了起身，问夜里菜色准备好了没有，绿绮说："厨上该蒸的该烤的，都收拾妥当了，姑娘不必操心。"

月徊点了点头："督主回来没有呀？"

绿绮说："曹管事的在巷口上候着呢，回来了自会通禀姑娘的。"

月徊哦了声，哥哥弟弟都不在，她觉得挺无聊，就上案后练字去了。案上还放着那天写完的名字，她抽出两张来搁在一起，日裴月徊，看着心生感动，兄妹俩连名字都透着血脉相连的味儿。

她和哥哥的名字笔顺不多，就琢磨傅西洲该怎么写。结果绿绮翻书给她瞧，她一看两眼直发晕，原想写上一写的，这回直接把书合了起来——该是小四自己学着写才对，她就免于凑热闹了。

她在书房里蹉跎，这儿看看那儿摸摸，太阳很快就偏西了。奇怪他们都不回来，她着急上火，站在门前嘀咕："脖子都盼长了，还是上外头等着去吧……"

结果走到院门上，迎面遇见松风进来，问"姑娘干什么去"。月徊说上巷子口接督主，松风咦了声："督主回来有会子了，外头人没报进来？"

月徊咧嘴笑了笑："八成忘了这府里多了个人儿啊。"一面说，一面往哥哥院子里去。

梁遇的住处是这提督府的核心，那份开阔，那份气派，十分合乎他的身份。月徊还是头回上这儿来，被番子带回府那天起就天降大雪，她想逛逛也被风雪里住了手脚，如今是乾清宫和坤宁宫都转悠过，却唯独没来过哥哥的院子。

梁遇是个雅致人，院落里头引泉眼，做出个小小的曲水流觞来，边上栽着一棵黄山松。别人的盆景养在盆儿里，他散养，但修剪绝对精心，两个人那么高的树身，也雕琢得冠偃如盖，苍劲俊逸。

只是梁遇孤高，在司礼监前呼后拥，被人"老祖宗"叫得山响，回来就不爱有人近身伺候。月徊进来的时候，院子里空无一人，西边院墙顶上照进一缕余晖，打在树顶的松针上，没来得及化开的积雪颤巍巍的，欲落不落。

她朝上房看了看，一点动静也没有，倒像是没人在。她提着裙角登上台阶，站在门前大声喊："哥哥，您在里头不在？"

等了等，门内没有回音，不由得有些泄气，别不是宫里临时有事，又把他给招回去了吧！

给人办差就是这宗不好，没白日没黑夜的。月徊叹了口气，抬手拍门："哥哥，您是没回来还是睡着了？老爷儿[1]还在天上呢，您要是睡了可不应该啊。"

其实她也是胡诌，料着他不在里头，正打算离开，却听见门内人应了，那样淡漠的声音，说："没睡，进来吧。"

月徊高兴了，忙推门进去，明间里着实没人，西边的隔扇门后有水声传来，她探头探脑，捏着嗓子道："厂臣就是这么伺候主子的？瞧着有客到，不出来迎接倒罢了，还当人面儿洗上澡了，可见是没把我这个太后放在眼里，没把大邺的规矩体统放在眼里啊。"

她学太后的声调语气，学得半丝不走样，要不是知道她的能耐，真要被她吓慌了神。

里头人低低斥了声："别胡闹。"

月徊不管他，站在门前调笑："厂臣，里头有人伺候没有？要不我进来，给你搓个澡？"

可惜那位没再搭理她，连水声也听不见了。月徊有点儿失望，略徘徊了阵儿，老老实实在圈椅里坐下了。

隔扇门后有人走动，雕花的门槛子里透出一个身影，打开门从里间迈了出来。坐在椅上百无聊赖的月徊随意瞥了一眼，这一眼顿时叫她惊艳。他穿着宽大的明衣，披散着头发，因那面料轻薄，举步走来颇有白衣从风之感。

梁遇的风味，向来如药如酒，他可以锦衣鸾带厉芒刺眼，也可以素衣素服晨星晓月。凭什么风度超然，就是因为有一张漂亮的面孔，且以月徊阅美无数的辛辣眼光看来，他还有肥瘦匀称的身板，和两条长腿、一捻细腰。

他才沐了发，发梢滴落下水来，氤氲了胸前背后一片，交领松松系着，能看见领下纤长的脖颈。秀色可餐的模样，像才出笼的大白馒头，摁一下一个窝儿那种。月徊一面自卑于自己没有长成妖艳的绝色，一面庆幸亲哥哥弥补了她的缺憾。她站起来，十分殷勤地说："您的头发还湿着，闹不好要受寒的，我来给您擦擦。"

梁遇正要怪她学太后打趣，话还没来得及说出口，就被她强行按坐下了。她抄起屏风上搭着的纱帕，仔细将他的头发包裹起来，又隔着细纱仔细揉搓，一面打听："哥哥，小四怎么还不回来？他说了今晚上要陪我吃饭的。"

梁遇语气淡然："兴许被什么绊住了。"说着从黄铜镜中打量她，"你巴巴儿跑了来，就是为了探听这个？"

月徊说："您打发人去问问吧，天都快黑了，东厂没有下值的时候吗，见天儿

1　老爷儿：太阳。

困在衙门里？"

梁遇凉凉地挪开了视线："他不是孩子了，你用不着替他操心。"

话虽这么说，就像天黑了要收衣服，说好了回来的人不见回来，好歹得有个准话。月徊道："我也不是孩子了，比小四还大两岁呢，您不是照样替我操心？我瞧得出您不喜欢小四，可他是个好孩子，一心感激您提拔，他可敬重您啦。"

都说到这份儿上了，他再不发话，似乎不近人情。于是抬手击了击掌，廊下很快有人上来听命，他随口吩咐了句："上东厂去一趟，问问冯坦，什么时候放傅西洲回来。"

廊下人道是，一溜脚步声急急去了。屋里渐渐起了暮色，一桌一椅包括人，都像蒙上了一层轻纱。他从镜中看她，她替他擦头擦得尽心尽力，一面喃喃："要入夜了，头发湿着可不成，将来要作头疼的。"

院子里又有人来，到了掌灯时候，廊下要上灯笼，婢女放轻脚步进门，吹亮火眉子点了灯台，又却行退出去。屋里笼上了一层回旋的金芒，从镜中看起来，月徊的脸也熠熠发光。

"你放不下小四……"他垂下眼，打开了存放梳篦的盒子，"早前我和你说过的，实在不成，可以让他进宫伺候你。"

月徊吓了一跳，忙说："我也没有放不下他，就是他老不回来，闹得您和我一块儿等他，我是怕您饿肚子。"

梁遇笑了笑："我今儿午膳吃得晚，这会儿还不饿呢，你愿意等，就再等会儿。"

月徊哎了声，那乌浓的发在她手下渐渐干了，她探臂取过一把篦子来，轻且柔地替他理顺了发梢。平时看着那么莽撞的丫头，干起这种精细的活儿来，倒半点也不马虎。

梁遇鲜少容人这样亲近，或者说这些年从未有过一个能让他完全信任的人。月徊在他身后，他不必担心她对他不利，那种松泛会让人上瘾。他闭上眼，含笑说："皇上跟前有个梳头太监，梳头的手艺很好，可皇上不喜欢。我瞧你不错，越性儿替了太监的缺吧，活儿轻省，不像端茶递水忙起来整日不得歇，梳头一天只早晚两回。"

月徊说："也成啊，不过只怕给皇上梳头，还没有给哥哥梳头那么尽心呢。"

梁遇听了微微睁开眼，这句话是今天最顺耳的一句，总算她知道亲疏，不向着外人。可她对小四的情，实在不亚于对他，就这一忽儿工夫，她已经朝外望了好几眼。

他沉了沉嘴角，蹙眉把梳篦匣子关上了，用的力有点大，咔嗒一声，这才让她回神。

她不明所以，脸上一片茫然。恰在这时曹甸生进来，停在槛前叠手叫了声督主："打发到东厂去的人回来了，没见着冯千户，据说千户带人上怀来承办案子，小四爷也跟着去了。今儿怕是赶不及回京，姑娘别等了，还是传饭吧。"

月徊失望至极："说好的，怎么又不回来了？"

她嘟嘟囔囔地站起身，头也不梳，懊丧地瞄了梁遇一眼。

"东厂的人都不讲理吗？我上半晌和小四约好的，他说告了假就回来，横竖学徒不担差事，少他一个不少。这会儿是怎么了，忽然带他上怀来？他那师父和他过不去，有意不让他回家是怎么的？"

梁遇脸上没什么异样，那点心虚掩藏得极好，任谁也瞧不出来。东厂在他掌管下，什么人往哪儿指派，全在他一句话。他的官儿做到今日，原该是眼界开阔，不会和小孩儿一般见识的，可他就是愿意，还不兴他不待见一个人？

不过月徊气大发了，她满脸不忿，呼哧呼哧地大喘气儿，他没法子，只得和声敷衍："东厂承办的案子多了，动辄要人性命，人手常不够使。小四才进去就提拔了干事，原是破了格了，再不尽心当差，岂不落人话柄？他进东厂难道不是为了出人头地？将来升百户、千户，总要叫人心服口服，才好压得住底下那班番子。快过年了，衙门里积攒的陈案年前要清算，活儿不拖到来年，就如老百姓过年关，衙门里也有年关。"他回身看着她，淡淡笑道，"你这么大人了，弟弟没回来就要性子，哥哥不是在呢吗，动这么大肝火干什么？难道和哥哥一块儿吃饭，倒不赏脸？"

月徊被他说得有点不好意思，赧然道："我不是那个意思，就是惦记小四，回头我进了宫，越发不能见着他了。"

天大的难题，到了梁遇跟前都不算什么，他说："未见得，别的女官不能出宫，你是我妹子，要走动走动，不过是我一个眼色的事儿。"

这么一来顿时排解了，月徊憨笑道："唉，我犯傻，让您见笑了。我其实是怕小四不得哥哥喜欢，您撂着他，那些档头给他小鞋穿。"

灯下的梁遇和颜悦色，说得诚挚非常："我怎么能不喜欢他呢，家里人口原就少，难得你有个贴着心一块儿长大的铁哥们儿，你既认他当弟弟，我自然也拿他当手足。"

月徊听了，心放下一大半儿。她在码头上混饭辙的时候不好糊弄，到了家心眼子全收起来了，哥哥说什么她都不起疑。就是天儿太冷，又是正化雪，怕小四上外头冻着。只是不好说，回头哥哥觉得她老婆子架势，小四那么大人了，她还要管他穿衣吃饭，真打算给他当媳妇儿了。

她想了想:"那成吧,咱们自己吃。"又对曹甸生道,"曹管事,这就预备起来吧。"

曹甸生应个是,退出去置办了。梁遇见她煞了性儿,才懒懒转过身去,拢起头发挽了个髻。

镜前放着一只妆匣,他在里头随意挑拣,男人不像女人,没有各色繁复首饰,男人至多不过发簪香囊扇坠子。那个紫檀的盒子里,并排放了几十只簪子,各种质地各种款儿的都有。他的手指慢慢划过去,最后挑了支白玉的,簪在了发髻上。

回头瞧瞧她,他启口问:"皇上赏的金鱼簪子收好了?"

月徊嗯了声:"那不是御赐吗,可不敢弄丢了。"

梁遇听了,垂手从一堆簪子里头取了支翡翠的,顶上雕着缠枝宝相,水头油润半点棉絮也无,朝她递了过去:"你回来,我还没送过东西给你,这个你留着吧,款儿不拘男女,你戴着也好看。"

月徊茫然接了过来:"给我的?"

梁遇说:"是啊,不比那支点翠金鱼的值钱?"

月徊托在掌心,低头仔细瞧,不敢做出市侩的样子来,虽然这簪子足够换一间临街的铺面了。因它是哥哥的物件,她觉得冲它喘气儿都是亵渎,是罪过。不过哥哥这份攀比的心,也着实太厉害了,人家皇帝送点翠,他就送翡翠,其价之高,远胜前者。

月徊咧嘴笑:"您是和万岁爷比阔呢?"

梁遇拿眼梢乜了乜她:"比什么阔?又不叫你卖了它。只是哥哥的物件,留着是个念想,将来要是各奔前程……"

"我都进宫了,还奔什么前程哪。"她小心翼翼地抚抚簪身,觍脸道,"要奔也是奔您。"

有了这句话,也算慰心,梁遇笑了笑:"我记在心上,但愿隔上一年半载,你没改主意。"

月徊瞧瞧他,觉得今天哥哥有点儿怪,句句说得谶语一样。是不是进宫这事儿,他在心底里还是犹豫的?

男人哪,有些话不好说出口,月徊明白。于是她把簪子往头发上一插,搂着他的胳膊说:"您怕我皇权富贵见得太多了,就忘了您这个哥哥,是不是?您别发愁,我想爬上去不也得靠您嘛。"

巨大的黄铜镜里倒映出两个人影,梁遇看她温软倚在身旁,心里渐生惆怅:"什么时候你想往上爬了,知会我一声。"

月徊刚要应,就听门外曹甸生通传,说席面都预备停当了,请督主和姑娘移驾。

吃饭的地方设得不远,像这样的府邸,每个院子里都有一个小花厅,冬天烧上地炕,转供吃饭所用。

月徊移过去,坐在椅上看,满桌子菜色,里头有她特意吩咐的炸鹌鹑,那是小四最爱吃的菜。这会儿可好,吃饭的人又少一个,两个人吃不完了,多糟践哪。

梁遇是过惯了骄奢日子的,有的菜原封不动,赏底下人就是了。

兄妹两个的晚膳排场很大,吃得却很简单,梁遇连酒都不喝,上桌和她对捧着碗,只管吃饭,这样的吃法儿,挺可惜了满桌子佳肴。不过更可惜的还在于吃得不安稳,一会儿有锦衣卫衙门里的案件回禀,一会儿又有外埠千里迢迢赶来拜会的官员。到最后他只寥寥用了几口,就撂下筷子换了衣裳,挪到前院会客去了。

月徊的住处,和待客的庭院只隔了一个小花园,隐隐约约能听见那头觥筹交错的声响。她躺在床上,因下半晌睡过一觉,一时没有睡意,梁遇的嗓子钢刀拭雪般清朗凛洌,寒夜里听着格外清晰。

她闭上了眼睛,听见哥哥的笑声,半是优雅半是自矜,仿佛很好说话,却又处处透着机锋。那些来拜访的官员应当是矿上的,谨小慎微地奉承着,说有个差役在开采地以北二十里拾着了狗头金,没准儿那里有金矿,进京来呈敬掌印,另请示下,朝廷要不要加开金矿。

梁遇办公事的时候有他的一套章程,能做主的事儿也不会当面拿主意。只说要回禀,人先打发了,狗头金和矿上例行的孝敬留下,其他容后再议。

月徊叹了口气,大概是人到了这个地位,再也清白不起来了。当初爹就是太耿直,以致被司礼监东厂谋害,如今哥哥当了司礼监掌印,当了东厂提督,又怎么样呢,走了那些人的老路。矿上压榨,好东西昧下,那么多年的忍辱负重,只是为了成为更大更黑的权宦。

当然了,这只是深夜里的一点小感慨,一觉醒来她又觉得锦衣玉食,没钱不行。

哥哥早就上值去了,年纪轻轻的着实辛苦,鸡起五更,照应着紫禁城里的一切琐碎,平定朝堂上的一切风波,难怪连娶媳妇都顾不上。

月徊起床后,绿绮帮着梳妆上粉。她坐在妆台前,那支通体碧绿的簪子在众多首饰中鹤立鸡群,就像梁遇本人,透着一股子不容忽视的邪乎劲儿。

这么名贵的东西,不敢就这么搁着,月徊说:"回头给我找个漂亮盒子,我得把它收起来。"

绿绮应了个是:"府里库房不知有现成的没有,要是没有,城里有个琳琅铺子,不卖旁的,专卖装首饰的各色小匣子。"

月徊说:"知道,就是盒子卖得比首饰还贵那个,像书上说的,盒子留下,珠子还了，真有那种愿意花冤枉钱的主儿。"

松风跪在炕上给南窗挂帘子，应道："没钱的人计较冤不冤枉，有钱人只管高不高兴，好马配好鞍嘛。"

月徊把那簪子拿来，爱不释手地摩挲了会儿，最后用手绢包着，装进了点翠金鱼簪的盒子里。

绿绮给她点口脂，又取玉容膏来，仔仔细细往她手上涂抹。月徊闲着也是闲着，东拉西扯聊起家常来："你们进府几年了？"

绿绮说："这府一建成，咱们就进来了，少说有三四年了。"

"那也算老人儿啦。"月徊道，"我昨儿回来，路过东直门人市，正看见那里人伢子卖人呢。好些个小媳妇，全是从汪府里搜出来的，也不哭，一个个木头人似的。"

松风是个活泛性子，她哦了声："我知道汪公公，就是咱们督主前头那位，京城里头有名的爱养女人。置的那个屋子，一间连着一间，像养马的马厩。他府里那些女子从天南海北收罗来，全没名字，就往膀子上烙号儿，从一排到二十多，不带重样的。汪公公每回传人就喊号儿，说今天给我小八，明天给我小九，这么的点卯。"

月徊啧啧："了不得，皇上也不过如此。"说着又打探，"咱们府建了好几年了，没人往府里送女人？"

松风回回头，心想姑娘这是想嫂子啦，便瞧着绿绮一笑道："怎么没有，新府建成，督主请汪公公吃席，汪公公就说了，没女人不成个家。那老东西好色透了，还瞧上了绿绮姐姐，合该是巧了，正好有人给督主送使唤丫头，督主顺手就送给汪公公了，算是救了绿绮姐姐一命。"

月徊恍然大悟，转头瞧绿绮，那眼神很有深意。

绿绮见她要误会，忙笑道："姑娘快别瞎猜，督主很顾念咱们这些下人。早前进府的时候，番子连审带问，咱们都是有根底的人。不像外头送来的，不收不赏脸，收了又叫人信不实，督主有督主的顾虑。"

月徊白高兴一场，本以为哥哥对绿绮有点意思，谁知是她想多了。

也对啊，那样的人，怕是得天仙才能配得上他。昨天出浴后的样子，要不是亲妹妹，真把持不住。可眼瞧着年岁上去，没人做伴也发愁，汪太监是太好色，他是太坐怀不乱，可见身体上的伤害容易造成两个极端，要不是避讳闪躲，就是破罐破摔式的发疯。

月徊自觉体人意儿，狠狠感慨了一番人生，操心完了弟弟又来操心哥哥。只是偌大的府邸空着，以前为挣口嚼谷到处奔波的年月一去不复返了，如今坐着就能有现成的吃喝，她反倒开始怀念六月心儿里晒得泛白的码头，和岸上拿茅草搭出来的凉茶铺子。

她长吁短叹，闺阁里的小姐们擅长琴棋书画，能以此打发时间，她是一窍不通，只能在回廊底下卖呆，看玉振她们翻铺盖晒被褥。

正闲得打算组牌局的时候，门上有个丫头进来传话，说："大姑娘，外头来了个年轻后生，说找您哪。"

月徊坐直了身子："年轻后生？"以前跑单帮[1]，到处和人打交道，年轻后生也认得不老少，别不是谁得知她升发了，打算找她打秋风吧？倒也不能，并没有交情特别深的，难道是小四回来了？

她从躺椅里站起来："是小四爷吗？"

丫头不怎么认得小四，问了也是一脸茫然的模样。

"那曹管事呢？"

丫头说："来了几个江南道的官儿，求见督主求到府里来了，曹管事正支应他们呢。"

到了大年下，确实钻营走交情的越发多了，昨儿哥哥才见过一拨人，今儿又有找上门来的。月徊没法儿，也不知来人是谁，只好跟随丫头往门上去。到了槛前，见一辆马车停在台阶下边，车做得挺考究，顶盖有漂亮的雕花，连车辕都是楠木的。

"谁呀？"她拢着暖袖，头上戴着卧兔儿，那貂鼠覆额拽得低，压在脑门儿上，太阳从顶心照下来，根根貂毛在她眼前招展。

人呢？难不成还在车里坐着呢？这该是多怕冷啊，来拜会还得她上前。

不过车外伺候的人倒不含糊，隔着轿帘向内通禀："爷，姑娘出来了。"

于是帘子一角挑起来，帘内的人瞧见她歪着脑袋眯着眼的样子，一看就不是善茬。因帘子打得不高，她瞧不真切，弯下一点腰，试图从底下略大点儿的缝隙里看明白，可惜还是朦朦胧胧，到底车轿里头光线比外头暗好些。

月徊走下台阶，往前腾挪了两步，也不知道怎么称呼，堆笑问："听说您找我？劳您露一露金面吧。"

这回轿帘子终于大大打起来了，帘后人现了真容。

月徊一看，吃了一惊，"喵，怎么是您啊？"

---

[1] 跑单帮：指个人往来各地贩卖货物。

第八章 两相娱情

　　车上的人下来，年轻的面孔，在阳光下既鲜焕又生动。
　　他还在笑着："我来得唐突，吓着你了？"
　　月徊忙说："我只是没想到，您能找我玩儿来。"
　　一身寻常打扮的皇帝，不穿龙袍的时候，像富户人家饱读诗书的少爷，虽没了那种辉煌衬托下的不可逼视，却有温软气韵下的可亲。他不像在宫里时候般前呼后拥，随身只带着一个叫毕云的小太监，到了要到的地方，让门房往里头传话，自己就等在门外边儿，不骄不躁，也不摆万岁爷的谱。
　　单是这一点，就让月徊刮目相看。前两天她还畏畏缩缩的呢，生怕在皇上跟前出了岔子，惹他老人家不高兴。没想到她昨儿回来，他今天就追到家里来了。月徊也不是真傻子，年轻小儿女那点触类旁通的灵敏，她也有。恍如枯了一冬的枝头上，顶出了米粒儿大的尖芽，她暗暗觉得，没准儿她的春天要来了。
　　她长这么大，还没有哪个爷们儿这么殷勤地对待过她呢，又是送簪子，又来找她玩儿。早前她在码头上挣吃的，十二岁之前还能蒙事儿，等大点儿了，就把自己往邋遢了打扮，脸上抹得眼睛鼻子不分家，回来洗脸的那个水，跟洗了泥萝卜似的。这么着没人注意她，除了几个看着她长大的老人儿，客来客往都不拿她当姑娘看待。既做不成姑娘，就不得男人喜欢，因此她没和年轻爷们儿来往过，纵是来往，也是人家吃五喝六，她奴颜婢膝。

可就是这天底下最尊贵的人，真和那些野泥脚杆子不一样。他说话的时候一递一声透着温存，大概因为身子不强健，不似那种声如洪钟的，他的气息有点儿弱，一弱，就显得这个人温和，没有锋芒。月徊看着他，头一回觉得皇帝也招人心疼。这样隆冬的天气，他就这么出来了，要不这会儿应该坐在东暖阁的南炕上，晒着太阳看着票拟吧！

皇帝呢，有生之年极少出宫，这也不过第二回，上回还是十来年前，他母舅做寿的时候。

其实要出来不难，就是缺个理由，缺个奔头。今天早上听完内阁进讲，忽然萌生了这个想法，想起她在宫外，自己出来找她，在梁遇跟前也说得明白。

"上回咱们不是约定过吗，你要带我出去遛弯儿的。"皇帝带着一点轻浅的笑意，瞧了瞧天色道，"出太阳了，上外头晒一晒，免得窝在屋子里头发霉。"顿了顿又问她，"今儿你有空吗？我来的是时候吧？"

他一口一个我，充满了家常式的温暖。世上哪有皇帝找上门，还推说自己没空的，月徊说："来的太是时候啦，我正闲得没辙呢，您一来，我可有救了。"

说完忙迎他上家里来，让秋籁上茶伺候，自己喊绿绮，让她送一件出门用的斗篷来。

皇帝是头一回来梁遇府上，四下看了看，笑着说："你哥哥也太审慎了些，听说府邸还没汪轸的大。这又是何必呢，京里留着赏人的大宅子多的是，随意挑一家也比这里宽绰。"

月徊忙着披上斗篷，扣领扣儿，随口应道："这还不大呢？我那时候在外头，住的是小窝棚，走进这个宅子，真高兴得一晚上没睡着。其实家里人口不多，这样的屋子住着够够的了，后边还有二进空着呢。再说这是哥哥做秉笔的时候让人建的，隔三岔五来瞧一回，心境不一样。我哥哥是恋旧的人，宁愿还住在这里，自己看着建起来的，才称得上是'家'。"

皇帝慢慢点头："也是的，有广厦万间，夜里也不过睡榻一张，这句话我最能体会。"

月徊听了一笑："人站到那么高的地方，往下看，什么都是不过如此，您都悟出来了。"

月徊的话点到即止，用不着特意嘱咐，她懂得谨守他身份的秘密。既然要装，就得配合，月徊不做那副奴才样儿，这么松泛地相处着，也正是皇帝喜欢的。

她终于置办好了出门的行头，又是斗篷又是暖兜，还提溜着一只柿子大小的珐琅五彩小手炉，站在他面前说："瞧瞧我，我这身够暖和的了。"一面说一面把手炉放进他手里，"这个给您焐着，寒冬腊月的，好容易出来一趟，别受了寒。"

手炉是姑娘的款儿，十分小巧玲珑，上面有镏金银喜鹊的纹样。皇帝捧在手里，那温暖的触感，沿着掌印脉络走向，直通进心里。

皇帝抬眼望她，她今天穿一件烟霞色云纹小袄，下面是一条银底青花马面裙，松松挽个发髻，早在先前她出门迎接他时，便让他心生惊艳。这才是女孩子该有的打扮，宫里穿着太监的冠服，多委屈了这样美丽的容色。

皇帝抿唇而笑，笑容里没有老辣的政客做派，反而有股青涩的味道，他说："你今儿很好看，原来你穿上姑娘的衣裳是这样。"

月徊虽然脸皮不薄，但挨了夸也有点不好意思，扭捏了下说："好看的姑娘多了，等以后宫里进了人，您就不觉得我好看啦。"

也许吧，皇帝暗想。帝王的一生，会被各色女人填充得满满当当，但多了便不珍贵，将来回头再想，能记住的也不过寥寥。无论如何，今天为见她出宫，至少不同于别的。她的素缎小袄，她的珐琅小手炉，都会成为十七岁收梢上最鲜明的回忆。

所以书念得多了，想头儿就多。皇帝柔肠百结的时候，月徊只想上外头凑热闹去。

梁遇在时，对她私自出门不大赞同，如今皇帝来了，他那头必定知道得一清二楚，也没有道理和她秋后算账。

月徊得意扬扬地走在前头，回身冲皇帝招了招手："快走，玩儿上一个时辰，中晌我请您吃爆肚。"

皇帝虽也算京城土生土长的人，但皇城内外是两个世界。他不知道焦圈[1]，不知道爆肚，只知道什么纸好，什么墨香。

她在前头走得轻盈，那身段步伐，看上去就让人愉悦。皇帝问："咱们上哪儿玩儿？这个时令没有画舫可看吧？"

月徊说："不看画舫，咱们可以去滑冰呀。您滑过冰吗？什刹海到了冬天有冰场，两个大子儿租一辆冰床。您要是不会滑冰也不要紧，您坐着，我给您拉车。"

她是个不见外的，真的完全不拿他当皇帝，也不多费手脚另预备代步了，躬身就上了他的车。

两个人促膝坐着，高高兴兴的，又有点儿赧然。就是十七八岁光景，半大不大，又什么都明白的时候，窗口上照进一点光，人心也在那道光影里起起伏伏，端端压在膝上的两双手，指尖清爽，都像水葱一样。

1　焦圈：一种传统北京小吃。

月徊的整个童年，什刹海占据了大半的记忆。夏天看画舫，冬天看滑冰，这是闲时最大的消遣。不过进冰场的两个大子儿，对冬季里没进项的人来说，也是一笔挺大的开销。他们要想玩儿，得等看守冰场的人回去了，趁着深夜时分滑上两圈。但因为京城三九天的半夜实在冷得不敢出被窝，所以她上冰场的机会不多，越是受限，越是惦记。

如今阔啦，荷包里装了碎银子，等于是一夜暴富，头一个想到的就是上那里玩儿个痛快。于是她拽上了皇帝，带他去她觉得最有意思的地方。万岁爷九五至尊，花大价钱的东西都见过，这种平民的娱乐，八成让他觉得新鲜。

马车快快地走，不多会儿到了什刹海边，她蹦下车的时候，发现今天冷清，便咦了声道："往常人挤人的，今儿是怎么了？都冻得不敢出门了？"

皇帝怎么能不知道其中缘故，宫里有司礼监，宫外有东厂锦衣卫，圣驾一出宫，那些人悄没声儿地早清了道儿，只留稀稀拉拉几十个人点缀点缀景致，毕竟清理得太干净了不像样。

"人少点儿好，腾出那么大的地方，不怕撞了别人的冰床。"皇帝说着，示意毕云过去租床。

因没生意，海子边上的冰床都空出来了，月徊拉着皇帝来认，挑来挑去，认了一辆成色新，拴着大红绸的，她一甩头："您上车，我来拉您。"

可这话立时就被否了，毕云笑着说："奴婢在，叫姑娘拉车，那奴婢就是个死的。还是奴婢来拉，奴婢拉车又快又稳，不信您试试。"

这也是人家的差事，被你夺了，反对不起人家。月徊搀皇帝坐下了，笑着说："成，我上那儿再租个冰刀……"

这冰床宽大得很，能坐三四个人，皇帝往边上让了让，仰头说："先坐一圈吧，回头再租两副冰刀，咱们一块儿滑。"

其实来时一辆车都同坐了，还怕坐冰床吗？月徊哎了声，裹紧斗篷挤到皇帝身旁。毕云在前边喊："主子留神，床动了。"月徊忙给皇帝紧了紧鹤氅的领口。

冰床和马车是不一样的风味，马车动起来叫"跑"，冰床动起来就叫"窜"。毫无阻碍地朝前飞奔，顶棚上风声呼啸，两张脸在西北风里挨冻，还高兴得大喊大叫。等一圈跑下来，脸也麻了，鼻子也红了，但就是快活啊。这种简单的快乐，是不需要花大钱就能得来的，既尽兴又实惠。月徊觉得这回真来着了，要是不进宫去，她得过上三天就光顾这儿一回。

皇帝很少有开怀的机会，帝王矜重，喜怒哀乐都得克制七分，离上回咧嘴大笑不知时隔多少年了。这回被她勾出来，其实也并不是坐上冰床有多稀奇，只是听见她那种无所顾忌的大笑和尖叫，吵虽吵了点儿，但高涨的情绪感染人，他也就渐渐放肆开了。

"好不好玩儿？"她下了车，眉飞色舞地搂着他问。

皇帝点了点头："好玩儿极了。"

"我就说吧，穷人有穷人的乐子。皇上身体力行，也算体察民情。"月徊又指指海子边上成排的冰刀，"那个滑起来，闹得不好要摔了的，万岁爷看看就成了，不能下场。"

她又是"皇上"，又是"万岁爷"，在外称呼起来也不方便。皇帝问："月徊，你知道朕的名字吗？"

月徊迟疑了下，仿佛头回听说皇帝也有名字。转念再一想，可是没道理了，世上哪有人没名字的，只是圣讳等闲不能提及，就算大臣们上奏疏，遇上了那个字，绕不开也得缺笔。

皇帝见她糊涂着，脉脉一笑道："朕姓慕容，单名一个深字，小字兰御。"

月徊点头不迭："蓝玉啊，好名字……"说完噤了口，捂住嘴说，"我犯上了，求万岁爷恕罪。"

皇帝的名字，自打登基起就不再有人直呼了。臣工管他叫"皇上"，太后管他叫"皇帝"，都是官称，帝王不需要那么家常亲昵的称呼。如今从她嘴里叫出来，别有一番滋味，皇帝知道她念书不多，便努力给她分析："不是蓝田有玉的蓝玉，是清御披兰路的兰御。"

月徊被他说得脑子打结，对于不认字的人来说，解释越多，人越糊涂。

好在皇帝见她发蒙，换了个法子介绍自己。解下腰上短刀，在冰面上把字写给她看，边写边道："就是兰花的兰……御前女官的御……"

月徊在一旁看着，由衷地感叹："这个名字比蓝玉更好，兰花的兰啊，听上去多秀气！"

皇帝写完直起身来，白净的脸庞，丹凤眼下眼波婉转，自嘲地笑着说："小的时候，朕常挨那些兄弟取笑，他们说朕名字像女孩儿，长得也像女孩儿。"

月徊说："男生女相，必有贵样。您多好看，多利索的，他们眼皮子浅，舞刀弄枪长得一身腱子肉，回头还不是给您守边关。"

皇帝听了她的高见，不由得长出了一口气。这种咬着槽牙解恨的话，只有她能毫无顾忌地说出来。说出来了就是痛快，解了他从小到大窝在心里的憋屈，也叫他更看重她，更喜欢她这样洒脱的性子。

毕云提溜着冰刀来了，送来了两副，皇帝接过一副穿上，喃喃说："朕也该活动活动筋骨了。"

月徊忙劝阻，可惜拦不住，她心里着急起来，搓着手道："这可不是玩儿的，脚下打出溜，回头摔得鼻青脸肿，没法子上朝见人啊。"

皇帝说："不碍的，朕就试试，不走远。"

月徊汗都出来了："那我搀着您吧。"

谁知皇帝穿上冰刀，没等她伸手就身轻如燕滑了出去。十七岁的少年，虽然有些清瘦，但身量很高，游龙般在冰面上滑行，那身姿，简直像梁遇手里行云流水的笔。

月徊看得愣住了，敢情人家不是没来过冰场的乡巴佬？

她扭头看了看毕云："皇上早前，也上什刹海玩儿过？"

毕云笑着摇头："宫里也有冰嬉呀，每年西苑北海子的冰结得最厚的时候，阖宫皇子都上那里玩儿去。我们万岁爷是那辈儿兄弟里头滑得最好的，自小到大无一败绩。"

月徊顿时眼前一黑，那他还跟着一块儿高兴得乱喊？这是笑话她没见过世面？还是万岁爷爱民如子，有意赏脸？

皇帝一圈滑回来，想是舒展了筋骨，看上去神清气爽。

"你也会滑？咱们一块儿溜一圈？"皇帝笑着，笑得明媚，露出尖尖的小虎牙来。

月徊眼前还没黑完，她扶着冰场边缘的铁栏杆，支吾着说："我以前没滑过几趟，都是趁着半夜里来，又黑又冷，没滑多远。怕是没您滑得好，要不……我就不献丑了吧。"

皇帝显然并不嫌弃她，含笑道："不要紧，今儿人不多，不怕碰了撞了。朕领着你，就在这三丈之内转转。"

月徊委屈地看看他，扶了扶脑门上的卧兔儿嘀咕："您明明是行家，怎么还跟着我瞎起哄呢。我以为您没来过这儿，也没滑过冰来着……什刹海哪及北海子清净，冰又好，您跟我上这儿来，多辱没了您呀。"

皇帝的宽慰，不是那种恩加四方式的，他的言语里透着细微处的体谅，怕她脸上下不来，圆融道："北海子好是好，就是玩儿的时候放不开手脚。朕想由着性子到处转圈儿，可先帝就爱把人分作两局，你追我赶的，在冰上蹴鞠。后来好容易朕当了皇帝，那些兄弟也给打发出去了，可一个人上那儿去，又觉得冷清得很。人就是这么稀奇，朕已经两年没上北海去了，今天要不是你带着上这儿来，朕还想不起朕会这手呢。"

月徜钻进牛角尖里出不来:"那您也不该乐成那样呀……"

"朕高兴……"皇帝笑着说,声音渐次低下去,"朕和你在一起就高兴,高兴了就想笑,和会不会滑冰没关系。"

月徜听了,心里小小哆嗦了下。这位爷,实在是很会说话,冲着姑娘说这个,是仗着自己出身好,长得也好,有意搅乱芳心吧!

月徜过年十八了,十八的姑娘再要说什么都不明白,就有点儿自欺欺人了。她是市井里长出来的势利眼,只要有权有势的,加上模样长得周正,她就觉得可以观摩观摩,走走瞧瞧。这位是皇帝呢,皇帝可还有什么说的。有时候姑娘就是这样,分明对一个人没什么意思,但只要人家冲你表露出好感,心里也会忍不住七上八下,进而对这人另眼相看。

这小皇帝,除了将来女人多点儿,其实也不算坏。月徜扭捏了下,含含糊糊拿话盖了过去:"能逗您高兴,也是我的功德一桩。您不必领着我,我自己能滑一段,等我再练练,就能追上您啦。"

本以为皇帝不会滑冰,她也不露怯,如今是鲁班面前耍大刀,她觉得脚上这冰鞋怎么穿都有点儿硌脚。

皇帝也不勉强她,慢悠悠在冰上倒着滑,鼓励她放开胆儿。

月徜把心一横,想起那时候和小四在冰面上连滚带爬的,其实也没什么丢人。

冰场上滑冰,谁不是摔会的,于是大义凛然往前一出溜,可惜上半截身子还在原地呢,下半截腿先出去了。然后就是一个屁墩儿,结结实实坐在冰面上,因衣裳穿得厚,屁股倒没摔疼,只是胳膊杵了一下,慢悠悠、沉甸甸地疼起来。

皇帝和毕云忙来搀扶,急切地问:"没事儿吧?摔疼了吗?"

月徜不好意思说疼,只道:"没事儿,冰场上该摔,摔着摔着就会了。"

那倒是,皇帝想起小时候那阵儿,五六个兄弟带着自己的大伴出来"抢等",一个滑倒带累一大片,冰面上顿时下饺子似的,再厉害的行家也有失手的时候。见她没什么异常也就放心了,替她拍了拍裙裾,捡了挂在斗篷上的一截枯草,这回是真的要带着她滑了,于是小心翼翼牵着她的手,把她从冰场边缘带到了场子中央。

四周围也没什么人,姑娘起先放不开,后来爪尖紧紧拗着他,一面说"奴婢失礼了",一面把大半的分量都压在他双臂上。

皇帝不觉得这是负担,一个女孩子能有多沉呢。他领着她向开阔处去,她的眼睛在日光下晶亮。他从没见过这样黑白分明的眸子,不像那些藏污纳垢的,她一尘不染,瞧一眼,就能瞧见她的水晶心肝。

月徜有人领着滑,逐渐掌握了点儿技巧,终于能放开手了。她一个人摇摇晃晃地奔向远处,到现在才明白,以前所谓的会滑,就是打着挺地移动两三丈,那和真正能控制手脚,差了不是一星半点儿。

她算好学的,当然免不得摔了又摔,一个时辰下来,已经靠摔学会了直滑。只是饭点儿到了,不能让皇上饿着肚子,于是摘了冰刀说找吃的去。前门有一家挺有名的爆肚,平时厨上炒菜炒得叮当乱响,今天进门一看,却是生意惨淡。

月徊瞧了眼皇帝,讪讪道:"锦衣卫八成又清过场子了。"

皇帝叹了口气:"朕微服一回,闹得老百姓不得安生,连生意都做不成了。"语气听上去自责得很。

要说先前冰场上还留了十几二十来个滑客,这间爆肚铺子可说是门庭冷落。他们进门,老板就是一张哭笑不得的脸,还要尽心伺候着,贵客长贵客短地支应。爆肚端上来的时候皇帝不下筷子,由毕云拿银针试完再试吃,折腾了半天,没事儿,皇帝这才敢下嘴。

不知为什么,今天爆肚的滋味儿一点都不好,皇帝吃得也将就,明明挺高兴的出游,到后来变得十分败兴。原说下半晌还要去逛鸟市的,可被东厂和锦衣卫一搅和,可想而知去了也是街道空空,只有他们三个行走。

"要不算了。"皇帝凑合完了一顿饭,垂首坐着说,"今儿出来是朕一时兴起,没有思虑那么多,倒弄得这一路兵荒马乱。别为了朕一个,让满城都不太平。"

月徊也不知说什么好,皇帝终究是有些忌惮梁遇的。打小就听大伴说这个能做,那个不能做,在大伴画定的框框里活得像个皇子,像个帝王,日久年深养成习惯,要更改也很困难。今天出宫这趟,除了冰场上还乐呵了一会儿,后来就不怎么顺心了。清场子做规矩,越来越明显,出门游玩没了闲杂人等,和紫禁城里逛御花园一样,是从小一点的园子挪到了大一点的园子,充满了掣肘的乏味。

"还是等我进宫,给您带好玩儿的吧!"月徊勉强堆着笑说,"您玩儿冬蝈蝈吗?我给您挑个好的,您喜欢绿蝈蝈还是铁蝈蝈?"

皇帝一副无可无不可的模样,但还是想了想:"绿蝈蝈吧,长得好看。"

月徊哎了声:"明儿我出去,好好给您淘换。"

后来略逛了逛,下半晌皇帝还是亲送她回家。马车摇摆到了门前,月徊跳下车,他在车上坐着,打起半幅帘子说:"今儿还是玩儿得挺尽兴的,朕这样的身份,到底没法像寻常人那样。"

月徊笑着点头:"您是江山主宰,身上责任重大,谁也不敢让您有半点闪失,难免处处仔细。"话虽这么说,对他的怜惜又添一层,这皇帝当得,原来那么身不由己。

场面上圆过去了，就算成全了体面。皇帝放下帘子，命毕云驾车回宫去了。

月徊站在门前目送那车走远，喃喃念叨着："慕容深，兰御……"那名字真是透着股子斯文劲儿，太斯文，就缺一段刚强，她忽然觉得哥哥有点儿不近人情了。

绿绮出来迎人，在边上听了会子，慢慢才回过味儿来："才刚那位是皇上？"

月徊嗯了声："皇上好年轻的模样吧？"

绿绮说是，但是年轻这宗并没有什么可惊讶的，该惊讶的是皇帝亲自上提督府来，不是为会督主，是为了找姑娘玩儿。

绿绮是个谨慎人，当然也不会多说什么，只是心里知道大姑娘进了宫，怕是回不来了，伺候起来也越发尽心。

月徊在外边跑了大半天，身上的衣裳要换洗，等里头预备好了热水，便进去沐浴更衣。起先玩儿得欢实的时候，滑了两跤也不觉得有多疼，可如今静下心来，才发现这里也痛，那里也痛，可又瞧不出什么端倪。

尤其这胳膊，先前撑了一下，这会儿透出一种触摸不着的酸。她换上寝衣从里头出来，边走边揉捏，正是要掌灯的时候，上了窗户光透不进来，大半间屋子都浸泡在黑暗里。她循着一点落日余晖坐到妆台前，正要拿梳篦，猛然看见铜镜里照出一个人影，就在她身后站着。

月徊这下真吓得肝儿都要碎了，正要大叫，却听那人说了句："是我。"

将要出口的尖叫又憋了回去，月徊眯眼细看，梁遇穿了件牙色织金的圆领袍，头上戴网巾。想是才下值回来，那网巾的挂绳还是赤红色的，下面镶着金累丝滴珠的坠角，牙色衬了些微的一点艳色，越发显得出挑。

她大喘了口气："您回来怎么不打发人告诉我一声？黑灯瞎火地站在这里，差点儿把我的心吓得蹦出来。"

梁遇对她的惊吓并不上心，只是沉默着看了她良久。

月徊不那么精细，她也没品出哥哥的情绪来，手上忙着揉捏，边捏边吸气儿，把另一只手的虎口都捏酸了，也没觉得有任何缓解。

梁遇到底还是走过来，拿住了她的手肘。姑娘的胳膊是极细的，去了厚厚的夹袄，羸弱得一折就会断了似的。

他不说话，月徊就提心吊胆，觑了觑他的脸色，到这时候才发现他不豫。她忐忑地问："哥哥，您这是怎么了？是不是内阁的人又惹您不高兴了？"

梁遇仍旧紧抿嘴唇，钳制她手肘的十指却越发用力。月徊吃痛，"哎哟"了声，也就是这个当口，也不知是胳膊肘还是脑子里头，沙的一声。像落了枕正脖子，满以为要被跌打师傅扭断吃饭家伙了，事后一看，安然无恙。

他终于放开她，淡声道："筋骨错位了，接回去就好。今儿在外头玩儿得很痛快吧，又是什刹海，又是前门楼子，还扭了胳膊，带伤回来。"

他肯出声，月徜就松了口气，摸摸自己的肩头说："皇上难得出宫，想是上回听我说了宫外的事儿，这才直奔咱们家的。我就带他去了那两个地方，也是我自己想去吃想去玩儿的……"

梁遇哼了一声："那天让你扮太后，给内阁首辅传口谕，你还记得说了些什么吗？皇上要立后了，要拟诏昭告天下，眼下他的一言一行不单东厂锦衣卫盯着，那些素日和司礼监不对付的人也盯着。这个裉节儿上，你们大摇大摆地在外头瞎闲逛，他是皇帝，人人都奉承他，你呢？你就不怕引火烧身？"

月徜被他一说，发现自己好像确实做错了。可再想想，又觉得很为难："他亲自登门来，我也没法儿呀。再说我瞧他困在紫禁城里怪可怜的，既然出来一回，悄悄走走，也没什么。"

梁遇脸上的神情越发阴冷，那种危险气息，是她从未见过的。

"你心善，我知道，可心善不用在对的地方，那就是祸患。"他寒声说完，略平了平心气儿才又道，"我没想到，你进宫不过几天光景，皇上就瞧上了你。我原说过的，你想做娘娘也不是不能够，眼下正要替你安排来历，你要是愿意一股脑儿和那些女人扎堆争宠，我也可以成全你。只是我劝你一句，明珠一颗是宝贝，混进米珠里头，只能被碾成粉，拿去给人擦身子。你是要当凤冠上的东珠，还是愿意当罐子里头的珍珠粉，自己细掂量掂量吧。"

打从她头一天回来，见到的哥哥都是和颜悦色的，从没像今天这样，一字一句吐露得冷酷无情。月徜有点怕，一双眼睛怔忡着看向他，小声嗫嚅："哥哥，您……"

梁遇冷声打断了她："皇上今儿和你都说了什么？你们在什刹海玩儿得喜欢了，他解下佩刀，又在冰上刻了什么？"

月徜讶然，真没想到他们的一举一动全在他眼里，他连皇帝在冰上刻字的细节都知道。

"哥哥，您这是监视皇上吗？"

梁遇的眉心蹙了起来："我是对皇上行保护之责。他就要亲政了，如果这个时候出点差池，那他这辈子都打不开交泰殿的大门，捧不起他自己的玺印。"

月徜被他反驳得无话可说，虽然之前她也很为皇帝不值，觉得哥哥霸揽得过宽了，可当他说出这番话，又似乎都是为着皇帝考虑。皇帝的那点窝囊不过是暂时的，暂时隐忍，是为了日后的大圆满。

她低下头，只得实话告诉他："我们也没说什么，说的都是冰场上的事儿。皇上蹲下刻冰，不是刻旁的，是刻他自己的名字。我在外头还管他叫皇上万岁爷的，不方便，他就把他的名字告诉我了。我以为是蓝田玉那个蓝玉，他说不是，越性儿刻给我看，谁让我没念过书呢。"

她说完，又是一片无边的沉默。她惶惶地、怯怯地、伶仃地站在那里，那模样，真像个做错了事的孩子。

绷了半天的弦儿忽然松下来，梁遇叹了口气。

其实皇帝刻的是名字，他怎么能不知道，他只是想求证，好好的，怎么会说到圣讳上去。打从那支金鱼簪子起，他就知道皇帝用着心思，顺水推舟是他原来的想法，但这舟应该是向着他，而不是向着皇帝去的。

如今看，月徊是有些动摇了，她怕不是对皇帝也有几分好感。年纪相仿的年轻男女，一来二去生情也是有的，但一切开始超出他的掌握，就让他本能地忌惮和反感。

"你在外头，就是直呼皇上名讳吗？"他在一片混沌的暮色里看着她，"管他叫兰御？"

月徊摇了摇头："有人的地方，我说话不带称谓，就您啊您的，用不着叫他的名字。我也知道，这名字不是我能称呼的，我算哪块名牌上的人物呢。再说您如今不是叫梁遇吗，兰御、梁遇……我也怕犯了您的讳呀。"

这么说来，倒也不是一高兴就忘乎所以，她虽然有时候不着调了些，但大事上头还是懂分寸的。

梁遇忽然觉得煞了性儿，今天的心提了一整天，到这会儿才慢慢落回肚子里。

为什么不踏实呢，大抵还是因为皇帝的做法。他是皇帝六岁时就到跟前伺候的，这些年皇帝的所有心事他都知道。可今天却一拍脑袋擅自离宫，这么大的决定，既不让人通传一声，也没有钦点身手好的随行保护，要不是他察觉得早，到了宫外，安危谁来负责？

有些话不说不透，没有真正掌权的小皇帝，和装在铁笼子里的软脚蟹没什么两样，一旦离开笼子，就会成为别人的下酒菜。王朝从来不缺新皇人选，一把匕首，一支暗箭，"嗖"一下，这些年的辛苦就全白费了。所以皇帝安全与否，不单关乎皇帝的性命，也关乎他的官运权势。眼下正是司礼监一步步攀升的时候，将来这个衙门能不能拿捏住整个大邺的命脉，全看这两三年的作为。

他是为了大局，也为了个人的前程，虽然里头岔出些旁枝末节，但那些都不重要。自打月徊回来，他还没有对她疾言厉色过，今天为什么发这么大的火，对自己也得有个交代。

他挪后两步，慢慢坐回圈椅里，月徊还怔忡着，他平了平心绪道："哥哥失态，是不是吓着你了？我只是着急，你这会子和皇上太亲近，日后会成为整个后宫的箭靶子。还有太后那里，有人冒了她的名假传懿旨，这件事早晚捂不住，到时候她要拿的就是皇帝身边最亲近的人，你怎么办？单是口头上抵赖，撇得清吗？"

月徊心里虽委屈，可也不好辩驳，垂着脑袋说："我欠考虑了，一味只知道有人陪着玩儿就瞎高兴，没有好好思前想后。是我不该，往后我再也不敢了，请哥哥息怒。"

她嘴上是这么说，可声调里透着委屈，受到的这份惊吓，靠他三言两语的安慰是不成事的。

梁遇在椅子里坐不安稳，又站了起来。昨儿她还哥哥长哥哥短，替他擦发梳头，今天为了这桩小事被他责怪了一通，顿时耷拉着脑袋，像是精气神都散了。他忽然开始担忧，万一吓得她往后不敢说话办事，万一变得暮气沉沉，那又该怎么办？

"月徊……"他往前走了两步，走到她面前。

月徊真是好性儿透了，明明受了这场无妄之灾，还是生不了气，他一唤她，她就老实地"哎"了一声。

梁遇叹息着，把手按在她肩上，那两个玲珑的肩头拱着掌心，有种奇异的感觉。

"哥哥都是为你好。"似乎除了这个，他找不到更能宽解她，也宽解自己的话了。

月徊点了点头："我这个顾前不顾后的毛病是不好，往后得改改……"

他想起她小时候贪玩，跑进他书房打碎了他的笔洗，那时候就是这个样子，闷着头，小声认错，保证往后再不敢犯。

大人对孩子的迁就会沿袭一生，他瞧着她，心里说不出的五味杂陈。也不及多想，倾前身子揽了揽她："梁家只有咱们俩了，你平平安安的，爹娘在地底下才能放心。"

月徊嗅着他身上的独活香，只是觉得哥哥这两天喜怒无常，也不知是原本性情就是这样呢，还是明儿又要变天了。

她抬起头问："哥哥，您心里是不是不愿意我进宫？还是怕我进了宫，和皇上好上了，就把您抛到脑后了？"

这一问让他怔楞，其实说的本是实情，但他却无法正面作答。

"姑娘大了，总要嫁人的，你在宫里，我还可以看顾你些……"他说着松开了她看了看门外天色道，"我才回来，还没更衣，你先歇着吧，有旁的话，咱们回头再说。"

他转身出去了，月徊看着他的背影，脚下匆匆走出了她的院子，实在不明白，今天的事儿何至于引得他大动肝火。

她虽然一直舍不得想起哥哥的残缺，但打根儿上说起，早前的磨难对他的心境多少会有些影响。以前她总觉得太监缺了钢火，难免阴阳怪气，万幸的是他没有。可这里填补了，那里就亏空，那种患得患失的情绪，要比一般人更厉害。

都不容易，即便权倾朝野。月徊原还担心过会儿要一起吃晚饭，难免尴尬，谁知将到饭点儿的时候曹甸生进来传话，说："督主累了，今儿就不和姑娘一块儿用饭了，请姑娘在自个儿院子里用。厨上都预备好了，过会子就送进来，天儿冷，姑娘用了早早歇下吧。"

月徊听了，呆呆地坐在那里，这无妄之灾，真是没完没了。

哥哥还恼呢，说真格的，她虽嘴上承认错了，心里却并不觉得错得有多离谱。她不敢说哥哥小题大做，但到这样生闷气的地步，好像犯不上。

于是夜里一个人默默吃了饭，秋籁和玉振在边上陪着，她端着饭碗有点儿食不知味。

"督主的脾气，其实不好吧？"她扭头问她们。

秋籁和玉振对瞧了一眼，秋籁说："也不是的，督主对我们下人不说和颜悦色，至少是不爱搭理。不搭理，咱们就能快活地蒙事儿，多少人都盼着有这样的主子呢。"

所以她们是没见过梁遇发火的样子，月徊半张着嘴愣神，自己能见识一回，说明他没把她当外人？

横竖自家人闹了别扭，就得有人厚着脸皮主动化解。月徊特意起了个大早，打算在梁遇出门前讨好一回，只要能让他笑一笑，这事儿就过去了。

可惜，她摸黑进了他的院子，结果他早就进宫去了。她望望天，天上星月俱在，这么算下来，一夜拢共睡不了几个时辰吧！错过了这次机会，就得盼着他今晚上回来了。万一要是不回，那这份尴尬就得继续留着，像衣裳底下的疮，越捂越大。

好在小四今天回京了，进门的时候她正坐在檐下打络子。这种女孩干的活计不适合她，三绕两绕打了死结，小四就在边上感慨："您这是何苦，何苦和自己过不去呢！"

月徊理不出头绪来了，摆手让人把架子和丝线收走，仰头问小四："这会儿回来，是案子办妥了？"

小四嗯了声，撩袍在台阶上坐了下来："东厂办案子，什么妥不妥的，只要是认定有罪，先下了昭狱再说。前儿接了令，说话就动身，也没来得及报您一声，让您好等了吧？"

月徊心不在焉地说："就等了两个时辰……小四，你觉得咱们现在这样好吗？"

小四说："好啊。有饭吃有衣穿，比以前钻漕船强。"边说边打量她的神情，迟疑了下问，"怎么了？您过得不高兴？"

月徊不说话了，圈起手臂抱住腿，把脸枕在膝头上。

小四一见站起来："走，要是受了委屈，咱们就不干了，还回码头上去。我早说过，富户人家的饭不好吃，咱们是乘风长大的，受不了人家指手画脚。"

他拽着她就要走，月徊倒笑了："既上了这条船，还让你下去？你好容易谋了这个差事，好好当差，指着你光宗耀祖呢。"

"我是个舍哥儿[1]，祖宗还不知道在哪儿呢，光什么宗耀什么祖啊。"小四垂着脑袋说，"您要是过得好，我跟着沾光，您要是过得不好，这光我也不想沾了，我回去扛粮食养活您。"

月徊听了他的话，心头着实感动了一把，拍拍他的肩说："就你扛的那点粮食，哪回也没养活过我，不过你有这份孝心，我知足了。"边说边叹气，"其实也没什么，就是昨儿挨了一回数落，心里不大好受。"

小四纳罕："挨了什么数落？您哥子是嫌您吃得多，不待见您了？"

月徊啧地咂了咂嘴："你脑子里除了吃，还剩什么？唉，也不是多要紧的事儿，鸡毛蒜皮的，不值一提。"

说皇帝出宫了，她陪着玩儿了大半天，哥哥怪她不知进退……这些大是大非说给小四听，他也不能明白，干脆含糊过去。

只是小四见她闷闷不乐，心里不大落忍。如今的富贵是天上砸下来的，细说起来总不踏实。大冬天里，漕船停了，他们断了生计，这么巧就来了个族亲哥哥。要是平头百姓也就罢了，谁知竟是个那样的人物，且所谓族亲，也不知究竟是哪路亲戚，原本太监就不是什么好东西，他现在有点儿担心，怕月徊傻乎乎的，叫人吃干抹净了，还给人擦嘴。

---

[1] 舍哥儿：失去亲人，没人疼的孩子。

月徊见他不说话，探过头瞧他："怎么了？发愁呢？"

他憋了半天道："您这哥哥，靠得住吗？"

月徊怔了怔，才想起来当初没告诉他是亲哥哥。可实话不能说，这世上大概只有皇帝知道他们是亲兄妹吧！

"靠得住，我们两家既是族亲，又是街坊，自小他就看顾我。后来家里出了变故，他进宫，我走丢了……都是命不好。"月徊笑了笑，极力想让他放心。

"那……"小四琢磨了下又问，"他到底是您什么族亲？我可告诉您，一表三千里，那些把姑娘卖进花街柳巷的，很多都是'靠得住'的亲戚。"

月徊听完，不由得瓢了下嘴："我那哥哥如今手眼通天，用不着卖我。"

"那可不一定。"小四道，"下路人把姑娘卖给鸨儿，上路人把姑娘卖给皇帝，横竖都是卖……您不是要进宫了吗，您细想想，宫里和窑子有什么不一样？不也是万艳伺候一个采花郎嘛！"

月徊被他的见地惊呆了，感慨着："都怪穷啊，供不起你念书。但凡多让你认几个字儿，没准你能成为本朝的大文豪。"

小四谦虚地摆了摆手："过奖了，我不过打个比方，就是想提醒您，别太相信那些凭空冒出来的亲戚，人家不定打什么坏主意呢。"

月徊颔首，却又有些怅然，梁遇的心境不是她能看透的，逆着不行，顺着也不行。人说君心难测，可照月徊说，他比皇帝还难捉摸呢。

小四说到最后，也和她交了底："我不在乎能不能在东厂出人头地，那地方说实话，不是人待的地方。先不管那些下狱的是不是忠良，就瞧他们刑讯逼供的手段，我也见天儿的头皮发麻。您要是为了给我谋差事硬留在这府里，那大可不必，我不干东厂也饿不死。"

月徊斜着眼瞥了瞥他："别往自己脸上贴金了成吗，我又不是你娘，为了你能把自己给卖了。我就是好容易找见一个亲人，不想再弄丢了。再说我哥子待我挺好的，正是因为拿我当自己人，才教训我呢。"

小四摇了摇头，有个词儿叫杀熟，她指定不知道。算了，她自己认了，也全凭她的意思。反正他想好了，她要是想走，他二话不说带她离开京城；她要是不走，那他就咬着牙往上爬，将来她万一有用得上他的地方，好歹不让她唾骂，带他不如带条狗。

月徊心里的郁闷，在见了小四之后得到了大大的缓解，她又来了好兴致，问他今儿晚上在不在家吃饭。

小四摇头说："吃饭就算了，我今儿要值夜，这会子抽空来瞧瞧您，是给前儿没回来一个交代。"

月徊心想那也没辙,让松风去厨房给他包几个肉饼,嘱咐他烤火的时候搁在铜盆上头煨一煨再吃。

小四失笑:"东厂的伙食好着呢。"说完还是把饼包好,揣进了怀里。

小四走后,月徊又闲在了,和府里伺候的小太监打听,哪儿有好蝈蝈卖。

这府里供职的太监不像宫里管束得厉害,当即说:"紫竹桥、十里河,还有那些花鸟市上都有。不过买鸣虫,有相熟的最好,别回头买着'药叫儿',那就亏大发了。"

所谓药叫儿,是在蝈蝈翅膀上点了松香或朱砂加重分量,以期蝈蝈的叫声浑厚嘹亮。那种虫儿是作假,买了也是白买,玩虫的人都知道。月徊想了想,没有相熟的卖主,小太监一拍胸脯子:"交给我,我替您办。"

月徊忙说好,托他出去买一双。将到傍晚的时候,人回来了,抱着两只葫芦往前一递:"大姑娘,都是开了嗓的,大脑门筒子膀,上好的冬蝈蝈。"

月徊很高兴,隔着葫芦听,里头蝈蝈叫得热闹,这样的鸣虫,最适合宫里的闲人养玩。她想好了,先从皇帝开始,培养主子们的雅趣。等往后宫里娘娘多了,她还能靠梁遇垄断这一行,成为宫里叫蝈蝈最大的卖主。

盘算得很好,她把蝈蝈安置妥当,准备了玉米螟大力喂养。屋子里暖和,蝈蝈不受冻,此起彼伏地叫起来,闭上眼睛听,恍惚有置身盛夏之感。

然而她的这点动静,不消半刻就被报到了梁遇跟前。司礼监值房里的人正批红,听说后也没有多大反应,待把人打发了,才掷了手里的笔。

这时候有小太监进来回禀,说:"延庆殿王娘娘跟前拿住个贼,是早前咱们司房拨调过去的。王娘娘打发人来问老祖宗,该怎么处置。"

梁遇沉吟,司房里拨过去的,和底下十一监随意指派的不一样,既出了事,总要给人一个说法。

他瞧了瞧案上的西洋座钟,快到宫门下钥的时候了,秦九安在边上回话:"老祖宗别管,交给小的处置就是了。"

可他站起了身:"闲着也是闲着,过去瞧瞧,权当解闷儿了。"

秦九安道是,亲自挑了灯笼在前头引路。

延庆殿王老娘娘对掌印一向有那么点儿意思,一切得从先帝遗腹子没留住说起。

早前王贵人因怀了龙胎,才得以留在宫里头,可孩子既没作养住,依照旧例,该把人送到泰陵守陵去。太后是不讲情面的,对宫里的这些嫔妃原就处处挤对,如今没有留下的理由了，自然是能打发则打发。那时候还是掌印好心，代为向太后求了情，说礼法之外还要顾念个情字。当然彼时掌印还在秉笔的衔儿上，这么做是做给阖宫上下看的，多少存着点儿拉拢人心的意思。但王贵人不拘怎么，实在得了利，太后终于松口让她留下，从此她就念着掌印的好处，一门心思到今儿。像平时，鸡毛蒜皮都要来麻烦，眼下既拿了赃，又是司礼监早前出去的人，自然没有悄悄掩过去的道理。

灯笼幽幽，照着掌印的侧脸，那面目真如白玉般剔透。人分三六九等，但凡长得好的都吃香。像他和骆承良，虽也搭上了个把太妃，但徐娘半老，嚼糠似的，咂不出什么滋味儿来。倒是延庆殿王娘娘，老娘娘里头就数她最年轻漂亮，掌印要是愿意盘弄，那要不了多久，就会像玉把件上包了浆，从里到外透出油水来。

头前是落花有意流水无情，掌印不动那个心思，今天忽然改了主意，想是来了兴致吧！

秦九安殷勤地把人引到春华门，正是预备关门落锁的当口，小火者低着头，推动门扉，刚推了一半，看见秦九安，"哟"了声："少监来了？"说完又发现他身后的梁遇，忙惊惶地哈下腰去，"给老祖宗请安。"

秦九安抬了抬下巴，示意开门，两个小火者忙把门扉转动开，梁遇提起袍角迈进门槛。前头拐个弯儿就是延庆门，隐隐能看见延庆殿的灯火了。秦九安将梁遇送到门上，识趣儿地站住了脚，笑道："老祖宗亲自过问，受累了。小的就在这里候着，要是有什么吩咐，老祖宗一扬声儿我就能听见。"

梁遇也没多言，举步往正殿去了。秦九安是个惯有眼力见儿的，打发了站班的小火者，放下灯笼阖上大门，自己眼观鼻鼻观心，踏踏实实守起了延庆门。

第九章 情若连环

正殿里头虽拿了贼,但动静不大,王贵人在上首坐着,只等梁遇来处置。

这紫禁城的高墙,挡住了多少人的脚踪儿啊,退居太妃位后行动不及当贵人时自由,那个想见的人,要见上一面难如登天。

不过今儿是料定了梁遇会来的,王贵人事先好好梳妆了一番,拿贼不像拿贼,倒像会亲。藕色掐牙并蒂莲窄袄下,一条缂丝泥金银如意裙,松松挽着发髻,脸上还扑了一层粉。梁遇进来的时候,她就在梅瓶旁坐着,听见脚步声抬眼一瞧,眼波流转间,万种风情呼之欲出。

那个犯了事的太监就跪在地心,见梁遇来了不敢说话,深深泥首下去,脑门杵着梁遇脚边的栽绒毯。梁遇蹙眉审视,这张脸见过,确实是早前衙门里的一个小司房。

当时因延庆殿求着要人主事才派到这宫里来的,可现如今出了岔子,就得往上寻根溯源。梁遇拱手朝王贵人行了个礼:"下贱奴才不长进,惹得娘娘生气了,娘娘打算怎么处置,都听娘娘的意思。"

王贵人心里对这偷东西的太监并不怎么记恨,反倒有些感激他,因他这一糊涂,才有理有据地把梁遇请到延庆殿来。

王贵人脸上赧然,望了他一眼道:"梁掌印高升了,公事繁忙等闲见不着,今儿要不是宫里出了丑事,也不敢劳动梁掌印。"

梁遇听后一笑，他就是有种神奇之处，望着俨然，即之也温。不管外头怎么传言他冷厉凶猛，你见了他，便是一个精致的翩翩佳公子。他的眼睛他的笑容，可以叫人忽视他的手段，实心实意地以为，他就是靠着多年勤勤恳恳，才登上司礼监头把交椅的。

"娘娘哪里话，这人原是我们衙门派出来伺候的，犯了事儿就是臣管教不严，不单他，连着臣也该受教训。"一面说，一面瞧了瞧那只包袱。包袱里装着纹银和头面首饰，其实东西不算多，但既是偷，哪怕一个铜子儿也是罪过。他哼了声，"捉贼捉赃，人赃俱获，没什么可说的了。"

那太监哆哆嗦嗦扒住了梁遇的鞋面，磕头哭道："老祖宗，是小的不懂事儿，错走了这一步。小的老家遭灾，爹娘吃不上饭，小的是一时猪油蒙了心，才惦记起娘娘的东西来。"一面说一面啪啪抽自己嘴巴子，"小的糊涂、小的糊涂……小的千不该万不该，不该朝老娘娘的妆奁伸手，小的知错了，求老祖宗超生。"

梁遇厌恶地挪开了脚，转头问王贵人："娘娘丢了些什么？数儿合得上吗？"

王贵人瞧他瞧得走神，他一问，忙哦了声道："是我素日积攒的体己，还有当初先帝御赐的物件，有些在，有些已经找不回来了。"

梁遇听罢，抬脚将那太监踹翻了："不长进的东西，让你做人你不做，偏要干这些鸡鸣狗盗的勾当。既然伸了脏手，那这爪子就不该留着。来人！"

他一声断喝，倒把王贵人和跟前的宫人都吓了一跳。外头掌刑的太监上前，停在廊子底下听令，他寒声吩咐："把这狗东西给咱家带走，交给东厂番子。先剁他一只手，要是不死，再剁另一只。"

掌刑太监道是，恶狠狠扑进来，将人生拖了出去。

宫里的殿宇进深不像民间的屋子，惊恐的哭号窜上房梁，像缠绕在雕梁画栋上的蛇，拽也拽不下来。王贵人没亲眼见过司礼监办案，也没想到梁遇会有这样的一面，当即怔在那里，半晌说不出话来。

梁遇呢，又换了个笑模样，拱手道："娘娘受惊了，司礼监的规矩，最忌讳人手脚不干净，既出了这样的案子，臣就要清理门户。眼下娘娘跟前缺了人，回头臣发话下去，让宫监处调拨人手过来。娘娘宫里受的损耗，臣下令去追，追得回来固然好，追不回来的也请娘娘宽怀。实在有为难之处，咱们司礼监再悄悄填补些，娘娘看如何？"

他一字一句说的都是场面话，但王贵人听来却透着温存。这深宫里讨生活，没人照应真是寸步难行，以前没进宫前，对太监这等奴才是瞧不上的，可后来见识了梁遇，才知道自己先前眼皮子有多浅。

海棠无香，鲥鱼刺多，梁遇为宦，都是人间憾事。那个危难中愿意帮她一把的人，就算他六根不全，她也认了。

何况他的品行、为人及相貌，都是打着灯笼难找的。像夏美人、宋康妃，屈尊和两个随堂太监来往，她得知后甚为不齿。就因为她心里的人远比那些浊物清高得多，连带着她觉得自己的心也是清高的。

可惜梁遇是太监里头的正人君子，司礼监但凡手上有权的，一个个都和太妃们有了勾缠，唯独他，权倾朝野，却连半个女人也没有。为什么呢，她那么多回明示暗示，他都不为所动，她就开始担心，是不是别的宫也对他青眼有加，他上了别人的船，这才瞧不上延庆殿。

今儿一定要有个说法，王贵人下了好大的决心，总是这么含含糊糊不是方儿，越性捅破了那层窗户纸，成不成的，大家都安心。

她转头冲跟前宫女道："你去预备好茶来，我请掌印大人喝茶。"

宫女道是，领人鱼贯退了出去。梁遇见了心知肚明，向王贵人揖了揖手："娘娘盛情，臣受之有愧。"

"该当的。"王贵人比手道，"厂臣请坐吧。"

梁遇依言坐下来，屋子四角的料丝灯高悬着，照出精致又磊落的眉眼。王贵人轻轻一瞥，心头急跳起来，暗自感慨着，他这样的人物，就算残缺了，也绝不会让人心生轻慢。甚至那种矜贵自重，比之寻常男人更胜。

两个人就在殿内对坐着，她有些局促，梁遇却仍是言笑晏晏，眼风掉转过来，目光在她脸上巡视一圈，问："娘娘有什么吩咐，臣听着呢。"

有什么吩咐……王贵人红了脸，低头道："自打先帝宾天，我的龙种没保住，后来一应种种，都赖厂臣照顾。我是个知恩图报的人，但厂臣如今有了这样的前程，我再说报答的话，听上去未免不自量力了吧？"

梁遇道："娘娘言重了，臣在司礼监任职，原就是为主子们办事的。娘娘们给示下，臣尽心当差，这是臣的本分，说什么恩不恩的，娘娘可是折煞臣了。"

王贵人摇了摇头："我和其他娘娘不一样，他们都是诞育过皇子皇女的，我这样的人，原该送进陵地里青灯古佛一辈子，到老了死了，往妃园里一埋就完事了，哪里能像现在这样，留在富贵窝里，坐享荣华。"

其实富贵窝里的荣华富贵，享起来并没有那么受用，全看你怎么瞧吧。

梁遇脸上带着温暾的笑，哈腰道："娘娘的龙种虽没留住，但也有生育之功，要是发到陵地里去，未免不近人情了。如今这事儿过去多年，娘娘也该放下了，想着怎么吃好喝好就成，不必旧事重提了。"

王贵人才要张口，宫人送了茶进来，一时打断了，只道："厂臣喝茶吧，这是我们老家的云雾，先唐时起就是贡茶，请厂臣尝尝。"

喝茶闲聊，其实这个点儿上很不是时候，梁遇今天愿意走这一趟，也全是因为被惦记得久了，存了些戏谑之心。

月徊说过，不让他找笼中的金丝雀，不让他勾搭寡妇，也不知为什么，他就是想要反一反。人心从来不是恒定的，先前她说不喜欢皇帝，不愿意进宫做娘娘，到如今又怎么样呢，还不是陪着滑冰吃爆肚，第二天也没忘了买蝈蝈……可见男女生起情来，不过一霎的光景。

好容易找回来的妹子，他留不了太久，将来自己又是孤身一人，和宫里太妃走影儿取乐，也没什么。然而明确是奔着这个目的来的，又百般地挑剔，王贵人入不得他的眼。他不喜欢她端杯盏的姿势，不喜欢她脸上的胭脂，不喜欢她说话的语气，连她看他的眼神，都让他觉得不舒坦。

是从来没有和女人亲近过的缘故？大概是的。万事开头难，一旦起了玩儿性，或许就乐在其中了。

他低头抿了口茶，味儿不错："庐山云雾，果然名不虚传。"

王贵人的心思并不在茶上，梁遇那么聪明的人，她把他留下是什么意思，他不会不知道。可眼下他还端着，这种事原本应当男人更主动些才对，但他大约是碍于身份的缘故，迟迟不见有任何动静。

这么长时候的七上八下，实在够够的了。她放下手里的茶盏站起来，那张秀致的脸因紧张越发酡红，身上热气腾腾，一蓬蓬的热浪从领下翻涌上来，打在脖子上。在他也欲站起身前，在他肩上轻压了下："厂臣，我今儿是壮了胆的，也豁出这张脸去了，就想问你一句，你明白我的心吗？"

梁遇沉默着，借着这段沉默细细品咂，奇怪当一个女人向他示好的时候，他居然可以做到内心毫无波澜。

明不明白她的心，别说他，就连他身边的人也都瞧出端倪了，可就算说清了又怎么样？他忽然不想在这延庆殿里逗留了，这种无趣的周旋，让他觉得无比厌烦。

他微让了让，起身向王贵人拱手："娘娘，臣不聋不瞎，自然明白娘娘的心。可臣是个残废，自知力不从心，恐怕要辜负娘娘的美意了。"

王贵人听了，一股莫大的失望弥漫上来，喃喃说："我从来不觉得你是残废，在我心里，你就是顶天立地的真爷们儿。梁遇，你实话告诉我，是不是这宫里另有让你觉得可心的人了，你这才拒我于千里之外？"

梁遇说:"臣这身子是如此,不想糟蹋了娘娘。娘娘在宫里安心颐养,臣在衙门为主子们办差,各自安好岂不自在?"

可是王贵人不死心,她抓住他的袖子轻轻摇起来:"我不图你什么,咱们原都是苦人儿,在深宫里做做伴,有什么不好?"

女人拽着袖子哀恳,仿佛是一种共性,月徊也有这毛病,急起来整条胳膊抱进怀里,半点没有已经长大成人的觉悟。他原以为并不讨厌这种动作,谁知换个人,他就觉得受不了。来延庆殿前拈花折柳的兴致,现在变成了一种煎熬,他到底将袖子抽了出来,淡声道:"娘娘请自重,这宫里内外全是眼睛,万一叫人宣扬出去,臣是没什么要紧的,只怕坏了娘娘名声。今日的事,臣就当从来没有发生过,娘娘把心放在肚子里,照旧过自己的安逸日子。只是这样的话,再也不要提起了,臣微贱之躯,不敢承娘娘盛情。"

王贵人的一腔热血洒在地上,凝结成了冰,嫣红的脸颊瞬间变得煞白,看着倒有几分让人心疼。

梁遇不常怜香惜玉,复又行了个礼:"时候不早了,娘娘早些安置,臣告退了。"

他却行退出延庆殿,殿内热气暾暾的,甫一出来凉风扑面,倒弄得他一激灵。

秦九安快步迎了上来,他在外头掐着点儿,自那个犯事的太监被押出去算起,到掌印出来,前后不过一炷香时候。照这个时间算,估摸着今晚大概率什么事儿都没来得及发生。

他瞅了瞅梁遇:"老祖宗,王娘娘没有旁的差遣?"

梁遇知道他意有所指,拿眼梢瞥了瞥他:"依你之见,王娘娘该有什么差遣?"

秦九安碰了个钉子,立时讪讪发笑:"小的只是随口胡诌……"

梁遇看了看天色,月亮已经爬上了宫墙,明儿没有朝会,也没有内阁进讲,他负着手轻吁了口气:"叫人备车,我这就出宫去了。"

秦九安道声"得嘞",忙承办掌印的差遣去了。

不过要是换作一个月前,掌印是绝不会这么晚还惦记回去的。如今是家里不空着,不空着就有奔头儿,像他们这号人,净身入了宫,等于是把老家那些人和事都断绝了个干净。就算将来风光无两,也不会有衣锦还乡的念头,毕竟做了太监,断子绝孙了,回去也是招人背后笑话。宁愿在紫禁城里爬,也不稀图老家人场面上叫你一声"爷"。但话又两说,远离了故土,要是有人投奔你,那心里自然是喜欢的,毕竟都是血肉之躯,谁还没点儿七情六欲呢。在这京城里人不人鬼不鬼地活着,时候长了也觉得孤单。

秦九安上神武门外头传令，让今儿当值的曾鲸吩咐人套车，曾鲸问："这么晚了，老祖宗还出宫家去啊？"

秦九安对插着袖子，吸了吸鼻子："可不。不瞒您说，我也想有个妹妹。"

招来曾鲸一个含糊的笑。

所以说老祖宗对王娘娘提不起兴致，那也是应当的，到底跟过男人怀过孩子，再年轻也缺了点儿意思，老祖宗那么干净的人，不愿意蹚那浑水。还是家里头好啊，妹妹进宫不碍，不进宫在家养着也不赖，横竖怎么都行，换了他，他也爱摸着黑回家去。

他们这儿预备停当，回身看，人也从顺贞门上出来了。秦九安和曾鲸带着底下当差的快步上前接应，抬高了臂膀搀扶梁遇上车。车里人坐定了，淡声道："多盯着点儿，火烛尤其要小心，大年下的，大家图个平安。"

秦九安和曾鲸哈腰道"是"，站在西北风里，目送马车去远。

好在冰盏胡同离得近，出了宫门不消一刻就到了。门房上值夜的小太监见有车进了胡同口，忙大声喊掌事的。曹甸生一向睡得晚，听了招呼便从围房里出来，站在槛外迎接。车到了台阶前，驾车的锦衣卫打起车轿帘子，他忙上前把人搀下来，问："督主这会子回来，在宫里进过没有？要没有，小的这就叫人预备。"

梁遇说："早用过了。姑娘呢？睡下了吗？"

曹甸生道："才刚还在问，该给蝈蝈喂荤的还是喂素的，料着没睡下呢。我这就打发人通传姑娘一声去，今早上姑娘起了个大早，原想送您出门的，可惜没能赶上，倒懊恼了好半晌。"

这么说来还算是个有心的丫头，梁遇发现自己其实并没有别人想象的那么严苛，至少胸中块垒因曹甸生的回禀，已经缓解了大半。

他解开领上领扣，曹甸生忙替他揭下了鹤氅，他整了整衣冠道："不必兴师动众的，我过去瞧一眼就是了。"

曹甸生道是，不免感慨自家人没有隔夜仇。督主对待外人可没有那份好耐性儿，也只有大姑娘，能让他一再退让包涵。

曹甸生挑着灯笼在前头照道儿，过了跨院回禀："还有一桩事儿没报督主呢，今儿广东看守珠池的官员进京来，给督主敬献了两盒今年产的珍珠。小的瞧成色，比往年好了不止一星半点儿，还有个头，个个有大拇哥的指甲盖大小。"

梁遇哦了声："平江珠池、雷州府乐民珠池、永安所杨梅珠池，还有廉州青婴珠池，那可都是咱们大邺盛产珍珠的好地方。平时连年上报，采珠费用大大超出珍珠所得，咱家还没来得及收拾他们，如今倒自己送上门来了。那些珍珠且搁着吧，等过完了年，我再送到皇上跟前去。"他偏过头，牵唇笑了笑，"那么大块儿肥肉，与其填了别人的胃口，不如咱们自己吃进嘴里。底下那些小子，一个个瞪着眼珠子瞧外埠，也让他们腥腥嘴，不为过嘛。"

曹甸生意会了，笑着说："督主的话句句在理，那些看守珠池的官员确实忒贪了些，既伸手问朝廷要银子采珠，又要昧下珍珠高价转手苏禄国，再由苏禄国倒卖进大邺来。这一进一出，多少耗费，只当上头不知道。"

梁遇冷笑了声："不说如今世道，古往今来哪朝哪代不是这样？单凭朝廷的那点子俸禄，还不够他们票一回戏的。"说着到了月徊的院子外，公事不带进私宅，便抬了抬手，示意曹甸生在外候着。

抬眼望，正屋里亮着灯，丫头进去又出来，看样子月徊还没睡。

昨天的事儿，如今细想起来确实是他过于计较了，原并不是什么不可转圜的大事，结果话赶话越说越严重，自己生了闷气，也把她吓得不轻。今天该如何若无其事地圆过去，他心里也没底，只是慢慢踏上台阶，慢慢沿着回廊往前走。忽然静谧之中传来蝈蝈的叫声，他站了站，又不大称意了。

里头的月徊浑然不觉，她喂过了蝈蝈，就盘弄起那两只棠梨肚葫芦来。养蝈蝈的器皿也是有大讲究的，回头葫芦得镶圈口，她琢磨了一回，觉得拿虬角染成墨绿色，再配上这栗红的葫芦身子，一定又俗气又好看。

这头正兀自设想，隐约听见门外丫头请安，她一激灵，知道是哥哥回来了。忙扔下葫芦跑到门上，见梁遇正从廊庑底下过来，才回家没换衣裳，身上还是白天的曳撒。

月徊喜欢他穿公服的样子，穿金戴银像朵富贵花，看上去有权有势又有钱。她本来还闹着点儿小别扭，可是转念一想，梁掌印那样的大人物都肯退一步，她有什么道理不顺着台阶下？

于是她跳出门槛，万分亲热地喊了声哥哥："您才回来？回来就惦记上我这儿来呀？"

梁遇就着廊下灯火瞧她，她真是个没什么心眼儿的丫头，昨天的不愉快，过了一夜就全忘了。还是因为漂泊在外，吃了太多苦，生活没有那么大的余地，能容一个糊口都难的孩子长出傲人的气性来。

他颔首，举步过去："我听说你今儿买了两只蝈蝈？"

月徊说是啊，献宝似的拉他进门看。只见一只挺大的纸盒子四周拿棉布围着，中间两只绿油油的蝈蝈儿昂首挺胸，因肚子还没养得撑起来，背上翅膀耷拉得老长,像个年轻气盛的小将军。

"您看,是不是好俊的蝈蝈儿?"月徊笑着说,"瞧这膀花儿又深又糙,我买着两只憨儿哪。"

梁遇却退后了半步,对于不玩鸣虫的人来说,走近点儿就觉得浑身不舒服。他甚至闻见一种莫名的气味,像腐烂的青草,当即抬手拭了拭鼻子,调开视线道:"你是怎么想的?为什么爱养这个?长得跟蝗虫似的……"

他才说完,那两只蝈蝈就亮嗓子叫起来,月徊顿时爱不释手,着急给它们正名,说:"蝈蝈会叫,蝗虫不会叫。且蝗虫长得瘦长条儿,一副饿死鬼模样,哪像咱们又结实又壮,浑身透亮。"

梁遇没看出什么区别来,实则他连多瞧一眼都觉得糟心。有的人就是这样,可以杀人不眨眼,却忌惮一只小小的鸣虫。

他刻意闪躲,月徊再粗枝大条也发现了:"您怕虫啊?怕它干什么,它又不会吃了您。"

梁遇掩着鼻子又退后半步,就算是怕,嘴上绝不会承认,也不会流露出半点畏惧的神情,脊背挺得直直的,还在努力维持着体面,偏头道:"我不是怕,是觉得不干净。养这种东西有什么意思,还是送到外头放生了吧。"

月徊说:"那可不成,这种冬蝈蝈得伺候,送到外头一会儿就冻死了。"说完觑觑他,心里明白,这皇城根儿下没有秘密,她的一举一动为的是什么,他早就知道了。

与其被他套出实话来,还不如自己老实招供。月徊把蝈蝈赶回了葫芦里,盖上盖儿才道:"其实这个蝈蝈是给皇上买的,深宫里头寂寞,有虫叫热闹点儿。我还有个打算,先教皇上玩儿虫,等他玩儿成了行家,那些娘娘为了取悦他,自然也跟着养蝈蝈。到那时候,我可以成为紫禁城里的叫蝈蝈卖主,一只是五两还是十两,全凭我出价。"

梁遇听完,对她刮目相看:"你出息挺大,打算在紫禁城里做买卖?"

"我这是投主子所好,为主子分忧啊,有错儿吗?"她笑了笑,"再者您掌管着司礼监呢,只要发话不许其他太监出去给主子买蝈蝈,那这笔买卖我就能长长久久地做下去,而且越做越大。"

这算是有生意头脑的,打算垄断,还不许人货比三家。梁遇感慨:"你是想做宫中一霸啊。"

月徊觉得没什么可奇怪的:"京里各行各业都有这样的人,像拾煤核的叫煤霸,担粪的叫粪霸。我志向不大,就在宫里做个虫霸,一辈子也吃穿不愁了。"

梁遇算是无话可说了，唯有点头。

她擅长打岔，原本预料中的尴尬气氛没有出现，可月徊的心思显见有了变化，这点让他无法忽视。

他暗自沉吟，踱到玫瑰椅里坐了下来，半晌才道："我今儿回来得晚，你不问为什么吗？"

月徊心道司礼监琐事多，耽搁上一两个时辰不是寻常嘛。可他既然有意引导她，那她就不能不赏这个脸，遂笑道："我原本是要问的，结果一打岔给忘了。那您为什么这么晚回来呀，离下钥可有阵子了。"

梁遇垂下眼，抚着膝头道："今儿延庆殿遭了贼，我上那儿处置去了。那个王老娘娘，你还记得吗？"

月徊眨眨眼，想了一圈才想起来："延庆殿王老娘娘，不就是那个打您主意的太贵人吗？"

梁遇沉默下来，并不急于辩解，隔了会儿才道："事儿办完后，王老娘娘留我说了些体己话。"

"什么？"月徊目瞪口呆，"现在的娘娘可真了不得，还时兴给自己做媒呢？那她和您说了些什么？"

梁遇道："没什么新鲜说头，只说都是苦人儿，要在宫里做个伴什么的。"

月徊气不打一处来："什么苦人儿不苦人儿的，宫里苦人儿多了，别人也没像她似的……那您呢？您有什么想法？"

梁遇淡淡笑了笑："你将来终究会有自己的归宿，我也不能孤身一辈子。宫里那些污糟事儿不就是这样吗，睁一只眼闭一只眼的，百样过得去。"

他说得半真半假，其实也不知自己在期待什么，兴许是期待着妹子能心疼他吧！

他的脸上露出一点苦涩的味道，不太多，但就是那么丁点儿的量，正好勾起月徊的难过来。她往前两步，蹲在他腿旁，仰着脸说："哥哥，我回来那天说过的话，您记得吧？我说我不嫁人了，陪您一辈子。"

梁遇的目光移过来，平静地望着她："你能做得了自己的主吗？"

是了，他想起来，似乎期待的就是这句话。明知不可能，却还想再听一回。

月徊没有那么多婉转的心思，昂着脖子说："我能做自己的主，不嫁就是不嫁，有什么难的。"

梁遇不言声，面色还是寻常模样，眼里因倒映了烛火，总有光在跳动。

"各有各的命数，谁也救不得谁，世上也没个为了哥哥，耽误一生的道理。其实我今儿动了试试的念头，男女之情无非搂搂抱抱，这种事儿能难到哪里去，结果……"他自嘲地一笑,"于我来说太难了,我不喜欢别人碰我。"

他话才说完,月徊的爪子就搭在了他手背上,一双大眼睛巴巴地瞧着他。

梁遇纳罕:"干什么?"

"我就碰您一下。"她审视他的脸,仿佛他随时会厥[1]过去似的,"难受吗?"

这丫头有时候脑子里装的是豆腐渣,梁遇叹了口气:"这个能一样吗?"

然后她吊上来,搂住他的脖子问:"这样呢?"

梁遇心里蹦了下,惊诧之余忙定住神,拧着眉说:"你是家里人,和外头的女人不一样。"说罢把她从脖子上摘了下来。

心里徐徐升起一种不自在,不是难受反感,就是不自在。月徊这种大大咧咧的毛病,不知什么时候能改好,她不知忌讳,想一出是一出,实在对别人造成困扰。

他抚了抚发烫的脑门:"你大了,不是孩子,我和你说过多少回了。"

"再大不也是您亲妹妹嘛。"她龇牙冲他一乐,"我呀,从小走丢了,看见别人家大人抱着孩子,我就觉得眼热。这个毛病一直到今儿也没好,我觉得自己就算长到八十岁,也还是愿意和您在一起。哥哥抱一抱我,我心里就很踏实,知道自己也是有人疼的孩子。"

她说这些话的时候虽笑着,可眼里闪着泪花儿,梁遇这些年锻造出来的铁石心肠,遇见她就不中用了。他垂眼看着她,拇指擦了她眼角的泪,菩提手串上的坠角垂挂下来,琥珀透光,在她颈窝洒下一片橙黄。

"你能纵性儿,哥哥不能。你想不到的地方,哥哥得思虑周全,要不然……"他说着顿下来,惨淡地摇了摇头,"不好,知道吗?"

月徊其实不理解他那番语重心长的话,至亲骨肉间,为什么要有那么多忌讳?左不过就是长大了,要懂得男女有别,可月徊觉得,莫说哥哥受过那些磨难,就是没受过,兄妹之间也不该提防那许多,因为越是提防,就越不纯粹。

可她不敢说,虽然有时候她善于唱反调,爱分辩个子丑寅卯,但哥哥只要正经发话,她唯有诺诺答应的份儿。她也开始自省,自己好像确实太孩子气了,就像他说的,妹妹怎么能和外面的女人一样,他就算不抵触她的碰触,也不表示他能好好找个女人做伴。

月徊有点失望,臊眉耷眼地站起身说:"我听您的,往后再不这样了。可您也得好好调剂自己,我是盼着您有个伴儿的。咱们和其他兄妹还不一样,要是爹娘都在,我也不会那么舍不得您。"

---

[1] 厥:晕倒。

至亲都不在了，只剩这一个，那份情就格外凝重珍贵。梁遇点了点头："再过阵子吧，等开了春，我手上的差事办得差不多了，到时候会好好琢磨这事儿，也给你个心安。"

月徊抿唇笑了，又跫身去看她的葫芦。葫芦里的蝈蝈偶尔发出一声鸣叫，她斜着眼睛透过盖子上的孔洞朝里头望，一面问梁遇："年前我能进宫不能？"

这个问题他也思量过，要是将来想让她成大器，就得赶在那些后妃大批入宫前，让她和小皇帝生情。情这东西，有时候比刀还锋利，纵然将来皇帝被乱花迷了眼，但曾经有过那么一个人，填补过他贫瘠的情感岁月，那么这个人无论什么时候都会比旁人鲜明，即便到老了，唯一记住的也一定是她。所以从大局上讲，年前是必然要进宫的，错过了这个大好时机，立后诏书和封妃的恩旨一下，皇帝的注意力也许就分散到别人身上去了。

梁遇坐在那里权衡利弊，分明顺理成章的事，却又让他下不了决心。他抬眼望了望月徊，莫名觉得有点不舍。家里有人等着的日子似乎太短了些，还没品咂出亲情的味道，那么快就要结束了。

然而月徊似乎很期待入宫，她买好了叫蝈蝈，等着培养皇帝的雅趣，把自己经营成紫禁城里的虫霸，那么远大的志向，他好像不该扼杀掉。他叹了口气："既然暂且不做娘娘，安排起来并不难。只说你是我的族亲，我掌管着司礼监，又兼提督东缉事厂，怎么说也是正二品的衔儿，家里填个把人进宫做女官，不为难的。端看你的意思吧，要是想早些进去，明儿就能够。"

月徊哦了声，盘着葫芦说："我听您的，什么时候让进去都成。就是这蝈蝈儿，您得替我带给皇上，让他自己先养着，解解闷儿也好。"

梁遇听了，脸上浮起一点飘忽的笑。先前不是说愿意不嫁人，一直陪着哥哥吗，实则心里无一刻不惦念着小皇帝。相仿的年纪，就像找见了玩伴儿，也许不是真的爱上，但感情是由衷的。他站起来，垂眼看了看那葫芦："还是你自己交给他吧，明儿预备预备，我让人造了册子，后儿你就入宫吧。"

他说完，又吩咐早点儿休息，便转身出门了。

月徊呢，心里萌生出的那点小小的芽尖儿，一触动就有越长越盛的趋势。

她好像真有点儿喜欢皇帝了，不为别的，就为他干净的笑脸。要说一个人真诚简单，这种词儿绝不该用在皇帝身上，生在帝王家的孩子，简单了就得死，这个道理她明白。避免失望的最好办法就是不要奢望，她愿意和他商量商量怎么滑冰，怎么养蝈蝈儿，单瞧眼巴前，想不了多长远。

因此第二天起来就收拾东西，半点儿也不含糊。可细想想，家里的衣裳宫里也穿不上，于是包袱里满满装上了小衣和厚厚一沓棉袜，到时候再揣上那两只蝈蝈儿就成了。

她在自己的小院里忙活，梁遇就站在不远处的跨院里，透过院墙上的花窗望着。

曹甸生在边上随侍，叠着手道："没想到大姑娘愿意进宫，我原以为她喜欢外头天地广阔，不愿进那个牢笼的。"

梁遇漠然道："年轻孩子懂什么，前儿皇上来瞧她，一天里头结下了交情，就愿意为人两肋插刀。"

曹甸生歪着头琢磨了下："他们二位年纪一般大，只要彼此间说话不费劲，略处一处就容易生好感。前儿皇上来府里，我正忙应付广东来的官员，没顾得上那头。皇上亲自接了人，又亲自送回来，这该是多大的恩典哪。"

梁遇沉默下来，半晌才一笑："女大不中留了。"

曹甸生抬眼觑觑他："督主不是早有让姑娘进宫的打算吗，实则进了宫倒更好，有您就近照顾着，姑娘受不了委屈。"

可不是吗，早就有这想法，现在事到临头又犹豫了，不像他的作风。

梁遇调开了视线，转身往前院去，今天是难得的休沐，本来想着带月徊在京城里头转一圈，带她去尝尝以前想吃吃不上的好东西，再去那个琳琅铺子选两个上好的首饰匣子的，可惜她忙着预备进宫事宜，并没有要出门的打算。自己呢，放着好些公务未处置，金矿、养珠池，哪一样不要他操心？她不想出门倒节省了他的工夫，与其在这里闲等，不如把那些绕开朝廷的事儿办妥，毕竟钱权不分家，单是揽权还不够，也要让手下人吃些红利才好。

宫里头呢，司礼监正给宫人造册的事，不多会儿就传到了皇帝跟前。毕云捧着题本进东暖阁的时候，笑着说："奴婢打听过了，说月徊姑娘的名簿预备妥了，明儿人就能进宫来。"

皇帝从成摞的奏疏后抬起头来："既然今儿就造好了，为什么要等到明儿？"

毕云呃了声，竟不知道怎么回答这个问题了，想了想道："横竖就在眼前，也不急于这一日半日。万岁爷瞧，要是想让姑娘这就进宫来，奴婢出去给掌印传道旨意。冰盏胡同抬脚就到，至多一个时辰，姑娘就能进来面圣。"

问问皇帝的心里，是很想让月徊这就进来，可做皇帝不能由着性子，就在眼前的事，弄得等不及了似的。毕竟他对梁遇也有些顾忌，大伴说教起来不是闹着玩儿的，因此还需再忍一忍，等过了今晚，明天月徊就进来了。

皇帝是真的抱有一腔纯质少年的想法，虽说起先他也存着拉拢和牵制梁遇的心思，但到后来单纯和月徊相处，一切的算计到底逐渐臣服于她的人品和性情。眼下就是惦念，实实在在的惦念，他盼着她早点儿进宫，盼着带她去北海子滑冰。那是御用的滑冰场，冰面干净，没有被磨得千沟万壑，还有簇新的冰床冰刀，一应都是又漂亮又好。他就像个有点家底儿的富家子，急于向姑娘显摆家里产业，毕竟有个自己的冰场，足够在姑娘面前嘚瑟的了。

横竖好饭不怕晚，皇帝说："今天先让她预备预备，你得空上北苑瞧瞧去，今年的冰面结得怎么样。"

毕云笑着说："奴婢早打发人过去瞧了，说如往年一样，又匀称又厚实。"

皇帝点了点头："那她进来住在哪儿，安排下去了吗？"

"左不过宫女值房，只是姑娘和掌印沾着亲，掌印自会安排上好的住处吧。"毕云瞧着皇帝神色，顿了顿又道，"御前的四位女官，如今安置在养心殿围房里呢。要是出于方便传召的考虑，把月徊姑娘安顿在那里，也很相宜。"

皇帝却缓缓摇头，那四个女官是做引导临幸之用的，建立在肉、欲的基础上，不必浪费稀有的感情。月徊不一样，她是少年岁月的一种补充，只要不去动那种心思，她就是干干净净的。皇帝不缺女人，知音才格外珍贵，要是把知音变成等待侍寝的一员，是对他少年赤诚的亵渎，即便将来妻妾成群，儿孙满堂，他也只是个孤家寡人，不配谈自己年轻过。

皇帝阖上题本看了眼座钟，时候过起来很快，再等上七八个时辰她就要进宫了。他略思量了下道："你回头问个准信儿，朕上神武门等她去。"

毕云道是，很好地掩藏起那份惊讶，上前将皇帝批阅过的题本摞起来，再捧出去交司礼监文书司房。

这头正交接呢，远远儿地看见总管柳顺打东边过来，毕云忙垂首哈了哈腰。

柳顺是个矮胖子，人虽不高，但不妨碍他拿鼻孔瞪人。只见他一如往常仰起脸，垂下眼皮子，从那道缝儿里瞥了毕云一眼："万岁爷在暖阁里呢？"

毕云道是，殷勤地往里头引路。暖阁门前站班的小太监打起了门帘，柳顺抬步迈进去，这回总算把脑袋装正了，甚至微微低下头去，捧着四块玉牌向上敬献。那玉牌上写着四位女官的官称，因皇帝还没建立起后宫来，终归就在这四块牌子上做文章。柳顺满脸含笑，轻声细语叫了声万岁爷，道："恭请主子御览。"

皇帝今天没什么兴致，连瞧都不曾瞧一眼，只说了声"去"。

柳顺怏怏把玉牌收了回来，却没有立时退下，缩着脖儿道："万岁爷，今儿是钦天监推算的好日子，申初时牌，日月呈交汇之势，您瞧……"

没有什么比诞育皇嗣更要紧的了，皇嗣是国家命脉，是这社稷昌盛最有力的保证。作为一位帝王，首先必须确保能生得出儿子来，因此打从今年入冬起，就要按照钦天监天象所示的日子临幸。宁可平时少些，也不能错过日月同辉的日子，这皇帝当得，连御幸的事儿上也没有自由。

见他有松动，柳顺重又把牌子递上来，皇帝觉得挑谁都一样，随手留下了司帐的玉牌。

司帐其人，是四个里头最活泛的，脾气有些像月徊，这也算稍稍的一点安慰。这些女官，除了侍寝之外也实打实担任御前的差事，皇帝晚膳用罢后回寝殿，她们伺候着沐浴更衣，彼此都谨守规则，绝没有中途劫皇岗的。最后不相干的人都退出去，只留司帐在跟前，司帐替他宽了衣，自己蛇一样地游上来，游进皇帝怀里，仰着头问："万岁爷，听说明儿御前要来新人啦？那新人长得什么样儿？有我好看吗？"

皇帝没说话，把她压进被褥里狠狠地收拾，晕头转向时产生了恍惚的臆想，仿佛身下的人不是司帐，而是月徊……他怔了怔，原来不管如何敬重一个人，但凡动了心思就会产生俗念。只是这种混账的想法在清醒的时候被压制着，次日起身，他还是那个不染尘埃的少年。

但凡宫女子入宫，都要讲究时间，清早阖宫忙碌，换班的换班，伺候差事的伺候差事，接手的嬷嬷太监腾不出空来。须等到巳时，宫门上才有人出来接引，因此月徊的车轿在筒子河那头停了好久，足等到时候差不多了，她才搭着绿绮跳下来。

绿绮替她整了整领上狐裘暖脖儿，切切道："姑娘这回进宫，不知多早晚能出宫来，好在咱们府里常有宫内太监来往，要是缺了什么，有不便和督主说的，只管让他们带话，我给姑娘置办。"

月徊大有带着大家一块儿发财的抱负，笑道："宫里还能短什么，不过等我买卖做起来，到时候让你们帮着采买蝈蝈儿。"一头说一头看太阳，"成啦，你回去吧，我该进去了。"

绿绮不能陪同往前了，便站在长桥这头看着，目送她往神武门去。

太阳白惨惨的，风从结了冰的水面上吹过来，四周没遮没挡，刮在脸上有点儿疼。月徊挎着她的小包袱，挺直了脊梁往那深深的门洞走去，起先那里一个人影也不见，她正纳闷由谁接引呢，没想到很快便见有人从门内疾步出来，那人穿着胸前绣团龙的燕弁服，披一袭紫貂的斗篷。

他是独自一个人来的，身后跟随的内侍在出了神武门后，就在门洞前站定了。

月徊看着皇帝向她跑来，边跑边挥手，愉快地喊她"月徊"，这一刻倒有些感动，真没想到他会亲自来接她。

大概由于前两天有了一块儿滑冰的交情，皇帝对她很亲厚的样子，甚至伸出手要替她拿包袱。

月徊吓了一跳，忙把包袱藏到身后："可不敢，叫人看见我该杀头啦。"想了想又一笑，"不对，打今儿起也不能我啊我的了，要称奴婢。"

皇帝却宽和，含笑道："用不着，朕不喜欢你做奴才样儿，以前怎么样，以后也还是怎么样。"

他真是不忌惮叫守门的缇骑瞧见，既然她不让他提包袱，就她挎着包袱，他牵着她。

皇帝的手很暖和，对比出月徊指尖冰凉。就是那一握啊，那种暖和传进心里来，芽尖儿也不再是芽尖儿了，跳过了抽条那一步，直接开花啦。

所以月徊进宫这事儿，除了开头的宫女子名籍需要梁遇安排，到后来几乎再没用得上司礼监插手。

皇帝亲自安排的乐志斋围房作为她的他坦[1]，乐志斋在坤宁宫后，御花园西南，一度是皇帝幼年时期看书习学的所在。后来先帝驾崩，他承继宗祧[2]，皇帝的日常起卧都前移到了乾清宫东西那一线，这里就渐渐冷落了，偶尔作为西洋传教士布道之用。

挑选这样的地方，他是经过了一番思虑的。不需要横穿东西六宫，从乾清宫也好，养心殿也好，出随墙门沿夹道往北，过长康右门就是乐志斋，遇见嫔妃们的机会极少。皇帝也对不久即将迎来满宫女人的盛况感到忧心，一方面广设后宫是为开枝散叶，是出于稳固江山的需要；另一方面他对月徊的那份心思，难免因此受到干扰。就算他初心不变，月徊能拿看正经人的眼光来看他吗？他性急起来，倒是很想立刻晋了她的位分，不拘什么衔儿，先正大光明留在身边要紧。可她只打算做女官，且也没有对他表现出任何非君不可的意思来。就是因为这份悬而未决，让他七上八下，日思夜想。

皇帝带她进了乐志斋围房，不多宽绰的屋子，事先叫人收拾过。簇新的用具和簇新的褥子，一般宫人不过一垫一盖，皇帝特特儿吩咐了，给她加三床。因着宫人

---

[1] 他坦：古代宫廷中宫人居住的地方。

[2] 宗祧：宗庙，祖业。这里指皇位。

的他坦夜里不烧炕，他怕她冻着，又是毡垫又是炭盆，红螺炭在墙根儿上堆得满满当当，早就超出了宫人的待遇。

就像新得了个小猫小狗，十分乐于替她置办住的地方，皇帝眼里闪着星辰般灿烂的光芒："你瞧瞧，还缺什么吗？"

月徊看了一圈，说："挺好，我就住这儿吧，这里过乾清宫道儿近，您要是传我，我跑着一会儿就到了。"说罢从怀里掏出两个葫芦来，笑着说，"您要的绿蝈蝈儿，我养了两宿，又能吃又能叫唤，您听……"

皇帝听见那种久违的叫声，是小时候住在南三所那阵儿才听过的虫鸣。可惜御极之后，凡是皇帝坐卧的地方连树都砍没了，夏日除了砖缝儿里隐约的蛐蛐声，听不见那种正统的蝈蝈叫。

皇帝把葫芦接过来，葫芦盖子上凿了细小的眼儿，隐约看得见蝈蝈脑门上的触须。他很高兴，笑道："小时候那些兄弟玩儿，没有朕的份，那时候大伴还没到朕身边，朕只能眼巴巴看着他们显摆。"

月徊听他这么说，可以拼凑出一个不受待见的小皇帝，打小儿姥姥不疼舅舅不爱。不过有一点皇帝琢磨错了，别说那时候大伴不在，就算大伴在，也不可能弄虫让他玩儿，梁遇他自己就怕虫。不像她这种长在民间的，窜胡同过大街，什么都敢提溜起来，到如今带了蝈蝈进来，也算取悦圣心。

月徊笑了笑："您没养过，知道喂它吃什么吗？"

皇帝思量了下："喂它吃肉？吃果子？"

月徊转述了一遍从曹旬生那里听来的学问："蝈蝈儿定调之后多吃素，少沾荤腥，这么着才能长寿，活上七八个月不成问题。我这回才带了两个憨儿，要是多买几个，搁在一个屋子里让它们叫，这一开嗓子，能把房顶都掀了。"

皇帝笑着，却又有点儿伤感："这鸣虫伺候得再好，也只能活七八个月……"

月徊说："万物自有定律嘛，他们就跟神仙似的，活上一个月等同咱们活十年，人生七十古来稀，业已是高寿了。"

她就有这样的本事，什么都看得开，什么都过得去，同她说话不觉得乏累，她会以她的方式开解你。不像有的人，遇上了只管抱怨这不好那不好，喝的茶泡浓了，吃的肉塞牙缝了，听多了自己跟着糟心，这样的朋友宁肯不交。

盲目的快乐，不说利国利民，横竖对自己是过得去了，有时候做皇帝就欠缺这种爱谁谁的态度。皇帝看着她的笑，慢慢觉得万事释然了，轻吁了口气道："你往后放在哪个差事上，大伴说了吗？"

月徊道："先前和我打趣倒是说了，说我可以伺候皇上梳头。过会儿我上司礼监问问去,究竟怎么安排我。"

皇帝嗯了声,隔了会儿才道:"其实你也未必一定要领什么差事,就替朕伺候这蝈蝈儿,也挺好的。"

月徊失笑:"您的意思是我自己带差事进宫哪?蝈蝈儿除了喂吃喂喝,没别的可照顾的。我进来了不也有俸禄吗,我不能白得您银子呀。"

这就是盗亦有道,可以赚买卖钱,不能得不义之财,月徊谨守住了做人的本分。

皇帝见她坚持,便也不再多言了,反正御前没什么脏活儿累活儿,她就充充人头,在跟前点个卯,只要能天天看见她,那就成了。

月徊这头安顿好,终于能往司礼监衙门找梁遇去了。还有五天就是除夕,司礼监又掌管着阖宫内外大事小情,因此衙门里头人来人往,比平时还热闹些。

外头热闹,掌印值房依旧是原来模样,月徊上了廊庑就看见了曾鲸,也算熟人了,她上前打了个招呼:"曾少监,我今儿进宫当值,来给掌印回个话。"

曾鲸起先并没有注意她,她一开口他才哟了声:"姑娘换了女官的衣裳,和往常不一样了。"边说边叠手而笑,"将到年关,外头事忙,老祖宗上朝房里议事去了。要不这样吧,姑娘进去稍候,今儿锦衣卫和东厂的指挥佥事都要进衙门回事,料着过不了多久老祖宗就回来了。"

月徊道好,打帘进了屋子。梁遇所在的地方处处透出雅致,南炕的炕桌上摆着打开的书页,拳大的香炉顶盖上香烟袅袅。窗口上沿打进一道日光来,檀香木的手串就在那片光影里,因盘弄得久了,木纹变得醇厚细腻。

月徊挨过去,在南炕上坐下来,随手翻过封面看,上头几个字她认得——清静经。

"烦恼妄想,忧苦身心。但遭……什么……什么生死,常沉苦海……"她看着书页上的字,好些是她不认识的。不过哥哥真是个追求高尚境界的人啊,一会儿佛学一会儿道学的。《清静经》?他有什么可不清净的?

正纳闷,听见外面有脚步声传来,看样子来了老大一队人马。她从半开的窗口看出去,是梁遇回来了,满脸的怒容。将走到廊下时猛然回身,后面紧紧跟随的太监们收势不住几乎要撞上去。好在领头的警觉,脚下刹住了,一队人忙压膝躬腰退后好几步。

院子里响起梁遇的怒叱:"都是干什么吃的,让那些酸儒在京城造谣生事!给我抽调东厂和锦衣卫人手,就算把京城翻个过儿,也要把那些人找出来。咱家倒要瞧瞧,是昭狱里的铁钩子厉害,还是他们的嘴厉害!"

众人慌忙领命承办去了，梁遇狠狠打起门帘进门，抬眼见月徊坐在南炕上，倒一怔。

在外的那份凶狠，不带到妹子面前，他脸上的神情一瞬平和下来，哦了声道："你进宫来了？我原想打发人去接你的呢。"

月徊朝外瞧了眼："城里又出乱子了？"

他垂眼在案后坐下来，喃喃道："哪天不出乱子，越是临近年关，越是谣言四起。像这两天，有几个南郊的读书人，排了一出傀儡皇帝认干爹的戏码，影射当今朝政。傀儡皇帝……"他哼笑了一声，"谁又是那个干爹？这些文人科考失利，就想尽恶招儿发泄心中不满，小人可憎，伪君子则可杀。他们不是瞧不上太监吗，要是不叫他们知道厉害，我这东厂提督白干了！"

唉，这世上的事确实如此，总有人瞧你不顺眼，就算八竿子打不着，拐弯抹角也能说出你的不好来。不过司礼监和东厂的名声确实很坏，她在码头上那阵儿，就亲眼见过这两个衙门的人吃五喝六，逢人就收杂税。如今到底因为认了亲，心里向着他，要是没认这头亲，她也能把他骂个底朝天。

月徊歪着脑袋，咂了咂嘴，有些话不敢浑说，只是浅表地安慰他："不得志的人才骂您呢，得了志的都捧着您。他们恨您，谁让您不给他们管您叫祖宗的机会，您也得容人撒撒气才好。"

梁遇听她发表了高见，心头的郁结倒平息了几分。

他长叹了口气，半晌问她："听说皇上亲自替你安排了住处？乐志斋的地方倒是不错，出御花园一直往东，过了乾东五所就是司礼监衙门。"

要说皇帝的安排，实在很有巧思，月徊往南进乾清宫，往东则进他的值房，甚至一南一东的距离都差不多远，可见他对月徊是真的上心。

月徊试图藏住姑娘的小窃喜，可她不知道，心里装不下了会上脸。她说："是啊，我才刚就是顺着乾东五所摸过来的，那地方挺好，又是个花园，宫门不下钥的话，离哥哥又近。"

梁遇看着她眉间的欣喜，忽然觉得有些刺眼。

姑娘一旦一心向着别人了，怕是十头牛都拉不回来。他原以为月徊是个清醒果决的孩子，没想到他看错了，实在让他感到失望。他倒并不反对她日后跟了皇帝，但自己的心应当守住，将来才免于妇人之仁，才好尽心施为。可是他们兄妹的想法好像南辕北辙了，他更看重的是权，而月徊只顾念情。情深易折，也极易受伤，小皇帝目下的新鲜劲儿能维持多久，谁知道呢。

梁遇搁在桌上的手慢慢拢了起来，他居然生出了幸灾乐祸的心思，望了月徊一眼道："今儿内阁首辅领着光禄寺卿，上徐太傅家宣旨去了。"

月徊的脸上果然微微起了一点变化，哦了声道："也好，昭告了天下，这件事就板上钉钉，更改不了了。"

可她眼下不后悔吗？真正一手促成徐家姑娘成为皇后的人，正是她。她那时想必还不喜欢皇帝，因此封后封妃的话侃侃而谈起来，半点私心也没有，顺利唬住了张首辅。要是再挪后两日，到了今时今日，她又是怎样一番心境？

梁遇慢慢翻动题本，视线落在蝇头小楷上，心却半悬着："帝王后宫美人如云，历朝历代都是如此，要在这宫里活下来，除了帝王的宠爱，还要有颗静得下来、善于谋划的心。现在的紫禁城，硝烟已经平息了两年之久，所以你看见先帝宾天时的腥风血雨。无子女的低等嫔妃和宫人，殉葬者有一百零八人之众，要不是延庆殿王娘娘机灵，买通太医谎称有孕，朝天女的名录上，就该有她。"

月徊讶然："原来王娘娘怀了先帝遗腹子的事儿，都是假的？"

梁遇淡漠地笑了笑："生死关头，什么谎不敢扯？这事儿其实不难戳穿，彤册上虽然有先帝御幸她的记录，但月份和她传太医诊断的时间对不上。那时候我瞧她不蠢，没有戳穿她，所以才有了她一心要报答的后话。"

月徊以前倒也听说过朝天女的事儿，说那些女人蹈义后，能换来一个朝天女户的世袭身份，父亲或兄弟有优恤，可以入锦衣卫。当然那时候宫内秘闻只是市井百姓茶余饭后的谈资，她觉得多少有夸大杜撰的成分，如今进了宫才知道，原来都是真实发生过的。

"所以说，做皇帝的女人有风险？"她大气都不敢喘。

梁遇点了点头："后宫唯一不用殉葬的就是皇后。"

皇后……难怪是个人人向往的好差事，月徊由衷地说："徐家姑娘的命真好。"

命好，倒也未必。梁遇低头蘸了墨道："大邺开国近两百年，只有三朝皇帝只册封了一位皇后。后世子孙的皇后都不少，废立全凭自己的喜好。且第一位皇后多受瞩目，寻常人当不了。既然册立了徐姑娘，能不能在这个位置上太太平平坐下去，全看她的造化吧。"

月徊叹了口气，心里说不上是什么滋味。就像当初她对私塾那个教书先生有过好感，结果隔了三天人家就娶亲了，那种遗憾，谈不上刻骨铭心，就是不堪回首。现在也是的，她才喜欢上皇帝，他的封后诏书就下了。他和别人定了亲，有了要娶的新娘子，后头还有更多等着进来给他当妾的。自己的这点小情义淹没在人海里，至多翻起一个小小的泡泡，然后就该不见了。

她抚抚脸颊:"我还是陪着您吧。"

梁遇不信她的两面三刀,见了皇帝只怕照旧养蝈蝈,牵小手。

可是刚要开口,就有人隔着帘子回禀:"老祖宗,慈宁宫炸了锅了,太后娘娘大发雷霆,传召您和张首辅呢。"

梁遇连眼睛都没抬一下:"就说咱家出宫办事去了,暂且回不来。先让她和张恒闹去,等煞了性子,我再觐见。"

门外太监应了个是,快步回话去了。

月徊惶然望着他:"哥哥,我有点儿怕。"

梁遇说:"怕什么,那天咸若馆里都是我的人,她拿不住你的把柄。不过留神,别让她因我迁怒于你,就成了。"

第十章 碧树堪摧

那头慈宁宫里,太后因震怒,将殿内的摆设摔了个稀碎。

"叫他们来,到底是哪头出了岔子!一口一个遵太后懿旨,太后如今被蒙在鼓里呢,这是遵了谁的旨!"江太后一头说,一头抄起了一只镏金银盖牙盘砸了下去,金银的东西摔不碎,一路滴溜溜滚到了殿门前,太后的咆哮仍在继续,因受了愚弄,气得带上了哭腔,扭曲着声线说,"好啊,真是好!尊我为母后,尊我为太后,一应都以太后的想头为准,结果呢?皇帝真是好样儿的,慕容家的好儿子,嘴上说得好听,做出来的事儿全不拿我放在眼里!还有梁遇,那狗东西在我跟前拍着胸脯子下保的,皇上年轻没主张,一应要母后做主,谁知掉过头来就换了人选!张恒人呢?梁遇人呢?"

门外管事太监战战兢兢道:"回娘娘话,已经打发人传去了,请娘娘少待。"

太后先前就发作了一通,如今砸累了,一屁股坐在南炕上,看着满地狼藉又愤恨又委屈。

她实在不明白,梁遇和皇帝穿一条裤子,全心张罗徐宿的孙女为后就罢了,那张恒素来是她这头的人,为什么竟也反了她?早前她还特地传了他来说话的,那时并没瞧出他有什么不赞同的地方,何故出去就唱了反调?难道真是因为先帝没了,皇帝眼看要亲政,他就琵琶别抱了吗?

这些政客,果然不是好东西,墙头草顺风倒,还辅什么政,治什么国!等他们来了，她倒要仔细问问，他们是不是真不拿太后当回事。要逼急了她，她就效法前朝武烈皇后，废了这个不孝不悌、不仁不义的皇帝！

边上嬷嬷不住劝慰，说八成是哪儿弄错了，请太后消消气，等人来了再做定夺。江太后是一点就着的性子，哪里受得了这份气。她坐不住，又在地心转圈儿，好容易听见殿门上管事的进来通传，说张首辅到了，她朝外一瞪眼："梁遇呢？别不是做了亏心事，吓得不敢来见我了吧！"

这时候小太监进来回事，抚膝说梁掌印上宫外巡检锦衣卫去了，已经派了人去通传，只是回宫且要时候。

太后哼笑了声："倒是巧得很，内阁颁封后诏书，他却巡视锦衣卫去了，去得可真是时候。"

张恒进来，见这原本精美的屋子如狂风过境般，不由得惶然。

太后的脾气他是知道的，不称意了向来砸桌子摔凳，爱满世界搅和得不太平。今儿不知又是哪里克撞了，发作得比以往还厉害。他低头看看，满地的瓷器碎片伴着果子糕点，竟是连脚都落不下去。计较再三，估量了脚的大小，沿着边儿上过来，总算到了南炕前。刚拱手作揖，还没来得及开口，就听太后重重呸了一声。

张首辅怔了怔，太后不着四六，啐人一口其实也不算大事。女人到了四十岁光景，脾气显见比以前更坏了，做臣子的没有其他办法，只有受着。

张恒越发哈下了腰："回娘娘的话，今日封后的诏书颁了，过定所需的礼节也已交付徐家。司天监定了日子，臣特意带了来，恭请太后娘娘过目。"

他双手托着一张大红洒金笺向上呈敬，太后身边的嬷嬷接过来，再转呈太后。结果太后捏着那张纸，连看都没看就撕得粉碎，狠狠掼在了他面前："过目、过你个狗脚！"

张恒讶然看过去，太后的脸因愤怒煞白，那眉眼看着竟有些狰狞。他嗫嚅了下，拱手道："不知臣有何失当之处，惹得太后如此震怒？"

太后霍地站了起来，那身影挡住了南窗口的大半日光，她指着张恒的鼻子骂道："张首辅真是办得一手好差事啊，打量我退居太后之位，就伙着梁遇来坑骗我。那梁遇算个什么东西，不过是个内官，倒叫你这当朝首辅夹着尾巴奉承，我都替你觉得扫脸！"

张恒被这莫名其妙的一顿臭骂骂得找不着北，虽说内阁如今确实被司礼监压制，但要指责他夹着尾巴奉承梁遇，那是作为首辅大臣不能承受的侮辱。

他有些气闷，勉强平了怒气道："臣若有不当之处，太后只管教诲，但就算是死，也要容臣做个明白鬼。太后宣臣来，不列罪状一味指责，臣自问桩桩件件都是依着太后示下行事,究竟是哪里出了谬误,还请太后明示。"

太后被他这把揣着明白装糊涂的能耐气得不轻,也不想同他多言了,一面抬手指向他,一面对边上珍嬷嬷道:"他要做明白鬼,你告诉他,告诉他……"

珍嬷嬷道是,向张恒鞠了鞠腰道:"首辅大人,早前太后娘娘曾私下知会过您的,要立孙家姑娘为后。今儿你们内阁颁旨,人选忽然变成了徐太傅家的姑娘,这究竟是怎么回事?"

张恒一瞬有点恍惚,纳罕道:"孙家姑娘……不是徐家姑娘吗?"

太后立起两个眼睛道:"你别给我打马虎眼,什么孙家姑娘徐家姑娘!打从一开始说的就是孙家姑娘,几时牵扯上了徐家姑娘!"

这下张恒当真蒙了,手足无措道:"娘娘特意召见臣,明明说的是徐家姑娘啊,怎么这会子又改成孙家姑娘了?"他晕头转向,觉得这事儿得从头捋一捋。太后急得要吃人,他摆手不迭,扶着脑门说,"头一回娘娘传臣进慈宁宫,说的的确是孙尚书家的小姐,可后来又传臣进咸若馆,改成了徐太傅的孙女。娘娘不是说梦见了先帝,先帝让娘娘顺从皇上心意吗,还要让四品以上官员家适龄的女眷应选。另要给各藩颁发恩旨,令藩王们选妹子或闺女进宫……这些娘娘竟忘了不成?"

江太后听得直皱眉:"张首辅,你是犯了失心疯,还是给魔住了?我几时传你进咸若馆,几时梦见先帝爷了?堂堂的首辅,为了脱罪拿这种话来糊弄人,你也不怕风大闪了舌头!"

太后不承认,张恒陷入了百口莫辩的境地,他把当时的情形回忆又回忆,当时除了不解太后为什么忽然改主意,并没有其他可疑的地方啊。

他脑仁儿发涨起来,喃喃说:"错不了的,臣听得真真的,怎么会有误呢!臣虽有了年纪,但绝不会昏聩至此,除非里头有猫腻,有人假传太后懿旨。"

像是道破了一个奇异的玄机,殿里一时沉寂下来,谁都没有再说话。半晌,太后才一嗤:"是不是我的声音,张首辅分辨不出来?"

张恒迟疑了下:"那日咸若馆里传召,太后并未露金面,是隔着帘子对臣发话的。可臣敢断言,那就是太后娘娘的语气声调,半分也没错啊。"

"这么说,宫里是出了能人了,能借着我的名儿假传懿旨?"边说边一哂,"这话张首辅信吗?"

张恒叠着手,舔了舔唇道:"娘娘不知道,其实民间真有这样的人,擅口技,能模仿鸟兽鸣叫和人语,倘或当真有人假借太后口吻传了那道假懿旨,那也没什么稀奇。"

又是一阵沉默,矛头立刻对准了梁遇。在这深宫之中要是有人敢耍这样的把戏,除了梁遇没有第二个人了。

太后倚着引枕,闭了闭酸涩的眼睛,长叹一口气道:"如今木已成舟,皇后人选确实没法子再更改了,可这件事不能就这么算了。你打发人秘密给我查访,宫里有司礼监坐镇,查不出端倪来,就给我上城里,上整个直隶地面上查去。我倒要瞧瞧,究竟是什么人,能有这么大的能耐。"

张恒领了命,却行退出慈宁宫往南去,边走边摇头,这事儿说到底太邪乎了,连他自己都觉得不可能查出什么头绪来。

隆宗门上进来的梁遇目送张恒南去,料着火候差不多了,这时候进慈宁宫,太后至少能容人说两句话。

于是他不紧不慢,俜俜迈进了宫门,果然不出所料,慈宁宫里大不成个体统。太后见他来也没好脸色,所有的怒火顺理成章转嫁到了他身上。

一番洋洋洒洒的责问,最后笃信是有人冒了她的名。梁遇安静挨了骂,也安静听完了太后的断言,最后字斟句酌道:"娘娘,臣的确听说过有擅口技者,但一般都是模仿鸟兽居多,要把人说话的声气儿学个十成十,想是不大可能的。况且自先帝大渐起,张首辅便常承娘娘懿旨,首辅大人应当熟知娘娘的声音才对,有人能糊弄过张首辅,娘娘信吗?"顿了顿复又道,"颁诏的事儿,娘娘怪罪,臣不敢喊冤,但请娘娘明鉴,臣这头只管预备过礼事宜,其余一应都听首辅大人的意思。首辅大人说孙家便孙家,徐家便徐家,臣只知道照办。可眼下出了纰漏,臣亦有错,愿担协理失职的罪过。"

梁遇走到今儿,什么大风大浪都见过,练就的说话本事堪称一绝。

什么叫协理失职?是错听了张恒的话,是失察,就算论罪,也是张恒为主他为次,根本无法伤及他。太后发过了一通火,到这会儿心力交瘁,也没了气力和他理论,只道:"厂臣用不着拐着弯儿给自己脱罪,我现在就要听你的说法,倘或降罪,到底该算在谁头上?"

梁遇微微哈了哈腰:"娘娘,张首辅和徐太傅本是同年,当初一道进京赶考,一道入仕,这个娘娘知道吗?虽说有时政见不合,但私交尚算不错,娘娘只疑心臣,却从来不曾疑心张首辅?"

太后果然不说话了,他三言两语便点明了最可疑的地方。张恒也算老奸巨猾,究竟是什么样的人,才能完全骗过他?太后倚向万福万寿靠垫,眼波一转,落在梁遇脸上:"你是说,世上没人能学得这样惟妙惟肖?"

梁遇道:"若有,一定是个神仙。"

太后冷冷望着他，哼了声道："不管是仙是鬼，我已命张恒彻查此事了，我们大邺人杰地灵，说不定就有人借着这个神通作怪呢。要是真有此人，那可不得了，不拿住了正法，后患无穷。"

梁遇道是，思忖了下复拱手："彻查的事儿，娘娘与其交代张首辅，不如交代臣。首辅大人是文人，专事处理朝中政务，不像臣，鸡零狗碎什么都干，底下的厂卫本就是为替主子分忧而设的。"

太后也不傻，如果张恒说的确有其事，那交代梁遇，岂不是让他自己查自己？

江太后说："不必了，除了厂卫，还有三法司衙门，他们也能办事，总不好万事都偏劳厂臣。"

梁遇闻言便不再坚持了，领首道："既如此，就请三法司衙门排查吧，若有需要协办之处，臣再遣厂卫出动。"

太后一脑门子官司，眼下也理不出头绪来，最后摆了摆手，把他打发了。

慈宁宫里伺候的太监宫女忙于收拾满地碎片，珍嬷嬷在边上适时谏言，轻声说："主子，我听梁掌印的话，也不无道理啊。"

太后素来信任珍嬷嬷，转过头瞧了她一眼："你是说……"

"内阁早前确实依仗太后，但如今皇上亲政在即，张恒未必不会另作打算。立徐家的孙女为后，这必定是皇上的意思，张首辅怕在您跟前不好交代，才扯了这样的无稽之谈。什么擅口技者，这话奴婢是不信的，横竖米已成炊了，张着大嘴岔子浑说一气，反正您也不能拿他怎么着。"

太后听了，炕桌上刚捡回来的书又被拂在了地上："张恒，我真是错瞧了他！"

慈宁宫里太后的嗓音隐约传过来，梁遇牵唇一笑，举步迈出了宫门。

杨愚鲁和几个监丞垂袖上来接应，瞧他面色如常，都暗暗松了口气。

"派东厂番子出去，查上年腊八那天，在天香楼喝花酒的锦衣卫。拿住了，问准了，别留活口。"他边走边吩咐，想了想又道，"张恒这会子没头苍蝇似的呢，叫一个文官查案子，只怕要难为死张首辅了。趁他分身乏术，打着徐太傅的名号，大张旗鼓往他府上送谢礼。不消半日，这个消息就会传到太后耳朵里，到时候张首辅就算浑身长嘴，只怕也说不清了。"

掌印的布局向来精密，杨愚鲁笑着道是，复压声回禀："先头咸若馆里伺候的人，都调到行宫和皇庄上去了，就算太后盘问，也问不出所以然。"

梁遇嗯了声，太阳升到了头顶，眼看晌午了，他闲在地理了理胸前垂挂的组缨。慈宁宫里乌云带闪电的，发作起来不过一霎，太后再尊贵，没了唯命是从的人，又算得了什么！

他负着手慢慢前行，舒坦地吐纳了两口。算算时候，过不了几天就要过年了，到时候天地大宴，皇帝会请徐太傅一家子进宫来。月徊那个傻丫头一根筋，见了徐皇后，兴许就会清醒过来了。

一个没什么手艺的人，想在宫里承办端茶递水之外的差事，确实有点难。但仗着皇帝的宽容和梁遇的面子，月徊最终还是当上了皇帝的梳头女官。

皇帝每天天不亮就起，紫禁城的御厨上也养鸡，第一声鸡啼的时候，皇帝已经擦完了牙漱完了口，坐在妆台前等她来。

原先皇帝是有起床气的，从双脚落地那刻起开始耍性子，一直耍到坐上金銮殿。这样的怄气其实不单底下人提心吊胆，连他自己也觉得累。现在好了，月徊来了，因为有她，他睁开眼就有了期待，那么这一天必定欢喜大于气恼。

他侧耳，听着绵绵的叫蝈蝈声从宫门上传来，她除了承办梳头之责，还兼养蝈蝈。早上把葫芦揣进黄云龙包袱里，里头装着上用的成套梳篦，剩下就是蝈蝈葫芦。她进了暖阁，一露面便一副笑模样，问："主子，您昨儿夜里睡得好不好呀？今儿早膳进得香不香？"

皇帝抿唇对她一笑："都好。朕昨晚上还梦见你了。"

两旁的宫人展开了布帛，用以承接梳落的头发。月徊拿着梳篦慢慢替他梳理，笑着问："梦见奴婢什么呀？八成梦见我养蝈蝈，把蝈蝈养得盘子那么大。"

皇帝轻飘飘瞥了她一眼："朕梦见咱们上北海子滑冰了，你的技艺长进不少，滑得又快又好。"

月徊哦了声，她不是那种有话憋着、肚子里打仗的姑娘，她爱直来直去，便道："等您得了闲，带我上西苑玩儿去吧，我想看看北海子有多大，上头的冰是不是结得比什刹海的好。"

皇帝说："节下有空闲，等文武百官休沐了，朕让人安排好了就带你去。"说罢顿了顿，试探着问她，"昨儿册立皇后的诏书颁布了，你都知道了吧？"

月徊说知道，脸上神情淡然。大概因为一早就对事态发展有了预知，甫听消息时难过了一下子，事后就释然了。

皇帝嘛，有三五红颜知己，后宫里头装上三五十位宠妾爱姬，再寻常不过，她还觉得人多热闹呢。她虽有点儿喜欢这小皇帝，但若论喜欢得多深，也谈不上，就跟朋友似的，因年纪相当，又能说得上话，玩儿在一块儿挺好。毕竟有个当皇帝的朋友，是件光宗耀祖的事儿。

然而她的平和，还是让皇帝生出了点唏嘘之感，如果一个姑娘在乎你，怎么能不为此感到伤心呢?

梳篦在他发间轻而缓地游走,皇帝犹豫了下,有些话没好说出口。

月徊倒是心无旁骛,她舔着唇拿手拢住他的头发。其实她梳头的技巧不算高超,一切全凭皇帝担待,且男人的发式不像女人,只要绾成个髻就成了。于是左一扭右一扭,梳得不平整,勉强成型,要是换了行家来评定,给万岁爷把头梳成这样,等同行刺。好在这儿没行家,皇帝也很宽和,她盯着发髻边上鼓起的那一绺,支吾着说:"哎呀,奴婢好像梳坏了。"

皇帝当然也看见了,但并不在乎,拆了重来时间不够,便道:"朕觉得挺好……拿网巾来。"

月徊把网巾递过去,他自己戴好了,除了发髻束住所有:"横竖要戴冠,别人瞧不见。"

可是月徊觉得挺羞愧:"我的差事办砸了,要不还是让先前那位来伺候吧。"

皇帝说:"朕梳头图个舒心,不为好看。"边说边探进网兜底下,抠了抠头皮。

边上伺候更衣的太监捧上翼善冠,小心翼翼给皇帝戴上。皇帝站起身,在月徊面前转了一圈:"看,梳得再好也给盖在帽子底下了,何必费那心思。"

月徊讪讪笑了笑:"等您回来,我给您重梳一回吧!"

皇帝才要回话,南窗外传来柳顺的嗓音,说万岁爷该视朝了。今儿是年前最后一场朝议,只要顺利,也算是个圆满的收梢。

月徊忙和众宫人一同送皇帝到廊下,台阶前早预备好了肩舆,柳顺高唱一声"万岁爷起驾",众人便伏地叩拜下去。

月徊看见那些抬舆太监的皂靴从自己眼前经过,待直起腰的时候,皇帝的肩舆已经沿着中路滑出去了。

天还没亮,前后有随行太监挑灯照道儿,皇帝在黑夜下的那片辉煌里高高在上地坐着,即便去了很远,月徊依旧看见了他把手指头捅进帽檐的动作。想必是有地方梳得太紧,牵扯住头皮了吧!

唉,万岁爷好性儿,为了不让她吃干饭,暗暗受着这样的委屈。月徊叹了口气,转身便见柳顺的大脸盘子撞进眼眶里来,不由得吓了一跳。

柳顺多少知道她的来历,既是梁掌印的族亲,又得皇上厚爱,因此对她的态度远远好于对别人。至少仰头拿鼻子眼儿瞪人的气势是不会有了,胖脸上堆着笑,和声道:"姑娘才刚伺候差事,起得这么早,习惯吗?"

"说多谢总管关心。"月徊道,"我们寻常家子,从没有睡到日上三竿的时候。在家时也起得早,只是不及宫里。"说着尴尬地笑了笑,"正因为起得早呢,脑子像是落在他坦里了，伺候皇上梳头伺候得不好，还请总管教训。"

柳顺哟了声："这是哪儿的话，姑娘头回当差，这么着已经不错啦。谁也不是天生就会梳头的，只要手艺过得去，主子高兴，这就够够的了。"说罢回身瞧了瞧，"才刚万岁爷梳下来的头发，姑娘知道怎么处置吗？"

月徊道："都收进锦盒里了，回头送到恒寿斋装金匣。"

柳顺点了点头："万岁爷身上掉下来的东西，一样都不能马虎，因此还要劳姑娘多费心。恒寿斋在司礼监经厂直房南边，路有点儿远，姑娘是才进宫的，怕您不认得路，过会儿让毕云领着姑娘去吧。"

月徊哎了声："谢谢总管关照。"

柳顺和颜悦色地摆了摆手："姑娘客气，就是瞧着掌印的面子，咱家也得多看顾姑娘不是？"

横竖就是朝中有人好做官，月徊明白这个道理。不过毕云也算相熟，能有他陪着真不错。因毕云本来是御前伺候文房的，皇帝视朝由掌班太监随行，他在这段时间里闲着，柳大总管发了话，他便顺势应承了。

"姑娘，那咱们这就去吧。"毕云和煦道，"我带姑娘先认认路，紫禁城里地方大，等熟悉了，下回就方便了。"

月徊欠了欠身："有劳毕公公。"里间收拾金发的小太监把锦盒捧出来，她接了手，就随毕云往月华门上去了。

天边总算浮起了些微的亮，天地间仍笼罩在一团昏沉里，但隐约已能分辨前路上的青砖。毕云挑着灯笼在前边引路，边走边问："姑娘冷不冷哪？昨儿月亮过了毕星[1]，今儿怕是要下雨呢。"

月徊有些惊讶："您还会看天象？"

毕云笑道："早前没进宫时，我就喜欢星学天象。要是家里能养得活我，我是立志入司天监的，哪怕做个文房笔吏也好。"

只是可惜了，老家儿[2]爱生那么多孩子，个个张嘴要吃的。最后大的是劳力，小的舍不得，剩下中间不上不下的不招人疼，只好净了茬，送进宫里伺候人了。

所幸能得器重，留在了御前，太监里头算是当了上差，能吃口饱饭，还有盈余接济家里头了。至于以前的理想，像火堆上燃烧迸散的火星子，亮过，飞出去就灭

1　毕星：即毕宿，传说中的雨星。过了毕星指天要下雨。

2　老家儿：指长辈，多指父母。

了。再回想起来不过是冷烬，遗憾却又无可奈何。

月徊很懂得男人壮志未酬的辛酸，像小四，发愿一回扛两袋粮食，却因瘦弱从来没有实现过。回来还难过呢，偷偷躲在被窝里头哭鼻子，她那时候相当同情他，然后一面同情，一面从那双特意给他做大的鞋里，倒出夹带回来的粮食熬粥喝。

活着就是这么难，有时候想想，活着已然是造化，往后的路走一步看一步就完了。

前面到了隆宗门，过门禁往南顺夹道走，走上一程子就到恒寿斋。毕云领着月徊过去，一盏灯笼在前面挑着，恍惚的晨色里照出一片迷蒙的光。

守门的小火者才下钥，等着换班儿，一晚上过来个个僵着手脚，看见御前的人一弓腰，一副头重脚轻的模样。

毕云没理会他们，往南比了比手："恒寿斋里也有管事，回头让他指派两个人听差。宫女子是不能单独行走的，有人跟着行动方便点儿。"

月徊哎了声，才要说话，眼梢瞥见打西边过来的两盏灯笼。她起先倒没当回事，可毕云忽然压声说了句"快走"，她顿时心下一蹦，忙加紧了步子。

然而该来的终归躲不掉，那两个挑灯的人说留步。待到了面前，上下打量月徊两眼，扮出个笑脸道："姑娘是才进宫的吧？太后娘娘听说姑娘在万岁爷跟前当差，有几句话要吩咐，请姑娘随我们走一趟。"

月徊因之前扮过太后，不由得有些心虚，眼巴巴地瞧着毕云，不知该怎么办才好。

毕云进宫到底有年头了，慈宁宫的人也熟识，便笑道："二位嬷嬷，姑娘一早才伺候完皇上，正要往恒寿斋去。且等她交代完了差事，再往慈宁宫给太后娘娘请安，成不成？"

结果那两位嬷嬷交换了眼色，干干一笑："毕公公不是不知道，太后娘娘既下了懿旨，就没有商量的余地。咱们知道姑娘是掌印的族亲，要不是领了太后娘娘的命，也不能来找姑娘。毕公公与其和咱们商议，倒不如……"一头说，一头朝司礼监衙门方向飞了个眼色，示意毕云赶紧给梁遇报信儿去。

可这时候，正是前朝上朝的当口，皇帝和梁遇都在朝堂上，谁也没法子往前朝通气儿去。太后挑了这个节骨眼上，分明是早有算计的，毕云没法子，只得接过了月徊手里的锦盒，细声道："姑娘别慌，您的差事我替您办了，太后娘娘是佛心主子，总不会有意为难您的。您先去，等我报了皇上和掌印，到时候自然有人去接您。"

月徊点了点头，反正伸头是一刀，缩头也是一刀。这次立后的事儿愚弄了太后一回，想就这么翻篇儿，绝无可能啊。皇帝和梁遇都不是善茬，太后行事得掂量掂量，可要拿捏她，不是手到擒来嘛。

看来是跑不了了，反正就一口咬死了不知道，说什么都不知道，太后无凭无据，还能杀了她吗？

月徊带着一种给人填坑的壮烈情怀迈进了慈宁宫，这时候天才蒙蒙亮，太后为了寻她的衅，起得也算够早的。

慈宁宫里灯火通明，她被那两个嬷嬷引进门，抬眼便见太后在南炕上坐着。早前她透过咸若馆甲小隔间的门，曾远远瞧见过太后，那时候她穿着礼佛的法衣，也没看见正脸，满以为是有了点年纪的妇人，今天才算正面遇上，也许是作养得好，单看样貌不过三十五六的模样。只有眼下微微起了一点褶子，那肉皮儿还是紧实的，鼻梁上略有几粒雀斑。

进了宫别发怔，磕头准错不了，月徊悟出了保命的良方，立时在太后脚踏前跪下了："奴婢月徊，恭请太后娘娘万福金安。"

她是有意舌头拌蒜[1]，"月徊"两个字说得含糊，太后像见了西洋景儿，纳罕说："夜壶？这是什么名儿！"

月徊怔了怔，包括慈宁宫所有人，都一同怔了怔。最后她只得小心翼翼地更正："回娘娘的话，奴婢叫月徊，不叫夜壶。"

就是说了，世上怎么会有人叫夜壶呢，太后没好气地哼了哼："叫什么不要紧，要紧的是差事当得好啊，梳头以往都是太监的活儿，没承想，到了本朝本代，竟还出了个梳头女官。"奚落完一顿问她，"听说你是梁遇族亲，到底是哪路亲戚，这么委以重任，都安插到御前去了。"

太后是句句带刺，月徊本能地觉得这人不好。可人家是太后啊，官大一级压死人，太后要是和她过不去，她准得变成齑粉。

于是她悠着声儿回禀："回娘娘的话，就是族里的亲戚，奴婢的爹和掌印的爹是堂兄弟，奴婢和掌印勉强也算堂兄妹。因老家遭了灾，奴婢流落京城，后来才投奔掌印的。掌印觉得奴婢机灵，给奴婢谋个差事，就让奴婢进宫来了。"

太后听完越发冷笑连连："你这么大的姑娘，不找个好人家嫁了，倒进宫来伺候人？我看谋差事是假，惑乱皇帝才是真吧！"说着又打量她，"机灵倒是机灵，可机灵过了头就不好了，倒不如那些笨笨的。你抬头，让我瞧瞧。这样吧，瞧在梁

---

1 拌蒜：不利索。

遇多年忠心侍主的分儿上，我替你踅摸个好人家，给你指婚了吧。"

月徊吓得舌根儿都麻了，心说这太后不简单，梁遇下套改了她指定的皇后人选，这会儿她要以牙还牙了。

这么紧要的关头，自己不吭声，必定会被曲成"姑娘不好意思，默认了"。于是月徊只得硬着头皮又拜下去："奴婢谢太后娘娘恩典，可奴婢是昨儿才进宫的，还没来得及好好报效主子……"

结果太后断喝了声大胆："不识抬举的东西，多少人求都求不来的好事儿，你倒唱起高调来！我瞧着梁掌印只管让你进宫，忘了教你规矩，今儿我不怕麻烦，我来打发人调理你。"说罢扬声唤来人。

暖阁外进来两个宫人，都是上了年纪的，一副六亲不认的样子："听娘娘示下。"

太后抬了抬下巴："带她下去，罚她板着，不罚够一个时辰，不许她起来。"

太后欺负起人来真是简单直接，毫不做作。月徊不知道宫里那些特定的称谓究竟对应什么刑罚，心想至多挨一顿臭揍，也豁出去了，反正自己皮糙肉厚，不怕挨打。

可她显然是想得太简单了，所谓的板着，并不是挨板子。

掌刑嬷嬷把她带到慈宁宫后面的夹道里，笑着对她说："姑娘，得罪了，我们也是没法子，主子既然下了令，我们就得承办。"边说边比手，"姑娘，那咱们就开始吧。"彬彬有礼的，简直像请客吃席。

月徊眨着眼睛，不大明白，其中一个嬷嬷见她憨傻，凉声道："姑娘才进宫，想是不知道宫里的规矩，请姑娘面北立定，弯腰伸臂，两手扳住两脚。"

这不像百戏班里头练舞的抻筋骨似的吗，月徊照着做了，可惜大冬天里衣裳厚，下不来腰，她去勾两个脚尖，实在勾不着。

于是那两个嬷嬷开始取笑："年轻轻的姑娘，又不是老胳膊老腿，怎么连这个也做不了呀？别不是肚子不方便了吧！"

月徊听得可气："嬷嬷，我是黄花大闺女，没您二位说得那么污糟。"

两个嬷嬷一听她顶嘴，罚起来越发一板一眼，纹丝不许偷懒，手里小棍儿挥得呼呼作响："姑娘既这么说，那咱们可动真格儿的啦。"啪的一声，鞭子抽在屁股上，"腿打直喽，不许弯着！其实也不难，就这么着，站够一个时辰，可比罚墩锁强多了。"

墩锁又是什么名堂？月徊大头冲下，血全流到脑子里去了，勉强抬了抬脖子，看见一个嬷嬷背倚砖墙，笑道："姑娘没听说过墩锁吧？那是宫女子做错了事儿受罚用的刑具。就那么一拃高、一尺见方的木箱子，上盖抠出四个洞来，把手脚全锁进去，那才是坐不得站不得，又挪不了窝，活受罪呢。"

月徊想其实也差不多吧，都是不让动，不许直起身站着。不过这宫里真是黑得吓人，她满以为做奴才伺候人已经够委屈的了，没想到一不留神，还要受这样的折磨。才一炷香时候，她就开始觉得头昏脑涨，胸口憋闷，耳朵里嗡嗡作响，且喘不上来气儿。掌刑嬷嬷的鞭子又落下来，因为她腿颤身摇，人要往下出溜了。

嬷嬷说："姑娘，您别让咱们为难呀，咱们知道您是梁掌印本家，可太后娘娘是咱们主子不是！咱们是娘娘进宫那会儿陪进来的，几十年的主仆了，总要先紧着主子，您说是不是呀？"

月徊蒙了，人也恍惚了，脑子倒还能想事儿，吃力地试图打商量："嬷嬷，太后娘娘虽是主子……您二位也有和梁掌印打交道的时候。我这个……真不成，容我……容我歇一歇好吗？"

那些嬷嬷常年困在深宫里，这么大年纪没有嫁人，也没有子女，对孩子自然欠缺仁爱之心。听她求饶，断然说不成，可还要装好人，扒心扒肺地说："请姑娘见谅，咱们听令办事儿，差事办砸了，太后娘娘怪罪我们，我们吃罪不起。您瞧，您在这儿受罚，咱们也不轻松啊，这么大冷的天儿站在西北风里，冻得鼻子都快掉了。"

听完这话，月徊也明白了，她说什么都没用，给这些老货求饶实在犯不上，索性闭上嘴，是死是活全看造化。

可这时候啊，实在太难熬了，一个时辰下来，她指定是活不成了。现在回头细想想，这一生何其惨，打小饥一顿饱一顿地长大，好不容易活得像个人了，却要这么给作践死。

正在她感慨老天不公的时候，老天非常赏脸地给她施加了新的重压——毕云说着了，果然下雨了。

两个嬷嬷讶然："说话儿大雨拍子就来了，姑娘这运势真够背的。"

可不是嘛，月徊勉强睁开眼，金花伴着雨点子落下来，一个接一个砸在她足边。她穿着绸面的女官袍服，能听见背上沙沙的雨声。逐渐的，雨势大起来，两个嬷嬷就近避雨去了，她就像慈宁宫前的鹿鹤一样，还得在那里坚守着。

煎熬得厉害了，身上起了一层热汗，她觉得自己的腰要断了，脑袋也不是她自己的了，心头翻江倒海般，险些把隔夜饭吐出来。

雨水浸透了袍子，里头滚烫外头冰凉。冷雨从鬓发上滴下来，她闭着眼想，觉得自己这会儿真像个沙漏。

不知道过了多久，想也有半个时辰了，她昏昏的，觉得魂儿要飞出去，她拽不住了。恰在这时候，一队匆促的脚步声传来，雨点子落在油绸扇面上噼啪作响。一双描金绣蟒的皂靴到了她面前，两条臂膀使劲儿架住了她。她听见梁遇的声音，切切叫着："月徊……月徊……哥哥来了。"

月徊总算有了指望，总算能够瘫软下来，她觉得缓不过来气儿，哭着说："哥哥，我腰疼……站不起来了……"

梁遇心都哆嗦了，这么些年，他从来没有那么强烈的感受，想杀人，想把那些恶毒的老妇千刀万剐。可眼下最要紧的还是月徊，他咬着牙温声安抚她："别着急，慢慢直起来，不能猛起，会伤着的。"

边上那两个掌刑的嬷嬷已经被底下人押住了，到这时候才知道怕，磕磕巴巴地说："掌印大人，咱们是奉……奉太后娘娘之命……"

那个锦衣轻裘的人哼笑一声，面色隐隐泛青，从牙缝里挤出几句话来："从来只有我梁遇给人上刑，今儿这刑罚竟用到我自家人身上来了，你们胆子不小啊。"

两个嬷嬷自恃是慈宁宫的人，起先并不认为梁遇能将她们如何，可听了这话，再加上那些手上下死劲儿的太监，这才觉得大事不妙。

月徊缓了半天，好不容易能够躬身站住了，可天旋地转，加之浑身湿透了又冷，于是边筛糠边哭边吐，那狼狈模样，真是一辈子没有过。

梁遇脱下鹤氅把她包裹住，打横抱起来。那两个嬷嬷眼巴巴地瞧着他，他经过时扔下一句话："带到外头去，收拾干净了，别叫太后她老人家操心。"

那两个嬷嬷惊惧起来，张嘴正要号，早有手巾堵住了她们的嘴。

宫里要处置宫人，实在易如反掌。那两个嬷嬷像生猪一样被扛出后夹道，又被塞进了运泔水的大木桶，江太后就算有通天彻地的本事，这辈子也不可能找见她们了。

梁遇直把月徊抱进了司礼监，搁在乐志斋围房已然不能放心了，这板着是要作病根儿的，要是调理得不好，呕吐成疾或是送命，都有可能。

曾鲸见状忙吩咐请太医来，一面搭手把人安置进掌印值房。月徊吐得可怜，脸色金纸一样，曾鲸看得直皱眉："太后这是要下死手吗，把姑娘祸害成这样。"又匆忙叫了两个宫女来伺候换衣裳，见梁遇忧心忡忡在边上站着，他只好轻声提点，"老祖宗，先让姑娘把衣裳换了吧，再捂着，没的受寒。"

梁遇这才退出值房，外面的雨势又大了几分，他在廊下站着，先前的愤恨渐渐压制下来，神情又平和一如往常了。

秦九安办完了事儿回来交差，垂手道："回老祖宗话，那两个嬷嬷已经送出去了。"

梁遇淡淡嗯了声，曾鲸却有些担心："处置两个宫人容易，可回头太后要是查问起来……"

查问起来，又能怎么样？这回亏得毕云想辙通知了殿上伺候的，如果再耽搁半刻，回来怕是要给月徊收尸了。

原来拿不住凭证，太后也可以随意迁怒，且死活不论，那就没什么可客套的了。梁遇乜起眼，望着檐外雨丝纷飞，曼声道："那两个老货留着，回去添油加醋也麻烦，越性儿处置了太平。太后要查人，就凭她，上哪儿查去！说句不该说的，这后宫的女人即便尊贵如太后，也不过是笼子里的鸟儿，你敬她，她就是太后，你不敬她，她连个屁都不是。咱们如今的主子是皇上，将来的皇后才是国母，江太后……"他冷冷一哂，"皇上就快亲政了，要紧的大典她要是不乐意露面，只管让她托病就是了。只要大礼一成，太后娘娘往后就该安心颐养，不见外人了。"

说到底太后不是皇帝生母，不过名头上一声母后，这两年又花样百出，没有参政的脑子却想称制，这个仇早就结下了。梁遇原本还想着，无论如何拿她充充场面，让皇帝挣个仁孝的名儿也好，可今天她动了月徊，既然到了这个份儿上，那就干脆撕破面皮吧。管他江家做了几辈子的官，太后想倚仗外戚，趁早歇了心，后宫里头是司礼监当家，只要他不发话，江家人这辈子都见不着太后。

底下人明白了他的意思，就知道接下来该怎么办了。太监给人穿起小鞋来，也是一等一的厉害，只要上头发了话，别说一个江太后，就算奉先殿，他们也敢断了香火供应。

里头两个宫女替月徊换好衣裳，复退了出来，梁遇这才踅身进门。落地罩上金丝垂帘放下来半副，月徊卧在床上，脸色虽还难看，但比之前已经缓和了许多，只是一直闭着眼。他上前轻轻唤了她一声，道："太医马上就来，你有什么不舒服的，告诉哥哥。"

月徊嗯了声，吐得中气也不足了，一只手抬起来："我不敢睁眼，睁眼就想吐。"

梁遇忙把她的手合进掌心，极力安抚着："那就不睁眼，好好歇着。你放心，哥哥不会让你白受了委屈，谁敢欺负我们梁家人，我就让他拿命来还。"

月徊嘴角轻捺了下，这时候觉得有个一手遮天的哥哥真好，至少不会让你受了窝囊气，然后再长长久久地窝囊下去。可他也说她傻："太后传你，你大可不理会她，等我回来了再作理论。"

月徊觉得挺冤枉的："我不想给您添麻烦。"

不想给他添麻烦，就拿自己的性命冒险。她不知道，板著罚满两个时辰，不死也得丢半条命。所以他听说后，散朝没进朝房，立时就赶了过去。好在太后吃斋念佛心里还有些忌讳，要是让她在慈宁宫里受罚，他少不得要闯进去，那么正面得罪太后也是必然的了。

"往后别那么傻，保住自己是头一条，世上没有什么能比自己的命更宝贵。"他说着，替她掖了掖被角。

可是她说："有，哥哥的命。"

梁遇怔住了，才发现这孩子大马金刀不过是表象，该感动人心的时候，比谁都懂得煽情。

门外曾鲸回禀，说太医来了，梁遇直起身回头相迎，来的是太医院院使。

"有劳胡大人了。"他拱了拱手，"下着雨呢，倒惊动了您。"

"厂公客气了。"胡院使忙回礼，道，"既是厂公有令，我怕底下人办不好，还是我亲自走一趟更放心。"说罢便上前来，观了面色又牵袖搭脉。也不用梁遇说内情，回头望了梁遇一眼，"姑娘受苦了？"

梁遇点点头："胡大人瞧，要不要紧？"

胡院使又低着头细看脉象，忖了忖方收回手来："气血逆乱，脉象也不稳，一时血不归心，倒也没什么大碍。不过这两日千万要静心调息，回头我开个方子，让姑娘照着喝上两剂，用不了多久自然就好了。"

梁遇到这时才放心，又问："将来不会留下晕症的病根儿吧？"

胡院使道："姑娘没有干呕的症状，依我之见是不会落病根儿的，请厂公放心。还是那句话，静心调养为主，只要过了这个坎儿，病去如抽丝，自然就痊愈了。"

梁遇道好，扬声唤曾鲸进来："打发个人，上太医院等方子抓药。"彼此又让了一番礼，说待事后再向胡大人道谢，这才将胡院使送出门去。

这厢正要趋身，忽然听见门上传来问安的动静，细一瞧果然是皇帝来了。梁遇忙又出门相迎："下着雨呢，主子怎么来了？"

皇帝很急切，也顾不得那些俗礼，到了廊下解开斗篷进门，一面问："大伴，月徊怎么样了？"

梁遇道："已经请胡院使瞧过了，开了方子，说吃两服药就会好的，主子不必挂心。"

皇帝听了说好，挨在床沿上叫她："月徊，你听得见朕说话吗？"

月徊这次很赏脸，睁开了眼睛，视线还是散的，定了定眼才看清皇帝的脸。

皇帝鼻尖上的不知是雨水还是汗珠子，一双眼忡忡地望着她。月徊笑了笑："奴婢好着呢，您别担心。"

皇帝点了点头："朕被那些藩王使节拖住了，脱不得身，这才来晚了。太后一向骄纵跋扈，这回是欺到朕头上来了，你放心，朕早晚给你出这口恶气。"

唉，又来个要给她出气的，不管最后怎么样，这话光是听着心里就爽快。

皇帝有时候还是少年人心思，他觉得最快能治愈她心里顽疾的方子，就是带她玩儿去，于是轻声说："你好好将养着，朕那头已经安排下了，过两天带你上北海子去，啊？"

梁遇听在耳里，不由得皱眉。这回的经历，面上是连块油皮都没蹭破，可内里没有损伤吗？什么都不问，只管带着玩儿去，要是真心疼人，干不出这样的事来。

月徊倒是很喜欢，她爱玩儿，就算从鬼门关绕了一圈回来，该玩儿还得玩儿。生命不停折腾不止，这是她活到这么大，吃够苦头还依然活得洞达乐观的一点心得。

她病歪歪的，说："成啊，等我略好些，能下地走道儿了……"

皇帝说："朕等着你。这会儿先好好作养，职上的事也不必操心。朕原是想让你进来做做伴的，没想到才第二天，就出了这样的事……"

梁遇在边上听他们说话，年轻男女一递一声的，温言软语说起来可心得很。他再逗留下去似乎不大合时宜，便悄没声儿的，退到廊下去了。

这会子太后宫里不知道怎么样，炸了锅没有，他在等着，等太后寻衅寻上门来，到时候把话摊开了说，大家心里都图个明白。有些人跟蜡烛似的，不点不亮，太后就属那样的人。早前先帝对她也算敬重，拿一颗带孩子的心来待她，那是因为先帝性情和善，太后便以为世上人人都和先帝一样。其实脾气太好的人活不长，各方都要包涵，别人脏的臭的全自己担待了，心里装得下多少污糟事儿？所以先帝撒手走了，留下一个刻薄又不懂得审时度势的皇后，顺理成章登上了太后的宝座。本来有了年纪，受着尊荣供养就完了，可偏要插手皇帝的事儿，不挑起些争端来不罢手，仿佛天不怕地不怕，世上就没有什么能把她这个太后怎么样。

梁遇对插着袖子，缓缓长出了一口气，扬声唤秦九安："慈宁宫眼下有什么动静？"

秦九安道："杨愚鲁领人上那儿送春绸去了，老祖宗略等一等，料着必能探听到消息的。"

话音才落，杨愚鲁就进来了，撑着伞到了檐下，把伞递给小火者，朝梁遇拱了拱手道："太后在宫里闹呢，责问两个嬷嬷怎么不见了，要传内阁说话。"

梁遇哂笑了声："内阁都成第二个太监衙门了，见天儿管她那些鸡零狗碎的事。"顿了顿道，"还是照旧，把隆宗门以内给我把守起来，就算太后亲自出门，也要好生劝着点儿。毕竟前朝都是男人，后宫乱见外男不好，咱们既在宫里当差，就得保全先帝的颜面。"

杨愚鲁道是，退出去布置人手了。

皇帝探视完月徊出来，终归还有些不安心，梁遇上前伺候他披上鹤氅，他迟迟道："年三十有天地大宴，徐太傅一家子必定要进宫来谢恩。当时颁诏，打头就是仰太后慈谕，太后这会儿闹成这样，只怕当天且有一场好戏。"

梁遇却并不担心："主子宽怀，立后这事儿，打大邺开国起，诏书一应都是借太后之名颁布，这不过是个说头，徐太傅是朝中老人儿了，怎么能不知道。况且太后一向和徐家不对付，就算徐家谢恩，也不会指着太后能赏好脸色。至于太后那头呢，臣再想法子劝劝，到底以和为贵嘛，闹得太僵了不好看。"一面说，一面撩袍跪了下来，"臣要向主子谢罪，是臣管教妹子不力，让月徊冲撞了太后，闹得主子夹在里头难做。"

皇帝忙把他扶了起来："大伴这是哪里话，分明是太后记恨朕，才有意把气撒在月徊身上，怎么倒成了月徊的罪过？朕也不瞒大伴，朕对月徊确实用了心思，就算往后东西六宫都填满了人，月徊对朕来说，也是年少时的期许，是朕还未亲政前最大的慰藉。请大伴替朕护好这份情，也护好月徊，等大局定下时，朕再许月徊一个将来，绝不会让她再受委屈。"

梁遇听了，叠手朝皇帝深深长揖下去："臣替月徊，谢主隆恩。"

皇帝慷慨地说完这番话，回乾清宫去了，梁遇目送那身影去远，方回身进了值房。

第十一章 当年陈伤

床上的月徊照旧闭着眼,哼哼唧唧。

梁遇走过去,奇怪刚才皇帝在,她怎么口齿那么清晰,半点拖腔也没有。横竖就是在哥哥跟前能撒娇,她喃喃自语:"我头晕,哥哥,我晕哪……"

太医院里的药方子已经熬成了汤药,一个小太监送进来,说:"老祖宗,药好了。"

梁遇回手接了,搁在床前的小几上,叫人搬引枕垫在她身后,然后拿银匙舀了,一勺一勺喂她。

药不怎么好喝,她直皱眉,偏过头不愿意再喝了。梁遇只得耐着性子劝她:"良药苦口,你要是不喝,晕症就调理不好。还有这脊背,里头难免损伤,你想老了弓腰驼背,站着只有人一半高?"

月徊没办法,想了想还是张开嘴。然而那药味冲得嗓子眼儿发紧,到底一转头,把喝下去的全吐在了痰盒里。

梁遇束手无策,搁下碗说:"罢了,等略缓一缓再喝。"一面扶她躺下。

可她躺得也不安稳,辗转着,眉头紧蹙。梁遇问怎么了,她支吾了句:"我背上疼。"

板着的厉害,他虽没有经历过,但也知道这种苦楚有多熬人,直到现在,他都对能救回她感到庆幸。背上疼是免不了的,他想了想道:"你背过身子,哥哥替你按按。你要是觉得舒坦了,好好睡一觉,明儿就会好起来的。"

她听了,很顺从地趴下,披散的头发遮住了脸,闭着眼睛喃喃:"哥哥,你以前到底是怎么熬过来的……"

梁遇的手在她背上轻轻按压,低声道:"人活着,不就是享小小的福,受大大的罪吗?怎么熬过来的,我已经不记得了,我挨过骂,也吃过鞭子,那些委屈可以记在心里,但不能记得太深。将来要是有机会报仇,报完了风过无痕,要是过于刻骨铭心,是不放过自己,和自己过不去。"

月徊有点昏沉,哥哥的力道拿捏得很好,她喜欢这种痛中带酸的味道。至于那些话,她知道那是历经过苦难的人才能悟出来的,谁也不是天生就掌权的命。自己才受这么点委屈,就又哭又诉苦,当初哥哥孤身在宫里的时候,谁看着他哭,谁心疼他的挣扎呢。

她穿着薄薄的单衣,脊背瘦弱且窄,手指按得稍重些,骨头就硌手。从肩颈到腰椎,受力的地方都不能马虎,他小心翼翼地替她松筋骨,听她慢慢呼吸匀停起来,料她大概受用了些,只要能够缓解,他也心安了。

不过姑娘的身形倒真是玲珑,还记得小时候那个短手短脚、肚子奇大的孩子,没想到也能长出纤纤的腰肢来。

也不知是怎么想的,他很愿意试试一掐顾不顾得过来,于是移下去,落在那美好的凹陷上。才张开两手,忽然怔了怔,脑子里嗡的一声响,匆忙把手收了回来。

怔忡了半天醒不过神,他不明白自己为什么会对月徊的腰感到好奇。他站了起来,是不是屋子里太暖和,让他恍惚了?他得往外去,走了两步又重新返回替她盖好了被子,这才打起堂帘从值房退了出来。

外面的风很凉,夹裹着雨丝横扫进廊下,领间的热气终于消散了些许。他定了定神,急于找些事儿干,想起朝房里还没安顿好,便叫人预备了伞,打算再往南去一趟。

可是才出贞顺门,迎面就见杨愚鲁过来,脚下步履匆匆,到了跟前倾身上来回禀:"内阁张首辅先前进慈宁宫复命了,外头三司衙门承办了查人的差事,翻遍直隶地界儿,就找到三个学鸟叫的。张首辅进去回事,挨了太后一顿臭骂,太后认准张首辅和徐太傅一条心,到最后把张首辅给轰出来了。"

梁遇听后一笑:"那两担谢礼没白送,张首辅这会儿里外不是人,太后怕要疑心到底了。"

可惜了月徊,原以为能逃过一劫的,没想到平白也挨了罚,可见太后此人没什么章程，不能按常理推断。

梁遇撑着伞，伴伴往朝房去，今儿是年前最后一次朝会，等手上的公务处置完，那些朝臣就该回去过年了。往年都有这样的定例，大臣们辛苦一年，到了年末朝廷要发利市。他带着几个监丞运送两筐东西进去，里头装着笔墨和金银裸子，一位一位地分发。到了张恒面前，见张恒一脸菜色，便从监丞手里接过红绸包袱，郑重地交到张恒手上，笑道："这是万岁爷特为首辅大人预备的节礼，首辅大人新禧。"

张恒说"不敢"，双手承接过来道："请梁掌印代为答谢皇上。"

梁遇点了点头，又明知故问："首辅大人脸色不大好啊，可是有什么不适？要不要传太医来瞧瞧？"

张恒吃了哑巴亏，心里明白是梁遇在捣鬼，但面上不好得罪，唯有勉强支应："这两日受了风寒，已经在吃药了，没什么要紧的，多谢梁掌印关心。"

梁遇微微颔首："大节下的，还是要多保重身子。"顿了顿道，"其实太后娘娘这脾气，首辅大人知道，咱家也知道。我们做奴才的，原不是个人儿，挨打受罚都是寻常。今儿娘娘拿住了皇上跟前女官现开发，只因那女官和咱家沾了亲，罚得险些丢了性命，您瞧瞧，这冤向谁伸去？说句实心的，皇上立后这事，咱家只管预备大礼，连话都没传过一句，如今出了差池这么挤对人，像是不应当啊。首辅大人，也不知怎么的，娘娘的性情还不如前两年。如今是忘性大了，想一出是一出，记前不记后，要伺候得她舒心，实在难得很。"

张恒也有同感，说实话，他并不相信世上真有人能学别人的声音，还学得那么纹丝不走样。如今太后把这个罪过怪在他身上，真是浑身长嘴也说不清了。

张恒叹了口气，这口气打从肺底里呼出来，呼得十分彻底："梁掌印，差事难办啊，想是太后娘娘改了主意，又没法子转圜，心里不称意吧。"

梁遇也陪着叹气："首辅听咱家一句劝，皇上眼看要大婚，要亲政，到底江山社稷还是要看皇上的。太后的话不是不听，只是听前须掂量，依咱家的意思，往后内阁还是以前朝为重，后宫的琐碎有咱们司礼监承办，如此也不至于让朝廷股肱大材小用，首辅大人说是不是？"

梁遇虽打着他的算盘，但有句话说对了，江山社稷往后还得以皇帝为重。大邺朝不是没有过掌权的太后，但先头武烈皇后是跟着打过江山的，手上一干重臣对她心服口服。哪像本朝太后，一张纸上就画个鼻子，光剩脸大了，骂起当朝首辅来跟骂孙子似的，张恒也不愿意受她那份腌臜气。

如今说明了，往后后宫的事就可少管，毕竟不是当初皇帝才登基那会儿了。

内阁要是和太后过多黏缠，白落了别人的口实，说对皇帝有二心。张恒连连颔首："梁掌印说得很是。"

梁遇微微一笑，话点到即止，复转身冲朝房里的众臣拱手："要过年了，咱家先给大人们道新禧。今日过后就休沐了，诸位，咱们年后再聚。"

众臣纷纷还礼，一时朝房里互道新禧，热闹非常。

当然宫里也极有过年的气氛，到处都上了红灯笼，长窗上贴满了窗花，那些过冬的树木也缠上了红绸。梁遇从朝房退回来，一路四处瞧瞧，底下人办事尽心，没什么可挑眼。

就是过年下雨多有不便，今年特特儿预备了比往年更多的烟火，怕到时候雨水太多要耽误，没想到雨说话儿就停了，又纷纷扬扬飘起雪来。他看着伞沿外漫天的雪沫子，脚下加紧回值房去。路过隆宗门的时候，见慈宁宫管事的在宫门上候着，看他来了，忙叫了声梁掌印，上前垂手道："太后娘娘有请……"

梁遇并不买这个账，笑道："这会子实在腾不出空来，后头正预备年三十的大宴，一刻也离不得人。你回去禀太后一声，就说且等我撂下手上差事，过会子再上慈宁宫聆讯。"

慈宁宫总管哽了下，再要说话，他已经打着伞，往乾清宫前广场上去了。

一位人嫌狗不待见的太后，也只配被淡着、凉着了，毕竟眼下有比奉承太后更要紧的事儿。他走了这么长时候，不知月徊歇得好不好，中途有没有再吐过。心里急切，脚踪儿自然就快，赶回值房后进门一瞧，奇怪他走时什么样，回来仍是什么样，这丫头依旧趴着，睡觉都不翻身的吗？

他心头忽然惧怕起来，仿佛有一只无形的手扼住了他的脖子。他慌忙上前查看："月徊！月徊！"

两声惊雷在耳边炸开，月徊终于有了反应，茫然昂起头哎了声。实在睡得太沉了，脸颊上拱出了那么深的褶子，脸蛋子下方的铺盖湿了一大摊，全是她流的哈喇子。

见她还活着，梁遇松了口气。可是世上怎么会有这样的人，能趴着睡那么久，连脑袋都不带转动一下的。再看看铺盖上被浸湿的一块，他愁得拧起了眉。

月徊发现脸上凉飕飕的，抬手擦了下嘴角。她是睡得太熟了，连流了这么大摊唾沫都没发觉。因白天睡觉，常有猛醒之后不知身在何处之感，看见梁遇站在床前，苦恼地瞧着她，再看看这屋子里的摆设，她才想起来人在掌印值房，睡的也是哥哥的床。

其他倒还好，就是流的这哈喇子有点儿现眼。她缓缓撑起身，缓缓瞥了他一眼："咦，怎么湿了？"

梁遇倒也淡然："叫人进来换了就是了。"

"不行。"月徊道，"就这么一小块，叫人来换，回头别人误会我尿炕怎么办？"

梁遇无奈地扶了扶额："你多虑了，不换怎么办？焐干它吗？"

月徊认真想了想，觉得不无不可。只是没好意思多说，悄悄从边上拽过枕头，一下子盖住了那块地方，人重新躺回去，讪笑了下说："这样就成了。"

梁遇摇了摇头，这么邋遢的姑娘真不多见，他蹙着眉，说她是"猫儿盖屎"。

所谓猫儿盖屎，就是费劲掩藏，藏来藏去真相还在那里。月徊也不和他争辩，毕竟这么大的人了，睡觉还流哈喇子，足够人笑上一辈子的了。她窝窝囊囊地拿被子盖住自己，小声问他："太后那儿，后来有什么说头吗？"

梁遇道："说头自然是有的，她倒是让人来传话，可也得瞧我有没有空理会她。"

月徊虽恨太后这么欺负人，但也忌惮人家身份，毕竟连皇上都得喊她妈，万一闹得过了，又是一场大风波。她还是本着多一事不如少一事的心求太平，大方地说："您是您，我是我，咱们是族亲，太后跟前可以局外人似的。不行您怪我两句，替我赔个罪，好歹别惹恼了她。"

梁遇却说："晚了，那两个掌刑的嬷嬷已经送到外头处置了，太后跟前无论如何交代不过去，就不必费心遮掩。我过会子是要去一趟，有些话得说清楚，没的将来再缠裹。你不要过问了，只管好生养着就成……怎么样，现在头还晕吗？"

月徊咂摸了下，说："好多了。"一面又嘟囔，"太后其人真不怎么地道，她居然管我叫夜壶……我看她才像恭桶呢。"

梁遇听得一愣，果真武烈皇后之后没出过像样的国母，当今太后的能耐，大概全在嘴皮子上损人了。

只是月徊不大高兴，她原本挺喜欢自己的名字，但到了太后嘴里就成了那样。还有那两个嬷嬷，说她弯不下去腰是因为肚子不方便，变着方儿地说她不干净，实在叫人气恼。

她叫了声哥哥，拥着被褥问："皇上跟前的女官，是不是都和皇上有往来？"

梁遇正在案前侍弄熏香，揭开了盖儿往里头投香塔，听了她的话，眼波一转瞥了瞥她："皇上大婚前要懂得男女房帏之事，这是前朝留下的规矩。按说御前只有司寝、司帐、司仪、司门四位女官，是由着皇帝御幸的，可规矩是死的，人是活的，既然做了皇帝，这种事上头没有那么多的限定。"语毕顿了顿，又问，"皇上把你怎么着了吗？"

月徊忙说没有，自言自语着："难怪张嘴就朝人头上扣屎盆子……"

喜欢的人身边见天儿围着莺莺燕燕，换了谁都会不高兴吧！梁遇垂眼看着新入的香塔卧在一片火光上，渐渐被点燃，渐渐飘出烟气来，他拿铜夹拨了拨，无情无绪道："那些女官，原就是作繁衍皇嗣之用的，将来皇上若有心，会晋她们的位分，让她们正式留在后宫；若不得皇上欢心，就打发到掖庭局，或某个不起眼的夹道里去。皇帝用不着对每个女人都面面俱到，因为他一辈子会有数不清的女人，能留下的，除了会讨喜，还得运道高。"

月徊不说话了，对宫里的艰难有了更进一层的了解。

其实少年人的心动，没有什么不可以，喜欢上一阵子，看明白了，知道厉害懂得自保，这就行了。梁遇盖上了炉盖儿，换了个轻快的语调说："外面雨停了，雪下得挺大。你不是喜欢看紫禁城放焰火吗，今年适逢皇上立后，过完了年又要亲政，焰火比往年大得多。你要好好将养，这么着明儿才好起身。"

月徊一听这个立刻很高兴，笑着说："其实我这就能起来。"结果一勾头，又哎哟了声，倒回去说，"还差点儿意思。不过今年我能陪您一块儿看啦，这是咱们相认后的头一个节，且得好好过。"

这话听来确实舒心，他也是这么想的。先前虽团聚了，碍于一些原因不能大肆庆祝，最后也不过兄妹俩私下吃顿团圆饭，就算骨肉相认了。这回倒是个挺好的契机，正逢过年，又都在宫里，到时候开一个小宴，大家热闹热闹也好。

不过他们这头吃席是小事，要紧的还在天地宴上。梁遇糊弄太后说忙着置办大宴，其实也不全是敷衍，辞旧迎新又兼款待皇后一家子，怎么能不比寻常更上心。

他亲自去御厨上看了，也听管事的报了菜单，正说徐家老太太吃素，该怎么安排素肉的时候，慈宁宫又来传了一回。这回不去倒是不行了，逼急了太后，冲到乾清宫大吵大闹也不是不可能。

梁遇只好交代御厨上再列一份菜单，晚间送到司礼监去。跟前伺候的人来替他披了斗篷，又撑上伞，这才前呼后拥着往慈宁宫去了。

江太后透过南窗，眼瞧着那些太监赫赫扬扬到了宫门上。梁遇还是一副看似谦卑、实则目中无人的模样，朱红的蟒服外披着玄色的大氅，若不是知道他的差事，简直要以为他是哪路亲王呢。

他进门，习惯性地笑着，眼眸沉沉，眼梢飞扬。那双眼睛里藏着多少阴谋算计，多少胆大妄为，真是叫人不敢掂量。

"大年下忙得脚不沾地，娘娘传话没能及时听示下，臣该罚。"他行礼的动作总有一股子举重若轻的腔调，一拱手，一哈腰，看着轻飘飘的，又说不出哪儿有错处。

太后早就瞧不顺眼了，只是目下顾不得这个，急切质问道："我跟前两个老人儿，叫你弄到哪里去了？"

梁遇惯会打太极："娘娘宫里的人，臣从来不过问，要是去向不明了，臣这就打发下头人四处找找，请娘娘少安毋躁。"

可太后并不吃他这套："打发人找找？你也太会蒙事儿了！我前脚罚了皇帝跟前女官，你后脚就赶到，后来人经了你的手就不见了，还用得上找？"

梁遇笑了笑："娘娘这话臣不明白，那个女官受完了罚，臣就把人接回值房去了，掌刑的什么下落，臣哪里能知道？"

"受完了罚？厂臣是说她罚满了一个时辰吗？果然罚满了，人怎么还活着？"

所以原本就是冲着整治死人去的，梁遇先头脸上还一派和煦，可听她说了这番话，他就知道用不着再留情面了。

眉眼间那段盈盈的笑意忽然散了，他拧过头，扫了阍宫站班的宫人一眼："都出去。"

太后一怔，同珍嬷嬷面面相觑："厂臣的威风耍错了地方，这里是慈宁宫，不是你的司礼监。"

可他面上厉色惊人，凉声道："请太后娘娘屏退左右，是为保全娘娘的面子。娘娘若是执意把人留下，臣也不反对。"

一宫的女人，剩下算得男人的全归司礼监管，到了明刀明枪的时候，顿时有种胳膊拧不过大腿的感觉。

珍嬷嬷眼看不好，这回的事儿怕是要崴泥。门上几个少监面色森冷，活像庙里的泥胎，这会儿要是不照着梁遇的话办，太后恐怕真要下不得台了。

珍嬷嬷很有眼力见儿，她不声不响地走出暖阁，悄悄冲殿内所有人摆手，把人都遣了出去。少监们见当值的散了，这才退出慈宁宫，这偌大的殿宇立时空荡荡的，像个被人遗弃的废墟。

坐在南炕上的太后有些慌了，强自镇定，说："梁遇，你如今可真是一手遮天，都霸揽到我慈宁宫来了。"

梁遇哼笑了声："太后娘娘过奖了，原本臣也不是这样的人啊，当初臣来谏言，求娘娘立楚王为太子，那时候咱们通力合作，分明是个双赢的局面，为什么娘娘在坐上太后宝座之后，又心生不满了呢？娘娘，您知道自己吃亏在哪里吗，就是吃亏在没儿子上，先帝的几位皇子里头，只有立楚王才是对您最有利的。您要是还念着晋王，那可就失算了，听说成顺妃在外埠过得并不好，晋王压根儿不孝顺她。一个连亲娘都不放在眼里的人，就是个实打实的反叛，还会在乎您这位姨母？"

江太后被他说得耳根子发烫，虽然都在理，但人心不足的时候，总是这山望着那山高。

太后冷笑："我这会子就过得舒心吗？一个奴才都爬到我头顶上来了！"

梁遇负着手，慢慢点头："但这个奴才不会要了您的命，好歹皇上叫您一声母后，臣还是敬重您的。可您要是一味地胡搅蛮缠，有失国母风范，那臣有的是对付市井无赖的手段，太后不信可以试试。"

太后被他说得有些回不过神来，她这辈子过得顺遂惯了，在家是嫡长女，进了宫就做皇后。后来先帝驾崩她又升了太后，哪里有人敢这么对她说话！如今可好，竟被一个内官夹枪带棒地数落，她气得心头出血，耳膜鼓胀，霍地站起身道："梁遇，你这是在教训我吗？"

梁遇说："不敢，臣只是劝谏娘娘，多大的胃口吃多大的碗。眼下皇后人选已经定下了，您何苦还揪着不放呢。明儿就是天地大宴，皇上要宴请徐太傅一家，依臣之见，娘娘要是咽不下这口气，越性儿称病倒好，也免得场面上难熬。"

太后险些被他气死过去："好哇，这是在限制我的行动了，我还是大邺的太后，你敢造次？"

梁遇拱了拱手："臣说句您不爱听的，但凡您的手段配得上您的脾气，臣当真不敢。如今皇上亲政在即，臣就得守好各处，不能让这宫闱乱了分寸。娘娘呢，就在慈宁宫安心颐养，要是底下人欲图挑唆，那今儿走丢的两位嬷嬷就是榜样，他们没这个胆儿。"

他是笑着说完的，可那话像吐着信子的毒蛇，一点点缠上来，缠住了人的脖子，叫人喘不过气。

太后跌坐回了南炕上，看看这处境，真是叫天天不应，叫地地不灵。她不由得苦笑："真没想到，我这太后竟让你拿捏住了，可真该长哭啊……我只问你，究竟有没有那个冒我之名假传懿旨的人？"

梁遇摇头："臣只管听张首辅的差遣，张首辅说有这个人便有，张首辅说没有，那便是没有。"

太后一哂，怅然道："也怪我失算，点了张恒主理，反给了你推搪的借口。你也不用给我卖乖，我还能不知道你的野心吗，打从你那回来给楚王谏言，我就瞧出你这人不简单。司礼监也好，东厂也好，都只是你的跳板。你认了这么个妹妹，把她送到皇帝跟前，只要她能怀龙种，你就能一辈辈儿地挟制下去。司礼监掌印，哪能填得满你的胃口，你怕是想当太上皇吧！"

这话说得"开诚布公"，要多难听有多难听，但不可否认，太后比他想象中聪明一些。但这种事只可意会不可言传，说出来便是罪大恶极，该诛九族的。

梁遇哈了哈腰："太后娘娘太高估臣了，臣没有这个心，也没有这个胆儿。臣走到今日，一应都是为了皇上，娘娘可以不待见臣，却不能怀疑臣的忠心，您为泄私愤如此诋毁臣，实在不成体统了。"一面说，一面却行两步，退到了栽绒毯的中央，长长作了一揖道，"娘娘凤体违和，那明儿的大宴就可不必参加了。今天时候不早，臣还有要事处置，娘娘歇着吧。明日臣会照着大宴的菜单，另给娘娘置办一桌送进慈宁宫来的，请娘娘放心。"

他说完转身走了，脚下匆匆下了月台。司礼监的排场向来不小，一干手下当差的真拿他当祖宗似的捧着。太后隔窗丧魂落魄地看着，见珍嬷嬷进来，喃喃说："珍儿，我这太后的尊荣，也就到今儿了。看梁遇的意思，他是想禁我的足，把我圈死在慈宁宫里了。"说着，脑海里往日的荣光像海水一样涌过来，她从未想过自己的晚景会如此凄凉，一时忍不住，伏在炕几上哭起先帝来。

总之太后这个棘手的麻烦暂且解决了，对明晚的大宴反倒好。只是要防着她鱼死网破，到时候在门禁上多加人手防范，应当掀不起什么浪花来。

一行人走在夹道里，眼看着天要黑了，今晚的天色很奇怪，头顶上飘着雪，长庚星却挂在了西边宫墙上。

月徊虽没受皮肉伤，但也不宜挪动，晚上大约要留宿在他的值房了。留在他的值房……一根奇怪的线在他心头吊了一整天，不知从何处来，另一头也不知该拴在什么地方，终是不能细想。他进了衙门，回身吩咐曾鲸："另收拾一间房给我过夜，别离多远，防着姑娘叫人，我听不见。"

曾鲸目睹了他对付太后的手段，如今两下里一对比，论公论私实在两副面孔。这也是人之常情，曾鲸没敢多言，忙应了声，麻溜去承办了。

月徊算是很皮实的孩子，受了折腾，才救回来的时候吐得脸都绿了，他兜在怀里，她两头都垂着，俨然死了一半。结果安置在床上，睡了大半天，到晚间差不多活了，能撑起来喝两口粥，倚着床架子不至于倒下，也再没有要吐的意思了。

梁遇陪着喝粳米粥，一小碟鬼子姜，兄妹两个伙着吃。月徊捧着粥碗，喝出了穷苦那会儿的忧伤："进宫好的没吃上，就吃这个……心里难受。"

梁遇听她嘟囔，还是一副淡淡的模样："今儿吃得清淡些，过于荤腥的怕你肠胃受不住，到底先头吐成那样。等明儿吧，明儿年三十了，什么好吃的都有。"

月徊想了想，只得退一步。

鬼子姜嚼得嘎嘣响，她说："太后就这么给禁足了吗？我怕她往后还得闹。受过委屈的和没受过委屈的可不一样，受过委屈的知道世道艰难，君子也得为五斗米折腰。没受过委屈的气性大，将来想尽法子也会报这一箭之仇，您得小心点儿。"

梁遇嗯了声，低头喝粥，他自小受了那么好的教养，进东西半点声音也没有。月徊看着他，常有艳羡之感，只可惜梁家败落得太早，要是她也经爹娘手里调理一回，不流落到码头上讨生活，兴许也会是个文静优雅的姑娘，看见落花流水，能信口吟出诗来。

梁遇吃完了，搁下碗筷后才道："其实这回这么办，替你出气是一桩，更要紧的，还是为给太后提个醒，让她知道轻重。她这辈子过得太顺遂，常常由着性子办事，当初先帝纵着她，到了新皇手里，她还这么着可不成。立后这事儿虽说连蒙带骗地糊弄过去了，后头还有亲政，到了那天她要是在朝堂上胡言乱语，皇上脸上也挂不住。所以别让她出声儿才是万全之策，只要她安分守己，皇上孝敬她，咱们也敬重她。可就怕她疯疯癫癫，不知人前人后。后宫里头她要混闹也罢了，前朝政务到底还是君臣天下，容不得她胡来。"

月徊点了点头："她这样的，外头其实挺多。有些老太太就是闲的，和亲儿子红脸，和儿媳妇闹腾，要死要活的。"

"可太后不该是市井老太太，她是当过国母的人。"梁遇见她吃完了，扬声唤外头人来收拾，一面道，"你别管那些了，我在官场上混迹了这些年，什么都知道。"

月徊拍着脑袋说："也是，我还是操心明儿吃什么吧！"顿了顿又怅然，"咱们在宫里过大年，小四可怎么办？往年我们都在一块儿的，年三十喝红薯稀粥就葱饼，吃完了再出去看焰火……今年就他一个，他又没家没业的，连个做伴的人也没有，多冷清啊。"

她总在惦记小四，仿佛他是个不会自理的孩子。梁遇道："你怕他没家没业，那置办一个就是了。我给他安排个宅邸，明年再说门亲事，你顾不上的地方让他媳妇儿顾着，也免得你牵肠挂肚。"

月徊一听，说："好，就这么定了，明天您替我安排个食盒，以我的名头给小四送去，苟富贵勿相忘嘛。"

梁遇颔首，起身道："时候不早了，过会子叫人送热水来，你洗洗就歇下吧。"

月徊倒老大不好意思："我这回又霸占您的屋子了，要不……我还是回他坦去吧。"

梁遇说:"宫门都下钥了,天儿也不好,你老实睡下,别出幺蛾子就成了。"

月徊心里其实挺爱住他的屋子,因为这屋子有哥哥的味道。也就是至亲才这样吧,别人怕他,她却一点儿不怕,搓着手喃喃:"这儿挺好,朝阳还有热炕,天天让我住这儿我也愿意……"

梁遇听了只一笑,打帘出门,往隔壁围房去了。

司礼监办差的人很多,但到了宫门锁闭后,基本只留三四个小太监值夜。其余人各有各的住处,品阶低的留宫,品阶高的出宫回府,因此入夜后便格外清净,和白天门庭若市时大不一样。

今天是腊月二十九,不谈宫里预备,只说这份心情,也逐渐浸泡进了过年的气氛里。往年他是怕过年的,因为家里没了人,因还不曾扳倒汪轸,连爹娘的牌位都藏着掖着不能供起来。今年却好了,月徊回来了,不拘怎么他不再孤身一人,倒也不说有多喜不自胜,至少不再没着没落了。

不知谁家,这么沉不住气地先放了两个二踢脚[1]。砰的一声迎着飞雪纵上云霄,在空中炸出一蓬火光和一声巨响。他脚下略缓,仰头张望,没有等到第二声。光散了,满世界迸出一股子硫黄味儿,他掩了掩鼻子,打帘进了隔壁屋子。

今天的政务撂了手,但宫务还得过问,年下的各项挑费都要汇总,还有明年大婚的款项,也得知会库房预留。翻开账册子看,通篇的蝇头小楷,密密匝匝看得人眼晕。到最后勉强看完各司房库存,已经快到子时了。

司礼监的那些少监,这些年值夜弄出个规矩来,凡忙到半夜的都有点心伺候。铜茶炊上简单做出两样小食来,不为吃饱,只为不让嘴闲着。

小太监送到门上,轻声回禀:"老祖宗,小的给您送吃的来了。"

他原想说不要的,忽然想起那个馋嘴的丫头,便松口让东西留下了。

盖碗里头是酒酿煮的小汤团,一个个晶莹饱满,指甲盖大小。搁几块洋糖,洒上一小撮干桂花,几根红绿丝儿,这是过年当口才吃的小食。梁遇把盖子盖好,预备送到隔壁去,出门见她屋里的灯还亮着,便隔窗唤了她两声。可惜毫无动静,看来是忘了吹灯,他有些失望,重又把盖碗端回去,那芙蓉盏放在案头上,逐渐冷成了冰。

第二天是三十,到了年根儿上,反倒比平时更清闲,连皇帝这天都不用起大

---

[1] 二踢脚:双响爆竹。

早。梁遇交代杨愚鲁他们看顾着，自己出了趟门，去走访早年有来往的老人儿们。

一辆马车，一个小火者随行，不摆掌印的谱。他走了几家，停在门上递名帖，那是当初对他有过提携之恩的人，如今上了年纪退隐了，他每年还是遵循这样的惯例，一家家拜年道新禧。

头两家极力请他进去喝茶，他都婉拒了，尽量免于给人添麻烦。到第三家的时候依旧给门房呈了名帖，里头人出来相邀，他便携了节礼进去了。

"眼看要过年了，我特来给您道新禧。"梁遇恭敬地作了一揖，"二叔气色瞧着比上回好多了，近来还犯头疼吗？"

这个被他称作二叔的人名叫盛时，曾是宗人府经历司的经历。宗人府掌管皇帝九族名册，也算宫里说得上话的差事。当初梁遇进宫，正是依托了盛时的关系，至于盛时何故伸这把手，其实还是因为盛家和梁家有渊源。

认真说，盛时和梁遇的父亲是旧相识，早年盛家也曾在叙州住过十几年。后来盛时入仕，盛家举家搬进京城，两家的来往才少了。可是多年的情分无法磨灭，梁家遭了灭顶之灾，梁遇历经磨难找到他，他痛哭了一场，接下来多方斡旋，把梁遇送进宫里，送到了当时不得宠的楚王跟前。

十一年啊，恍如一梦。盛时的身子一向不大好，略有了些年纪后就常闹头风，前两年又得了历节[1]，脚腕子肿得碗口粗，于是便称病致仕，回家颐养了。

他见梁遇来，总是很热络，拉着梁遇的手进了上房，笑着说："你上次蔫摸的那个偏方，吃了倒像好了不少。早前发作起来疼得犯恶心，如今症候没有那么厉害了，眼看着还长了几斤肉。你值上忙得很，何必赶在年前来，等过了年闲下来，咱爷俩一处喝两杯。"

有小厮送茶水进来，梁遇接了，亲自给盛时斟茶，一面道："喝酒有的是时候，年前就剩这一天了，不能不来问安。先前我确实忙，没顾得上来瞧您，请二叔不要怪罪。朝里的变化，想必二叔已经听说了，从代主批红到走上朝堂，我没有辜负爹的期望。"

盛时点头，一时感慨万千："大邺早前有圣谕，说内官不得读书，不得干政，如今又怎么样呢。你能与内阁分庭抗礼，实在是痛快，你爹娘在泉下也该瞑目了。上月我听说汪轸死在了沙田峪，就知道是你的手笔，好小子，你爹娘没有白养你一场。只是日裴啊，官儿做得越大，越要谨慎行事，提防皇帝一头倚重你，一头忌惮你功高盖主。"

---

[1] 历节：又称历节风、通风，以关节红肿、剧烈疼痛、不能屈伸为特点。

梁遇道:"二叔的教诲我记在心上,今儿来,是另有一个好消息要告诉二叔。"

盛时哦了声:"什么好消息啊?"

即便事情已经发生了很久,他说起这个来,声音里依旧带了点激动的轻颤:"二叔,我找着月徊了。"

盛时吃了一惊:"苍天啊,真的找着了?"

梁遇点头说:"样貌、年纪、胎记,小时候的习惯,样样都对得上。我原打算带她来见您的,但细想还是作罢了。我虽爬到今天的地位,其实还是不得舒心,要是叫人翻出了身世,又是一宗麻烦。不说远的,就说汪轸和司礼监那些人的死,一旦叫人拿捏住,也是弹劾的把柄。"

盛时说:"将来总有咱们见面的机会,眼下你我对外都避讳那层关系,要是带月徊来,越发叫人往那上头靠。"一面说,一面长叹了声,"时间过起来真快,你爹的样貌我还记得真真儿的,以前的事最近也颠来倒去地想。那时候你娘生月徊,修书来说害怕,你婶子还特意去了叙州一趟。那会儿你婶子也没生过孩子,壮着胆儿进产房,把月徊接到了世上。十一年啊,眨眼就过去了,十一年里发生了那么多事儿,你爹娘不在了,你婶子也不在了,留下我这病鬼,早该去和他们团聚才对。"

他说了好些话,然而梁遇听完,莫名把心思放在了那句"你婶子也没生过孩子"上。

为什么加个"也",不应当是"还"吗?他在司礼监这些年,养成了字字计较的毛病,常人听来也许并不会注意的细节,到了他耳里却会放大千万倍。

他有些纳闷,却不好追问,笑道:"叙州离京城三千多里呢,婶子只身往叙州,就为陪我娘生月徊吗?"

盛时说"是啊",可是说完一怔,又含糊敷衍道:"也不单是为月徊,还有些旁的事……早前留下的老宅子要处置。"

梁遇听得出来,后头一句分明是凑数用的。世上有个约定俗成的规矩,每家都是生头个孩子最要紧。既然头胎就是男孩儿,也没个生第二个害怕,要人奔波几千里回去壮胆的。

梁遇沉默了下,望向盛时:"二叔,你是不是有事瞒着我?"

盛时说:"断乎没有,这些年风风雨雨地过来,还能有什么事儿要瞒着你呢。"

其实他发觉不大对头,也不是一日两日了,只是父子情分在,总不忍心去探究。当初丢了月徊,盛时曾切切叮嘱过他,不管用多大的力气,都要把月徊找回来,月徊是他母亲的命。彼时这话并不难理解,他母亲三十二岁才生月徊,这么个垫窝儿丢了，自然没法子向他母亲交代。

盛时本以为能遮掩过去，结果梁遇又是半晌未语，再开口时说的话让人心头打突："我娘二十四岁才生的我……"

二十四岁生孩子，真算得上子息艰难。一般人家十六七岁成亲，要是两三年无子，那可要急得上吊抹脖子了。他母亲足等到二十四，可见父亲宽和。那二十四岁要是再不能有孕，会怎么办？

梁遇站起身，拱手笑道："来了有阵子了，宫里头今儿晚上有天地大宴，我怕底下猴崽子们料理不好，还得早些回去盯着。二叔保重身子，等忙过了这阵儿我再来瞧您。我带来的几支老山参您只管用着，等用完了打发人告诉我，我再命人送来。"

盛时应了声，勉力做出一副寻常样子来，照例嘱咐他万事小心，一直将他送到门前。

门内门外是两个世界，梁遇回身道："盛大人留步，天儿凉，大人请回吧。"一面登车拜别，让小火者驾辕回宫。

宫门上杨愚鲁等已经候着了，见了他便一一回禀大宴安排的情况。梁遇听完又吩咐了些细微处，大略觉得过得去了，才发话传东厂档头高渐声进来听差。

东厂离得近，不多会儿人就到了跟前。高渐声是东厂四档头，排名不算靠前，但办事很稳妥，进来向上一拱手："听督主的示下。"

梁遇嗯了声："大节下的，有件差事要交代你。即刻通知驻扎在四川的暗桩，将三十年来替叙州历任知府内宅接生过的稳婆拿住，一个个严加盘问。让她们将接生的名册例出来，飞鸽传书入京，交咱家过目。"

高渐声道是，领命退了出去。

梁遇一个人坐在暖阁里，天儿还是阴沉沉的，这小小的屋子里光线不明，人像陷进了泥沼，坐久了会被吞没。他不知道是不是自己想得太多了，把办案子那一套用到了自己身上。也许查来查去不过误会一场，但那也没关系，查一查图个心安，没什么不好。

这时门上有个轻俏的身影一现，月徊的脑袋探了进来。

案后佝偻的身子重新挺直脊背，舒眉一笑："能下床了？头还晕吗？"

月徊说："都好了。既然没什么要紧的，我就回乾清宫了。皇上才刚还打发人来问呢，我得过去，给他报个平安。"

终究是向着外人，在哥哥这里养好了伤，便急于回乾清宫去了。然而他也不能说什么，妹妹长大了，有些地方不容他做主，他心里所想她不能明白。她如今只知道和小皇帝春花秋月，也许就是相仿的年纪有了伴儿，不说爱不爱，横竖找见个能一块儿玩的人，还不用特特向谁告假。月徊的心思就是这么简单，简单得有点犯傻。

梁遇望着她，她半个身子在门内，半个身子在外，仿佛说完便急着要离开了。他站起身叫住了她："你进来，哥哥有话和你说。"

月徊的头没能顺利缩回去，只得迈了另一只脚进来，她叠着手讪笑："哥哥有什么话交代，我听着呢。"

梁遇从案后走出来，走到她面前，什么也没说，只是细细打量她的脸。

月徊长得和他母亲很像，也许她记不清了，但他却明明白白记得母亲的样貌。一样丰盈的头发，一样明亮干净的眼睛，甚至她渐渐养得滋润了，身形动作都透出他母亲当年的风采。可是自己呢，他不知道自己和爹娘究竟有几分相像，他们都不在了，如今能够作比对的，只有月徊。

他拉她过来，拉到铜镜前，镜子里倒映出两个并肩站立的人："月徊，你瞧哥哥，和你长得像不像？"

月徊是个糊涂虫，她哪里知道哥哥的心思。镜子里照出一张咧嘴大笑的脸："一点儿也不像，我要是能长得和您一样，那做梦都得笑醒。"她一面说，一面拉下梁遇，让自己的脸和他并排贴在一起，"瞧这眼睛，瞧这鼻子……您的鼻子怎么那么高，还有这眼睛怎么能这么好看！我都怨死了，是不是他们没空好好生我，就这么凑合了一下？您说我长得像娘，那您一定长得像爹吧！哎呀，原来爹这么齐全，难怪那时候娘哭天抹泪要嫁给他。"

梁遇不说话了，一个像爹一个像娘，也许吧！他也仔细审视了彼此的眉眼，不管是分开还是组上，当真半点相似的地方也没有。

月徊不擦香粉，在家的时候绿绮她们还替她张罗，进了宫她就懒于收拾了。除却那段脂粉气，姑娘自身的香味儿幽幽的，别样怡人……

他退开了一步："成了，你去吧，先上皇上跟前点个卯，过会子徐家就要进来了。"

月徊哎了声，心里惦记着瞧未来的皇后娘娘长什么样，麻溜地退出了暖阁。

迎面遇见秦九安捧着一株赤红的珊瑚进来，秦九安叫了声姑娘，道："您这就大安啦？"

"是啊。"月徊说，一面扣上了女官的乌纱帽。那帽子的形制和男人戴的基本一样，不同之处在于女官乌纱上有精致的绣花，当间儿一个圆珠帽正，两边帽翼上悬挂着流苏，微一晃，鬘梳便上下颤动。

月徊摇起脑袋来，就像小摊儿上的泥人芝麻官。她是活泛的性子，笑着说："这两天给少监添麻烦啦，谢谢您哪。"说着便闪身出了明间大门。

秦九安嘿了声："到底年轻姑娘，真结实透了！"一头说，一头进暖阁安放了珊瑚，笑着说，"这是南苑王打发人送进来孝敬老祖宗的，这一南一北几千里路，着人打了个大匣子背在背上进京，看看，一点儿都没磕着碰着。"

梁遇抬了抬眼："南苑王？"

秦九安说："可不，就是那南蛮子祁人，专出美人儿的那一家子。上回不是有旨意让南苑送姑娘进宫吗，南苑王是聪明人，皇后的位置暂且叫人占了，但他们家姑娘只要有您看顾着，还能少得了一个贵妃的衔儿？"

梁遇掉转视线瞥了瞥那株珊瑚，珊瑚的成色绝佳，红得像血似的。这南苑王的谨慎名不虚传，阔得流油，说送给梁掌印取乐的玩意儿却没送到府里，而是直送进宫来。这么正大光明，不算行贿，众人都看得见。

梁遇重新翻开宫禁录档，垂眼道："等过了年，该张罗接人的事儿了。皇上三月里大婚，那些藩王家的姑娘进京在六七月，这么匀着点儿来，不亏待了皇后，也顾全了皇上的身子。"

秦九安道："立后就在眼巴前了，那四位女官，皇上预备怎么处置？"

梁遇提笔蘸了蘸，漠然道："不发话就是不留，这几个不中用的东西，白费了咱家的一番苦心。"

秦九安缩了缩脖子，没敢应话。好在如今皇上对月徊姑娘极有心，只要月徊姑娘吊住了皇上的胃口，别叫他得手，早晚妃位上头有一席之地。

第十二章 何处良宵

那头月徊到了皇帝跟前，笑着说："奴婢皮实，全好啦，万岁爷别替奴婢担心。"

皇帝从案后出来，就着外面的天光仔细瞧了瞧她的脸色，剔透之下不见郁气，便笑道："这就好，朕还怕你今儿起不来呢，眼下见你欢蹦乱跳的，朕就放心了。"

月徊仰着头看了看，见皇帝还戴着网巾，也瞧不出个所以然来，便问："谁替了奴婢的差事呀？伺候得皇上好吗？"

皇帝道："没人伺候，朕自己梳的。早前朕没当皇帝的时候，在南三所都是自己照顾自己。那些梳头太监粗手笨脚，大概是朕不受待见的缘故，常拽得朕头皮生疼。"

月徊不由得咋舌："我在码头跑漕船的时候，老觉得生在帝王家真好，不用为五斗米折腰。可现在听着，怎么皇子的待遇也分厚薄呢？"

皇帝说："太监是最会看人下菜碟的，朕那时候生母去得早，没人护着，大伴也没来，跟前只有两个三等太监，除了抢吃抢喝，什么也不肯过问。后来朕当了皇帝，把那两个混账罚去刷便桶了。本以为一切都能天翻地覆，可我想岔了，我没法子晋我母亲的位分，她到现在还是个太妃。"

所以做皇帝也有不顺心的时候，月徊便安慰他："没事儿，等太后百年了，您再痛痛快快给您母亲上谥号。就封皇后，还要比太后多两个字儿。"

皇帝听了她的话才笑起来："你进宫没几天，倒知道上谥号了。"

"吃什么饭操什么心嘛，我如今也是宫里人，这些自然要知道。"说着看案上那只西洋鸟雀钟，"皇后娘娘和她娘家人，什么时候进宫来呀？"

皇帝道："申时进来，酉时出去……就是按例走个过场，老辈儿里都是这么个规矩。"

月徊哦了声，神色如常。可皇帝的心却有些悬，他轻轻拽了拽她的衣袖："皇后进来，你是不是不高兴了？"

月徊说："哪能呢，我还挺盼着娘娘进来的，您大婚了，往后就有伴儿了。"

可是论帝王家的夫妻，真能处到一块儿去的，细算不多。这位徐皇后的确是他选的，但那也是瞧着徐宿家世代忠良，为堵天下人的嘴而选。

一个人对你有没有那份心思，这种关头能瞧出来。月徊对他的喜欢显然还不达占有，皇帝因没能挑起她的醋劲儿，感到有些怅惘。

"今晚朕领你上后海去，你回头预备起来。"皇帝有些讨好地说。

月徊迟疑了下："今晚不还得款待徐家呢吗……"

"等人走了咱们就出宫。"皇帝盘算着，"酉时不算晚，朕让人在海子上点了花灯，咱们就在那儿辞旧迎新。"

月徊听着，觉得好虽好，但心里还记挂哥哥。她昨儿才答应了要陪他过节看烟火的，这会儿又跟着上西海子去，回头辜负了哥哥，那多不好。

可这位是皇帝，虽然瞧着好说话，人也和煦，但不能真拿他当寻常人。月徊终究存着几分忌惮，只问："西海子是皇家园囿，您上那儿去，我们掌印随行吗？"

皇帝说："那头有专事伺候的人。"

她支吾了下："那……我回头告诉我们掌印一声。"

皇帝想得比她还周全些："你别忙，等宴散了，朕亲自和大伴说。大伴辛苦了一年，这趟容他好好歇歇，咱们自己去。"说完见她还犹豫，便笑道，"你放心，还像上回似的，咱们带上毕云。你也不用愁，朕不会对你做不好的事儿，你在朕眼里，和后宫那些宫人不一样，朕敬你，宁愿朋友似的处着，也不会坏了这份情谊。"

话都说到这份儿上了，确实没有什么可担心的。月徊是个贼大胆，衡量了一番觉得这人靠得住，接着玩儿就占据了她的整个脑瓜子。她开始一心一意盼着徐皇后进宫来，盼着天地大宴早早儿结束，她好坐在冰面上，一面冒雪吃冻梨，一面看紫禁城里放烟花。

时间当然也过得极快，申时转眼就到了。因徐家姑娘还没正式登上皇后宝座，进宫的排场仅比一般宗人命妇略高些。三跪九叩的礼仪是用不上的,但为彰显皇帝的重视,由梁遇亲自上东华门迎接。

司礼监的排场一向做得足,锦衣玉带的一行人,在白雪皑皑的琉璃世界里驻足恭候,放眼一望便是一片浓烈的好风景。

徐府的车终于来了,先下车的是太傅徐宿,见了梁遇便拱手道谢:"一切偏劳厂公了。"

徐宿早前是上书房总师傅,那些皇子都曾在他手里习学过,皇帝也算他的学生。一位文官有学问之外还要站对立场,这不是件容易的事,但徐宿的处世之道就是谁当皇帝就拥护谁。因此他和梁遇的交情尚算不错,毕竟都有同样的目标,都是为了扶植皇上。

梁遇回了个礼,轻笑一声道:"徐老,咱家公务忙,没来得及上您府上道贺,今儿就补上这个礼了。"

徐宿不是蠢人,有些话不必说透,他也一清二楚。要是让太后做主,这后位无论如何也落不到徐家头上。只有皇帝和梁遇合计了,梁遇再从中斡旋,这才免于太后娘家人青云直上,也免于接下来几十年,太后一派继续把持后宫。

细雪纷飞里,徐太傅隔袖握了握梁遇的手腕:"厂公的成全,徐某没齿难忘。"

梁遇等的就是这句话,当即笑道:"徐老言重了,都是替主子分忧嘛。"一边说,一边回身望去,见锦衣卫簇拥下的凤车缓缓驶过了甬道,他抬指示意,执事太监撑起巨大的华盖站在一旁遮挡风雪,他上前,打起轿帘,高擎起了臂膀。

徐皇后盛装,满头珠翠,环佩叮当。灯火映照出一张端庄秀丽的面孔,没有惊人的颜色,却很有母仪天下的风范。一道轻轻的分量落在他小臂上,轻轻落地站稳了,颔首道一声"有劳",这就是诗礼人家教养出来的气派。

看来合乎皇后的标准,不过也有一个弊端,太过守礼的女人无趣,只怕最后只能赢得皇帝的尊重,不能再有其他了。

梁遇向她行了个礼,温声道:"娘娘,臣是司礼监掌印梁遇,今日奉太后之命,迎接娘娘。娘娘是头回进宫,唯恐有不便之处,不拘什么差遣,都可吩咐臣办。"

徐皇后话也不多,只是略微欠了欠身:"多谢掌印大人。"

梁遇向来恶名在外,这样的人令人生畏,但也能勾起人探究的欲望。徐皇后悄悄望了他一眼,奇怪得很,本以为擅权的太监都长得又白又胖,一副阴阳怪气的面相,但这位却不是,他年轻、儒雅、俊秀,且知礼知节,进退得当。

簪缨门庭的人家,闺阁里头也会略闻外头传言,但谈论男人相貌是大忌,怕勾得闺阁小姐春心荡漾。徐皇后很少见过这样样貌的人，虽然极力地约束自己，也不由得多瞧了他一眼。

这一眼正让梁遇接上，他依旧是和颜悦色的神情，含笑道："原本今儿娘娘应当面见太后，先给太后见礼的，但碍于太后凤体违和，这一步就减免了。今日的宴席说是大宴，其实根儿上还是家宴，就设在奉天殿里。这会子万岁爷已经过去了，只等娘娘到了就开宴。"

梁遇向徐皇后解说宫里掌故习惯，一递一声透着和煦从容。这位不日就会掌管宫闱的新主人，事先打好交道，总错不了。

他们在前头伴伴而过，后面宫墙根儿上探出几个脑袋。皇帝跟前的女官，尤其是侍奉床榻的那四个，在这种场合是不能露面的，她们只好拽着月徊，猫在角落里偷看，一边看一边捻着酸地嘀咕："这位就是咱们皇后娘娘啊，好像长得也不多美哟。"

月徊不这么觉得："我瞧挺好看呀，那眉眼多利索，多大气！"

司帐嗤笑了声："利索大气我是没瞧出来，光瞧出来会摆主子娘娘的谱了。自己走道儿怕摔着吗，还要咱们掌印搀着她呢。"横挑鼻子竖挑眼地说着。

不过话说回来，见了梁遇还能无动于衷的姑娘，怕是不多见。太监宫妃走影儿的多了，哥哥眼界那么高，别不是将来要和皇后怎么样吧！

月徊心里忽然有点儿急，听见教坊司的细乐悠扬地飘过来，看见皇帝走到丹陛上迎接。她倒不在意皇帝对这位新皇后持什么态度，就默默盯着哥哥搀人的爪子，看他什么时候能收回去。

皇帝对即将上任的皇后，其实没有多大念想，只要她长得不太难看，出自徐氏就成了。

奉天殿里的大宴办得有模有样，帝王家从来不玩儿虚的。御座东边设膳亭，西边设酒亭，还有成群的细乐班子和杂耍班子等待传唤。皇帝高高在上，温存地对徐太傅道："太傅致仕后，朕难得再见上一面，今日看太傅气色甚好，身子骨像是越发健朗了。"

徐太傅携妻儿老小向皇帝跪拜下去："蒙圣驾垂青，臣等感激不尽。"

帝王家就是如此，什么长幼辈分，到了皇帝跟前全不作数。无论是将来的国丈也好，国丈母娘也罢，都得向他磕头行礼，即便皇帝嘴上叫免，也依旧受了他们的跪拜。

皇帝端稳地坐在御座上，含笑吩咐："厂臣，替朕扶太傅起身。"

梁遇趋身上前，搀了徐宿及老太夫人，复转身搀扶皇后。宫里设宴和民间不同，即便就要成为一家子了，依旧君是君臣是臣，至多口头上客套几句，没有同桌吃席的规矩。

一番虚礼过后，各自都落了座，皇帝这才打量起徐家姑娘，不算多美的容色，但胜在端庄大方。徐姑娘的五官长相，硬要夸一句，大概就是长在了该长的地方。她也很善于控制自己的言行，一直垂着眼，那模样，像庙里普度众生的菩萨。

面对菩萨，是断乎爱不起来的，只有敬仰。

皇帝抬手举杯，和声道："今儿的宴，本当是太后主持，但太后违和，朕也不忍心叫她老人家强撑病体支应。横竖没有外人，诸位都随意些。来，朕敬诸位一杯，年三十民间讲究个团圆，立后的诏书既下了，大家也不要见外，只当是自家吃团圆饭吧。"

于是众人站起谢恩回敬，说到根儿上这场赐宴是借机相看，看过了心里有了根底，要是意兴阑珊，那么接下去周旋起来便无趣得很了。

然而气氛是不能冷落下来的，梁遇向皇帝回禀，说："教坊司排了新曲新舞，除了旧有的，又添《金陵曲》和《八蛮献宝舞》。那些乐工和舞姬都是南苑人，骨子里头很有江南的典雅意味，这会子就传上来，给主子及娘娘助兴。"

皇帝求之不得，毕竟一个时辰很难熬，大眼瞪着小眼的不是方儿。

于是殿上乐声大起，俏丽的南人身段柔软，水袖扬起来，赤足在栽绒地衣上旋转。所有人的注意力都集中到舞者身上，彼此终于可以松口气了。

乐声掩盖下，皇帝偏头问梁遇："大伴觉得皇后如何？"

梁遇叠手道："皇后矜重，将来必能统领后宫，母仪天下。"

皇帝嗯了声："徐家的家教很严，朕知道不会出第二个江太后，也就放心了。皇父当年多累的，前朝有党争，外头有鞑靼人作乱，回来还要安抚使性子的皇后，虽贵为皇帝，实则活得很艰难。"

梁遇道："先帝爷还是太重情义了，念着江家祖辈的功绩，才一再容忍太后。如今朝野上下只等着主子亲政，臣瞧着，也没有哪个臣工效法江家故事，主子治下倒比先帝爷时期更安稳。"

皇帝端着酒盏长出了口气，这一切都赖于有人替他平衡朝纲，梁遇功不可没，他当然知道。不过眼下最要紧的，还是宴毕之后和月徊的约定。月徊多少有些怕梁遇这个哥哥，提起要上北海子去，瞻前顾后的，不敢向梁遇开口。

虽说他心里也有些忌惮大伴，但这种事儿，还是得由他主动些才好。

皇帝犹豫着，叫了声大伴，道："朕和月徊说定了，今晚上要去北海子。她原说她来和你告假的，但朕想着既然你在这里，不如由朕知会你一声的好。"

梁遇听了，面上如常，只是微微哈了腰道："这会子正宴请皇后娘娘一家子呢，主子是预备宴后就去吗？"

其实一位帝王，这么毛脚鸡似的笼络姑娘，真是一件跌份子的事儿。梁遇的前半句话是在提点他知分寸，皇后暗自觉得有些亏心，毕竟那个要成为他皇后的人就在下边坐着，他却去惦记别的姑娘，实在不赏皇后面子。但情之所起，也不那么容易控制。他现在满脑子的月徊，因为在皇后面前他是帝王，一言一行必须合乎帝王的标准，而在月徊面前，他不过是个滑冰的时候会大笑，会站在宫门上迎接她，和她一起养蝈蝈儿的少年人。

皇帝端起酒盏贴在唇上，尴尬道："宴罢了就去，朕早就和她约好了。"

约好了……梁遇笑了笑，谁不是约好的呢，她也曾说要陪他吃团圆饭，陪他看烟花。然而计划有变，这丫头如今长能耐了，两头约人，一头议定了就爽另一头的约，谁能把她怎么样？

"今儿是年三十，主子晚间还有些礼要过呢。"梁遇斟酌了下道，"守岁至半夜，明儿一早要开笔，又要宴请百官馈岁……臣怕您夜里出去太劳累。"

皇帝说："那些礼数是做给太后看，如今太后有也争如没有，就省了好些事儿。至于馈岁，是后儿的事，也不着急。"

看来是吃了秤砣铁了心，没法子更改了。也罢，至少在今天看来，皇帝重视月徊胜过重视皇后，当然不算坏事。

梁遇忖了忖道："那臣回头就去安排车辇……"

"不用排场，预备一辆车，让毕云随行就成了。"皇帝交代的时候，视线和下首的皇后不期而遇，他温和地报以微笑，皇后羞赧地低下了头。

梁遇的唇角微一捺，心说小小年纪，真算得风月场上的积年[1]，心有所属，却两头不落下，这就是帝王。

殿上歌舞升平，殿外高高矗立起了天灯和万寿灯，几丈高的灯身洒下一地光瀑，他眯着眼睛思量，子时之前他们能回来吗？黑灯瞎火的去西苑，皇帝会不会对月徊起歪心思？

如果爹还活着，大概听说闺女要跟着男人夜里出去，也会这样担心。父母都不在后，他这个哥哥替代了爹娘，开始百样操心。有些话不好叮嘱，他没法子告诫她提防男人哄骗占便宜，唯一能做的就是下令西海子当差的留神，万一事出紧急，就

---

[1] 积年：指有多年实践、经验丰富的人，或阅历很深、懂得人情世故的人。

算点了两间屋子，也不能让皇帝得逞。

一场天地大宴，在祥和的气氛中落幕，皇帝到最后才和皇后说上两句话。

对勾不起兴致，却会成为嫡妻的姑娘，寒暄起来应当是什么内容？皇帝思量了再三才道："节下天凉，皇后要仔细身子，千万别受了寒。"

徐皇后对皇帝至少没什么不满，皇帝的身份已在青云之上，且长得也是眉清目秀，一派干净的少年模样。这样的婚事是天字第一号，是天下女人都向往的，还有什么可挑拣？

徐皇后向皇帝行礼："多谢皇上体恤，岁暮天寒，也请皇上保重龙体。"那么干巴巴的对话，却依旧让徐家人很欣慰，帝后的首次会面，至少已经算是十分圆满的了。

皇帝在丹陛上送别徐太傅和皇后，其情依依，甚至人走出去老远还在目送。可当人一出左翼门，他就忙着唤毕云，问一切预备好没有，月徊人在哪里。

其实月徊这会儿一点都不想上西海子去了，她觉得有很多话要劝解哥哥，就像上回不答应哥哥和王娘娘来往一样，这次的皇后也得让他远着。

有的人就是这样，自己未必惦记别人，却容易引起别人的惦记。在月徊眼里哥哥最漂亮，有梁遇珠玉在前，徐皇后再看见皇帝，还能澎湃得起来吗？——虽然小皇帝也长了一双勾魂的眼睛。

皇帝是心无旁骛的，因能暂且逃离这牢笼，觉得十分高兴。他独个儿跳上车，打起帘子探出了半个身子。

车棚两角挂的灯笼照着他的笑脸，他难掩欢喜地冲月徊伸出手："快上来。"

月徊恋恋不舍地朝神武门内看看："我们掌印呢？"

皇帝道："他还要代朕送别皇后一家子，来不及送咱们了，眼下人在东华门上呢。"

也就是一个南一个北，看来是真赶不过来了。月徊没法儿，摸了摸脑门说："咱们逛两圈就回来，我怕挨罚的病症没好利索，回头又要吐啦。"

皇帝是一心想去的，那双飞扬的凤眼瞧起人来含情脉脉："你要是觉得发晕就告诉朕，或者现在就靠着朕也成。"

说实话，月徊希望他能发恩旨容后滑冰，可她没能盼来，最后只得伸出手，让他把自己拽上了车。

不过登车后她又快活起来，那股子媒婆似的瘾一下子就发足了，眯觑着眼和皇帝探听："您瞧皇后娘娘可好不好？您喜欢她吗？"

皇帝很警觉地望着她："你不是躲在墙根儿上偷瞧呢吗，你觉得怎么样？"

月徊说："我觉得挺好，就是那种大家小姐的做派，又端稳，又有气度，和我们穷家子出来的不一样。"

可是皇帝却更喜欢穷孩子的活泛，那些书香门第的小姐和宗室女孩儿一样，都是模子里头长出来的范子货，什么地方该圆，什么地方该方，有她们自己的一套章程，他见得太多了，压根儿不稀罕。

月徊问他："那您呢？您喜欢皇后娘娘吗？"

皇帝想了想，没说喜欢，也没说不喜欢，只道："朕只要她够格让朕敬重，就成了。"

所以皇后就是摆在那里约束后宫的，月徊忽然悟出个道理来，所谓的正宫娘娘，明明应该叫"镇宫娘娘"才对啊。

皇帝和月徊的马车离宫有会儿了，梁遇才匆匆从南边赶来。

雪已经停了，天上星辰璀璨，夹道里的积雪来不及清理，沉甸甸地堆积在爽朗月色下，隐约发出一点蓝。有风吹过，浮雪翻滚，在袍角涌动成浪。梁遇挑着灯笼，站在横街向北张望，神武门上宫门紧闭，巨大的门洞里黑黢黢的，看样子他来晚了。

曾鲸伴在一旁，望了眼道："老祖宗，车已经出宫了。小的打发人提早上西苑报了信儿，那头的人都预备起来了。"

梁遇有些讥嘲地一哂："咱们万岁爷，这回像个愣头青。"

曾鲸是他一路提拔上来的，极有耐性地磋磨了好几年，没有给他平步青云的机会，就是一个脚印接着一个脚印地爬，才慢慢升到这个位置。受过打磨的人懂得察言观色，驯服后也极其忠心，听了梁遇的话，含蓄地笑了笑："皇后娘娘怕是不得圣心，这么着也好，有人震慑后宫，有人椒房独宠，将来那些眼红的不至于盯着一个靶子打。"

梁遇没有说话，那双深邃的眼微微眯起来，仍是远望着神武门。

曾鲸觑了觑他："老祖宗，天儿冷，咱回吧。"

梁遇脚下略站了会儿，便转身往东伴伴而去。司礼监离北宫门很近，过了东一长街就是，远远看见衙门两侧悬挂着及地的红灯笼，今儿是年三十，和平时反而不一样，平时那些少监都会出宫回府，但今天没有商量的余地，个个必须镇守在职上。

隐约听见里头传出喝酒猜拳的声响，这是历年特许的，年三十可以没大没小，摆着流水席，一吃好几个时辰。有差事的出去一趟，回来仍是菜热酒暖。

曾鲸朝茶坊方向看了看，笑道："老祖宗也上那儿热闹热闹吧！"

梁遇却摇头："人多气味难闻，我就不去了。你知会他们一声儿，别喝满了，防着主子们有急召。"吩咐完，自己负着手，缓步沿抄手游廊回值房去了。

值房里空无一人，其实冷清惯了倒不觉得什么，有过人又走了，屋子就凉下来，缺了点人气儿。

可惜，今年的年三十，还是孤身一人。梁遇进门落下垂帘，往里间去。从螺钿柜里取出个小匣子。那匣子只有人手掌大小，初看普通，底下却有榫头，找准了退下来，便是两个小小的牌位。

他把那两个牌位放在高案上，各斟了一杯酒用作祭奠，喃喃道："原想今儿能一家子吃个年夜饭的，不巧月徊有差事，出宫去了，还是我来陪二老喝一杯。"

那耸肩长嘴的酒壶里倾倒出细细的一线，把酒杯斟满，他抬手举杯，向爹娘的牌位敬了敬，然后仰脖儿，一口把酒饮尽了。

他不常喝酒，冬天里的烧刀子劲儿很大，顺着喉头往下，一路灼烧进胃里，几乎点燃整个胸怀。他喝酒并不急，面前两个小菜也没动，就是慢慢地独饮，脑子里装满了事儿，心里却空空的。

宫里历年都是子时放烟花，要是子时前能回来最好，要是回不来，恐怕就坏事了，明儿什么都得放一放，先替她预备晋位事宜。

女孩子那么轻易地交代了自己，是犯糊涂啊，他呷了口酒沉沉叹气。可是又有什么办法，就算爹娘在世，也未必管得住她，他只是做哥哥的，适时的提点尚可，若是管头管脚，只怕她未必宾服。

看看座钟，快要亥时了，还有一个时辰。院子那头传来粗豪的笑声，他轻蹙了下眉，莫名觉得烦躁，酒也一口接着一口，渐渐有些急切起来。

屋里烧了地龙子，加上酒气上头，颧骨上变得潮热。他撑着身子站起来，解开领扣和鸾带，正要脱曳撒，忽然听见门上有人叫了声哥哥。

他微一怔，疑心自己听错了，回头看了眼，发现月徊居然真的出现在门上。

他吃了一惊，忙掩上衣襟，正了正脸色才转身道："怎么这么快就回来了？"

月徊说："不算快，我们还在那儿滑了两圈呢，北海子的冰真好，没被人糟蹋过，那么大一整块，上面落了雪，踩上去像踩在栽绒毯上似的。"

"然后呢？"他边束鸾带边问，"怎么没留在那儿看烟火？"

月徊道："烟火不是在紫禁城里放吗，北海子看得不真切。我要瞧明白，火星子是从什么地方蹦出来的，连着能放两盏茶的烟火，它的底座大不大。"

其实月徜没好说,她到了北海子,真是一心惦记着回来,什么冰床冰刀,按在她身上,她都觉得没多大意思。

不过皇帝确实花了心思,那块冰面上,被他装点得元宵赛花灯似的。月徜也不傻,她懂得一个男人这么殷勤待你是什么道理,横竖小皇帝喜欢她。

一个寡淡了十八年的姑娘,要不就没人喜欢,一被人喜欢,那人就是皇帝,这成就不可谓不大。月徜起先还觉得自己不配,后来想想,什么配不配的,皇帝不也是两个眼睛一张嘴嘛。感情这种事儿得讲究你情我愿,许皇帝喜欢她,反正她也挺喜欢皇帝。喜欢了就得慢慢进一层,皇帝拉着她在冰面上滑行,温暖的掌心,诱惑的眼神,当时满天星辰啊……她看见他慢慢靠过来,那双狐狸般的眼睛微微眯着,一线天光里有金芒闪烁。她那时候脑子有点儿糊涂,连气都忘了喘,可她知道他要干吗,他想亲她。

结果就是那么煞风景,她头一件想到的不是娇羞,也不是欲拒还迎,她说:"万岁爷,我没擦牙。"

皇帝愣住了,她看见那双丹凤眼里布满大大的疑惑,然后他扶着她的肩,笑弯了腰。

天底下不解风情者,梁月徜数第二,没人敢数第一。皇帝的理解是她害臊了,可她心里明白,还真不是害臊,她扶着脑袋说:"我头晕,咱们回宫去吧。"

本来就是,大晚上的来西海子,美则美矣,也挨饿受冻。她一说头晕,皇帝就没法子了,这趟西海子之行还不如什刹海那回,草草地收了场。皇帝在回去的路上握着她的手,很郑重地对她说:"月徜,朕喜欢你。"

月徜早就知道了,所以他说出口,她也没觉得有多震惊,十分赏脸且用力地点了点头:"嗯!"

皇帝发现她的反应和预期的完全不一样,眼巴巴看着她:"那你呢?"

月徜连想都没想:"我当然也喜欢您呀,您看我们在一块儿,玩儿得多自在。今天怪我自己不长进,要是不闹头晕,咱们能玩儿到子时。"

就是嘴上一套心里一套,敷衍着皇帝,又记挂着回来开导哥哥。

进门见哥哥喝酒喝得小脸儿酡红,她越发觉得事情紧急了。可是不能慌张,不能单刀直入,得讲究手法。她挨过去,仰头瞧瞧他:"哥哥,您一个人也能喝得这么高兴?遇上什么好事儿了?"

梁遇说:"是屋里太热了。"可神思确实有些恍惚,他酒量不太好,略喝了几杯,就容易上头。

月徜觉得他有点儿见外:"热您就脱啊,见我回来又穿回去干吗,我又不是外人。"

确实有些审慎过头了，梁遇哦了声，重新解开领扣，只是没有再脱曳撒，拈了三支香点上，让她向爹娘牌位磕头祭拜。

月徊磕得很虔诚，那小小的两块板子写上人名，代表的就是一生。她这辈子最大的遗憾，是爹娘的长相在她记忆里变得越来越模糊，她有时候还能想起老家的宅子，雨天里滴答落下雨水的瓦檐，或是轻快走过的某个身影，但是父母的脸，却已经记不起来了。

叩拜之后站起身，她问梁遇："您是想爹娘了，上半晌才拉着我照镜子的吧？其实要是心里难过，您就和我说道说道，谁也不是神仙，活着就有七情六欲。"她本正经地开解他，"有不痛快，不能憋着，憋的时候长了，憋坏了，就开始胡思乱想。"

梁遇微微别过脸，说："什么憋坏了，满嘴胡说八道。"领口下的那截脖子裸露在灯火中，说话的时候喉结缠绵地滚动，透出一种无辜式的美好。

不是擎小儿入宫，长成了再入宫，外貌看上去和正经男人没什么两样。也正因为如此，才引得那些大姑娘小媳妇垂涎。

月徊咽了口唾沫，干巴巴站着说话显得不自然，她瞥了酒菜一眼："咱们坐下，边吃边聊。"

梁遇对她提前回来还是很称意的，他原先心里油煎般撕扯着，她一露面就药到病除，这会子也没有别的渴求了。便让她坐下，一面吩咐外头上热菜，一面替她斟了一小杯，让她慢慢喔着喝。

她没回来的时候，他想了好些训诫的话，恨不得当场把她提溜到跟前。眼下她回来了，赶在了子时之前，那些话就变得不重要了，更重要的是让她多吃，然后把预备好的压岁钱给她。

一个巴掌大的福寿双全锦囊，里头装了小金饼，小银元宝，一串五颜六色的碧玺手串，和一把成色最好最大的南珠。月徊倒出来的时候，两眼放光："瞧瞧这个！太富贵，太吉祥了！"

所谓的富贵吉祥就是指值钱，说钱流俗，这才换了个比较文雅的说法。梁遇道："你今年十八，里头有十八颗。将来每年过年，哥哥都送你一颗，等你老了，把那些珠子穿成一串，传给你的后世子孙。"

月徊听了，忽然有点儿想哭，传给她的后世子孙，因为他知道自己这辈子不可能有后了。

她低头看掌心里的珍珠，吸了吸鼻子说："我才十八，您把我八十岁的事儿都想好了。"

梁遇牵着琵琶袖给她布菜，淡声道："每年有定例，这样到了过年的时候就不必琢磨该送你什么了。成了，把东西收起来，快吃饭吧。"

月徊将满把琳琅装回锦囊，小心翼翼地揣进怀里，投桃报李似的给他斟了杯酒，往前一送，说："哥哥，我敬你。"

梁遇举杯同她碰了下，月徊仰脖儿一灌，辣得直喘气。

他看了失笑："少喝点儿，这是烧刀子，不是梅酿。"

月徊忙吃了两口菜，复留神刺探："哥哥，您今儿还挽了皇后呢，觉得她怎么样？"

梁遇垂着眼，不以为意："我觉得怎么样不重要，重要的是皇上觉得怎么样。"

"我就问您。"月徊道，"说是皇后娘娘，这会儿还没大婚，还是闺阁里的姑娘。要是您见了这样的姑娘，您什么想头儿？人家长得又匀称，又知礼知节，一看就是个好姑娘。"

梁遇瞥了她一眼："你在琢磨什么？"

月徊险些脱口而出，好在及时收住了，摸了摸后脑勺说："我什么也没琢磨，就是远远儿地瞧皇后，觉得真好看。"

梁遇哼笑了声："没想到你眼光这么不济，这就算好看了？"

月徊一听有缓，觉得不好看，至少不会一脑门子扎进去。不过人家终将是皇后，哥哥的野心她瞧得真切，为了以后便利，暂且屈就一下也不是不可以。

"要是……"她压着嗓门说，"要是皇后娘娘对您有了意思，愿意和您走影儿，您怎么办？走吗？"

梁遇蹙眉看了她半晌，忽然明白过来，她这么急吼吼地赶回来，原来是为了断他有可能会发生的一段姻缘。

小孩子家，心思比他还复杂，不应该。他成心逗她："皇上归你，皇后归我，那这慕容家的江山可全在我们兄妹手里了，不好吗？"

月徊讶然："您怎么能这么想呢，您还真有这份心啊？"她焦急不已，"敢情您不答应王娘娘，是因为太妃手上没权？那个皇后……皇后娘娘还是黄花大闺女，您这么干不地道，知道吗！"

她急赤白脸的，梁遇觉得有点儿傻，司礼监到了今时今日，就算满朝文武恨之欲其死，也没人能撼动他的地位。他还不至于为了吞吃慕容家的江山，去勾引一个没什么根基的小皇后，毕竟这皇后入了宫，很长一段时间还得靠他庇佑，和皇后走影儿，对他有什么好处？

可是月徊的脑瓜子里就是想不明白，她觉得但凡是女的，都会看上她哥哥，不管她哥哥是不是太监。

和她说话像鬼打墙，这屋子里头也实在是热，他抬手又松了松交领，端起酒盏道："你别浑操心，我不会干那种事儿。"

"为什么？"月徊龇牙问，"因为皇后不够美？"

梁遇没言声，算是默认了。

她坐在圈椅里，又挪了挪身子："那您觉得什么样的才算美？您才会喜欢哪？"

对面的人抬起了沉沉的眼眸，什么都没说，只是看着她。

月徊眨了眨眼，顿时挺起了胸："难道要像我一样？原来我在哥哥心里这么美！"

梁遇终于调开视线，嗤笑了声："嘴脸！"

唉，就算她自以为是，脸皮厚，只要人在眼前，他就觉得心安。这些年真是一个人孤独怕了，横扫朝堂压制王侯的时候，他觉得他应当没有家小，无牵无挂。如今大权在握了，他又觉得该有家人，该有骨肉至亲。人啊，就是这么得陇望蜀。

兄妹两个边吃边闲谈，时间过起来很快。月徊不时瞧瞧案上的西洋钟，忽然发现那一长一短两支针，都快接近最顶上那只狮头了。她急急地撂了筷子说："我要陪您看烟花，快，咱们上奉天殿去。"

她着急要出门，忙摘了斗篷替梁遇披上，没等他系好领扣，就将他拽出了司礼监。

大年三十，宫里头东路有一条道是不落锁，专供当班太监往来的，她偏要去看烟花的底座儿，他只能带着她从奉先殿那里斜插过去。

大半夜的，夹道前后空无一人，两个人挑着灯笼走在漆黑的路上，只有远处的宫门上杳杳有一点儿亮。

月徊勾着他的胳膊只管往前奔，年轻孩子，就算上半夜宫里北海子两头跑，到了这个时候，还是活蹦乱跳上了发条似的。

灯火照出她肉嘟嘟的耳垂和半边脸颊，梁遇侧目看她："皇上那头，没说让你陪着看焰火？"

月徊道："我是借口头晕才回来的，皇上是聪明人，不会难为人的。"她转过头来，又谄媚地一笑，"再说我还得陪您呀，您孤单了十一年，没有认回我的时候一个人凄凄惨惨就罢了，认回我我还让您凄凄惨惨，那就是我的不是啦。"

她的用词实在算不上精妙，他这样的厉害人儿，到了她嘴里就是一副可怜相。可他并不觉得不快，有个人心疼你，人人喊杀之余，心总算有所皈依。

他长出了口气，眼前呵气成云，颊上还微有余温："我才刚在想，感谢爹娘保佑，让我找回来一个这样的你。"

月徊纳罕地嗯了声："您是觉得我不错，是吧？"

他在黑夜里浮起了笑意："确实不错。当初指派人手四处探听你的下落时，我曾担心你迫于生计，变成一副不讨喜的样子。怕你尖酸刻薄精于算计，也怕你早早嫁了庸人，蓬头垢面拖儿带女。"他一面说，一面低头瞧她，瞧见一张无瑕的脸，没心没肺地冲他笑着。他倏地放松了脊背的线条，"还好，你是这样的你。"

月徊说："这还是得益于我眼界高，要是愿意凑合，我早嫁了跑码头的长工了。"

前面就是左翼门，宫门虽不下钥，但前朝由锦衣卫把守。她跑过去，不出所料被两个压着绣春刀的人拦住了去路。那两名锦衣卫正要发话，抬眼见梁遇到了面前，忙拱手叫声"督主"。也不用再说别的了，冲姑娘作了一揖，复退回原位上。

月徊踮足眺望，奉天殿前的广场上，早有太监预备起来，十几人侍弄着几十个木箱子，火力巨大，底座也巨大。

他们就远远站着旁观，那些小太监有条不紊地忙碌着。掌班的看了眼时辰钟，东南角天街上有人甩起了羊肠鞭，"啪"的一声又接一声，甩出了天青地朗崭新的好年景。

掌班太监在台阶前鹄立，昂首唱礼："混沌初萌，阴始极而阳始生，吉时到！"

下首五名太监得令，执香点燃了头一排烟火的捻子。可不知为什么，好一会儿没什么动静，简直要让人以为引线和火药没接上，宫里也放哑炮了。月徊正要问哥哥，冷不丁"咚"的一声，有火球冲上云霄，霎时炸裂成五彩的光，然后便是一丛又一丛繁花，绵绵不绝，铺满了紫禁城上空的夜。

月徊自小的愿望，就是亲眼瞧一瞧皇城里头那些大烟火的来源，这回不光瞧见了，还离得那么近，可说是心满意足。

天顶交错的火光映照着她的脸，她偎在他身旁，眯眼笑望着。梁遇垂袖牵住她，问她冷不冷，她摇了摇头，可他还是没有放开她，把她的手紧紧攥在了掌心里。

这个年过得确实比往年有滋味儿得多。虽说宫里忙，宫外的事儿也不断，但心里是平和的，有后顾无忧之感。

三十过完，初一还有冗杂的仪式，明日要馈岁，所谓馈岁，就是皇帝大宴群臣，以感激众臣工上年的兢业，且祈盼下年风调雨顺。其实太平盛世哪里是凭空得来的，终归有人逆众而行，担得一身骂名。

梁遇上乾清宫回禀馈岁宴筹备事宜，进门便见月徊在暖阁里站着。一个梳头的女官，担任着不在职内的差事，只要皇帝在，她必出现在三丈之内。照她的话说，梳头女官名头太窄，她应当叫蝈蝈女官。那两只蝈蝈儿也确实被她伺候得很好，养得油亮油亮的，吃饱了装在草笼子里，搁在南窗底下，铆足了劲儿叫唤，叫得窗户都关不住。

她见梁遇来，没有言声，俯了俯身以作行礼。梁遇经过的时候微颔首，要是不细瞧，根本瞧不出他们之间有过交流。

皇帝从案前抬起头，笑道："大伴来了？朕新得了幅字，真假未定，请大伴掌掌眼。"

梁遇对字画很有些研究，毕竟好的字画，比真金白银有价值得多。

他上前看，一眼便知道来历："米芾的《蜀素帖》，这可是难得的上品。瞧这笔力，刚柔相济痛快淋漓，字与字之间的布局也巧妙，疏可走马，密不透风，是真迹无疑。"

皇帝很高兴："大伴最懂字画，连大伴都说是真迹，就没有什么可存疑的了。"

梁遇含蓄地笑了笑，因为这幅《蜀素帖》他府里没有，那皇帝面前的必定假不了。

只是这些话哪能说呢，他顺势又夸了两句，复回禀宴请的名单："宁王和容王上年特准回京，今儿递了话进来，要入慈宁宫参拜太后。臣已经借太后的名义回绝了，让他们'各便'。主子亲政之前，多一事不如少一事，不能让他们出么蛾子。再者……臣一早得了消息，上回抓住的几个南郊读书人，背后另有玄机。两广近来出现了一群自称红罗党的反贼，兴于乡野，个个身穿红罗背褡，到处妖言惑众污蔑朝廷。两广总督叶震唯恐获罪，并未上报京畿，暗中多番派兵清剿，但那些人四处流窜，难以一网打尽。"

皇帝怔住了："反贼？大邺百姓如今丰衣足食，哪里来的反贼？"

他是太平皇帝，民间有人造反，实在让他难以想象。然而这种事，从来就没有间断过。梁遇的语气很寻常，拱手道："主子不必忧心，不过是些流寇罢了，再好的日子都会有人反上一反，有饭吃的时候要衣穿，有衣穿的时候又要做官，人心哪时也不会知足。像这样的小事，一年总有十件八件，全是东厂报效皇上的机会。只是这回，乱党鼓动的不是田间地头的农户，反而是能说会写的读书人。这就有些麻烦了，闹得不好又给人说头，把焚书坑儒那套拿来大书特书，对主子英名也是损害。"

皇帝听了怅然："读书人……最聪明是他们，最糊涂也是他们。那依着大伴看，接下来该怎么处置才好？"

梁遇道："眼下正过节，主子只管放宽心，这件事臣自会料理的。过会儿臣上狱里去一趟，等问明白了，再安排平叛事宜。"

皇帝道好，米芾的书法也看不进去了，随手卷起来，让毕云收到库里去，一面对梁遇道："亲政就在眼前，千万不能因这些人坏了大事。叶震无能，平定不下来，那就换有能耐的人去办。这个节骨眼上闹了这出，恐怕后头另有推手也未可知。"

梁遇俯首："臣领命。先给叶震下令，命他严加侦办，臣随后便调拨东厂人手赶赴两广。"

皇帝点了点头，在地心缓缓踱步："红罗党……看来是想效法前朝末年的黄巾贼啊，大邺好好的江山，岂能容他们作践！"

历来帝王最恨的不是周边小国扰攘，而是自己的百姓反了自己，打压起来自然也不遗余力。梁遇领命出宫，率众一路往东厂去，因大过年的，衙门里当差也稀松，几个千户、百户聚在一起掷骰子聚赌，满嘴污言秽语地调笑，拿对方姐姐嫂子取乐。正玩儿得兴起，忽然听得一队隆隆的脚步声到了大门上，回头一看，险些吓得肝儿都碎了。领头的一身蟒服，披着乌云豹的氅衣，乌纱下一张眉眼浓鸷的脸，视线扫过谁，就能叫谁腿里发虚。

一桌子赌徒慌忙散了，蹦下条凳列队行礼："督主新禧。"

梁遇没闲情和他们道新禧，在上首坐定了，问："牢里那几个书生，审得怎么样了？"

众人看看冯坦，表示他是大档头，他应该回话。

冯坦上前，硬着头皮道："回督主的话，卑职等这几日一直在想辙套话，可惜那几个读书人嘴硬得很，死活不肯开口。先头杨少监又发过话，叫不让上刑，可不动大刑，实在撬不开他们的嘴……"

梁遇瞥了这些东厂番子一眼，一个个只会舞刀弄枪，除了屈打成招什么都不会。他从牙缝里挤出几个字来："一帮蠢货！人在手上，连半个字都问不出来，竟不如咱家在宫里消息灵通。"

几个档头被骂得连头都不敢抬，私下里交换眼色，其实各自都觉得委屈。

原本东厂就不是讲理的衙门，但凡打过交道，管叫他们竖着进来横着出去就是了。简单直接的刑讯法子用惯了，就懒于费脑子费口舌，结果弄来几个酸儒，要和他们之乎者也，实在太难为人了。

梁遇呢，原是没打算来硬的，一则读书人该敬重，二则怕弄得太难看了授人以柄。那几个南郊人排了一出戏影射当今朝廷，要是只出于私愤还犹可恕，但这会儿已经明白了，和红罗党有关，那么接下来必定要往死里审了。

他偏头吩咐："愚鲁，重新过一回堂，咱家要他们一个说法儿。"

杨愚鲁道是，和东厂的档头们疾步往狱里去了。

第十三章 花明月暗

　　昭狱是个污糟地方,大过年的,梁遇不愿意沾染一身晦气。他端坐在正堂上喝茶,耐心等着,等那头拷问出个准信儿来,再给底下人安排差事。

　　明间里静悄悄的,两旁戟架林立,阳光从门上照进来,在青砖上投下菱形的光。一双皂靴踏进光带,槛外有人叫了声督主,梁遇抬眼看,是小四。这小子比上回见面又长高了不少,如今很有股子少年生猛的味道。果真吃了上顿没下顿的孩子好养活,随意给点食儿,就能抽条儿。

　　因月徊的缘故,梁遇赏了他个好脸子:"怎么样?在这里当值还习惯吗?"

　　"习惯,"小四道,"师父待我很好,我也学了不少本事,多谢督主栽培。"

　　梁遇点了点头:"你姐姐很记挂你,总忧心你在这里过得不好。"

　　小四笑道:"请督主带话给月姐,我一应都顺遂,请她不必担心。那她呢?她在宫里好不好?"

　　终归在他身边,哪里能不好。梁遇搁下手里茶盏道:"她也过得去,能吃能睡的,只是遗憾不能和你一道过年。你在东厂好好干,干出一番事业来,让她也安心。年后东厂有个差事,到时候让你领命去办,等办妥了,也算你功绩一桩。"

　　初出茅庐的小子,就等着一展拳脚的机会,听他这么说立时振奋起来,一径追问着:"是什么差事?能办差事我求之不得,可我……身手还没学好,怕辜负了督主的厚望。"

知道深浅就不错，梁遇对他也有了几分好感："不是捉拿钦犯的差事，是往金陵接人。今年各路藩王要送女眷进宫为妃，届时朝廷会派人迎接，让你担这个差事，不多难，又能立功，回来就能升个小旗。"

　　有这种好事自然值得高兴，小四咧嘴笑着，叉手向梁遇行了个礼："多谢督主，也多谢月姐。"

　　梁遇轻牵了下唇角，散淡地调开视线，这时有太监压膝进门回禀："那两个南郊人服软了，说要见了老祖宗才肯招供。"

　　既这么也没法子，梁遇起身往大牢去，小四见状忙追了上去。

　　昭狱里常年阴暗潮湿，气味自然不好闻，过堂的审讯室是个四面铁板的屋子，只有靠近屋檐的地方留了窗户，照进一点日光来。

　　底下人早张罗好了，南墙根儿上放了一把髹金圈椅，椅前的脚踏上搁着温炉。冯坦哈腰迎他进来，他在圈椅里坐定了，抬手拭了拭鼻子，方看向那两个绑在柱子上的人。

　　看来用过了刑，鞭子抽破了衣裳，鞭痕之下血迹斑斑。于东厂来说，已经算最轻的刑罚了，读书人吃不得苦，这么点子磨难就招了，倒省了好些事儿。

　　"说吧，"梁遇道，"咱家知道你们不是主犯，只要供出幕后的人，就不必受这皮肉之苦，可以早早儿回家，和父母妻儿团聚。"

　　岂料这话竟招来了一顿嘲笑："父母妻儿，阉党还知道父母妻儿？这大邺朝都被你们这些有爹生没娘养的玩意儿祸害透了。宦官专政，各路苛捐杂税像山一样压在百姓头上，老百姓连粥都快喝不上了。无国何以为家啊，团聚？团聚个屁！"

　　此话一出，刑房里的众人顿时惶骇起来，原来他们招供是假，当面唾骂才是真。

　　番子见势不妙，忙要上去堵他们的嘴，梁遇却抬了抬手，让人退下了。

　　他倚着圈椅的扶手问："那出皇帝认父的戏，是你们的手笔？"

　　那两个人反问他："你就是阉狗梁遇？早前听说梁遇一手遮天，满以为是什么三头六臂的人物，原来是个小白脸。你要问这出戏出自谁的手笔，告诉你，正是老子！你仗着小皇帝宠信，结党营私，排除异己，专断国政，将这大邺朝玩弄于股掌之间，我等恨不能吃你的肉喝你的血，将你碎尸万段。"

　　文人骂人，洋洋洒洒可以一个时辰不带重样的，他们骂得欢畅，在场的档头和少监们，冷汗却涔涔而下。

　　偷着觑觑座上人的脸色，那张脸阴沉着，冷得可怖。一口一个阉党，一口一个阉狗，太监最恨人这样叫骂，看得出他已经尽力克制了，否则这两个酸儒的脑袋早就该开花了。

梁遇咬着槽牙道："咱家再问你们一遍，你们的贼窝在哪里，幕后之人是谁。老实招供，咱家还能让你们死得痛快点儿。"

然而那两个倒是读书人里少见的硬骨头，他们很有视死如归的精神，只是看着他冷笑。

梁遇眯起了眼："果真不怕死，难得难得！"

其中一人更是大义凛然："来世上这一遭，上不愧天下不愧地，中间不愧妻儿老小，纵然就义也死而无憾，百姓记着我的好！不像你这阉狗，活着终身为奴，死后也要受尽后世唾骂！"

杨愚鲁实在听不下去了，也不明白以梁遇的脾气，怎么能忍受这种侮辱。他上前叫了声老祖宗，道："处置了吧。"

梁遇没有理会他，站起身走下脚踏，慢慢在那两个人面前踱步："你们愧不愧对天地，咱家不知道，可咱家知道，你们必将愧对妻儿老小。别仗着老家离得远，就以为咱家不能把他们怎么样，莫说是南郊，就算是天边，咱家也照样要了他们的命。"

那两人的脸上终于有了惧色，却依旧铁齿："殃及无辜，不就是你们这些阉狗的招式吗？"

所以说读书人天真，以为这样触怒了他，还能保得全家性命。

梁遇回头，拿眼梢扫了他们一眼："阉狗，骂得好！来人，找个净身的师傅来，先给他们立立规矩。"他残忍地笑了笑，"毕竟嘴上痛快了，身上吃点儿苦，也值了。"

那些掌刑的番子一听令下便来了劲儿，一溜烟地跑出去，找人的找人，拿刑具的拿刑具，剩下的重新把那两个南郊人五花大绑，预备上刑。

有些人就是不到黄河心不死，待那磨得发亮的小刀到了面前才知道害怕。本以为当真多硬的腰杆子，谁知裤子一扒，什么都说出来了。梁遇听他们招完，到求饶这截子上，就抬指示意动刑。那位专事骗人的师傅是黄华门小刀刘，刀法了得，眨眼的工夫，连血都没来得及流，就齐活儿了。

小四目睹了一切，吓得腿里抽筋，眼见受刑的那人脸色煞白，涕泪淋漓，边上另一个早吓得昏死过去，梁遇唇角扯出一个扭曲的笑，转身走出了刑房。

外头天地清朗，阳光也温暖，他轻舒了口气："弄个大夫来给他们调理，别就这么死了，咱家倒要看看，他们这些读书人，接下来要怎么无愧天地。"

番子领命承办去了，一旁的小四还是呆呆的样子。

梁遇一哂:"怕了?这才哪儿到哪儿,东厂的手段多了,好好学吧。"

司礼监的人办完了事,又赫赫扬扬回宫了,小四到这会儿才喘上气儿来,瞧着冯坦道:"师父,那两个人真能活吗?"

冯坦剔了剔牙花儿:"我也想知道能不能活,横竖天天上药,要是死了就死了,督主也不会再过问了。"说完扬声叫麾下总旗,"收拾收拾,领差事上路。"

小四一慌:"真要上南郊去?"

冯坦漠然看了他一眼:"你以为呢!"

这时四档头匆匆进来,进门便问:"督主人呢?"

冯坦道:"回宫去了。"乜了他两眼,压声儿打探,"渐声啊,督主到底吩咐了你什么差事呀?"

"您忘了咱们的规矩,差事各办,不许通气儿。"高渐声说罢囫囵一笑,"您忙着吧,我往宫门上递牙牌回事儿去。"

冯坦碰了个软钉子,撇嘴哼了声:"裤裆里头插令箭,装什么大尾巴鹰!"

东厂办事,动作极快,找出当年那些接生的稳婆,只花了两个时辰。

高渐声携带名册进宫求见梁遇,双手呈敬上去,道:"三十年间共有七任知府,其中四人正当壮年,在任期间内宅有过生养。卑职算了算,连妻带妾的,先后有十个孩子落地。叙州不像京城,小地方稳婆不多,有一个王老嬷儿手艺最好,一般官宦和富户人家接生孩子都是请的她。"

那小小的名册是绑在鸽子腿上送回来的,卷起来是个极细的纸卷儿,他捏在手里,却有些犹豫了,不敢打开看。

"问准了吗?没有遗漏吧?"

高渐声道:"回督主,决计没有。暗桩查访的不单是稳婆,连药婆和师婆都一一排查过,确认再三才往京里通报。"

梁遇点了点头,将那纸卷儿放在桌上,扣在掌下。

下半晌的日光渐渐变淡变凉,暖阁里的熏香烧得浓,就着天光看,屋子里有些云雾瞰瞰的。高渐声见他不说话,不由得有些发怵,悄悄抬眼一瞥,也不敢多言,复又低下头去。

过了许久才听他发话:"先头那两个南郊人招供了,你带话给大档头,从玄黄两个番号里各抽调三十人派往两广。到了当地不许声张,要乔装打听暗暗办事,待摸准了乱党老巢,再行围剿之事。"

高渐声应了个是,一时踌躇该不该告退,又等了会儿,才听他说了句"去吧"，忙拱手行礼，却行退出了暖阁。

屋里没人了，梁遇移开那只手，下劲儿盯了纸卷儿半响。横竖到了这一步，真相也在眼前了，打开它，看明白了，心里的疙瘩就解开了。

拳握了又松，松了又握，最后还是拾起来，慢慢展开了纸卷儿。

另三任知府可以不去看，只要找见梁凌君就成了。然而这个名下只记载有一女，便再无其他了。

他抬手撑住了额角，脑子里茫然一片，只是一遍又一遍看着这几个字，心里一下子没了根儿，不知该飘往哪里去。仔细算了算时间，他是父亲在任时出生的，月徊也是，可为什么连前一任知府后宅的生养都记录在册，唯独缺了他？

没有稳婆接生他，那就说明他根本不是娘生的。他坐在案后苦笑起来，原来自己和小四一样，都是舍哥儿，他是从小被梁家抱养的。

难怪他和月徊一点儿都不像，不管是样貌还是心思算计，兄妹两个都差了十万八千里。不是一根藤上下来的，各长各的，哪里能相像！其实若说一点都不知情，倒也未必，他父亲四十岁上得了消渴病[1]，据说这种病症常有上辈传下辈的老例。有一回发作起来，躺在床上下不得地，他听见爹娘说话，他娘庆幸不已，说总算日裳将来不会得这个病。

当时听过则罢，虽然疑惑，却也没往心里去。到现在验证了，忽然觉得二十五年像一场梦，不知不觉就走到了这般境地。

心里说不上是种什么感受，爹娘早就不在了，一切的无奈和惆怅都没有告慰，他连个吐露心事的人都没有。他站起身，在暖阁里无措地踱步，失望过后慢慢冷静下来，他被他们如珠如宝地养到十四岁，如果没有那场横祸，到现在定然还是父慈子孝，养育之恩大于天，是不是亲生的又怎么样呢？

可是还要求证，但愿是那些稳婆记错了。他将纸条塞进袖袋里，独自骑马出宫去了盛时府上。盛时如今孤身守着个大宅子，妻子死后独子外放做官，因此即便是过年，府里也依旧冷冷清清。

他见梁遇来，欢喜一下过后就觉得大事不妙了。梁遇不大好开口，远兜远转地说："二叔一个人实在太冷清了，等今年我瞧瞧朝里有没有空缺，把退之调回京里任职，对您也好有个照应。"

---

[1] 消渴病：中国传统医学病名，指以多饮、多尿、多食及消瘦、疲乏、尿甜为主要特征的综合病症，若做化验检查其主要特征为高血糖及尿糖。

盛时说："不打紧，他是武将，又不擅和人打交道，外头天地广阔，不像京城人际复杂，他留在外埠更自由。"

梁遇想了想道："那就挑个丫头收房吧，给了名分，伺候起来也更尽心。"

盛时笑着摆手："我都这把年纪了，不好作践那些孩子。今年正琢磨放她们出去配人呢，你倒叫我收房。"

梁遇此来的目的不在这个，前头的话也说得三心二意，到最后沉默下来，彼此对坐着，有些尴尬。

盛时瞧了他一眼，心里虽担忧，也还指着他此来另有其事，便笑道："大过年的，你赶了来就是为劝我纳妾？"

梁遇摇头，终于把那个纸卷儿拿出来，递了过去："二叔，您瞧瞧这个。"

盛时展开，看了一眼便明白过来，怕什么来什么，他果真开始怀疑自己的身世了。

"东厂办事的手段，二叔是知道的，只要发话下去，不消两天就会有消息传进京。才刚档头给我送了这个，这是稳婆三十年来替叙州知府内宅接生的名录，月徊在里头，可是……却没有我。"他顿了顿道，"二叔，我不问旁的，只想要一句真话，我不是我爹娘亲生的，是吗？"

盛时的脸色果然别扭起来，只不愿承认，支支吾吾地搪塞着："事儿都过去二十五年了，难保那稳婆有记岔的地方，怎么能凭借这个，就说你不是你爹娘亲生的呢？"

梁遇笑了笑："二叔别忘了我是干什么吃的，但凡我想弄明白的事，就没有一桩能瞒过我。我特特儿来问您，是因为我不愿意再深究下去了，我不想知道自己从哪儿来，也不想认祖归宗，可有一桩我要弄明白，我究竟是不是我爹娘的亲生骨肉？"

盛时惨然望着他："月裴……"

梁遇低下头，喃喃说："生恩不及养恩大，我就算拼尽一身修为，也要替他们报仇，这是我的夙愿。可是二叔，您不该再瞒着我了，将来还有几十年呢，您瞒得了我一辈子吗？"

盛时噎了下，思量再三，到底还是长叹了口气。

"你……确实不是你爹娘亲生的。当年他们夫妇成亲后，你母亲一直不能有孕，等了许多年，盼了许多年，一直没能迎来自己的孩子。直到你母亲二十四岁那年，她觉得这辈子不能再有孩子了，这才抱养了你。你来梁家时刚满月，生得眉清目秀，你爹娘不知多喜欢，当真是拿你当亲生骨肉抚养。直到后来你娘怀上了月徊，她那时还笑话自己是老蚌生珠，也说了盼着能得个女儿，这样便儿女双全了……"盛时顿了顿，涩然道，"你瞧，你一直在他们心上，他们也没有盼着再生个儿子，可见你在他们心里和亲生的无异。这个秘密，我原想带到地下去的，如今你既然问起了，我也不能再瞒你了。"

梁遇平静地点点头："二叔，多谢您能告诉我实情，索性说穿了，我心里也不会再犯嘀咕。"

盛时枯着眉道："你心里头苦，二叔知道，你怪不怪我当初让你进宫？"

梁遇说："是我执意要进宫的，没有您，就没我的今天。我才刚也说了，他们就是我的至亲，为他们报仇，我粉身碎骨在所不惜。"说罢站起来，长长舒了口气道，"我是忙里偷闲赶来求证的，如今真相大白了，我才能收心忙职上的差事。二叔留步，我走了。"

说完拱了拱手，转身往大门上去。盛时目送他，看着他急急去远了，虽说一身华服权大势大，可那背影里，终是难掩一种沧桑的况味。

其实知道身世又能如何，不过自寻烦恼。这件事明白在自己心里，并不打算和月徊说。他本来就是个被放弃的人，在梁家受用了十四年，眼下还能听她哥哥长哥哥短地叫着，这些都是偷来的，他不敢说，因为怕说破了，连这点亲情也失去了。

司礼监里依旧人来人往，这个衙门担起了阖宫的鸡零狗碎，就是操心的差事。梁遇听人回禀那些无关紧要的事儿，耐着性子指派完，才落得一个人在值房里闲坐。

太阳快下山了，透过西边的槛窗望出去，那无甚威力的老爷儿吊在天边，像个敲落在碗里的鸡蛋黄。暮色一点点漫上来，他也没有传灯，就那么独自坐在昏暗里。

他想图清静，可惜月徊没能放过他。

她从门上冲进来，莽莽撞撞的，脸上还带着委屈，进门就哭了："蝈蝈，我的哥哥被鸡吃了。"

哥哥、蝈蝈混叫一气，梁遇立时就头大了："你哥哥什么时候被鸡吃了？"

她怔了下，忙改口："不是哥哥，是蝈蝈。"一面说，一面气涌如山，"就是那个司帐，我经过御膳房的时候正遇上她，她说要看我的蝈蝈，非要拔了盖儿瞧。结果我的蝈蝈蹦出来，正好落进鸡笼里，那鸡一嘴下去，就把它给吞了。"

梁遇看她连哭带说，又可怜又可笑，只得安慰她："成了，不过是只虫儿，叫人再蹚摸一只来就是了。"

可她不依："我养了这么长时候，都养出膀花儿来了！她就是成心的，打从我第一天进宫起她就挤对我,要不是碍着您,她非整治死我不可!"她越想越气,"我的蝈蝈儿,虽不是皇上那只御蝈蝈,可我也拿它当宝贝,她怎么能这么坑人呢!"

梁遇无奈地看着她:"那怎么办?为了一只虫儿,像处置慈宁宫那两个嬷嬷似的处置了她?"

月徊虽心里不痛快,但真要弄出人命来还是不大落忍,他这么一说,她也就自行消了气,别别扭扭地说:"还是算了吧,不过是只蝈蝈儿……"言罢在南炕上坐了下来,"哥哥,您吃了吗?"

梁遇说:"没有,你留下吃吧,回头我再送你回他坦。"见她还是闷闷不乐,起身倒了一杯茶递过去,"御前那几个女官是伺候皇上的,没有皇上发话,我也不能随意动她们。倘或是小打小闹,你包涵些,宫里不能样样较真儿;可她们要是办得出格了,你大可告诉我,我自会收拾她们。"

月徊想了想,倒又讪讪笑了:"她们觉得我是来争宠的,又不能把我怎么样,只好拿我的蝈蝈儿撒气。其实我知道,您听说我的蝈蝈儿叫鸡吃了,您也暗自高兴,谁让您怕虫呢。"

梁遇脸上有些挂不住了:"谁说我怕虫,我只是不喜欢罢了。"

月徊嬉皮笑脸:"真的吗?那您明儿给我买个新虫回来,怎么样?"

他不想搭理她了,坐在案后翻着门禁册子道:"明儿有馈岁宴,十五还有亲政大典,我这几天没空,等得了闲再给你买。"

月徊嘟嘟囔囔地抱怨,就知道他会这么说。她今儿闲了一天,皇帝忙于上奉先殿和宫里城隍庙祭拜,没顾得上她,所以一下职她就跑到这儿来了。

瞅瞅他,她把手肘撑在炕桌上,说:"哥哥,您今儿忙什么了?我中晌过来,您上哪儿去了?"

梁遇垂着眼道:"上东厂办案子,那两个书生画了押,把身后的乱党都供出来了。"

月徊哦了声:"那下半晌呢?您怎么一个人出去了?以往您出门,不得前呼后拥带上一大帮子嘛。"

梁遇手上顿了顿,上盛府的实情不能告诉她,只得含糊敷衍:"有件小事要处置,出去了一趟。"

谁知一抬头,月徊那张脸就撞进眼里来,她神出鬼没的,不知什么时候到了案前,眨巴着眼睛说:"我从您脸上看出了心虚,您到底上哪儿去了?该不是上徐府,会皇后娘娘去了吧?"

梁遇心头一跳，不自觉地往后让了让："别见天的胡说八道，我几时会皇后去了！"

"是吗？"她说，拿手撩了撩乌纱帽上垂挂下来的穗子，"您瞧我，瞧见什么了？"

她满脑子稀奇古怪的念头，不知又在琢磨什么。梁遇蹙眉打量她，终于看见她腕上的碧玺手串，那是他年三十送给她的压岁礼。碧玺色彩丰富，一个个剔透的珠子衬着白净的肉皮儿，看上去玲珑可爱。他嗯了声："好看。"

结果她绕了一圈，又绕到他独自出门的因由上去，凑近了说："您到底干什么去了？来小声儿告诉我，我不告诉别人。"

可是最不能告诉的就是她啊，梁遇挪开了视线："以后再说吧，该让你知道的时候，自然会告诉你的。"

月徊讷讷道："听着影响怪长远的呢，还要以后。"

他没言声，暗里叹息，人心是会变的。一旦戳穿了真相，那兄妹之间还能不能这么亲厚，谁知道呢。

夜里吃晚饭的时候他也试着问她："如果你没有哥哥了，会怎么样？"

月徊嘴里叼着水晶肴肉，惊恐地望向他："好好的，怎么就没了？您要上哪儿去？到了天边您也是我哥哥啊，难道您不要我了？"

梁遇说："我的意思是，如果你没有找见哥哥，会怎么样？"

月徊歪着脑袋琢磨了一下："您不来找我，我也不知道自己有哥哥，大不了一个亲人也没有，就和小四相依为命，也没什么。可您既然找到了我，又没没有哥哥会怎么样……"她啜嚅道，"您可别吓唬我，大过年的，不能说不吉利的话。"

是啊，他是有些糊涂了，这些话对她有什么可说的。他的身世弄清之后，无非让她从有亲人，再次变成了孤身一人。原本她在码头上胡天胡地，虽然缺吃少穿的，但她自由，也许会遇见一个不错的人，有另一番不错的前程。可他认回了她，把她带进宫来，要是他现在抽身，她会变成什么样？

其实说到底，也还是自己胡思乱想，一日做了家人，那终身都是。他看着她长到六岁，又从他手里弄丢了她，这么深的渊源，哪里是说抛下就能抛下的。

可是月徊经不得他吓唬，梁遇所处的位置，闹得不好就有性命之忧。外头多少人对他恨之入骨，朝中又有多少人想要他的命啊，他一说这话，她就觉得要出大事儿了。

这回是连饭都吃不下了，她搁下筷子，小心翼翼地往前挪了挪，轻声说："哥哥，您要是遇上什么难事儿了，一定要告诉我，咱们不兴报喜不报忧那套。这两天我瞧您神神道道的，是不是接了棘手的差事，危及了您的地位或者性命？要是，您可得告诉我，我不愿意哪天从别人那里听见，说我真没有哥哥了。"

梁遇对她的措辞真是头大得很，那么八面威风的掌印督主，到她嘴里就是神神道道的人。可她倒也是真担心他的安危，那张一本正经的脸和瞠大的眼睛就在他对面，像小时候央他带她出去买沙冰一样，透出一根筋的执拗来。

他垂下眼，慢慢呷了口酒："我只是随口一说，你别往心里去。我也知道朝堂内外多的是想要我性命的人，可他们没那个本事，你只管放心。我今儿出去，是拜访爹的一位旧友，顺便打听些以前的事儿——都是琐碎，没什么要紧的，你也不用追问，事情发生的时候你还没出生呢，告诉你，你也听不明白。"

月徊哦了声："那我就不操心了。您往后不能这么说话，会吓着我的。我好容易找着个亲人，抽冷子又说没了，那还不如从来没有找到。"她一面说，一面牵着袖子给他夹菜，"哥哥，您要答应我，要好好的，长命百岁地活着，活着一天就照顾我一天，不许扔下我。"

她是个缠人鬼，可梁遇听她说着这番话，心里却是极受用的。梁家二老于他来说，不单是至亲也是恩人，他们只留下月徊一个，他自然要拿性命守着她。

好在她想法简单，没有那么多的弯弯绕，进了宫十顿有六顿在他这儿蹭吃蹭喝，剩下就是在皇帝那里搭桌角儿，吃御菜。当然了，白天御菜吃得多，夜里就来吃掌印的菜单儿。这人的口福倒是不错，过去没受用的，到这会儿全补上了。他看她每天乾清宫司礼监地往来，活得如鱼得水，除了头前江太后寻衅吃了点儿苦，后来就百样顺遂了。

一顿晚膳下来，宫门早就下了钥，她酒足饭饱擦擦嘴："要不今晚我就不回去了吧，您在司礼监给我弄个屋子……就隔壁那间，赏我得了。"说完龇牙一笑，"我要和哥哥住街坊。"

梁遇说："不成。这是太监衙门，怎么好留你一个女官。吃完了就走吧，我送你回乐志斋。"

月徊没法儿，慢吞吞地披上斗篷，镶上了暖袖，迈出去的时候还在嘀咕："又不是没住过……自己人嘛，还不能行这点方便。"

梁遇道："别嘟囔了，送完了你，我还有事要忙。"

她不情不愿地腾挪出来："哥哥，我头晕。"

可又来，打算靠着这项病症糊弄一辈子呢。梁遇道："我搀着你。"

谁知道她在他背上纵了一下："哥哥您背我吧！"

就是这么黏缠，活像一张狗皮膏药。衙门还没出呢，跟前的小太监虽不敢抬眼，耳朵也不能上锁，她说什么全都叫人听见了。

好在皇帝跟前没有隐瞒彼此的关系，否则就她这个狗模样，迟早闹出事端来。梁遇躲了躲："别闹，叫人看见像什么话。"

月徊是个欠教训的，驴脑子里记不住事儿，得要人时时提点。经他这么一说，她老实了会儿，自矜而端方地走出贞顺门，连步子大小都很得体。从衙门到御花园，有挺长一段路要走，眼下前后宫门都上了锁，甬道里静悄悄的。月徊偷着觑觑他，哥哥挑着一盏灯笼，侧影挺拔俊秀。灯笼光照亮他身上的蟒纹通臂袖襕，金银丝绞线，漾出一段又一段粼粼的细芒。

她错后了点儿，一下子蹦到他背上："这回能背我了。"

梁遇被她撞得趔趄了两步，没有再训斥，将灯笼交给她，自己两手稳稳扣住了她的腿弯。

她荡悠悠挑着灯，哥哥背着她往前走，她指了指前方："瞧见那颗长庚星了吗，今儿没有月亮，要是有月亮，它该陪在月亮身边哪。长庚和月亮，他们是好哥儿俩，就像我和哥哥。"

梁遇抬眼望向天边："长庚伴月，没有月亮，长庚星就孤孤单单的。可要是没有长庚星，月亮身边还有旁的星呢，月亮不会孤单……"

月徊听出来了："您话里有话啊，我也没几个伴儿呀……"

怎么没有呢，一头挂着皇帝，一头还有个小四，再过上一阵子，兴许还有小五小六。

可是原就不相干的两类人，他们喜欢也好，爱也好，他作为哥哥，不该相提并论。这个话题不能聊下去了，他微微偏头道："哥哥上了年纪，有时候不免感慨。"

月徊哑然失笑："您才多大，就说自己老了。其实您别愁，我进了宫，想必也出不去了，将来您别为打发不了我而生闷气，就够了。"

梁遇淡然笑了笑，也没说旁的，只是背着她慢慢前行。

月徊问："我沉不沉？"

梁遇说："不沉。往后犯懒就说犯懒，别再拿头晕说事儿了。"

"可我十八岁了，还让哥哥背着不像话。"她圈着他的脖子，微微低下头，有些委屈地说，"我记得小时候就喜欢让哥哥背着，现在大了，还有这个瘾，戒不掉。"

梁遇道："那就不戒了，横竖你没出息也不是一日两日。"

于是月徊心安理得了，靠在他肩头上说："要多大出息干什么，有您这样的哥哥，就是我最大的出息。"她说起漂亮话来真是无师自通，永远能讨得他的好儿。

慢慢接近前头宫门了，她总算知道避讳，从他背上跳下来。

梁遇上前敲门，里头值夜的小太监问是谁，紧接着硬邦邦道："宫门下钥，概不开启，有事明儿赶早。"

他扔了句"是我"，便再不多言了。

门缝儿上透出一只眼睛来，朝外瞧了一眼，哟了声忙打开门："小的有罪，不知老祖宗驾临……"

月徊迈进门，说"您回去吧"，可乐志斋在花园另一头，黑灯瞎火一个人穿过去，他不大放心，便道："我送你进屋。"

前头的那片楼阁，自打皇帝即位以后就闲置了，只留两个老宫人看守花园。他想了想道："明儿给你派两个小宫女，伺候伺候洗漱也好。"

说话儿到了门前，他站在台阶下目送她。月徊一面推了门，一面还念秧儿："唉，我多可怜，想住在司礼监，掌印大人不让。把我赶回这冷屋子，瞧我冻的，小脸儿挂着鼻涕，小手冰凉。"

梁遇拿她没办法，屋里早有人给掌了灯，炭盆也生好了，她还睁着眼睛说瞎话。她就是因没能赖在他的值房，心里不受用，他瞧出来了，遂也不和她啰唆，只道："关上门，我走了。"

月徊眼见无望，叹着气说："您好走，留神地上滑。"先前让人背着，全没想到这层。

梁遇点了点头，看她把门关上，他在门前略站了会儿，方转身往司礼监去。

就这样，兄妹之间毫无隔阂，已经是天大的恩惠了。一颗心提溜到现在，逐渐回落下来，往后该是怎么还是怎么，他早过了得知真相就要死要活的年纪，这些年经历了那么多，有什么能比失去权力更可怕！

司礼监开始着力筹备皇帝亲政事宜，朝堂表面上人心安定，有了内阁先前两名官员的前车之鉴，那些大臣就算有什么不满，也不敢聚众妄议。

好得很，要的就是这样的局面，臣工奏对虽可以畅所欲言，但也要有度。像文宗时期两派官员大打出手，到了今时今日是不可能再发生了。早前司礼监没有立起来，那些文官敢当面驳斥皇帝，如今朝上有了梁遇，不说令众人噤声，至少能约束他们的言行，让他们知道什么是规矩。

司礼监衙门，也有例行议事的时候，正堂地心摆着一只大炭盆，几个少监司房在两侧按序坐着，杨愚鲁道："皇上亲政是大事，届时太后要是再不出面，朝臣们倒尚可敷衍，可那些王侯有什么想头呢？"

秦九安道:"王侯们?王与侯也得分开说事儿,要说王,一个个就了藩,管好自己封地上的事儿就不错了,朝廷里的政务他们还要插一杠子,难道要造反不成!至于那些侯,享着祖荫,手上又没有实权,踏踏实实在家养狗遛鸟就得了,连朝都用不着上,亲政大典怎么安排,和他们什么相干?所以依着我,太后照旧称她的病,压根儿用不着她出面。谁敢多嘴,厂卫又不是吃素的,拔了他两颗门牙,你瞧还有谁敢说话。"

秦九安办事简单粗暴得很,其实一向不得梁遇赏识。原先还有个骆承良,如今骆太监给派出去挖矿了,少监里头就数杨愚鲁和曾鲸得重用些。

杨愚鲁说话不得罪人,笑道:"秦哥说得很是,但我想着,那些臣工都是官场上历练多年的油子,眼下就算堵了他们的嘴,将来也是一辈子的话把儿。咱们大邺皇帝亲政,历来有这样的规矩,太后代行先帝之职,有太后坐镇,方才名正言顺。皇上这辈儿里兄弟不少,何必落了这个短处叫人说嘴。"

曾鲸没有说话,只是转过头,向上瞧了一眼。

恰在这时,门外传来脚步声,略隔了会儿,门上执事进来回禀,哈腰道:"老祖宗,东厂传了奏报进来,翰林院侍读学士刘进在家妄议朝政,暗讽皇上不敬母后,过河拆桥。"

梁遇搁下手里的茶盏,笑道:"看吧,事儿说来就来了。一个小小的从五品侍读,热炕头上还和老婆嚼舌头呢,看来这件事不能不慎重。"一面吩咐下去,"既然查明有人诋毁圣誉,还等什么?命东厂拿人,用不着大肆宣扬,消息走漏起来,比咱们想象的要快。"

待执事领命出去传话了,曾鲸才道:"这朝堂上七个葫芦八个瓢,表面臣服,心里未必不在等着瞧亲政大典那天的安排。像杨少监说的,万一有个错漏,就是一辈子的把柄。"

梁遇颔首:"这事儿咱家心里有数,横竖到了这份儿上了,看样子少不得要请一请真佛。大典筹备事宜不能马虎,九安多照应些,差事要是办不好,你就上乾难河砸木桩去吧。"

秦九安一听,缩着脖子道是,梁遇抚了抚腕上的菩提又道:"大节下的,谁都能歇着,唯独咱们司礼监不能歇。也是正逢主子亲政,等熬过了这一截,往后就好了。眼下大家少不得劳累些,我心里有数,等差事办下来,回过了万岁爷,再把俸禄往上调一调,也不能让大家白辛苦一遭。"

众人纷纷应了,有差事在身的都退出去承办,留下曾鲸斟酌道:"老祖宗,到时候在御座边上设两道屏风就是了。太后如今上了岁数,且后宫不宜抛头露面,在屏风后头说两句顺应天意的话,足了。"

可梁遇却摇头,手里缓缓盘着菩提道:"亲政大典不同于一般大典,太后是必要露面的,但凭她现在的心境,怕是没那么容易答应……等我回过了万岁爷再做定夺吧,或者去探一探太后口风,要是她想明白了,正主儿出面比什么都强。到底我也不愿意干那些损阴骘的事儿,和女人计较,实在不是大丈夫所为。"

皇帝在政务上算有建树的,唯一的不足就是优柔寡断。也许是自小养成的习惯,做什么都要考虑再三,即便如今御极,立于万万人之上,他也还是瞻前顾后,既要执掌天下,又怕落得骂名。

梁遇叠手道:"既这么,那臣就往慈宁宫去一趟,太后那里由臣去说合,该认的错臣来认,只要太后答应让亲政大典顺利举行,就算太后要治臣大不敬之罪,臣也绝无二话。"

皇帝从御案后走了出来,拉着他的手说:"大伴是朕的膀臂,太后的脾气由来叫人摸不准路数,要是当真由着她的性子,不知要闯出多大的祸事来。大伴去同她商议,无论如何先保得自己,朕这江山可以没有太后,但不能没有大伴,你可记着了?"

梁遇笑道:"主子放心,臣和太后打了那么些年交道,知道该怎么处置。主子且稍待,臣过去一趟,请主子等着臣的好信儿。"

皇帝道好,梁遇拱了拱手,从东暖阁退了出来。正要下台阶,听见身后有人叫了声掌印,他停住步子回头看,月徊从殿里匆匆跑了出来。

因左右都有人,她不好随意说话,拉着他让到一旁,小声道:"您要去太后跟前,八成讨个没趣儿,倒不如别去了。我想了想,要不咱们还像上回似的,您在朝堂上垂一面帘子,我躲在帘后用太后的声调说话。不就是一场大典吗,料着也没谁敢上来掀帘子,只要糊弄过去,让皇上顺利接了玺印就成了。您别去慈宁宫,也别受那份闲气,太后要是知道皇上有求于她,还不知要摆多大的谱呢。"

妹妹心疼他受委屈,可见这一向没有白疼她。梁遇道:"走还是得走一遭的,倘或能谈得拢,也是双赢。朝堂上瞬息万变,不到万不得已,我不愿意你再拿这个本事示人了,对你没有好处。横竖你别忧心我,当好自己的差事,在主子跟前机灵点儿,就成了。"

他说完没再逗留,提着曳撒下了丹陛。几个随侍的人在台阶下等着,见他来了,鱼贯跟在他身后,一路疾步往月华门上去了。

自打年前限制了太后的行动,慈宁宫一直挺安分的,除了时有太后砸桌子摔碗的消息传来,再没有其他与前朝或是宫外有牵扯的动作了。梁遇从门上进去,慈宁宫里静悄悄的，檐下几个太监宫女站着班儿，见他现身，纷纷俯首行礼。

太后这两天礼佛的时间大大增加了，不过这会儿应当在暖阁里。他在次间门前站了站，等人进去通传，隔帘听见太后的声儿，不甚愉悦地说"他来干什么"，显然没有要见他的意思。

这要是等，得等到猴年马月，他干脆打起帘子，举步迈了进去。

太后见他不等召见就进来，虽心头有火，却也不好发作。下狠劲儿撸着她的大白猫，撸得满屋子猫毛飞扬。

"厂臣是贵客，无事不登三宝殿，今儿上我这里来，又有什么教训？"

梁遇揖手躬了躬腰："娘娘言重了，臣这回来，是给娘娘赔不是的。年前因那点子小误会，给娘娘添了堵，这会儿想起来实在不应该。只要能让娘娘消气，臣愿意领罪受罚，以赎前愆。"

太后虽说脾气坏了点儿，到底人不傻，她瞥了他一眼，哼笑道："普天之下还有敢在你梁遇头上动土的人？就算你愿意受罚，我也没这个胆儿降罪。我是领教过你厉害的，上我这儿用不着说漂亮话，有什么就开诚布公吧。梁掌印是大忙人，我没那么大的面子，留你陪我闲话家常。"

太后跟前不得礼遇，不是什么新鲜事，她拿话来呲打，梁遇也不觉得面上下不来。既然要摊开了说，其实也好，便拱手道："臣今儿来，是来和娘娘商议皇上亲政大典事宜的。毕竟大邺朝少年天子登基不多，只有前头孝宗皇帝的先例，但因所隔年代久远，只怕依照得不仔细。"

太后听了，脸上现出一种事不关己的漠然来："皇帝亲政，不是你们说了算的吗，怎么倒来和我商议？我是个不中用的太后，不管前朝还是后宫，哪里有我说话的余地？厂臣要商议，看来是找错人了，我什么也不知，什么也不晓，你还是另寻他人吧。"

太后会说这些酸话，他来前早就预料到了，因此倒有十分的耐心来慢慢和她磋磨："娘娘何必负气呢，天子亲政，您是太后，届时大典要您出面的，怎么能和您不相干？这样，娘娘不熟悉大典流程，不要紧的，臣和娘娘说道说道，娘娘再看有什么错漏没有……"

然而太后断然拒绝了："不必！梁厂臣，你们是拿我当三岁孩子啊，要用的时候给颗糖枣儿，不用的时候就做脸子圈禁，真打量我好欺负？皇帝既要亲政，要我临朝松口，那他自己怎么不来？我好歹是先帝的皇后，他还管我叫一声母后，大节下的，他来给我磕头请安没有？不孝不悌的东西，要不是我当初糊涂，皇帝哪里轮得着他来做！如今翅膀硬了，全不拿人放在眼里，我告诉你们，别打量天下人都是傻子，你们编得了邺史，编不了人心。将来自有人把你们的恶行一代代传下去，不管到了哪朝哪代，你们都是狼心狗肺，臭不可闻！"

好好的一场对话，到最后终于演变成了这样的局面，似乎和太后对话，永远解不开这个死局。如今好话说过了，太后油盐不进，那么先礼后兵是免不了的。

梁遇也不恼，趔身在边上圈椅里坐了下来："娘娘，生米已经煮成熟饭了，您处处作梗，着实没意思，也晚了。倘或您有亲儿子克承大统，那还说得通，可您所出不过一位长公主，和皇上闹成这样，就算腾出了皇位，您也不能怎么样不是？还是听臣一句劝吧，打今儿起好好和皇上相处，母慈子孝够您受用一生。皇上也不是薄情的人，他自小没了生母，您要是厚待他，处处以他为先，他怎么能不孝敬您！说到根儿上，他是您颐养天年的靠山，上半辈子享福不是福，下半辈子安逸才是真福气，您这会子只管闹，闹到最后对您有什么好处？"

太后听不得他这套冠冕堂皇的说法："我是母后，他是儿子，还没怎么样呢，这就把我圈禁起来了，要是再厉害点儿，岂不是要生吞了我？你别来给我唱高调，他的亲政大典我不去，我就是要叫诸位臣工看看，叫天下人看看，皇帝是怎么对待母后，怎么以仁孝治天下的！"

梁遇听她说了一车的气话，半晌没有再言语，只是轻轻蹙眉，道了一声"何必"。

太后这人，真是很不好相与，有的人吃软不吃硬，她呢，是软硬都不吃，除非你拿住了她的命门。

梁遇低下头，闲在地转动起手上扳指，曼声道："臣记得永年长公主下嫁了布政司右参政薛朗，上年布政司的粮储屯田都没能清算干净，这可都是驸马爷的分内啊，太后娘娘知道吗？"

太后果然警惕起来，挺直了脊背戒备地看着他："你想干什么？"

梁遇笑了笑："也没什么，臣只是偶然想起，顺嘴一说罢了。长公主已经许久没回京了吧？娘娘记挂长公主吗？要是臣派人把长公主接回京来，陪娘娘一段时候，娘娘可愿意？"

太后终于白了脸色，梁遇善于拿捏人的软肋，长公主就是她的软肋。

一个人一辈子活得再张牙舞爪，终归也有割舍不下的牵挂。娘家倒没什么，毕竟父母都不在了，兄弟子侄于她来说并没有那么重要。可她有个女儿，日夜悬心，那是她身上掉下来的肉。

梁遇的每一句话都不是平白无故的，既然提起，就说明他已经开始打主意了。

太后强自镇定，狠狠盯着他说："你要是敢动长公主一根汗毛，我宁肯不当这太后，也非要扳倒皇帝不可。"

那倒没这个必要,梁遇道:"娘娘多虑了,臣只是想让您和长公主骨肉团聚罢了。既然娘娘不喜欢,那不接就是了,不过皇上的亲政大典……"

"我去。"太后慢慢长出了一口气,"只要不动长公主,一切全依着你们行事。"

所以啊,何必非闹到撕破脸皮的份儿上呢,梁遇起身笑道:"那臣就把这个好信儿转告皇上了。请娘娘放心,只要娘娘心疼皇上,长公主和驸马就能继续在江南游山玩水。这世上,没有什么比出入平安更要紧的了,娘娘虽身在宫中,也应当明白这个道理。"

他说罢,向太后作了一揖,领着司礼监那些太监扬长而去。太后盯着他的背影,恨得心头出血,紧紧咬住了牙关。

珍嬷嬷上前,忧心忡忡道:"娘娘,梁掌印是怎么个意思?要是您这回不依,他就要对长公主不利吗?"

江太后脸上迸出个扭曲的笑来:"梁遇威胁得我好啊,我十八岁进宫,到如今二十五年了,还没人敢对我这么着。他以为拿捏住了长公主就能让我服软,只怕是错打了算盘!只要太后嘴里细数皇帝的错处,当着文武百官的面召集各地藩王入京,我就不信,处置不了一个慕容深!司礼监、厂卫算什么东西!皇帝倒了台,还有他们活命的份儿?梁遇是猖狂得过了,一个内官,真当自己能一手遮天呢。"

珍嬷嬷恍然大悟:"奴婢才刚还替娘娘不值来着,原来娘娘心里早有成算了。"一头说,一头望向外面的院子,天是潇潇的蓝,她喃喃着,"今年啊,热得比往年还早些……又到了做春装的时候了,回头奴婢上造办处问问,宫人们做衣裳的料子,什么时候给送到慈宁宫来……"

于是这话没消半个时辰,就到了梁遇耳朵里。

"瞧瞧,太后果真不是个省油的灯。"他坐在圈椅里,唇角带着嘲讪的笑,偏头对座下少监们道,"这回主意越发大了,想效法武烈皇后废帝。可她没想过,闹起来容易,事后不好收场。"

他既然提督厂卫,这京城的线报和驻防自然全捏在他手心里。他不像汪轸,霸揽个紫禁城就觉得高枕无忧了,所以才死得那么快。江太后的设想是不错,但这个消息要想越过他,传到藩王封地去,只怕是痴人说梦。

杨愚鲁道:"太后预备鱼死网破了,老祖宗打算怎么料理?"

怎么料理……还能怎么料理!梁遇道:"我给过她机会,要是按着先头议定的办,偏偏身子,事儿就过去了。可惜她不甘心,还要当着满朝文武拆皇上的台。亲政大典是什么?是稳固江山平定社稷的大事,不是后宫妇人闹妖儿过家家。这个心思她不该动的，但凡动了，不管她是嘴上痛快还是来真格儿的，都得防着她。"

可是大典上得见人，得让朝廷上下知道太后称意这个皇帝，太后认可了，这亲政才算得上名正言顺。曾鲸忖了忖道："老祖宗的意思是，既要太后露面，又不能让她说话？"

他和杨愚鲁交换了眼色，见座上的人不言语，心里就知道该怎么办了。

这事儿要做成，多的是法子，只是手段不那么光彩，对于一位太后来说，实在是有些残忍。然而身在这权力旋涡里，谈仁慈是极大的玩笑，万一亲政大典上太后胡言乱语，那么势必累及皇帝，即便这帝位保得住，也要被人诟病而死。

一位帝王，坐在金銮殿上被人戳一辈子脊梁骨，实在不可想象。

杨愚鲁道："老祖宗放心，这事儿交给小的们去办。"

梁遇颔首，站起身慢慢在地心儿踱步，眼里杀机沉沉，脸上却挂着悲天悯人的神情："要不是时候不对，干脆弄出个暴毙来，反倒省事。"

话听上去虽狠戾了些，但以长远来说却是实情。一个好好的太后，弄到最后行尸走肉似的，多辜负往日的风光！

太监是世上最狠心的一类人，下起死手来可不管你是什么来头。当晚几个人就潜进了慈宁宫，一左一右押住太后，由杨愚鲁亲自动手，往太后风池穴和哑门穴上扎了两针。

起先太后还叫骂，但针尖往下又沉三分，当即就不再吭声了。

暖阁里灯火微漾，照得窗纸上人影晃动，珍嬷嬷站在窗外回身看了一眼，殿里发生的一切仿佛都与她无关。她漠然收回视线，看向外面的夜空，夜里起风了，吹得天上星辰也闪动着。

寒气从每一处裸露在外的皮肤上刮过，刀割似的疼。她跺了跺脚，对插着袖子叹了口气，过了今晚，她儿子就该升知州了……只要她儿子仕途平坦，往后就算给太后端屎端尿伺候到老死，也心甘情愿。

第十四章 心意辗转

等了许久、盼了许久的十五日,总算要到了。

一切都很顺利,或者说有梁遇在,没有任何事需要皇帝忧心,也没有任何人能阻挡皇帝亲政的步伐。

还是在乾清宫后的丹陛上,站在这里,能看见交泰殿的铜镀金宝顶和三交六椀菱花门。皇帝对身边人道:"月徊,朕等了两年,正月十五过后,朕就是正正经经的皇帝了。"

天上下着小雨,极细的牛芒一样,迎风而来钻进伞底,吹得人满头满脸,那触感,像走进了浓雾里。

月徊撑着伞说:"过去两年您也是正经皇帝,谁能说您不正经!就是过了明儿呀,您能打开交泰殿的门了,能坐在里头宝座上,说'来人,给朕取传国玉玺来,朕要砸个核桃吃'。就这个,谁也不敢有二话。"

皇帝笑起来,觉得她真是个不知愁滋味的姑娘,多大的磨难在她眼里,都如随风擦过脸颊的柳絮,拂一拂就好,甚至不值得一挠。和这样的人在一起,就觉得这世界都是轻飘飘的,没有那么多不可承受之重。他转过头看了她一眼,风吹得乌纱帽下穗子翻飞,她眯眼远望,笑着,因没开过脸,鬓角周围覆着一层汗毛,还有尖尖的小虎牙,透出一股子俏皮和玩世不恭的味道。

皇帝舒了口气:"这件事上,你们兄妹功不可没,朕会记着的。"

月徊在宫里也有阵子了，在皇帝跟前可以随意，但涉及政务的事却不能不见外。她立刻敛神，斟酌道："什么功不功的，我们兄妹是依附主子而生，替主子分忧是我们的分内，不敢居功。"那语气，活脱脱另一个梁遇。

皇帝脸上依旧一副恬淡的神情，垂袖牵住了月徊的手，轻声道："等朕坐稳了这江山，后宫可以随朕的喜好添减，到时候……你就陪在朕身边，一辈子和朕在一起。"

月徊倒也无可无不可，她生来脸皮厚，好像也不觉得谈及这种事有什么可不好意思的，便笑道："您让我当宠妃吗？得给我个高高的位分！"

"当然。"皇帝说，"朕让你当贵妃，虽然屈居皇后之下，但后宫之中再无第二人了。其实当贵妃比当皇后更好，皇后得端着，得母仪天下，贵妃不必守那么多的规矩，可以受尽宠爱，飞扬跋扈。"

月徊咂摸了一下，发现是个不错的买卖，挺挺腰，仿佛贵妃的桂冠已经戴在她头上了。

她握着皇帝的手，觉得温暖且安心："其实我也没想着要当什么贵妃，就这样，我和哥哥还有您，我们一辈子在一起，就挺好的。"

这算是最美好的祈愿了，有哥哥在，有个半路上结交的青梅竹马，那这一辈子还有什么所求？于皇帝来说当然并不难，因为他被困死在了这座皇城里，只要他们兄妹都不离开，那就可以永远在一起。

"横竖这贵妃的位分，朕替你留着。"皇帝信誓旦旦说，"你再等我一程子，等中宫确立，我就想法子许你个妃位。"

月徊虽笑着，心里也还是觉得有点悲哀，这个和她谈情说爱的人得先娶了正房，才能让她做一个风光的小妾。不过做天下第一妾可比给富户当通房强多了，人家毕竟是皇帝嘛，和皇帝就不要说什么一生一世一双人了，皇帝都这样。

第二天就是正月十五，也是百官结束休沐后的第一个上朝日。一大早天儿不好，阴沉沉的，深广的奉天殿即便燃起了宫灯，也是影影绰绰光线昏暗。

皇帝和太后早早就临朝了，皇帝坐在九龙椅金椅上，太后错后些，凤冠博鬓，大绶大带，端坐在皇帝左侧的凤椅里。殿门大开，三公九卿列队按序而入，有心之人甫一入殿，首先要看的便是太后的面色，结果见太后如常，也就没什么可质疑的了。

唱礼的内侍在一旁引导众臣三跪九叩，天街上的羊肠鞭子甩动起来，发出一串破空的脆响。众臣礼毕，太后身前的珠帘缓缓落了下来，朝堂上没有门帘子，殿外的风流动，吹得珠帘左右轻晃。

帘后的太后这时才说话，缓声道："先帝升遐，太子即位，彼时太子年轻，予也曾日夜担忧，唯恐太子治国不力，耽误了大邺江山社稷。然这两年来，皇帝理政很是从容，加之有诸臣工辅佐，大邺再创盛世有望，予也放心了。如今皇帝年满十八，上年确立了皇后人选，按着祖制，到了亲政的年纪。今儿是上上大吉的好日子，趁着年味未散，越性儿把大典办了。皇帝改元，大赦天下，也让百姓沾沾光。"

太后说完这话，便听得底下山呼万岁，着实一副众望所归的热闹景象。

也不知是人声大作震动了太后，还是时候一长腰杆子发软，太后向一边偏移过去，还好珍嬷嬷眼疾手快扶住了。

月徊吓了一跳，珍嬷嬷脸上却淡然，给蹲在椅后的月徊使了个眼色，示意她继续说话。

月徊点了点头，复拿捏着嗓子叫了声皇帝，道："今年是你亲政头一年，年号可定下了没有？"

皇帝说："遵母后懿旨，改元熙和。"

月徊接道："既这么，符玺郎何在？"

早在一旁候命的符玺郎率众托着天子六玺缓步而来，到了宝座前跪地，将玺印向上敬献。皇帝走下御座，象征性地接了国玺，至此大礼就算成了。月徊透过凤椅上的镂空雕花看见外头的情景，大大松了口气。

珠帘后的太后声调里带着一点笑意："好了，皇帝亲政，予也该功成身退了。今后还盼众卿全力辅佐皇帝，开创出个太平盛世来，那予便对得起先帝，对得起列祖列宗了。"

珠帘后又落下一道金丝绒的垂帘，朝堂上千岁呼得山响。太后在垂帘的遮挡下被搀进了肩舆，很快送回了慈宁宫。

往日吃五喝六的太后，如今变成了一摊死肉，不能说话不能行动，只有眼珠子还活着。两个太监把人抬进暖阁里，月徊先前以随侍女官的身份陪着上朝堂，回来自然得把人送到地方。正要离开，恰好迎上太后那双愤怒的眼睛，她微顿了下，叠着手道："娘娘这会子恨不得杀了我吧？"

暖阁里的人都被珍嬷嬷遣了出去，只余月徊和她留在脚踏前，太后恨的当然不只月徊，更恨这个日日伴在身边的贴身嬷嬷。

珍嬷嬷叹了口气，不慌不忙道："主子八成不明白，您对奴婢那么好，奴婢为什么还要反您。早前您放我出宫嫁人，那是多大的恩典哪，奴婢实在感激您。可您为什么不好事做到底,让我在宫外太太平平过日子,为什么在我嫁了男人,生了孩子之后,又把我召回来呢?您也生过一位公主,也知道母子分离的痛,当初公主出嫁,您在宫里哭了三天,就不明白我也想我男人,我也想我儿子?如今我儿子大了,前年高中入仕,到了要人提携升官儿的时候,梁掌印答应,只要我照他的话办,就让我儿子升知州……所以娘娘,奴婢只有对不住您了,这是您欠我们母子的。当年我儿子才两岁,您一道懿旨活活拆散了我们,害得我男人当了二十年的活鳏,我儿子自幼没有母亲照应。二十年的旧账,到今儿才让您还,不过分吧?"

　　床上的太后瞪大了眼睛,起先满脸愤恨,听了珍嬷嬷的话,眼里的光逐渐暗下来,最后化成泪,从眼角滚滚而下。

　　珍嬷嬷卷着帕子,上前替她擦了擦,淡声道:"娘娘别难过,虽说您现在变成了这模样,可您一向没有亏待我,瞧着往日的情分,奴婢也会伺候您到归西那一日的。其实您这么着挺好的,往常您太浮躁,谁的话都听不进去,您只知道自己是皇后,是太后,却不知如今变了天了,要懂得应时而变。如果没有这一遭,以您的脾气还得闯大祸,到时候保不住自己的命不说,更会连累长公主和驸马,让他们恨您一辈子,又何必呢。眼下这样,饿了吃困了睡,等天晴的时候奴婢带您上外头晒晒太阳,天儿暖和了再去看看花,这才是宫闱里头的清闲日子,不比您见天儿鸡飞狗跳强?"

　　太后似乎认命了,那两大穴位叫杨愚鲁下了黑手,司礼监作恶的功夫炉火纯青,既留了她一命,又让她活死人般受人摆布。只是这个宫女叫她意外,原来世上真有人能学人语气声调,还学得那样活灵活现的。上回罚她板着,只因她是梁遇的人,却没想到张恒翻遍了直隶地面儿,原来要找的人就在宫里。

　　太后发狠地盯着月徊,月徊有点儿心虚,闷着头说:"是我,全是我干的。"

　　认罪倒认得毫不含糊,然而得知了真相又如何,今后自己不过是个幌子,这宫女还会继续顶着她的名头办事。之前是立后,今儿是亲政,将来说不定还会削藩处置那些王爷……太后闭上了眼睛,不敢想,细想之下都是罪过。

　　珍嬷嬷毕竟有了年纪,见识的多了,心也给锤炼成了铁。她笑着对月徊说:"姑娘回去吧,过会子皇上和掌印就散朝了。先前我的话,姑娘都听见了,请姑娘代我在掌印面前美言几句,我这厢先谢过姑娘。"

　　月徊向珍嬷嬷行了个礼,从暖阁退了出来。

　　夹道里头有风,吹得人鼻子发酸,月徊迈出宫门,边走边思量,这世道什么最可怕?人心最可怕!

　　帝王为了稳固地位,为了顺利亲政,做出这种事来不难理解。可珍嬷嬷是自小跟着太后的，跟了几十年，结果利益当前，新仇旧恨一并涌上来，理直气壮地把旧主害成了这样，实在叫人瘆得慌。难怪当初梁遇说了，不愿意让她跟在身边，不愿意让她看见真实的他，当时她并没有把这话当回事。现在明白过来，这紫禁城凶险，地位再崇高也没用，哪天不留神，也许就阴沟里翻船了。

她回来得早，便站在乾清宫前的月台上等着，云层压得很低，天地间灰蒙蒙的，不知什么时候又会下雨。等了很久，终于看见乾清门上有仪仗进来，她忙下台阶迎接。皇帝由梁遇随侍，九龙辇停下，梁遇架臂接应，皇帝迈下辇车的时候看见她，什么都没说，含笑冲她眨了眨眼。

也就是他一个笑脸，月徊又觉得自己想得太多，太过妇人之仁了。世上善恶总是相对的，对太后心善，对今天的皇帝未必不是恶。这么一琢磨，心里的阴霾就散了，忙肃容跟在梁遇身后进了东暖阁。

东暖阁里只有他们三个，皇帝道："今天要记月徊大功一件，要是没有她，朝堂上不会缺了那些阴阳怪气的话。"

月徊听了，赧然道："奴婢凭借这点子上不得台面的本事替皇上办事，不算什么大功劳。"

皇帝却说："朕赏罚分明，既然办好了差事，那就该赏。你说吧，想要什么？"边说边拿余光瞥了瞥梁遇，"除了朕答应你的贵妃位，还有什么？"

月徊红了脸，不安地瞧了哥哥一眼："快别说贵妃了，打趣的话不能当真。"

皇帝是男人，这种事上必要比月徊更主动。他许月徊贵妃之位，当然不单是对月徊的承诺，更是对梁遇的一重保障。古来宦官再得宠，终究不过一时，但若是有至亲成了后妃，诞了皇子，那就是真正和这王朝联系上了。

然而梁遇对这一切似乎淡漠得很，他连看都不曾看月徊，拱手对皇帝道："主子厚爱，臣和月徊都明白，月徊是个胸无大志的，主子这会儿赏她，她没准儿要一屉子点心就觉得够够的了。主子要是真有心，且留着吧，等她什么时候想起来，再来讨主子恩典。"言罢顿了顿，复又道，"不过臣眼下正有件好事儿要回禀主子，趁着今天主子亲政，也凑个好事成双。"

皇帝哦了声："是什么好事儿？"

梁遇唇角的笑意又加深了几分："臣才刚得着奏报，说太医院例行为四位女官请平安脉，司帐的脉象有异。底下太医不敢断言，又请了胡院使复诊，胡院使诊出是喜脉，且已有三月大小了。"说着长揖下去，"这是主子亲政后的头一桩喜事，也是主子的头一个子嗣，如此双喜临门，臣恭喜主子，贺喜主子。"

月徊一听，有点傻眼，这个还没娶妻就想让她当妾的爷们儿，今天居然诊出要当爹了，人生真是处处充满惊喜。

皇帝怔了下，尴尬地看看月徊，茫然问梁遇："皇后还未进宫，这事儿……当怎么处置才好？"

梁遇忖了忖道："若是大婚之后孩子落地，那一切便顺理成章，皇后娘娘也没什么可计较的，毕竟帝王家子嗣最要紧。若是孩子落地赶在了大婚之前，那……便先养在别处，等中宫册立后再让孩子回归正统，如此既不算有违祖制，也顾全了皇后娘娘的颜面。"

皇帝沉吟了下，说"也好"，只是月徊面前难以交代，一时脸上有些讪讪的。

月徊呢，心里说不上来是种什么滋味儿，强颜欢笑着，纳了个福道："奴婢恭喜皇上了，这是皇上的第一子，多难得啊！今儿真是个好日子……"

可是话里透出了酸酸的味道，梁遇侧目看了她一眼，心头隐约浮起一点畅快来。既是为月徊看清现状，也庆幸那四个女官总不至于那样无用，没有笼络住帝王心不打紧，只要生下皇长子，比什么都重要。

那些甜言蜜语的话，显然已经不像之前那样容易说出口了，皇帝瞧着月徊，有种望洋兴叹之感。要是梁遇不在，他还能私下哄一哄月徊，可如今梁遇也在场，自己再言之凿凿的，实在让人羞臊。

唯一能做的，就是悄悄托付梁遇。皇帝暗里牵了牵他的衣袖："大伴……"

梁遇道："听主子示下。"

皇帝朝外看了看，月徊已经大步流星往殿门上去了，他有些为难地说："请大伴替朕周全，月徊那头，朕怕伤了她的心……"

梁遇宽和道："请主子放心，臣自会同她说的。月徊不是小家子气的姑娘，她会明白主子的处境和不易。"

皇帝颔首，一副托赖的样子，梁遇拱了拱手，却行退到暖阁外，循着月徊的身影去了。

原本衙门里还有好些公务要处置，但事有轻重缓急，眼下还是月徊更要紧。

西一长街的夹道里风很大，往北走，简直像闯进了冰窖，他抬袖掩住口鼻，叫了声月徊，月徊没有理他。他只得快步追上去，走近了又唤她，她"哎"了一声，这回不像刚才在奉天殿上中气十足，听上去猫叫似的。

他心里明白，面上再大大咧咧的姑娘，也有细腻的小心思。当初欢天喜地进宫，是冲着少年纯洁的情感，如今她还是那个她，皇帝却未必是她当初看重的那个人了。这样的落差，难免会生出被辜负的惆怅来。

月徊应虽应了，却没有回头，顶着风往前走，侧脸看上去气恼又倔强。

梁遇倒觉得她有些可怜，轻声说："这种事以后会层出不穷，有什么可生气的？"

月徊鼓着腮帮子不说话，快步进了乐志斋，一路往围房里去。

梁遇追在她身后，真有些跟不上她的脚踪。回廊上迎面遇见宫人，那些宫人纷纷避让到一旁俯首叫老祖宗，他摆了摆手，让人都散了。好容易追进她的他坦，进门见她正给自己倒茶喝，嘴里说着"渴死我了"，可是他明白，她不过在掩饰难堪罢了。

他在圈椅里坐了下来："哥哥先前的话，你听见没有？"

月徊嘟囔："听见也没能让我心里好受些。"

可是她的不痛快，却成全了他的好心情，他得花好大的力气才能克制自己不笑出来，最后只道："你进宫之初，就应该知道会有这一日。今天是第一子，将来还有第二子、第三子……皇帝的重担不光是治理江山，更须开枝散叶。"

道理她都知道，但不妨碍她一边识大体，一边耍小性子。

"他昨儿还说要让我当宠妃来着，"她气鼓鼓地说，"皇后另有其人就算了，今儿他又当上了爹，这也太快了。我忽然觉得他不是我一辈儿的人了，有了孩子就像长辈似的，我不能再和他瞎搅和了。"

梁遇听了这话，十分称意："帝王隔三岔五当爹，再寻常不过。既要跟皇帝，就得预备着不时有新街坊，不时有孩子来给你请安。没法子，宫里后妃都是这么活的，所以我早说了，守住自己的心最要紧，不用太多的情，你就能刀枪不入，多个把孩子又算得了什么。"

"可是……"月徊越发不服气了，"要是其他三位女官就算了，偏是司帐！她前阵子才害死我的蝈蝈儿，这会儿又叫她了皇嗣，那往后她更要得意，更爱挤对我了。"

梁遇淡然道："事儿过去就过去了，别惦记你的蝈蝈儿了。有了身孕的人不能在御前伺候，回头就要挪到别处去养胎的。"横竖皇帝暂且不会晋她位分，等将来孩子落了地，那宫人有没有命活着都是后话，有什么可计较的。

月徊终于叹了口气："我后悔进宫了。"

梁遇嗯了声："当时皇上发了话，这件事板上钉钉，你也是没有办法。"

月徊听了有点儿心虚："不是，当初我进来的时候可高兴了，就是冲着皇上来的。可现在才明白，宫里有那么多的不顺心，还好有您在。"

外面飘起了小雪，透过半撑的支摘窗，能看见风的走势。梁遇起身关了窗户，屋子里越发昏暗了,他问:"那你如今,心里还喜欢皇上吗?"

喜不喜欢,说不上来。他要迎娶皇后,她微微有点酸涩,他有了头一个孩子,她又是微微有点酸涩,单只是酸涩,程度不深。可她没有其他比较,觉得酸涩就够了,如果不是喜欢到近乎苛刻,她就可以很大度地继续喜欢皇帝。

于是她问梁遇:"您说,皇上好不好?"

窗前的梁遇回过身来,倒也经过了一番深思熟虑:"他是个好皇帝,但未必是好丈夫。宫里女人太多了,男人身处花丛,雨露均沾,时候一长,哪里来的真情实意!眼下他和你海誓山盟,不过是因为女人还不够多,将来东西六宫都填满了人,那么些个妃嫔时时制造偶遇,时时撞进心坎里来,他有多少精力,还能再顾及你?"

月徊坐在宽绰的圈椅上,两臂撑着身子,两脚悬空着,不无惆怅道:"您是说,将来我的身子就算留在后宫,我的心也不能归皇上,是这个意思吗?"

她是个聪明的姑娘,其实他一直话里有话,她哪能听不出来。原本作为一个一心想把持朝政、把持皇帝的权宦,要求妹妹和他一心理所应当,可不知为什么,被她一语道破的时候,他竟然觉得有点心慌。他开始忖度,是不是自己对她的要求过于严苛,过于不近人情了。然而再细思量,他从来就是这样的人啊,打从入宫那天起,一切都以利己为目的,怎么到了她这里,就瞻前顾后起来了。

他定定神,慢慢沉下了心:"这是宫里自保的手段,因为日久年深,你没有那么多的心可供他伤。"

月徊沉默了,半晌涩然看了他一眼:"还是哥哥这样的好,一心谋权,谁都不爱。"

坐在暗处的梁遇轻叹了口气,谁都不爱,却也未必。他心里应该是牵挂着谁的,有时候午夜梦回,很久都难以入睡,脑子里乱糟糟,心头杂乱地跳……他只是不敢细想,对于他来说,想得太多都是罪孽,他如今这样,还能指望什么!

月徊见他不言语,才知道自己说错话了。她嗫嚅了下:"晚上您有差事要忙吗?咱们一块儿喝一杯吧,今儿是元宵节。"

是啊,今天是元宵节。他想了想道:"宫里要往朝中大员府上送食盒,徐家得我亲自送,你收拾收拾,等我回明了皇上,就带你出去看花灯。"

月徊一听,顿时来了精神,皇帝要当爹这事儿也抛到九霄云外去了:"说定了,不许撇下我自个儿走了。"

梁遇乜了她一眼:"你见天儿担心我和皇后有点儿什么,不带上你,回头又要没完没了地絮叨。"

女孩子家唠叨似乎是天性，尤其对关心的人，越关心越爱唠叨。

梁遇过去十一年孑然一身，跟前近身的人周全侍奉吃穿就罢了，没有人敢来过问其他。也只有月徊，缠着问长问短，唯恐他行差踏错被人骗了、糟蹋了。他觉得有点好笑，这世上只有他算计别人，何尝有人敢来算计他？她糊里糊涂，心却是纯粹的，他忽然发现有她这么杞人忧天很好，他喜欢这种家常的温暖，即便这份家常是偷来的。

夜里有了约，于是这大半日都悬着，虽然处置起公务来如常，但不时要去瞧瞧座钟，唯恐误了时候。好容易挨到申时，趁着天还未黑就要出宫，和月徊说好了在延和门上碰头的，他到了那里却不见她的踪影，只得耐着性子，系紧斗篷的领扣。

雪虽停了，天气却越发阴冷，风吹得领上狐裘翻飞。忽然有人在他肩上拍了一下，他回头看，正是那丫头。她换了一身太监的衣裳，笑嘻嘻镶着暖兜，耳朵上扣着暖耳，那模样，一看就是个宫瘖。

"您久等啦。"月徊眉眼弯弯，抖了抖荷包，"我都预备好了，还带上了月例银子，回头我请您吃驴打滚。"

梁遇见她没披斗篷，蹙眉道："就这么出去，夜里没的冻死了。"

她也不管，挽着他的胳膊嬉笑："早前我一件破棉袄就能过冬，也没见冻死呀。我皮实，死不了的，快走吧，再晚皇后娘娘都吃过元宵了，您这御赐送过去也是白搭。"

活泛的姑娘，没有那么些个避讳，她一欢喜就爱勾肩搭背，当然也只限于哥哥，皇帝跟前可从来不曾逾越过。

月徊心情很好，彼此对坐在车里，就着天光瞧瞧对面的人，锦衣轻裘包裹下，梁遇是人间富贵花。他有一双敏锐而干净的眼睛，瞧着你的时候目光冷冷如冷月，即便兄妹相认那么长时候了，月徊也还是惊叹于他的美色。她就像市井里没出息的俗人，带着漂亮媳妇出门似的，浑身上下透出一种贫瘠的快活。虽说有点犯上，但这种心情就是挡也挡不住，反正梁遇在她身边，她觉得腰杆子很硬，底气很足，也很骄傲。

她一直笑吟吟的，梁遇觉得奇怪："你那么高兴吗？"

她说："对呀，就算四九城我都走遍了，像这回这样兜里揣着银子，身边跟个美男子，还是头一次。"

梁遇失笑："亏得你不是男人。"

她却嗟叹："要是男人，八成也是个有色心没色胆的。"

梁遇倚着车帷子，暗想这话真是说着了。

徐太傅的府邸离紫禁城不远，北京历来有"东富西贵南贫北贱"之说，官宦人家一般都聚集在西城这一片。马车到府门上时，正是掌灯的当口，门房小厮见一队太监过来，当即吓得不敢动弹了。

曾鲸上前道明了来意，小厮这才回过神，忙进去通传。不多会儿就见徐宿携家眷到了前院，梁遇方含笑下车来，比了比手，命人呈上食盒，笑道："今儿是元宵佳节，咱家奉万岁爷之命，给府上送些点心。"

徐太傅忙躬身上来接应，千恩万谢道着"主上圣宠，阖家荣光"云云。

梁遇从徐宿身后找见了皇后的身影，转身由月徊手里接过一只玉雕芙蓉锦鲤的首饰匣子，亲自呈敬到了皇后面前。

他微微弓着身子，和声道："娘娘，主子惦念，不得相见，特命臣转赠奇楠沉香佛珠一挂。这是主子随身之物，以表主子思念之情，请娘娘收好。"

徐皇后道了谢，将匣子接过来。前院灯笼高悬着，梁遇的那双手，在灯下有种奇异的美感，青白、纤长、骨节分明。徐皇后抬眼悄然望了望他，这一望正对上他的视线。他在有价值的人面前，永远是一副和颜悦色的模样，甚至越发温和地对她一笑。徐皇后是未经人事的姑娘，登时心头趔趄，忙往后退了两步。

梁遇瞧在眼里，不动声色，向徐宿拱了拱手道："咱家交了差事，便功成身退了。天儿冷，娘娘与太傅大人请回吧。"

徐宿自然要客套一番，勉力挽留着："到了饭点儿上，怎么能让厂公走呢。家下备了薄酒，厂公留下吃个便饭，徐某也好向厂公道谢，多谢厂公费心玉成。"

梁遇哎了声："梁某职责所在，万般都是为着皇上和江山社稷，太傅大人不必客气。喝酒有的是时候，这是娘娘留在府上的最后一个元宵节了，一家子骨肉团聚最要紧，梁某不便打搅，改日再登门拜访吧。"

又让了一回礼，终于辞出来。梁遇登上车，整了整身上曳撒，谁知一抬眼，正对上月徊虎视眈眈的眼睛。

他怔了下："怎么了？"

月徊哼哼冷笑："你们眉来眼去，我可看见了。"

梁遇不以为意："你哪只眼睛瞧见了？别整天胡说，也忌讳些个。"

月徊越看他越觉得可疑："当真没有？"

梁遇说："不错眼珠的是木头。"

她有点生闷气，虎着脸道："那下回你向皇后娘娘引荐我。"

梁遇猜她又要作妖："怎么引荐你？"

"就说我是您的相好，请娘娘往后多照应我。"她说罢，无耻地笑了笑。

要是换作以往，哥哥大概会啐一句胡闹，可今天却不同，他听后沉默不语，好半天才笑了笑，淡声道："皇后是要入宫的，这样的谎话能糊弄到几时？早晚会被人戳穿，到时候反倒不好。"

月徊支吾了下："可我就是不喜欢她含情脉脉地瞧您，她想干什么呀，都是要做皇后的人了。"

梁遇听她抱怨，脸上一直挂着闲适的笑，有些自嘲地说："你哥哥不是香饽饽，我是个太监，除了那些没出路的宫女子，没人愿意和我走影儿。"

月徊虽然明白这个道理，但事到临头她还是不高兴，还是觉得全天下女人都觊觎她哥哥。

这是一种很奇怪的感觉，有点像吃味儿，或者是因为多年失去一朝寻回，她生出了无边的占有欲，反正哥哥是她一个人的。她有时候想，还好他在司礼监当差，甚至还好他是太监……这种想法虽不应该，但也确确实实杜绝了某一天凭空冒出一个嫂子来的可能。她也会拿哥哥和宫里女人勾搭，对比皇帝立后封妃生孩子，然后惊奇地发现，原来前者比后者让她难过一万倍。

她是有点儿不正常了吧，总是隐隐约约地肖想，明知道他是自己的亲哥哥，还是垂涎于他的美色。

心情又不好了，她仰着脑袋，靠在车帷子上，后脑勺因马车震动，被磕得咚咚作响。最后终于把心里话说了出来："瞧脸就能过一辈子，太不太监有什么相干。"

梁遇愣了下，不由得偏头打量她，朱红色的组缨垂挂在他颊畔，那斜眼觑人的模样，真有风情万种之感。

月徊挡住了半边脸："别这么瞧我，这是我的肺腑之言，在我心里哥哥就是好。"

梁遇慢慢收回视线，一双手按在膝头上，含笑说："我知道。"

有时候想想，过去二十六年像做梦似的，走到今儿，所有的荣华富贵与成就，都不及妹妹对他的依赖。

月徊是个缺心眼儿，认准了他是哥哥就不生二心。这样的情分很难得，自己若是动摇，对不起爹娘也对不起她。就这样吧，一直这么下去也很好，即便她将来会渐行渐远，但无论什么时候回来他都在。他玩弄权术，操控整个紫禁城，可换种说法，他何尝不是被紫禁城禁锢着，一生一世都逃不出去。

那些不高兴的事儿，不去想他，他挑起窗上垂挂的帘子看外头，京城的元宵节极热闹，走到前门大街，每一条巷子都挂上了灯笼，这夜便是熠熠生辉的，越夜越辉煌。

京城晚上的夜市很热闹，春节时候更是通宵达旦。前半夜称灯市，男女老少把臂夜游，看灯买小零嘴儿；后半夜称鬼市，专卖古董文玩，里头门道很深，物件包罗万象，小到衣服上的铜纽子，大到皇上的荷花缸，应有尽有。

梁遇手下厂卫虽拿捏着整个京畿，但他出来逛夜市的机会很少，上次还是四年前随侍汪轸接女人，夜里路过了前门大街一回，那时候觉得满世界闹哄哄的，臭气熏天，实在不是个消遣的好去处。今儿是早有预备的，派了人清扫过，这街市看上去还算整洁，至少不辱没了他的靴子。

外头斗骨严寒，他回身接应月徊，月徊一直捧着她的柿子手炉，掌心贴上来自是滚烫。她蹦下车，东张西望满眼放光，笑着说："我兜里有钱，瞧着这夜市，可比以前有意思多了。"

什么都阻止不了姑娘逛街撒欢的心，她纵跳着往前去，梁遇对身后的曾鲸摆了摆手，示意他把人散开，不必跟着了。

月徊对什么都感兴趣，什么都想要，一路过来杂七杂八的玩意儿买了不老少。她还买了一串金鱼形状的风铃铛，说等天晴了挂在他值房的南窗下，这样值房里就热闹了。既然是替他买的东西，当然得他自己拿，于是往他手里一塞，她又去看别的好东西去了。

梁遇没法子，扔又扔不得，一路提溜着，这风铃铛就响了一路。好在曾鲸有眼力见儿，过来分担了，小声道："老祖宗，交给小的吧。"

这下他总算能腾出手来了，可还没来得及回身，月徊托着一个油纸包回来了，往前一递，说："哥哥吃，才做成的驴打滚，还热乎呢。"

所谓驴打滚，不过是种黄豆黏米和红豆沙做成的小食，搁在宫里没什么稀奇的。梁遇寻常不爱吃甜食，尤其这种过于糯的，因早年才入宫那会儿常顾不上吃饭，糟蹋了胃，这些年再怎么调理也没能养好，所以吃口上很忌讳。但瞧月徊兴致很高，要是不吃，只怕她无趣，便抽出汗巾擦了擦手，这才凑趣儿捏了一个搁在嘴里。

月徊觉得哥哥精细，她这一路上摸了那么多东西，居然没想起来擦手，和他一比，自己才像个男人。不过无论如何，他肯吃街边上的小食，这已经很赏脸了。

"怎么样？"她眼巴巴地看着他，"宫里的驴打滚是拿鹅油揉的，太腻了，不如外头的吃口清爽……好吃吗？"

第十四章 心意辗转

梁遇嚼了又嚼，下咽得十分困难，还是勉强点头："好吃。"

她越发高兴了，热情相邀："再来一个？"

梁遇摇头："不了，你自己吃吧。"前头不知在售卖什么，好些人围成了一圈，他指了指，"上那儿瞧瞧去。"算是非常自然地躲过了她的好意。

然而到了人堆前，透过缝隙才看清，原来里头有人在卖刨冰。一块巨大的冰疙瘩，前头堆着各色果子酱和糖稀，用以招揽那些没见过世面的孩子。他正想离开，月徊却不答应，央着他说"买一碗吧，买一碗吧"。

他不明白，大冷的天儿，穿得那么厚实却要吃刨冰，这是什么古怪癖好！可是架不住她央求，只得挤进人堆里，掏块碎银买了一碗。

刨冰拿江米做的小碗盛着，淋上了山楂果子酱，顶上嫣红一片。她忙双手来捧，刚才的驴打滚已经全部下肚了，梁遇看她吃得香甜，觉得她大概是饕餮托生的，怎么这胃口能装下那么多东西。

她还客气着呢，抬抬手："您吃吗？"

梁遇摇头，怕她冷，解下自己的斗篷给她披上。只是这么一来，他那身官服就没了遮挡，无比扎眼地暴露在熙攘的人群里。四周围都是平民百姓，哪里见过这样高官逛灯市的阵仗，一时都怯怯的，自发离了八丈远。

像上回皇帝出宫似的，这就是登高后的孤单。月徊捧着沙冰食不知味，讷讷道："要不……咱回去吧。"

然而话音未落，杀声四起，人群顿时炸了锅。月徊手里的冰碗子落在地上，梁遇拽着她便走。身后刀光剑影不休，她挣扎着回头看，发现不知从哪里凭空冒出来很多黑衣人和番子，厮杀间一刀下去头破血流。她惶惶抓紧了梁遇的手："哥哥，那些是什么人？"

梁遇道："想杀我的人。"

月徊惊恐不已："咱们难得出来逛回灯市，就让他们给盯上了？"

其实那些人蛰伏在京城许久了，今天是有意引蛇出洞，好将他们一网打尽。红罗党的人埋伏在了前门大街内外，却不知厂卫的暗桩潜藏得更深。那两个南郊读书人供出的线索总要派上点用场，否则大动干戈，岂不成了无用功！

他拉月徊上，不防斜对面飞来一支冷箭，箭羽呼啸，闹出好大的响动。月徊正要喊哥哥小心，却见他抽剑一震，那剑身上冷光乍现，箭羽转眼就被劈成了两半。也不等她诧异，直将她塞进了车厢，曾鲸扬鞭大喝一声"驾"，马车疾驰起来，只听得身后叮叮当当兵器交错的声响，月徊哆嗦成一团，喃喃自语着："这也太吓人了……"

梁遇哼笑了声："天下欲我死者，何其多。"身处这个位置招人恨，早前还有汪轸当靶子，如今汪轸死了，那些人口中的阉党头目就成了他。

月徊有些无措，她心神不宁地挪了挪身子，又摸摸车厢里悬挂上的金鱼风铃，马车跑动，荡得它脆声作响。她定下神后，脑子里装的东西总和别人不一样，梁遇以为她会叮嘱他往后多加小心，结果她有些艳羡地探着脖子，说："哥哥，您是什么时候学的剑法？刚才那一哆嗦，多神气！"

梁遇忽然觉得胃疼："一哆嗦？"

她竖着两指比画了一下："就这么，嗖嗖……"

他捂着胸口弯下了腰，果真那个驴打滚发作起来了，每回胃疼总有一段难熬的时间，会疼得冷汗淋漓，疼得人提不起劲儿来。

月徊见他有异，骇然过去搀扶他："您怎么了？不会是中毒了吧？"

梁遇听了越发无力，叹着气，低下了头。

月徊自然是担心他的，车内吊着小小的角灯，照出他脸上一层水光。她几乎要吓哭了："哥哥您怎么了？您怎么了？"一头说一头朝外喊，"曾少监，掌印受伤了。"

曾鲸被她这么一呼也吓得不轻，焦急地连连唤他："老祖宗……老祖宗，您伤着哪儿了？"

梁遇仰起头，背靠着车厢勉强应了声："没什么要紧的。"

"怎么不要紧，瞧瞧这一脑门子汗。"月徊抹着眼泪说，"哥哥，您可不能有事儿……您到底哪儿疼？您没力气了吧？靠着我……靠着我……"边说边把他往自己肩头扒拉。

胃确实疼，人也确实虚，她让他依偎着，横过一条臂膀来紧紧搂着他，那种感觉多奇妙，不管她多弱小，都会让他觉得有了依靠。

他闭上眼，微偏过头，额头与她脖颈相抵，感觉到她颈间脉动，和一种如兰似桂的芬芳。不应当的，可是又眷恋，说不出是什么缘故。他想也许是过于想念母亲，而她身上有娘的味道。

月徊是既怕他疼，又怕他冷，摸着他额上汗津津的，越发急得不知如何是好。

"您到底伤着哪里了？是不是刚才吃的驴打滚被人下毒了？可是我也吃了啊，我怎么还好好的呢？"她呜咽着说，"曾少监，您快点儿，再快点儿，他得看太医……哥哥，您要挺住……"

她大概真觉得他快不成了，话都说得语不成调。他倒有些亏心了，这么隐瞒缘故白让她担心，似乎有点儿不大厚道。可正在他打算告知实情的时候，发现有只手探进来，在他胸口胡乱摸了好几把。他有些气堵："月徊，你干什么？"

月徊说："我摸摸您是不是被箭射中了。您捂着胸口，问您怎么了，您又不肯说。"

所以受用了她的关心，到底是要付出代价的。他按住她的手，在胸口停留片刻，然后拉下来，放开了，只道："我是吃了驴打滚，泛酸水作胃疼，没有中毒，也没有受伤。"

月徊怔忡着，哽咽道："您怎么不早说呢，真是吓着我了。"

但他脸色确实不好看，白里泛出青来，连嘴唇都没了血色。月徊提心吊胆，所幸马车直接驶入了神武门，这是破天荒头一遭，已经是极大的逾越，但这会儿也顾不得了。

进了司礼监衙门即刻传太医来瞧，胡院使道："还是老病症，我再添两味药材，厂公且试一试。这胃疾还需长期调理，千万别因公务繁忙，就抛到一旁去了。"

梁遇坐在桌前，强撑着颔首："回头让底下人天天预备，劳烦胡大人了。"

胡院使道："厂公客气了，还有一桩最要紧的，我曾告诫过您不能吃过于软糯的东西，厂公忘了？"

梁遇避开了月徊的目光，敷衍笑道："多年不吃糯软的点心了，今儿嘴馋，没忍住。"

胡院使也笑起来："可不嘛，今儿过节，正是吃元宵的时候。不过您的胃口不成，还是戒断的好。"复又叮嘱了几句，方领着小太监上御药房配药去了。

一旁的月徊觉得对不住他，挨在他跟前说："是那个驴打滚闹的……怪我非让您吃。"

梁遇不愿她自责，含糊道："我才刚不是说了吗，我也犯馋了。"

月徊终归满含愧疚，小心翼翼地把他搀上床，懊恼着："早知道就不上前门大街去了，闹出那么多事儿来……"

梁遇歪在引枕上，垂眼道："其实我是借着出游布网，想把那些乱党一举擒获。带着你一道涉险，实在对不住你。"

月徊到这时才明白过来，原来一切都是安排好的。说失望，也不算失望，她没那么多矫情的小心思，反倒高兴地表示："我能帮您下饵，挺好的。"

梁遇不说话了，只是定定看着她，因身子不豫，那双眼便透出些缱绻迷离的味道。

月徊呆呆回望，看久了耳根子发烫，热烘烘的感觉一路向下，蔓延进领口里。梁遇的目光像生了钩子，叫人挣脱不开，她有些心慌，犹豫了下才壮胆儿说："哥哥，您老瞧我干什么？还喝水吗？我去给您倒。"

某种煎熬的情绪慢慢涌上来，比胃疼更让人痛苦，梁遇握紧双拳，闭上了眼睛："你往后……别再叫我哥哥了。"

月徊听了愕然："为什么？我做错什么了吗？"

不知道……他不知道自己究竟想如何，也不知道自己这么说的动机是什么，好像就是厌倦了做她哥哥。是不是今天太过大起大落，才让他脑子打结了，他正要为自己找借口，猛听得门外杨愚鲁低低唤了声老祖宗："回事。"

他舒了口气，那些没来由的情绪霍然褪尽了，他又还原成本来的样子，撑起身，淡声道："进来。"

第十五章 沉梦微澜

杨愚鲁从门上进来，快步到了床前，躬身道："回督主的话，前门大街诛杀乱党六人，擒获活口三人，如今已押入昭狱严加审问了。"

梁遇倚着引枕，略思量了下道："红罗党杀我之心不灭，才区区九人罢了，暗中未必没有人潜伏观察。给我狠狠地审，审到他们说出实情为止。要紧一桩，先把京城里埋伏的铲除了，至少保得皇上大婚不出岔子。剩下两广的，限时责令总督衙门办理。倘或办不下来，就给咱家派兵，必要将这伙乱党连根拔除，才能叫咱家心安。"

杨愚鲁道："二档头已在奔赴广州的路上了，到了那里和总督衙门会合，不愁剿灭不了乱党。老祖宗眼下还是保重身子要紧，先前皇上派柳顺过来问了病况，小的唯恐柳顺打搅老祖宗，便先打发他去了，只说老祖宗没什么大碍，让他禀报皇上，请皇上放心。"

梁遇嗯了声，抚着额头，乏累地闭了闭眼："皇上才亲政，虽是坐稳了江山，却也隐患不断。外头藩王们心怀叵测，各路流寇扰攘边境，腹地又有暴民乱党鼓动百姓……咱们肩上的担子重得很呢，真是一刻不得歇。"

杨愚鲁听了，谨慎笑道："老祖宗能者多劳，古来圣人都不是吃闲饭的。皇上再勤政，一块铁疙瘩又能打多少个钉儿？必要像老祖宗这样的能臣辅佐，既替了万岁爷心力，又能平衡朝廷内外。先帝与新君交接的当口，哪一朝不得动荡一程子，不巧让老祖宗碰上了,少不得多操一回心。"

梁遇蹙起眉,胃里的绞痛渐渐有缓,只余下隐约的一点牵扯。他向来没病没灾的,这番痛已然叫他尝尽厉害了,脸上便存着一段病气儿,人也有点怏怏的。

"乱党要着实地审,主子大婚事宜也不能耽搁。惊蛰之前把剩下的大礼过了,钦天监看了四月初八的日子,时候过起来快得很,各部都要抓紧预备,若是等到了眼巴前儿再发觉有遗漏,咱家活剥了他的皮!"

杨愚鲁一凛:"请老祖宗放心。"

"还有……"他曼声道,"派往各藩接人的名单具好,这两天就预备动身吧。"

杨愚鲁复哈腰应了:"正要讨老祖宗示下,往南苑是走水路还是走旱路?要是走水路,从运河拐个弯入金陵,耗时还短些。"

梁遇道:"走水路,让南苑的人尽早入宫,早一步到,才好早做安排。"

这个安排,杨愚鲁心知肚明。南苑王比之别的藩王更晓事儿,出手也更阔绰,世上什么最好,自然是孔方兄最好,掌印那里打通了环节,还愁将来宇文氏的姑娘没有好前程吗?

杨愚鲁道:"那小的这就去安排,预备好了宝船,后儿从通州出发。"

梁遇点了点头:"派总旗带队,让傅西洲跟着一块儿办差事。"

杨愚鲁道是,又揖手行了一礼,方才退出去。

事儿太多,就算是病着也不能休息。梁遇困乏地喘了口气,可气才出了一半,看见月徊幽怨的脸,于是那半口气就卡住了,不上不下地堵在了嗓子眼儿里。

"您让小四去,是给小四立功的机会?"她冷着脸说,"多谢掌印。"

梁遇愣了下,她管他叫掌印,他又有些无所适从起来。

"我恨不得让全天下人都知道您是我哥哥,可您不让我叫了……"她泫然欲泣,"您是嫌弃我,嫌我笨,不配做您妹妹,我知道。"

梁遇胃里疼罢了,头又疼起来,他无奈地撑着床板说:"我不是那个意思,当初你乌眉灶眼地到我跟前,我也没嫌弃你,我只是……只是……是为你好。你瞧外头多少人想要我的命,不让你叫哥哥,是在保全你。"

可他心里知道,他说那话并不是出于这个原因,就是单纯不想做她哥哥了,单纯想撇清这种夹带着血缘关系的称谓。

可月徊哪里明白,她只觉得哥哥不要她了,就算他解释了一大套,她的眼泪还是落了下来。

"这是您第二回说这么古怪的话。"她委屈地抽泣,"上回您问过我,要是没有哥哥会怎么样，当时也吓我好大一跳……您到底是怎么了？是不是发现找错了妹妹，我不是梁月徊？"

他答不上话来，心里苦笑不迭，并非因为她不是梁月徊，是因为他自己，他不是梁日裴。

月徊哭得伤心，越想越难过："你们司礼监是干什么吃的？东厂又是干什么吃的，怎么能找错了人！我不是梁月徊，那我是谁？还是个没来历的野丫头？"

梁遇说："我多早晚说找错人了……罢了，你还是接着叫哥哥吧，先前的话全当我没说，成不成？"

她哭得泗泪横流："成是成的，可我心里就是难受，您到底是怎么回事？您要是打算不认我了，趁早说明白，别见天往我心上扎刀。"

她的眼泪能砸死人，他不得不支起身子探过手去，把她搂进怀里，笨拙地安抚着："好了，哥哥做错了，往后再也不会了，你别哭。"

他也想过，如果梁月徊另有其人会怎么样。也许找回来也是寻常待之，因为他再也没有同样的热情，去全心对待另一个人了。

所幸月徊不是个难哄的姑娘，三言两语的，这事儿就算过去了。

抱一抱，心里舒坦不少，分开的时候有点不好意思，她揉着发烫的眼皮说："我上外头瞧瞧，看药煎好了没有。"说罢便起身，打帘走了出去。

门外空气冷冽，已经到了午夜时分，有细雪飘到檐下来，月徊闭上眼，深吸了口气。

屋子里太热，热得脑子也不大灵便了，这会儿回头想想，哭哭啼啼算怎么回事儿。他那么杀伐决断的人，遇上了这么个不讲理的妹妹，大概也只有认栽的份儿。

转头看，回廊那头有个小太监托着托盘碎步过来，她上去接了，重新折回屋子里。

梁遇靠在床头，闭眼的模样有种深寂的美好。她不知道他是醒着还是睡着了，放轻手脚过去，压着嗓子叫了声哥哥："该吃药了。"

那眼睫微微一颤，极慢地睁开，半带蒙眬的时候和清醒时不一样，没有那种警敏和咄咄逼人的味道。

月徊端过药碗，捧到他面前："要我喂您吗？"

梁遇说不必，撑着身子抬手接过来，他的手指细长，便显得那药碗小得玲珑。月徊低头瞧瞧自己的手，十指算不得短，但和他相比显然差了不是一星半点。她不由得有点泄气，好的全长到他身上去了，要是评定容貌，哥哥配得上绝色，她至多够得上一个姣好吧。

不过遗憾归遗憾，哥哥还是得侍奉好的。见他碗沿离了口，忙从桌上珐琅盒子里捻了一颗糖腌的杨梅过来，不由分说塞进了他嘴里。

梁遇的嘴唇丰泽且柔软，不小心触到一下，心头难免一蹦跶。他当然也察觉了，却没有抬眼，那颗杨梅在嘴里颠来倒去地含着，一本正经地，倒比处置红罗党时的模样更专心。

不知为什么，彼此间似乎慢慢生出了一道鸿沟，以前从没有过的，似乎不得亲近，也不能那么顺畅地交心了。月徊虽然粗枝大叶，但也有女孩儿细腻的小心思，就开始疑心他多番说的那些话，是不是因她太缠人，对她不耐烦了。

"那个……"她搓了搓手，"我该回夫了，明儿一早还有差事呢。"

梁遇闻言，掀了被子起身道："我送你过御花园。"

月徊说"不必"，脚下匆匆往外腾挪，空泛地比了比手道："我找秦少监去，才刚还看见他在外头……您别起来，歇着吧，今儿多辛苦，好好睡一觉，明儿起来就有精神了。"

她嘴上说着，人已经打帘出去了。

檐下挂了一排灯笼，因着今儿是元宵，处处照得煌煌如白昼。她人站在廊子上，透过薄削的桃花纸，身影如同镶了圈金边，伶仃站着，左顾右盼地找秦九安。

他心里慢慢焦灼起来，夜这么深了，天儿又那么冷，让她站在外头等人，万一受了风寒怎么办？秦九安那个作死的东西，这会子也不知跑到哪里去了，倘或人再不来，他就打算亲自送了。

心想着要不要出去，正犹豫间，见秦九安到了台阶下，仰脸笑道："叫姑娘好等，先头有事儿绊住了……那咱们这就走吧。"

月徊哎了声，原想回头的，最后还是忍住了。静心的时候她也思忖，自己好像过于依赖哥哥了，这才给他造成重压，让他觉得乏累。她得见好就收，要不然惹得他撂挑子，那可就得不偿失了。毕竟这个哥哥还是很令她满意的，有权有势，人又长得俊，对外横扫一大片，对她那份耐心简直堪比老妈子，可着四九城找，也找不见第二个。

月徊心里琢磨着，出了司礼监大门。宫里深夜下钥后，只有掌印和少监们能自由来去，秦九安挑着灯笼走在前头，她觑觑那背影，终不是梁遇，心里便有些空落落的。

远处东二长街上敲起了梆子，嗒嗒的声响，在这夜里绵长地飘荡，快到子时了。

月徊叫了声秦少监，道："掌印还泛酸水呢，要劳您多留神了。"

秦九安道:"姑娘放心吧,咱们伺候掌印这些年,一应都知道的。早前胡院使也开过方子,吃了半年,渐渐有了起色,老祖宗因公务忙,药石上头就耽搁了。这个老病症,倒有两年没犯过,想是老祖宗自觉好得差不多了,谁知一个疏忽,又发作起来。"

月徊不免自责:"怪我不知道,硬劝他吃了驴打滚。"

秦九安心下了然,掌印和这族亲妹妹不清不楚的,照外人看来,里头的渊源不可谓不深,甚至深得不能细究。

原本太监笼络住后宫主子们,一则为解闷儿,二则也为有照应。这位眼下是御前红人,听说万岁爷都许了贵妃的衔儿了,将来的成就了不得,掌印怎么能不与之交好!驴打滚嘛,虽说吃了泛酸水,可在姑娘面前是出苦肉计啊。姑娘一看掌印为了讨自己的好儿,都把自己作践成这样了,不定怎么感动呢!

"想是老祖宗怕姑娘一个人吃小食无趣,想给姑娘做个伴儿。"他回头眨了眨眼,"姑娘不知道,咱家当初是和老祖宗一块儿入的司礼监,也算六七年的同僚了,老祖宗为人审慎,以前可从没见他这么待后宫里头的姑娘。唯独您哪,这回着实另眼相看,咱们瞧着,心里明镜儿似的。"

月徊觉得好笑,太监敲缸沿的毛病又发作了。可惜他们不知道底细,更不知道他们是嫡亲的兄妹,这么刻意地拉拢说合,压根儿没什么用。

她不便应他,含蓄一笑带过了。前头将到延和门,她顿住步子说:"秦少监,我有桩事儿想托付您。"

秦九安道:"姑娘请讲,只要帮得上忙的,咱家绝不推脱。"

月徊道:"我先前听掌印说了,要遣傅西洲去金陵接人。他是我干弟弟,我们有阵子没见了,能不能托您传句话,他临走前让我和他见上一面?"

秦九安一听,说:"这有什么难的,明儿让他进来回事,不就顺顺当当见上了吗?"

月徊很高兴:"那就全赖秦少监了,我倒也没什么特别要紧的话要交代他,只是他年纪小,没出过远门,这是头一回办差事,我得叮嘱他两句。"

秦九安十分体人意儿,表示都明白。毕竟这姑娘不是等闲之辈,不光掌印要拉拢她,他们这些底下人,也得瞧准了时候巴结巴结。

随墙的小宫门打开了,秦九安送到门前,笑着说:"今儿廊子上掌一夜的灯,姑娘进园子能瞧得见,我就不送了。等明儿说好了时候,我再打发人上乾清宫给姑娘传口信儿。"

月徊再三道了谢,这才回身往乐志斋围房去。梁遇给她安排的小宫女都挺机灵，预备下了热水和换洗衣裳，连褥子都已经熏过了香。她洗漱完钻进被窝，这回不像以往似的倒头就着，翻来覆去直到听见打了三更的梆子，方迷迷糊糊地睡了过去。

她做了个梦，一个很旖旎，又很大逆不道的梦。梦里哥哥忽然不见了，她边哭边喊，找了大半个紫禁城，才在一处偏僻的宫苑找到他。

他那时就站在梨花树下，穿着牙白描金的曳撒，梨花落了满头。阳光从扶疏的枝叶间照下来，正照在他唇畔，他噙着一点笑，问她"你怎么来了"。

她因找他找得发急，理直气壮怒火滔天。可能是怒壮怂人胆，她一把将他压在树上，照准他的嘴唇狠狠亲了下去。

然后就醒了，活活吓醒的。

她从黑暗里翻身坐起来，崩溃地捂住了脸，羞愧于自己竟然敢做这样的梦。可是羞愧过后又红着脸开始琢磨，梦里自己真是力大无穷啊。不知搁在阳间，她能不能有这样的勇气和力量，把他死死压在树干上……

毕竟做梦是件私密的事儿，梦里无法无天，谁也不能把她怎么样。

她居然觉得这梦回味无穷，当然也可能是半夜里脑子不好使了吧！昏沉沉又躺回去，甚至奢望能继续刚才的美梦，可惜梦断了，再也没能接上。

五更的时候起身，天还没亮，各处宫门都已经开了，整个紫禁城浸泡在寒冷和黑暗里。夹道中来来往往尽是挑着灯笼沉默前行的宫人，如果有人俯瞰这座皇城，会看见错综的经纬上，布满移动的光点。

月徊提灯往乾清宫去，虽然她的蝈蝈儿被鸡吃了，但皇帝的蝈蝈儿依旧由她伺候。她每日的差事就是替皇帝梳头，喂蝈蝈儿，剩下的时间基本闲着，在御前站班，有一搭没一搭地陪皇帝说话。

细数下来，进宫也近一个月了，乾清宫她都摸透了，闭着眼睛也能进东暖阁。只是今天有点儿糊涂，睡得太少，加上那个梦上头，她是打着飘进乾清宫的。

按说这时候皇帝应该起身了，可到了廊庑前，发现不大对劲儿，暖阁内外还是静悄悄的。迎面碰上了柳顺，柳顺说："姑娘来了？万岁爷今儿闹咳嗽，人也恁懒，我正要打发人回掌印呢，看看是不是传太医进来问个脉。"

月徊有点奇怪："万岁爷圣躬违和，怎么不直去传太医，还要通禀掌印？"

"这您就不知道了，万岁爷打小儿是掌印看顾大的，什么时候该请太医，掌印心里头有数。"柳顺笑道，言罢又压低了嗓门儿，"何况万岁爷万乘之尊，隔三岔五地传太医，就算不往外宣扬，跟前伺候的人看着也不好。万岁爷正是春秋鼎盛，有点子小病小灾的,吃两粒清心丸就好了,他老人家自己也不愿意劳师动众。"

月徊哦了声,嘴上虽不说,暗里却惊讶梁遇的权力竟已经渗透到了这地步,连皇帝看不看太医都要听他的意思。好在他是一心为着皇帝,皇帝也不疑他,如果哪天生出了不臣之心,那后果真是不堪设想。

"我进去瞧瞧。"月徊微欠了欠身,"总管您忙吧。"说完把手里的灯笼和梳头包袱交给一旁的小太监,自己打帘进了东暖阁。

皇帝卧在床上,颧骨潮红,还像她头回见他时候的模样,看来是老症候又发作了。她趋身上前问:"万岁爷,您哪儿不舒服呀?难受得厉害吗?"

皇帝轻轻摇了摇头:"就是气闷,总想咳嗽,没什么要紧的。"

月徊在脚踏上坐了下来,替他掖掖被子说:"今儿没有朝会,您就好好歇一天吧,我想着是昨儿亲政大典过于劳心劳力了,歇一歇就会好的。"

皇帝勉强牵了下唇角:"大约是吧,虽说那些筹备不要朕亲自过问,但这件事像石头一样压在朕心上许久。如今尘埃落定了,人松懈下来,反倒要犯病。"语毕咳嗽了两声,想起昨天得来的消息,"朕听说大伴也不豫,现在怎么样了?"

月徊道:"是胃疾发作了,来势汹汹去得也快。我昨儿回他坦的时候,像是已经好多了,应当没有大碍了,皇上只管放心吧。"

皇帝颔首,顿了顿问:"昨儿出去,正遇上东厂抓人,怕不怕?"

所以梁遇的所有计划,都是预先和皇帝通过气的。带着她一块儿逛夜市,才不至于让那些乱党起疑,毕竟掌印那样的大忙人,抽冷子上前门大街胡逛,说出来也没人信。

幸好自己大而化之,糊涂得很,要是换个揪细的姑娘,该觉得他们为了办成大事拿她做饵,总要闹上三天别扭才痛快。

"不怕。"她没心没肺地说,"东厂的人身手都很好,那头打起来,我们这头早赶着马车回宫了。"

她的乐观洞达总能吸引皇帝,养在闺阁里的姑娘都是娇花,欠缺了她身上热血和无畏的精神。皇帝舒了口气,斟酌道:"昨儿大伴回禀司帐有孕那件事,朕一直想同你解释……这话不太好开口,朕也觉得没脸,一头说多喜欢你,一头又幸了别人,还弄出个孩子来。"

月徊先前确实不痛快了一小阵,但后来已经看开了,十分体人意儿地说:"司帐的孩子不都三个月了嘛,三个月前您还不认得我呢!我听掌印说过,皇上到了年纪就得学本事,这个不怨您,说明您本事学得好。"

皇帝愣住了,本事学得好?这话到底是夸还是损?横竖他深感对不住她,那天雪后出宫和她上什刹海滑冰，似乎也变成了滥情的佐证。那时候分明是一片真心啊，即便到了今天也依旧如此。然而在她心里又是怎么看他？她的大度究竟是当真不在乎呢，还是委曲求全，说出这番话来，只为让他安心？

皇帝抬起眼，小心地打量她："朕一面预备迎娶皇后，一面许诺封你为妃，话还热乎着，太医院又报宫人遇喜……朕脸上实在挂不住。"

皇帝能这么真心实意很难得了，月徊也不好苛责，便大方宽解着："您为什么要这么想呢，帝王家子嗣最要紧，这是我们掌印说的。您将来会有很多妃嫔，会有很多皇嗣，难不成每生一个孩子都觉得对不住我吗？"她咧嘴笑道，"您放心吧，我不因这个就和您见外，咱们一处玩儿得多好呀，就算不当您的贵妃，我也斗胆，拿您当朋友哪。"

皇帝忽然生出些许失望来，听她话里话外，已经有了"就算"这类的退而求其次。她宁愿和他做朋友，也不愿意再当他的贵妃了。

皇帝咳嗽起来，好一通震心震肺。人仰倒在被褥间，手却紧紧拽住了她："月徊，朕不要和你做朋友，朕是一心想同你做夫妻的。"

月徊呆了呆，做夫妻，这个听起来太遥远了。她才发现居然从没想过夫妻这词儿，她好像只打算给他做小老婆。

"您和皇后论夫妻，我给您当红颜知己。"她挨在他床沿上说，"譬如您有心事就和我说说，我这人没别的本事，开解开解您还是可以的。"

说自己没别的本事，可见过于谦虚了。她的本事在这世上绝无仅有，当初他想留她是出于惜才和顾虑，后来渐生私心。一个女人有用且难得，双重的吸引力，以至于他无论如何也舍不得放手。

他嗟叹着，喃喃道："可能这话听上去虚伪得很，可朕就算有再多女人，心还是在你这里。"

月徊想笑又憋了回去，拍拍他的手说："知道，我领着您这片情呢。您这会儿别想那些，养好了身子要紧。"

外头御药房里送皇帝常服的药来了，她扶他半靠着，玉制的药葫芦里倒出甲盖大的丸子，仔细数了七颗才送到他掌心。茶盏伺候上，眼巴巴地瞧着他吞下去，复接过宫人打的手巾把子，替他仔细擦了一回脸。

皇帝原本就肉皮儿白净，沾了水，越发显得剔透。月徊瞧着他，想起上次他病愈后，头一次正眼看她，那双漂亮的眼眸，还有浓重精致的长眉，即便见过这么多回了，也依旧称得上眉目如画。

月徊乐于欣赏美，就像赏花，光看不带伸手，看过便走开了，不会因为没有摘下来而心生遗憾，对于皇帝亦如是。眼下他病了，瞧在之前一同滑冰的交情上，也得好好看顾他。于是探手摸了摸他的额头，掌底果然滚烫一片，药吃了，也没有别的好办法，便牵过他的手，密密替他按压起了合谷穴。

这宫里的女人，没有第二人会如此家常地对待他，皇帝轻喘着问："这有什么说头？"

月徊道："这是我从郎中那里学来的土法子，按压这个穴位能退烧。当初小四生病，我没钱给他买药，靠着这个法子按两盏茶时候，慢慢就好起来了。"

她口中的小四，是个低贱到尘埃里的穷孩子，她拿对穷孩子的办法来对待皇帝，要是上纲上线，恐怕够掉脑袋的了。可皇帝并不觉得有什么不妥，知道她是拿他当自己人，才会这样照顾他。否则就如那些宫女子一样，伺候用过了药就退到一旁站班儿去了，哪怕你烧得恍惚，也没人来瞧你一眼。

"月徊，你在这里，别走。"他弱声说。

月徊道："您睡吧，我在这儿守着您。"

皇帝这才放心，偏过头合上了眼。

月徊手上没停，拿捏着力道继续替他缓解。不经意间回头瞧了眼，发现梁遇不知什么时候出现在落地罩外，就那么淡淡地、凉凉地看着，不说话，没有动作，甚至连眼睛都未眨一下。

月徊待要同他打招呼，又怕吵醒了皇帝，便小心地把皇帝的手掖进被窝里，方从暖阁退出来。

天将要亮了，天地间笼上了稀薄的蓝，从这里往前头宫门上看，云雾暾暾，巍峨宫门恍在云层里。檐下悬挂的灯笼一盏盏拿高秆儿挑下来，一排小太监整齐划一地吹灭了烛火，复列着队退下去。梁遇站在昏暗的晨色里，负手道："早上还没进吃的吧？西边围房里布了早膳，过去用些。"

月徊跟着进了内侍值房，侍膳的太监把东西铺排好，一个接一个地揭开了盖碗。梁遇摆了摆手，人都退下去了，他说坐吧，随后取了一只青玉雕的莲瓣纹鸡心小碗盛上红稻米粥，搁到了她面前。

月徊瞅他脸色，问："哥哥大安了吗？"

他嗯了声："不是什么大病，疼上一个时辰也就好了。"

月徊低下头，把鸡心碗捧在手心里，隔了会儿才道："皇上的病势，看着和上回差不多，您不给他传太医吗？"

梁遇取过筷子，慢吞吞地拿手巾又擦了一遍，边擦边道："已经用过了药，等药性发作了再看，这会子传太医也不好开方子……吃呀。"

月徊没法儿，拿银匙舀了一口，想了想又道："我瞧他发热，身上滚烫，您还是叫个太医过来瞧瞧，哪怕扎一针也好啊。"

梁遇却不说话了，半晌放下手里的碗，寒着脸道："皇上有肺热的病根儿，治了十多年了，左不过调理作养，不能根治。我在他跟前这些年，每一回都是这么过来的，太医来了大动干戈，四五个人会诊琢磨方子，添添减减，熬药看境况，不过如是。你关心皇上我知道，只是别瞎操心。御前有御前的一套章程，好些事儿不是凭着你一腔忠诚就能解决的，你只要办好自己的差事就够了。"

月徊见状不敢再说旁的了，料想是自己不懂规矩裹乱，才惹得哥哥不高兴。

硬碰硬不行，她瞧准了机会献殷勤，牵袖把一只小碟推到他面前："哥哥吃这个，这冬笋丝爽口得很。"

梁遇起先面色不佳，见她不再掺和皇帝的病况，这才微微露出一点笑意来："你也吃。"

后来的气氛还算融洽，只是月徊隐隐有些不自在，哥哥怎么像变了个人似的，越发阴晴不定了。她知道姑娘不便的那几天火气旺盛，难道哥哥也有这毛病吗？可她不敢胡乱言语，只有小心奉承着，也许他是因红罗党的事儿闹心，自己得机灵点儿，可别火上浇油。

早膳过后用杏仁茶，兄妹俩对坐着，谁也没说话。外头雪歇风停，起了浓雾，支摘窗架起一道缝，眼看着雾气像天上流云似的蔓延进来。月徊呷了口茶，从杯沿上瞥他一眼，忽然想起昨晚的梦，心头顿时趔趄了下。

其实她有些心虚，有些不好意思，更多是愧怍，觉得对不起他，也对不起爹娘。兔子还不吃窝边草呢，她居然能对哥哥心猿意马，简直不是人。不过做梦这种事，好像是没法子控制的，她尴尬了一小会儿，退一步想，很快就镇定自若了。

她开始记挂小四，开始盼着秦九安的消息，人显得心不在焉。

梁遇瞧出来了，抬眼问："你怎么了？有事儿？"

月徊啊了声："没事儿。"

没事儿……他搁下茶盏，冷冷哂笑了下。年轻孩子就是好，有那么多的精力，今儿操心皇帝，明儿操心小四。自己是老了，跟不上她那份活络的心思，瞧着他们热闹，自己游离在红尘之外，有时候不免无趣。

他站了起来："我要上东厂去一趟，看看案子进展如何。今儿小四该去金陵了，你有什么要带的，或是话或是东西，我顺便给你捎去。"

月徊茫然站起身，千言万语堵在喉咙里，只觉欲哭无泪。秦九安原本说好了，让小四借着回事进宫的,如今他要往东厂衙门去,看样子小四是进不来了。

还能怎么样,她敢托付秦九安,却不敢在他面前提。月徊憋屈地从怀里掏出两双鞋垫子来,双手递了过去:"您把这个给小四,这程子多雨雪,我怕他脚冷,回头又长冻疮。这鞋垫里头加了一层油绸,不进水的,万一靴子湿了能应个急。"

梁遇垂眼看,目光里夹带着挑剔:"这绣的是什么?蜈蚣?"

月徊气堵:"不是蜈蚣,是蟒,我盼着他封侯拜相呢。"

梁遇没有打破她美好的祈愿,只道:"我瞧你整日在御前,没想到还有闲情绣鞋垫。心思是好的,不过绣工差了点,只怕拿不出手……"一头说,一头往外走,"成了,这件事我来办,你上东暖阁去,好好伺候皇上吧。"

月徊站在门前目送他,见他带着手下的人渐去渐远,身影匿进了浓雾里。不能见小四的惆怅退居第二,哥哥莫名的态度又化成巨大的阴霾,沉甸甸地压在她心头。

从日精门出来进夹道,一路往北行进,穿过御花园时梁遇站住了脚。

身后一行人慌忙顿住步子,曾鲸趋身上来:"老祖宗,可是有什么落下了吗?"

梁遇道:"打发个人,上内务衙门领两双鞋垫子,挑上好的送到神武门上来,咱家要带到东厂去。"

曾鲸虽不明白他为什么要领鞋垫儿,但也不便追问。忙回身叫过一个执事吩咐去办,自己仍随侍他往宫门上去。

出行的车辇早预备好了,瓜棱状的顶棚下悬挂着一串细密的流苏,护城河上晨风微漾,那流苏就在晨风里款款轻摇。曾鲸哈腰高擎起了臂膀,梁遇踩着小太监的背登车,落座后放下门帘,车辇未动,仍停在原地等着派遣出去的执事折返。

不一会儿传来急促的脚步声,因神武门门洞幽深,跑起来动静就特别大。梁遇微微抬眼,曾鲸掀起半副门帘,把鞋垫子呈敬上来:"老祖宗,这是内务衙门里头最好的一等鞋垫了,您瞧成不成?"

梁遇接过来打量,宫里有专事做针线的宫人,那针脚密密匝匝,比起月徊的不知强了多少。

他点了点头,说:"走吧"。就着窗口的朦胧天光,他将月徊的手艺拿出来细看,越看越不称意,不单是针脚稀疏,绣工粗糙,最叫他不舒坦的是这么大的丫头了,胳膊肘还朝外拐。小四明明是半道上遇见的孩子,她待他,倒比对他这个哥哥更上心。鞋垫?手艺不好的人只配绣鞋垫,可他也不曾嫌弃啊,她怎么从没想过给他绣一双?

他下劲儿盯着这两双丑鞋垫，泄愤式地脱下官靴，把它们全镶了进去。穿上感受一下，靴子有点儿紧了，但不妨碍他心里痛快。他冷笑，随手把内务衙门讨来的扔在一旁。苦孩子知道什么好歹，有双这样的通货鞋垫，已经是极大的恩惠了。

很快东厂胡同到了，车辇停稳后，曾鲸上来打帘迎他下车。有了昨儿晚上红罗党的那场行动，他的出行要比以往审慎许多。那些乱党的狗命不值钱，要是伤了他一根汗毛，那可大大的不上算。

衙门里的档头们，除了几个领命外出办案的，剩下的全出来相迎。原本一个大年过完都有些松散，结果昨儿晚上来了这么一出，如今个个都绷紧了皮，督主面前不敢有半点闪失。

院子里的青砖被打扫得一点儿泥星也无，督主的描金皂靴踩踏过去，即便乌云豹的斗篷长及脚背，也绝不让下摆沾染了泥污。冯坦将人引进正衙，垂着两手回禀审问的进度，有些为难地说："那三个人都是硬骨头，怎么拷问都不肯说实话。原想上重刑逼供的，又怕弄死了他们，断了线索。"

梁遇哂笑："哪里那么容易死，这些人水里来火里去，经得住锤炼，拿寻常法子对付他们没用。眼下给他们机会，他们不说，咱家就拿他们没办法了吗？红罗党歃血为盟都是亲兄热弟，真要是瞧着兄弟受苦受难，逍遥在外的无动于衷，那也称不得重情重义，都是一群披着狼皮的伪君子。"

他一抬手，斗篷高高扬起，趸身在圈椅里坐了下来："挑个最扛事的，给他上酷刑，带另两个来瞧。他们要是招供那也罢了，要是不招，咱家有的是法子对付他们。"

冯坦道是，立刻率人往大狱里去了。梁遇冲列在队伍最后的人叫了声傅西洲，道："你留下。"

小四听了忙转回身，俯首帖耳回到堂下，向上拱了拱手道："小的在，听督主示下。"

梁遇示意曾鲸把那两双鞋垫交给他，抚着把手上的狮头道："你姐姐得知你要上金陵去，很不放心，托咱家给你带话，让你一路多加小心。这鞋垫儿是她带给你的，说江南多雨，备着好应急。虽说都是内家样儿，你且收着吧，也是她的一点心意。"

月徊本来就不是个多精细的姑娘，正常人是不会指望她能亲自动手做女红的。小四托着这鞋垫，哈腰道："请督主替我谢谢月姐，另给我捎句话，就说小四会尽心承办好差事，等回京之后一定去瞧她。还有……让她有空学学针线，别连双鞋垫子都上库房讨要，没的叫人笑话。"

梁遇的长眉几不可见地一挑,复脸不红气不喘地说:"咱家会替你把话带到的,你回去预备起来吧,过会子就随张总旗出发。"

小四爽朗地应了个是,压着帽子快步往值房去了。

梁遇看着那少年身影纵跳着,走进厚重的浓雾里,心满意足地端起茶盏,优雅地啜了一口。

外面隐隐传来忍痛的号叫,他垂下眼刮了刮杯盖儿,倒要看看那些所谓的硬骨头能坚持到几时。不过糙人确实耐摔打,等待的时间比预计的更长,最后番子进来回禀,结果并不尽如人意,就算狱卒们下手弄死了一个,也没能让另两个开口。

"废物!"他唾骂了句,起身往狱里去。刑房里血肉溅了满地,那股子血腥气甫踏进门槛就闻见了。他没有进刑房,站在甬道里遥遥打量,剩下两人一个三十多岁,一个不过二十出头。他给曾鲸递了眼色,示意番子把年轻那个送上刑架,自己缓步踱到门前,扬声道:"咱家再给你最后一个机会,供出乱党窝藏的老巢,过去的事既往不咎,放你回去和家人团聚。"

可惜年轻人血气方刚,像那两个南郊读书人一样,宁死也不低头,豪兴地大喊着:"有什么手段只管使出来,怕死老子也不会进京。"

梁遇笑着,赞许地拍了拍手:"好,这下子机会没了,你想说也说不成了。"说完叫来人,"把他的舌头给咱家割下来,扒了他的衣裳缠上布,浸到油缸里去,咱家今儿要点天灯。"

东厂的手段很多,剐肉敲骨血流成河,都没有点天灯来得干净热闹。人被活活烧死,却得经过漫长的煎熬,受刑的人横竖破罐破摔了,观刑的人心里却会承受重压。

割舌、裹布、浸油缸,一气呵成。刑房里地方小,施展不开手脚,就挪到东南角的空地上去。浓雾是一层好掩护,一般点天灯都在夜里,今儿白天行事,是为更好地让同犯看清楚。

那个浑身裹布的年轻人被人从油缸里提溜出来,像个过油的蚕蛹高高吊在半空中,嘴里的血淋滴流了满胸,呜呜的,不知在说些什么。

这时候已经不需要他开口了,梁遇眯着眼,凉声道:"动手。"

番子得令,举着火把过去,从足尖开始点燃,火苗一路向上攀升,越烧越旺,那人形在火光中扭曲,像一只可笑的蠕虫。

梁遇转头一乜,那个押来观刑的吓得面无人色,他笑了笑,曼声道:"机会只有一次,过了这个村,可就没这个店了。二十来岁的年轻人,凭着一腔热血敢下九幽斩阎罗，你这年纪正是上有老下有小的时候，难道也同他一样莽撞？"

他的声气儿幽幽的，不急不躁，丝毫没有空手而归的担忧。仅剩的那个囚犯喘着粗气，如同一只仓皇的困兽。梁遇知道他在想什么，"正人君子"的软肋他最善拿捏，于是一面看天灯烧得热烈，一面循循诱哄："同党都不在了，谁还能瞧不起你？谁还会唾弃你？识时务者为俊杰，趁着还能说话的时候把话说了，别像他似的，最后想说也说不得。"

血肉灼烧后的焦臭向四面八方扩散，一旁被五花大绑的汉子泪流满面，浑身筛着糠，面皮胀成了酱紫色。

梁遇并不催促，他有足够的耐心等他想明白。

果然那汉子哆嗦完，到底下了狠心："杨媒斜街，抬头庵。"

在场众人都松了口气，梁遇瞥了冯坦一眼："听见了？"

冯坦打了鸡血似的："小的即刻带人围剿，誓将乱党一网打尽。"

东厂番子集结，官靴踩踏着地面，隆隆有声。梁遇转身往衙门口去，边走边下令："曾鲸留下处置这件事，京中乱党头目活要见人，死要见尸，绝不能让他逃脱。咱家先回宫，等着你的好信儿。"

曾鲸领命，躬身送别，再直起身时车辇已经出了胡同。他回身，咬着槽牙道："点足人手，不许有半分疏漏。地方都给你们审出来了，倘或再让人跑了，咱们大家都得完蛋！"

此事不说攸关生死，至少是攸关前程，办差的没人敢掉以轻心。后来就是全城围捕，当时那伙人正要撤出抬头庵，没想到被厂卫断了后路，蛰伏在京城的七人全数被抓获，无一漏网。曾鲸总算能够坦然复命了，走进掌印值房，笑着说："事儿已经办成了。老祖宗神机妙算，要是再留他们在京中肆意活动，果真要算计到皇上大婚上头去了。"

梁遇正站在南窗前挂金鱼风铃，听见曾鲸回禀，淡声道："大邺江山万里，凭着几名乱党就想颠覆朝纲，简直是痴心妄想！眼下京城的祸患暂且平定了，但皇上大婚期间的警跸不能松懈，谨防红罗党的人再度混入京畿。这桩事，终归要斩草除根，眼下就看派往两广的人办事手段如何了，只有一举端了贼窝儿，咱家才能高枕无忧。"

曾鲸说："二档头办案无数，定不会辜负老祖宗厚望的。不过万岁爷……怎么身上又不济了？"

风铃铛已经挂好了，梁遇拿手拨了下，一串悦耳的声响叮叮当当荡漾起来。他唇角挂了一点笑，慢吞吞道："年虽过了，天儿还冷着呢，每年冬天都是最易犯病的时候,等过了正月就会好起来的。"

话虽如此,但皇帝身子骨不强健,这也是事实。曾鲸忖了忖道:"那个有孕的宫人,已经送进羊房夹道安置了。照着老祖宗的令儿安排人仔细伺候着,太医也拨了两个过去,每日早晚请平安脉。不过这两天脉象微有起伏,过会子还要让胡院使亲自过去瞧瞧。"

梁遇嗯了声:"胡院使早前瞧出是位皇子,倘或不出意外,这可是皇长子,地位远非其他皇子可比。无论如何,孩子落地之前,不能让那宫人有任何闪失。六个人伺候不够,就派十个,咱家只要皇嗣长得健壮,旁的一概不问。"

曾鲸是聪明人,只这两句就已经领悟其中意思了。

皇帝身子骨不好,那么下一代的皇子必要在娘胎里作养足了,这是关乎大邺江山社稷的大事。母体就如容器,于帝王家来说,没权没势没靠山的宫女子,也只能是容器而已。上头要的是孩子,如果这容器大补得过了,了不起将来杀鸡取卵,是死是活根本没有人在意。

梁遇缓步踱回案前,取过手巾把子擦了擦手,高案上的西洋座钟指向午初,他整整琵琶袖道:"该上乾清宫瞧瞧去了,这会子要再不成,就预备传太医吧。"

今天的雾尤其浓重,即便到了这个时辰也不见消散。梁遇负手走在夹道里,一路行来,眉睫都挂满了细小的水珠,往前看去便如透过一层水幕,很有沉重之感。

掌印一向很忙,大多时候走路都是匆匆的,唯独今天,两双鞋垫子到这会儿还没抽出来,每迈一步都是别样的滋味儿。

进得日精门,北望正大光明殿,和平时没什么两样。他顺着回廊上丹陛,进了东暖阁,一眼就看见月徊还守在皇帝床榻前,边上宫人不住地打热手巾,她在皇帝手臂和胸膛上不住地擦。听见动静方回头望了眼,有些疲乏地说:"掌印,早上那把清心丸,吃了略好了会儿,到巳初的时候又发作起来。总管让御药房的人照着上回的方子煎了药,我又拿热水给万岁爷擦身子,这会儿已经好些了。"

梁遇上前来,站在脚踏前轻声唤皇帝:"主子,还是宣太医吧,让他们会诊,重拟个方子。"

皇帝对自己也有些灰心,半睁着眼摇头:"他们不顶事,治不好朕的病。"

梁遇道:"主子别这么说,原不是什么大病,要紧靠平常调理。如今过完年了,眼看就要回春,天儿一暖和就会百病全消的。"

皇帝苦笑了下:"但愿吧。"

热手巾又来了,这回梁遇接过去,亲自替皇帝擦,一面道:"臣去了东厂一趟，专为审红罗党的案子。抓获的活口供出了京里潜伏的余孽，才刚厂卫出动，已经全数清剿了，请主子放心。"

皇帝长出了口气："剿灭了才好，京里一向太平，忽然来了这么一帮子贼人，倒搅得百姓惶惶不可终日。"边说边咳嗽，缓了缓才道，"着令九门加强排查，外地入京的都要核实身份，不能再放那些人进来了。"

梁遇道："这些臣都交代下去了，主子只管安心养病。"

皇帝乏得厉害，每次犯病都能要他半条命，说了这么些话已然累坏了，便闭上眼沉沉睡去了。

第十六章 况味三千

月徊这才从东暖阁退出来，跟着梁遇一道进了值房。可她有一肚子不快，进门即说："宫里太医既然治不好皇上的病，为什么不广征天下良医？他如今还年轻，能够抵挡住病势，将来要是有了岁数，哪里受得住这样的高热？"

她回来到现在，从没对他高过嗓门，这次为了皇帝竟然开始质疑他，这让他很不高兴。

"广征良医？你何不昭告天下，皇上有不足之症，让那些藩王早做打算，早早积蓄兵力直取京师？"他冷眼看着她道，"月徊，哥哥让你进宫，可不是为了让你反我。你向着皇上我知道，可你别忘了，我才是你的至亲。你别光顾着看脸下菜碟儿，谁亲谁疏，你还分得清吗？"

月徊被他说得打噎，正是因为说着了，让她很有心虚之感。

原来他什么都知道，她的那点好色的小癖好，终究没能逃脱他的眼睛。其实她也没有刻意隐瞒，就是喜欢好看的人，要不码头上流浪的孩子多了，她怎么光挑中了小四！

可是有些事儿做得说不得，月徊恼羞成怒："您别成心掀我尾巴，我看不看脸，和这个没关系。要比长相，您比人家差来着？我要真是只瞧脸，就该光听您的了。我也知道朝政上的事儿麻烦，可是以东厂的本事，上外头趸摸个把好大夫也不难啊。您悄悄地找，悄悄地带进来，不走漏风声，不让外人知道不就成了吗？"

梁遇笑她小孩儿见识："你当乾清宫里住的是什么人，容你上外头随便找土郎中来？瞧好了倒是大功一件，瞧不好出了岔子，你就得跟着我上菜市口砍脑袋，你不知道其中利害？"他动怒生气，觉得太费力气，月徊有时候就是个不开窍的性子，说得再多也是油盐不进。他站在窗前，用力喘了两口气，虽说她肯定他的长相优于皇帝，让他心里也生欢喜，但扭不过她的想法来，就是个麻烦。

"太医院里筛选太医，要经过多少道，你懂不懂？那些人已然是大邺最顶尖的医者了，依着你，民间摇铃走街串巷的倒更有手段？"他调开视线，勉强平了平心头怒气才又道，"好了，宫里办事不求有功，但求稳妥。你才进来不久，多说也无益，等时候长了，你自然就明白了。"

月徊听了很失望："不求有功，但求稳妥，那些太医也是这么想的，所以不敢用药，一切以温补为主。"

她呛了他一句，他讶然看向她，一时竟有些答不上来。

月徊白了他一眼，愤懑地转身坐在八仙桌旁，心里不是滋味。她进宫时间的确不长，可跟在梁遇身边，多少也品出了他一举一动中暗藏的玄机。

一个身子骨结实，理政又有手段的帝王，还会这样处处依赖他，什么都想着大伴吗？自然是不会的！梁遇其实乐见现在的局面，皇帝羸弱，不那么强势，这才利于他一手把持朝政。当然他们是至亲，她也愿意他呼风唤雨，称王称霸，但眼瞧着皇帝隔一阵儿就病上一场，发烧烧得迷迷糊糊的，她实在觉得太可怜了。

那个叫兰御的人，从小没有妈，兄弟姊妹间不受待见，被挤对着长到这么大。皇帝在她面前偶尔也会说起过去的年月，姑娘家心肠软，敬畏的同时兼具同情，没法子像梁遇这么冷静，作壁上观。

然而她的妇人之仁却令梁遇不满，她慈悲心泛滥，竟把他放在了皇帝的对立面，她不知道没有他，就没有皇帝的今天吗？如今到了有收成的时候，他尚且为着皇帝呢，就受她这样的猜忌，若是将来情况愈演愈烈，她岂不是要和他反目成仇？

可惜外头的泼天大案好办，家务事难缠，他面对她除了头疼，没有别的感想。

冲她生气？冲她拍桌子摔碗？那必是不能够的，他只有再退一步，好言好语敷衍："我已经悄悄派人查访了，只是那些民间大夫得知是给皇帝看病，没一个有胆儿的。皇上愿意换宫外的大夫，也得遇上那个机缘，就算你现在逼着我，我也没法子给你变出这么个人来。"

月徊听了讪讪的，忽然发现自己确实过激了，也觉得有些对不住哥哥，便支吾着说："我是在床前伺候了半晌，瞧他病得恍惚，心里有点儿着急了，哥哥别生我的气。"

梁遇牵了下唇角,这笑淡得像一缕烟,没有温度:"着急了……果真姑娘大了,留不住。"

他叹息着,负手走了出去。后来皇帝榻前都是他亲自伺候,月徊反倒插不上手,只得在一旁干看着。梁遇办事老道,动作娴熟,她慢慢明白过来,过去的十几年里,皇帝每一次生病都是梁遇在照顾。自己才进来几天,就生出那许多不平来,果真是狗戴嚼子冒充大牲口。

梁遇不弄权的时候,实在是个可心温暖的人,他喂皇帝吃药,皇帝的胸口因咳嗽痛得坐不住,他就让他靠在怀里,两臂圈住他,耐心等他一口口将药饮尽。

他们之间是有默契的,那是从小培养起来的信任。月徊对哥哥大觉惭愧,自己胡乱打抱不平,枉做了一回小人。

皇帝出了一身虚汗,把衣裳都浸湿了,梁遇着人拿干净的亵衣来换,打了热手巾,又里外替他擦洗了一遍,一面道:"月徊忧心主子,才刚和臣商量,该不该从外头寻良医进来。"

落地罩前侍立的月徊听他提起自己,心头顿时蹦跶了下,知道他是成心让她亲耳听结果。

皇帝的精神稍好了些,越过梁遇的臂膀看向月徊,微微一笑道:"外头大夫虽有医道高深者,但随意进宫来替朕看病,只怕不合祖制。月徊的心是好的,瞧不得朕受这份苦,也是朕自己身子骨不争气,隔上不多时就要发作一回。"

言下之意很明白了,皇帝并不相信外面的江湖郎中,更愿意让宫里太医慢慢调理。

梁遇回头瞥了她一眼,月徊低着头,越发觉得没脸,自己和哥哥争执了一回全是白搭,不过自己感动自己罢了。

所以啊,年轻人一腔赤诚,有时候并不一定能讨着好处。宫里的水那么深,要是没有他托着,就凭她纵身一跃的莽撞劲儿,早就没顶了。

梁遇笑了笑,替皇帝掩上了衣襟,温声道:"今儿晚上臣还替主子上夜,这病症白天见轻,要瞧夜里怎么样。倘或掌灯后不见加重,那必定是大安了。"

皇帝嗯了声,这肺病熬人得很,一犯病就没白天没黑夜地犯困。

他又合上了眼睛,众人才得休息,半天折腾下来,暮色也渐临了。

梁遇从暖阁里出来,身上汗气蒸腾,经过月徊面前时甚至没有看她一眼,昂首阔步往南边内奏事处去了。

月徊没法子,既然惹得人家不高兴了,只要不打算老死不相往来,就得做小伏低些。她嗒嗒地跟在他身后,小声叫着:"哥哥……哥哥……"

梁遇不理她,脚下走得越发快,她委屈地瘪着嘴跟进值房,缩手缩脚地站在墙根儿上,亏心地望着他。

"出去。"梁遇眼里没她,扭头道,"我要换衣裳。"

月徊说:"我不出去,我背过身成吗,您换您的,我不偷看。"

梁遇气结:"我换衣裳你在这里做什么?出去,上你的万岁爷跟前伺候病榻去。"

"就不。"她蚊蚋似的嘀咕,"我站在这里,也不碍着您什么。"

她有时候就是这副滚刀肉的样了,梁遇已斜着她:"皇上的话你都听见了?"

她说:"听见了。其实把规矩看得太重也不好……"

这个执拗且死不认错的性子倒是随了娘,梁遇已经不想同她说话了:"出去。"

月徊这次非但没出去,还往里挪了两步:"我偏不出去,外头多冷啊,天要黑了您还赶我出去,对得起爹娘吗?"

理亏的人就会把爹娘拉出来说情,他愤然转过身去,自顾自开始脱衣裳,解了鸾带扒下曳撒,又毫不手软地解开了中衣。月徊一看不成,虽然很想留下旁观,但道德人伦不允许。她只好恋恋不舍地挪到外间,挨着门上垂挂的帘子不住地问:"哥哥,您换好了没有啊?换好了吗?"

真是泡不烂砍不断的混账丫头!里间的梁遇愤然脱下中衣,狠狠摔在了地上。天下所有人都值得她去同情,只有哥哥是坏人,一心想着操控皇帝,想弑君篡位。以前他还愿意同她说一说梁家因这王朝遭遇的种种不幸,现在还有什么可说的,她愿意防备他便防备他,愿意生二心,那就痛痛快快生二心吧,全由她。

外面的月徊虽知哥哥心里不受用,却不知道他在这一会儿工夫里的千般打算,已经自暴自弃起来。她还想着回头瞧准机会和他服个软,事儿过去就过去了。

干等着办一件事,心就特别地急,他又总不出来,她便自言自语着:"您换好了吗?换好了吧……那我可进来啦?"

最后闷头冲进去时,梁遇的中衣还没穿好,胸膛袒露着,因她的蛮横闯入顿住了手脚。

情况很糟糕,月徊当然也会心虚,不过哥哥的身条看上去真是好,她暗暗地想。肉皮儿雪白,胸腹上的肌肉一棱一棱地,她一直觉得他瘦,原来并不是,那是结实,没有肥肉,尽是瘦肉。

梁遇回过神来,看见她那种遮遮掩掩、垂涎欲滴,又假装娇羞的样子,脑子里嗡的一声响。忙掩上衣襟，仓皇道："谁让你进来的！"

月徊无辜地搓了搓手："您换衣裳也太慢了，又不是姑娘……"边说边识趣地转过身，脑子发蒙，嘴里胡言乱语，"早知道让我留下多好，反正还是看见了……不过您别生气，我没撞破您换裤子，换衣裳不要紧的……"

梁遇没应她，匆匆披上曳撒，扣上了鸾带，心里的气闷自不去说了，总之百样都不顺心。等一切收拾好，才愠声道："宫门快下钥了，你赶紧回他坦去吧，这里没你的差事。"

月徊说："我今儿要留下值夜，像上回一样。"

梁遇见打发不了她，不留情面道："那就上正殿去，这里是内奏事处，用不着你上夜。"

然后她不说话了，拉着脸，哀怨地看着他，看得他发毛，自发别开了脸。

是个人都有脾气，他不打算理会她，索性转过身整理起了书案。如今细想起来，平常就是太纵着她了，纵出她一颗牛胆，对哥哥没了半点敬畏之心。现在再去纠正，也不知来不来得及，瞧她那股子拧劲儿，想是难了。

心里不忿，可也未必当真没有指望，他暗里还是等着她的反应，看看她究竟有什么打算。结果等了良久，没等来她低头求和，反倒是窸窸窣窣地，不知在忙些什么。

他不由得回头看，看见她拾起地上的亵衣抱在怀里，小声说："我给哥哥洗衣裳。"

梁遇一惊，贴身的衣物到了她手里，那是万万不成的。

他慌忙去夺："你不必忙，有专事伺候的人清洗……"

她让了让："我给您洗一回衣裳，算我向您赔罪成吗？"

梁遇额上隐隐急出了热汗，那里头不光有亵衣，还有亵裤，她是个姑娘家，怎么能给男人洗衣裳！

他还要抢，可她越发抱得紧了，扭身闪躲着："您别见外，别见外嘛……"

梁遇终于认输了，抚着额头说："你把衣裳放下，只要你放下，我可以既往不咎。"

月徊眨了眨眼，发现这妥协来得毫无道理，她要给他洗衣裳，他反倒害怕了，为什么？

衣裳到底被他夺去了，他仓促地卷成一团，扬声叫"来人"。外头小太监是一向伺候他的，见了便哈腰上来承接，月徊眼睁睁看着，纳罕道："您做什么非不让我洗啊？我想孝敬孝敬您，难道不好吗？"

他说:"天儿太冷,浸到凉水里头没的伤了关节,到老了会作病的。再说咱们都大了,就算要洗,你也只能给你男人洗,哥哥的用不着你操心。"

月徊从不知道还有这种讲究,她想了想道:"我没男人,只有哥哥,还不许我给您洗?"

他沉默良久,才低头道:"将来终究会有的,你有你的活法儿,我也有我的。"

倒是要撇得一干二净了,她不舍地朝外看了眼,视线追寻着那个小太监,嘀咕:"早知道我偏洗了多好……我和您一个活法儿到老,别你啊我的。"

梁遇心头抽搐了下,一个活法儿,怎么能够呢……思绪要岔出去,又被他强自收了回来,不该想的不要去想,想多了天理难容,愧对列祖列宗。

月徊呢,还在为哥哥总算不记仇了感到高兴,拽着他的袖子说:"我虽然不好意思对您服软,可错了就是错了。皇上瞧病那事儿,是我不懂规矩,冤枉了您,我该和您说声对不住。哥哥我错了,您别生我的气,我往后再也不犯了。"

梁遇原本负着气,满心坚冰等闲不能消除,谁知她一句"哥哥我错了",居然轻易在那冰面上凿出了裂痕。然后轻轻一击,顿时土崩瓦解——原来他的决心并没有想象中的坚定。

他叹了口气,难堪地转过身去:"算了,你也是为着皇上。"

月徊嗫嚅:"可我怎么觉得,我向着皇上您就不高兴呢……"

他一怔:"你的感觉不准。"

然而月徊有她自己的一番见解,笑着说:"咱们到底是一家子,有时候想法是一样的。您不愿意我喜欢皇上,就像我不愿意您喜欢皇后一样。要是世上没那么些不相干的人,只有咱们俩该多好,哥哥您说是吗?"

说者无心,但听者有意。梁遇也思量了她的话,没有那些不相干的人会怎么样,结果是依旧手足情深,他会替她寻一个殷实人家嫁了,然后每年到了爹娘生死祭那一天,兄妹相聚祭拜一回,过后各自散了,见面的日子甚至不如现在多。

有失有得,这就是人生。只是她认为自己向着皇帝,他这个做哥哥的会不高兴,虽说确实言中了,但嘴上是决不能承认的。

他忖度道:"你我兄妹,隔了十一年才重新相认,我知道你依赖我,我亦是不知怎么疼你才好。可人活于世,总会遇见各式各样的人,没有谁能捆绑谁一辈子。你千万不要误会哥哥不让你向着皇上,你向着他是应该的。不过帝王家和寻常人家不一样,不能意气用事,更不敢一拍脑袋不管不顾……我的话你明白吗?"

月徊呆滞地点了点头:"哥哥如今真爱讲大道理。"

梁遇又被她堵住了话头,室口之下不想再多言了,顺手将笔架上的笔重新归置好,淡声道:"时候差不多了,回乐志斋去吧。"

月徊道:"我不打算回去啊,刚才不是说过了嘛,像上回一样,您上夜,我陪着您。"

梁遇蹙眉道:"上回和这回不一样,你不该留在我值房里。"

她却执拗着:"哪里不一样,我瞧明明一样的。"

她是驴脑子,记不住事儿,梁遇道:"上回你是假扮的太监,这回你是御前的女官,怎么能一样?"

月徊觉得哥哥真是太能自欺欺人了:"乾清宫当差的,哪个不知道上回的太监就是我?"反正她是吃了秤砣铁了心,往外一瞧,恰好月华门慢慢锁闭起来,她哎哟了声,"下钥啦,这可怎么办,我想走都走不了啦。"

夹道里隐约传来打更太监的呼声:"大人们,下钱粮啦,灯火小心……"整个紫禁城里的大小宫门此时一齐转动起来,门臼发出沉重的吱扭声。巨大的乾清门也被推动着,紧紧锁闭起来,这皇城自此便正式进入漫漫长夜了。

所以驱赶了她半日,最后还是被她得逞了,他看她脸上露出胜利的微笑,转头道:"我让人送你回去。"

他要往外走,月徊手忙脚乱地把他拽住了,跺着脚说:"您再赶我走,我可躺下啦!"

她真是个说得出做得到的人,十八岁的姑娘了,说话儿就要耍赖,还好他眼疾手快托住了她:"你再犯混!"

他的恫吓对她不起任何作用,她撅着屁股后仰着:"您再撵我走?"

梁遇被她闹得没辙,用力拽了她一把道:"这么大的人了,怎么还学孩子那一套!好了好了,想留下就留下吧,真叫人头疼。"

她龇牙伸出两手:"那我给您揉揉?您哪儿疼啊?"

梁遇让开了,叹着气打量她:"你这死皮赖脸的性子是随了谁?娘当年也不像你似的。"

月徊劝他看开些:"娘是没在码头上挣过饭辙,要不也和我一样。"

她拌嘴没输过,哥哥总算屈服了,不再和她理论。她含笑在圈椅里坐下,周身散发出一种膨胀的胜利感,细想想,心狠手辣的掌印大人每回和她交手,好像都没能占上风,不是因为他不厉害,而是因为在乎她。这么好的哥哥,她还时不时对他起邪念,实在枉为人啊。

所以一方面自责,一方面也没耽误想入非非,毕竟梁遇长得是真好看,不管正看侧看都无懈可击，对于情窦初开的姑娘来说，是个很好的爱慕对象。可惜生在一家，月徊常有这样的感慨，主要因为认亲才一个多月，她嘴上虽叫着哥哥，其实想法有时候还是扭转不过来。譬如现在，静下心就想起昨晚的梦，梦中的经历让她脸红心跳，再品咂一回，依旧半带羞愧，半带痛快。

梁遇暗中留意她，见她一会儿定着两眼，一会儿傻笑，一忽会正色，一会儿又偷眼瞧他，不知到底中了什么邪。

"你又在打什么坏主意？"他将批红的题本装进匣子，往铜扣上落了锁。

月徊说："我就是觉得和您一块儿值夜很高兴。"

又能在他跟前胡搅蛮缠了，怎么能不高兴！梁遇叹了口气，"皇上不豫，二更的时候再看病况，要是不能临朝，得及早上朝房传话去。"

月徊想了想道："不像上回似的，召到东暖阁来吗？"

梁遇摇头："上回是还未亲政，落一个病弱的话把儿不好。如今大局已定，难得叫免一场大朝会，没人敢置喙。你这头，我是能不动则不动，常在河边走，哪能不湿鞋，不到万不得已的时候，用不着你出马。"

月徊哦了声："横竖我都听您的，您让我出马我就出马，让我给皇上梳头，我就给皇上梳头。"

这么听起来，倒像个顺从的好孩子。梁遇将案上公文收拾妥帖，正要着人传晚膳来，回身见她眨眼瞧着自己，便顿下了，问她怎么了。

月徊有点儿犹豫，支吾了会儿才开口："哥哥，您梦见过我没有？"

他说没有："你天天在我跟前，我梦你做什么？"

于是月徊觉得自己可能真有些不正常了，他说得很在理，天天戳在眼窝子里，她为什么要去梦见他？

梁遇平静得很，如常唤人进来，如常吩咐传膳，又打发人上正殿瞧皇帝病况，待一切都安排好，方转回身道："你怎么忽然问起这个来？难道昨儿梦见我了？"

月徊心头打突，要是说梦见了，他必要追问梦见他什么，难道告诉他，自己丧尽天良地把他压在树上亲了一口吗？不行，死也不能说。遂打着哈哈蒙混过关，东拉西扯着："我一向不会做梦……哎，今儿晚上咱们吃什么呀？"

梁遇没应她，兀自忧心起来。要说梦没梦见，他曾无数次地梦见她，不是丢了，就是跟人跑了，心底隐隐的担忧到了夜里幻化成梦魇，让他喘不过气来。原本都是私密的事儿，他也从未想过说出来，可她忽然问起，他就不免疑心，难道是自己没留神，让她窥出什么来了？

他惴惴地，在门前踱了一圈，复又踱回来。再觑她神色，她装模作样地左顾右盼，一副叫人信不实的嘴脸。

"月徊，你是不是有事瞒着我？"他谨慎地问，"这两日你怪得很，和以前不一样了。"

月徊完全是一副正人君子模样，明明心虚得要死，却笃定地说："我在哥哥跟前从不藏着掖着，就是忽然好奇，随口一问。人都说日有所思，夜有所梦嘛……"

彼此都有心事，可瞧对方都光明磊落得很，一时相顾无言，气氛尴尬。

好在晚膳铺排起来了，上东暖阁探望皇帝病情的人也回来了，哈着腰说："回老祖宗话，万岁爷这会子还睡着。小的问了柳大总管，他说万岁爷瞧上去比上半晌好些了，睡得很安稳。胡院使并几位太医在围房里候着呢，倘或有什么变故，会即刻来向老祖宗禀报，请老祖宗不必记挂，暂且安心吧。"

梁遇嗯了声，把人打发出去了，才让月徊落座，外头秦九安又进来，垂手问："拿住的那几个匪首里头，有一个愿意做咱们的暗桩，剩下几个，老祖宗预备怎么处置？"

梁遇在小太监捧来的铜盆里洗了手，接过巾栉仔细擦着，一面道："投诚的那个留下，剩下的选个好时候，押到菜市口当众正法。皇上才亲政，正是要立威的时候，拿这些乱党作个筏子，也好让百姓瞧瞧，触犯律法与朝廷作对，是什么下场。"

秦九安道是，掰着手指头一算："明儿两位外埠王爷离京，正是上上大吉的好日子。"

梁遇听了一笑："择日不如撞日，那就选在明儿吧。连夜把告示贴出去，消息传到两广，对那里的乱党也是个震慑。"他一头说一头取过筷子，拿在手上指点了下，"行刑前派人埋伏在法场周围，万一有人劫囚，便是意外之喜。"

秦九安领命出去承办，这下总算清净了。他瞧了眼月徊："怎么愣着，菜色不对胃口吗？"

饭桌上断人生死，砍瓜切菜一般简单，这就是东厂提督的手段。月徊同他独处起来，只觉得他是哥哥，自己怎么无耻耍赖他都能包涵。可一旦有外人在场，哥哥就生出另一张面孔，冷酷、残忍、生人勿进。

月徊把饭碗捧在手里，怯怯地说："我听说您有个诨名叫梁太岁，真叫着啦。"

这个诨名他也听说过，但他从不在乎别人背后怎么称呼他。干着司礼监的差事，提督着东厂，要是一心经营口碑，坟头草早就三尺高了。

"我不做太岁，别人就拿我当豆腐。外头人怎么说都是逞口舌之快，我能掌他们的生死才是最实际的。"

果然名副其实啊，月徊扒着饭暗想。令人畏惧比任人欺凌要好，既然他理直气壮，那他说的一定是对的。

"哦，小四已经出发了吗？"先前事多，她没来得及问他，到这会儿才想起小四那小子，"他有没有托您带话给我？"

梁遇道："中晌的时候就走了，也没留什么话给你，只说让你学学女红，等他交了差事，一定进来瞧你。"

月徊听后怅然，喃喃说："小四这孩子，就是这么不讨喜。我费了老鼻子劲儿，手指头戳了好几个血窟窿，他不说两句好话，还挑剔我的手艺，真是个喂不熟的白眼狼。"

梁遇并不参与她的话题，悠闲地吃着他的饭，桌下的双脚交叠了起来。

当然月徊有时候也很精细，她得知小四要出远门，特特儿赶制了那两双鞋垫。小四有，哥哥没有，又通过哥哥转交出去，只怕哥哥不高兴，便谄媚地说："小四要上南苑去，先紧着他了，等我下职后腾出空来，给您也做一双……"

一双？梁遇哂笑，小四两双，他却只配得一双，她真是偏心得坦坦荡荡。

"不用了。"他探手往碗里舀了一勺汤，慢悠悠边啜边道，"我的用度由巾帽局设专人料理，缺什么上那儿领就是了。"

月徊还想继续讨好，笑着说："那不一样，我亲手做的，是我的一片心意。"

梁遇抬眼瞥了瞥她："你有这份心，哥哥就知足了，用不着赶着灯下做针线，仔细伤了眼睛。再说你绣的花样太丑，我不喜欢，省了这道手脚，看看书练练字更好。"

前边说得挺体贴，像个好哥哥样子，后头就渐渐走偏，渐渐不招人待见了。月徊被他气了个倒仰："得，好心当成驴肝肺，不要正好，可省了我的工夫了。"一面说一面狠狠扒了两口饭，酸言酸语地嘟囔，"别人自小学，有童子功，我能剪出个鞋垫儿的样子来就不错了，还挑眼呢！到底掌印大人眼界高，咱们不配，还是小四好，穷哥儿们知道惜福，不像有些人。"

梁遇心情很好，一点儿都不在乎她上眼药。脚上的靴子垫了两双鞋垫子，先前觉得紧，眼下似乎宽绰起来，已经十分适应了。

她发牢骚就由得她发，他全当没听见。用过了饭往东暖阁去了一趟，见皇帝睡得安然，便放心折回了内奏事处。看看时辰钟，已然到了人定时候了，乾清宫里不像司礼监衙门，有多余的围房另辟出来住人，只得还如上回那样，让她睡他的床榻，自己在躺椅里将就一晚上。

月徊嘴里说着不好意思，上床上得倒挺麻利，然后裹紧被卧探出脑袋说："哥哥，您熏褥子的香换啦？我还是喜欢原来那种，这种闻着有股脚丫子味儿。"

她是诚心埋汰他，以报一箭之仇，梁遇并不理会她，在垂帘外稍做清洗，就合衣躺下了。

其实心里还是踏实的，世上唯一的亲人就在身边，虽然和他针尖对麦芒，但总算他不是孤身一人。他回头望她一眼，她那双眼睛在灯下又黑又亮，他支起身，吹灭了矮几上的彩绘绢灯，屋子里暗下来，只有案上一盏蜡烛幽幽跳动着。他说睡吧，前半夜能稍稍合一会儿眼，到了子时还得起身，再去问皇帝病势。

只这短短一个时辰，却也做了一回梦，梦里有些分不清真假，看见月徊牵着一只美人风筝在旷野上奔跑。

风很大，吹得他的襞积翻飞起来，遮挡住了视线，待再往前看，月徊却不知怎么变成风筝飘在了天顶上。他心里焦急，慌忙追赶，忽然线断了，她在云层里挣扎，一下子飞出去好远，他再也追不上了。他急得心都要裂了，狂乱地喊着"月徊"，喊得过于急切，竟把自己惊醒了。

是梦……他蒙蒙睁开眼，提到嗓子眼的气倏地呼了出来，可还没完全回神，蹲在躺椅旁的人影吓了他一跳。

昏暗的光线下，月徊的那双眼睛像夜猫子般发着光，她扒着躺椅的扶手说："哥哥，这回您可梦见我啦！"

"月徊……"他沉浸在梦里无法自拔，见她出现在面前，微微怔愣了下。

每次都是这样，他不明白自己为什么总害怕她会忽然不见。他明明做什么都有把握，却总在她身上患得患失，难道是过去了十一年，那种亲人走失的恐惧还没有散吗？在他内心深处，依旧担心最后会孤身一人，揽住了大权却无人与他分享。

他说："对不住，哥哥……"嘴里嗫嚅着，伸出手紧紧把她抱在怀里。

月徊的身子柔软，披散的头发贴在他脸颊上，刺痛且痒。他顾不得那许多，情愿一头扎进那片黑色的海里。可是他行为实在不端，必须找几句话来注解，便轻喘了口气道："对不住，哥哥梦见又把你弄丢了。"

月徊很觉得安慰，先前光是自己梦见他，他却从来没有梦见过自己，这妹妹当得有点失败。现在好了，他会担心自己弄丢了她，说明她在哥哥心里也很重要。她咧嘴笑着，现在的梁遇不像只手遮天的掌印督主，脆弱的样子那么可人疼的。她抬手捋捋他的头发，又抚抚他的脊背，好言安抚着："别怕，我在这儿哪。"

其实他的恍惚只在一霎，后来便有些随波逐流了，毕竟这么深的夜，神志不清也是可以被谅解的。倘或放在大白天，这么做是失态失德，他找不到理由和她亲近。只有在这四下无人，心也柔软的时候，才不必顾忌那些世俗的框架。

为什么要这样，他觉得自己大概是疯了，太监做得太久，昧着良心的事办得太多，已经不像个正常人了。要说女人，他跟前并不缺，只要一个眼神，这紫禁城里多少人会对他投怀送抱，他何至于这样！可就是没有一个能走进他心里，他顾忌太多，犹豫太多，他信不过任何人，除了月徊。

然而不是一个爹娘生的，就能放任自己胡来吗？他对她一向只有手足之情，甚至她从产房里被抱出来，头一个接手的也是他。爹说"这是你妹妹，你要一辈子疼她，看顾她"，可是事到如今，他在想些什么，做些什么？他有什么面目面对九泉下的父母！

他的身世，还有他心里的冲动，月徊一概不知道。她以为他是嫡亲的哥哥，所以对他不设防，他却利用身份之便生了逾越之心，该下十八层地狱。

她的手在他脊背上轻抚，带着一种慈悲救赎的味道。他贪恋，但不敢再沉溺下去了，挣扎再三定住了心神才推开她，垂首道："对不住，那时候把你弄丢了，我到今儿也不能原谅自己，害你在外头受了那么多苦。"

月徊并不知道他的百转千回，只觉得哥哥有血有肉，有他的愧疚，也有他的担当。

她安慰起人来很有一套，极其擅长大事化小："走丢了也是机缘，没有我拖累您，您才有今儿。如今我回来，赇等[1]着享福，吃了十一年苦，往后受用四五十年，我可赚大啦。"一面说一面摸摸他的手，"哥哥您别难过，没想到您梦里都怕我走丢了，可见我对您实在太重要了。"

她爱往自己脸上贴金，梁遇忧愁过后又失笑。她的手指在他掌心，他虚虚拢着，却不能握紧。

屋里昏沉沉的，脑子便不清明，他终于还是起身点燃了所有的灯。光线亮起来，照进人心里，那些不该出现的污垢便被逼退到阴暗的角落，再也不敢露面了。他还是那个威严的哥哥，或许有大算计，但不动小心思，不会在妹妹面前乱了人伦，失了体面。

"我瞧瞧皇上去。"他戴上帽子，整了整仪容道，"外头太冷，你就别出门了，接着睡吧。"

月徊站在地心，看上去孤零零的模样："您看完了赶紧回来，我一个人在这屋子里有点怕。"

---

[1] 赇等：北京方言，指坐享其成，等现成的。

梁遇纳罕:"怕什么?宫里到处都是人。"

月徊说:"就刚才,您喊我喊得怪瘆人的,现在想起来后脊梁还发寒呢。"

梁遇难堪地看了她一眼,她抓住机会就调侃他,越发证明不该让她留在值房里。

反正无话可说,他转身走出了内奏事处。一路向北,半夜的寒风从帽檐钻进去,灌进交领里,到这会儿脑子才如淬了火,逐渐冷静下来。皂靴在青砖上踩踏出清越的声响,小太监弓着身子挑灯在前面引路,走了很长一段,他忽然停下步子回望。内奏事处的值房深寂一如往常,他轻叹了口气,不再逗留,匆匆向北走去。

进得东暖阁,屋子里燃着安息香,这种恬淡的香气被薰灼后,有种略微甜腻的味道。皇帝并不如他想象的安稳,才吃了一轮药,半靠在隐囊上,面色有些发黄,不住地咳嗽、喘息。见他进来也是一副恹恹的样子,匀匀气息才叫了声"大伴"。

梁遇登上脚踏察看:"主子觉得怎么样?"

皇帝慢慢摇头:"明日的朝会……"

"五更臣上朝房里知会众臣一声,令他们各回衙门办差就是了。题本陈条照例收上来批红,主子只管养病,剩下的臣来料理。"

皇帝微微偏过头,闭上了眼睛:"朕这身子……真叫人讨厌。"

一个人屡病,难免自暴自弃,梁遇温言道:"主子别这么说,世上哪有人不生病的,您这是小症候,不过修养两日就大安了。主子勤政臣知道,政务每日间像山一样堆着,耽搁一两日,坏不了事的。内阁如今晓事儿,磨平了反骨都是可堪一用的人才,他们能替主子分担的,就放心交予他们,主子也能安心静养。"

可是放心……哪里能放心?皇帝道:"朕才亲政,开不得好头,愧对列祖列宗。内阁那些人……朕信不过,必要大伴替朕多操些心。"

梁遇说:"主子不交代,臣也会尽力为主子分忧的。"

皇帝松了口气,又朝外间看看:"今儿累坏月徊了。"

梁遇道:"她皮实得很,主子跟前伺候是应当应分的。先前人还在外头候着,臣怕她犯困,打发她去值房歇着了,明儿好再进来侍奉主子。"

皇帝颔首,吭哧带喘地说:"朕福厚,有大伴兄妹随侍左右。"

梁遇有些惆怅的模样:"月徊这丫头,瞧着没心没肺的,先前还和臣闹,怪臣不给主子找好大夫。她嫌宫里太医个个明哲保身,不敢用药,白看着主子的病根儿不能消除,臣和她是有理也说不清。不过她对主子倒是实心实意的,虽嘴上不肯承认,臣却瞧得出来。"

皇帝听了他的话，微微露出一点赧然的笑："月徊的心思，朕总也摸不准。今儿听大伴说了，才觉得她心里是有朕的。"

梁遇颔首："她流落在外这些年，旁的没学成，学了一身江湖义气。要论正直，这宫里怕是没有一个人的心肝及她剔透干净。"

哥哥说起妹妹的好来，用不着长篇大论，短短几句便直中靶心。那个直肠子的好处确实就在于此，对谁都是丹心一片，当然要找人耍性子，哥哥首当其冲。

皇帝越发显得遗憾："可惜朕要迎娶皇后了。"

"徐家姑娘是最合适的皇后人选，先帝爷曾说过，册立皇后不是为满足皇帝的私情，是为给天下人一个交代。"他温声道，"子时了，主子不宜劳累，有什么话明儿再说吧，臣伺候主子安置。"

皇帝顺从地躺下了，后来入睡，梁遇便一直看顾着，直到五更时分出来，直去了西朝房。

朝房里文武百官都等着上朝的响鞭，结果等了半晌，等来梁遇的传话。既然皇帝违和，那也没有办法，不论大家心里怎么想，嘴上都顺势问圣躬康健，说了许多臣子温存的话。

梁遇忙于支应，同众人把臂周旋，这时候户部尚书从人堆儿里走了出来，操着慢腾腾的声口说："梁大人，内子托我问太后娘娘安康。再过半个月是娘娘千秋，往年都把亲近的女眷召进宫来的，今年一直不得娘娘信儿，不知怎么安排的？"

梁遇转回身，一双骄矜的眼睛傲慢地扫过孙知同的脸："咱家也记着太后的千秋呢，前两日特特儿去慈宁宫请示下，太后的意思是上年年景不好，要用钱的地方多，今年还是节俭些为宜。加之这程子娘娘凤体欠安，如今礼佛的时候越发长，说皇上既已亲政，她就不问外头事儿了，一心做功德要紧。不过离正日子还有几天，届时改不改主意，得听娘娘的意思，倘或有了什么新的说头儿，咱家自然打发人往贵府上传话。"

孙知同悻悻笑了："既这么就劳烦梁大人了。不过娘娘违和，内子可是该当进宫请安问吉祥呢？"

"不必。"梁遇一字一句都咬得极重，凉声道，"娘娘如今大有修身养性、不见外人的意思。上回两位王爷磕头请安的奏请也叫免了，尊夫人若是要面见，那等咱家上慈宁宫回明了，再亲自答复孙大人。"

这话已然很明白了，连王爷都不见，他孙知同算个什么东西，能越过王爷们的次序去？

梁遇脸上挂着那种不冷不热的笑，这笑棉里藏刀，稍有不慎就会血溅当场，孙知同就算有再大的胆儿也不敢造次，忙道："不敢劳动梁大人，太后既然不豫，还是叫她老人家安心颐养，人来人往的，反倒闹得慈宁宫不太平。"

梁遇说："正是这个理儿，皇上好几回请安也被跟前嬷嬷劝退了，如今不得娘娘示下，照样不敢随意出入慈宁宫。"说罢眼波一转，含笑对朝房里的众臣道，"今儿朝会叫免了，诸位且回职上承办公务吧，咱家话已传到，这就回去给主子复命了。"

于是热络地一通恭送，他前脚出门，后脚人就陆陆续续都散了。

回去的路上杨愚鲁道："太后总不露面，时候一长怕惹满朝文武起疑。才刚孙尚书话里很有刺探的意味，想来他们背后未必不议论。"

"刺探？就凭他？"梁遇冷笑道，"早前太后一心要立他的女儿为后，咱家这阵子事忙，没腾出手来料理他，看来他心里不服，真是个不识时务的玩意儿！不过他今天唱这一出，倒提醒了咱家，眼看着后宫要扩充，用不了多久，东西六宫会填满人，届时后妃晨昏定省是定例，太后再避而不见，说不过去。"

杨愚鲁说："太后今年不过四十三，把那些七老八十的病症套在她身上不合适，如今一副活死人模样，难免有人走漏风声。"

梁遇负着手缓步走在夹道里，抬头望望天，太阳透过一层薄雾挂在天上，再没了不可逼视之感。他长出一口气："四月初八皇上大婚，倘或太后这会儿升遐，难免耽误皇上的好日子，那就得不偿失了，所以还得拖延一阵子，挨过了四月初八再说。太医院那头，吩咐他们建太医档，万一将来有人拿这件事说嘴，也好有据可查。"

杨愚鲁哈腰道："那小的这就传令去，另吩咐珍嬷嬷好生留意慈宁宫内外。"

梁遇嗯了声："告诉她，凡与太后有关的一应事物都挡了，倘或走漏半点风声，死的不光是她，还有她儿子和孙子。"

杨愚鲁道是，前头已到月华门上，待把梁遇送进值房便退出乾清宫，忙于承办差事去了。

梁遇进门一看，果不其然，值房里没有人，月彻起身后应当直去御前了。他略站了站，便也踅身往北去，先前朝房里头有人口头呈禀了京畿驻防事宜，他得面见皇帝，听他的示下。

走到正殿廊庑前，正遇上毕云从里头出来，见了他忙肃容作了一揖："给老祖宗请安。"

他顿下步子问："万岁爷这会儿怎么样？"

毕云道:"喘得没有半夜里急了,就是咳嗽不见好,吸口冷风得咳上好一阵儿。"

咳嗽缠绵,这也是没法子的,总要养上几日才会慢慢见好。他关心的还有另一桩:"月徊在里头吗?"

毕云说"在",脸上带着点心照不宣的笑,细声说:"万岁爷有心里话要和月徊姑娘交代,这不,把小的给打发出来了。"

梁遇面无表情地听着,心道连近身伺候的人都赶出来了,可见这心里话真是要紧得很呢。自己贸然进去,当然不合适,只得暂且止步,朝暖阁方向望了眼,轻轻蹙起了眉。

皇帝是个中老手,月徊不是。她一向糊涂,恐怕被人占了便宜都不自觉。

暖阁里头是什么境况他不知道,摆手让毕云退下,自己慢慢蹉着步子进了正大光明殿。

一重垂帘,隔开了两重世界,他想听一听里头到底说了什么,无奈门前有宫人站班侍立,就算垂着脑袋不似活物,但当着人面听壁角,终归不好。

该怎么办呢,他在门前三步之内来回踱,侧耳细听,里头说话的声音稍稍能传出一点儿。起先喁喁的,大约是些家常话,后来渐次拔高了,他听见月徊焦急地喊起来:"万岁爷,您别呀,别这样……"

他心头一急,一种惶恐的感觉直冲进脑子,没及多想便打帘迈了进去。

"臣有奏报面禀主子。"他在落地罩外扬声道。

里头倒有一刻安静下来,略隔了会儿,听见皇帝说"进来"。他忙举步进里间,见月徊愁眉苦脸地站在床榻前,手里还端着药碗。一切似乎和他想的不太一样,只是到了这当口不进则退,便板着脸冲月徊道:"御前的规矩你不懂吗?做什么大呼小叫!"

月徊有点儿冤枉,但不敢反驳,低着头说:"奴婢失仪了。可万岁爷不肯吃药,要摔了这药碗,奴婢是急得没法子,请掌印恕罪。"

梁遇面上虽疾言厉色,暗里却松了口气,上前接过她手里的药碗道:"这里交给我,你先出去。"

月徊道是,行个礼退出了暖阁。梁遇见她安然无恙,方转身登上床前脚踏,温声道:"龙体关乎社稷,万万不能随意作践。良药苦口的道理,臣不说主子也懂,一时违和不要紧的,按时吃药调理,很快便会大安。臣要是没记错,主子今年春秋十八了,吃药上头还要人规劝,可是不应该了。"

梁遇和寻常宫人不一样,皇帝自小跟上书房师傅学的是大道理,跟梁遇学的则是活着的硬道理。梁遇同他的关系,与其说是主仆,莫如说是师徒,因此即便到了今日，他还是有些畏惧他，毕竟陈年固化的习惯难以更改，梁遇只要不是带着笑，哪怕声音柔软，他也有些惕惕然。

皇帝支吾了下："朕只是吃腻了药，这些年朕如药罐子似的活着，大伴不知道朕有多厌烦。"

"臣怎么能不知道。"梁遇道，"怪只怪臣太晚到主子身边，先前那些伺候的人不尽心，才害得主子这样。可就像月徊说的，正因为过去吃了那些苦，才有后来千百倍的回报，您也这么想，心境自然就平和了。"说罢将药碗递到皇帝面前，"请主子体下，把药喝了，别让臣担忧，也别让月徊担忧。"

皇帝无奈，只得接过碗，直着嗓子把药灌了下去。

梁遇唤来人，伺候皇帝漱了口，复又安顿他躺下，自己心里仍在琢磨一件事，月徊再留在御前，究竟有没有必要。

把持朝政也好，拿捏整个紫禁城也罢，说到根儿上还有其他办法，未必非要把月徊赔进去。就在刚才，他的想法有些动摇了，想让月徊撤出乾清宫，甚至离开这座皇城，回到提督府去。

"臣才从朝房回来，听了些外埠奏报，说南边红罗党有愈演愈烈之势，总督衙门办事不力，难以根治。还有云中，多处煤窑因雨雪垮塌，死了不少矿工，臣已派人赶往山西善后，主子不必忧心。再者……"他顿了顿道，"太后长久不见外人，这事儿似乎引得朝臣起疑了。臣原想一劳永逸，可再过一程子是您大喜的好日子，怕太后的事儿出来，冲撞了主子大婚。今儿孙知同问臣，说太后千秋将至，今年是个什么安排。他夫人是太后娘家人，且往年走得勤，这会儿突然断了往来，宫外少不得起疑。"

皇帝提起太后就不耐烦，作为嫡母，唯一的好处就是在皇父大渐前谏言，举荐他当了太子。后来先帝升遐，他即皇帝位，太后真是一天一个幺蛾子，这两年鲜少有消停的时候。如今司礼监为主分忧，彻底解决了这个麻烦，总算叫人安逸了几天，可病灶不除，始终有人惦记。

皇帝喘了口气道："眼下确实不宜动她，那依大伴的意思，该怎么料理？"

梁遇斟酌了下道："依臣拙见，暂且把月徊安排在慈宁宫，好歹先应付过太后千秋再说。眼下只垂帘不见人，就说是病了，将来事儿出来才不至于过于突然。毕竟太后是先帝皇后，主子要叫她一声母后，倘或一亲政太后便暴毙，那外头传扬起来不好听，到底人言可畏，怕有损圣誉。"

皇帝听说要把月徊调到慈宁宫去，当即便不大称意："没有旁的办法吗？"

梁遇摇头："暂且没有两全其美的办法。"说着复又一笑，"臣知道主子不舍，但慈宁宫离乾清宫很近，月徊也不是困在慈宁宫里出不来，主子想她便召见她，至多一盏茶工夫，人就到跟前了。"

话虽这么说，可皇帝仍是下不得狠心，犹豫了下才道："容朕再想想。"说完便乏累地合上眼睛，不再说话了。

梁遇见状，从暖阁里退了出来。月徊还在殿外候着，他连瞧都没瞧她一眼，经过她面前时撂下一句"跟着来"，便往司礼监衙门去了。

【未完待续】

Staread
星文文化

慈悲殿

CIBEI DIAN

下

尤四姐 著

长江出版社

第二十四章·慈悲之剑	167
第二十五章·日裴月徊	189
第二十六章·未及消寒	204
第二十七章·梦断西洲	219
第二十八章·玉宇风息	241
番外篇	265

目录

第十七章 · 竹案问情　001

第十八章 · 晚来风急　024

第十九章 · 参差双阙　049

第二十章 · 肠中冰炭　072

第二十一章 · 画幕云苹　094

第二十二章 · 别时花尽　119

第二十三章 · 运筹千里　142

第十七章 竹案问情

从乾清宫到司礼监有好长一段路，月徊跟在后面，边走边道："我还得伺候皇上呢。"

梁遇没有应她，她不过是梳头的女官，闲来喂喂蝈蝈罢了，御前哪里到了离不得她的地步！

她在后头追赶，掌印、掌印叫个不停，他听得有些烦躁，回头道："御前各有各的差事，你不能越俎代庖，这么做会坏了规矩。昨儿已经伺候一天了，今儿可以歇一歇，我叫人预备吃的，你用了再睡一觉。我今儿不外出，你就陪哥哥一天吧。"

既然如此，那还有什么可说的。月徊高高兴兴地答应了，她如今就是混日子拿俸禄的，在哪儿都算一天。要是正经宫女子，不知过着怎样的苦日子，哪一个像她，吃穿不愁不受委屈，皇帝看顾哥哥栽培，在这紫禁城里混得如鱼得水。

夹道里头宫人往来，见了梁遇都退到一旁俯首行礼。月徊快步追上去，昂首挺胸的，颇有狗仗人势之感。

进得衙门，远远就听见悦耳的风铃声，她跑到值房的南窗前仰望，笑着问："这是谁给挂上去的呀？"

梁遇忙于张罗别的去了，淡然应声："想必有人看见闲置着，顺手挂上的吧。"

那倒果真是顺手，正好椽子上敲了钉子，正好钉上悬了丝带下来。

月徊多次出入司礼监，这里的一切都熟悉了，自己蹬了鞋爬上炕，爬进了窗口的光带里，屈身抱着膝头，把自己蜷成一只猫。

梁遇回身看她，她脸上一副餍足的神情，皮肤作养多时后，被光一照几乎是半透明的。人就在眼前，心无旁骛地晒着太阳，他也莫名安定下来。外面小太监送吃食进来，他唤她一声，她懒懒应了，懒懒支起身，揭开盅盖儿，拿银匙舀杏仁奶酪吃。

梁遇假作无心地问她："皇上先前同你说了什么？"

月徊对那些不上心的东西从来不讳言："也没什么要紧话，就是诉诉衷肠，摸摸手什么的。"想了想道，"还说了，打算在养心殿辟出一间屋子来，让我做他坦。"

梁遇一听便不大高兴："养心殿围房住着那几个伺候枕席的女官，这会子让你搬进去是什么意思，你明白吗？"

她哪能不明白，边吃边道："所以我不答应，可皇上说，要让那几个女官搬到别处去，那我自然更不能答应了。"

总算她没有顺嘴应承，梁遇暗松了口气："你为什么不答应？"

月徊摇头晃脑地说："他和皇后眼看要大婚了，将来皇后娘娘进宫，一瞧养心殿围房住着我一个，那还不得往死了整治我！我又不傻，替人背这个黑锅做什么，回头升发没有我，挨挤对我头一个，琢磨来琢磨去，不上算。"

然而皇帝有他的打算，虽未说出来，梁遇心里却有数。

进了养心殿，必然是要开脸了。皇帝给不了她皇后的尊荣，但若是她先怀上皇子，那母凭子贵，将来就能平步青云。

所以小皇帝对她也算真心，能为她考虑的都试图去做了，但凭着真心把人架在火上，却是大大的不厚道。皇帝还年轻，考虑得不那么周全，以为宫里的女人有圣宠就足够了，其实后宫倾轧，哪里那么简单。

所幸月徊的市侩救了她一命，她权衡利弊之后，没有仗着哥哥的牌头横冲直撞，这点很让梁遇满意。

月徊看见他眼里泛起一片波光，像这种微风漾水的细腻神情已经阔别很久了，这下子她可以确定，自己是歪打正着了。

其实说句心里话，不答应皇帝，还是因为自己没有那份意愿。她从来不是个懂得深思熟虑的人，若是不愿意，就有各种理由来推脱，恰好这回的推脱和梁遇不谋而合罢了。

她是有些喜欢皇帝，但还不至于喜欢得情愿充当他练本事的工具。那四个御前女官地位不尴不尬，司帐虽怀了孩子，也被送到羊房夹道软禁起来了，她还往里头凑什么热闹！继续维持原样多好，在皇帝跟前蹭吃，在哥哥这里蹭住，"左拥右抱"坐享"齐人之福"，别提多舒坦了。

想想就很高兴啊，她吃罢小食又躺倒下来，眯觑着眼说："多留一日，奇货可居一日，我又不是傻子。"言罢奸诈地笑了笑，抽出手绢盖在自己脸上，长叹道，"不过宫里年月啊，实在闲得无聊。要是搁在早前，下了工还能和小四一道出去逛集看戏呢，现在，啧……"声调渐次低下去，半晌没动静，不久便发出了轻轻的鼾声。

梁遇叹了口气，这么个没心没肺的人，有时候真拿她没办法。

他挪到书案后坐了下来，刚打开木匣取出题本，便看见两个小太监合力搬着一缸佛肚竹从院子里经过。那竹子养了有阵子了，竹节圆润饱满，形如佛肚，他起身走出去叫"等等"，两个小太监便顿住步子，垂首站在台阶前听示下。

他抬手指了指："搬到隔壁值房里去。"

两个小太监领命，将那盆佛肚竹高高供在了香几上。

人都退下去了，他负手走到盆栽前，趁着四下无人，抽出匕首砍了两根竹子。

月徊那厢呢，这一觉睡得挺长，睁开眼的时候，日光早已偏移到头顶上去了。不过中晌天气暖和，窗户尽可开着，有风吹拂进来，金鱼风铃便轻轻地、缠绵地响。

她拉下脸上帕子，盯着那昂首奋鳞的鱼形出神，到这时才看明白，原来每条金鱼的姿势都不一样，连鱼脸上的表情都不尽相同。

整串风铃因风慢慢旋转，看久了有点头晕。她重又闭上眼，心里琢磨哥哥不知去哪儿了，先前不是说了今天不外出嘛，怎么一晃眼，人又不见了……

她挣了下腿，翻个身面朝大门躺着，半眯的视线里，见有个人影从门上进来，因背着光，看不清长相，但看身形就知道是哥哥。

他到了炕前，弯下腰叫她："你起来，我让你瞧一样好东西。"

月徊坐起身，兴致勃勃地问："是什么好东西啊？"

他把炕桌挪开，搬上来一张小竹床，竹床的缝隙间悬着丝线，上头四仰八叉躺着一个竹节连成的人形。

月徊不明就里，低头打量这小人儿，胖胳膊胖腿，觑着个圆圆的肚子，还戴着尖角帽子，手里擒着青龙偃月刀。她抬眼瞅瞅梁遇："这是什么呀？"

他但笑不语，盘腿在她对面坐下，探手牵动小竹床下的弦丝，那就地躺倒的竹节人霍地站了起来，一瞬变成了威风凛凛的胖肚将军。然后便是眼花缭乱一顿奇袭，招式像模像样，鹞子翻身、黑虎掏心……打得比戏台上的武生还要精彩。

"好！"月徊啪啪鼓掌，"少侠好身手！"

这种孩子气的玩意儿，最能引发人的童心。也许她忘了，小时候他也曾给她演过这个。那时她才三四岁光景，看见小人儿打得热火朝天，又笑又叫不足以表达她的欢喜，张嘴一口咬了上去，还割伤了嘴角。如今十几年过去，她已经长这么大了……他手上牵扯着，悄悄抬起眼看她，对面的人笑靥如花，幸好她没有变，还会为这种小东西动容。

月徊自然也没想到，梁遇那样一本正经的人，原来也会做这种东西逗姑娘高兴。她心里有股说不出的感觉，两个人对坐着低头看，额与额几乎相抵，这小竹床就是整个世界。

竹节人打得热闹，她却走神了，其实哥哥比竹节人好看。

她忍不住偷眼瞧他，可没承想正对上他的视线，一时大眼瞪着小眼，气氛有点儿尴尬。

自己偷看哥哥心安理得，但哥哥竟先她一步瞧着她，这就让她想不明白了。

可是不能直刺刺地问"您看我干什么呀"，会破坏了当下的气氛。她只能矜持地报以微笑，心里暗忖着，他别不是有什么开不了口的话要和她说吧！难道要她以色侍君，让皇帝不思朝政？还是他看上了哪个姑娘，打算把人弄回家过日子？

不过梁遇的美貌当真无懈可击，即便离得这么近，都没能从他脸上发现半点瑕疵。他是个掰开了揉碎了处处精致的人，这样的人做了太监，实在是全天下姑娘的遗憾。

所以是否知道真相，决定了是否敢真刀真枪往不该想的地方想。月徊的脑瓜子里虽然时时紧绷好色的弦儿，但她蹦不出亲情的禁锢。她知道哥哥就是哥哥，哪怕再秀色可餐，她也不该生亵渎之心，否则会挨天打雷劈的。

可梁遇这头，天人交战的最后还有退路，即便那退路照样反了人伦，他还能容自己在逼仄的环境里转身。能转身，便心猿意马。只是他自律，也知道羞耻，想得再多不过是掩在灰烬下的一点星火，不用谁去阻止，很快就会熄灭的。

到如今，他能做的仅是借着手足情深的名头，来满足那点不为人知的私欲。他这刻看着月徊，问心有愧，但并不觉得后悔。她喜欢这种小玩意儿，他就想方设法让她解闷儿。他知道自己的心思说出来会吓着她，那就好好遮掩着，做她一辈子的好哥哥就够了。

"这竹节人，小时候我也给你做过，你还记得吗？"

第十七章 竹案问情

月徊歪着脑袋想了想，说不记得了。很快又觍着脸追加了一句："可我记得哥哥带我放风筝，等天儿暖和了，咱们到一个没人的开阔处，您还带我放风筝好吗？"

他微微含着一点笑，点头说好，顿了顿又旁敲侧击地提点她："只要还是女官，我就能带你去想去的地方。但若有朝一日你成了皇上的妃嫔，那我就算有通天的本事，也没法子带你离开紫禁城了。"

月徊对这个毫不担心，莫说她现在一点儿都不想和皇帝有更深的纠葛，就算临了逃不开这大富大贵的命运，那也是很久以后的事了，不会妨碍今春和哥哥放风筝的。

她说："咱们定个日子，也好让我有盼头。"

梁遇连想都没想："四月初七，如果天晴的话。"

那么长的饵啊，换句话说就是帝后大婚之前，她都得和皇帝保持距离。

月徊虽然粗枝大叶，但她不傻，一口应下了，然后喃喃自语："以前您很愿意让我当娘娘，如今您改主意啦？"

梁遇垂下眼睫盯着竹节人，他的语气缓慢，竹节人的动作也相应缓慢："我只有你这一个亲人了，一旦你嫁了人，就算嫁的是皇上，就算我日日都能见到你，我也觉得你不再是我的了。"

这样的心里话，说出来应当没有什么吧，应当是人之常情吧！譬如父亲舍不得女儿出嫁一样，长兄如父，不算逾越。

可是月徊的脑子不知是怎么长的，她脱口道："那您觉得，我现在是您的吗？"

那深浓的眼睫颤动了下，月徊看出一点脆弱的味道，忽然觉得哥哥虽然厉害，也是朵需要人呵护的娇花儿。

"是我的……"他启了启唇，轻声说，"是我唯一的妹妹，是我的手足。"

"您瞧您，多舍不得我！"她装模作样地叹气，"咱们认亲那天我不就说了吗，我不嫁人陪着您，您又不要。"

怎么能要呢，他又凭什么要？

小竹床下的十指顿住了，小竹床上的竹节人孤身站在那里，站出了满身悲凉的味道。

他不愿意再和她商议那些了，重新收拾起心情，问她要不要玩儿。月徊到底小孩儿心性，立刻伸出了一双手，说："要。"

梁遇拿眼神示意："伸到底下来，把手给我。"

她很快就把手探下去，竹床成了一道屏障，视线穿不透，只能暗中摸索。触到他的手指，即便看不见，也能在脑子里刻画出他的纤细美好。

梁遇的指腹柔软，一点儿都不像会舞刀弄剑的，慢慢引导她，将指节上缠裹的丝线渡到她手上。月徊心头咚咚作跳，正因为看不见，小竹床下每一个细微的动作，都牵扯她的神经。

温柔地，若即若离地碰触，这种感觉最要命。倘或是一把抓过来，豪兴地动作也就罢了，偏是这样。她闷下头，忽然觉得有些沮丧，待他把线都缠到她手上，轻轻道一句"好了"，竹床上的竹节人仍像死了似的，四仰八叉躺在那里，一动不动。

梁遇见她兴致低迷，崴过身子打量她："怎么了？"

月徊摇头，勉强打起精神动动手指头，竹节人笨拙而滑稽地在竹床缝隙上游走，走也走得无精打采。

她的情绪一落千丈，他当然看得出来，便一再地问她："是不是有心事？愿意同哥哥说说吗？"

最不能告诉的就是他，她泄了气，仰天躺倒，唉声叹气说："该用午膳了吧？"

原来是饿了，梁遇悬着的心总算放下来。他也害怕自己刚才的心神不宁被她察觉，更害怕她察觉后会震惊，会生气。这份兄妹之情原本就来之不易，如果将这龌龊心思暴露在她面前，最后怕是连兄妹都做不成了。

还好，她不是那种心细如发的人。及至膳食全铺排好的时候她又高兴起来，这个好吃，那个也不错，殷勤地给他布菜，口齿不清地说："哥哥吃呀。"

他食不知味，但也敷衍下来了。待一顿饭吃得差不多时，才搁下筷子说："太后千秋将至，往年做寿都有定例，今年恰逢皇上亲政，忽然清锅冷灶的，怕外头人起疑。"

月徊嗯了声，她对权谋之类的东西没有太多考虑，吃着蛋卷儿，抽空应了声："您就说怎么办吧。"

他也不讳言："我想暂且把你安排在慈宁宫，循序做出太后日渐病重的过程来，日后不拘是崩逝还是不省人事，都好有个说法。"

月徊想起太后那双眼睛，心里顿时愧怍起来，低着头说："太后都快恨死我了。"

没有见识过宫中尔虞我诈的孩子，总有一颗悲天悯人的心，梁遇笑道："太后哪个不恨？恨皇上，恨我，恨所有慈宁宫伺候的人，更恨先帝。她这样的脾气，原不该生活在宫里，要是个寻常有子嗣的嫔妃，儿子就藩她跟着去了，便也没有这些事。可惜她德薄，还不惜福，到最后也只能如此。"

月徊嘘了口气:"我也不亏心,早前我没招惹她,她还派人半道上堵我,让我在西北风里罚板著呢。宁得罪君子莫得罪小人,我就是那小人!"

她调侃起自己来倒是不遗余力,梁遇笑了笑,见她唇边沾着碎屑,伸手替她擦了。

月徊因这动作颊上微红,赧然又咬了口蛋卷:"那我什么时候往慈宁宫上值?"

梁遇拢起手,面上有犹疑之色:"皇上还没松口,我料他是舍不得,但大局当前,只管儿女情长总不是办法。再说慈宁宫离乾清宫不过隔了两重宫门罢了,又不是隔山隔海,何至于呢?"

月徊的脾气最爽利,她想了想道:"我去和皇上说,不过就是千秋节这程子的事儿,只要敷衍过去,大家都超生。"

梁遇盘算的正是让她离了御前,她要是愿意去说,那自然再好不过。

于是吃罢了午膳,月徊往他坦换了件衣裳,脑袋上插了御赐的那支金鱼簪子,笑吟吟到了皇帝的龙床前。

皇帝的精神头儿看上去好了不少,坐起身喝了盅燕窝粥,正半倚着隐囊看题本。见她来了,搁下手里的东西,含笑望向她。

月徊晃晃脑袋:"您瞧,瞧见了什么?"

皇帝一眼就看见那支簪子,扬着金丝编成的鱼鳍,她一摇脑袋,那双鱼眼睛就乱窜。

"好看,那么喜兴!"皇帝抬手在她发上摸了摸,"等朕好些了,再给你挑一套头面,让你天天轮换着戴。"

月徊说:"我只要这一支,多了就不珍贵了。我戴着它进慈宁宫,给万岁爷办差去。才刚我们掌印和我说了,太后千秋要到了,宫里不声不响的,反叫人觉得万岁爷不磊落,苛待太后娘娘。还是让我去吧,千秋节叫免也是从太后嘴里说出来更叫人信得实,别人一迳推诿,反而越发令臣工们起疑。"

皇帝也想过这事儿,论理是该让她去的,可她不在眼窝子里,又觉得大有不便。如今看起来,似乎不能不去,他们兄妹千方百计周全一切,自己反倒拖了后腿,实在有些可笑。

"那就去吧。"皇帝道,"左不过这三五天的事儿,过后你就回来。"

月徊说好,掩嘴囫囵笑道:"万岁爷病一回,怎么孩子气起来了?"

皇帝怔了下,装出愠怒的样子:"你敢取笑朕?"

可惜她胆儿肥得很,甜言蜜语张嘴就来:"就是这样,才显得万岁爷天质自然哪。朝堂上装得老气横秋就罢了,自己寝宫里头,犯不着那样。"

所以这事三言两语的,就算说定了。皇帝牵着她的手叹息:"朕实在不愿意你离了朕身边。"

月徊说:"没事儿,我脑袋上戴着您的赏赉,进了慈宁宫它给我壮胆儿,就像您在我身边一样。"

她很聪明,聪明之处在于不让皇帝处于劣势,自发把自己摆在更低的位置,要离也是她离不开皇帝。皇帝自是无话可说,只得答应让她暂去慈宁宫,她到了那里也寻着事由干,跟着珍嬷嬷给太后擦身子,换衣裳。

一个全身上下动弹不得的人,活着其实已经没有太大的意义,吃喝拉撒全不由自己做主,且因卧床太久,整日昏沉沉的,不知是梦是醒。月徊替太后换罢了溺垫,心里也觉得伤感,曾经那么尊贵的人,如今弄得这样狼狈,何必呢?司礼监的人确实心狠手黑,但也是没法儿,总不能让她在朝堂上大闹。自己呢,心里多少有点愧对她,别的地方没能力弥补,只能伺候起脏活儿来越发尽心些吧。

结果梁遇得知她在慈宁宫替太后把屎把尿,一把摔了手里的茶碗:"谁让她干那个的?慈宁宫当下差的都死绝了?"

秦九安吓得直缩脖儿,战战兢兢道:"是姑娘自己抢着要干的,底下人拦不住。小的已经知会过了,再看见姑娘进暖阁,无论如何要拦在外头,到底让皇上知道了也不好交代。"

梁遇寒着脸从玫瑰椅上起身,在地心旋了两圈道:"给孙家传个话,就说太后有懿旨,宣孙夫人明儿慈宁宫觐见。这事儿早办早了,含糊在里头不是个方儿。"

秦九安道是,忙提着袍子出门传话去了。

孙家那头得了信儿,夫妻两个面面相觑,待把人全打发出去,孙夫人才道:"你不是说亲政大典上有猫腻吗,太后明儿传我进宫了,这话怎么说?"

孙知同也纳罕:"我买通了司设监的人,说当日太后仪仗没有通过他们衙门置办,一应是司礼监经手的。梁遇如今忙于和首揆[1]对柄机要,哪里顾得上那些细枝末节?既然吩咐司礼监承办,不正是说明里头有文章吗?你还记不记得,册立皇后那回,张恒奉命在直隶地界儿上找擅口技者?太后的话究竟是不是她亲口所言暂且不好说,你们几十年的姊妹了,明儿听了自有分晓。"

孙夫人对他的话存疑:"满朝文武那么多人,还听不出话是不是太后说的?都聋了不成!"

孙知同喷地瞪了她一眼:"那么大的奉天殿,回声风声混成一片,哪里容得你分辨!"

---

[1] 首揆:宰相之首。

孙夫人挨了挤对，讪讪闭上了嘴，思量了下又道："你说上回殿上垂帘了，要是明儿去还是不得见面，那该怎么办？总不能硬闯进去吧！东厂那群番子办了多少朝廷官员，咱们要是造次……"

造次即是自寻死路，孙知同当然明白，倘或不是因为皇后人选变得太突然，他也不愿意蹚这趟浑水。太后这人虽说任性，但说定的大事不会随意变卦，也是因着不服气，才要寻根究底，至少把改立皇后的原因弄明白。

"不得见人也不必硬闯，只要仔细留神，瞧瞧有什么异样没有。"孙知同道，望向外面潇潇的天，"驸马年前又给调往江浙了，公主轻车简从回京，要是脚程快，这两天应当到直隶了。司礼监能拦众臣面见太后，拦不住闺女见亲娘，到时候殿下进宫，我倒要瞧瞧梁遇怎么应对。"

其实孙夫人并不赞同丈夫和梁遇对着干，毕竟朝中要员的前车之鉴就在眼前。皇上亲政是一个分水岭，亲政之前落马的官员必定是无益于皇帝的，亲政之后再出纰漏，那绝对是上赶着送死的。

依着她说，姊妹间再要好，各自嫁了男人譬如前尘尽了，没什么利害冲突的尚可以走动走动，要是有了性命之忧，完全可以各人自扫门前雪。孙尚书一心为姑娘没有做成皇后不平，可在孙夫人看来，做了皇后又怎么样，还不是握在梁遇手心里！如今事都过去了，还偏要翻小账，她虽不情愿，却实在架不住丈夫一意孤行。

没法子，只好硬着头皮在神武门上递牌子等召见。不多会儿，里头打发太监过来接应，倒是个生面孔，见了人便满脸堆笑，作揖打拱说："孙夫人来了！太后娘娘打发奴婢接夫人，请夫人随我来。"

孙夫人有些纳罕："小公面生得很哪，是才进慈宁宫的吗？"

小太监哦了声："奴婢伺候太后娘娘有程子了，寻常当些碎差，偶尔有宫外贵人觐见也让奴婢代为迎人。"

孙夫人慢慢点头："我有好几个月不曾进宫啦，今年不知怎么的，娘娘连贺岁也叫免了……"

小太监道："太后娘娘凤体不豫，外埠藩王进宫问安都一概减免了。娘娘如今懒动，也不爱多说话，夫人见了就知道了。"

孙夫人听在耳里，料想无论如何面总是能见上的，谁知进了东暖阁，依旧是隔帘说话。只有才踏进门槛那刻匆匆瞥见太后身影，然后便见她由人伺候着卧在美人榻上，珍嬷嬷在一旁支应着，放下帘子，请夫人坐定说话。

孙夫人谢了座，端端并着双腿，两手压在膝上，微往前倾了倾身子道："有程子没来给娘娘请安啦,老宅子的人也记挂娘娘得很。听说娘娘不豫,可传太医好好瞧过啊?"

孙夫人边说边使劲探头看,依稀能看见里头的剪影。榻上的人高卧着,边上有女官近身伺候,左右帘子阖得不严实,微微透出一线光来,太后那只作养得细腻白嫩的手搭在事事如意织绫被褥上,虽看不见脸,却知道人是活的。

里头传出一声叹息,羸弱的嗓音里,字字句句都充斥着乏力:"我近来身子一里不如一里,想见故人……说话又续不上来气,越性儿就不见了。太医来瞧过,只说气虚血亏,要大大调理……这阵子正吃药,也不见好……"

孙夫人仔细分辨太后的语气声口,因嗓门压得低,一下子也不能断言,只得另想办法引她说话。

"今年的天气,像是比往年更冷了些,娘娘宜善加珍摄,等天暖和些,身上自然会好起来的。"孙夫人道,含笑挪了挪身子,"我今儿进宫,就是想问问娘娘千秋打算怎么庆贺,回头也好知会家里人预备起来。"

太后轻喘了口气道:"我连坐都坐不住,还庆贺什么!横竖不是整寿,算了吧……你今儿来,怕不是为给我做寿,是兴师问罪来了。"

孙夫人闻言陡然一惊,惶惶站起身道:"娘娘怎么这么说呢,我是多时不见您,心里记挂得很……"

"记挂?"太后凉声道,"我人在宫里,何劳你来记挂?你们是因着……因着换了皇后的人选,你们心里不受用了,想听我给个说法。"

太后虽上气不接下气,但那股子胡搅蛮缠的厉害劲儿还在。当然了,皇后人选变动,确实是促成孙夫人此来的原因,但归根结底终究是要看一看,太后还是不是原来的太后。眼下算是能确定了,太后不见人,就是越活越矫情无疑。她甚至后悔来这一遭儿,心里也有些埋怨丈夫,他千不甘心,万不甘心,最后又怎么样。人家太后好好的,兴许就是忽然想明白了,不愿意再拉扯娘家了也不一定。

孙夫人悻悻道:"娘娘在病中,想是忧思过甚了。咱们姊妹自小要好,及至年长各有各的去处是不假,可我心里还拿您当嫡亲的姐姐。"

结果垂帘里头太后呜咽着哭起来:"我这一辈子,吃亏就吃亏在骨肉无靠。自己肚子不争气,娘家子侄又不成器……好在如今跟前有个皇帝孝顺我,我何不多替他考虑,保得他,就是保得我自己。"

站在落地罩前的珍嬷嬷听太后话里带了哭腔,忙上前给孙夫人纳了个万福,低眉顺眼道:"夫人,我们娘娘欠安,不宜伤情。宫里头自上到下,可没有一个敢惹她不高兴的,依奴婢之见,夫人既已问过了安,今儿且先回去吧。"

第十七章　竹案问情

孙夫人自讨了一回没趣,心里本就不舒坦得很,既然太后近身的嬷嬷让她走,那就没什么可逗留的了,便向帘内行了一礼:"娘娘仔细作养身子吧,等娘娘身上好些了,我再来瞧娘娘。"

她福身下去,可不知怎么,隐隐闻见一股奇怪的味道,那是沉水香燃得再浓,也无法掩盖的臭味儿。

孙夫人太熟悉这种味道了,但凡家里有中风偏瘫的老人,都会对这种味道刻骨铭心。腐朽、枯败、濒死,从骨节里散发出的浊气混合着排泄物的恶臭,就算有专人伺候,一天三遍地擦身,都无法将之彻底消除。

孙夫人迟疑了下,抬眼向帘内看去,可惜影影绰绰实在无法看清。

珍嬷嬷见状上前比手:"娘娘该歇觉了,夫人请回吧。"

孙夫人没法子,只得却行退出东暖阁。到了外头,有意无意地和珍嬷嬷打听:"我瞧太后娘娘精神头儿很不济,脾气也和以往大不相同了……"

珍嬷嬷脸上浮起一层淡淡的笑,边引路边道:"夫人和娘娘这么多年姊妹了,还能不知道娘娘的脾气吗?她向来是这样的,有些话说得重了,夫人千万别介怀。至于娘娘的病势,也不瞒夫人,果真是重得很,常是说一句话得喘上好半响。今儿您进来,她能一气儿说这些,已经是天大的面子了。"说罢已经到了慈宁门前,便顿住脚,扬声招呼先头负责迎接的小太监来。

小太监很快弓腰向上拱手:"尚书夫人请吧,奴婢送您出宫。"

珍嬷嬷冲她福了福道:"娘娘跟前有奴婢尽心伺候着,皇上那头也派了顶好的太医来给娘娘瞧病,料着慢慢会好起来的,请夫人放心。"

孙夫人哎了声:"那一切就劳烦嬷嬷了。"复又让了一番礼,方才出宫回府。

孙府。

孙知同早在前厅等着了,见夫人回来,忙把跟前人都遣了出去,追问着:"怎么样?见着太后娘娘没有?"

孙夫人坐在圈椅里直愣神,喃喃说:"面没见上,还是隔着帘子说话,听嗓门儿正是太后无疑,可……我这会子却说不准,帘子后头的人究竟是不是太后。"

孙知同一听来了精神,切切问:"此话怎讲?"

孙夫人瞧了他一眼:"那间东暖阁里头有臭味儿,就像咱们老太太卧床时候的味道。你想想,太后那么干净的人,怎么能容屋子里有那么难闻的气味?我自己琢磨,看来太后病得不行了,怕是做不得自己的主,叫他们当幌子似的顶在前头。他们在后头提线,拿捏人,借着太后的名义发懿旨,好堵住天下悠悠众口。"

孙知同啊了声，自言自语着："我就说了，这事儿不寻常……自打皇上登基，处处和太后较劲，太后什么脾气？哪能忍得住这个！"

孙夫人却有些后怕："我看这事儿，咱们还是别管的好。你琢磨琢磨，梁遇那么精刮的人，这回做什么安排咱们进宫？别不是有意给咱们下套吧！"

孙知同忖了忖道："你放心，咱们自然不去做那个出头鸟。如今只等着长公主回京，不拘怎么，皇上还得管长公主叫一声姐姐呢，姐姐要瞧亲妈，做兄弟的能不让？他们眼下能弄出个'垂帘会亲'，等长公主回来，总不至于'垂帘会女'。只要公主见了真佛，自然就知道怎么回事了。"

那厢梁遇从红本库回来，特特儿绕到慈宁宫。进了正殿就见暖阁里人来人往，门帘子后头宫人端着水盆进出，见了他也不敢逗留，闪身往廊子上去了。

他有些纳罕，不知里头情形，不好贸然进去。复又等了会儿，才见月徊绿着脸从暖阁里出来，也如那些宫人似的不敢走近，离了三步远道："先前孙夫人在，太后娘娘溺了一身，这会儿满屋子都是味儿，您别进去了。"

梁遇隔帘朝里头看了眼，哼笑道："太后娘娘性子果真倔，到了这地步还想尽法子使绊子呢。孙夫人那头怎么说？瞧出端倪来了吗？"

月徊道："临走的时候同珍嬷嬷打探，说娘娘和以往大不相同了，我看您还是得早做打算。"

梁遇点了点头："这事儿容易料理，只是你……"他上下打量她，"我让你过来，不是干这种下差的，何必这么作践自己！打现在起，不许你在太后跟前伺候，你有你的差事，把屎把尿的，没的大材小用了。"

月徊见他脸上不是颜色，也不敢拂了他的意，觍脸说："我回头上您那里吃饭去。"

梁遇说不要，掩着鼻子别开了脸。

月徊很不服："为什么？"

"我嫌你身上有味儿！"他说完，转身便往外去了。

赶往乾清宫的路上，杨愚鲁亦步亦趋道："老祖宗，孙知同八成已经起疑了。另据探子回报，永年长公主已经到了直隶地界儿上，至多明后日，必定要进京入宫了。"

所以是件麻烦事，七个葫芦八个瓢，叫人不得太平。

梁遇看向乾清宫的重檐庑殿顶，无数的明黄琉璃瓦在日光下跳跃出成片的金芒，他嘘了口气道："长公主暂且动不得，叫人先盯紧了再说。至于孙知同夫妇，留着后患无穷,还是除掉为宜。不过这回不能再让厂卫正大光明地出面了,一是来不及罗织罪名,二是碍于孙家和太后的关系。这风口浪尖上,越少和太后有牵扯越好。"

杨愚鲁迟疑了下:"老祖宗的意思是?"

梁遇轻飘飘乜了他一眼:"红罗党不是现成的吗,借着他们的名头办就是了。横竖朝廷要铲除乱党,多一条罪状,也是虱多不痒。"

说话进了月华门,快步往东次间去。皇帝今天已然大安了,正坐在南炕上看书,见他进来,将书倒扣在炕桌上,直起身问:"大伴,慈宁宫那头怎么样了?"

梁遇拱着手,将孙夫人觐见的前后说了一遍,临了道:"千秋节免办是糊弄过去了,但太后用这种法子通风报信,却叫人始料未及。长公主这两日又要回京,料理孙家容易,料理长公主很难,主子还需早做打算。"

皇帝脸上木木的,手指扣着炕桌道:"朕坐这江山,竟还要看她们母女的脸色,究竟什么时候是个头!要是依着朕的意思,干脆全杀了,一了百了。"

话虽这么说,真要照着这个实行,却是没有半分可能的。越是高坐云端,越是怕身后流言蜚语不断,一时的意气用事不可取,还是得想辙来应对。

梁遇看了看时辰道:"臣有个办法,既能昭告天下太后病重难以医治,又能安抚百姓扼杀谣言。"

皇帝登时振作了精神:"大伴快说,什么办法?"

梁遇道:"请主子下旨为太后祈福,减免三成杂税。吃人的嘴软,拿人的手短,这种策略同样适用于治理天下。一个人但凡获利,必不会再扛着大旗大闹,倘或连这个道理都不懂,便是牲口都不如了。不说那些目不识丁的百姓,就是饱读诗书的学问人,也照样如此。"

皇帝恍然大悟:"那就请大伴替朕草拟吧,明早传播天下,咸使知闻。"皇帝松散地笑了笑,"既然昭告天下太后病危了,月徊便可以回来了吧?"

皇帝一门心思全在月徊身上,这样的心境,说不上是好还是坏。

梁遇叠手道:"主子厚爱臣知道,不过眼下不宜操之过急。且让月徊在慈宁宫再逗留几日,以防事态有变,等这事儿过了,主子再召她回来不迟。"

横竖就是不大愿意月徊再回御前去,存心阻挠一日是一日。可那丫头在慈宁宫手脚麻利成那样,又让他觉得十分糟心。先前她说要过他这里来吃饭,他一口回绝了,这会儿心里有些过意不去。原想叫人置办好了再去请她的,没想到甫进贞顺门,就见她背靠廊柱站在滴水下,鲜焕的面孔,见了他便笑了,咧着嘴说:"梁掌印,我知道您正念着我哪,用不着打发人去请,我自个儿来啦。"

梁遇停在院子里,蹙着眉,歪着头打量她。她立刻托起双手到了他面前,翻来覆去让他瞧:"我把手洗干净了,还换了衣裳,这会儿身上香着呢,不信您闻闻?"

她没脸没皮,错投了女胎,要是个男人,不定多招姑娘喜欢,家里头几进的院落怕也住不下。

梁遇让了让,对她那双手敬而远之,就算洗干净了也让人心生恐惧。梁掌印素来爱干净,身上沾染了一点泥灰都要及时换洗,更别提她曾经替太后换过溺垫、擦过身子了。

"谁说要打发人去请你?"他昂首从她面前经过,边走边道,"慈宁宫里伙食不好吗,又巴巴地上我这里蹭饭吃。"

月徊嗒嗒跟在他身后,厚着脸皮笑道:"也不是慈宁宫伙食不好,是我看不见哥哥,饭就吃得缺点儿滋味。"

梁遇的唇角轻轻扬了扬,虽说脸上神情倨傲,心里还是极称意的。

"哥哥又不是乳腐,怎么缺了我就缺了滋味儿?"他转身在圈椅里坐下,再望向她的时候,带着一点无奈的意味叹息,"梁月徊,你什么时候能老实听话?什么时候能不出么蛾子?我曾听人说过,码头上混饭辙的油子都是懒出蛆来的,能躺着绝不站着,你怎么是个例外?揽活儿揽得那么勤快,要是实在闲得无聊,就上我这里打扫屋子来,我另给你一份俸禄。"

月徊说:"成啊,我最爱给哥哥铺床叠被了,您要是不嫌弃,我每天早起给您穿衣裳都不带眨眼的。"

于是叹息又添一成,仿佛她不和哥哥耍嘴皮子就浑身难受。

梁遇眯眼打量她,她一腿跪在桌前条凳上,半趴着桌沿挑葵花六隔攒盒里的果脯吃。他以前没有值房里头存放小食的习惯,自打她进来,他就像养猫养狗似的,总要事先预备些,供她随时来找吃的。她胃口好,他就喜欢,含笑看她拿银针叉起往嘴里送,这刻便觉得一切未雨绸缪都是值得的。

只是细看之下,视线停在了她发间的金鱼簪上,他凉声道:"你进宫前,我曾送你一支玉簪,你为什么不戴?"

月徊忙于吃果脯,并没有往心里去,抽空道:"您那个太贵重了,不适合我当差的时候戴。像皇上赏的,又灵动又皮实,戴上还能讨主子的好儿,自然得先紧着这个。"

梁遇嘴角微沉:"这种簪子全是掐丝点翠,金鱼眼睛还镶着机簧,你不怕摘下来的时候钩头发?"

月徊说:"姑娘图好看,钩几根头发算什么,为了戴耳坠子还扎耳朵眼儿呢,也没听谁说怕疼的。"

所以女孩儿的想法让人不能理解,他只是觉得气闷,当初嫌皇帝的赏赐不够贵重,如今又觉得贵重的东西不便日常佩戴,归根结底还是衡量那个相送的人。

可是有什么道理去不满呢,自己和皇帝原就不对等,地位还可以两说,要紧一宗是身份……细想之下唯余苦笑,他不过是她未出阁前,尚且倚重的娘家哥哥罢了。

他低下头,捏着金刚菩提慢慢捻弄,忽然发现每数过一粒菩提,就多念了一遍她的名字。他甚至很感激爹娘,替他们兄妹取了这样藕断丝连的小字,日月徘徊,一生一世都绕不开彼此。他的人生未必能和她捆绑在一起,但这种细微处的牵扯,已经让他感激不尽。

月徊呷着嘴里的果脯,到这时才察觉他神色有异,终于盖上攒盒的盖子过来瞧他:"哥哥您不高兴了?"

梁遇摇头:"我在琢磨太后的事儿该怎么料理,长公主明后日就要进京了。"

这却是个难题,就算她拟声拟得再像,也不可能冒充太后骗过长公主。

心里正犹疑着,忽然听见隔帘曾鲸回禀,说两广有密报面呈老祖宗。

梁遇抬起眼,扬声道:"进来。"

曾鲸双手托着信轴到了梁遇面前,神色晦暗地说:"老祖宗,出事儿了。"

梁遇闻言展开信件,越看面色越沉重,气极过后隐隐泛出青灰来,咬着槽牙道:"究竟是咱们小看了红罗党,还是东厂办事不力,养了一帮酒囊饭袋?二档头办了那么多的案子,最后竟折在这群乱党手里,说出去岂不招人笑话!"

曾鲸也是愁着眉,束手无策道:"京城到两广间关千里,派兵也好,老祖宗钧旨也好,传达至当地总要费些手脚。如今二档头折了,尚可以放一放,小的是怕两广总督衙门浑水摸鱼,那咱们就算派遣再多的厂卫,也是无济于事。"

梁遇站起身,握拳在地心踱步:"两广……咱家想是要亲自去一趟的。皇上才亲政,就有乱党扰攘,平定拖延得越久,将来越是笑谈。况且广州的几大珠池,咱家早就想整顿了,趁着这次机会一并办了,也是为社稷开源节流的一桩功绩。"

一旁的月徊听着,惶然说:"掌印,您要上广州去吗?"

曾鲸略顿了下道:"两广如今乱得很,有匪寇也有乱党,老祖宗何必涉险?"

梁遇长出了一口气:"咱家要去,自有咱家的道理。司礼监单是为皇上铲除异己大大不够,照着那些反贼的话说,朝廷鹰犬只会杀人,哪个干不得。司礼监要立足大邺,后世一辈辈传下去,就得在我这辈儿立稳了根基。"他说着,复又寥寥一笑,"再说皇上方才握住了大权,正是一展拳脚的时候,我处处挡在头里,只怕让主子有掣肘之感。咱们做臣子的，原就是锦上添花，为主子跑腿的。两广太远，主子去不得，咱们去得，虽劳苦些，也是为主子分忧。"

这话说得冠冕堂皇，刨开了只有一句主旨——让皇帝经历些风雨，方能知道你的好处。锦上添花终归难以撼动人心，雪中送炭才叫人难忘。皇帝眼下正急于摆脱束缚堂皇做人，要是你样样替他处置好了，他只会嫌你霸揽得宽，妨碍他成为有道明君。

曾鲸是梁遇一手调理出来的，一听就明白他的意思，俯首道："那老祖宗预备什么时候出发？"

梁遇算了算："等皇上大婚过后吧，手头上的事儿都有个善了，方对得起主子器重。"

曾鲸道："小的去传令，两广余下的厂卫由四档头接手，继续查办乱党。老祖宗且放心，撒出去的人乱不了，必要时候调遣南海驻军就是了，一切等老祖宗亲临再做定夺。"

事情议完，曾鲸揖手退了出去，剩下一个月徊眼巴巴看着他："哥哥，您真要上两广？"

梁遇将手串慢慢绕回腕上："是啊，留在京里憋闷得慌，正想出去散散。"

"可是……可是……"她费劲地游说，"司礼监好容易闯下这么一大摊子家业，您一走，不怕有人断了您的后路吗？"

梁遇寒着脸说："我人虽不在，司礼监照旧在我掌握中，天底下敢断我后路的人还没生出来呢。"

这下月徊越发急了："您走了，那我呢？您要把我一个人扔在宫里？"

梁遇总算调过视线来瞧她了，蹙眉道："你头上戴着皇上亲赠的簪子，皇上待你也是一片真心，留在宫里怕什么的，自有皇上看顾你。"

"可皇上要成亲了啊，回头还有各路娘娘装满东西六宫，到时候我就是眼中钉肉中刺，没了您我怎么办？您这一去，回来我已经被人整治死了，又该怎么办？"她说着，抱住了他的胳膊，"您好容易把我找回来，不是为了送我去和爹娘团聚的吧？我瞧您也挺疼我的，我要是死了，您不哭啊？"

说了这么一长串，就是为了留下他。要说哭不哭，她死了，他怎么能不哭。不单哭，也许还会肝肠寸断，因为他对她的情是双份的，比任何人都要热烈。然而去两广却也是势在必行，是为将来长远利益考虑。归根结底小皇帝这一路走来太顺遂，需要经历些波折，才会彻底离不开他。别瞧眼下大伴长大伴短的，天底下没有一位帝王愿意受制于人，慕容深亦如是，否则便不会极力拉拢月徊，不会冲她做出如此一往情深的姿态来。

他下意识地抽了抽手臂，可惜她抱得紧，死也不撒手，他无奈道："我会交代下去，让他们仔细照应你。"

月徊说："我不和您分开。"

这话他是爱听的，其实他也不是没有动心思带她一起走。就此离开紫禁城，去往两广的这段时间内也许会发生些什么，他隐隐期待，又觉得十恶不赦。如果现在把真相告诉她，她会怎么取舍？还会如先前一样，全心全意地信赖他吗？

他叹了口气："两广我是去定了，你才刚也听见了，东厂的人不顶用，好好的二档头竟折在里头，我要是不出马，镇不住总督衙门。你只管安心留在宫里，我快则三个月，慢则半年，必定会回来。"

月徊一琢磨，三个月也好，半年也罢，反正她都不能接受，没什么可商量的。

"我要跟您上两广，打乱党。"她倔强地说，"您非得带上我不可，要不我就要赖。"

天底下能把要赖说出口，且说得那么脸不红气不喘的，只有梁月徊了。可他却喜欢她的放肆，因她这一句话，心里的清梦又漫溢上来，压也压不住。

他以退为进，为难地说："你是宫里女官，没法子跟我上南边去……"

"宫里头当差的全在您手里捏着呢，您和我说什么没法子？"月徊虚张声势，说得有鼻子有眼，"我活到这么大，就没见过比您更有办法的人。您要是打定主意不带我，就说明您要使坏心眼，要背着我找嫂子。"

这是哪儿跟哪儿，她胡搅蛮缠起来乱打一耙，他见识得多了，渐渐也就习惯了。

"没有嫂子，别见天胡说。"他转头瞧了她一眼，"往南边去可不及在京里，眼下天儿冷，再过阵子天暖和起来，南边越发热。回头苍蝇蚊虫漫天飞，到处臭气熏天，这样你也愿意？"

月徊说："愿意啊，连您都受得了，我一个泥脚杆子，什么阵仗没见过，我有什么受不了的。"言罢歪过脑袋，在他胸前嗅了一口，"再说哥哥香着呢，只要紧跟您，外头再臭也臭不着我。我当初进宫，面儿上是奔皇上，实则是奔您哪，要是没有您，我在这宫里一天都待不下去。"

这话倒是属实，没了他的庇佑，只怕她会被人整治得连根头发都不剩。若是他独自往两广去，把她一个人留下，半年后回来还能不能见着她，或是见着了又是怎样一副光景，都令他不敢设想。

"你果真要跟我一道去？"他必要问明了，才敢决定下一步应当怎么走，"若是皇上执意挽留你，你怎么办？"

月徊连想都没想："上回亲政大典上我可是立过功的，那时候赏赐记了账，这会儿讨恩典还来得及吗？"

梁遇慢慢笑起来，眉眼间缠裹着一层妖冶迷离的光，启唇道："就这么说定了，不许反悔。"

其实心里早就有这样的准备，如果她不愿意跟着一块儿走，大大方方说"我等您回来"，他反倒不知所措。如今好了，从她嘴里听出坚定的决心，他很愿意领她走出紫禁城，上外头去看看大好河山。以前她跑单帮，到处逗留，但无人可依，无钱可使，不管去哪里都有欠缺。现在他在，她大可以滋滋润润的，喜欢什么想要什么，都能被满足。

只是这情，终究不知该怎么料理。

晚间宫门将下钥时，梁遇出了趟宫，路上经过孙知同府邸，遥遥看见火光冲天，大街小巷尽是奔走看热闹的百姓，人声鼎沸恍如过节。

他打帘朝外看了眼，嗟叹着："孙家这场大火，怕是要烧到后半夜去了。"

驾辕的曾鲸笑道："老祖宗说得是，瞧这火势，就算宫里激桶处派人来，也难以扑灭。"

事儿办妥就好，梁遇放下了帘子："走吧，去盛府。"

他心里的彷徨，总要找个人细说一番。他们兄妹在这世上只余盛时一个亲人，这位二叔帮过他太多忙，也知道里头的缘故底细，他没有第二个人能讨主意，只有他。

盛时因上了年纪，腿脚不灵便，及至傍晚时分便洗漱预备睡下了，忽听门房传报梁遇来了，忙披上衣裳迎了出来。

"怎么这会子来了？"盛时一面引他进上房，一面问，"晚饭用过了吗？我打发人预备一桌，咱们爷俩喝一杯？"

梁遇搀他坐下，只说还有事忙，然后便闷着半晌没言声。

他这模样平常少见，盛时审视他再三，犹豫着问："日裴，是不是月徊出什么岔子了？"

梁遇听他提起月徊，心头微微蹦了下，到底摇头，垂眼道："不是月徊出了岔子，是我……我出了岔子。"

他出岔子，那可是攸关性命的大事，盛时吃了一惊，惶然问："究竟怎么了？你平常是个爽利人，今儿说话竟积黏起来。"

梁遇拢起了双手，垂在袖外的琥珀坠角贴上皮肤，冰凉一片。

不是他积黏，实在是有些话不好开口。他低着头，斟酌再三才道："二叔，早前我一心想让月徊进宫，想让她登高侍主，将来诞育龙子，替咱们梁家正名，为梁家平反。世人总有私心，我眼下虽扶植皇上，但要论亲疏，自然日后扶植外甥更尽心。原本一切都在计划之中，月徊进宫做女官了，皇上不管出于什么原因，尚且爱重她，可我……忽然发觉这样安排并不妥当，月徊不该进宫，更不该搅进这潭浑水里。"

　　盛时听了，慢慢颔首，怅然说："你爹娘的遭遇固然令人痛心，可事儿已经过了十几年，搭进了一个你，确实不该再让月徊掺和进去。只是月徊也大了，她知道自己要什么，进宫与否也应当由她自己做主。如今你有什么打算呢？想把她摘出来吗？你先前说皇上爱重她，只怕这件事没那么容易。"

　　他压在膝上的手紧紧握了起来："就算不容易，我也要想法子办到。我过阵子要上两广剿灭乱党，她才刚还缠着我，无论如何要跟我一起走，我已经应下了。有些事不破不立，困在这紫禁城中难逃宿命，要是走出去，兴许能破局也未可知。"

　　打从梁遇十四岁进宫时起，盛时就一直看顾他，这些年来从没见过他有这样的神情。倒也不是激进或大彻大悟，是一种焦虑，仿佛他正害怕什么，尽心想要改变，却又无能为力。

　　"去两广……你是要奉命剿匪的，一路上多凶险，恐怕带着她多有不便。"盛时道，"倒不如留在宫里的好，皇上近日要大婚，后宫里头有了当家娘娘，皇上就算要抬举她，还需先经过皇后。"

　　"我不放心。"他接口道，"把她搁在哪里我都不放心，必要带在身边才好。"

　　盛时噎了下，一时竟有些看不明白了。论理兄妹之间感情再亲厚，谁也没法子伴谁到老，终有要放手的一天。他眼下紧紧揪着，自己上哪儿都要带着月徊，这么下去不是个长久的方儿，叫人说起来既不好听，也不像话。

　　归根结底，若他们是亲兄妹倒也罢了，奈何不是，可又有那么深的羁绊，这份感情细究起来令人忐忑。梁遇是实实在在的大忙人，今天特意赶在这个时候登他的门，想必并不单是要说这些吧！

　　然而盛时不敢问，黄河水再汹涌，有堤坝挡着尚且循规蹈矩。一旦堤坝决口，那万丈浊浪会呈何等滔天之势，真真叫人不敢细想。

　　他是有意含糊过去，奈何梁遇并不打算就此作罢。他目光灼灼地望向他，叫了声二叔道："我对月徊……"

　　"你对月徊感情颇深，我都知道。"盛时打断了他的话，"当初你爹娘是指着你好好看顾这个妹妹，才在罹难之际把月徊托付给你，他们虽走了，也走得安心。你可想过他们为什么那么信任你？是因为他们至死将你看作亲生骨肉，在他们心里,你和月徊就是至亲手足,有了你,他们便儿女双全了。可惜后来月徊走丢了,这些年我瞧着你,为找回妹妹煞费苦心,想必你对她很觉得愧疚。如今人回来了,好好弥补这些年亏欠她的吧,要处处爱惜她。月徊太苦了,在外头漂泊了十一年,这十一年里没有遇上歹人,全须全尾地回来已是造化。今后的日子就由你这个做哥哥的多心疼她了,总算她还有至亲,不是孤身一人活在这人世上。"

梁遇听他一字一句地说,虽没有重话,背后含义却极深,大有耳提面命之感。是啊,一日做了兄妹,这一辈子都是,他怎么有脸往别处想,尤其在盛时眼中,他还是半残之躯。

他羞愧得无地自容,抬手扶额道:"是,二叔教训得是……我感念爹娘养育之恩,一时一刻不敢忘记。"

盛时长出了口气,兴许自己是操心得太多了,不明白如今年轻人的心思。他只知道故人唯留下月徊一个嫡系血脉,不说旁的,人伦第一要紧。他活到如今也五十多了,还记得小时候那阵儿有养兄妹做夫妻,被人唾骂如过街老鼠。时至今日,他不愿意看见日裴月徊也变成那样,这种事到了世人口中终究不堪,凌君夫妇去了那么多年,不能死后还叫人戳脊梁骨。

"日裴,你今年二十六了吧?"盛时和煦地笑了笑,"长久一个人不是办法,找个合适的成个家吧,你爹娘也不愿意你孤身一辈子。"

梁遇有些难堪,垂首道:"如今职上差事太多,暂且来不及想那些,等过阵子吧……过阵子还是得找个人的。"

盛时点了点头:"我这一生只养了一个儿子,你和月徊对我来说,就如同自己的子女一样。我希望你们各自成家,将来成双成对的,等我百年的时候下去见了你们的爹娘,也好有个交代。"

梁遇说是,虽灰心至极,但多年官场浸淫,早练就了一身隐忍克制的功夫。他站起身时甚至还笑着,和声道:"我近来要筹办皇上大婚事宜,等过了四月初八就得去两广,恐怕不得机会再来瞧二叔了。今儿算是先和二叔辞行吧,请二叔保重身子,等我回京,再和二叔痛饮一场。"

盛时道好,望着梁遇,心里很觉不舍。人人都道司礼监掌印风光,东厂提督拿捏整个官场,朝中没有一个大臣敢和他叫板,可说到底,他也是个苦孩子。早前两袖清风还则罢了,如今又生出了不该有的心思,苦难上更添苦难。这内情恐怕月徊未必知道,他的满腹心事能和谁说,最后只有烂在肚子里。

"时候不早,我该告辞了。"他迈出门槛,回身拱了拱手,"二叔留步。"转身的时候笑意从唇角褪尽,慢慢风化,变成了坚硬的冰壳。

其实今天不该来的，来前他曾期待什么？期待盛时说月徊苦他也苦，两个人做伴温暖余生吗？都是奢望啊，绝无可能的。他也设想过，如果爹娘在，得知他对月徊起了不该有的心思，会怎么看待他，或许会打断他的腿，把这个喂不熟的白眼狼赶出梁家吧！

他踽踽走在夜色里，眼下还有倒春寒，风也是凉的，可他不觉得冷。曾鲸在一旁唤他，他充耳不闻，只是一个人漫无目地往前走。在回宫之前，他得消化掉这些不好的情绪，尤其在月徊面前，不能让她看出端倪，更不能让她发现他这个哥哥有多不堪。

发乎情止乎礼，这才是正道。他自嘲地笑了笑，怪自己昏了头，以为不是嫡亲的兄妹，就可生非分之想……他原也知道不该，原也在尽力克制，然而和她相处愈久便愈晃神。到现在猛然惊觉，深陷其中的人只有他自己，月徊是个傻子，每天乐呵呵的，只知道听哥哥的话。

听哥哥的话，可惜哥哥有私心。他仰头看天上，月亮已挂在中天，长庚星可以伴月，他却注定不能，到最后日月永不相见，是他们最终的命运。

曾鲸一直驱车跟在他身后，忽然见他顿住了脚，忙拉缰停车，小心翼翼道："老祖宗，时候差不多了，咱回宫吧。"

他轻吁了口气："回吧。"转身登上了脚踏。

坊间的街道不平整，车轮碾压过去车身左右晃动，一角悬挂的风灯也随之轻摇。梁遇的面孔在光影往来间忽明忽暗，最后只余乏累，惨然闭上了眼睛。

车辇到了神武门前，宫门早就闭合了，曾鲸上前递了牙牌，里头缇骑迎出来，恭恭敬敬叫督主。梁遇点了点头，负手穿过深幽的门洞，进得司礼监时，他心里暗暗希望月徊还在，还眼巴巴等着他一道吃晚饭。可惜，值房里头空空的，他在门前微顿了顿脚，仿佛有些难以接受她不在的事实。

秦九安惯会抖机灵，上前一步道："皇上才刚打发毕云传话，请姑娘过养心殿用膳去了。"

梁遇哦了声，重整精神迈进值房，吩咐道："把两广这几年的各项卷宗都给咱家调来，还有雷州、廉州几大珠池的采珠记档，也一并取来。"

秦九安领命，匆匆出去承办了。值房里只剩曾鲸在旁伺候，他上前来，轻声道："老祖宗，小的知会膳房预备起来了，您略进些吃的，再处置公务不迟。"

梁遇倚着圈椅的扶手问："先前月徊说，想跟着一道去两广，这事儿你怎么看？"

曾鲸忖了忖道："月徊姑娘依恋老祖宗，想是不愿意和老祖宗分别，这份心境是可以体谅的。不过依小的之见，南下此行到底有风险，虽说老祖宗动身必前呼后拥，有厂卫扈从，可事儿总架不住个'万一'。再说老祖宗原先让姑娘进宫的初衷是什么，到了今时今日，可是打算更改了？"

梁遇被他问得噤住了，竟有些答不上来。

是啊，原先定下的事，轻易就被推翻了，不知从什么时候起，他也变得婆婆妈妈起来。这么下去似乎不成事，该狠心的时候就得硬下心肠，他的语气变得像烟一样淡："她顽劣，我也常拿她没法子，既这么，让她留在宫里吧。多派几个人小心看护着，别叫她闯祸，也别让人欺负她，一切等我回来再说。"

曾鲸应了个是："老祖宗放心，不论御前还是司礼监，没有一个人敢给姑娘小鞋穿。至于日后进宫的妃嫔们，自己根基尚不稳固，也不至作死为难御前女官。"

梁遇点了点头，随手取过一本皇历来："下月就是帝后大婚，各司筹备得怎么样了？"

曾鲸只说："都依着您的吩咐按规矩办事呢，早前先帝爷那么大的事儿都承办下来了，这回自然顺遂。"

也是，白的换红的，多过几回大礼罢了，算不上什么难事。

梁遇道："明儿孙家的事就出来了，让锦衣卫派个千户过去瞧瞧，敷衍一下就成了。"说罢摆了摆手，把人打发出去了。

值房里彻底安静下来，他一个人坐在灯下，脑中空空心头杳杳，不知月徊在养心殿怎么样了。小皇帝重权也好色，那丫头傻乎乎的，别着了人家的道儿。

左思右想觉得不踏实，他从值房里走出来。今儿月色不错，天地间笼罩着一层浓厚的深蓝，他向养心殿眺望，宫苑深深，哪里看得到尽头……

"来人。"他无情无绪地叫了声。

对面廊庑上的司房抚膝上来："听老祖宗示下。"

他沉默了下方道："着人上彤史那里去一趟，看看今晚由谁进幸。"

司房得令，压着帽子快步跑出了衙门。他一直站在檐下，直到膳房往里间排膳，才不得不返回值房。

这一顿下来食不知味，没人坐在对面大呼小叫着"哥哥吃这个"，他的膳用得不香甜。已经太久了，孤单了太久，忽然生命里迎来一个特别闹腾的人，像空寂的屋子里点满了灯，一旦眼睛适应了光线，再陷入黑暗时，便完全没了方向，抓瞎了。

外头有脚步声传来，他抬头看过去，司房磋着碎步进来回话，说："小的问明了彤史，彤史说万岁爷五日前点了司门，后来几日都是'叫去'，今儿也是的，并没有点谁的卯。"

旷了五日，却传月徊一道用膳，恐怕别有用心吧！

他自己想得心火大焚，可冷静下来再掂量，都已经决定把她留在宫里了，他一去千里又顾得上多少？皇帝哪日要幸她，又有谁能阻止？等他回来物是人非，唯有道一声活该。

通往六宫的宫门全下了钥，一道道开启难免兴师动众，他只能七上八下熬过今晚。第二日上南朝房前特特儿拐到慈宁宫，自己心急火燎，却见月徊正在东围房里悠闲喝粥。见他来了忙起身，看看天色，一头雾水："您这么早，上这儿干吗来了？"

梁遇仔细审视她，见她神情坦然，悬着的心才放下来，只道："没什么，今儿防着公主要进宫，你别在这儿了，回司礼监去。"

月徊道："我不去司礼监了，回他坦收拾东西吧，到时候好带着上南边去。"

她是欢天喜地的，一心想着要出宫，结果换来梁遇的一句话："南边甭去了，还是留在宫里吧。"

月徊霎时被浇了一盆冷水，刚想追问为什么，他也不搭理她，转身朝宫门上去了。

月徊眨着眼睛琢磨，哥哥又使小性儿了呀，昨儿不是说得好好的吗，结果睡了一晚上，忽然改主意了，这让她觉得十分想不通。

珍嬷嬷也进来用吃的，见她发蔫儿便问："月姑娘这是怎么了？身上不舒坦吗？"

月徊说："没有。掌印才刚进来说了，今儿防着长公主进宫，让嬷嬷多留神。"

珍嬷嬷哎了声："长公主是我瞧着长大的，当初在闺中时是个温暾性子，后来下降驸马，跟着走南闯北的，第二年进宫给太后请安，却像变了个人似的，心眼子见长。这回八成是听说了什么，才特特儿从江南赶回来，是要多留神才好。"边说边等小宫女给她盛粥，扭头问，"皇上今儿昭告天下娘娘病重了，姑娘还留在这里？"

月徊迟迟哦了声："我一会儿收拾了上乾清宫去。"

第十八章 晚来风急

外头晨光熹微，刚从鱼肚白里透出半丝金芒来。月徊苦闷了一阵子，叉腰站在院儿里远望，忽然发现自己进宫几个月，连半个朋友都没结交上，光认得哥哥和他身边几个少监了。

她垂头丧气，慢吞吞转了两圈，又垂头丧气走出了慈宁门。手脚勤快的姑娘总是很招人喜欢，珍嬷嬷含笑目送她走远，才喝了两口粥，外头上夜的宫人到了换班的时候，整整齐齐一队人进来，掌班的大宫女站在檐下吆喝，扬声指派差事洒扫庭院。她搁下碗，站在窗前督查，所有人忙碌得有条不紊，这情形，还和太后康健时一样。

说起太后，如今吊着一口气，除了吃就是溺，整晚上也不得太平。五更里擦洗过后换衣裳，还要不时翻身，谨防长了褥疮，这份烦累也够人受的。珍嬷嬷倒有一点好，始终念着旧情，虽说为儿子前程害了太后，也发愿尽心伺候太后到死，因此好些事儿不假他人之手，都是自己亲力亲为。

忙活了一早上，这会儿闲下来眼皮子发沉，草草吃了两口就倒进躺椅里了。本想眯瞪会儿，有小宫女进来叫了声嬷嬷，道："月徊姑娘的鞋垫儿落在值房了，奴婢给送过去吧！"

宫里的规矩严苛，各宫伺候的不得管事首肯，不能随意进出。小宫女都是十五六岁光景，正是关不住的年纪，得嬷嬷一声应，欢天喜地抱着鞋垫儿就往宫门上去。谁知刚要迈腿，迎面撞上了人，还没看明白，就被推得滚下了台阶。

这当口阖宫都在打扫，里外全是人，闹出了这样的动静，立时就沸腾起来。

珍嬷嬷听见人声忙支起来看，一看之下大惊失色，只见永年长公主带着长随站在甬路上，粗略数数，总有十来人。

挑在这个时辰进宫，看来是有备而来啊。珍嬷嬷忙迎出去，满脸堆着笑纳福："哎哟我的殿下，您可算回来了！"

永年长公主生了一张漂亮的小圆脸，一双眼睛眼尾上扬，和皇帝有几分相像。早前是个温厚的脾气，后来见识广了，眉眼略显犀利。珍嬷嬷一直觉得她不像个公主样儿，眼下再一瞧，竟养出了几分帝王家的清贵气象。

长公主乜了她一眼，哼笑道："这个不长眼的丫头，险些冲撞了我。嬷嬷是怎么管教宫人的，把她们调理得毛脚鸡模样，见了我一个个挺腰子站着。怎么的？反了天了？"

这头正说话，长公主带来的人便轰然关上了宫门。早前预备通风报信的小太监没能闯出去，也被困在了慈宁宫里。

珍嬷嬷心知不妙，可也不得不敷衍，赔笑道："殿下大人有大量，这些宫人才进宫不久，一个个直眉瞪眼的，回头奴婢狠狠责罚他们。"边说边挥手，"还愣着做什么，快给长公主殿下请安！"

于是众人跪倒了一大片，长公主拿眼扫了圈，凉声道："果真都是新人，除了嬷嬷，竟连一个老人儿都不见。我记得母后跟前还有金、夏两位嬷嬷，这会子人在哪儿？见我来了，怎么也不出来相迎？"

那两位嬷嬷就是上回罚月徊板着的，早给司礼监收拾得连渣儿都不剩了，上哪儿淘换出她们来！如今宫门给堵上了，只盼着外头站班的人给梁掌印报个信，要不可得坏事了。至于自己呢，为今之计只有尽力拖延时间。珍嬷嬷道："娘娘慈悲，念着那两位嬷嬷上了年纪，放她们出宫了……"

长公主听后又是一声哂笑，并不理会她，举步便朝正殿去。

这世上母女的心都是相通的，她人虽常年在江浙，但宫里还有母亲，她时时都关心京畿动向。年后皇帝亲政，孙知同飞鸽传书知会她，说太后有异常。她得了信儿就往京城赶。结果前脚才到神武门，后脚就听说太后病势垂危，皇帝大张旗鼓地减免税赋，为太后祈福。

一切都太巧了，太后才四十出头，平常连伤风咳嗽都没有，怎么就病势垂危了？她急得肝胆俱裂，也不顾身后珍嬷嬷在聒噪什么，闷头便闯进了东暖阁。

一见太后，连叫几声母后都不见回应，她的眼泪顿时落下，跪在脚踏上号啕大哭起来："母后，您这是怎么了？我是晴柔啊，您睁睁眼，瞧瞧我吧！"

然而任她怎么哭喊，太后都是浑浑噩噩的样子。眼倒是也睁，只是眼神飘忽不能凝视，一霎儿便又闭上了。可若说她人事不知，似乎也并不是，长公主看见她眼角有泪滴落，这眼泪里究竟包含了多少委屈和心酸，别人参不透，做女儿的一看便明白。

珍嬷嬷上前来搀扶，哀声道："殿下，病来如山倒，皇上已经派了最好的太医……"岂知话还没说完，就被她扬手推开了。

长公主冲她直咬牙："嬷嬷别急，母后究竟是什么病症，总要有个说法。宫里太医不成事，我府里的大夫医术高超，让他瞧一瞧，自然见分晓。"

珍嬷嬷目瞪口呆，眼睁睁看着长公主的随从里头走出个人来，卷着袖子上前替太后诊脉。她焦急不已，切切说："殿下，宫里的规矩殿下忘了，怎么能私自带外男进宫……"

长公主狠狠瞪住了她："你这老货，打量我不知道，你吃里爬外干了什么好事！母后跟前的老人儿一个个都不见了，宫里清一色的生面孔，二十多年的皇后太后，可不是才进宫的小妃嫔，身边怎么只余你一个？你别急，且等着，诊不出什么来便罢了，要是诊出个三长两短，我自然揭了你的皮！"

她是帝王家血胤，骨子里的那份尊荣骄傲足以令人敬畏。珍嬷嬷被她唬住了，和殿里众人面面相觑，一时几十双眼睛齐齐看向那名大夫，只见那大夫拧着眉头舔着唇，先说气血再说经脉，最后得出结果，系外力损伤所致。

长公主铁青着脸："外力损伤？好啊，大邺的太后竟被人残害至此，我倒要问问皇上，究竟他的孝道在哪里！"遂指着那大夫道，"给我仔细查验，说出个子丑寅卯来！"

外面的大夫和宫里的不一样，宫外医百样人，看百样病，多坏多恶的手段都见识过。观太后病势和症状，几乎不用多做思考便道："回殿下话，以银针入风池哑门一寸六分，病患立时四肢麻痹，口不能言。因针极细，不会留下伤口，也无法查清来由，早前是邪门歪道见不得光的害人手段。"

长公主听完气涌如山，含着泪问："还有法子治好吗？"只要能治好，就能说话，就能昭告天下皇帝谋害太后，能令天下人共诛之。

遗憾的是这种损伤永久且不可逆，大夫怅然摇头："药石无医。时间越久，神志只会越昏聩。"

长公主站在那里，仰天号啕起来，一声声母后叫得凄厉："我知道是谁害了您，是梁遇那奸佞，还有他妹子！"

长公主毕竟是长公主，她懂得权衡强弱。没有太后亲口做证，不能将矛头直指皇帝。但梁遇是皇帝大伴,只要梁遇落马,皇帝也就跟着臭了一半。其实以司礼监和东厂如今的势力,同梁遇抗衡无异于以卵击石,可眼睁睁看着亲生母亲被害成这样,天底下哪个做子女的能善罢甘休!

"那个叫梁月徊的,现在哪里?"长公主厉声问,"那贱婢借着一条嗓子冒充太后,假传懿旨,今儿不交出这个人来,我断不能依!"

珍嬷嬷心里暗暗打鼓,月徊能学太后声音这件事,长公主是怎么知道的?这要是捅出去就是泼天大祸,回头月徊勾着梁掌印,梁掌印再牵连皇帝,那可要乱成一锅粥了。

"殿下,宫里没有这号人,您是从哪儿听来的闲话呀……"

可惜长公主不好糊弄,示意左右架住了珍嬷嬷:"嬷嬷别急,我自有灵通消息。你是我娘做姑娘时带进宫的,这么多年的主仆,你可真下得去手。听说你儿子近来高升了,谁许了你好处,皇天菩萨看着呢。卖主求荣可不是做人的道理,趁着我还愿意叫你一声嬷嬷,愿意和你好好说话,你就和我交个底吧。我知道,凭你的胆子至多是帮凶,可要是你还藏着掖着,仔细最后他们把脏水全泼到你身上,到时候你浑身长嘴说不清,少不得是个株连九族的下场。"

长公主也算知道拿捏人的心思,可惜这筹码远不及梁遇那头重。珍嬷嬷既然为了儿子投靠梁遇,这时候左右摇摆就是自寻死路,她懂得这个道理。

珍嬷嬷长叹了口气:"殿下,您凭着外头江湖术士三言两语,就牵扯上那么多人,里头的轻重利害,您想过吗?"

长公主见从她这里逼不出真话来,也不费那个口舌了,转而拽过一个小宫女:"梁月徊在哪里,说!"

小宫女支支吾吾,问不出所以然。长公主忽然觉得彻骨悲凉,这紫禁城早不是她记忆中的紫禁城了,这慈宁宫也不是她生活过的坤宁宫。所有一切都是陌生的,像闯进了一个未知的世界。

长公主松开了手,寒声道:"你们不说,我自去找皇上。这时候朝会还没完,我要是脚程快点儿,赶得上和满朝文武打个照面。"

大邺朝没有后宫不得干政的规矩,当初她年幼,先帝带她上过早朝,见过外邦使节,每年宫中大宴都有她一席之地,那个御门听政的奉天殿,她走起来轻车熟路。

从慈宁宫往南,一路上宫门不少,大内禁军也不少,每道宫门都有锦衣卫把守。她出降三年了,这些锦衣卫不知换了几遭儿,都不认得她,因此过门禁遇上了阻碍。那些不长眼的东西敢拦她的去路,她把牙牌砸到他们脸上:"我是永年长公主,谁敢碰我一下,我踩了他的爪子!"

就这么,她一路过关斩将进了右翼门。皇帝御门听政就在前头奉天门,这时候日头正升起来,那阔大的广场上沉淀着薄薄的雾气,从这里已经能清晰地看见众多肩披朝阳而立的身影。

她是豁出命去了,一定要为母亲讨个公道。然而正想上前,一侧的中右门里走出个人来,一身朱红的曳撒浓烈如火,眯着长而秀的妙目,那脸那身形,比三年前更风流了几分。

他一向以柔和面貌待人,即便到了这时候,依旧保持着优雅的格调,揖手道:"殿下回京,怎么不事先打发人知会臣一声,臣好出城相迎。"

长公主冷冷地审视他:"梁厂臣,我要见皇上,请你为我引路。"

梁遇脸上露出为难的神情,叠着手道:"眼下还没散朝,臣是听人回禀说殿下进宫了,特地告假抽身出来的。殿下要见皇上,再略等会子,臣先伺候殿下往乾清宫,至多喝上一盏茶,皇上就回来了。"

他温言煦语,美目流转,可长公主不吃他那套。

"厂臣何必惺惺作态,太后遭人毒手,伤了风池、哑门两大穴,这么大的事儿,你执掌司礼监竟不知道,叫我怎么信得实你!今儿我必要见皇上,当着满朝文武的面见皇上。我奔波千里赶回宫,为的就是替我那苦命的母亲主持公道,把那起子害她的小人,一个个就地正法。"

长公主红着眼说完,也不管梁遇阻拦,举步就要往前朝去。

一旁随侍的杨愚鲁和秦九安忙上来赔笑:"殿下……殿下,朝堂有朝堂的规矩,殿下自幼长在宫里,不会不明白这个道理。"

长公主是正宫娘娘所出,正经的金枝玉叶,气性自然不比寻常公主。见他们伸手碰触,锐声叱道:"起开!你们是什么东西,也敢近我的身!我是大邺长公主,是皇上御姐,你们生了牛胆不成,竟是要犯上作乱,和我动手动脚起来!"

杨愚鲁和秦九安平时虽风光,但在长公主面前不过是奴才秧子,别说他们,就连梁遇都不在她眼里。遭她呵斥,顿时有些畏缩,伸出去的手拦也不是,缩也不是,一时都显得讪讪的。

"殿下出降日久,好容易回一趟京,原以为是为探望太后,没想到是存心寻皇上的晦气。"梁遇脸上的温和气韵一霎儿消退了,唇角还挂着笑,可那笑容却锋利如刀,"殿下是凤子龙孙,但也别忘了如今江山由谁主宰。君是君,臣是臣,殿下虽贵为长公主,也不能乱了分寸。"

他一字一句说得极有分量,长公主冷眼看他,哂笑一声道:"果然三十年河东，三十年河西。厂臣当初来宫里，上坤宁宫向太后谏言时，可不是这样的语气。眼下水涨船高了，取汪轸而代之，成了司礼监掌印，提督东缉事厂，果然底气越发足，在我跟前也讲起大道理来了。"

原本两个人就没打过交道，也没有任何交情，因此说起话来针尖对麦芒，原是预料之中的。

长公主斜了梁遇一眼，眼中轻蔑呼之欲出："孰是孰非，等我见过了皇上自有论断。厂臣横加阻拦，究竟是不欲让我见皇上，还是不欲让我见臣工？"

梁遇淡声道："殿下，臣说过了，要见皇上请乾清宫等候；要见臣工，殿下出宫后挨家挨户拜访，全凭殿下喜好。这会子君臣议政商量国家大事，殿下不宜露面，更不宜打断朝上奏对。不知臣这样说，殿下听明白了没有？"

长公主被他回了个倒噎气，心下恨得咬牙。

看样子今儿想越过他上奉天门是不可能了，她是先帝和太后的掌上明珠，何尝受过这种委屈。太监都是水火不进的油子，要是硬碰硬突围，他们可不像锦衣卫，讲究个男女大防不敢造次。净了身的哪算得男人，到时候推推搡搡，自己吃了暗亏，反让他们得意。

越性儿不理会他，要指控的罪证也犯不上和他说，太监抹得下脸，皇帝却总要顾全圣誉的，于是扬声高唤："皇上，永年长公主遥祝皇上江山万年，龙体安康。"

那样巨大的广场，全用对缝墁砖铺就，丹陛丹墀又以汉白玉为主，尤其御门上，回声远比中朝响。长公主这一嗓子，果然惊动了皇帝和满朝文武，日光下的众人都朝这里看过来。大邺朝还没有擅闯朝会的先例，如此反常的举动，必定会引得在场众臣瞩目，那么太后病势的起源，自然也会有人暗中揣测。

长公主大为满意，可是梁遇却不高兴了，面上浮起森冷的笑来："殿下不顾体面，意气用事，就不为驸马和小殿下考虑吗？"

长公主悚然看向他，没想到他竟会提起她的丈夫和儿子。先前是凭火气闯到这里，如今隐隐生出一丝担忧来。但尊严不容她却步，遂挺直了脊梁道："怎么？厂臣这是在威胁我吗？"

本以为他总有避讳，至少口头上不敢承认，谁知他竟猖狂至此，直言说是："殿下生于皇城长于皇城，司礼监和东厂臭名昭著，殿下难道不知道吗？不过殿下终归是先帝血脉，是皇上至亲，臣等食君之禄，也要顾全帝王家的脸面。长公主殿下还是听臣一句劝，先回乾清宫，再从长计议。太后娘娘已然如此了，殿下可别顾此失彼，到时候既救不了太后，又害了驸马和小殿下，那可就得不偿失了。"

长公主听他这么说，心头急跳之余也终于能肯定，太后就是被他们害的。她扭过头冷笑："梁遇，你自诩聪明，能控制整个紫禁城，却不知道我慕容氏树大根深，除了我，还有那些就藩的王爷。我今儿进宫，知道前途凶险，自然要给自己留后路。宫外有人掐着时辰等我出去，倘或过了时辰，便往各埠送我手书，让这一辈和老一辈的王侯们都来评评理。"

　　可惜这种伎俩压根儿镇唬不住梁遇。要是这位长公主够聪明，就该装懦弱装纯质，放低身段乞求皇帝，让她将太后接到公主府邸养病，再从长计议。无奈龙生龙凤生凤，长公主的性子有部分随了太后，思虑得虽周全，但并不长远。

　　"殿下不妨猜猜，是您的信使跑得快，还是厂卫拦截的脚踪儿快？退一万步，就算侥幸把信送到各路王侯手里，等他们通气儿商议完了……"他微微偏过头，在她耳边笑着说，"驸马和小殿下坟头的草，怕都三尺高了。"

　　长公主大惊失色："你……"

　　梁遇直起身子，谦恭地比了比手："殿下，请吧。"

　　长公主没法子，狠狠咬住唇，转身走出了右翼门。

　　梁遇抖了抖曳撒，如同将心里的不满都抖落在地了似的。临出门给杨愚鲁使了个眼色，然后叹了口气，举步随长公主的身影迈入了夹道。

　　长公主走得很快，一个女流之辈单枪匹马进宫来，其实也怪为难的。别瞧京城皇亲国戚扎堆儿，临到出事的时候，都是各人自扫门前雪。公主出降便随驸马四海游历，宫外并没有结交三两知己，也没有缔结联盟，因此她气势再足，归根结底还是一个人，为了太后硬着头皮闹上一闹，却也孤立无援。

　　长公主的马面裙随着她的步伐在晨风中缠绵拂动，公主的身形很美好，只是挺得再直的脊梁也扛不住社稷的千钧重压。进了乾清宫后便不再说话，寒着脸端坐在南窗下。宫人端茶上来伺候，她也没有去接，要不是眼睫还在扇动，真要以为她入定了。

　　这位姑奶奶火花带闪电地进了乾清宫，月徊才伺候完蝈蝈儿从配殿出来，见柳顺愕着眼在廊下鹄立，上前叫了声总管，问："怎么了？"

　　柳顺杀鸡抹脖子似的冲西暖阁努嘴："长公主殿下进来了，我瞧着脸色不好。才刚我上前请安，给撅回姥姥家去了。"

　　月徊心里蹦跶了下，暗道长公主果然兴师问罪来了。正打算探头看一眼，迎面遇上了哥哥。

　　梁遇面色不佳，蹙眉问她："不是让你去司礼监吗，你怎么在这儿？"

第十八章 晚来风急

　　月徊心说你不让我跟着上两广，我不得搅和搅和，给自己创造机会吗，当即翻眼看屋檐："我正打算去呢，这不是没来得及嘛。"

　　梁遇没辙："那你现在就去，别留在这里。"

　　月徊无赖地笑了笑，没应他的话。

　　这时候皇帝因长公主前朝那一声唤，不得不散朝往乾清宫来。御辇抬到丹陛前，自己提着袍角拾级而上。御前的人纷纷在廊下俯身恭迎，月徊也趁着梁遇分身乏术的当口，机灵地混进了人堆里。

　　皇帝早不是当年羸弱的楚王了，他脸上挂着笑，进门便叫了声皇姐，问："什么时候进京的？怎么不及早打发人进宫报信儿？"

　　所幸长公主懂得审时度势，没有立刻让皇帝下不来台，勉强牵了牵嘴角道："皇上政务如山，怎么敢随意惊动。横竖我轻车简从，来去不费周章，因着母后千秋快到了，原打算进来为她贺寿的，没承想母后病重，我府里正好有个良医，便带他来替母后瞧病。"

　　皇帝哦了声："宫里太医不少，皇姐何必兴师动众？"

　　长公主接了口："太医医术精湛是不假，可母后病得蹊跷，太医诊不出的病症，兴许外头大夫就诊出来了。"

　　她的话很有隐喻，皇帝踅身在御座上坐了下来："那诊出什么了吗？"

　　长公主本欲质问皇帝的，但想起梁遇先前的话，加上甫进京就听说了孙知同府上惨案，心里毕竟有几分忌惮。再说眼下也拿捏不住把柄，太后被害的事虽不情不愿暂不去说他，另一桩事却也要皇帝一个说法。

　　"大夫说观母后脉象，症候是外力施加所致，不是有人下了黑手……就是不留神自己碰了磕了。不过皇上，我回京之前听了个传闻，说这宫里有善口技者，冒充母后假传懿旨，这件事儿您听说过吗？"

　　皇帝面上无波无澜："这是哪里来的闲话，皇姐这样的聪明人，怎么还信这个！"

　　梁遇在一旁含蓄笑道："这话当初太后娘娘也和臣说起过，后来着令张首辅查遍了直隶地界儿上的酒楼茶馆，都没找见这个人。殿下的消息不新鲜了，案子也早结了，这会儿再翻出来旧事重提，实没有必要。"

　　长公主傲慢地瞥了他一眼："厂臣别急，我能在皇上面前提起，自然有我的道理。"言罢转头看向皇帝，"既然直隶地界上找不见，皇上就没有想过，人可能在宫里？我听说有个叫梁月徊的丫头，当初在码头上跑单帮，学了一身的好本事。眼下人在哪儿呢？厂臣可别护短，把人叫来，让我也见识见识。"

好在西暖阁外的人撤了一大半，里头说些什么，不会轻易被宣扬出去。梁遇哈腰道："殿下这话臣却不明白了，不知可是臣哪里做得不足，冒犯了殿下，所以今儿殿下要来质问臣？"

长公主的那双大眼睛，看人的时候透出锐利的光来："厂臣何必顾左右而言他，我只问你，这宫里有没有一个叫梁月徊的宫人？"

梁遇才要回话，皇帝却幽幽道："皇姐今儿来，不像是为探望母后，倒像是为了向朕兴师问罪啊。兜了这一大圈，分明是在暗指这宫里藏污纳垢。皇姐口口声声都是'听说'，究竟是听谁说的，总要有个对证才好。"

长公主略沉默了下，按捺住心头激荡方道："皇上，咱们是十几年的姐弟了，虽不敢说多亲厚，总算身上都流着先帝的血，到哪里都是至亲无尽的骨肉。我如今只想劝您一句，近忠臣远小人，别叫那起子别有用心的蒙住了眼，做出什么有违祖训的事来。我今儿是冒着大不敬之罪见您的，自不敢无的放矢……"她说着，缓缓吸了口气，"司礼监的骆承良被打发到山西做矿监去了，据说厂臣寻亲的差事就是由他承办的。他有个干儿子叫董进，陪着前往山西的路上逃脱出来，投奔了我，所以厂臣带着妹子潜进咸若馆的事儿我知道，梁月徊在咸若馆里冒太后之名召见张首辅的事儿我也知道。如今我什么都可以不追究，母后的病因也能放在一旁，我只求皇上一件事，杀了梁月徊，永绝后患。她今儿敢假传懿旨，明儿就敢矫诏，他日生了大逆不道之心，后果不堪设想。"

这话正戳中了皇帝的心事，长公主毕竟不蠢，这世上哪个人不利己，她懂得照准人心薄弱处狠击。

皇帝对月徊存着七分喜欢，三分忌惮，这种感情着实有些复杂。原先自己心里还只是暗暗思量，眼下忽然有人拿到明面上来说，使他又产生了新一轮醍醐灌顶之感。他也犹豫，只是面上不动声色，虽然最后不会当真杀了月徊，但借由长公主之口说出他内心的顾忌，对梁遇也是个警醒。

长公主见皇帝不吱声，知道他一路走来全靠梁遇扶植，这时发难总有过河拆桥的嫌疑。横竖已经到了这步，越性儿恶人当到底。在她看来皇帝雌懦，背后出主意实行的人是梁遇，梁遇才是最可杀的。

"梁厂臣，还不将人交出来吗？"长公主似笑非笑道，"你弄了这么个人进宫，究竟是何居心？听说你那妹子什么人都能学，将来你们要是合谋，那满朝文武岂不被你们兄妹玩弄于股掌之间？"

本以为事情到了这般地步，梁遇里外不是人，皇帝也容不得他了。没想到见惯了大场面的人，对这样的阵仗波澜不兴："欲加之罪，何患无辞。骆承良从没收过干儿子,宫里也没有叫董进的小太监。殿下到底从哪里瞎摸出这么个人来,意欲陷害臣,蒙骗皇上?"

长公主没料到他会倒打一耙,顿时有些发急:"梁遇,你可别睁着眼睛说瞎话。这紫禁城几万的宫人侍卫,你要是有胆儿,咱们当着满朝文武的面把人传来。该是我的错,我自会领罪,但若是董进指证确有其事,你须得给太后一个交代,给天下人一个交代!"

话说到这儿就够了,这世上最不想闹得朝野皆知的人就是皇帝。梁遇转过身,向皇帝拱了拱手:"一切但凭主子定夺。"

皇帝长出了一口气,站起身道:"皇姐,你聪明一世,糊涂一时,惊动满朝文武,折损的是谁的颜面?朕知道你心里憋着火,太后病重想找个人撒气,可你不该随意捏造人证,诬陷忠良。"

他一向温驯,早前因为没有生母周全,在那些兄弟姊妹间低人一等。长公主大概没想到,一个人翻身掌权后会有那么大的转变,狠得起心肠,也下得了死手。

皇帝的那双凤眼眯出冷冽的光,从她身上调开了视线,扬声唤:"来人。"

殿外立时便有禁军进来听令,一身铠甲拱手作揖,发出细碎的声响。

"长公主神思错乱,冲撞朕躬,着令拘押公主宅邸严加看管。宗室有罪,交东厂及锦衣卫衙门严审,勿因长公主是帝王家血脉,便草草结案。"皇帝寒着嗓子道,复悲悯地望向长公主,"皇姐这次不该回来,你是出降的公主,进宫省亲尚可,试图搅乱大局,便罪无可恕。朕向来秉公,从不徇私情,就算你与朕同出一父,朕这回也救不得你。"

终是胳膊拧不过大腿,长公主又哭又喊,震得乾清宫内外嗡声作响。

月徊眼瞧着锦衣卫把人押了出去,到这时才敢探出脑袋来,见缝插针说:"皇上,长公主殿下进宫前八成留了后手,这事儿也不止她一个人知道。为保万全,奴婢还是出宫避避风头吧,等过上一年半年的,再进来伺候皇上。"说罢做出个似哭似笑的表情,以表示极大的遗憾。

又在装模作样,梁遇知道她的伎俩。不过这丫头聪明是真聪明,一旦他下了套,她就知道怎么使劲撑开,撑得能装下皇上。

皇帝瞧了她一眼,不知该怎么回答。就如她说的,这件事未必没有后话,再把人搁在宫里,一个长公主好料理,要是接下来真有倚老卖老的长辈进来谏言,那么到了骑虎难下的时候,只怕当真留不得她了。

月徊朝门外瞅瞅,确定没人了才慢慢挨过来,小声说:"皇上,您信长公主那些话吗？说我们兄妹将来会联起手来坑您，把我们说得要谋朝篡位一样。"

这种话，其实换了梁遇绝问不出口，内秀的人惯会肚子里头打仗，你来我往暗自揣测较劲，宁愿疑神疑鬼，也不肯摆在明面儿上。月徊就不一样了，她直得像根通条，大眼睛忽闪忽闪瞧住了皇帝，一心要等他一个准话。

皇帝笑道："刚才朕的处置，你也看见了，要是真想借着这个由头打压你们兄妹，大可放任长公主去闹，朕作壁上观，回头自有渔翁之利。可是朕没有，朕知道你和大伴对朕忠心，谁亲谁疏，朕分辨得清。"

月徊说："就是，长公主那么有身份的人，怎么还学市井里拉老婆舌头，使挑拨离间那一套！我和哥哥都是依附您的，您好了咱们才能好。总不见得祸害了您，咱们自己做皇帝……"

梁遇心头顿时一跳，厉声喝道："月徊，不许放肆！"

月徊经他一个高声儿，吓得蹦了蹦，皇帝却打圆场："她是话糙理不糙，有些东西堆在心里头日久，慢慢就养成坏疽了。还是这样好，把话说明白，心里就通透了。横竖朕念着大伴的好处，但愿大伴待朕亦如是。"

梁遇松了口气，俯身道："臣的心，主子还不明白吗，司礼监也罢，东厂锦衣卫也罢，经营得风生水起都是为了主子。臣是孑然一身，如今只有这一个妹子，握住了再大的权又有什么用。不过感念主子信任栽培，粉身碎骨一辈子报效主子罢了。"

月徊在一旁虔诚地点头："我是江湖上长大的，一身匪气承蒙皇上不弃。跑江湖的人没别的，就是讲义气，冲着咱们的交情，我也得一辈子为您。"

所以这兄妹俩表忠诚的话，听上去真局器，真舒心。皇帝颔首道："月徊才刚说的朕也思量了一回，长公主闹到了右翼门上，接下来大有好事之徒寻根究底。"

梁遇道："主子放心，长公主抵达京畿当日，臣就指派人手严密监视公主府了。那个董进，只怪底下人办事不力让他逃脱了，番子怕担责，只说他失足落下悬崖摔死了，没想到他投奔了长公主。"说着顿下来，忖了忖道，"至于长公主的处置，还要听主子示下，她毕竟是先帝骨肉，依主子的意思，留还是不留？"

小皇帝关键时候仍旧缺乏决断，如果手段够狠，当下的情形永绝后患最为稳妥。毕竟长公主知道得太多，只要罪证做得足，责令自裁无人敢置喙。

可惜皇帝还要保全名声，瞻前顾后了一番道："朕当初克承大统，是仗着太后的保举，眼下要是处决了长公主，只怕身后经不得人议论，朕就成了不仁不义之徒。还是把人留下吧，圈禁起来，不令她和外人接触。等关上个十年八年的，她煞了气性儿，再放她出公主府就是了。"

梁遇虽觉得这个法子担风险，但皇帝既然开了口，也没有办法更改，便揖手道："一切遵主子的令儿处置。"

旁听了半晌的月徊，对皇帝不发令怎么安排自己感到百爪挠心，她又叠着手叫了声皇上，道："我呢？皇后娘娘就快入宫了，我还是回避回避，等风头过了再说吧！"然后抿唇一笑，笑得十分纯良，"我听说掌印要上南边去，剿匪我不行，我去给您管珠池吧。早前我在码头上也干过这个，把差事交给我，我对这个在行。等今年珍珠采收完，我现给您把南珠带回来，那时候宫里娘娘多了，个个要做首饰做头面，有了现成的，能省许多挑费哪。"

梁遇听了大觉倒灶，看来蝈蝈生意成了副业，她又瞄上珍珠了。今早他发话不让她跟着走，可见并未打消她的念头。此路不通她会换条路，长公主进来闹这一场，谁知竟成全了她。

皇帝不知道她肚子里的弯弯绕，心说避避风头也好。长公主既然指名道姓了，就算没有证据，传出去她也是众矢之的。

只是有些不舍："南边乱，气候也不像京城……倘或真要去，千万得仔细。"说完又问梁遇，"决定几时走了吗？"

梁遇垂着眼道："主子大喜过后就走。两广总督衙门压不住红罗党，臣心急如焚。要是再让那群乱党流入京城，不知要掀起多少腥风血雨来，到时候再去填窟窿，又得大费周章。"

皇帝点了点头，梁遇这一走他暂失了膀臂，但能凭着自己的真本事治国，也让皇帝跃跃欲试。

"这事大伴定下了，就只管去实行吧。不过那些乱党是光脚的不怕穿鞋的，大伴千万要小心，无论如何不能涉险。"

梁遇道是，借着承办长公主一案从乾清宫辞了出来。才走进夹道，便听见身后传来嗒嗒的脚步声。

他没有回头，先前事忙，个人的难题都撂到了一旁，如今事态平定下来，那种彷徨无依的感觉又回来了。对于月徊，他现在该整理心思，让自己还原成哥哥的样子。尽量别去想身世，想得越多陷得越深，毕竟她刚回来那会儿，他们兄妹也手足情深着，只是因为自己得知了内情便生邪妄，弄得如今进退维谷。

月徊对他的挣扎一无所知，她只管在边上絮叨："哥哥，有桩事儿我想不明白，东厂暗哨不是遍布天下吗，为什么长公主能顺顺利利进京，又顺顺利利进宫？她既然知道了内情，以您平时的办事手段，她应该活不到今儿才对啊。"

梁遇负着手往前走，边走边道："衙门里的事儿，不是你该过问的。别打听，打听了我也不告诉你。"

可她善于分析呀，自己琢磨了半天，得出一个靠谱的结论来："她能通过重重关卡见到皇上，只有一个可能，是您有意放她进来的。但您这么做是为了什么呀，瞧瞧刚才，磨了那么多嘴皮子，还让她在皇上跟前说出那些话来……哥哥，您是不是想借长公主之口，把那层窗户纸捅破？越性儿说破了，才好有解释的机会，对不对？"

三月里的风，吹在脸上慢慢不觉得冷了，帽下鬃绳尾端垂挂的珠子，随着他的步伐在背后相击，发出簌簌的清响。他叹了口气，将视线落在无穷尽的蔚蓝上，要说了解，其实她当真很了解他，他在这皇城中几经沉浮，怎么能让威胁堂而皇之地直冲到面前！她先前的猜测全说中了，长公主不过是个打头阵的，他就是想借机看看皇帝的态度。当然更重要的一点，是为让她出宫，寻个顺理成章的好借口。

盛时的那番话，着实让他退却了，但并不妨碍安排她回提督府。他是个私欲太重的人，即便自己不再奢望和她如何，也不想让皇帝染指她。他只要月徊一直在他身边，这种心思低劣至极，处心积虑断送妹妹的姻缘，怎么有脸说得出口。然而他一边自责又一边痛快，从这种痛苦撕扯里发掘出奇异的快乐，他知道，自己已经疯魔了。

他的唇角噙着不易察觉的笑，只问："你什么时候出宫去？"

月徊对插着袖子说："您不出宫，我出宫干什么？我等皇上大婚，喝了喜酒再跟您上广州去。"

"我说过了，让你留在京城。"

月徊这次打算和他对抗到底，不以为意道："您说的不算数，皇上说的才算数。他答应让我上广州收珍珠的，我得办好我的差事，才不负皇上赏我发财的恩典。"说着大手一挥，"没事儿，您走您的，我走我的，我不会碍着您的。算算时候，小四走了快三个月了，不知道什么时候能回来。我琢磨着可以等等，等他回京再陪我上广州去，这么着路上好有个伴儿，也不至于寂寞。"

她说完，得意地"嘿"了一声，好像真有这个打算。梁遇哂笑："那你怕是得再等上几个月了，那些崽从去时轻车快马，回来可带着个千金万金的宝贝。去时只花两个月，回来就得花上四个月。"

月徊的担忧顿时又跳到了别处，抬头看向穹顶，喃喃说："天儿暖和了，不知道小四带了春天的换洗衣裳没有……"梁遇已经不想听了，也不搭理她，快步走进了司礼监衙门。

月徊见他这样，心里很有股子不服气的味道，匆匆追了上去，站在值房地心儿说:"您今儿怪得很,昨天明明都商量好的,说话就变了,到底是什么缘故?您昨儿出去见人了?见的是什么人?有人在您耳朵边吹风,说妹妹不该带在身边,就该拣个高枝儿嫁了,是不是?"

梁遇并不理会她,淡声说:"我这里还有公务要处置,你先回乐志斋去吧。"

月徊顿时感觉到他拒人于千里之外的凉薄,有些悲凄地说:"您以前可不会赶我走,还留我吃便饭呢。"

梁遇取笔蘸了朱砂墨,翻开题本道:"不是我留你,是你自己偏在我这里蹭吃蹭喝。今儿我事忙,没工夫支应你,过会子还要出去一趟,你一个人留在这里干什么?"

"可之前不是您让我上司礼监来的吗,这会儿又打发我?"

梁遇噎了下:"先前长公主来闹,我怕她伤及你。现在人都被押走了,你安然无虞,可以回他坦了。"

月徊生来有股梨膏糖般的拧劲儿,她说赖就赖,绝不动摇。在屋子里到处转悠,外间是梁遇办公的地方,梢间作为下榻之用。她殷勤地说:"您忙您的,也别打发我,我先歇会儿,再给您打扫打扫屋子。天儿暖和啦,您这屋里老关窗,一点儿绿都没有。回头我上花园给您折一枝桃花来,养在美人觚里,不知多好看!"

梁遇见袭不走,也没办法,只得静下心办自己的差事。

期间杨愚鲁进来回禀,说拷问了公主府上长随,找出了藏匿在大佛寺的董进。董进自是不能留的,寻了个乱葬岗一刀处决了,剩下公主府也不难罗织罪名。

"孙知同家的案子是披着红罗党名头办的,到时候只说长公主和孙家不和,串通红罗党铲除异己就是了。要是按着大邺律例,王子犯法与庶民同罪,但念及长公主是慕容氏血胤,且皇上仁厚特令宽宥,这才圈禁长公主。"杨愚鲁道,"小的是想,就此留下个扣儿,日后哪位皇亲国戚敢和老祖宗作对,长公主就是他们的上家。这剂药百试百灵,管叫那些人不敢造次。"

梁遇听了点头:"牵扯上皇上,不拘是不恭还是冲撞,于皇上都没有裨益。就这么办吧,手脚麻利些,要是再有疏漏……"他抬眼瞥了瞥他,"咱家可不轻饶你。"

骆承良被发送到矿上去的事儿就是杨愚鲁承办的,中途跑了个董进,虽是下头番子失职,但罪过全在督办的人身上。杨愚鲁当即鼻尖上沁出热汗来,诺诺道是:"是小的监管不力,疏忽了……"

月徊在里头听着,心说人在高位上,就得这么不讲道理。这司礼监真不是个好地方啊,阴谋阳谋一大套,幸好哥哥对她还不错,除了偶尔阴晴不定,大多时候还是十分体贴的。

后来人果然出去了，前呼后拥的，大抵是为收拾先前的烂摊子。月徊也不见外，在他值房里受用了他的午膳，吃饱喝足后开始盘算，怎么在这一尘不染的屋子里留下点痕迹。

她举着雪白的擦布到处擦拭，但是很让她失望，这擦布的干净程度堪比她擦脸的巾帕。既然灰尘不用打扫，她就把视线落在了他的床铺上。她对梁遇的被窝一直有种奇异的好感，宝蓝色攒金丝云纹的锦缎是上佳的料子，借着窗口的日光看，隐隐仿佛有流光。

好是好，就是颜色太深，应该换得清淡点儿。不如和她一样，换一床金丝柳叶纹样的吧，又干净又利索。

想好了就得行动起来，和小太监说了，让他去巾帽局领掌印的所需，自己跪在床沿上卸下罗帐，卷起了垫褥。

褥子掀起来了，床板上整整齐齐压着四只鞋垫。月徊觉得似曾相识，盯着它们看了很久。

这蟒……绣得可真像蜈蚣啊！

不过这鞋垫原本是托哥哥送给小四的，怎么会在他褥子底下？

看看这针脚花样，宫里的绣娘应该做不出这么丑的来。那这鞋垫是怎么回事？梁掌印那么大义凛然瞧不上的东西，一转头就昧下了？

月徊满腹狐疑，把鞋垫搁在了一旁的矮几上。小太监搬了簇新的褥子进来，她还是尽心给他铺床叠被，白底柳叶的花式，才能显出掌印大人出淤泥而不染嘛。

帐幔当然也得换，换上白罗绮纱帐，拿银丝绞珠的挂钩挂好，掌印的床榻这回可就像姑娘的一样细腻温软了。

只是这鞋垫子，还是十分困扰她。月徊坐在南炕上，翻来覆去地盘弄，心说哥哥八成觉得很心虚吧，要不怎么藏得这么隐秘呢。这个人哪，嘴上强硬，其实小肚鸡肠，嫉妒心极强。还好是个男人，要是托生在了帝王后宫里，一定是个横行六宫的奸妃吧！

不过哥哥这么别扭，她心里还是挺高兴的。虽说里头难免掺杂了一点尴尬，总算哥哥还能把这么差的手艺当宝贝，着实不容易。至于到底为什么把鞋垫留下，大概还是因为他不喜欢小四。且—琢磨干弟弟有，凭什么亲哥哥没有，所以这就抢来搁在他褥子底下了。

这鞋垫里头加了油绸，只有大冬天能用，如今天儿暖和了，压得时候一久，他自己也给压忘了吧！不巧得很，今儿又落进她手里了，等他回来得好好问问，为什

第十八章 晚来风急

么给他做双新的他不要，偏要抢小四的。

这么问肯定让哥哥下不来台，月徊笑得很欢快，就是要下不来台才有意思。她这回也要臊一臊哥哥，谁让他死活不肯带她上两广去！

只是闲来无事，时候过起来可真慢。她趴在窗口看天上太阳，日影一点点移过来，有风吹拂，窗口的金鱼风铃在头顶上叮当作响。她又开始琢磨，之前说好的事，为什么他又反悔了。昨晚随侍的人是曾鲸，恰好今天他出门没点曾鲸的卯，她看见曾鲸从对面廊庑下走过，忙探脖儿叫了声"曾少监"，一面招手："您来……"

曾鲸不知道她的花花肠子，听见了便斜插过庭院，停在窗外问："姑娘什么示下？"

月徊笑了笑："不是我的示下，是掌印的示下。他说昨儿落了一方私印在外头，才刚还在屋子里团团转呢，您帮着想想，是不是落在外头了？"

外头是哪里，完全就是套话。原本曾鲸办惯了案子，这点子小心思没法让他上当。怪就怪梁遇的私印太要紧，那种东西要是丢了，接下来会引发无数麻烦。况且她又是梁遇的妹子，就凭这身份，也让曾鲸不设防。

"昨儿就去了盛大人府上，再没去别处啊……"曾鲸冥思苦想，忽然回忆起来，"离开盛府后，老祖宗独个儿走了一段路，那时候天才擦黑，别不是那当口上弄丢的吧！"

月徊心头暗喜，装腔作势道："兴许就是！是哪条胡同您还记得吗？"

"丰盛胡同啊。"曾鲸说，"那条胡同东西笔直，要是真落到那里，恐怕早叫人捡走了。"

曾鲸如临大敌，月徊却暗自偷笑："丰盛胡同盛家，那是个什么人家啊？以前我听掌印说起过，后来给忘了。"

曾鲸哦了声道："算是老祖宗的旧相识，盛大人早年是宗人府经历，对老祖宗有知遇之恩。如今因病致仕了，老祖宗不忘旧情，得了闲总去探望他。"

月徊长长"哦"了声："我倒没觉察，原来咱们掌印是那么念旧的人哪！盛大人家没有儿女吗，哪里用得上他隔三岔五探望。"

曾鲸看了她一眼，忽然发现她有探底的嫌疑，但口中仍应着："盛大人只一个儿子，眼下在边关带兵呢……既然老祖宗的印丢了，我这就召集厂卫，就算把京城翻个底朝天，也得把印找回来。"

月徊虚头巴脑地说："要不还是再等等吧，没准儿掌印已经派人去找了呢。也或者他不想弄得人尽皆知,就想悄悄行事……"说着龇牙笑了笑。

曾鲸古怪地打量她:"姑娘别不是和我闹着玩儿的吧?"

"哪能呢。"月徊心虚地说,"横竖您等掌印的信儿,他要是不提,那八成是有他自己的主意,您就搁下差事,不用管了。"说罢缩回脖子,靠着东墙继续瞎琢磨去了。

丰盛胡同盛家,早前的宗人府经历,上那儿能谈起她,且谈得改了主意,看来那位盛大人和梁遇的关系非比寻常。梁遇多疑,没那么容易相信别人,除了因她是亲妹妹,在她面前不避讳外,对谁能掏心挖肺?这位盛大人若是只对他有知遇之恩,以梁遇的脾气,大不了栽培人家独子当上大将军,再逢年讨节给人家送点金银,哪会漏夜赶过去讨主意,讨完了第二天还上慈宁宫,对她出尔反尔。

可见这盛大人是个厉害主儿,往后不能再让哥哥去了,他会离间他们兄妹的。她的要求一点儿也不高,就盼着和哥哥没有芥蒂地共存下去。譬如老话说的,世间百毒,五步之内必有解药,橘子吃多了上火,橘子皮却能去火。她和哥哥拉扯互补,一辈子过起来那么快,眨眼就完了。

梁遇回来得有点儿晚,差不多掌灯时分才进衙门。那时天上仅剩一点红色的暮云,他的曳撒也是红的,朱红上又镶了金丝的通臂袖襕,举手投足间金芒流转。站在院子里指派接下来的差事,那些太监得了令儿,潮水一样退下去,他又独自站了会儿,方转身走进值房。

进门头一眼就看见她了,似乎有些意外:"你怎么还没走?"

月徊气不打一处来,但还是忍住了,十分可恶地指了指里间,笑着说:"您瞧啊,我替您把被卧都换了,换得干干净净的,连罗帐都换了,您觉得这色儿怎么样?"

然后梁遇的脸色就变了,他怔忡了会儿,愕然转头看她:"谁……让你换的?"

月徊装得一脸纯质模样:"我就是觉得天儿暖和了,再睡蓝绸的被面不好看,这才给您换的啊。"说罢哦了声,抽出身后的四只鞋垫来,"您别怕,床上的东西丢不了,我给您收着呢。"

梁遇的脸终于绿了,平时那么威风八面的梁掌印,这会儿像淋了雨的蛤蟆,眨眨眼,再眨眨眼,月徊哟了声:"您眼睛里进水了?"

他实在是没想到,藏在褥子底下都能被她掏出来,这人是属狗的吗?那四只鞋垫就像明晃晃的罪证,让他觉得羞惭,让他感到狼狈。当初意气用事把鞋垫留下了,受用过,消了气,人也渐次冷静下来。他曾不止一次盯着炭盆想,要不要把鞋垫子扔进去，扔进去便一了百了了，可惜到最后也没能狠得下心。

既然舍不得销毁，就得小心翼翼藏匿着，谁知还是被她翻了出来。早知如此应该关进匣子里，落上锁再扔了钥匙，这样就万无一失了。

可惜避无可避，他只得想办法留住尊严。脸颊到耳根子这一线滚烫，他有些气短，依旧得装得从容，正色道："我早说过，你的绣工太差，这么丑的鞋垫送不出手，所以命人上巾帽局取了上好的鞋垫送给小四。至于这两双，总是你的一片心意，还给你怕伤你体面，只好暂且存在我这儿。哥哥能为你做的不多，这些不过是细枝末节，你也不必太过感激我，毕竟你我是至亲手足，为你百样周全，都是应该的。"

月徊被他说得发蒙，心道难道是自己误会了，错怪了他吗？

低头看看，这鞋垫的花形确实不好看，针脚稀疏，足尖还有点歪，送出去真怕吓着小四。也罢，没送就没送吧，不过口头上还是得呲打他两句："哥哥您往后别这么尽心为我了，悄悄留下我送给别人的东西，要不是咱们从一个娘肚子里来，我会以为您偷着喜欢我呢。"

又是扎人心窝的口没遮拦，可她扎得对，扎得他不得不去反省，是不是自己做得过于明显，已经让她察觉出不正常来了。

梁遇一脑门子官司，有些慌乱地说："怎么会，咱们是兄妹，我怎么会……你别胡思乱想。我是失而复得，才格外珍惜你，你记住这点就成了。"

月徊当然不会盼着亲哥哥能喜欢上自己，那些话也全是调侃。不过他的尴尬正便于她趁火打劫："既然您珍惜，那就带我上两广。"

她的目的明确，从来不爱拐弯儿，梁遇无可奈何，别开脸道："正是因为珍惜，才不带你上两广。你要是跟我走，遇到的变故会比想象的多，我不能害了你。"

他没法把话说破，其实他很想告诉她，到时候她最大的危险也许不是南方的骄阳似火，也不是乱党的行刺突袭，而是他。有些感情压得越严实，爆发起来越汹涌，他不知道自己能忍多久，所以尽量离她远一点儿，等一切都过去了，还可以是心贴着心的亲兄妹，不会伤害任何人。

月徊真觉得有点儿失望了，心里因这鞋垫燃起来的小火苗被他一口气吹灭了，她叹息着点点头："您要是实在不愿意带上我，那我也没法儿。不过您的心思我可真看不透啊，一会儿想让我做娘娘，一会儿又把我摘出来。您要是让我好好和皇上处着，没准儿我和他已经秤不离砣了，可您又吩咐我收着心。您是既要馄饨又要面，世上没您这么别扭的人，真的。我可不想理您啦，您自个儿待着吧，我回乐志斋去了。"

她说完，从他身旁擦肩而过，走出了掌印值房。心里不舒坦，就像小时候想吃糖母亲不让，浑身上下透着难受。气得过了，眼泪不知不觉流下来，走到宫门前迎面碰上了秦九安，秦九安哟了声："姑娘怎么哭鼻子？"

月徊很难堪，抬袖狠狠擦了下："来的路上风大，我被沙子迷了眼，少监您也小心点儿！"

她理直气壮淌眼抹泪，大步走出了衙门。值房里的人能清楚听见秦九安的话，听说她哭了，心里大大地不忍起来。

既要馄饨又要面，说的的确就是他。以前他办事有条理，可一旦牵扯上她，就变得拖泥带水，连自己也讨厌这样的自己。秦九安多事，进来特意回禀："老祖宗，才刚月徊姑娘哭啦。"

他还得在下属面前装得泰然自若，嗯了声道："小孩儿心性，不必理她。"

手里提着笔，心里空空的，她今晚又没留下吃饭，回了乐志斋应当有吃的吧！

点灯熬油似的，一个人茫然进了晚膳，又茫然呆坐了一个时辰，忽然听见一阵扬沙般的声响落在窗纸上。他靠过去，微微推开一条缝，看见外面下起细雨来。

南墙根儿上常年靠着一把油纸伞，他取过伞走了出去，外面上夜的司房忙迎上前听令，他漠然道："点一班人，今晚上巡视东西六宫。"

大伙儿都不太明白，掌印为什么挑在下雨的时候夜巡，可这本就是一月一回的定例，不过平常都由随堂太监承办，这回换成了掌印自己。

于是今晚当值的十二个人整理了仪容，列队撑着伞挑着灯笼出了衙门。从玉粹轩起一直往南，绕过奉先殿上东二长街，再横穿御花园，打西一长街往南，拐弯往西由西长房往北至城隍庙前，这就算走完了，可以顺着宫墙返回司礼监衙门。

这官里的太监，一个个都练足了腿上功夫，紫禁城原本就大，寻常人一圈下来腿颤身摇站都站不稳，只有他们，健步如飞一点儿不含糊。只是秦九安有眼力见儿，经过御花园时对梁遇道："老祖宗，今晚天色不好，下着雨呢，一圈儿下来没的弄湿了您的靴子。要不您先在园子里歇会儿，小的带人往西路上去，过会子折回来，再进园子接您。"

梁遇没有说话，乐志斋就在前面，透过伞骨上连绵坠落的雨帘，能看见围房里杳杳的灯火。

他不发话，自然就是默许了，秦九安哈了哈腰，领着众人换了条道儿，复往西去了。花园的小径上就剩他一个人，满耳都是沙沙的雨声，满眼都是扶疏绿叶间的一星灯火。

不知她睡下没有，这时候去安慰她哭的那一鼻子，似乎有点晚了，可不去心里又着实牵挂。

他在雨中站了好一阵子，青石路上的雨水缓缓流淌，缓缓洇湿了鞋底。他迟疑又迟疑，到底还是举步向围房走去。

人到了廊前，停在台阶下，她的下榻处和寻常宫人不一样，这围房虽称作围房，其实更像耳房。

桃花纸上有个人影移过来，灯火映照下身形纤纤，正是月徊。慢慢那影子变得越来越大，铺天盖地般，最后噗的一声，吹灭了灯……

檐下一盏料丝灯在他身后悠然旋转，他的身影避无可避地投在了她的窗纸上。

月徊吹灭了蜡烛原要去睡了，猛然看见一个黑影投在桃花纸上，宽肩窄腰戴着乌纱，一看就是梁遇。

她心头蹦跶了下，这么晚了，他跑到这儿来干什么？月徊紧紧盯着那身影，他也发现了，慢慢地，悄悄地移动，似乎想挪出料丝灯投射的范围。然而这围房很小，廊前可供移动的范围也很小，他往左挪一挪，影子在窗上，往右又挪一挪，影子还在窗上。然后他抬起手挠了挠额角，看样子有点发愁。

月徊先前因"沙子迷眼"哭得眼皮子发酸，从司礼监回来就情绪低迷，饭只吃了两菜一汤。可是现在看见他出现在窗外，这口气忽然就消了，心说哥哥还是知道疼人的，怕自己办事太绝，气坏了她，特来给她认错了。

因为外头亮，屋子里暗，月徊放心地移到窗前，就这么和他隔窗对站着。终于那人影不动了，她甚至听见他幽幽的叹息声，于是拿着嗓子说："早知今日，何必当初！"

窗上人影没动，她看不见他的表情，不过料想哥哥眼下肯定悔断了肠子。月徊有些得意："只要您松口带上我，先前的过节可以既往不咎。"

结果那人影转身要走，她气极了，打开窗户大喊一声"梁掌印"。

他回头看了她一眼，看见她气涌如山，两眼喷火，想必这回是要和他大闹一场了。

谁知那张脸转变起来速度惊人，前一刻还乌云密布，转眼笑得像花儿一样，好声好气地说："别走呀，买卖不成仁义在，进来坐坐嘛。"

梁遇略沉吟了下，冲着她的态度，还是举步迈进了屋子。

这小小的卧房，甚至是空气里的味道，都充斥着一种姑娘式的柔腻。他进来之后倒有些彷徨，四顾一番，看见她的床榻，上面的被褥和她后来给他布置的一模一样。

他心里升起奇异的感觉来，总觉得月徊是察觉了什么。这就是做贼心虚，她尚且杏花微雨，他却早已惊涛骇浪了。

不过月徊即便有雨，也是裹着泥浆的。

她变戏法一样从桌下掏出一壶酒，轰然搁在了桌面上。

"来，喝两杯。"说着取过茶盏，一人倒了一杯，"正想喝酒找不着伴呢，恰好您来了。"

梁遇直皱眉："好好的，喝什么酒？"

月徊说："喝酒还要看日子啊，想喝就喝了。这是上回皇上赏我的，外埠的葡萄酒，我觉得好喝，他就送了我一壶。"她一边说，一边端起茶盏抿了一口，"您说说吧，下着雨呢，您上我这儿干吗来了？"

梁遇修长的手指捏住了杯子，淡声道："司礼监每月都要夜巡东西六宫，正巧到了御花园，听秦九安说你被沙子迷眼迷得厉害，特来看看。"

月徊的那点难堪又被他勾了起来，心说到底是掌管东厂的，输人不输阵。

"没什么，我有迎风流泪的毛病，时不时犯上一犯，现在已经好了。"她又灌了一口，揭开攒盒的盖子，从里头挑虎皮花生吃，"说真的，我以为您来找我，是打算改口带我上广州了。"

梁遇垂着眼，灯影下浓长的眼睫像蝴蝶的翅膀，堪堪停在颧骨上。微微的一点轻颤，生出羸弱的美态，就如现在，除去一身锦衣华服，像个不染尘埃的方外人。

男人和花儿一样，也有千百种不同的况味。譬如皇帝，在没有脑满肠肥一身油腻之前，都会保持青涩的少年味儿，因为那双眼睛天生会骗人，让人看不穿底下的污浊。而梁遇呢，他早已跳出了少年的行列，很难想象他这样的境遇下，还能长得如此笔管条直一身正气。虽然脸是漂亮了点儿，但他漂亮得不显女气，就能让人忽略他的不完美，甚至对他的不完美产生一种说不清道不明的窥伺感。

所以说自己可能有点不正常，月徊叹着气，闷了口酒。半天不见他有动静，抬起眼说："您怎么不喝？怕我在酒里下药啊？"

梁遇听她这么说，只得低头喝了一口。他不常喝酒，但这酒容易上口，细品之下还有些甘甜，不由得多喝了一杯。

很奇怪，他来时低落，但见到她，她总能调动起快乐的氛围，伤感便不再伤感了。

他转过头，看见帐幔挂钩上吊着他做的竹节人，窗前的笸箩里插着一只绣了一半的鞋垫，虽然照样看不出到底绣的是什么，但也心念微动，知道是绣给他的。

他有些动摇了，一手撑着脸颊，调过视线问她："你当真那么想跟我去两广？"

月徊说:"我就是觉得这紫禁城困住我了,要是实心跟着皇上倒也罢,不实心,那该多难受。"

"你就实心跟着我?"他含笑问,一双眼眸在灯下百转千回,说不尽的万种风情。

月徊想都没想便点头:"有您在我还担心什么,不怕有人欺负我,也不怕没吃没喝。"

也就是一霎儿的光景,他忽然改了主意。也好,跟着就跟着吧,把她安置在提督府,一要担心他不在的时候小四回来勾跑了她,二要担心和他不对付的仇家盯上她。太多的不可测,让他放不下心,既然她也坚持,那就随缘,走一步看一步吧。

他轻嘘了口气:"准备好行李,要带的东西都带上,四月初九就动身。"

月徊原本已经不抱希望了,猛然听他松口,惊愕地瞪着两眼把嘴里的酒咽了下去:"我没听错吧?"

他笑了笑:"在来这儿之前,我确实打定了主意不带你去的,但瞧你这么执着,我也不忍心辜负你。你要是实在想去,那就去吧,只是前途莫测,是好是歹,最后都要你自己承受。"

月徊听了,鉴于他有反悔的先例,不敢放肆高兴,小心翼翼又确认了一回:"您这回说话算话?"

梁遇轻轻颔首:"算话。其实把你一个人放在京城,我也提心吊胆。"他抬起眼打量她,她的每一寸发肤,每一道眼波,都让他移不开视线,"你知道我十四岁后的日子是怎么过的吗?这偌大的紫禁城到处是人,可又处处透着冰冷。早前我不过是个不起眼的火者,寒冬腊月里连个炭盆都没有,冻得睡不着,一个人裹着一条破棉被哆哆嗦嗦缩在床角,一熬就是一宿……每回入夜我都怕,我害怕天黑。"

月徊是头一次听他说起以前的年月,虽然她也知道必定像一本凄凉的书,让人不忍卒读,但没想到从他嘴里说出来,又是另一种震撼。

月徊能够感同身受,当初自己还不如他,到处窜胡同,碰见个破缸就往底下钻,还得和狗抢麻袋。但即便她的经历已经惨绝人寰,她也依旧有多余的善心来同情他。她伸手和他碰了一下杯:"那您现在还怕一个人过夜吗?怕就说出来,有我呢,我陪着您,还能给您焐脚。"

梁遇的目光柔软:"如今高床软枕,还怕什么。就像你说的,早前吃足够的苦,现在享多多的福……但也害怕再把你弄丢,那么多年,孤苦伶仃一个人,够了。"

月徊怅然点头:"我就说您离不开我,真让我说着啦。来,哥哥喝酒……"她敬了敬他。

梁遇扬起脖子，美酒入喉，那玲珑喉结便缠绵地滚动。

确实是离不开，他心里暗暗想，十一年的亏空，不是几个月就能填补的。即便在身边，也一刻不停地想念，世人都说梁遇心狠手辣，却不知道，天下第一痴情也是他。

他不常喝酒，今天多喝了两杯便上头，借酒盖住了脸，喃喃说："月徊，我好像有些醉了。"

月徊还和他打趣："没事儿，醉了就住在我这里。"

那是万万不能的，住下就坏事了……明天流言四起，还怎么做人！

他发蒙的样子很有趣，动作变得很慢，慢慢眨眼，慢慢摇头。然后伸出手，掌心向上，轻声叫："月徊……"

月徊粗枝大叶，半天才弄明白，原来他想和她牵牵手。于是把手放进他掌心，鼓励式地说："哥哥别怕，我在哪。"

他的唇角微扬，慢慢握紧她的手，自顾自地说："就这么，永远不放开。"

月徊很感动，觉得今天的哥哥格外温柔。她用力回握他："您不放手，我也不放手。"

他脸上的笑意又添了几分，迷蒙的眼睛看向她，说她是个傻丫头。

她真的什么都不明白，那句"看脸能过一辈子"也是假的，耍嘴皮子而已。她可能永远想不明白，哥哥怎么能生出那样龌龊的心思，其实他自己也想不通，自己怎么会是这样的人。

他在自怨自艾，月徊却在嘀咕："您这酒量，还是场面上的人物呢，也太不成就了……不过酒量不好的人，据说心眼儿好。"

心眼儿好？他撑着脸颊，垂下手腕子描摹茶杯的圈口，曼声说："这是谁编出来蒙人的！我的心眼儿就不好，早年间……十一年前，我还没进宫那会儿，为了达成目的，算计过一家子。"他打了个酒嗝缓缓说，"我先设下陷阱，引那家的孩子入套，然后再把人捞出来，我就成了那家的救命恩人。救命恩人，自然得想尽办法周全……可后来我得了势，把那一家子灭口了，你说我是好人吗？"

他仰着头笑，凤眼流光，笑出了一股子邪乎劲儿。

月徊听得后脊梁发凉，所以他终究是个为达目的不择手段的人。可他就算再坏，她的胳膊肘还得往里拐，忙捡起一粒花生米塞进他嘴里："十一年前的事儿了，还记着干什么！你们司礼监杀人灭口的勾当干得多了，又不是您一个人的罪孽。"

第十八章 晚来风急

"就是我一个人的。"他垂下脑袋，边嚼花生边叹气，"这辈子干的头一件坏事，到死都会记在心上。"

月徊看惯了他杀伐决断的样子，现在变得这么多愁善感，真让她有点儿不习惯。

"您往后还是少喝酒吧，酒后吐真言可太吓人了，换个别的爱好吧，哪怕脱衣裳也成啊。"月徊很真挚地说。

他又哈哈笑起来："我脱了衣裳，怕吓着你。"这已经真的神志不清了。

月徊提起酒壶摇了摇，也没喝多少啊，两个人半壶，就把他喝成了这样，梁掌印在酒桌上真是不中用。人都糊涂了，恐怕也回不了司礼监，实在不行就让他住在这儿，自己另寻个下榻的地方。

这头正琢磨，外面传来秦九安的声音，隔着门说："老祖宗，时候不早了，小的接您回去。"

月徊起身过去开门，笑道："少监您来得正好，我得了壶好酒，和掌印小酌了两杯，没想到一来二去的，他就醉了。您赶紧把他搀回去，外头还下着雨呢，别让他受了寒。"

秦九安忙上来查看，见他神色迷离，讶然说："哎哟我的老祖宗，您怎么喝成这样了！"一面说一面把人扶起来，又扬声唤外头。立时搀扶的、打伞的，一大帮子人，静而无声地簇拥着，把掌印带出了乐志斋。

真是啊，这么多年了，还没见掌印喝醉过。秦九安暗自感慨，前头人挑着灯，后头人撑着伞，刚把他扶上青石路，冷不防那个醉酒的人推开了他。秦九安怔了下，见掌印又还原了平常模样，因不屑让他架着，抬起手掸了掸肩上衣裳。

秦九安回过神来："老祖宗，您没醉啊？"

梁遇没理睬他，要是这就醉了，只怕早死了八百回了。

他昂首率众过了门禁，径直返回司礼监，脚下步履匆匆，心里尚且是满意的。酒真是个好东西，多少不敢说的话，多少不敢做的事，都能借它发散出来。月徊迷糊，不懂得去探究，不探究便止步不前。他隐隐觉得失望，她上辈子八成是棵榆树，没有人提点她，不把内情送到她面前，她就永远是个四六不懂的模样。

因盛时的话，自己心里揪了好几天，到头来都是庸人自扰。她要跟着去，他应下来，就这么简单，阴霾一下子全散了，有什么难？

踩踏过水洼，不因砖缝里挤压出的污水溅湿了袍角而不悦，进得值房时甚至带着笑，接过小太监呈上来的手巾，擦了擦织金绣蟒上停留的水珠，转头吩咐曾鲸："明儿传话给彤史，让她打听清皇后娘娘的月信是哪一日。大婚讲究吉利，当晚不能出岔子。要是日子撞上了,让太医院开药把信期挪一挪,或前或后,错开了要紧。"

曾鲸道是,觑了觑他脸色,笑道:"老祖宗今儿高兴?"

他嗯了声:"在月徊那里喝了一壶好酒,喝得痛快了,自然高兴。"

他向来喜怒不形于色,今天这样喜上眉梢,倒是很久没见了。曾鲸琢磨着,明儿得上月徊姑娘跟前去问问,那壶喝了能让人高兴的好酒是打哪儿来的。要是功效果然显著,多备几坛,将来当差的日子也能好过些……

第十九章 参差双阙

转眼便进了四月,草长莺飞,是个欣欣向荣的时节。

皇帝大婚,近在眼前,逢着大喜的日子,宫里提前半月就开始张灯结彩了。空气里也弥漫着一股喜兴的味道,横竖不管皇帝对这桩婚事的满意和期待有多少,先帝升遐后,宫里就没有正经举办过大宴。这回是冲喜了,热闹上几天,一个新的朝代仿佛从这天才开始,对于皇帝来说总是一个好的转折。月徊暂且还留在御前给皇帝梳头,从镜中也常瞧见他意气风发的模样,果然年轻人干劲十足,只盼着大婚过后成人,狠狠施展一番拳脚吧。

那只叫蝈蝈还在南窗下的草笼子里鸣叫,皇帝对月徊的心似乎也没有太大的变化。

梳篦在发间穿行,他扭过头,握住了月徊的手:"你打定主意跟着大伴走了?"

月徊说:"是啊,掌印说了,少则三月多则半年,一定能平定那些乱党,回来向皇上复命的。"

皇帝微叹:"大伴为朕南北奔走,朕心里大觉有愧。"

月徊笑着说:"别呀,咱们这些人不就是为主子效命的吗,您有差事交代他,他这司礼监才掌管得心安理得。反之要是大家都闲着,闲久了多无聊,总得找点事儿干。"

皇帝心里很称意,嘴上却还是表现出了诸多不舍:"这两日事忙,大伴几次进来，朕都不得空和他细说。回头你转告大伴，他出征剿匪的这段时间内，司礼监也罢，东厂也罢，一切按原样打理。朕知道，这朝堂上没有哪位臣子是打心底里宾服朕的，朕唯一能信任的，只有大伴。"说罢恋恋看着月徊，"还有，朕对你的承诺也不变，那个位置给你留着，你要早去早回。"

月徊想了想："您说的那个位置，是贵妃？您还打算让我当贵妃哪？"

皇帝淡淡笑着："朕金口玉言，怎么能随意更改？"

月徊道："宫里的位分多了，贵妃只有一位，您就这么给了我，将来要是遇上更叫您喜欢的人，那可许不成人家了。"

皇帝仍旧含着笑，他天生长了一双多情的眼睛，瞧起人来云山雾罩的："朕这一辈子，最喜欢的人就是你。朕敬你，心疼你，所以你日日在朕身边，朕也从不越雷池半步，足见朕看重你。"

一位曾经大大方方把小字告诉她的帝王，从某种程度上来说确实是很有诚意的。月徊当然也愿意受他这份情，毕竟世上没有比皇帝更好的下家了，不管成与不成，先预定着，反正不损失什么。

不过要说喜欢，情窦初开时爱慕了一阵子，那种感情来得快，去得也快。小皇帝虽然是天字第一号，除了最初满足了月徊小小的虚荣，到现在基本已经不剩什么了。对皇帝的感情像兑了水，越喝越淡，只是面上还要敷衍，表现得十分感激皇恩浩荡。

至于皇帝，因为目前为止仍只有那几位女官，没有新鲜的补充，对其他女人缺乏想象。都说少年时的感情最真挚，他觉得和月徊之间应该是如此。不过情和社稷仍要分开看待，他需要梁遇为他披荆斩棘，但未必愿意和梁家分享江山。贵妃的位分是用以圈住梁遇的，只要月徊没有孩子，不管将来他们扶植哪一位皇子，终究逃不开慕容氏。

当然了，这种事深埋心底，不能与人说。他温言软语地安抚月徊，将来即便这上头亏欠她，恩宠上自然补足。月徊心思单纯，考虑得不多，许她个贵妃位，就像许了她一件新衣裳，她乐呵呵的，仅仅是高兴，没有狂喜。

日子过起来飞快，皇帝大婚实在烦琐，原先说好了初七出去放风筝的，最后也没能成行。

月徊倒也不急，反正来日方长，比起南下，放风筝算什么！到了初八入夜，她还混在人堆儿里看热闹，看着徐皇后从午门进来，抱着宝瓶一步步穿过紫禁城的中轴，走进了乾清门里。

这种殊荣，只有每朝帝王的元后才有福气消受，月徊事不关己，皇帝跟前的那三位女官，却看出了满心哀愁。

司门叹息："皇后娘娘进来了，主子往后还记得咱们吗？"

司仪一向很悲观："咱们这号人，不就是大宅门里的通房丫头吗？将来怎么样，全看主子的意思。了不得给个选侍，要是腻了，发还司礼监安排，没准儿送到浣衣局去也未可知。"

司寝站在高高的万寿灯下，看着那赤红色的队伍透迤流淌进坤宁宫，喃喃说："最苦不过咱们仨，伺候一场什么都没落下，还不如那丫头。"

那丫头指的是司帐，算算时候，她肚子里的小娃娃到现在差不多六个月了。能得个孩子是好事儿，将来母凭子贵，也是条出路。

她们一肚子愁云惨雾不可开交，帝王家薄幸，历朝历代供皇帝练手的女官们，能晋位分的并不多，但每一辈儿都不信邪，都觉得自己能得圣宠。月徊在边上听着，插了句话："您几位也别急，皇上今儿才大婚，等皇后进了宫，接下来才好给宫人晋位分。"

那三位女官脸上露出怅然的神情："皇上大婚，跟前伺候枕席的女官就得撤了，再过上一阵子，皇上还记不记得咱们，且两说呢。"

月徊心说还好自己没像她们似的，这一天天的，为自己将来的前程温饱操心，多叫人心烦！

不过她倒是愿意帮着出主意："光是发愁可不顶用，皇上是办大事的，不会亲自操心那些，要是底下人不安排，没准儿到最后真就忘了。你们眼下能指望的不是别人，是皇后娘娘。皇后娘娘才进宫，正是挣贤名儿的时候，你们想辙去求她。娘娘抬举了你们，一则能显得自己大度，厚待宫人；二则将来六宫大肆填人的时候也有个帮手，没有不答应的道理。"

真是分析得头头是道，不愧是梁掌印家的人。

三位女官一下子有了主心骨，原先还怕皇后娘娘忌惮她们，有意压制她们，琢磨着往后要绕着皇后走呢。没想到经月徊一提点，发现了别样的道理。

"皇后娘娘一看就是聪明人，这会子和你们过不去，将来进宫的多了，个个都过不去？"月徊摇头晃脑继续说，"不能够，你们在皇上跟前两年了都没遇喜，皇后娘娘一定喜欢你们。"

说得三位女官又尴尬，又服气。

这是实情啊，皇上不管后宫事，将来宫里都听皇后娘娘指派，比起她们，司帐反倒更招人恨。皇后娘娘眼下还蒙在鼓里，等司帐一临盆，要生的是男孩儿，那可了不得，皇长子啊，司帐甭想过好日子了。

月徊虽说没当上妃嫔吧，但当初看了许多宫闱秘闻的话本子，"博览群画"用处大着呢。三个臭皮匠也能供出一个诸葛亮来，那三位醍醐灌顶，立刻回去商议对策了。

月徊站在夜风里，松散地负起了手，坤宁宫前一排万寿灯，照得殿宇煌煌如白昼。皇帝这会儿该进去过礼喝交杯酒了，这婚宴办起来真不容易，帝后也好，底下听差的也好，都受了大罪了。

"你才刚胡言乱语了一通，不怕将来惹祸？"身旁有金玉之声响起，顾长的身形迈进月徊视野里来，在她身旁站定了。

月徊说："惹什么祸啊，我这是晓以利弊，她们总不能上皇后跟前照原样说一遍，那不成傻子了。"

梁遇别有深意地打量她："你背着皇上是一张脸，面对皇上又是另一张脸，皇上知道吗？"

月徊扭头冲他一笑："宫里几时缺聪明人？皇上喜欢我的憨直就够了。"

这就很好，懂得投其所好，不是一味谨小慎微，就能得皇帝青眼的。梁遇远眺坤宁宫，喃喃问："你现在什么想头儿？心里难受吗？"

难受倒也谈不上，月徊说："皇上这大婚，来得太晚了。要是再往前挪上三个月，我大概还会悄悄哭上一鼻子，现在……没那兴致了。"

多有意思，都说女孩儿更长情，没想到月徊是个异数。梁遇道："看不出来，你是个喜新厌旧的人。"

月徊很谦虚："哪里，我这是知情识趣。再说喜新厌旧，我见天关在宫里，也没那机会遇见新的。"边说边觍着脸瞅他，"我这人哪，不为五斗米折腰，唯独爱琢磨人的长相。长得不好看的，就算簇新的也没用，还不及'旧'的呢。"

她满肚子弯弯绕，有小聪明不用在正经地方，喜欢话里夹裹点儿什么，常能撩拨人心。

当然，也许是因为自己身子歪了，心也歪了，才会觉得那是撩拨。往常她也爱打趣，也正大光明地夸他长得好，她才回来那阵儿，或者说他不知道自己身世的时候，从不觉得这话有什么不妥，但后来立场有变，听什么都像有弦外之音。

其实男人长得漂亮不是什么好事。他当初入宫拜师傅，盛时亲自挑了熟人托付，饶是如此，还常能遇见那些下作玩意儿，或是嘴上轻薄，或是动手动脚的。没有大权，漂亮的脸就是祸根。如今大权在握，且找回了好色的妹妹，这张脸又变得有用武之地起来。至少能镇唬住月徊，不至让她看见个稍有颜色的，就像旱死了似的被拐跑。

他身心舒爽："我已经把后头的事都交代曾鲸了，明天一早就动身。"

月徊应了声："您打算留曾少监在京里主持吗？"

梁遇颔首："他办事稳妥，又是我带出来的，眼下翅膀没硬，还可信得过。"

所以啊，他真是谁都提防着，月徊见他事事倚重曾鲸，以为他至少对曾鲸是放心的，原来并不。这样也好，小心驶得万年船嘛，厉害角儿就得一手开疆拓土，一手霸揽住大权。她也知道，他当年是除掉了前任掌印才上位的，司礼监惯有夺权的老例，一不留神就会重蹈汪轸的覆辙，他自然寸步留心。

前面坤宁宫鼓乐大奏起来，月徊嗟叹着："皇上这是挑开皇后的盖头了吧！"

梁遇没有说话，掉转视线看了她一眼。

灯火倒映在那双乌黑的眸子里，如浩瀚天宇一星璀璨。她心里当真不遗憾，倒也未必，她只是懂得审时度势，知道后头厉害人物多了，她跑得快，就能保持常胜。

他脸上的神情渐趋柔和，问她："今晚打算喝一杯吗？"

月徊摇摇头："喝什么呀，上回那壶酒，早让我喝完了……"说罢咦了声，"您不忙吗？那么多事儿要您操心，怎么上这儿和我拉起家常来了？"

梁遇心说还不是怕你伤心吗，现在看来是多虑了。一个有闲心教别人怎么晋位分的家伙，小情郎娶了别人固然遗憾，但绝够不上伤心。

"养了那么一大帮子手下，就是为了万事不用亲力亲为。"他夷然说着，"皇上有了皇后，你成了孤家寡人，我这个做哥哥的不能看着你落单，好歹要来瞧瞧你。"

月徊有点儿感动："还是我哥哥好。"夜风习习里嗅见了一点酒香，不由得探过去闻了闻，"您又偷着过干瘾啦？"

这人说话，总是着三不着两。梁遇道："什么过干瘾，前头有宾客，皇亲国戚都在奉天殿宴饮呢，我才从那儿过来，不免要喝两杯。"

月徊斜眼打量他，眼神里充满不屑。以他现在的清醒程度，怕是只喝了半杯，不能更多了。男人到什么时候都要面子，她算是知道了他的死穴，酒量奇差，拿捏住这个，将来肯定有用得上的时候。

"砰"的一声，朝贺的二踢脚引路，蹦上了半空。接着午门前开始放烟花了，大串大串地连成片，姹紫嫣红眼花缭乱，把这皇城上的夜都点亮了。

至于后头帝后合房那些事儿，就不是他们该过问的了。皇帝得在坤宁宫连住三天，当然要是住出滋味儿来了，住上三五个月也没什么。

皇帝唯一的好处就是自律，前一天大婚闹到丑时，第二天照样五更起来。

月徊今儿已经交了差事，梳篦重回梳头太监手里。她收拾好了行装，特意到皇帝跟前卸任辞行，压着两手蹲了个万福："皇上，我今儿出去了，有程子不能伺候您呢，您要保重龙体。"

皇帝眼下有淡淡的青影，看着真是操劳得过了，但仍旧深情款款牵住了她的手："月徊，朕等着你回来。"

月徊笑了笑，还没回话，外面传来宫人给梁遇请安的动静。皇帝就势放开了手，转身迎上前两步，切切叮嘱："剿灭乱党要紧，大伴的安危更要紧。倘或遇上了坎坷，千万煞煞性儿，再从长计议。"

梁遇对皇帝的性情可说了解透了，越是这么说，越是要给他立军令状的意思。于是向上拱手，朗声道："红罗党不灭，臣绝不还朝。主子政务巨万，好歹保重身子，只管高坐庙堂，等着臣的好信儿。"

君臣两个，海誓山盟般依依不舍了半天，看得月徊直犯困。后来终于辞出来了，这时候天刚蒙蒙亮。

清早的风还凉着，宫墙的瓦楞和墙根儿积攒着露水，喘上一口气，心肺格外清凉通透。

月徊像孩子似的，不敢喧哗，只是纵跳小跑着，回头压声儿说："哥哥我真高兴，咱们要出远门儿啦。"

出远门确实令人欢喜，从一个活腻味的地方走出去，才知道外面天大地大，不止足尖这一亩三分地。

梁遇把胸腔里的浊气都呼了出来，短暂离开也有逃出生天之感。月徊的快乐感染了他，见她脚下轻快，笑着招呼："慢点儿跑，仔细摔了！"

梁遇出行，那阵仗，真如皇帝出游般声势浩大。

月徊有幸见过先帝的最后一次南巡，那时她才十一二岁光景，跟着漕船上江浙，到了码头，头一件事就是领取官府分发的衣裳。地方官员要功绩，要装富庶，不得人人有饭吃、人人有衣穿嘛。他们这些跑船的，衣衫褴褛还到处乱窜，官府唯恐圣驾到时穿了帮，特特儿叮嘱了，就穿着这身新衣裳看热闹去，让皇上记着咱们锦绣江南。

月徊拉扯着小四先占了有利地形，不往人堆儿里挤，挑高处往下看。因为御道上会拉黄帷幔清路，只有地势高处官兵们管不上，他们就能从从容容遍览全貌。

头一回看见那阵势，真是叫人觉得震撼，乌泱泱的锦衣卫和禁军，禁军穿甲，锦衣卫一色朱红的飞鱼服绣春刀，倒不是说皇帝老子的车辇不够豪华不够大，就是他们站得太高了，看下去像蚂蚁运货。那九龙辇是蚂蚁队伍里头得来不易的吃食，就那么前后簇拥着，在蚂蚁大军里翻滚。

至于梁遇领兵南下呢，虽不及皇帝张扬，人数减了，但更精。锦衣卫、司礼监、东厂，还有宦官监军十二团营里抽调出来的人手，锦衣华服浩浩荡荡，这就是皇帝赏赐的体面。

只是北京到两广路途实在遥远，走陆路八百里加急得跑上一个半月。要是走水路，得从天津出发入海河，再转大沽口进渤海，经山东、江浙到福建……月徊光是听他们规划行程，脑子就直发蒙了。

"还得瞧今年雨水怎么样，春天老爱下雨，倘或水位暴涨，行船易迷失航道，也要耽搁时候。"杨愚鲁把这一线的水位图放在了梁遇面前，"不算上那些，船队行程大致在四十至六十日之间，加上北京至天津的脚程，至多七月底八月初，也就到了。"

梁遇听得皱眉："耗时太长，船队除了必要的补给，日夜不能停航。从北京到天津三岔河，走上那么多天不像话。"

杨愚鲁为难地瞧了瞧月徊："要是骑马，路上实在颠簸，怕老祖宗受苦……"

这话说得很委婉，但月徊听出来了，分明是觉得带上她不便于他们长途奔波啊。

哥哥沉吟起来，逢着这种事儿他就得沉吟，大概也犯嘀咕，为什么要给自己找这种不自在。

月徊一挺腰，辇车摇晃，她也跟着摇晃："咱们这就下车骑马。你们别顾忌我呀，我又不是娇姑娘，上山下河我也不含糊。"

梁遇看看她那身板，就算吃过苦，也是姑娘的身架子，从北京到天津两百多里路，骑马她受不住。

"算了，还是慢慢走吧。"他卷起水位图，随手交还杨愚鲁，"陆路上耗些时候不要紧，等上了船，日夜兼程把时候找补回来就是了。"

然而平叛刻不容缓，珠池采收也刻不容缓，月徊说："杨少监，您给我弄身司礼监的衣裳吧，我这要是换上，别说骑马，骑走骡都能日行千里。"

原本出来就不是享福的，其实比起坐在车里和梁遇大眼瞪小眼，她情愿跨马扬鞭，看一看外头风光。

梁遇听她又说大话，顺势道："那就给她一套司礼监的行头，再给她一头走骡……"

月徊干瞪眼："我就这么一说，您还当真呢。"

秦九安看他们耍嘴皮子，掌印那么厉害的人物，遇见了这位也没话说。月徊姑娘就是有这宗好，皮实耐摔打，还心境开阔。照说她是梁家人，又有圣眷，该是那种怎么撒娇都不够，怎么骄纵都有人捧着的，可她并不。她就这么土里来泥里去，喝得了龙膏酒，也咽得下二锅头，搁在哪儿都是个发光的大宝贝。

最后当然遵照掌印吩咐，给她置办了一套司礼监的衣裳。衣裳长了裁短一点儿，不指着她自己能做针线，随行中也有巾帽局的人，扔到那儿大致改改，就给姑娘送了过去。

这一路没怎么停靠，旱地上行车，车轱辘在黄土陇上硬滚，日子并不好过。越是这样就越盼着快点儿登船，月徊拿了公服预备换上，可她没有单独的车辇，逢着这个时候就有点难办。

梁遇察觉了："你等一等，我先回避……"

可是前后那么些随行的人，他这一回避，队伍就得停下。让大家眼巴巴看着梁掌印等女人换衣裳，那说出去多不好听！月徊很大度，摆手说："没事儿，您待着吧，自己手足，有什么好避讳的。"

梁遇迟疑之间，见她三下五除二脱了衣裳又脱马面裙，不由得慌神。

月徊见他眼神闪躲，反倒大笑起来："您怕什么，里头不还有中衣呢吗。"一头说，一头把胳膊伸进公服袖子里。捏着衣襟晃一晃，身长倒还好，就是这身腰过于宽绰了。且司礼监随堂们的公服所用钮子也花哨得很，想要扣上十分不容易。

梁遇见她高高扯起领襟，使劲瞪着两眼瞧领扣，那模样死不瞑目般瘆人，便伸手过去帮忙，一面道："肩背是太大了些，等到了天津让他们重改。"

月徊搔首弄姿，卖着乖地说："天爷，我真好福气，还能叫梁掌印伺候我穿衣裳哪！"

梁遇说："世上只有两个人配叫我给他穿衣裳，一是皇上，二就是你。"

于是她越发得意，捋了捋鬓发，探手去拿窗口矮几上的乌纱。窗口有光，穿过她腕上碧玺，在手背上洒下五彩的光。他一时顿住了，心里大觉感慨，终于她不必再戴着皇帝赏的发簪，不必再张罗玉米面喂那叫蝈蝈了。兴许皇帝那只蝈蝈会送去给皇后伺候，至于皇后怕不怕虫，那就不知道了。

他出神，月徊叫了声哥哥，问："您想什么呢？"

梁遇取来鸾带给她系上，叮嘱道："外头世道乱，不知道别人用的什么心思，你就跟在我身边，不许乱跑，老老实实的，听见了？"

月徊点头应了，顿了顿问："咱们这回走，能路过叙州吗？"

叙州是爹娘的老家，生于斯埋于斯，那片土地留存了太多的记忆。梁遇沉默着，摇了摇头，半响才道："咱们往南，没法路过那里……你想爹娘了？"

月徊赧然笑了笑："我常觉得，有爹娘在，咱们还是孩子。没了爹娘就得吃很多的苦，上外头也是孤苦伶仃的，无依无靠。"

"咔"的一声，他替她扣好了腰带上的机簧，姑娘家腰细，束得底下曳撒层叠，像裙子一样。他把她鬓边垂落的发绕到耳后，接了她手里的乌纱帽仔细替她戴上，淡声说："没有爹娘，你还有我。在哥哥跟前你也是孩子，只要我活着一日，就护你一日。"

月徊说："只是您自己当不成孩子了，非得顶天立地，连个能撒娇的人都没有。"

梁遇失笑："你当我是你，还撒娇！"说罢目光楚楚地看向她，"有你知道心疼我，就够了。"

哥哥这句话说得很轻，轻得像在人心上挠了挠痒痒。月徊微怔了下，怔完一琢磨，又没什么不妥，便咧着嘴应承："我当然得心疼您，就算您吆五喝六，杀人如麻，您不还是我哥哥吗？"

胳膊折在袖子里，大概就是这意思。梁遇叹了口气，在她肩上拍了把："好了，梁少监，往后你踏遍大邺疆土，巡狩天下吧。"

月徊想了想："这话不中听，我要踏遍疆土，风流天下。"说得梁遇直愣神。

宫里没意思，只有皇帝一个男人，哥哥是哥哥，其他太监又不健全，限制了月徊游历的乐趣。现在好了，能上外头去了，只觉美色和钱财将来都会多如粪土，想想往后那种日子，就让人心花怒放。

衣裳换好，不必慢腾腾赶路了。再行十里地，前头有个小皇庄，到了那里整顿车马，庄头牵来一匹青骢，赔着笑说："厂公大驾，必要好马才能配得上您哪！庄上今年买马，得了这么一匹，嘿嘿……不瞒您，原是马贩子送的，小人自个儿舍不得骑，今儿孝敬了厂公，也是小人的意思。"

梁遇是真佛，平常在京里，等闲看不见。如今下降到个小庄子上，那可是千载难逢的巴结机会，自然不能放过。

庄头点头哈腰，把马送到梁遇面前，梁遇摸了摸马脖子，那虬结的肌肉底下，涌动着一团旺盛的生命力，实在是匹好马。

梁遇偏头吩咐秦九安："把马洗刷干净，给月徊。"

秦九安道是，掌印对姑娘的偏爱真是没话说，有好的要先紧着姑娘。人都说太监净了茬，没有那么多的七情六欲，其实真不是。因压制得久了，心里又隐有遗憾，疼起人来那可不是闹着玩儿的，昏君不过如此。

当然这话借个牛胆也不敢说，不过私下瞎琢磨罢了。马牵下去又刷洗一遍，装上了辔头和马鞍，再牵回来时油光锃亮一身皮毛，搁在日头底下能发银光。

月徊看着这马，感慨万千。以前她骑过驴，也骑过走骡，尤其驴，遇上脾气不好的，骑着不走打着倒退，别提多糟心。这马呢，看看矫健的四肢，活像上了发条一杵就飞跑。她扭头瞧梁遇："您呢？"

梁遇对马也有要求，但眼下不是在京里，随便挑一匹差不多的就成了。

底下番子牵来一匹栗红色的马，他接过杨愚鲁递来的金丝面罩戴上，有些倨傲地说："马好不好是次要，要紧看骑术。"然后扬袍跨马，下裳繁复的竖裥开阖如伞面一般，缰绳一抖，马蹄飒踏，眨眼纵出去老远。

月徊不服气，还跑不过他了？当即跳上马背就追，结果事实胜于雄辩，她无论如何扬鞭都追不上他，明明只差一丈远了，却又被他远远抛下。耳畔风声呼啸的时候，月徊的脑子里还在胡思乱想，这种境况是不是就像男女间感情的较量，你追我赶着，只要前面那人不肯放慢步子，后面的人就永远追不上。

当然这样的好处是大大缩短了耗时，坏处就是一天下来，月徊几乎骑断了腰。

北直隶地界儿上，每八十里就有一个皇庄，将入夜前在武清驻扎下来，月徊觉得两条腿已经不是自己的了。她哆哆嗦嗦，腿颤身摇，梁遇站在门前看着她时，她还得装得云淡风轻，摇着马鞭松快地从他面前经过，打招呼恭维："还是您的骑术好，妹妹我甘拜下风啦。"

她走进厅堂里，梁遇的目光追随着她，正面看上去倒还好，但从背后看上去却不是那么回事儿，走道脚后跟都不着地了。

他嗤笑，打肿脸充胖子，太好面子吃亏的是自己。他也不去戳穿她，带着身后众人走进庄子，几百号人顿时把这小皇庄挤得满满当当。庄子上当值的都炸了锅了，伙房里蒸馒头的屉子堆得像山一样高。这回来的都是大爷，庄头和庄工内外奔走，挥汗如雨，那些锦衣卫还要扯嗓子鬼喊，这冷落了八百年的武清庄，一时有种重返阳世之感。

前头吵吵闹闹，后面的厢房隐约能听见那些呼声。月徊挪步觉得两股生疼，她以前虽也有骑马的时候，但总没有试过这样的长途跋涉。刚才硬装，现在进了屋子一个人，立马一瘸一拐，两条腿像上了刑似的。

还有这腰……拿手一碰，龇牙咧嘴。这时候就很后悔，出发前梁遇说让她带两个丫头的，她觉得不需要，毕竟自己这些年摸爬滚打，从来没人伺候。可是逢着这种境况又尴尬，想让人给摁上一摁都不能够。

这时外面传来梁遇的声音，咚咚敲着门说："月徊，我给你送吃的来了。"

月徊哦了声："门没插，您进来吧。"

梁遇进门见她端端坐在床上，也没说什么，把托盘里头的菜一盘盘放到了桌上："预先打发人报了信儿，庄子上人手少，还是来不及置办，粗茶淡饭的，将就用吧。"

月徊斜眼一看，既有酱肉又有地三鲜，无论如何称不上粗茶淡饭。

她跑了一天，这会儿饥肠辘辘正饿得慌，可惜腰不顶事，它不听使唤。梁遇问她怎么不过去，她还要顾全面子："我暂且吃不下，先搁着吧。"

结果胃里唱了一出空城计，梁遇听得真真儿的，似笑非笑道："到底是吃不下，还是站不起来了？"

月徊起先还绷着，后来不行了，哭丧着脸说："我腰疼，八成是上回板著落下的病根儿……您给我摁摁。"

梁遇叹息："早说多好，宁愿走慢些，在安次打尖儿。"

月徊说："我不能让您看轻我。"

就是这股子执拗劲儿，宁愿多吃些苦头。梁遇没法子，提袍登上脚踏，才要坐下来，就听见她叫"等等"。

"怎么了？"他打量她的神色，"实在不成，叫个大夫来？"

趴下的月徊回了回手，指向桌上盘子："给我拿个馒头来，我先点补点补。"

有人帮着松筋骨，自己趴着吃馒头，这样的日子还是很惬意的。

哥哥手法不赖，用力均匀，想是早前贴身照顾皇帝练就的。这是他第二次给她按腰，上回板著大头冲下，被罚得头昏脑涨，没顾上细品有多受用。现在脑子不糊涂，便能感觉到他每一寸的移动，每一个精准的落点。疼是真疼，但疼中又带了点畅快，月徊狠狠咬口馒头，歪着脖子闭上了眼睛："您多给我摁摁，明儿我还能再跑八十里。"

梁遇说："别逞口舌之勇了。你以前没赶过远道儿吗？"

月徊说："我骑马给人送过货，也就是丰台到门头沟那么远，主家儿还特别心疼走骡，不叫打鞭子，得慢慢骑着。"

梁遇听得直皱眉："这么着你也敢扬鞭一气儿跑几十里？"

月徊说："不是您先跑的嘛。"

"我……"梁遇回头一想，还真是自己先跑的，一时竟答不上来她的话。不过这会儿也不是拌嘴的时候，得教她点儿诀窍，才不枉吃了这回苦。于是拇指抵在她的脊椎上，轻轻压了下，压得她跟兔儿爷呱嗒嘴似的，一下子叫唤起来。

他也不理她，径自说："全身的分量不能压在腰上，得往上提。人也不能硬坐在马鞍上，马在疾驰的时候你得腿上使劲儿，把自己撑起来，人要微微悬空，这样就算有颠簸有闪失，也来得及应对。"

月徊听完才明白，她是一屁股实敦敦坐住了马鞍，这才颠得浑身几乎散架。

她唉声叹气："您怎么不早告诉我呢，等我残了您才说话，这不是成心坑我吗？"边说边指指下半截，"我屁股也疼，唉，最疼就数那一处。"

可是梁遇的手却徘徊不下，只停在腰窝往上那片，再没有更进一步的行动了。

月徊问："怎么了？"她不大忌讳男女大防那套，因为跑船时经常是男人打扮，有时候扭着腰了，伤着腿了，也叫小四给她按按。

可梁遇却说："那里不能摁。"

月徊觉得奇怪："小四能给我摁，您怎么就不能？咱们那么亲的亲人啊，您就忍心让我忍着疼？"

"别老拿小四和我比，凭他也配！"他蹙眉道，"他是个没读过四书五经，不知道礼义廉耻的混混，眼下有我栽培才稍稍像个人，你老念着他做什么？"

月徊知道哥哥不喜欢小四，见他又出言挤对小四，当下就不称意，嘟囔着抱怨："自己做得不及人家好，还有脸说人坏话。"

梁遇被她呲打得气恼，怪她什么都不明白，就知道给他上眼药。

如果他是她嫡亲的哥哥，他就不会有那么多的避讳，那么多的困扰。他只是害怕自己的那点龌龊心思轻慢了她，她不知道，仅仅是摁了一回腰，他就生出多少绮思来，悬着的半口气化成热浪升上脸颊，只是她看不到。

果然人到了这样年纪，有些本能压不住。如果没有她，他也许会孤独终老，但她来了，他心里渴望又敬畏，不敢亵渎。从某种程度上来说，他有些惧怕这傻乎乎的孩子，害怕她的眼睛，害怕她直笼统的心思，害怕她冲口而出的话。

果真她又拿话激他，不就是在那不敢遐想处摁一摁吗，小四能做，他怎么做不了！他匀了匀气息，将两手压上去……不同于那杨柳细腰，又是另一种感触，让人不安，让人脸红心跳。

"哎，您的手法好！"月徊赞叹不已，"到底是拿皇上练过手的，我何德何能，何德何能啊……"话里很有小人得志的味道。

手上触感不敢细品，只是经历了这一回，心头某根弦丝被拨得嗡然有声。盛时的话开始摇摇欲坠，其实他并不在乎外头怎么看他，横竖太监没有一个好东西嘛。他只是顾忌月徊的处境，顾忌九泉下亡父亡母的看法，单这两点，就阻断了他所有的想头。

然而这寻常不过的皇庄小厢房，粗制的家什，简陋的摆设，还有桌上平平无奇的油灯，交织出一个奇幻的世界，让他有些忘乎所以。从脊背到腰臀这一线密密地按压,姑娘纤细的身躯在他掌下舒展,那是一种别样的体验,名正言顺满足了他的冲动,他一面愧怍,一面狂喜着。

"如何?"他俯下身子问。

她绵长地唔了声:"舒坦透啦。"

月徊闭着眼,馒头滚在了枕头旁。不知什么时候起她已经忘了吃,光顾着享受哥哥的体贴,享受这得来不易的亲近。

真好,长得漂亮,手握大权,还会伺候人,这种男人哪里去找!虽说有了残缺,但她心里并不拿他当残废看,毕竟那些猪头狗脸还一身臭毛病的男人,除了多块肉,给他提鞋都不称头。将来不知哪个女人能有这样的福气,哥哥以后还是会找个伴儿的吧?她想起这些就不高兴,自私地巴望着他永远干干净净的,别让那些女人玷污,反正这世上没人配得上他。

不过他那双手带来奇异的感受,缠绵迂回地在她背上施为。她终于生出了妹妹不该有的羞赧,心头擂鼓般急跳,腰顿时不酸了,屁股也不痛了。只觉一蓬蓬热气涌上来,这四月天,热得叫人受不了。

"哥哥您受累,歇一歇吧!"月徊趴在枕上,盯着面前纱帐的纹理说。

背上那双手停下来,却没有挪开,隔了好一会儿才听见他问:"好些了吗?"

月徊胡乱敷衍:"好多了,真的好多了……"

于是那双手往上挪,落在她的腰上,略略用了点力气帮她翻转。月徊正心虚着,被他这么一带,只得面朝上仰卧着。这就有些尴尬了,他们一坐一躺,一上一下。梁遇在灯影里温润如玉,没有棱角,他看着她,看了半天,最后明知故问:"你脸红什么?"

月徊噎了下,抬手摸了摸:"这不是脸红,是趴得久了血上头。"

他听了,一手撑着床板,那双眼睛生了钩子般,轻声问她:"我和小四,究竟应不应该放在一处比较?"

月徊的心都快从嗓子眼儿里蹦出来了,心说哥哥这好胜心实在太强,为了和小四一较高下,连美色都能出卖。

瞧瞧他,颊上薄薄一层桃红,月徊和他重逢了那么久,他一直是个八风不动的脾气,连脸色都可以控制得宜,真不明白他是个什么怪物。对于他的脸,她当然是极满意的,但要是一直这么巴巴儿盯着看,她也会紧张的。

月徊立时就服了软:"不该、不该……您和他不一样,他还是个孩子,孩子明白什么,在背上走马似的,也没个章程,就是乱摁。"

他点了点头:"往后记住了,别事事总拿小四来比较。他不过是个野小子,和你一块儿吃过两天苦，你还认他是弟弟也由你。可你得记好了，他是外人，和你不同心。对外人就该有个对外人的样子，别亲疏不分，哥哥可是要生气的。"

月徊惶惶愕着两眼，点头不迭："知道、知道……小四是外人，哥哥是内人，我到死都记在心上。"

她不过脑子信口应承，梁遇脸上警告的神情忽然淡了，极慢地浮起一点暖色来，偏过头嗤笑："什么内人，这词儿是这么用的吗，成天胡说！"

好了好了，他不板着脸一本正经，月徊就觉得自己能喘上气儿来了。她甚至调整出了一个很惬意的睡姿，撑着脑袋说："哥哥，咱们这回南下途径那些州郡，会有好些人来巴结您吧？就像前头那个皇庄上的庄头给您送马似的，后头会不会有人给您送美人啊？"

梁遇认真思忖了下："少不得。"

"少不得？"她立刻酸气扑面，"那您打算怎么应付？"

他失笑："应付什么？送了便送了，这一路上没个女人不方便，留下做做针线也好。"

月徊撑起身，对他的说法大为不满："哥哥您瞧瞧我……"她把自己的胸口拍得邦邦响，"我是女人啊，您看不出来吗？"

他像是头回发现真相似的，果真仔细看了她两眼："你是女人？"边说边摇头，"你和别的女人不一样。"

他意有所指，月徊蒙在鼓里，反正觉得自己被侮辱了。

"怎么不一样？我也有屁股有腰！"她大呼小叫，"我今年十八了，十八的姑娘一枝花，您不夸我就算了，还说我和别人不一样，我是缺了胳膊还是少了腿啊？"

她聒噪起来真是要人命，分明心头涌动着缠绵的情愫，被她这么一叫，全叫没了。

"好了好了……"梁遇招架不住，"我的意思是你也没带个贴身的丫头，要是真有人送姑娘，你就留下，留在身边伺候也成。"

"然后好天天在您跟前晃那大胸脯子。"她怨怼地说，"您就是不吃，看着也香。"

梁遇被她堵得上不来气："你这丫头，存心胡搅蛮缠？"

她说："就是不成！我不要人伺候，自己一个人能行。"

"行什么，像现在，有个丫头在身边，不也方便点儿吗？"

"没什么不方便，有您。"

这下子梁遇真没话说了，她执拗起来虽气人，但对哥哥的那种独霸的心思真是路人皆知。

第十九章 参差双阙

梁遇态度缓和下来："那你到底是什么意思？一概拒之门外，是吗？"

她说："是啊，这样显得您高风亮节，别像那个汪太监似的招人笑话，我是为您的名声考虑。"

他慢慢点头，轻轻叹息："我明白了，往后身边除了你，不留一个女人。"

月徊咽了口唾沫，发现这话听起来别扭，但又莫名舒心。她强烈地唱反调，不就是为了这个吗？

她还在浑浑噩噩，梁遇的暗示也只能点到即止。有时候看着她，心里难以言说地悲哀，明明人就在眼前，却要谨守最后的底线，迈出一步退后两步，隔江隔海，望人兴叹。

那些锦衣卫和番子的吵嚷逐渐平息，时候不早了，他站起身说："你歇着吧，好好睡一晚，明早起来看境况，要是不成，仍旧用车辇。"

他转身走出去，月徊坐在床上，看着他的背影直发呆。打从他认回她起，她就一直对他不怀好意，断绝了十一年的亲情其实很难续上，她以为过阵子会习惯的，可是现在小半年都过去了，越相处越喜欢。

她抹了把脸皮："禽兽不如！"

不知道哥哥有没有察觉她的不正常，就算察觉了，怕也没法子和她明说，毕竟还得顾念兄妹情义。难道直刺刺地告诫她"哪怕我生不出孩子来，咱们俩也不可能"吗，那这段手足之情成什么了！

唉，无比忧伤，月徊扭头看窗外，天边一轮小月悬空，她心里头也七上八下。糊里糊涂睡了一晚，第二天起来腰酸没见好，可也不愿意这么多人为她耽误行程。梁遇问她怎么样，她乐呵呵地说全好了，然后咬牙重新上马。这回记着他的诀窍，不再扎扎实实坐在马鞍上了，又是几十里下来，等到了天津针市街的时候，那种疼痛消散了，大概是疼到了一定程度，身体已经妥协了吧！

针市街后有条三岔河，从三岔河乘船入海河，码头上有预先准备好的福船。因着要连续在江海上漂泊，那船必定又大又结实，月徊跑码头，什么哨船、平头船都见过，曾经有幸在大沽口见过一回福船，那份大，边上鹰船对比之下，像小鸡子似的。

福船是战船，像她这种平头百姓，本来连靠近都不能，这回又是沾了哥哥的光。她站在岸上仰头看，看见层层叠叠的桅杆和帆，舱楼建得高大如城，心说这船坐着可稳当啦，不像那些漕船，船舱装满粮食，船舷压着水面，人在上头心发慌。

月徊上了船如鱼得水，她在甲板上撒欢，上去看了炮口，检查了护栏，还拿胳膊比了比锚绳——好家伙，怕是连大腿都不及它粗壮。

梁遇要和几个千户商量剿灭乱党的计划，倚着太师椅闲散地说："声势越大越好，一则壮了朝廷的威望，二则给红罗党时间集结人马，咱们好来个一网打尽……"

结果她大呼小叫："督主，这个太大啦……您快瞧啊……"

梁遇吸了口气："两广总督衙门……"

"这炮射程有多远？船底吃水这么深，就算遇着风浪也不怕，是吧？"

梁遇吸进去的气又吐了出来，边上的随堂和千户们都讪讪看着他，他抬手抚了抚额："容后再议，先起航吧。"

可是谁也没想到，威风八面的督主也有崴泥的时候。他晕船，晕得连人都不敢见。月徊打开隔壁的小窗探过脑袋，十分同情地说："哥哥，这回我可真得心疼心疼您啦。"

为了在那么多下属面前维持体面，实在不容易。分隔两个人寝舱的木墙上，有个可以平推的小窗，大小正好能装进月徊的脑袋。她把脸杵进那个孔洞里，两只眼睛滴溜溜地转着，说了句哥哥爱听的话，并且很有过去照顾他的意愿。

梁遇躺在躺椅里，脸色苍白，微微睁开眼看了她一眼，复又阖上了眼皮："别声张。"

月徊便啧啧："您忍着干什么呀，叫个大夫来看看。"

梁遇偏过头不再理会她，只听墙上小窗"啪"的一声关上了，很快木廊上传来嗒嗒的脚步声。她推门进来，蹲在他躺椅前问："哥哥，您想吐不想？您等会儿，我给您拿个盆啊。"

她是哪壶不开提哪壶，梁遇说不动话，唯有抿紧嘴唇闭紧了眼睛。

这时候的哥哥看上去很柔弱，那模样真欠人疼。月徊摸摸他的额头："还好，没烧。"又摸摸他的脸，"啊，哥哥您的肉皮儿真滑。"

一时那双手在他脸上流连，顺带还摸了他的喉结一把。梁月徊就是那种贼胆包天、趁火打劫的人，他勉强掀起眼皮，从那道缝儿里瞥了瞥她："你摸够了没有？"

"别以为我晕船，就奈何不了你啦。"月徊帮他把心里话都说了出来，然后一脸无辜地眨了眨眼，"您别生气，我在给您治晕船呢。"

治晕船就得到处薅一把？她还不是觉得上回自己吃了亏，这回变着方儿地想讨回来。

梁遇喘了口气，抬起手臂搭在自己额上："让我缓一缓，过会儿就好了。"可船在水上航行，遇着水浪上下略有点儿颠簸，人就像浮在半空中似的，总也落不到地上。

月徊说："我知道晕船的滋味儿，早前我也晕，胆汁都吐出来了，后来我用了个土法子就治好了。哥哥您不想让人知道您晕船吗？怕叫了大夫跌份子？没事儿，您找我呀，我给您想辙。"

梁遇翻江倒海着，气息奄奄地说："有什么法子？"

月徊答得相当有把握："用姜，贴到肚脐眼上就好了。"

梁遇听后，险些呕出一盆血来，她压根儿就没安好心，别人欠她一钱，她要讨回一两来。

月徊见他不说话，又探过来仔细看他的脸："您不言声就是答应了？"

他匀着呼吸说："换个法子。"

月徊一摊手："只有这个最灵验。还有一种，能够稍稍缓解，但用处不大，就是喝醋。"说完下了定论，"这个您一定不为难，馒头您都能蘸醋吃呢，往水里兑上几滴，八成难不倒您。"

她夹枪带棒，再下一城，梁遇这会儿没那个力气和她争辩，只好由得她去张罗。

不一会儿她回来了，端着杯子蹲在他面前说："哥哥，您喝了吧。"

他撑起身把这醋水咽下去，本以为味道不会太好，没想到竟酸甜可口。

月徊龇牙一笑："我加了糖，像我们早前在码头上，大夏天里就拿它当茶喝，能生津止渴。"说着又掏出一片姜来，"为防万一，我还带了这个。这个得您自个儿贴，我上手……不大方便。"

梁遇自然也不会要她上手，实在晕得没辙，外头那些档头和千户还等着商议后头的部署，总不见人也不成。到了这个节骨眼儿上，只好死马当成活马医，从她手里接过来，解开了鸾带揭衣裳，见她还看着，手上便顿住了。

月徊会意，立刻转过身去，嘴里喃喃感慨着："有时候啊，我觉得您比我更像姑娘。您不知道，我多羡慕您这样的精致人儿，我也想端着，有人和我说话的时候，我也斜着眼睛瞧人，可惜我这脸，长得不像那种冷美人模样。"她一面说一面叹气，抚抚自己的脸颊，手感丰盈，有点显胖。其实不是真胖，她自小就是这种长相，哪怕在运河边上讨生活，脸盘子小了一圈，看上去也是嘟嘟的。

她在那里长吁短叹的时候，梁遇依她所言把姜片贴在了肚脐上，等盖好衣裳，方让她转过身来。

打眼瞧她，她愁眉苦脸，他淡淡笑了笑："面如满月，是有福气的长相。"

所以哥哥就是会说话，心里那点不称意，也因他一句开解缓和了许多。

月徊取过边上的折扇给他打扇子："再忍一忍，马上就会好起来的。"扒着躺椅的扶手又看了他两眼，"您说，咱们为什么一点儿都不像？"

梁遇心头趔趄了下，茫然望着舱顶说："兴许……咱们真不是亲生的。"

月徊被他这么一说，彻底沉默了。这个问题，其实早在宫里时候他就不止一次提起过，头一回问她要是没有哥哥了会怎么样，第二回是正月十五那天，忽然就不让她管他叫哥哥了。这是第三回，头两回要是玩笑的话，那第三回就让她真正有了不好的预感。也许是骆承良办事不力，随意拉个人来凑数？还是他早听说了她的那条嗓子，有意认亲拉拢她，好让她死心塌地为他效力？

"您是不是有事瞒着我？"月徊连扇子也不打了，脑袋往前探了探，"我不是梁家的孩子？您说的叙州，还有爹娘的遭遇，都是假的？"

梁遇曾不止一次设想过和她谈起身世时，她会有怎样的反应，脑子里演绎得再多，真到了这节骨眼上，却还是犹豫不前。

如果真找错了人，那一切的痛苦就不存在了。如今是十四年的养育之恩在，自小和月徊的情谊也在……他重又闭上了眼："我不舒服，别说了。"

可这话题是他发起的，眼下叫停的也是他，月徊站起身道："梁掌印，您是不是看上了我的绝活儿，才将错就错认下我的？原来我是您的棋子！"这么一说，苦情的成分立刻增加了，不由得挤出了两滴眼泪，"您怎么能这么欺骗我的感情哪，我可是拿您当亲哥哥来着。"

梁遇直倒气："月徊，我正晕船呢。"

月徊心想你要是真这么恶毒，那就别怪我趁你病要你命了。

"您今天得给我句准话，我不能糊里糊涂认了祖宗。您说，我到底是不是梁家人，不是我就下船，游也游回岸上去。"

梁遇招架不住，盖着眼睛反驳："我多早晚说你不是梁家人了！"

不是梁家人的是他啊，该游回岸上的也是他。他简直有些灰心，这件事一直这么悬着终不是办法，待他好一些了，找个合适的机会，还是向她说明白的好。至于她会是什么想法，便不由他做主了。到时候听天由命，她要是想离开，他也没有道理挽留她。

只不过现在自己的情况，实在没那力气应付她。他粗喘了两口气道："我渴，你给我端杯水来。"

虽然他老是阴阳怪气说些她参不透的话，但也不能眼看着他渴死。月徊一面倒水，一面自言自语着："我的心眼儿真是太好了，有人这么算计我，我还伺候他呢。再瞧瞧有些人,面儿上心疼妹妹,其实心里不定憋着什么坏。"

她指桑骂槐,梁遇觉得好笑。撑身坐起来,也不知是那醋茶的功效,还是姜片真对治疗晕船有用,这会儿已经不像先前那样天旋地转了。只是生姜贴在肉皮儿上,时候一长就泛起火辣辣的疼来。探手要去摸,月徊说时候不到前功尽弃,他只得收回手继续忍耐。

水喝完了,月徊问:"您好些没有呀?"

他点了点头:"过会儿让他们进来议事。"

月徊不大赞同:"还是好利索了再说吧,在我面前丢脸我不笑话您,在那些千户面前丢脸,往后威望可扫地喽。"说罢继续拿扇轻摇,"哥哥,咱们这就往大沽口去了,您说上南苑接人的船会走内陆呢,还是也走咱们这条航道?"

她又在记挂小四,梁遇不耐烦道:"这得看掌事的怎么安排行程。"

哥哥语气不好,月徊也不捅那灰窝子,心里只是期盼着能在海上遇见小四。他一去好几个月,从没单独出过门的孩子,不知能不能好好照顾自己。东厂的番子又是些眼睛生在头顶上的,万一哥哥悄悄嘱咐他们给小四小鞋穿,那可怎么办!

梁遇呢,毕竟是练家子,对于身体的掌控显然要比一般人强得多。使上土法子再休息半日,到了将入夜的时候,已经恢复得差不多了。

他在躺椅上睁开眼时,月徊还趴在扶手上,美其名曰照顾哥哥,其实也没亏待自己。扇子早不知落在哪里了,睡的时候比他还长,紧紧靠着他的胳膊,鼻息咻咻如幼兽。

十八岁了,可在他眼里仍是一团孩子气。他的记忆总不时倒退到她六岁那年,依稀相似的眉眼,闹起脾气来眼睛没红鼻子先红,莫名让人生出许多不舍来。

他抬起手,极轻地捋捋她的头发,在经历了那么多的人间疾苦后,他以为自己已经丧失了缱绻的情怀,老天爷留下个月徊,就是为了让他知道自己还活着。她的头发,她的脸颊,无一处不让他欢喜。他含着一点笑,悄悄捻了捻她的耳垂,她的耳垂很大,将来必不会再过苦日子了……

忽然她动了下,直起身揉了揉眼睛:"我是不是该扎耳朵眼儿了?"

她总能一下子岔出去十万八千里,梁遇正要答她,夕阳余晖在门上照出一个人影来,门外响起杨愚鲁的嗓音,轻声细语道:"老祖宗,用膳的时候到了……"

他一天没吃东西,却也不觉得饿,扬声让那些千户进来议事,回头吩咐月徊:"先回自己舱里,晚饭有人给你送过去。"

月徊哦了声,老实退回了自己的屋子。他的抚触还留在耳垂上,她抬手摸了摸,暗道摸我像摸狗似的,虽然高高在上但也充满怜爱,假的摸不出那种情怀来。

关于亲与不亲，实在是个两难的选择。月徊私心作祟起来，觉得不是亲的没那么糟糕，但照着过日子来说，好不容易找到的根，断了可惜，她不想变回没爹没娘的浮萍。

　　侧耳听隔壁，那头嘈嘈切切只管商议剿灭乱党的部署。月徊喜欢哥哥大庭广众下不怒自威、正儿八经的模样。当初没认亲的时候，梁遇的大名就如雷贯耳，她虽觉得他是当朝的大奸贼，也不能否认他一手遮天的能耐。

　　那些千户，在外可都是呼风唤雨的人物啊，早前她在市井里混饭辙，酒楼茶馆里来个百户就呼呼喝喝不可一世。千户是更大的大官，爱踹人就踹人，爱拔刀就拔刀，谁敢说半个不字。可到了梁遇面前，一个个俯首帖耳，都成了寻常人家的小儿子，果然恶人还需恶人磨。

　　那头梁遇把派往两广分头行事的人手定下，站起身道："出了大沽口，调一艘海沧船先走……"话说了一半，脸上神色一僵，只觉一件异物从脐上滚落，停留在亵裤里，位置不尴不尬，十分难缠。

　　可惜不便去摸，他只得假装闲适地将手扣在弯带上，缓缓踱步，直到踱得背对众人，才悄悄抖了抖绫袴[1]，一面操着淡然口吻说："目下两广皆有红罗党分布，倘或不能把他们赶到一处，就需逐个击破。"

　　那片姜终于从裤管里落下来，随着他的步子落到舱板上。他抬起描金皂靴一脚踩住它，虽然回头时发现众人都在看着他，也仍旧从容不迫，当作什么事都没发生过："万海楼率两队锦衣卫赶赴广西，到了那里和三档头会合。咱家知道那位叶总督难缠，且留着他，等咱家亲自收拾。"

　　这种泰山崩于前而面不改色的气度，实在令人惊叹。众人嘴上应是，注意力全在督主脚底那片姜上。这是晕船了啊，需要拿姜强压，督主竟连身边的人都没知会，和月徊姑娘合计合计就治完了，实在不简单。

　　梁遇知道他们在琢磨什么，寒声道："怎么？对咱家的安排有异议？"

　　众人回过神来，忙说不敢。千户万海楼响亮地应了声"标下领命"，从他身旁绕过，却行退了出去。

　　梁遇负着手，傲然看着他们一个个从眼皮子底下溜走，等人都散尽了，方长出一口气，弯腰把姜片捡了起来。

　　先前被姜覆盖的地方有点不适，他见左右没人，抬起弯带隔衣蹭了下。没想到蹭过之后刺痒加剧，忙掩门解下了腰带，疑心那片肉皮儿被灼伤了。

1　袴：便于跨马骑背的敞口裤，有四幅八幅之分，见日式传统裤。

原以为躲在舱里背人抓挠就不会有人知道，岂料墙板上小窗又拉开了，月徊的脑袋再次从后面探出来，觍脸笑着问："哥哥您痒痒了吧？我这儿有解毒膏，我来给您抹抹！"

梁遇变了脸色，作势要打她，气恼地说："关上！往后不得我允许，不准开这扇窗！"

既然不让开，那要这窗户有何用呢。其实月徊一直没想明白，为什么两个舱房要有这么个窗户连着，她扒在窗口说："像过仙桥似的，是为了让咱们睡下能聊天吗？"

她张嘴就没好话，过仙桥是墓葬形制，两个墓穴间有小窗相连，便于夫妻合葬后灵魂往来。虽然寓意很不好，但些微牵扯了一点不可言说的心事，梁遇便没有责怪她。

"这小窗原本是作情报往来之用的，以前的福船不让带女人，谁想到你会把脑袋伸过来。"他嘴里说着，被祸害的那一处痒得厉害。痒还不同于痛，是世上顶难熬的一种折磨，实在忍不住了，便问，"你那个解毒膏……能治吗？"

月徊说："当然，这是民间的药，对湿痒有奇效，不单能止痒，还能防蚊虫叮咬。咱们不是要上两广吗，那儿天热，我多带些，以备不时之需。您既然不让我给您抹，那您自个儿来吧！"她说着，试图把一个火药桶似的玩意儿从那小窗里塞过来，可事实证明，她带的那桶药比她的脑袋更大，想递过去有困难。

梁遇简直想不通她的脑子是怎么长的，寻常药不就是个掌心大的罐子吗，她买药拿桶装。

"您这是唯恐药卖断了货？"

月徊说："咱们一行这么多人，一人抠一点儿，怕还不够用呢。"

可见带姑娘出门就有这宗好，她的未雨绸缪全在男人想不到的细微处，虽然摸不准她的路数，但不可否认，必要的时候很解燃眉之急。

药桶塞不过来，月徊爽快地拿手指头一剜，递了过去："来，露出您的肚脐眼儿，我给您抹。"

这像什么话，梁遇这么好面子的人，绝做不出这种事来。

他一手压着衣襟，气闷地说："你还嫌我丢人丢得不够？才刚那块姜掉下来，那么些人，哪个没瞧见？"

窗户这头的月徊很无辜："这个怎么能怪我呢，我只管给您治晕船，您要见人的时候怎么不把它取出来？分明是自己忘了，我可不背您这口黑锅。"

他被她堵住了话头，生着闷气在地心转了两圈。

月徊的手还搭在窗口上："您到底抹不抹？我可告诉您，今晚上不擦药，至多红肿上铜钱大一块，明儿可了不得，碗大一块，您自己看着办吧。"

要是没记错，梁遇由来是个极爱惜自己的人。她还残留着一点旧日的记忆，印象中他洗毛笔的时候从不拿手捏笔尖，不留神蹭到了一点墨迹都能让他大惊小怪半天，这会儿要是知道不擦药得扩张成那样，还不得急坏了！

所以啊，要说他们不是亲兄妹实在不可信，毕竟她也没有全忘，她对这个哥哥有印象。可这样的印象又催生出另一种伤感来，他把身体发肤看得那么重，临了为进宫报仇毁了自己，想起这个，就觉得他的喜怒无常都是可以被包涵的。

果然，梁遇犹豫了，但也绝不会挺着个肚子把肚脐眼送过去。最后伸出手指蘸了她指尖的药，趔身避开她的视线自己涂抹。那药并不名贵，狗皮膏一样的颜色，涂上肚脐就黑了一圈，他甚至要怀疑是不是这丫头成心坑他了。不过再品品，药效确实不错，擦上即刻就止了痒。他正要夸一夸民间也有良药，却听月徊说："您留神别蹭着衣裳，得把衣襟支棱起来。"

梁掌印还是不可避免地觉得自己被她愚弄了，再也不想让她看热闹，回手关上了那扇小窗，恨声道："不许再开了，要是不听话，我明儿就让人把窗户钉死。"

气得月徊在隔壁直抱怨好人没好报："就该让您肚脐上脱层皮，要您不知道马王爷长了三只眼！忌讳我开窗户……我还忌讳您偷看我洗澡呢！"

姑娘的尊严要誓死捍卫，于是扯过一块桌布来，"咚"的一声拿剪子钉在了窗框上。好在这木板真材实料，要是不经事点儿，一剪子下去，只怕墙板都要被她凿穿了。

梁遇怔忡了下，只觉既可气又可笑。不过闹了一回，过会儿洗漱就放心了，不必防着她忽然又开窗，探过脑袋来说"哥哥，我给您擦擦背"。

四月的天气，下半晌的船舱里已经能感受到闷热，他胃口不佳，只吃了一碗粳米粥就打发了。待解开曳撒，才发现光撑衣襟是没有用的，底下那条绫袴的裤腰上沾了膏药，黑了一大片。

他对着脱下的裤子叹气，弄成这样怎么叫人洗，只好自己蘸水揉搓。可惜没有皂角，搓了半天也没把污渍彻底洗净，残留的印记不去管了，把裤子拧干挂在脸盆架子上，自己重换一身寝衣，便躺回了靠墙的床榻上。

福船夜行，透过支摘窗，能看见河面上星星点点散落的渔火。不在朝中天大地大，连喘气都透出轻松来。他侧过身静静看窗外，因船楼建得高，人也与天更近了似的。

一轮小月悬在天边，在远处静谧的河面上，投下一片颤动的光影。

隔壁的月徊不知睡下没有，他慢慢转回身来，隔着墙板看不见人，只有一圈又一圈木质的纹理填满视线。他辗转反侧，到最后坐起身看向墙上小窗，犹豫了很久才探过手去叩了叩："月徊，你睡了吗？"

那头没动静，八成还在生气。他反省了下，确实是自己一时情急，说了两句重话，女孩子脸皮薄，且凭着月徊这狗脾气，少说也得有三五日不理他吧！

和她服个软，其实不丢人。他吸了口气，刚想开口，忽然看见小窗打开了，从隔壁伸过一只手来，玉指纤纤捏着一块牛乳松瓤卷，有些挑衅地扬了扬："吃吗？"

如果说不吃，就是不识抬举。他只得抬手去接，这种感觉，仿佛一下子又回到了小时候。

两个人隔着墙板，各自坐在床头吃点心，梁遇喃喃说："早年从叙州逃出来，咱们就是坐的船。那船是条狭长的乌篷，两边坐满了人，多占一个座儿就得多出一份钱，我为了省那两个大子儿，抱了你三天三夜，下船的时候手脚都僵了……现在想起来，当年真吃得起那份苦。"

"当年您不晕船啊？"窗口那边的月徊问，她关心的重点永远不和梁遇在一线上，这一问，就把隔壁的哥子问噎了。

梁遇顺了口气才道："当年那船小，走的又是内河，不像现在，看不见船底的水。"

月徊哦了声："您这是在忆苦思甜哪，还是怀念抱我的时候了？您要是愿意，我现在过去让您抱一抱也成啊。"

梁遇仰天躺倒下来，觉得自己失策了，就不该找她谈心。他心里的苦闷她哪里知道，大约还在恍然大悟着，以前的记忆明明都在，想说认错了人，怎么可能？！

他闭上了眼睛："睡吧。"

月徊问："不聊了？"

他嗯了声："不聊了。"

然后墙上小窗"啪"的一声关上了，动静之大，在寂静的夜里足够吓人一跳。

第二十章 肠中冰炭

风帆鼓胀，水路能日行二百里。大沽口是海河入海口，只要越过那个要塞，便是无边水域。

原本大邺对海防尤其看重，这条水路上也不会有任何惊喜，可是正当梁遇高枕无忧，站在瞭望台上远眺四方时，一艘规格略小的宝船闯进了视野。那船的桅杆上挂着一面锦旗，因距离太远看不清楚，一旁的秦九安见状，忙递过了千里镜。

举镜远望，发现竟是锦衣卫的行蟒旗，梁遇略沉吟了下问秦九安："年后派往外埠办事的厂卫，都有哪些？"

秦九安道："除了侦办山西和平凉府的，就数往两广剿灭乱党，和上南苑接人的。山西和平凉府在北边，不走这条道儿，两广的差事还没办完，暂且回不来，剩下只有一遭儿，就是傅西洲他们。"顿了顿又问，"老祖宗看，要不要靠过去？兴许那头有事要回禀。"

梁遇说："时间紧迫得很，别耽误工夫。"

谁知话才说完，就见月徊在看台底下蹦跶："靠过去吧，耽误不了多少工夫的。就看一眼，我看一眼小四，您看一眼宇文小姐，督主……督主……"

如果不听她的，结果会怎么样？可能这一路都别想太平，她会没完没了絮叨到广州。

梁遇打量了秦九安一眼，秦九安也没辙，犹豫道："要不……就依了姑娘的意思吧！"毕竟回头她和老祖宗吵起来，倒霉受牵连的还是他们这些当下属的。

梁遇叹了口气："让人打旗语吧。"

秦九安应了个是，快步下去传令了。

低头往下瞧，月徊咧嘴冲他直笑，他有些不高兴："你怎么还听壁角？"

月徊当然不承认："我不过恰巧从底下经过，秦少监恰巧提起了傅西洲，怎么能是听壁角呢，分明是天意。"

天意让他们在海上相遇，因此月徊便一心一意等着小四的宝船靠过来。

近了近了，近得能看见桅杆了……近得能看见船舷了……终于船与船之间搭上了跳板。一队脚步声传来，月徊看着那些厂卫跳上甲板，一眼就从人堆儿里找见了小四。

这小子的那身白皮，哪怕在外头风吹日晒了几个月，也照样扎眼。风华正茂的少年人，隔上一阵子不见就有很大的改变。月徊看他长高了不少，人也壮实了，眼神里透出一股子野生的、无畏无惧的韧劲儿来。

众人抱拳向梁遇行礼，一声"督主"叫得惊天动地。

梁遇漠然点了点头："差事办得还顺利吗？"

掌班千户俯首道："遵督主的令儿，属下等幸不辱命。"

梁遇的视线从小四面上轻飘飘划过，复又望向那艘宝船："南苑王府送嫁的，是哪一位姑娘？"

千户道："是南苑王府的二姑娘，今年十五，闺名珍熹。"

南苑宇文氏是锡伯族后裔，早年作乱被先祖皇帝驯服，先祖唯恐异族反叛之心不死，便圈在了都城金陵。后来大邺迁都北京，宇文氏又惯会做小伏低，几辈儿下来似乎已经彻底臣服了，到了明宗时期便将南苑划作他们的封地，成了一方诸侯。

宇文氏善战，但更大的名气却在于美，无论男女都生了一张倾国倾城的脸。曾经有传闻，说宇文的祖先是狐狸，不管这传闻是真是假，宇文氏美貌过人，也是不可否认的。

既然遇上了，就得去见一见，毕竟将来要在宫里打交道的。梁遇率众往宝船上去，月徊忙不迭跟在后头，一面伸手来牵小四，细声问他："这阵子好不好？在外头没受委屈吧？"

小四见了她，按捺不住心头的喜悦，握着她的手说："一切都好，您放心。不过您怎么出宫了？这是要往哪里去？"

月徊说："我跟着哥哥上两广打乱党去，看形势，怕是要到入冬才能回京。"

小四说:"一个姑娘家,打什么乱党!我听说南边红罗党猖獗得很,万一对垒起来,哪个顾得上您?还是跟我回北京吧,我现在长能耐了,能护着您。"

月徊听了很高兴,笑着说:"我知道。瞧瞧你,又长高不少,还有这嗓门儿也变了,往后可是大人啦。"

她这么一说,小四就脸红起来,嗫嚅着:"男人长起来一晃眼……"

他们喁喁低语,忽然一个冷透的眼风杀到。月徊和小四都察觉了,当下不敢多言,忙匆匆跟了上去。

宇文家是世家大族,教养出来的姑娘自然举止得体。梁遇方登上甲板,便见左右仆婢侍者,以他们的规矩向他纳福打千儿。舱楼前盛装的姑娘梳着把子头,含笑盈盈参拜,打眼望过去,当真是清颜玉骨,惊为天人。

月徊看得直愣神,嘴里喃喃:"世上真有这么好看的姑娘啊,我以前白活了……"

像一般有些姿色的女孩儿,她还防着她们想勾搭哥哥。这位不一样,只要她开口,月徊绝对二话不说,用力在哥哥背后推上一把。

因着宇文姑娘还没正经受封,梁遇浅浅还了一礼,笑道:"郡主一路辛苦了,原本咱家该在京城恭候郡主的,没承想遇着了公务要往南边去,在海上能遇见,也算有缘。郡主且放宽心,咱家已经交代底下人,郡主进宫后好生侍奉。郡主初到京城,想是会有些许不便,不要紧的,缺什么要什么,只管吩咐司礼监,他们不敢不尽心。"

宇文姑娘真是那种美到骨子里去的女孩儿,妙目婉转,举手投足都如一道流光。极温雅的声线,极自矜的语气,微微颔首道:"我曾听我阿玛说起过厂公,今日一见,果然高山仰止,令人敬佩。"边说边让礼,"阿玛说我们南苑常得厂公照应,我入京头一桩事便想拜会厂公。如今既在海上相遇,就请厂公屈尊,入我舱房小坐,我给厂公敬一杯茶,聊表心意。"

他们你来我往,相谈甚欢,哥哥进去喝美人茶了,月徊惆怅地叹了口气。

人和人果真是有差别的,先头王贵人恋慕哥哥,哥哥还推三阻四,换成这位,只要眨一眨眼,别说哥哥,就连她也找不着北。

不过他们在里头说话,月徊正好能和小四独处一会儿。自打她认亲以后,由于哥哥的多番阻挠,她和小四见面的机会屈指可数。本来绣好了鞋垫想亲自送给他的,没承想计划又被打乱,最后连鞋垫子都叫哥哥给昧下了。她在小四跟前可说没尽过心,这么一想只可同患难不可共富贵,说起来有些不堪。

今儿海上风平浪静,月徊和小四扒着船舷朝远处眺望。身后是往来的厂卫,但并不影响他们重逢的快乐，月徊感慨着："我又想起咱们小时候啦，跟着漕船跑，变天了给粮食盖油布，天晴的时候站在舱顶上赶麻雀，那么劳累的，就为了糊口。现在吃得饱穿得暖，各有各的差事了，想见一面反而难，可见世上没有两全其美的事儿，该知足，可我有时候又不心甘。"

小四瞧了她一眼："我想使劲儿往上爬，就是为了有朝一日能让您既有钱使，又让咱们在一处。以前虽说穷些，但穷得挺快活，现在咱们各归各了，就凭刚才督主那个眼色，咱们吓得大气儿不敢喘，这口饭吃得还是挺窝囊。"

月徊笑着，伸过手拍了拍他的肩膀："有一得必有一失，男子汉大丈夫看开点儿。横竖我是不吃亏的，他是我哥哥，不能把我怎么样，我在人前老老实实，人后我还能窝里横。至于你啊，上江南办了回差事，还见着了这么美的美人儿，也算开了眼界。"说起那位宇文姑娘，真叫人艳羡。月徊托着腮帮子，看着水面上偶尔搅起的小漩涡喃喃，"以前老听说宇文氏出美人，没想到是这么个美法儿。你看见没有，她眼睛里头有个金圈儿，我从没见过眼睛长得那么别致的人。"

小四没言声，月徊看见的美还只是表面，要是那双眼睛紧紧盯住你，你就会落进一个无底的陷阱里，爬不上来，有灭顶的危险。

"其实女人长得太美也不好。"小四别别扭扭地说，"美色害人，不是害了自己，就是害了别人。"

月徊却毫不掩饰自己对美的向往："要是我能长出那么一张祸国殃民的脸来，还怕害人？害了人，人也心甘情愿啊。"一头说，一头斜眼觑小四，"你才见过几个女人，就生出这么一番感慨来。"

小四嗫嚅良久，给自己立军令状似的，自言自语地说："我的心是不会变的……反正我想好了，等我有钱，就接您回来，不让您在宫里伺候人，也不让您跟个小媳妇似的，在督主身边混饭辙。"

月徊连连点头："我们四儿长脑子了，能这么想着我，不枉我疼你一场。"

小四有点着急："您到底明不明白我的意思？"

月徊说："明白什么？女大二，抱金块儿？"

其实她哪能不知道呢，少年情怀总是诗嘛。相依为命得久了，就培养出了一种生死相许的错觉来，毕竟穷到了根儿上，一个难嫁一个难娶。

小四又红了脸，那执拗的样子到底还是个孩子："您也不傻啊。"

"你才傻呢。"月徊毫不客气地在他脑门上凿了一下，"你到我身边的时候还穿开裆裤呢，我是看着你长大的，对你没那份心思。你给我老老实实的，别想那些乱七八糟，要是惹毛了我，我还揍你。"

小四望着她，神情变得有些失望："可我老觉得，咱们这些年的情分不容易，我该报答您的恩情。"

月徊白了他一眼："年号都改了，你还琢磨以身相许呢？我不要你报答，只要你升官发财，往后娶房媳妇，好好过你的日子。甭惦记我，我将来还得攀高枝儿呢，等我升发了，再来拉扯你。"

她说得煞有介事，仿佛当真准备将来当贵妃了。可那份戏谑的心情只有自己知道，究竟进不进宫，且要两说呢。或许南下途中遇见个合适的人，就那么留下了也未可知。横竖和眼前这小子有点儿什么，实在是没想过。

小四和她相依为命那么些年，知道她虽看着大大咧咧，到底是个有主意的人。话都说到这份儿上了，还说不通，那就证明没戏。他心里有种难以言喻的感受，既有点难过，又像松了口气。因为多年来，他心底里总隐隐觉得自己对嫁不出去的月姐有责任，所以就算到了如今情势下，他仍旧希望自己不要动摇，即便外面的诱惑再大。

可惜月徊不答应，她对自己有安排，也不愿意老牛吃嫩草，她还想着将来快意人生呢。

小四徐徐长叹，回身朝舱楼方向看过去，低声道："督主和二格格，不知会说些什么……"

祁人的祖先是锡伯族，他们在称呼和习惯上并不融汉，总有一套他们自己的规矩。像王侯的姑娘通常称作"格格"，男人行礼垂手触地叫"打千儿"，反正就是个说着汉话，衣着打扮乃至长相都和他们不同的异族。

月徊扭头打量小四："你和这位珍熹格格混得挺熟啊？"

小四怔了下，忙说："就是……天天都见面，称呼格格方便点儿。"

月徊哦了声："入乡随俗了。"说得小四有点尴尬。

不过他们究竟说了些什么，这也是月徊好奇的。只见议事都舱门外分别站着南苑扈从和锦衣卫，她咳嗽一声，整了整衣冠大摇大摆地过去，硬塞进了站班儿的队伍里。

一般神仙对话，凡人听不懂，月徊听见他们说什么大道三千，说什么成山海之意，只觉云里雾里不明所以。到最后珍熹格格终于说起了湖丝甲天下，娇声笑道："湖州南浔七里产湖绸，原叫七里丝，如今改叫缉丝了。那里有个手艺顶尖的织娘，一年才产一匹缎子，我好容易蔫摸了三匹，拿香料仔细作养着，带进京城好赠予令妹……"

月徊心说这宇文姑娘不单人长得美，还挺会来事儿。这样的容色要是进了宫，那可要了命了，小皇帝还不得夜夜撅着屁股写彤册吗！

梁遇的声线淡得很，他没有多情的困扰，因此面对人间绝色，也照旧波澜不惊。寻常道了谢，寻常笑纳了，然后又说了些客套话，千言万语，只等他回京后再议。

终于里头话说完了，珍熹格格亲自把人送出来，含笑道："厂公通达，今日一番话，珍熹谨受教。"

梁遇颔首："郡主客气，海上风浪大，郡主宜善加保重。再行两日便到大沽口了，进了海防要塞就是内河，水流自会和缓些，不像在海上风浪滔天。"

珍熹应了，欠身纳福恭送梁遇。月徊见哥哥走了自然要跟随，小四不舍，匆促叫了声"月姐"。

月徊回头瞧他，齉[1]着鼻子道："好生办差，别偷懒。"

曾经的穷哥们儿一副难分难舍的模样，梁遇回眼一瞥，沉着嘴角登上了两船之间连通的跳板。

福船和宝船都大得惊人，并排停着像两个庞然的怪物。船身壁立高逾几丈，下方是湍急的海水，他负着手快步走了过去，因为不大高兴，连脚底下犯怵都忘了。

月徊也舍不下小四，这回一见，下回就不知道得等到什么时候了。可哥哥走了，虽然什么话都没说，但比催促还厉害呢，她着急赶上去，小四又巴巴儿看着她，最后还是那一声"西洲"，叫住了他要追过来的步子。

月徊掉转视线看去，珍熹格格叠着手，仪态万方地站在舱楼前，脸上虽带着笑，眼神却是冷的。

据说这姑娘只有十五岁光景，然而十五岁的城府，恐怕十八岁的月徊都望尘莫及。她先前还说要送湖绸给她的，不可能不知道她就是梁遇的妹妹，然而根本无心结交，连打个招呼都觉得多余。她只是静静看着小四，见小四不挪步，又轻声加了句"西洲回来"。月徊忽然明白过来，自己养大的猪会拱菜了，拱菜之前还把刀叼来问她要不要吃肉，她说不吃，他就决定继续拱菜去了。

月徊心里升起一种嫁女的惆怅，深深望了小四一眼，这才转身往福船上去。

船腹上用以收放跳板的口子渐渐合起来，月徊赶忙向小四挥挥手，小四才抬起胳膊，那栏板就落下，隔断了彼此的视线。

瞭望台上角螺吹起来，绵长哀戚的声音是起航的信号。两艘战船错身而过，回

1　齉：指鼻子不通气，发音不清。

归各自的航道，月徊提着曳撒登高再看，只能看见甲板上的身影渐去渐远，锦衣卫的行蟒旗在风中招展。

月徊耷拉着两肩垂头丧气，到这会儿才想起找哥哥，可惜左顾右盼没在甲板上找到他，便趋身往他议事的舱房里去。

还没进门，就听见里头梁遇的声音，无情无绪道："宇文氏雄心不灭，到底是茹毛饮血过来的，上百年都磨不平他们的性子。这回打发这位进宫，看来不是善茬，知会曾鲸好生留意，别叫她闹出什么幺蛾子来。"

杨愚鲁道："这南苑王府看着温驯顺从，谁知一个姑娘就不好应付。"

一旁的高渐声道："上回皇上即位，南苑王进京朝贺，我那天倒班错过了，不知南苑王是个什么样的人。"

梁遇倚着竹青引枕冷冷一笑："心取山河，杀气扑面。"

大多数人很难想象，一个长得那么俊秀的男人，眉眼间会有渊海一样深重的戾气。梁遇早前见过宇文元伽，是个十足的美男子，但过于阴郁，便有相由心生之感。

大档头冯坦道："照说南苑如今富庶，可那些祁人怪得很，我在西山健锐营结交过一个兵勇，张嘴就是娶萨里甘（妻），纳福七黑（妾），生孩珠子。"

"没什么怪的，祁人讲究多子多孙。人口越多，积蓄的力量便越大。"梁遇斜眼一瞥，秀长的眸子里满含轻蔑，"你只当他们是为玩女人才生孩子？错了，他们是为了生孩子才玩女人。"

冯坦啧啧："倚疯儿撒邪，怪道都说宇文是狐狸的种。"

他们在里头商议的时候，月徊就在纳闷，当初让她假借太后的嗓子把宇文氏招进宫来，早知道是这样，哥哥为什么要这么做？

人都散尽后，她挨在边上小心翼翼求哥哥答疑解惑。梁遇脸上神色淡漠，垂眼拨弄着菩提，曼声道："咱们这号人，在太平盛世里头活不下去。河床淤塞才用得上治河人，河清海晏的，咱们靠什么吃？"

也就是一边治理，一边搅局，这是司礼监的处世之道。月徊茫然点头，想起刚才那位格格和小四的形容，她又有点晃神了。小四这孩子打小就不会说谎，她才刚和他提起宇文家姑娘，他就有些躲躲闪闪的，别不是几个月的朝夕相处，处出情来了吧！

"本来小四还说，要让我跟着回北京呢……后来怎么就没提了？"她喃喃自语，"这孩子怪有孝心的，使劲儿往上爬，是为了将来养活我。可是……那个什么格格喊了他一声儿，他都没送我过船……"说完又有点儿心酸，想是在小四心里，她已经不那么要紧了。

这是吃味了吗？梁遇听她抱怨，心里不称意，皱了皱眉道："人与人之间的感情原本就脆弱，你指望那些做什么？你是没长脚吗，要人送你过船？先前整年在运河边上跑，这会儿倒计较起那个来。"

月徊听他语气不善，拉着脸阴阳怪气道："您还说我？我看您瞧宇文姑娘，瞧得眼睛都发直了，您不脆弱，只是被美色迷花眼罢了。"

她指鹿为马不是第一回，梁遇也不气恼，一副安然的样子，半闭上眼睛道："宇文氏出美人，那姑娘长得不错，也算名不虚传。"

"不光长得不错，还会说好听的呢。"月徊赌气道，"好听的谁不会，我也夸夸您……云山苍苍，江水泱泱，督主之风，山高水长。"

梁遇掀起了眼皮："近来读书了？不错……"

月徊不理他，兀自抱膝坐在榻上说："我瞧宇文姑娘对小四不一般，我听见她叫那声'西洲'，叫得我汗毛都竖起来了。我一个女人尚且如此，小四是男人，更不顶事了。"

梁遇一哂："喊了声名字，叫你吃了半天味儿。看来娘姓错了姓，要是姓贺，你的汗毛就竖不起来了。"

月徊被他说得愣神，这是什么意思？贺西洲？喝稀粥？

她尖叫起来："梁什么，别当我听不出来，你这是对娘大不敬！"

梁遇怔了下："梁什么？梁什么！"

月徊鼓起腮帮子，本想扬声和他比一比谁的嗓门高，但碍于环境不便，还是压着声，伸出一根手指往他胸口戳了戳："不能叫你梁日裴，当然叫你梁什么！别给我东拉西扯，你对娘不敬，我听出来了！"

梁遇被她这么拿捏，有些心虚，可倒驴不倒架子，他梗着脖子道："我多早晚对娘不敬了，你别乱给我按罪名。"

月徊哼了一声："娘明明姓傅，你却要给她改姓贺。为了能压倒小四，你连娘都豁出去了，娘要是活着，一定骂你是不孝子！"

抓住别人的一句话就大肆曲解栽赃，这是小人行径。无奈这小人没脸没皮，遇上这样的人也只有自认倒霉。

细想想，把母亲的姓氏拿出来说事儿确实不对，他自己也觉得亏心，便打扫了下嗓子说："是我一时口不择言了，今晚我会在爹娘灵前认错的，要是他们不肯原谅我，我就跪上一个时辰。"

月徊却又舍不得了，那两块木疙瘩做的灵位，能看出什么原谅不原谅来。照这么说，哥哥今晚岂不是必跪无疑了？

"其实……娘也不是这么小气的人。"她支支吾吾说道，"是我……我觉得您不该拿小四的名字打趣。"

"是吗？"梁遇眯着眼睛瞧她，"这个名字还是我给他取的，这会儿却说我不能拿他的名字打趣？梁月徊，你的身子坐歪了，连心都是偏的。"

月徊噎住了："我哪儿歪了！我这人再正直不过！我是说，您干吗要往谐音上扯，我和您说宇文格格勾他的魂儿，你管人家叫稀粥，这不是存心抬杠么？"

她善于和稀泥，这话究竟打哪上头来，好像已经无法考证了。梁遇还在试图把她往正道上引："我只是觉得，一个捡来的弟弟，别在他身上花太多的心思。你送了他一程，已经是你做姐姐的意思了，往后的路他得自己走。男人女人在一起的时候长了，难免会生情愫，这是人之常情，你不该过问。"

这段话也是他现在心境的写照，只是身份不同，处境也不同，他的情愫到临了也许都是单方面的，这上头来说，他确实还不及小四。

月徊计较的却是另一宗："您不担心吗？那姑娘可是要进宫做娘娘的啊，小四拆了骨头才几斤重，经得起那种风浪？"

"这也是他的路，用不着你来操心。"梁遇凉着嗓门说，"酒饮六分，饭吃七分，情用八分，足够了。你管得太多，一则没有那本事，二则也落埋怨，何必。"

月徊不说话了，仔细斟酌他的高见，半晌才道："情用八分？这话一看就是没动过心的人说的，喜欢一个人喜欢得死去活来，八分压根儿不够使。"仿佛她是情场老手，早就领教过什么是情了。

所以说，劝人和真情实感自己去经历，必然是不一样的。他自问对月徊的情，很难仅用八分，然而在她面前讲大道理，八分似乎已经够多了，但她要是能回应，八分哪里填得满她的胃口。

他不再说话，转过头瞧窗外。海上航行永远都是一样的风景，看不见人烟，也看不见岛屿。只有远处灰蒙蒙的水天、船舶，和偶尔掠过水面的沙鸥。

"好像要变天了。"他撑着引枕说。

月徊没往心里去，这么大的福船，比那些压水而行的漕船可安全多了。海上变天是常有的事，下过一阵雨，起过一阵风，躲过那片云，就雨过天晴了。

然而这天，确实变得有些殊异。下半晌虽天色不好，但还能从云层之后窥见光的韵脚。等到黄昏前后，天顶忽然布满赤红的火烧云，一层堆叠着一层，边缘镶着蓝边，像一片片发育不全的鱼鳞。

众人都聚集在甲板上看，火烧云见得多了，却没见过这样的。梁遇从舱里走出来，负手望向穹顶，杨愚鲁带了个船工上前行礼，一面道："老祖宗，这人在船上多年了，很有些经验。据说这是大风前的天象，要提点船上众人多加留神。"

梁遇掉转视线打量那船工："依你之见，风几时会到？"

老船工哈着腰道："回督主，小的在十余年前碰上过这样的天象，当时驾的是一艘鹰船，所幸距离海湾不远，便停了进去。风势来得很快，大约一个时辰就到了，大风过后再看海面上，那些躲避不及的船被拍得稀碎，死了好多人，官府足打捞了半个月，连一半的尸骸都没找到。"

看来情况不大妙，梁遇沉吟着："一个时辰……这里离最近的码头有多远？"

老船工道："咱们的船太大，小些的码头压根儿停不进去。前头倒是有个鹰嘴湾，水下没有岩礁，只要略略停靠，借着山势遮挡一下就成了。"

"一个时辰能到吗？"

船工道："开足了，应当能到。"

梁遇点了点头："既这么，即刻传令下去，升起所有的帆，划桨手分作五班轮换。要是人手不够，就把上层的厂卫调遣过去，一个时辰之内必要抵达鹰嘴湾。"

杨愚鲁和船工应了个是，匆匆下去传令了，梁遇这时方左右寻找月徊，平时总围绕在身边的丫头不知怎么不见了。他寻了一圈也没找见她，顿时有些急了，大声喊着"月徊"，从船头找到船尾。

他这里正急火攻心，只见月徊端着一只盖碗从下层木梯上上来。见他脸色不好，举了举手里的碗："我饿了，去伙房弄些吃的……您饿吗？要不要来一口？"

梁遇寒着脸道："海上要起大风了，别乱跑。风阵说话就到，你给我上舱房待着，不管外头怎么样，都不许出来。"

月徊见他眉头紧蹙，才意识到要出大事儿了。对于跑过船的人来说，遇上点风浪不算什么，未必会弄得这样如临大敌。不过海上和内河不同，她抬头望天，火烧云退尽后，呈现出一片空洞的青灰来。风卷流云压得极低，仿佛一伸手，就能触到天顶似的。

甲板上厂卫跑动起来，隆隆的脚步声来去，看得人心发慌。月徊觑了觑他："我这就回舱房……"走了两步又停住脚，"我回谁的舱房？我得和您在一起啊。"

梁遇也不及多想："去我的舱房，没我的令儿不许出来。"

月徊听了撒丫子就跑，进了他的舱房，快速把盖碗里的杏仁酥酪吃了，心道不管怎么样，就算死，也得做个饱死鬼。

福船张了满帆，一路向南疾行，渐渐能看见远处那状如鹰嘴的山崖了，但也正如俗话说的，望山跑死马。又行两刻，鹰嘴湾在夜色里渐渐变得昏暗，渐渐遥不可见了。

风乍起，饶是福船那么大的船身，也被吹得摇摆起来。案头摆着的一只梅瓶经不住颠簸，哐的一声砸在舱板上，霎时四分五裂。月徊惶然从舱里走出来，见哥哥顶风冒雨站在甲板上，扬声高呼着："别停，继续往前，靠到崖山那里去。"

可是崖山眼下仅仅只能略微靠近些，船工再有经验，也不敢断言哪处水域一定没有暗礁。暗礁对于船体来说，危害不比风暴小，狂风袭来未必能将船体掀翻，船底要是被凿穿了，就只剩沉没一条路了。

月徊自诩有经验，但这样的阵仗真没见识过，昏天黑地的，一阵阵搅得她犯恶心。以前她不晕船，这回竟有些受不住了，扒着门廊吐酸水儿，心里还在纳罕，前几天躺在躺椅上起不来的那个人是他吗？船都摇成这样了，他居然还好端端站在那里指派众人，果然没有极大的韧劲儿，当不了这掌印督主。

好在福船是战船，构造上能扛风浪和撞击，一路迎着巨浪航行，船身上溅起几丈高的水浪，也没能撼动这船分毫。

所有人都浇得水鸡似的，男人那股子乘风破浪的劲头在这时候尤为显见，没有人退缩，也没有人惊慌失措。终于靠近鹰嘴湾了，将四围的锚都抛下水，这船身就像被绑缚在了水面上似的。停虽停稳了，但能不能顺利躲过这次劫难，还得看造化。

厂卫护着梁遇后退，仿佛正在迎战一只无形的夜兽。他退到舱楼前，见月徊死命抱着抱柱，伸手把她"摘"了下来，在风暴中扯着嗓子冲她喊："谁让你出来的！"

"我不是不放心吗！"月徊也扯嗓子回应。

话才说完，那支最高的桅杆被风刮断，往舱楼方向倾倒过来。饶是风帆早就熄下，那合抱粗的庞然大物也势不可当。

这要是劈在脑瓜子上，八成得开瓢吧……月徊吓傻了，眼睁睁地看着那根桅杆在摇晃的风灯照耀下，拖着悠长的呻吟声向她砸来，连闪躲都忘了。

正想这回要和爹娘团聚去了，忽然猛地被人拽了一把。她站立不稳跄踉扑倒，只听身后轰然一声巨响，那人把她护在了身下。

海水伴着木屑飞溅，沙沙响成一片，腿上虽没被砸到，但也溅得生疼。她顾不上那些，回身问："哥哥，伤着您了吗？"

梁遇脸色惨白，只说："没事。你受伤了吗？"

月徊说："就是脚脖子疼。"

他忙又来查看她的脚踝,寸寸地揉捏过去,庆幸道:"总算没伤着骨头,还好。"

倾倒的桅杆架在船楼上,压垮了半边,另一边完好无损。梁遇拉着她躲进舱里,福船彻底被风暴包围住了,只听见满世界凄厉的风声雨声。

他们容身的舱房一片狼藉,在颠荡中勉强支撑着,月徊吸了吸鼻子:"哥哥,我们这回要栽了吧?"

梁遇把她抱进怀里,颤声安抚着:"会过去的……会的……"

月徊伸手搂他,可小臂环绕过他的肩背,忽然发现他肩胛处有个凸起的异物。她吃了一惊,忙探身看,原来桅杆飞溅起的碎屑击中了他的左肩,象牙白通臂描金袖襕上,血已经渗透料子,淋漓流淌了满肩。

月徊的眼泪涌出来,那种即将被再次抛弃的恐惧擒获了她,她哆嗦着抓住了他的两臂:"哥哥……哥哥你受伤了,不要紧,我给你拔出来,拔出来就不疼了。"

梁遇却摇头:"不能拔,拔了血流得更厉害……等风暴过去吧。"

船身又开始剧烈震荡,月徊因担心,仰脖儿大哭起来。女孩子的哭声真比外头的狂风骤雨还吓人,梁遇以为她害怕,切切安抚着:"你怎么这么没出息!哥哥在,别怕……别怕……"

"我那是害怕吗,我是担心您的伤啊。"她摸又不敢摸,唯有抽泣着呜咽,"您不能出事儿,不能丢下我,我只有您一个亲人了……"

那种依恋是打在他心尖上的另一种疼,抓挠不着,又无处不在。不知是不是受伤的缘故,他可能有些恍惚了,就连她披头散发的狼狈模样都能让他看呆。

"月徊……"外面凄风苦雨,她就在他面前。他抬起手捧住她的脸,手上带着血,擦过她眼角的泪,留下一层薄薄的胭脂一样的嫣红。

那肉肉的小圆脸儿,在他掌下像个饱满的花苞。她眉眼楚楚,含着泪的眼睛越发深邃,他要溺进那片泪海里去了。遇上这样的风暴,身上又受了伤,能不能扛过去都是未知,他忽然觉得现在如果不说,将来也许就没有机会了。

手开始颤抖,手指连着他的心,心也在不住痉挛。他轻声说:"月徊,你不知道我有多难过。"

月徊隐约察觉出不对劲,可她觉得这种不对劲一定是哥哥伤得很重,重得要不行了。她大泪滂沱:"别啊,您福大命大,一定会扛过去的……"

可是他的脸却靠过来,近得与她呼吸相接。月徊还没闹明白,他的唇便印在了她唇角,然后一点点挪过来,喃喃说:"我早就想这么做了,早就想了……爹娘宽恕我……"

梁遇的气息扑面而来，他是精致人儿，口唇有兰花般的芬芳。月徊被亲得慌神，想推他又不敢，便惊愕着、木讷着，大睁着眼睛，看他一次又一次，从最初的柔情万千，变成了后来泄愤式的蹂躏。

外面巨浪滔天，都不及这一连串的亲吻让她害怕。月徊又要哭出来了，虽说她曾无数次肖想他，时不时地揩点儿油，梦里有贼心没贼胆儿……可这回不是梦啊，它真真实实地发生了。她觉得羞愧，觉得难堪，甚至觉得恶心。

是不是太监做得久了，连天道伦常都不顾了？他们可是亲兄妹啊！

"这是叙州的规矩吗？"月徊结结巴巴地说，"哥哥能……能这么……对妹妹？"

可是梁遇没回答，那双手从她脸颊上移开，似乎也惊惶了自己的所作所为，撑着身子退后了些，然后握起拳，郁塞地撑在了地板上。

船身还在猛烈摇晃，舱里的风灯挂在铜钮上，不住左右摇摆，发出咯吱的声响。忽然灯从挂钩上落下来，因下半截装满了煤油，一旦和明火接触，后果不堪设想。梁遇本能地去接，只是这一举动牵扯了背后的伤，疼得他几乎落下泪来。缓了很久才慢慢缓过来，最后低头吹灭灯火，随手把灯搁在了一旁。

舱房里暗下来，这种时候唯有昏暗能掩盖羞耻。背上奇痛，又有淋漓的血流下来，背上复湿了一层，但比之疼痛，更令他煎熬的是刚才的一时冲动。不敢回想，回想已然无地自容，他究竟做了什么，明明已经忍耐了那么久，为什么到这刻又前功尽弃了？

其实他心底对月徊的渴望从来不死，在南下途中发生些什么，也是他暗暗期待的。这次剿灭乱党不过是种手段，一则让皇帝有限地自由几日，二则替司礼监立功立威，三则就是为离开那座城——只要从里头出来，他就不是梁日裴，她也不是梁月徊了。

他总在期待，在他彻底掌握住大邺王朝的实权后，能让自己的人生也有个圆满，这圆满不能靠别人，只有靠月徊。然而他又煎熬，日夜经受良心的谴责，他怎么能对那个自小依赖他的孩子生出非分之想？就算他们不是亲兄妹，彼此间的情义也和亲兄妹无异，将来逢年过节爹娘灵位前叩拜，他怎么面对二老？

可他管不住自己，他是个私欲太盛的人，炼心曾说他凡心大炽，给了他一串菩提。这些年他佛也念了，经书也抄了，连菩提都盘出了包浆，本以为控制住了心性，却没想到，他的凡心大劫应在了这里。

刚才那吻，心里虽后悔也羞惭，但在她看不见的迷蒙光线里，却仍像尝到了鲜血滋味的兽，忍不住伸出舌头舔了舔唇。

第二十章 肠中冰炭

月徊已经傻了，她被颠到了墙根儿，就呆呆坐在那里发怔。他想说些什么，但千言万语难以启齿，伤口的痛也让他晕眩，便顺势靠向另一边，虚弱地闭上了眼。

狂浪滔天，福船被顶在浪尖上几经沉浮，锚绳绷断了近一半。但运气还不错，当风暴消退时，左右两舷还被紧紧固定着，让这船不致被浪卷走。不过随行的哨船和鹰船被拍烂了两艘，十二团营也损失了十几人，眼下入了夜，不好打捞，只有等到天亮再说了。

海上的天气就是如此诡异，前一刻还狂风暴雨，后一刻便乌云散尽，一轮满月挂在了天幕上。

月徊从舱里探出脑袋来，他们所乘的福船船楼坍塌了一半，每个人都劫后余生，大有庆幸之感。可她这会儿来不及高兴，虽然梁遇的荒唐举动让她又气又怕，但他现在的情况不大好，无论如何先救人要紧。

"杨少监，秦少监……"她边喊边抹泪，"督主受伤了，快救救他。"

刚从废墟下爬出来的秦九安和杨愚鲁慌了神，忙跑进舱房看，见掌印靠墙坐着，月光穿透破陋的篷顶照在他身上，无声无息的，只有光瀑下的眼睫开阖，才看出他还活着。

"这船已经不能住了，换到另一艘上去。"杨愚鲁立时唤了番子来抬人，当初出发的船队以福船为主，还有两艘比福船略小的海沧船作为后备，海沧船在风暴中有福船遮挡，基本没受什么损耗，船上一应都是现成的，把人移过去才便于治伤。

他们来搀扶，刚要伸手月徊就喊起来："他伤在后背，别碰着了，轻点儿。"

于是众人小心翼翼地避开伤处，将人架了起来。临出舱房时，梁遇扭头看过去："我有话……对你说。"

他气喘吁吁，轻声咳嗽，因震动牵连伤口，神情痛苦。

月徊不知道应该怎么面对他，他望向她时，她就不自觉地避开了他的目光。

还是秦九安机灵，和声道："老祖宗放心，风眼已经散了，风暴也不会再回来了。小的们先送您过海沧船，您别担心姑娘，小的自会派人护卫姑娘过去的。您且别说话，好好将养着，先治好了伤要紧。"

似乎只能这样了，他流了太多血，没有气力同她解释那么多。人被搀出了舱房，也来不及再顾念她了，由杨愚鲁背着，一路送上了另一艘船。

月徊还有些回不过神来，一旁的高渐声道："风暴才过，甲板上湿滑，我送姑娘过去。"

月徊哦了声："多谢四档头。"

这一路过来，月徊和梁遇跟前的千户们也相熟了。这些粗人平时虽然张狂，但知道她是梁家人,面对她时都把獠牙和利爪收了起来,同月徊相处时也都是平常人的样子。

甲板上断裂的桅杆、缆绳、帆布乱作一团,下脚的时候都得十分小心。摇摇晃晃过去,脚下有些不稳,高渐声见状上来搀扶,月徊喃喃问:"四档头,您说督主的伤,有没有大碍?"

东厂番子水里来火里去,多少血肉模糊都见过,头掉了不过碗大的疤,那点伤其实不算什么。不过因着督主金贵,他也不敢轻描淡写,只道:"得看扎得多深,按常理来说,肩胛上没有要紧的内脏,应当不会危及性命的……只是要受些苦。您想,手上扎了刺都疼呢,何况木头生钉进皮肉里。先得把木桩子拔出来,再用剪子在肉里翻找,看看有没有碎屑。这种东西留下就是病灶,闹得不好将来要发作的,阴天时犯疼了,或者在皮下溃烂,顶到肉皮儿上来……"

他越说月徊越揪心,忙摆手道:"好了好了,我明白了,就是多少总有些风险。"

高渐声点了点头:"您瞧瞧去吧,兴许督主就要您陪着呢。"

月徊这时候一脑门子官司,心里虽着急,但更害怕见他,便抚抚前额道:"我怕血,还是在外头等消息吧。"

海沧船相较福船,船身要小一些,舱楼建得不那么高,但廊前也有抱柱。月徊倚着抱柱看人员往来,那纷乱的脚步让人悚然。

接下来该怎么办呢,就这么一个哥哥,往后该怎么处?她灰心得站也站不住,蹲在廊庑底下,垂着脑袋拨弄甲板上的一粒细沙。自己如今也像这细沙似的,不知该何去何从,落到哪儿是哪儿吧。早前对哥哥的觊觎变成了报应,原来她的好色压根儿只是馋脸,不馋身子。

嘴唇上现在还残留着那种触感,她抬起手使劲擦了擦,可惜他的气息挥之不去,像个噩梦似的萦绕在脑子里。她忽然觉得心酸,本来说没了爹妈还有哥哥的,谁知哥哥又变成了这样……现在是身在海心里,连逃都逃不掉。不能回避就得继续面对,可怎么面对……她的眼泪落在甲板上,一滴接着一滴,氤氲成一片小水洼。

终于里头治完了,随行的太医把那根木桩子取了出来,还送来让她过目,说:"姑娘瞧瞧吧,厂公遭了大罪了,取木屑的时候手巾都咬出血来,也没吱一声儿。"那语气,仿佛她是产房外头等着看孩子的丈夫。

月徊心头哆嗦,匆匆瞥了一眼,那木桩子一头尖尖的,半截蘸着血,看样子肩胛几乎都要刺穿了。

秦九安在边上连声安慰:"姑娘别怕,老祖宗现在没事儿了,只是失血过多,将养两日就会好起来的。我这就吩咐下去,让伙房给他老人家煮猪肝汤,姑娘这两天费点儿心，仔细留意老祖宗吧。"

为什么要她费心呢？他们这些人平时祖宗长祖宗短的，到了这个时候却都不愿意贴身伺候了？

她支吾了下："他是受了外伤啊，我不知道该怎么伺候……"

秦九安说："没事儿，就是喂喂汤药什么的，和伺候生病一样。原说咱们来伺候的，这不……您和老祖宗更亲，老祖宗又念着您。您知道的，身上不好的人就爱自己人在跟前儿，您看……要是有要搭手的地方，您知会咱们一声，咱们候着您的令。"

这就是逃不掉了？月徊一瘸一拐："我自己还受着伤呢。"

大伙儿垂眼看她的脚踝，擦破点儿皮，上点儿药就好了，连伤都算不上。掌印往常是怎么关照她的？如今到了她回报的时候就推三阻四，可见人心隔肚皮啊。

月徊快快红了脸，有种跳进黄河也洗不清的感觉。她不愿意在他跟前点眼，可这话又不能和外人说，最后迫于无奈只得答应，脚下缓慢地挪动着："那让他好好休息会子，我明儿……"

杨愚鲁道："姑娘，受了这么重的伤，今儿晚上是睡不着的。"

秦九安道："咱们夜里也不能睡，船弄成了这样，还有那些兄弟，全在水里泡着呢。"

大档头冯坦直率得很："是督主点了名让你进去的，里头很宽绰，累了有床榻，想睡就睡下。"

这下子月徊再没什么可说的了，即便万般不情愿，也只好垂着脑袋走进舱房。

舱顶上悬着一盏料丝灯，眼下海上风平浪静，这舱房里一片静谧，连灯影都是定格住的。她站在地心看，梁遇因伤了后背只能趴伏，自她进门起就一直闭着眼，后来更是扭过头，面对墙板去了。

想来他也难堪吧！月徊如今看见他的脸都觉得可怕，他避开了更好，暂且不要有交集，能拖一时是一时。

屋里弥漫着一层难以化解的尴尬，月徊退后两步，在桌旁坐了下来。转过头看，窗开了半扇，风后的天空变得异常晴朗，月亮高悬着，墨蓝色的天顶一丝云彩也无……海上看夜空，比在陆地上看更清晰。水天相接处繁星纷纷入海，杳杳绘成一幅玄异而鲜明的画卷。

梁遇伤得不轻，肩背上白布缠裹着，衣裳是不能穿了，起先还有锦被覆盖，后来因疼痛辗转，大片躯干便裸露在外。月徊虽然忌惮他，但他是为了护着自己才受伤的，这点她心里明白。况且往日情分也不能因为今天混乱中的出格举动就全部抹杀了，哥哥终究还是心疼她的。也许先前是伤糊涂了，他心里其实有个爱而不得的人，恍惚间把她当成了别人，也未可知啊。

这么一想，她反倒有些可怜他了，她犹豫再三还是上前去，伸手替他盖好了被子。

"哥哥……"她蚊蚋般说，"您疼吗？要喝水吗？"那语气，听起来像个做错事的孩子。

梁遇忽然哽咽，脸侧向一边，眼泪比平常更容易流出来。所幸她看不到，所幸有绵软的枕头接着，那些无用的东西从眼眶里脱离，瞬间就消失了。

做错事的不是她，是自己，他觉得自己真是不配为人，不配听她叫他"哥哥"。然而一面自责一面又痛快，痛快的是长久以来压抑的恶得到了释放，自责是因为良知，他饱读圣贤书，到底不是没有脱离蒙昧的畜生。

他不敢应她，肩胛的痛让他熬出了一身冷汗，他咬紧牙关，就算被褥都湿透了，也不想说一句话。

一只小小的手探过来，摸了摸他的额头，似乎微顿了下，很快便卷着干手巾来替他擦拭。温柔的分量，让他知道她还是关心他的，可越是如此，他越自惭形秽。

那眉头，不知怎样紧蹙才能缓解心里的懊悔。月徊的照顾倒是尽心尽力的，她翻开被子替他擦了背上的汗，轻声说："哥哥，您要是疼得受不住了，就喊出来吧。"

喊出来……喊不出来，他的喉头被哽住了。挣扎再三，慢慢松开紧握的拳，掌心霎时流淌过一片清凉的风。

月徊替他擦手，那修长匀称的胳膊上，似乎有流不完的汗。被褥都湿了，得再换一床，她打开边上的螺钿柜，忽然听见他说"对不住"，她怔了下，脸颊上烧灼起来，捧着被子进退维谷。等怔忡完了，还是卷走盖被重新替他换了新的，在她以为不会再有下文的时候，又听见他说了句："咱们不是亲兄妹。"

这回和以前不一样，前三回她都以为他在开玩笑，这回却不是。她隐隐开始相信了，也许儿时关于他的记忆都是假的，都是自己杜撰出来的。她从来不是梁日裳的妹妹，也从来不是梁凌君的女儿。

"果然是认错了人吗……"她泫然说，"那我是谁？我不是梁家人，我是谁？"

梁遇闭上了眼睛，心头阵痛加剧："是我……我不是梁家人，你是。"

月徊只想着自己是个没有来处的人，没想到他竟说他不是。

她疑心自己听错了："您是在同我开玩笑吧？是您找到的我啊，您一直姓梁，我才是半道上捡回来的。"

这种事，哪里能讲究先来后到。他做了二十六年梁家人，顶了二十六年的梁姓，可血胤是刻在骨头上的，打从落地时喘第一口气就注定了，不是终归不是。即便他同样管梁家二老叫爹娘，即便他们将他视如己出，也改变不了他是个外人的事实。

想说的话都说出来了，就算剜心一样疼痛，痛过之后也让他体会到另一种前所未有的轻松。也许打从现在开始，他可以好好梳理自己和月徊的感情，如果她愿意……如果她愿意……

他忍痛转过头来："我没有开玩笑，都是真的。"他声音很弱，弱得每说一个字都要喘上好几口气，但依旧断断续续地告诉她，"我曾派暗桩，盘问过叙州……专给官宦人家……接生的稳婆，问出了前任知府的后宅，也问出了你……只没有我。"

月徊窒住了，摆手焦急道："兴许是遗漏了呢，也或者接生的是其他稳婆呢？"

梁遇乏累地闭了闭眼，没有说话。

其实不说她也明白的，东厂派出去办事的人，怎么会出那种纰漏。他们查人逼供本来就是看家本事，连这个都做不好，别说领朝廷的俸禄，连掉脑袋都是朝夕之间的事。

月徊脑子里乱得厉害，茫然在舱房里走动，半晌才道："那个丰盛胡同盛家，也知道这个秘密？"

梁遇听她提起盛家，不由得睁开了眼："盛二叔，是爹的旧友。"

所以连人证都有了，那个盛二叔知道内情，才有了这些后话。

为什么要说出来呢，她甚至有些怨怪父亲的那位旧友，陈芝麻烂谷子的事儿，让他变成灰，随风扬了不好吗？她从一开始对自己的失望，转变成了对梁遇的同情。仿佛自己来了，顶了哥哥的缺，自己实实在在是梁家人，那哥哥怎么办？他怎么就成了舍哥儿了？

日裴月徊，他们连名字都是联系在一起的啊，她含着泪说："咱们不是半路兄妹，是一块儿长起来的。我还记得一些以前的事儿，哥哥一直是您，除了身上流的不是一样的血，有什么不同？"

她还是没法子从这种固定的兄妹关系里挣脱出来，她和他插科打诨，全是仗着这份亲情。要是亲情没了，他们就成了陌路人，她实在舍不得他。

梁遇是那么敏感的一个人，听她说完这些话，他心里仅剩的一点希冀也没了。果然应了最坏的猜想，她依旧拿他当哥哥，因为小时候的记忆还在，他们一起躲过灭门之灾，一起出逃，途中相依为命，饿了吃一个饼子……撇开血缘，他们怎么不是亲兄妹？

可他这个做哥哥的，却抓住了那么一点出入，心猿意马起来，实在可耻。

他的每一节骨骼，每一寸皮肤，都疼得无以复加，忽然发现自己刚才的作为，成了最卑劣的侵犯，最下作的勾引。

"我做错了……"他梦呓般说，"错得无可救药。"

彼此都忍受煎熬，可是谁也救不了谁。

这种感情本来就荒诞，失散重逢后，他的心境一天天变化，而月徊除了最初没能做成他的爱妾通房，并无其他遗憾。现在窗户纸捅破了，他当着月徊的面，把一盆水泼在了泥地上，接下来要怎样才能拾掇起来……

他陷进昏昏的世界里，四肢百骸像遭受了重击，沉得再也抬不起来。魂魄脱离了躯壳，慢悠悠四散，他知道这伤引发了别的病症，或许接下去会有没完没了的高热，等着他去硬扛。

他不再说话，气息咻咻趴在被褥间，月徊的无措和悲伤渐渐转变成忧惧。

他的脸那么红，大汗淋漓后病势突起，她挨过去看，轻声问："哥哥，您怎么了？"

可他没有反应，似乎晕厥过去了。她大惊，探手去摸，只觉掌心一片滚烫，一刻也不敢耽搁，慌忙跑出舱房大喊："太医……郑太医，您快来瞧瞧吧。"

隔壁舱里待命的太医忙过去查看，外头的千户和少监们也都跑了进来，众人皆惶惶盯着床上的人，仿佛那人变得陌生起来。

掌印督主，向来是司礼监和厂卫眼里高高在上的存在，很多时候对于那些没有机会面圣的人来说，他就是皇权。当初汪轸沉迷女色，把司礼监交由他全权打理时，他不过二十一岁光景，那样的花团锦簇，那样的意气风发，走到哪里不是前呼后拥不可一世！可如今受了伤，卧于床褥间，虽然痊愈后依然会是那个城府似海、手握酷刑的老祖宗，可以目下情势来看，竟是从神变成了人。

郑太医把了脉，又开药箱取银针，在先前强行闭合的伤口上施针，把里头淤积的污血排出来。

又是一轮伤筋动骨，昏厥的梁遇轻轻呻吟起来，月徊的心一下子就碎了，蹲在他床前握住他的手说："哥哥……哥哥您忍一忍，把毒血放出来就好了。"

雪白的巾帕蘸了血，一重又一重扔进铜盆里，直到把污血都吸完，才重新洒上药粉包扎起来。月徊惶然追问："太医，我哥哥他怎么样了？"

郑太医鬓角都湿了，顾不上擦汗便回身开药，一面道："姑娘别急，先前是出血不止，才暂且缝合了伤口。伤口闭合，皮下来不及排出的血就攒成了淤血，只要把这血清除，等热一退，好起来比慢慢温养还快呢。"

月徊听了心下一松，回头再看床上气息奄奄的人，暂且看不出有好转的迹象，又不能再说什么，只好等着小太监煎药回来。

那厢杨愚鲁和秦九安合力将人翻起，让梁遇侧卧着，他的气息相较之前略微平稳了些，月徊忙又轻声唤道："哥哥，您好点儿了吗？"

他分明是听见的，却不愿意睁眼，蹙着眉微微别开了脸。月徊顿时有些讪讪的，心道自己受了委屈，他倒来脾气了呢，要不是看他有伤在身，她早就不理他了！

杨愚鲁忙打圆场："老祖宗尚且没气力，不过依我看，像是比先前安稳了些。"

高渐声道："要是能睡会子倒是好事，兴许一觉醒来烧就退了。"

可照眼下局势来看，要睡着只怕很难。

外头狂风过境后，那些厂卫正掌着灯寻找遇难的人，隐约听见嘈杂的喊声，不一会儿就有人在门前叫少监，说十二团营的张千户找着了。

死了一个千户实在是件大事儿，秦九安忙追了出去。

月徊见杨愚鲁脸上焦急，便道："杨少监您也去吧，这儿有我呢，我能照顾好哥哥。"

杨愚鲁有些迟疑："老祖宗这样，我实在不放心……"

梁遇终于开口了，轻喘口气道："你去吧。那些兄弟……想法子找全，不能让他们……葬身在鱼腹。"

杨愚鲁道："那您……"

梁遇脸上的潮红消退了些，只是唇色还发白，缓了缓道："我不要紧，你去办事吧。"

于是舱房里人又退尽了，只余郑太医和两个徒弟来回忙碌着。

月徊这时对哥哥有了新的认识，她一直以为他手握大权，不管别人死活，可如今看他对身边的人，不可说不讲江湖义气。

那些办差的兵勇，照说死了多少朝廷都不放在眼里，况且是在海上，要是把尸首捞上来，就得另派几个人护送他们回去，又是人力又是物力，对于只重结果的司礼监和厂卫来说，确实很不值当。但掌印发了话，底下人就得照办，很大程度上来说，那些枉死在海上的人能不能魂归故里，都靠他一句话。

幸好他有人情味儿，幸好他不是那么冷血。月徊长出了一口气，见门上小太监端药进来，忙上前接了手。其实说到根儿上，就算不是亲生的哥哥，他们也做了那么多年的兄妹。爹娘如今是不在了，要是在，难道还不认这个儿子吗！

只是心里有些别扭，倘或没有风暴里的那一出，哪怕知道了两个人不是嫡亲的，至多有点儿遗憾，心境上并没有实质性的改变。她可能会继续尊敬他，继续觊觑他，那种觑觑纯粹是兄妹间的胡闹，带着点艳羡和骄傲，恨不得大声告诉所有人："这财大势大的美人儿是我哥哥"。

结果一切急转直下，到现在她都没想明白那件事究竟是怎么发生的。好在她这人心大，想着他当时也许神志不清了，可以不去计较。等他身上的伤好了，脑子不糊涂了，要是不愿意再提及，这事儿过去也就过去了。

她端着药碗吹了又吹，送到他跟前说："哥哥，喝药吧……我来喂您。"

梁遇听见她一口一个哥哥，试探过了，心里的那团火冷却成灰，再也没有颜面面对她。

"让别人来伺候。"他垂着眼睫道，"你去休息。"

月徊听了微一怔忡："这时候全在忙，没人顾得上您，还是我来吧。"

她知道他尴尬，但这海沧船就这么大，到广州的路还有很长，就算回避，能回避到几时？往后真如参商，再不相见吗？

梁遇被她说得仿佛遭到遗弃，世上只有她还愿意搭理他似的，一时住了口。于是低垂的眼睫更低垂，不单低垂，还略微别开了脸。

月徊见他这样，拿勺子小心翼翼舀了药，也不多言，就贴在他唇上。他的嘴唇生得极好看，饱满润泽，要是抿上口脂，绝对是画像上那种檀口。可这唇……现在也让她心慌。她不敢直着眼瞧，跪坐在榻前的脚垫上，也有芒刺在背之感。

他别扭再三，让不开那汤匙，最后只好勾起脖子把药喝了下去。她倒是喂得极耐心，就那么一勺一勺，不知道这药有多苦。慢喝等同细品，他没办法了，挣扎着撑起身，一口气把药全灌下去，然后调开视线，把空碗递还了她。

两下里相处正尴尬，边上郑太医趋身上前一步，哈着腰道："厂公且好好休养，伤势固然沉重，但不伤及脏器，应当没有大碍的。这两日卑职会替厂公调整方子，药吃上个三五日，自然就痊愈了。"说罢又转身，把一个精瓷的小瓶子交给了月徊，"姑娘费点儿心，这药每隔日半就要换新的，姑娘手上力道轻些，替厂公换药正相宜。"

这是什么话，为什么都是她正相宜呢，伺候茶水就算了，怎么连换药都是她？

月徊正想表示异议，谁知郑太医连瞧都没瞧她一眼，带着徒弟转身便往外去了。她拿着药，脚下茫然追了两步，再回头时看见他的目光，冷冷的，说不尽里头掺杂了多少情感，只是见她望过来，又匆忙阖上了眼。

梁遇的心思百转千回，他桀骜且孤高，这事过后怕需要很长的时间调整，也或许从此断了这份念想，就一心同她做兄妹了。当然有了这一回，兄妹之情再也纯粹不起来了。

月徊鲁莽直爽，也有她的好处，哪怕脸颊滚烫，她也壮起胆儿走到了他床榻前，撑着膝头弯腰问："您好点儿没有？"

他"嗯"了声，借锦被遮住了半张脸。

"这会子还烧吗？"她探手想去触他额头，他却把整张脸都藏进了被褥里。

月徊看看自己伸到半途的手，无奈收了回来，待平了平心绪方道："您打算这辈子都不见我了吗？刚才的事儿，我能体谅您，您是受了重伤神思恍惚，又觉得自己会死在这场风暴里，这才把我当成了别人。我不怪您，我这人生来大方，从不小家子气，您是我哥哥，哥哥亲一下怎么了，又不是让外人亲了。您小时候不也亲过我吗，为什么我四五岁的时候您能亲，现在就不能了？就因为长大了吗？我记得您说过的，我在您跟前永远是孩子……还有一句俗话，那个……叫肥水不流外人田。"

她真是豁出去了，替他找了一堆生硬的理由，以此为他开脱。什么小时候亲过，四五岁时能和现在一样吗？亲一口脸颊，和吻上嘴唇一样吗？

这件事不说破，永远蒙着一层纱，她的脑瓜子长得怪，自己琢磨琢磨，能捏造出所谓的"别人"来，顺便把自己变成替身，然后自怨自艾一通，觉得自己十分可怜。

他终于从被褥间抬起了头，身上一层热汗，不是因为伤势，是因为心头星火复燃。

中气虽不足，但他仍旧一字一句反驳了她的话："我清醒得很，由头至尾都很清醒。没别人，也和小时候无关，我就是……就是喜欢你。也许你会拿我当怪物，我不在乎。"说着顿下，匀了口气方又道，"从我知道自己……不是梁家人起，我就动了心思。你骂我无耻也好，丧尽天良也好，我都认了……我就是喜欢你，没来由地喜欢你，今日如此，他日亦如是。"

第二十一章 画幕云举

月徊脑袋里嗡嗡作响，什么无耻啊，什么丧尽天良啊，这些都不是最要紧的，最要紧是他说喜欢。

喜欢什么？喜欢她？天底下怎么会有这么可笑的事儿！她咧着嘴，表情里带着惊惶的味道："您喜欢我什么？我这么个没出息的丫头，除了能吃什么也不会，您喜欢我？再说您是我哥哥，您怎么能喜欢我哪？"

就算回来只有半年，哥哥妹妹也很亲厚，她垂涎三尺着，心里却越不过那段兄妹的关系。说实在话，她真如自己评价的那样没出息，明明之前还想入非非，还可惜生在了一家子。现在有机会了，他也亲口说喜欢她，为什么她反倒退缩了？

打量他一眼，是他美貌不再，脸长歪了吗？并不是。他的好看，是一时有一时的韵致。在锦衣华服统领厂卫时，他是灿若骄阳的掌印；燕居深宅宽袍缓袖时，他是一杯梨花白酒；眼下呢，受了伤，平时趾高气扬的人一旦卧床，又会显出另一种羸弱的美态……这人是不能细看的，细看了会上头，会招人夜里做梦。

那是为什么？还是因为自己的怯懦！她以前胆儿肥起来，想过看脸过一辈子，如今人家不要当她哥哥了，就想让她看脸，结果她又吓得肝儿颤了。

细琢磨，还是敬畏成了习惯，她心里尊敬他，哥哥该是高天小月，可望而不可即。月亮高高挂着很美好，一旦落下来，那可是要砸死人的。

梁遇呢，原来比他自己想象的更勇敢。本来她装糊涂推三阻四，他是打定了

第二十一章　画幕云举

主意不再继续下去的，但就此放弃，又觉得不甘心。月徊这样的性子，你给她一包糖，哪怕是隔着河，她游都能游过来接着。可你要是隔着一扇窗和她不谈亲情谈爱情，再开窗的时候，窗后怕早就没人了。

南下是个好机会，既然心里放不下，那就撞他个头破血流吧。

"那么多回，我要找女人，你为什么不答应？"他支着身子问她，"不是因为……因为你心里也有我，才多番阻挠的吗？"

月徊有点傻眼，这个问题实在很难回答。她确实对他有独占欲，觉得才认回的哥哥，凭什么忽然跑来个女人，就分走哥哥一大半的关爱！她希望哥哥所有的目光都在她身上，希望哥哥的所有温情只对她一个人生效。她不喜欢哥哥和别人打情骂俏，因为哥哥捧着别人，就腾不出手来捧她了……这些私心她怎么好意思说出口，所以在他看来，就是对亲哥哥生出了不伦之情吧！

月徊有点沮丧，看来过去自己的举动太猖狂，才一步一步把他引进了陷阱里，这么说来他才是受害者。她难堪地搓了搓手："我是怕您被人骗了，宫里那么些女人，都是看中了您的权势。"

梁遇牵着唇角自嘲地笑起来："我这种人，还盼着别人对我用真情？"一面长吁着，"不过是拿权，换别人的好脸子罢了。"

再强悍的人，骨子里也有触碰不得的弱点，月徊听了他的话，又觉得他那么可怜："哥哥，您别这么说，世上没人比您更好，真的。"

"我这么好……"他掉转视线看向她，"你为什么不喜欢我？"

他步步紧逼，逼得月徊心在腔子里乱窜，她支支吾吾地说："那……不是……因为您是梁日裴吗！日裴月徊，这是爹娘给取的名字，他们盼着咱们将来互相扶持，没想让咱们……咱们……"

"做夫妻？"他把她的话补全，心里只觉难过。到现在才真正明白盛时的话，明白为什么那对做了夫妻的兄妹，会被人戳一辈子的脊梁骨。爹娘没有发话，私相授受即为偷，是不知羞耻，是逾越伦常，该遭天下人口诛笔伐。如果爹娘还活着那多好，他就算去跪，也要求娶月徊。然而他们不在了，那两面牌位，能给他什么回答？

他闭上了眼睛，执拗地喃喃着："不管你答不答应，我就是喜欢你。你知道就成了，不必回应。"

这话说的……月徊眨着眼睛，摸了摸自己的后脑勺："知道就成了……我知道后要炸庙，哪儿还成得了！"

觑觑他，那股子一言九鼎的劲儿在眉宇间，发号施令惯了，就是这么霸道。

月徊退了一步:"这事儿先不谈,您身上还没好,不宜说话置气,还是先养着,等痊愈了再商量,啊?"

她像敷衍孩子,可梁遇心里却憋着气。她不是码头上的通达者,市井里的开阔人儿吗?到临了拖泥带水,没有一句痛快话,让他失望。

他叹了口气:"是我让你为难了。"

月徊不知该怎么回答,为难确实是为难,从哥哥变成路人,又从路人萌生出另一种情愫,另一种关系,她的脑子不够使,一时转不过弯来。

梁遇说了那么多话,已经把残存的力气用完了,后来便又昏昏沉沉,身上热度不得消减,直折腾到天亮,才逐渐有了好转。

清晨的时候月徊走出舱房,方看清鹰嘴湾附近海域的惨况。水面上到处散落着碎裂的船木,海水拍打着远处的礁石,搅起一重又一重的浮沫。

那些厂卫一夜不得休息,仍旧撑着哨船四下寻觅。恰好冯坦经过,月徊叫了声大档头,问:"那些落水的人现在怎么样了?"

冯坦道:"救上来三个喘气儿的,打捞了七具尸首,剩下五个怕是悬了,能不能找回来,得看老天爷开不开恩。"

话音才落,听见下面吵嚷起来:"有了、有了……"

月徊忙趴在船舷上看,众人合力又从水里拖上来一个,湿漉漉的尸身,死沉死沉。原本活蹦乱跳的人,缺了一口气就变成了物件,月徊看得心惊,忙缩回了身子。

冯坦负着手叹息:"要是刀剑上出了事,也算死得其所,落在水里头淹死,可不窝囊嘛!"说罢朝舱楼望了眼,"督主怎么样了?好些了吗?"

月徊道:"这会子烧退了,等睡醒再换一回药,他身底儿好,恢复起来应当很快的。"

冯坦点了点头,负着手说:"海上潮湿,伤口养起来怕没那么利索,姑娘还得多费心。"

月徊不大满意他们老是有意无意地撮合,心里头又埋着事儿,便试探着问:"大档头,您几位知道我和他是一家的吧?"

冯坦说:"知道啊,又不是亲的。"语气十分笃定且不屑。

这就是说,他们眼里头只要不是至亲,就没有那么多的阻碍。当初梁遇找回她时,对外宣称是族亲,后来长公主大闹也没能把这事儿捅破,到这会儿竟是歪打正着了。

是不是天意？外人看来真是一点儿毛病也没有，弄得她现在想回避，却受不住旁观者众口铄金。他们全是梁遇手下，且个个对他俯首帖耳，在他们心里，太监找个对食不容易，横竖人都不齐全了，喜欢谁要谁，全凭高兴。

　　月徊叹了口气，在甲板上慢慢转悠了两圈。日出了，一轮太阳从水上升起来，清早的太阳不刺眼，圆圆的大脸盘子，像一个扔到水里头的剔红漆盘。

　　冯坦也闲得慌，在边上看了她半天："大姑娘，您这是有心事啊？"

　　月徊说："没有。我窝了一整夜了，出来发散发散。"

　　冯坦道："发散完了就回去吧，没的督主醒了跟前没人。"

　　月徊啧了一声："我是丫头吗，一会儿也离不得！"说完了还气恼，下劲儿给他上了一层眼药，"大档头，大家全在忙乎呢，就您戳在这里，是想偷懒吗？"

　　冯坦被她挤对得打噎，最后哼了一声，拂袖往船尾上去了。

　　唉，月徊有点伤感，难得出来，本以为去两广的路上全是高兴事儿，可惜又遇风暴，又披露身世的，闹了这么一大套。本来她是个爱凑热闹的人，如今热闹到了自己头上，便觉得百无聊赖，实在不该出来这一遭。

　　想想小皇帝，那是头一个说喜欢她的人，要是还留在宫里，不说当娘娘，至少错开了这惊人的真相，梁遇的秘密兴许就一辈子埋在肚子里，一辈子当她的好哥哥了。

　　她回身望了望舱房，里头的人不知醒了没有。换药的时候到了，迟了怕耽误伤口，这就回去，心里又犯嘀咕。最后磨蹭了会子，还是不情不愿地折返。进门的时候见梁遇正费劲地坐起身来，她吓了一跳，忙上去搀扶："您要什么，吩咐一声就成了，何苦自己起来。"

　　梁遇试图抽回手，冷着脸道："这里不用人伺候，你出去。"

　　伤成了这样还嘴硬，身上的伤口可不会因他位高权重就不为难他。

　　月徊知道他心里别扭，眼下不和他计较，他要挣脱，她反倒搀得越发紧。等他站稳了，才又问他："您究竟要什么？要喝水吗？您站着，我去倒。"

　　梁遇眉眼间有焦躁之色："我不要喝水，你先出去。"

　　"我出去了您怎么办？万一再碰着了摔着了，这么多人等着听您号令呢。"她大义凛然了一番，又暗暗嘀咕，"该使性子发脾气的是我才对，我都大大方方的，您还闹什么……再胡搅蛮缠，把你从船上扔下去！"

　　梁遇终于没辙了，用力闭了闭眼，然后筋疲力尽道："我要如厕，你先出去，成不成？"

　　月徊啊了声："您要如厕？"

梁遇脸上不大自在："喝了那么多汤水，难道不用如厕吗？"

月徊愣了下："那我给您拿恭桶……"结果在他冷冷的注视下，吓得飞快退到了门外。

这世道真是荒唐，月徊倚着门廊想，大姑娘活成了男人，他倒像个大姑娘。原本她想一走了之的，但又怕他有什么不测，只好拔长了耳朵听里头动静。

可惜听了半天，什么也没听见，她忘了马桶底下有草木灰……其实她一直对不便之人怎么如厕很好奇，但这种事儿又不能觍着脸请教内行。所以她还是贼心不死，在得知了身世真相之后经历了最初的彷徨，慢慢就接受了不是亲兄妹的事实。既然不是亲兄妹，那偷偷揣测一点别的，应该不会招雷劈吧？

他终于从垂帘后头的暗阁里出来了，一副淡漠的神情，大概不这样脸上就绷不住。慢慢挪着步子到脸盆架子前盥手，慢慢摘下手巾擦了擦。等擦完再回身，毫不意外地看见了她，尴尬顿时又扩张了数倍，像他这种鲜少脸红的人也不由得面红耳赤。在她惊叹式地大喊一声"您别害臊，我不会笑话您"之后，她又掏出了怀里的药瓶冲他晃了晃："您该换药了。"

他趿身在圈椅里坐下来："就这么换吧。"

天下要是再有人说梁遇是金玉做的，吃不得苦，她可要狠狠啐他一脸。能有几个人肩胛伤成那样，第二天就下床自己如厕的？眼下换药不肯上床趴着，预备坐着来，除他，真没见过第二人了。

他下床的时候，还挣扎着给自己披了件中衣，现在换药披不成了，便扬了一边肩头，把那件衣裳褪了下来。月徊早前见过他出浴时候的样子，那时就感慨他的好身条儿，一丝赘肉也无。现在时隔几个月，再瞧也是意犹未尽啊。因肩上有伤，上半截斜缠着纱布，越是这样，越是显出宽肩窄腰、凛凛男人的风骨来。

月徊站在他身后赧然，他披散着头发，她便归拢起来替他放到另一边胸前，轻声说："哥哥，您忍着点儿疼。"

她总叫他哥哥，这个称谓说不清地让他觉得感伤。也许就这样了吧，不管以后如何，都不要更改了。他是她来这世上后第一个接手的人，将来伴她最久的，也一定是他。

月徊把那乱瞄的视线从他腰腹上移开，终于定下神，一圈圈解下了包扎的纱布。他流了很多血，即便后来郑太医放过一遍淤血，伤口上仍旧有血迹渗出。待纱布都解完，看见用以覆盖的那块布片，边缘干涸的血迹透出乌黑来。

她擦了手，犹豫再三才去揭，因布片和伤口有粘连，他微微瑟缩了下。月徊吓得不敢上手了，骇然问："很疼吗？我还是找郑太医来吧。"

第二十一章 画幕云举

梁遇说:"伤口再疼,疼不过伤心。我原以为你会体谅我的……"

这话叫人怎么应呢,她嗫嚅道:"我体谅您啊,要是可以,我宁愿自己不是梁家人,这样您能少受点委屈。"

梁遇哂笑:"我的委屈,不在是不是梁家人上头,你明明知道的。"

唉,这是要逼死人吗!月徊咬着唇,揭开了那层布。底下伤口缝合了,但看上去依然狰狞。她拿煮过的棉布轻轻捺了捺,然后小心翼翼洒上药粉,一面道:"您再容我些时候,等我好好睡一觉,想明白了,我再答复您。"

他听后沉吟了下,指指床铺道:"已经着人换了新的被褥,你现在就去睡,我等着你的好信儿。"

月徊目瞪口呆,掌印不是一个万事从长计议的人吗,怎么现在变得这么性急?这就去睡,带着任务去睡,睡醒了就得答复他,这是什么好主意!

"可我这会儿睡不着,您得容我再琢磨琢磨。"她说着,手上没有停顿,替他上了药,重又覆上干净的棉布,然后尽量伸长臂展环过他的肩背包扎,黄铜镜里照出的倒影,像在拥抱。

梁遇沉默了许久,半晌才道:"果真是我太沉不住气了……好,我不逼你,我给你时间慢慢琢磨,在抵达广州之前,你给我个准信儿。"

简直像在谈生意,月徊无措地搓着手道:"那我没琢磨明白之前,您还认我这个妹妹吗?"

梁遇说:"就算你不答应,你也是我妹妹。"

只是这份亲情终究是打了折扣,再也不可能像以前那样亲密无间了。

换完药,包扎完伤口,他扬声叫来人,一向贴身伺候他的内侍进来,一重中衣一重曳撒替他穿好。最后束上鸾带,戴上了网巾乌纱,他又变成了那个不可攀摘的掌印,也不多说一句,举步朝外面甲板上去了。

昨夜一场风暴死了那么多人,都是从十二团营里选拔出来的精锐,不承想没死在战场上,竟在一场风暴中送了命。他一向惜才,损兵折将自然痛心,所以顾不得自己的伤,就算拖着病体也要出去亲眼看一看。

秦九安见了忙上来接应,切切道:"老祖宗还没好利索呢,怎么出来了?"

梁遇没有应,眯眼看着下方海面上漂浮的鹰船,舱面上并排放着八具尸首,那些溺死的人生前挣扎求生过,时候一长肢体僵硬了,最后那一瞬的动作被保存下来,不易矫正。

他不落忍,蹙眉调开了视线:"给他们搭个棚子,别让日头晒着他们。派几个人送他们回去，由团营每户发放二百两葬银，再从司礼监各调拨二百两恤银，以慰其家小。"

秦九安道："还有四个没找着，今儿再找一天，实在不成，也只有建衣冠冢了。昨儿海上风浪大，兴许卷到几里外去了，找到的几个也经不起耽搁，天儿热起来了，回去还得走上好几天呢。"

梁遇颔首："这几个先送回大沽口，再留一艘哨船接着找。那些受损船只，修复得怎样了？"

秦九安道："除了拍碎的两艘哨船，就数福船受损最严重。剩下的船都是小伤，略收拾一下，不费什么工夫。"

"加紧修复。"他抬手抚了抚肩，毕竟伤势不轻，站久了人有些支撑不住。小太监上来搀扶，他又吩咐了句，"咱们的行程不能贻误，都整顿停当了，就扬帆上路吧。"说完方转身返回船楼。

他一声令下，所有人都有了主心骨。装载遇难者的鹰船上扯起了油布，搭出一个大棚子，掉转船头返航了。一艘沙船顺着水势一直往东追寻，如今找人是大海捞针，唯有尽人事知天命。至于鹰嘴湾的船队，福船能航行，不过船楼受损，战船的下层常年有储存的木板，可以边航行边令船工修缮。

月徊看着众人有条不紊，心里对哥哥的统领能力还是相当服气的，只是别谈起情，谈情就让她七荤八素。她觉得四肢乏力，浑身没劲儿，说不定要生病了。正拖着步子，打算找人问问自己的屋子是哪间，迎面正碰上梁遇回来。他那双眼睛瞧人，能一眼洞穿灵魂，月徊有点慌，没头苍蝇似的团团转，他就那么冷眼瞧着她，启了启唇道："怎么还在转悠？"

月徊磕磕巴巴地说："我的舱房……不知道给……安排在哪儿了？"

梁遇听了，朝随侍的小太监瞥了一眼。那小太监忙上前来，捏着柔柔的嗓子，抚膝道："请姑娘跟奴婢来，奴婢送姑娘过去。"

月徊忙跟着走，好在这回不住他隔壁，她到了舱房里，随便擦洗擦洗就睡下了。从昨晚到现在，她受到的惊吓接连不断，非倒头大睡不能抚慰她的心。平常她是那种一沾枕头就睡得着的人，可今天却不大一样，在床上辗转反侧了半个时辰，才渐渐坠进梦里。

多情的人多梦，月徊虽然大大咧咧，但大多时候还是细腻的。她做了一回白日梦，梦里遇见了亡故的父母，那两张脸陌生又熟悉，爹说："月儿啊，至亲手足不能乱来，他虽不是梁家亲生的，可我和你娘对他视如己出，他不该恩将仇报。"

娘说："一派胡言，他哪里恩将仇报了？好好的一个人，把自己弄得六根不全,就是为了找仇家给咱们偿命。如今仇也报了,人也残了,梁家抚养过他一场,就能还人家的情了?月儿,你得报恩。"

爹说:"兄妹作配坏了伦常!"

娘说:"又不是亲生的,坏了什么伦常?"

梦里的月徊依然很彷徨,爹说的对,娘说的也有道理,最让她触动的就是那句"仇也报了,人也残了"。如果他不是梁家亲生骨血,赔上一辈子报仇雪恨,究竟值不值得?

隐约还是亏欠了他,要是他全须全尾,她不答应至多一场遗憾。可他眼下残缺了,这辈子能找谁做伴?早前她说过要陪哥哥一辈子的,没想到成了谶语。原来冥冥中自有定数,没准儿她娘三十多岁生下她,就是为了给哥哥生个媳妇儿。

其实要想通,对于月徊来说不算太难,毕竟市井里头什么歪门邪道她都听说过,这点子小事纠结上一会儿半会儿的,也就过去了。不过这一觉睡得有点长,等她醒来的时候,已经到了黄昏时分,船队早离开鹰嘴湾,继续南行了。

她晃晃悠悠地从舱房里出来,上伙房找点吃的,顺便提了壶酒。有些话得借酒壮胆儿才敢说出来,走到半悬的纵帆后鼓了好半天的劲儿,最后一咬牙一跺脚:"我还治不了你了……"

忽然帆后传出了动静,她愕然垂眼看,原来这地方早就有人了,月白的襞积上密密织着海水疆崖,方口官靴上绣有金银丝行云流水纹……她的舌根儿顿时就麻了,一缩脖子正打算潜走,却见帆后的人转过身,朝另一边去了。

她要治他,即便这话听上去很放肆,却也让梁遇心头满怀期待。果然睡了一觉想通了,看样子答应的概率更大些。他坐立不安了一整天,原以为她这一睡,为了拖延少说也得"睡"上两三日,没想到比他预期的还快。横竖事到临头不过如此,他回到舱房等着,心惊胆战的,等她最后给他个痛快。

月徊果然来了,像个莽汉,提着酒壶大摇大摆走进来,开口第一句话就是:"爹不答应。"

梁遇心头一沉:"什么?"

月徊说:"我做了个梦,梦见爹不答应,他说这是乱了伦常,会被天下人耻笑。"

真是个不错的推诿办法,他叹了口气,灰心至极。

月徊见他失望,又有些心疼,顿了顿道:"娘也有话说。"

梁遇重新抬起了眼:"娘说什么?"

月徊道等等:"我先喝口酒。"

梁遇便看着她仰脖儿灌下去半壶,喝完了却也没说话。他狐疑地等着,不知她在打什么主意。正想开口问她，只见她伸出一只手，大张着五指又说等等："别着急，等这酒上头。"

看来要说句心里话很难，两个人各怀心事，沉默地在灯下对坐着。大约等了有两盏茶时候，月徊站起来，摇摇晃晃过去关上了门，回身道："哥哥，您这么赏我脸，我也不能不给您面子。虽说咱们一块儿长大，后来走散又相认，折腾了十几年，但我心里还是念着您的好儿。您说喜欢我，成啊，我也喜欢您……其实到现在我还拿您当我亲哥哥，要说立时和您撇清兄妹这层关系，我有点儿舍不得……要不咱们先就这样，我答应让您继续喜欢我，倘或将来您改主意了，我也不为难。要是主意不变，我就陪您一辈子，我说话算话。"

这算什么模棱两可的回答？梁遇冷着脸的时候，眉眼间有股阴寒入骨的味道，他看着她，哂笑道："月徊，你可倒会敷衍我啊。"

月徊红了脸："这哪是敷衍，我是实心实意这么想。"这时候酒是真的上头了，她坐在桌前，撑着脑门喋喋不休，"梁家亏欠着您呢，我知道。要不是为了报仇，您也不会把自己糟践成这样。梦里头娘也是这个意思，嘱咐我不能不管您……您放心，往后您有我了，别愁没着没落。"

是吗……她义薄云天，可他却不觉得高兴。也许是奢望，他希望自己的感情能得她同等的回报，然而现在看来，她对他还是道义和同情居多。

他为梁家拼尽了全力，他为梁家毁了身子，所以她觉得肩上担负了责任，应当还他这份情？没想到最后竟是演变成了这样，他本以为让她彷徨的只是兄妹关系，谁知她睡了一觉，竟然又另辟蹊径。梦能做成这样，实在叫人不得不佩服她的脑子。

他笑了笑，终究还是一场空。他孤身一人走到今日，有人欺压他，有人不屑他，有人觊觎他，却从来没有一个人敢可怜他。何以变成了现在这样，是他的爱太廉价了？既然她不稀罕，那一切就到此为止吧！

他站起身，打开了门："今日起，入夜之后不许你再进我的屋子。既然拿我当哥哥，就谨守男女大防，如果不愿意跟着上两广，我还可以派船送你回天津码头。"

月徊有点傻眼："我说错什么了吗？您怎么撵我了？"

可惜等不来他的回答，他朝门外示意："出去。"

月徊说："别啊。可能是我一觉没睡明白，我可以再睡一觉。"

梁遇说："就你这脑子，睡一辈子也明白不了。"

月徊茫然一片，奇怪自己明明想好了和他恳谈一番的，怎么到最后谈成了这样？

他舱门大开，表示请她滚蛋，连"买卖不成仁义在"都不讲了，可见这人有多小肚鸡肠。月徊还想挣扎一下，她是真的想慢慢从这段兄妹关系里跳出来，把他当成一个可托付终身的人看待，结果这人的骄傲和自尊心发作，一律把她后面的话当成补丁，再也不愿意听她多说半句了。

月弰被请了出去，觉得很冤枉。海上凉风习习吹来，她的脑子终于清明了些，低头瞅瞅手里的酒壶，看来喝多了确实误事，有些话在他听来，怕是很不舒坦吧！

她想了想，造成误会不太好，于是折回去，趴在他的舱门上咚咚地敲："您别恼啊，我愿意和您好。"可他不开门，她的酒气越发蓬勃了，嗓门也大了些，大吵大嚷着，"掌印……梁掌印，我愿意和您好。"

结果这一叫唤，叫来了满船围观的人。所有人都是端着饭碗一脸鄙夷的模样，心说姑娘这是喝醉了，跑到督主跟前撒癔症，吓得督主把门都关上了。唉，姑娘大了果然是个难题，虽说主动些是好事，但督主这么精致的人儿，哪里受得了她这么唬。

月弰喊了半天，门内毫无反应，不由得气馁长叹。正打算离开，回身猛见背后站了几十号人，一时愣住了："你们干什么？"

大家笑笑，不说话。

月弰见他们都端着碗，打着酒嗝嘀咕："吃饭也不叫我一声，看热闹倒在行。散了……都散了！"然后自己回了屋子，在床上打滚撒泼发泄一通，一口气睡到了日上三竿。

风前一潮鱼，风后一潮虾，这是渔民口口相传的俗语。次日在船工的吆喝声中睁开眼，窗口的阳光直照在她眉心，她拿手挡了挡，听见那些船工笑闹着："又是一大网！"

航海无聊，最有趣的莫过于途中放网捕鱼，哪怕船上食物再丰裕，有新鲜的活物吃，大家都很欢喜。

月弰揉着眼睛出门，正是大网吊上来的时候，轰然一放，鱼虾满仓。她走过去，冯坦瞧见了她，嘿然怪笑着："大姑娘，今儿可有下酒菜了。空腹喝酒易醉，蒸上两只蟹，再烫上一盘虾，一壶酒算什么呀，三壶都不在话下。"

月弰眨了眨眼，经他这么一提，昨晚上出洋相的事儿忽然就想起来了。正羞得掩面不及，见梁遇拿着千里镜过来，视线甚至没在她身上停留，对秦九安道："前头就是登州府，在海上漂了半个月，大伙儿的脚底也该沾沾泥星儿了。打发一艘哨船先行安排，咱们歇歇脚，再补些所需，今儿岸上住一夜，明儿再赶路。"

秦九安应了个"是"，笑道："小的亲自去吧，早早儿安排妥当，老祖宗好住得舒坦些。登州府素有小蓬莱之称，那地界儿是高丽和日本往来要道……"边说边一笑，"花样多着呢！"

梁遇倒也没说什么，只是微点了点头。

月徊见后大为不齿，心道都净了茬儿了，还贼心不死呢。原来男人不管齐不齐全，都是这狗模样！

不过能登上陆地，确实是件叫人高兴的事儿。

月徊早年跑漕船，因多走内河，最多也就三五天的，必定要登一回岸。不像这回属于远航，半个月下来脚下打着飘，踩到泥地上的时候，脚底心直发软。

登州府是个三面临海的好地方，就像秦九安说的，这地方各色人员往来，衣着打扮也好，说话谈吐也好，透着一股异域的风情。高丽女人出门，都爱往脑袋上顶一件长衣，遮得那脸只有巴掌大小。日本男人脑门都剃光了，就留个倒梳的冲天揪，一路走过去吵吵嚷嚷，闲谈也像斗嘴。

月徊跟着大队人马上岸，一色的官服，赫赫扬扬走在大街上。道儿早就被官府清过，两掖站满了兵勇，把看热闹的百姓都拦在了身后。因着是海湾边上，臭鱼烂虾暴晒后的腥气和咸味儿夹裹热浪，一阵阵扑面而来。梁遇拿汗巾掖着鼻子，蹙眉，一副挑剔模样，就算这里的地方官打着华盖率众迎接，也没能让他挪开手。

小小州府，官员品阶不算太高，平时和京里的联系至多不过陈条奏章，因此见了梁遇仿佛见了活爹，那份殷勤和诚惶诚恐，看着实在不雅观。

知府领着衙下差役和乡绅，结结实实跪在了黄土道上，深深泥首下去："厂公大驾光临，卑职等迎驾不周，还乞恕罪。"

梁遇在人前一直保有和善的面貌，虽然汗巾子遮住了半张脸，但那笑意还是从深秀的眉眼里泄露了出来。伸手虚扶一把，笑道："孙大人过谦了，是咱家来得唐突，扰了州府的清净。"

"不不不……"孙知府连连摆手，"厂公为社稷奔波操劳，是吾辈为官者之楷模。今日厂公钧驾莅临登州，卑职等有幸一睹厂公风采，委实幸甚至哉，幸甚至哉啊！"

都是官场上的客套话，听多了叫人反胃，梁遇又耐着性子周旋了两句，便道："今儿要劳烦孙大人了，替咱家安排个住处，容咱家和底下人歇歇脚。"

这样千载难逢的巴结机会，孙知府怎么能错过？早在秦九安上岸知会时，就把自己的官衙腾出来了，遂拱着手道："不管是外头别业还是另寻会馆，都不及衙门里清净雅致。厂公尊贵不同寻常，留宿外头岂不是叫人笑话卑职等款待不周吗？还请厂公屈尊官衙，如此厂公和诸位大人既住得舒心，也可确保安全。"

梁遇闻言一笑："那就叨扰孙大人了。"

第二十一章 画幕云举

孙知府道:"哪里哪里,卑职等有幸伺候厂公,将来说与后世子孙听,也是极大的荣光啊。"

于是一路谦让,一路小心伺候,将人迎进了官衙。

当然跟着上岸的,必是有品阶的千户和少监,寻常厂卫仍驻扎在船上,但准予自行活动。月徊眼下是男装,就跟在梁遇身旁,大概因为小太监本就雌雄莫辨,那些眼瘸的登州官员也没有起疑。甚至孙知府还和她搭讪,笑着说:"少监真是年轻有为啊,小小年纪已经官至随堂了,将来前途不可限量。"

月徊也虚头巴脑地应承:"孙大人抬举了,我不过仗着手脚勤快,在掌印大人跟前伺候罢了。"

秦九安有心哄抬她的身价,打趣道:"孙大人说着了,梁少监可是司礼监最年轻的随堂,司礼监设立至今,还没出过第二人呢。"

孙知府终于明白过来:"梁少监?原来少监也姓梁,果真好姓啊好姓……"

这些当官的,马屁真是拍得毫无风骨。也难怪,司礼监眼下如日中天,题本批红都要从他们手上过一道,地方官员们自然个个周到小心,唯恐有半点错漏。

月徊摸着鼻子,笑得讪讪,待安排好了梁遇的住处,随孙知府一道退到了门廊上。

孙知府谨慎地同几位少监打探:"卑职戍守海疆,不得传召不敢擅自进京,因此也不敢妄揣厂公喜好。不过咱们这里,有个高丽人开的春华楼,里头一色高丽美人,都是拿参水浸泡出来的,个个白得珍珠粉一样。卑职已经打发人过去传了话,今晚包圆了,不放一个外客进去。厂公和少监及千户们一路行来多辛苦,点两个姑娘,让她们打打五花拳,松松筋骨也好。"

男人们说起这个,当然喜上眉梢,只是忌讳有月徊在场,表现得都很含蓄。

杨愚鲁说:"这个……恐怕不方便。"

秦九安道:"还得先问过掌印的意思。咱们掌印一向喜静,倘或乏累不想消遣,那……"

"那就请少监和千户们散散心吧,到了咱们小蓬莱,哪有不做一回神仙的道理?"孙知府边说边笑,自觉风趣。

于是秦九安和杨愚鲁的视线全集中到了月徊的身上:"梁少监,您看……"

月徊觉得哥哥不是那种人,便大度道:"别问我啊,我也怪想去的……"

结果身后一个嗓音接了话:"既这么,就请孙大人安排吧。大家一路上都憋坏了,散散心也不为过嘛。"

月徊讶然回头,梁遇谈起风花雪月的事儿来,自有一段风流蕴藉。仿佛他不是司礼监的太监，而是哪家的王孙公子，到了烟花之地，不眠花宿柳一番，对不起他那张脸。

孙知府因尽了地主之谊，笑得花儿一样。原本这些京城里来的贵客眼界便开阔，死物未必能令他们喜欢。他们喜欢的是鲜活丰腴的肉体，这是太监的共性，更是男人的共性。

孙知府一迭声道是，忙着去承办了，剩下的杨愚鲁和秦九安也识相，垂首道："不知番子采买得怎么样了，我们瞧瞧去。"

两个人弓着身子，也极快地退出了门廊，这下子廊下就只有月徊和梁遇两个了，月徊说："您的性子使够了没有？"

梁遇的视线轻慢地从她头顶上飘过，趸身道："你指哪一桩？"

他云淡风轻模样，踱着方步返回卧房，月徊不死心，追上去道："我昨儿夜里拍您的门，说的那一套，您到底听见没有？"

梁遇微微偏过头，拿眼尾打量她："那句'梁掌印，我愿意和你好'？满船的人都听见了，可又有几个人相信你说的是真心话？他们觉得你酒后无德，我觉得你糟蹋了我的心。有些事儿，用不着说得那么明白，往后你还是我的好妹妹，我照旧是你的好哥哥。等回京后，你要是还愿意当娘娘，我捧你上高位，只要你将来念着我的好，别让我落个尸骨无存的下场，就够了。"

月徊惶然，听他这口气，好像真要和她撇清关系了似的。月徊耷拉着嘴角说："哥哥，您别和我这么见外，早前您没和我说起身世的时候，咱们不也挺好吗？"

梁遇暗暗一笑，她是觉得挺好，却不知道他心里有多煎熬。现在话说透彻了，窗户纸也捅破了，他甘冒天下之大不韪，把心事都和她坦诚了，至于她接不接受，全凭她的意思。

他又不搭理她了，月徊心里不大受用，嗒嗒跟在他身后，厚着脸皮说："您不是喜欢我吗，我也说了喜欢您啊，咱们两情相悦就成了。反正连爹妈都不在了，也用不着听谁的示下，这还不行吗，您还矫情什么呀？"

她每多说一句，梁遇脸上就挂不住一分。那晚伤得将死不死的，又经历了风暴劫后余生，就什么都不管不顾了。事后他虽后怕，但不后悔，他希望能用真心换真心。可惜了，听听这浑人现在的话，一字一句毫无姑娘家的腼腆，可见这件事压根儿就没往她心里去。

他负着气，但又不能去纠正她，她没这意思，说得再多也是枉然。

在她看来他终究是哥哥，即便错过了十一年，前六年的情分还在，失散后的日夜啼哭也忘不了。那时候她太小，吃的苦远比他多，那份惦念，会更深地凿在心上，她不能从里头挣脱出来，也不能怪她。

梁遇长叹了一声："不是我矫情，是我不想逼你。"他回过身来，轻轻笑了笑，"我答应过你，让你考虑到广州，你也用不着现在就下定论。你知道的，上了我的套，一辈子都得困死在里头，趁着你还能飞，好好想明白吧。瞧在爹娘的面子上，我算计天下人，也不能算计你。"

可他越是这么说，她越是提心吊胆。像小四小时候被马蜂蜇了，她骗他说不疼的，结果一夜过后胳膊肿得腿一样粗。有些谎言哪怕是善意的，也还是谎言。

"我喜欢您的脸。"她突兀地说，既然他不相信她真的喜欢他，她就得用力佐证一番，"您长得好看，对我来说好看就足了，您得相信我，我这人的感情很简单，也纯粹。"

"好看？"他漫不经心地一笑，"凭脸让你短暂喜欢一阵子，不是本事。你知道夫妻和兄妹有什么不同吗？夫妻是要同床共枕，要捆绑一辈子的。你不是觉得我为梁家毁了身子，我可怜吗，其实你错了，我真没那么可怜，用不着你来同情我。等哪天你能拿我当个寻常人看待的时候，再来说喜欢不喜欢吧。"

就是这么有脾气，虽然这回没请她出去，但他转到垂帘后头，再也不露面了。

月徊一个人在上房站了半天，总算闹清了梁遇的意思，不要她可怜他，要她的感情能摒除漂亮的脸蛋和身体的残缺，就那么一心一意爱他这个人。月徊有限的脑筋瞬间被扭成了麻花儿，不管脸还是身子，不都是他的吗，无论喜欢哪一样，归根结底都因为他是哥哥啊。可他要和自己较劲，愤愤不平着"你喜欢的是我的脸，同情的是我的身子"，可除了这两样，难道还能喜欢他的魂儿吗？

月徊摸了摸后脑勺，从屋里走了出来，果然能统领东厂的，脑子都异于常人。

后来她就不苦恼了，反正来日方长。在西边花廊底下眯瞪了一会儿，等太阳快要下山的时候，看见各屋出来的人全换下公服，换上了寻常衣袍。她顿时就惊了，这些人心机这么深，为了出去喝花酒，都偷偷带了私服？那她怎么办？她总不能穿一身姑娘的衣裳，跟他们出入秦楼楚馆吧！

她摸着下巴逐个看过来，长得不怎么样的人，实在还是穿公服比较好看，至少显得有气势，不像现在，一个个扔到人堆儿里都挑不出来。但是梁遇就不一样，他穿一身云白细布竹叶暗纹直裰，束涡纹珊瑚腰带，衣裳并不显得名贵，唯独那腰带颜色出挑。这世上的男人，能把白色穿得有滋有味的真不多，他是独一份儿。

月徊看得有点呆："我呢？你们谁管管我啊？"

大伙儿都觉得那么小号的常服不好找，让她将就将就，穿着曳撒得了。

就是因为这身皮,以至于接下来让她在春华楼受到了非一般的待遇。那些眼皮子浅的高丽女人围绕在她周围,"大人大人"的,叫出了鸡皮疙瘩乱窜的婉转味道。

把她拱成了靶子,他们好趁机偷欢,月徊看着梁遇和孙知府推杯换盏,起先身边只有两个侍酒的清倌人伺候,他对女人也是淡淡的。可不一会儿,老鸨子带进个美人儿来,满堂佳人在她面前霎时没了颜色。那袅袅眼波,那妩媚身姿,饶是女人,都要被她迷晕了。

老鸨子也是高丽人,高丽人有着天生的含蓄之美,抱裙跪坐在孙知府身旁,让这绝色美人儿依偎在梁遇身边。老鸨子的嗓音像清泉一样,操着一口流利的汉话,含笑说:"客人是有缘人,她叫多丽,十岁卖进我们楼,花了五年才调理出来的。这几日正找一位梳拢的官人,要是客人有意,就留下她吧。她琴棋书画样样精通,不知比外面的姑娘强上多少,让她好好伺候,客人只等着享艳福就是了。"

梁遇调过视线来打量,这种经过悉心调教的女孩儿,不像下等红倌人那样一条玉臂千人枕,她们的要价极高,自小被小心供养着,过着连寻常富户家小姐都望尘莫及的奢华日子。穿最好的衣料,用价值千金的玉容膏,这才作养出一身不俗的风骨,和见了金山银山也不屑一顾的超然气度。

前期的投入,是为最后能找到一个出得起价的买主。梳拢后的姑娘一般不再接客,只要银子花到家,为你守身如玉也不是不可以。

他笑了笑:"高丽果然出美人。"

孙知府极有眼力见儿:"只要厂公瞧得上,这位多丽姑娘,就算卑职的孝敬。"

月徊看在眼里,憋了一肚子气。不过这么个样貌的姑娘挨在梁遇身边,看上去真像一对璧人。

哥哥会留下她吧?会置个外宅安顿她吧?这种烟花柳巷出来的女人,哪里适合过日子!

月徊急得百爪挠心,见梁遇犹豫,像是要答应的样子,她忙从美人堆儿里挣扎出来,摇着胳膊说:"掌印,万万不可,万万不可啊!您忘了京里的夫人了吗?临走的时候她吩咐小的看着您,不许您往窑子里去,也不许您在外头留情。要是您敢混来,她即刻打发番子把淫窝儿铲平,还要拿住那个牵线搭桥的,抽出肠子洗吧干净了腌咸鱼。您自个儿是不要紧的,但看在孙大人一片盛情的分儿上,您不能害了孙大人啊,掌印……"

她痛心疾首的一番呼号,成功把在场众人惊呆了。

尤其是孙知府,往前一琢磨这位梁少监是梁遇一家子,往后一琢磨掌印夫人那份生猛,真派人来荡平小小登州府怕也不带含糊。这下子自己引荐美人好像闯了祸了,世上什么最可怕?不是男人的刀剑,是女人的枕头风!这消息要是传进京城,厂公夫人再来个一哭二闹,梁厂公为了自己脱身,难保不把他拽出来填窟窿,到时候真拿他开刀,他小小的四品知府能有几根骨头够他们砍的。

孙知府一脸惶恐:"卑职……卑职并不知道……不知道厂公……"

梁遇冷冷地看向月徊:"梁少监,咱家几时有夫人了?"

月徊睁着眼睛说瞎话的能耐堪称一绝,她丝毫不顾左右知情者的目光,不慌不忙道:"掌印您忘了,您可有个指腹为婚的夫人啊,虽然您吃着碗里看着锅里的毛病一向就有,但夫人大度,从来不和您计较。现在您逃出夫人的五指山了,就在外头养外宅,这么做对不起夫人。"言罢龇牙笑了笑,"不过小的知道,您会悬崖勒马的,孙大人也不会好心办坏事。这位多礼……多犁……多丽姑娘,还是留给其他客人吧。这么好看的脸蛋子,要是有个三长两短,老板娘岂不是竹篮打水一场空?"

其实一个青楼女人的死活并不足以引发太多重视,老鸨子担心的是这位大人物的夫人真会铲平她的春华楼。她慌起来,讪讪看向孙知府:"大人……您看……"

梁遇站了起来,寒着脸道:"今儿的好兴致全被搅和了,这酒不喝也罢。"待要走,又垂眼看了看跽坐在那里的高丽姑娘,眼波飘飘冲孙知府瞧了一眼,"把人留下,明儿我带上船。"

他起身离席,所有人便都像潮水一样退了下去。本来喝花酒就是为了稍作消遣,当真在春华楼留宿是决计不能够的。这地界儿不像京城,客来客往,谁也摸不准谁的底细。万一有个闪失,那折损就大了,红罗党不除,不能放松警惕,因此这时借故离席,恰是时候。

只是月徊这丫头实在太能胡扯了,梁遇只觉又可气又可笑。走出春华楼后待要训诫她,竟发现几名千户和少监正凑在一起盘问她——

"大姑娘,真有那个夫人吗?"冯坦问。

月徊几乎要翻白眼:"您不是东缉事厂的大档头吗,掌全国上下侦缉之事,连掌印督主有没有夫人都不知道?"

冯坦被她回了个倒噎气,讪讪闭上了嘴。

"那指腹为婚呢?"秦九安小心翼翼地问,"这个我瞧着有几分真。我们老家也时兴这个,两家交好,两个大肚子起誓,同性为兄弟,异性为夫妻,就是这个。"

杨愚鲁的目光更深了几分,借着灯笼的光亮紧紧盯着月徊的脸:"姑娘,您昨儿夜里扒在老祖宗门上喊得那样……难道您就是那个指腹为婚的姑娘?"

此话一出,石破天惊,居然像打通了任督二脉一样,总叫人想不明白的环节瞬间就豁然开朗了。

原来是这么回事儿,两家早前定了亲,但因后来梁家没落,掌印无奈之下进宫当了太监。为了不耽误姑娘,找到姑娘之后以兄妹相称,便于抬举姑娘。将她送到皇上身边,也是为了成全姑娘的前程,以期将来她能攀高枝儿,两下里得宜。

果然好深的算计,好隐忍的一番真情啊,大家眼中无情的掌印,原来也是这么有血有肉的人。难怪月徊姑娘最终还是跟着南下了,难怪昨晚借酒浇愁想逼掌印就范,如此这般前后一连贯,简直比台上的戏文还要精彩。

这些人忙着探听秘密,月徊却觉得很心烦。

他临走时和孙知府说了什么?还要把那姑娘带上船?他是真拿她当死人了吧?这种吃味儿的感觉,一下子膨胀得无限大,月徊觉得自己要发疯,必须找他好好掰扯掰扯。他一个太监,到底要女人干什么使?难道真如她早先说的,就算吃不上,看着也香吗?

她闷着头,加紧步子赶上了他的轿子:"掌印,多丽姑娘身娇肉贵,在海上漂几个月,她会受不住的。"

轿子里的人淡声说:"你怎么知道!别操心别人,多操心你自己吧!"

月徊执着地说:"我当然知道,您别看我和她都是姑娘,但人家是面团堆起来的人,我皮糙肉厚耐摔打,自小就跑漕船,不一样的。"

轿子里的梁遇哼了一声:"她经不经得住,又有什么关系。我只要她伺候,要是死了,就扔到海里头喂鱼,横竖不用你来搬尸首。"

月徊啧啧:"您怎么能这么不知怜香惜玉呢,人家背井离乡不容易,您就别祸害人家了。"

轿子里的人终于忍不住打起了窗上帘子:"怎么就成了我祸害人?你没瞧见那鸨儿巴不得我把人留下?还有,你鬼扯一通,扫了我的脸,等回了衙门,我再找你算账!"

月徊听得后脊梁发凉,他是咬着槽牙说的,这回真要动怒了,不讲情面起来也怪瘆人的。

她错后两步,权衡利弊下,还是决定不捅那灰窝子了:"我想了想,您要是执意想带上多丽姑娘,我也不能枉做小人……那什么,我这就给您把人接过来。"

梁遇见她要折返,气得大喝了一声"站住":"你别忙,孙知府自然会办妥,用得着你大夜里来回窜?"

月徊搓着手说:"那怎么办?您这也不行那也不行……"

"你没听过,说出去的话泼出去的水?既然敢做,就要敢当。"他哼了声,重重放下了垂帘。

第二十一章 画幕云举

所以掌印大人的名声被毁了？月徊细想想，其实他名声原本就不佳，毁一回是毁，毁一百回不也是毁吗？难道是因为惧内听起来没面儿，这才做脸子的？可惧内不是美德吗，他浑身上下就剩这一点杜撰的美德了，他非但不感谢她，还在这里大呼小叫，真是不识好人心！

月徊愤愤不平，当然不平完了就剩下害怕了。当时一拍脑袋冲口而出，现在想想的确欠思量。这可怎么办呢，她对哥哥的惧怕就像孩子对父母一样，平时插科打诨都可以，要是真惹得他生气，后果不堪设想啊。

她心惊胆战地退回了杨愚鲁身边："杨少监，今晚上我能住回船上去吗？"

杨愚鲁不大明白："为什么？在船上住了半个月了，姑娘还没住够啊？"

月徊嗫嚅了下："我才刚胡言乱语编派了掌印，他说回头要找我算账，我不是害怕吗？要是能躲一躲，兴许好点儿，明天再见他，他气也消了，那就天下太平了。"

杨愚鲁却摇头："您退让了，老祖宗明儿真把那个高丽姑娘带上船，那您怎么办？依我说，反正硬气了一回，就硬气到底。姑娘是码头上见过世面的，干完了又退缩，不是您的作风。"

月徊听了，觉得有道理，横竖破罐子破摔，哥哥要是被人霸占了去，那她活着还有什么趣致！

于是到了衙门，用不着梁遇来提溜她，她自己就戳到了他眼窝子里。

他还是那副不冷不热的样子，傲慢地打量了她一眼："干什么？"

"等着挨您的训斥啊。"她滚刀肉一样，在屋子里溜达了两圈，"实话告诉您吧，在我没答复您之前，您别想和那些乱七八糟的女人怎么样。我得替爹娘看着您，咱们梁家是诗礼人家，好人家的孩子宿妓，赌等着被打断骨头吧！就算您如今升发了，也不能忘了本，这还要我提点您吗？"

梁遇哼笑了一声："我不是梁家的血脉，做了丑事也不和梁家相干。"

"不和梁家相干？就算做了女婿也是梁家人，您想往哪儿逃哪？"

她说得痛快，却没想过这话对他内心造成多大的震动。

是啊，他现在并不盼着做梁家的儿子，他想做梁家的女婿。这话从月徊嘴里说出来时，本该带着几分羞怯的，可实际呢，她像刚才在人前胡扯一样，脸不红，气也不喘，越是这样，越表示她对他还是没有上心。她如今是出于江湖道义，一个残了的养哥哥砸在手里，自己不接收，仿佛对不起全天下。

他因她的坦然而失望，别开脸道："你要说的话都说完了吗？说完了就出去，别搅了我的好事。"

他要是这态度，那更不能出去了。月徊赖定了，觍着脸道："哥哥，您今晚有什么好事儿？"

梁遇也不理会她，转身解了腰带，把直裰脱下挂在衣架子上。

月徊盯着他不放："您还不死心呢？在等多丽姑娘来？您身上的伤还没好利索，人来了又怎么样？"

她最会捅人肺管子，梁遇顺了顺气道："我就是让人做个伴儿，怎么的，也碍着你了？时候不早了，快回你的屋子吧，别再叫我撵你了。"

月徊说就不："做个伴儿，我也能做伴儿啊。不就是陪您睡觉吗，我陪您不是一样？"她边说边脱衣裳，一面嘀咕着，"又不是没睡过您的被窝，我早就想和您一头睡了。找个外头人多麻烦，还得提防她是不是红罗党，找我不是现成的吗，又可信又贴心，何必舍近求远？"

她脱衣裳脱得比他还快，脱完了一骨碌爬上床躺下，毫不见外地说："哥哥，拧把手巾，让我擦洗擦洗。"

梁遇却彷徨了，心虚地朝外看了一眼："快起来，叫人看见像什么。"

月徊直挺挺说："就在昨儿晚上，您害得我在舱房外头颜面尽失，我现在已经没脸了。一个没脸的人还在乎什么，您不是要人做伴吗，我给您做伴，您还愣着干什么，有话躺下说。"

遇见这么个胡搅蛮缠的人，实在是没辙。先前有意吩咐孙知府一句，不过是为了激她，结果这人经不起撺掇，一撺掇她就豁出去了。

梁遇也负着气，她这么耍赖是做给谁看？既然她不在乎，他又怕什么？于是拧了手巾扔给她："擦干净了，我可容不得臭人躺在我的被窝里头。"

于是吹灯，上床，龇牙咧嘴，虎视眈眈。

月徊的语气十分不屑："吵着闹着要带上那个高丽姑娘，别怪我说话不中听，您带上了也就这样。"

梁遇盯着帐顶，气涌如山，连连冷笑着："看吧，嘴上说得好听，心里终究瞧不起我，可怜我。"

月徊说："没有。您是我最亲的人，我瞧不起我自己也不能瞧不起您。我就是觉得您作践自己，那个什么高丽女人，不管她是青的还是红的，反正是个粉头儿。您和她纠缠，不光我伤心，地底下的爹娘也会伤心。"

然后梁遇便不说话了，就这短短的几句，让他读出了人世的辛酸。不管她对他有没有发自肺腑的爱意，至少她全心全意为着他好。就像她说的，身边躺着的人是她，他就不用担心半夜睡梦里被人杀了。他当初认汪轸做干爹，后来又除掉汪轸自己执掌司礼监,知道周围的人个个野心勃勃,所以他谁都信不过。曾鲸是他一手调理出来的,他对曾鲸也同样提防,唯独她,他是可以放心的。这阳世上,什么都是假的,什么都靠不住,只有甘苦与共过的亲情,才让人踏实。

还好她就在身边,夜很寂静,甚至能听见她的鼻息。

一轮月亮悬在窗屉子上,这样的夜色,常叫人心生涟漪。慢慢有莫名的小冲动,像蠕虫一样爬上来,爬进他心里,爬上他的指尖。他知道月徊离得不远,手腕稍稍转动一下,就能触到她。

"月徊……"他匀了匀气息道,"你是不是觉得太监的身子残了,就变成了女人,没有威胁,什么都干不成了?"

月徊唔了声:"我不这么觉得啊,我看您和少监们,明明还都是男人。只要换下司礼监这身衣裳,外头谁能把您当女人!"

"我说的不单是表面上看,是骨子里。"他说着,翻身撑在她上方,"我这样,你有什么想头?怕吗?"

月徊看着他,屋子里光线迷蒙,他的五官不似寻常凌厉,有种温润的美感。只是满眼都是那张脸,能嗅到他领缘的香气,暴风雨那晚的情景便不由自主地又回到眼前。月徊的心都快从腔子里蹦出来了,还嘴硬:"怕什么?怕您吃了我啊?"

他确实很想吃了她,从得知自己不是梁家人开始,一日日的积累,把他的胃口养得越来越大。

她装糊涂,他也顺势而为,慢慢逼近她:"这样呢?"

他的脸在她眼前放大,那种心慌,那种喘不上来气儿,她觉得自己真要陷进他的无边美色里了。

好看的人,只要略微撩拨,就能勾出无限遐想。月徊憋得面红耳赤,唱反调似的又摇了摇头。

果然他继续欺近,最后慢慢地,极温柔地,在她唇上吻了一下:"那这样呢?"

月徊又要哭出来了,这回和上回不一样,这回是有了防备,也隐约猜着了会有这么一出,可他亲她的时候,她还是觉得羞涩且惶恐。

羞涩是应该的,大多姑娘挨了亲,都是这种感受,然而惶恐,就让她觉得十分无奈。可能是长兄如父的缘故,他亲她一下,她心里就哆嗦,所以当他问她怕不怕的时候,她慌得忘了回答。

不回答,就包含很多可能,也许是姑娘心慌意乱了,也许是姑娘觉得不怎么样,沉默只是为了保全体面。不管她是出于何种考虑,这种时候就不能太讲究君子风度。梁遇像个渴了太久，好不容易在沙漠里找到水源的人，既然掬着了一捧清泉，就该狠狠受用。

"我知道你胆儿大，什么也不怕。"他贴着她的唇角说，"你知道女人上了男人的床，会发生什么事儿吗？躺着聊天？除非我是死的。"

他的唇重新落下来，细细地、缓缓地描摹，像小时候跟着老师学山水画，狼毫笔尖在山峰勾勒，一笔不够再添一笔，然后晕染，着色。反正他是欢喜的，亲过几下挪开看她一眼，越过了心理最初的那道障碍，他发现自己原来如此酷爱这种动作。

月徊可能已经吓傻了，如果享受，她应该闭上眼睛，可是她没有。他便有意问她："现在呢？你还愿意顶替那个高丽女人，和我做伴吗？"

月徊觉得都到了这个份儿上，挨他亲了那么多下，现在退缩那可亏大了。她的目标是彻底打消哥哥把高丽女人带上船的念头，只要他亲痛快了，自然就想不起那些不相干的人了。

"我这怎么能叫顶替！本来和哥哥做伴的就是我。"她说的时候攒着劲儿，那双眼睛闪闪发光，"除了我没别人。"

所以女人啊，意气用事起来就容易吃亏。他轻轻一笑："这话是你说的，千万别后悔。"

月徊脑子发蒙，她到现在才发觉，原来一向正经的哥哥，在床上也有颠倒乾坤的手段。

其实也不需要他多做什么，就是披散着头发，轻飘飘烟视着你，一个眼神一个笑，轻而易举就能让你找不着北。月徊开始感慨，长得好多占优势啊，她明明吃了亏，也像占了便宜似的……

他的唇又来了，珍重地落在她额上，落在她鼻尖上，落在她眼皮上。她能感受到他的温情，毫不莽撞地，循序渐进地，撬开她的牙关，火辣辣地纠缠上来。

奇怪，真是奇怪……她有些惊讶，有些羞赧，又有些欢喜，没想到亲密到一定程度，还有这种奇怪的花样。起先会不适，但很快又有异样的感受，仿佛舌尖勾连着心，一点震动就让心停跳，然后一片狂热的血潮，绵密地推向四肢百骸。

他啮了啮她的唇瓣，说话变成了缠绵悱恻的气音，微微齉着鼻子问："这么做伴，你怕不怕？"

月徊的不解风情，实在和她欣赏美的能力天差地别，她说："吓唬谁呢！不过你是怎么学会这些花样的？以前和谁亲过？"

梁遇唔了声："这种事用不着学。"说罢低下头，舔了舔她的耳垂，"喜欢一个人，喜欢到一定程度，就什么都明白了。"

月徊居然因他这番话，认真思量了一回，那她眼下还不知道应该拿他怎么办，就说明她还不够喜欢他吧！

其实并不啊，她是真的喜欢他的，打从第一天见到他起，就折服于他的容貌，不加掩饰地对他垂涎三尺了半年之久。要论情，她除了一时没法子把亲哥哥变成情哥哥，其他真没什么可着急的。梁遇这样的人，除了小小的一点遗憾，还有哪里不招人待见？然而这大宝贝放在她面前，她确实是无从下口，也不知应该怎么疼他。

他的手，顺着她身侧曲线慢慢挪上来，落在她中衣的交领上，细长的指尖轻轻一挑，便挑出了一片坦荡。

月徊很紧张，越是使劲儿，越显得颈项瘦得伶仃，锁骨高高耸立起来，像两座别致妩媚的桥。

他一笑："你不是说了不害怕的吗，现在这是怎么了？"

月徊梗着脖子，咽着唾沫说："怕……谁说我怕……"

"不怕……"他唇角的嘲讽又大了几分，"多丽姑娘要是在，可不光这样，这才哪儿到哪儿。"

月徊眼睁睁看着他俯下来，把脸贴在她脖颈上，动脉里奔流的血液鲜活，让他发出一声喟叹："过去十一年，我是行尸走肉，不知道人活着是什么感觉。"

月徊虽然心惊胆战，但让他还阳的功德，冲淡了这刻的紧张和焦躁。她在他肩上抚了抚："我看您活得挺滋润的，敢情是活在阴间了？"

这人真是缺乏想象力，梁遇白了她一眼："我这么一说，不过是表达心情。"

她哦了声："我明白了，您就是缺个女人。有人天天给您渡阳气，您能活出花儿来。"

结果梁遇的手攀上来，捂住了她的嘴。

他不爱听她说那些没情调的话，但他贪恋她的身体。十八岁的姑娘，正是热火朝天的年纪，每一寸骨节都涌动着旺盛的生命力。他活在太监堆里，活得太阴沉，不近女色，清心寡欲。长久的压抑让他扭曲，他知道自己要什么，只是她还糊涂着。这个他从小看着长大的孩子，一面畏惧他，一面又想着讨好他，他常被她气得牙根儿痒痒，但还是舍不得怨怪她。

指尖在她身上游走，让她枕着的臂弯轻轻一收，把她收进怀里。

"月徊，闭上眼睛。"他在她耳边诱哄。

他的嗓音像加了阿芙蓉，化成缕缕看不见摸不着的妖气，从她七窍渗透，一直渗透进脑子里。她顺从地闭上眼，视线被阻隔，知觉便尤为警敏。她能感觉到他周身的热量，这种热量像病了，没来由地让人心慌。

"哥哥……"

她这么叫他,他曾经不喜欢这个称谓,可是这种情况下的一声"哥哥",居然让他品咂出一种羞耻的激荡。

想法很多,多得不敢去细想,他急于以手丈量她,然而她终于还是压住了他的指尖,什么都没说,却把他从深渊里拽了出来。

顷刻清醒,他松开她,才发现肩头的伤开始隐隐作痛。情欲真如麻沸散,居然让他忘了自己的伤,要不是她一个细微的动作叫停,接下去还不知会怎么样。

他翻身坐了起来,轻声说:"我的伤口好像绷开了。"

月徊忙掩上衣襟跳下床,双腿着地的时候有些虚软,她定了定神,才趋身过去点燃了灯。

药是随身携带的,梁遇脱衣裳的时候居然还有些扭捏。月徊嗤之以鼻,刚才不是豪放得很吗,果然光线一亮他就变成另一个人,如此表里不一,让人唾弃。

"快脱吧,不脱我怎么给您上药啊。"她两手一撕,撕开了他的明衣,果然见肩头缠裹的纱布上血迹斑斑,她啧了一声,"这还没怎么样呢,就见红了。"

她就是俗话中的卤煮寒鸦——肉烂嘴不烂。刚才是谁中途退却的?这会儿又抖起机灵来,可见还没受到教训。

她忙着给他换上药,手停在他肩头的时候,他抬手压住了她的:"今晚上在我这里过夜吗?"

月徊心头趔趄了下:"让少监和千户们瞧着……不好看吧?"

她几时这么在意面子了?归根结底都是借口。

他哂笑了下:"罢了,换好药就回自己房里去吧。"

月徊说"得嘞",手脚麻利地收拾好药和纱布。临要出门的时候回头问:"哥哥,您还带那个'多驴'姑娘上船吗?"

梁遇蹙眉:"人家叫'多鱼'……"

……那高丽姑娘到底叫什么?经过刚才一场混战,好像已经想不起来了。他叹了口气:"你不是说夫人不答应吗,不带就不带了。"

月徊这下子终于长出了一口气,折腾这半天总算不是无用功。他早就动过心思,说路上收的女孩儿给她做丫头。要是真把那高丽女人放在她跟前,她每天看着他们眉来眼去,早晚会被他们气死的。

她心满意足地从他屋子里退了出去,顺便替他关好了门。回身的时候吓了一跳,对面廊庑上站着高渐声和秦九安,正直直看向她这里。

月徊摸了摸后脑勺:"二位,还没安置呢?"

秦九安哦了声:"出去采买的人回来了,我才清点完一车货物。"

月徊又瞧瞧高渐声:"四档头,您呢?"

高渐声说:"我出来解手,恰好遇见了秦少监。"

两个人对视一眼:"哎呀,真巧!"

月徊看着他们演双簧,像在看两个傻子。

"吃饱了撑的,大半夜不睡觉……"她自言自语着,沿着廊庑回了自己的卧房。

进门后吹了灯便倒在床上,可是却无论如何睡不着了。梁遇的气息,梁遇的亲吻,还有他指尖游走的轨迹,都让她惴惴不安。她觉得不好意思,但又不讨厌那种亲昵。她记得那双迷离的眼眸,动情的时候云山雾罩,仿佛随时能滴下泪来。

可怜见儿的,一定是憋得太久了,她抚着自己的嘴唇想。到这会儿还残留着酥麻的感觉,什么无师自通,八成是骗人,他要是不知道里头门道,怎么会懂得那些羞人答答的小诀窍!

月徊心里又百感交集起来,哥哥二十五岁才找回她,那在她没回来的那几年,他是怎么过的?本来她一直以为太监不能人道,睡在一张床上也不过如此,今天算开了眼界,他们哪怕下半截有欠缺,也照样有很多法子让自己得趣。

没想到哥哥是这样的人!这一夜月徊睡得不太安稳,到三更的时候才勉强合上眼,结果睡了不到两个时辰,就听见外面传来厂卫的大嗓门。那呼喝伴着淅淅沥沥的雨声,在她脑门上旋转出一个小型的风暴眼。

她坐起来,脑子还是迷糊的,心里琢磨着是不是要动身了,可等了等又没人来叫门,她担心他们把她落下,便揉着睡眼过去打开了门。

果然下雨了,雨打芭蕉噼啪作响,这种时令来一场豪雨,正能缓解欲扬的暑气。

廊庑上厂卫穿梭,院子里停的马车都盖上了油布,车上装的全是需要运送上船的日常所需。月徊帮不上什么忙,呆站了一阵子,正要回屋,看见梁遇从卧房里出来,一身牙白的行蟒曳撒,乌纱上垂下赤红的组缨。摇着一柄折扇伴伴经过,眉眼间那份风烟俱静,和昨晚判若两人。

"福船修缮得怎么样了?"他偏头问杨愚鲁,眼波从月徊脸上划将过去,略一停顿,又飘然移开了。

杨愚鲁道:"二十四名船工日夜赶工,已经修得差不多了,今儿就能移回去。"

梁遇嗯了声:"海沧船太小,窝在里头施展不开手脚。我瞧那些厂卫都爱吃海鲜,咱家在船上也敢下网打鱼,弄得甲板上臭气熏天,一帮猴儿崽子!"嘴上怪罪,但并不真的生气,自己倒先笑了,"我挪回福船上,让他们吃个尽兴。只是叮嘱他们一声,海味儿性凉,别吃坏了肚子。要是闹出人命来,可没船送他们回去,立时扔下海喂鱼。"

　　掌印心情好,果真大家的日子都好过。杨愚鲁笑道:"老祖宗放心吧,小的特地跑了一趟药铺,这地方海上贸易汇聚,竟然还有金鸡纳霜。我把能买的全买下了,以备不时之需。"

　　梁遇点了点头,正要说话,见大门上孙知府进来,便含笑拱了拱手。

　　孙知府满脸堆笑,哈着腰道:"厂公昨夜睡得可还安稳哪?咱们这儿是小地方,又临近港口,天一亮就有鱼市喧哗,只怕搅得厂公不得安睡。"

　　梁遇道:"托福,睡得很好,比行船时候舒称多了。"

　　"那就好、那就好……"孙知府看了眼院子里的马车,迟疑道,"厂公今日就走吗?外头正变天呢,何不再歇一日,等天放晴了动身不迟。"

　　"不必了。"梁遇道,"咱家还有公事在身,不能耽搁。"

　　孙知府长长地哦了声,略斟酌了下道:"既如此,卑职也不敢误了厂公行程,那……人就直送上船……"

　　梁遇的笑意更盛了,和声道:"孙大人的好意咱家心领了。原本是有这个打算的,但昨晚细思量了一回,海上颠簸,带个女人不方便,况且家里头不让,咱家也没辙。人我就不要了,孙大人自己且留着吧,他日孙大人入京,咱家再好好回报孙大人盛情。"

　　他说完,抬起了手,小太监即刻把伞撑起递过来。他淡声吩咐杨愚鲁动身,继而望向月徊:"梁少监,还愣着干什么?等着咱家给你打伞?"

　　月徊一听,忙点头哈腰挤进他伞底。待要接伞,他微微一扬胳膊让开了,只是那秀目婉转垂眼瞥她,唇角一抿,抿出了个欲说还休的笑。

第二十二章 别时花尽

天上下着雨，一路上攒了无数的水洼，雨水落下来，便激得那水洼里涟漪一片。

官衙门前停了车，虽说从衙门到码头路途不远，但万万没有让厂公步行的道理。孙知府将梁遇送上了车，自己率领门子乡绅，一路将人护送到码头上。天气不好，但不妨碍临港码头排场盛大。登州府大小官员恭送，船队上锦衣卫下船接应，那些厂卫一色黑甲笠帽，个个腰上别着绣春刀。天上雨箭坠落，地上皂靴林立，雨中有种格外肃杀的气象。

这原是一帮杀人不眨眼的匪兵啊，相对于无情无绪的厂卫而言，言笑晏晏的提督就和善多了。孙知府瞧着这个阵仗有些犯怵，但仍颤巍巍地向梁遇拱起了手。

"厂公此行匆忙，卑职等未能尽地主之谊，深感羞愧。原想着再留厂公一日的，可惜厂公要务在身，卑职也不敢虚留。登州是个小地方，没有什么能拿得出手的，内子昨儿连夜烙了一百张饼子，请厂公和诸位大人别嫌弃，带着路上吃吧，算我们夫妻的一点心意。"

孙知府亲手将两个包袱交到了两位少监手上，杨愚鲁和秦九安是办惯了事的人，上手一摸就明白，只管笑着说："请孙大人代为道谢，劳夫人费心了。"

众人嘴上又热闹寒暄了一番，终于辞别孙知府登船。船队在细雨纷飞中扬帆起航，舱房里两位少监将包袱放在桌上，解开后不出所料，哪里是什么饼子，是成沓的银票和金条。

梁遇摇扇笑道："这登州府果真富得流油，别瞧海港边上整日和鱼虾为伍，那些外邦人上岸交易的税收，还有蛋民[1]捕捞的渔课，一年能抵三个河南。"

秦九安也笑："以前倒是听说沿海一带官员出手阔绰，没想到这回见了真章。"

月徊在边上看着，喃喃说："这么多钱，少说也有十万两。这孙知府图什么啊，这么费心巴结，又是美人又是钱的。"

还能是什么？

"外放官员油水再多，终究是外放的，缺个头衔，也缺升发的机会。"梁遇倚着引枕，一面盘弄他的菩提，一面道，"钱挣够了，就想进京任职，弄个京官阁老当当。"

唉，真是煞费苦心，月徊感慨："这位孙知府也够能扯的，好端端的抬出什么夫人来，还一夜烙一百张饼，也不怕热油溅得一脸麻子。"可是说完，发现屋里的几双眼睛都盯着她，她心虚起来，"瞧我……干什么？"

梁遇骄矜地一哂："就许你假借个莫须有的夫人搅局，不许人家夫人连夜烙饼？"

还真是……这孙知府的脑子果然灵便！月徊讪讪地摸了摸鼻子："我前几天受了惊吓，近来神思总是恍惚……"

那三双眼睛继续盯着她，仿佛在腹诽："你也好意思说得出口。"

月徊加重了语气："真的，像昨儿晚上，我被那些姑娘的胭脂呛着了，不知怎么就说出那番话来，罪过罪过。"

秦九安和杨愚鲁交换了下眼色，忙打圆场："姑娘是正派人，去不惯花街柳巷。"

月徊有台阶就下，连连点头："这话说着了，我也觉得那地方有毒，把人弄得五迷六道的。"

梁遇不听她耍嘴皮子，微抬了抬下巴吩咐："都收起来吧，留着将来剿灭了红罗党，给厂卫们做赏金。"

肉肥汤也肥，就打这上头来。上峰得了利，自然亏待不了底下人。两位少监道是，卷起包袱存放进了箱笼里，复行了个礼道："老祖宗连日辛苦，受了伤也不得好好歇息。登州府上过了一回岸，下回再想沾着土星儿得到威海卫。目下船上诸样都齐备，老祖宗不必操心，且好生养伤，海上潮湿，没的落了病根儿。"

梁遇点了点头，秦九安和杨愚鲁方退出舱房。一时屋里只剩下月徊，她和他独处的时候显然不大自在，大约因为昨晚上那半场风花雪月，她开始意识到他不单是哥哥，也是男人了。

1　蛋民：以船为家的水上居民。

"我……"她张嘴,本想顺势告退的,没承想才蹦出一个字,就被他打断了。

"我身上不舒坦,你先别走,留下给我松松筋骨。"他袅袅瞥她一眼,把菩提放在一旁,摘下头上乌纱递了过去。

月徊没法儿,只得上前接了,回身搁在粉彩帽筒上。

"其实我伺候人不得法,怕力道不够,反倒挠痒痒似的。"她卷起袖子,两手落在他肩上。

梁遇暗想只要她在身边,只要触碰得到,他就百样受用了。

他闲适地闭上了眼:"挠痒痒不怕,挠痒痒也舒坦……"

月徊小心避开了他的伤口,一面问:"哥哥,您还疼吗?"

这话说得不明不白,倒像是男人新婚第二天问女人的话。他说:"不疼,就是心里空落落的。"

月徊说:"怎么会空呢,您不是才收了十万两冰敬吗,我要是有那些钱,心里不知道多踏实,哪还有空地儿啊。"

可见这丫头没心没肺,在她眼里虚头巴脑的情,从来没有实打实的银票来得实在。

那双手在他肩背上揉搓,花拳绣腿真没什么劲儿,他也不嫌弃,只是叹息着:"再多的钱,也买不来心头好。钱攒得足了,到头来不过账上多添一笔,有什么用!"

月徊跟着惆怅起来,迂回开解他:"天下哪有白得的便宜啊,您想咱们家早前遭了那么大的难,要论常理,梁家翻不了身了。我听过一句话,叫英雄莫问出处,能反败为胜的,就是英雄。"

"英雄……"他喃喃说,"受的那些苦,就一笔勾销了吗?"

月徊自然答不上来,不知他人疾苦,怎劝他人大度。他今天的一切是拿男人的尊严换的,说一笔勾销,太难了。

好在他没有继续揪着这个不放,又笑道:"总算还攒下些家私,能保你吃喝不愁。等回了京,让曹甸生把账册子交给你,不说亲手掌家,至少知道家底儿,心里有数才好办事。"

月徊"啊"了声,有种赶鸭子上架的感觉:"您攒下的钱,怎么交给我啊……"

梁遇回过头来看着她,乜起的眼里带着危险的成分:"你的意思是,宁愿我把卖命得来的钱交给别人打理,也不愿意自己经手?你究竟是不要我的钱,还是不要我的人?"

这话说得她小鹿乱撞,月徊蓦然红了脸:"我不是……不是这个意思……"

她手足无措，他恰好可以转过身来抱住她。因一坐一站，脸颊便偎进了她怀里。

少女的馨香瞬间填满他的世界，他满足地轻叹："月徊，哥哥这辈子的幸与不幸，全在你身上了。我知道不该纠缠你，盛二叔曾告诫我，让我不要对你动妄念，我也尽力克制过，可惜还是忍不住。这世上的人，有哪个不自私？盛二叔看似大义凛然，说什么不可乱了伦常，但如果换个立场，如果我不是太监，如果我才是梁家亲生的，结果又会怎么样？"他哼笑，"不过欺负我是外人，欺负我是个半残……"

他越是自暴自弃，月徊听着就越心酸。

他靠在她怀里，原本她还有些难堪，可经他这样以退为进，她反倒滋生出勇敢来，捋捋他的头发说："您别难过了，您的钱和人我都要了。先收人，回京再管账，一样一样来，成不成？"

所以她就是个傻大胆。他仰起脸望她，眼神像无辜的孩子，像等着认养的猫儿狗儿。虽然月徊知道他又在扮猪吃老虎，但还是经不得他这样。他问"真的吗"，她使劲点头："放心吧，我不是那么肤浅的女人，只要有财有色，其他的都不重要。"

他的眸子闪了闪，眼波便摇曳起来："那让我瞧瞧你的真心。"

一个在外呼风唤雨的人，背着下属怎么成了这样！月徊老汉娇羞，扭扭捏捏地说："您这么着，真叫我不习惯。其实您要是训我，我还踏实点儿……"一边说，一边左右环顾，见门外没人，便弯下腰，在他额上亲了一下，"我给您盖个章，往后您就是我的人了。"

像猪肉上盖了"梁记"，好有个出处。

她主动亲他一下，已经是很大的进步，可他知道她心里的高墙还没有拆除。以她的懒散，他这头要是不逼迫，她很快就会心安理得继续当她的好妹妹，再也没有要收人的念头了。

得她亲一下，梁遇的眉眼显见柔和，那双眼睛里星辉璀璨："还有呢？"

月徊臊得脚趾头都发烫了："还……还有……"

"我昨晚可不只这么对你。"他笑得和善，笑得眼波潋滟水一样柔软，"你再好好想想。"

看样子是躲不掉了，月徊横下一条心，捧住他的脸先在唇上一亲，然后把舌头探了进去。

梁遇惊得瞪大了眼，没想到还有这样的意外之喜，正要回敬她，她又挪开了，擦了擦嘴唇道："我看见海沧船上又下了网子，回头要是有虾，我去要一盘儿，咱们在船尾支个烤架，我给您烤虾吃。"

狂喜来不及消化就没了，他苦笑起来，从昨天起他就攒着劲儿想引她上钩，可惜都是无用功。她心里还拿他当哥哥，即便纠缠了那么多回，亲也亲了，抱也抱了，始终不拿他当可以依托终身的人。

他轻叹了口气："月徊，要你爱我，那么难吗？"

月徊怔忡地望着他："我爱您啊。"

她分不清喜欢和爱，您啊您的，都是尊称。京城是有这个老礼，有时候爷爷和孙子讲道理还用"您"呢，可放到平辈儿间，日常说就透着客气生疏。也许哪天把这个字换了，她的心境就变了。

他慢慢将菩提绕回腕上，平下心绪站起身道："我还要看珠池的文献，你先去吧。"

他转眼就变了态度，月徊惴惴不安，临走前再三看他两眼，确定他没生气，这才迈出了舱房。

一个逆境里长起来的孩子，能糊口就足意儿了，不懂得那些百转千回的心思。她跑到外头，海上细雨纷飞着，起了一点风，海面上渺渺茫茫的，因天气不好，出海打鱼的渔船都见不着。

寻常少监们忙碌，鞍前马后地伺候梁遇，但在海上时候长了，既没有公文也没有往来的官员需要应付，便难得地闲在起来。

杨愚鲁相比秦九安，少了点浮躁，多了几分沉稳。他爱喝茶，不像秦九安还到下层去和千户番役们掷骰子下注。他就一个人安安静静的，在船楼东南角的棚子底下泡一壶茶，慢悠悠地品茗，看海上无甚奇特的景色。

月徊出舱的时候，他扬声唤她："姑娘来坐会儿？"

月徊哎了声，在他对面落座，看他托起琵琶袖，执起茶壶给她斟茶。

月徊不懂茶，对她来说喝茶除了解渴，没有其他功能。她抿了一口，淡了呱唧，不过挺香，为了找点儿话说，便问他："少监在掌印跟前几年了？"

杨愚鲁算了算："老祖宗还是少监的时候，我给他做司房，差不多有五六年光景了。当初老祖宗身边也有红人，派到山西去的骆承良就是，我在人堆儿里头是资质最平庸的一个，好在老祖宗不嫌弃，才有了我的今日。"

月徊点点头："您又勤恳又踏实，如今他最信得过的就数您了。"

杨愚鲁笑着说："过奖，老祖宗知人善任，尽心办差的人，他都愿意抬举。不过我瞧着，他老人家这程子好像有心事，这心事且不是咱们能解的，最后怕还要劳烦姑娘。"

那些爬上高位的太监都是人精儿，月徊知道敷衍也没用，他们心里明镜似的，便托着腮帮子向他打探："掌印早前，有过亲近的女人没有？"

杨愚鲁摇头："汪轸时候，衙门的公务就已经扔给老祖宗了，那会儿老祖宗又年轻，光是应付差事就得夜以继日，哪儿来的工夫找女人。连现在的提督府，都是咱们催了好几回才着手建的，一个不想盖房的人，没有成家的心思。"

月徊哦了声，捧着茶盏道："我听说连秦少监都有人了，您呢？您有伴儿吗？"

杨愚鲁倒也坦诚，颔首道："有的，只不在宫里，外头私宅养了一个，凑合着搭伙过日子。其实咱们这号人，原不该生这种心思，可太监也是人嘛，也有受委屈遭白眼的时候。在宫里做奴才，到家有个知冷暖的人，哪怕说两句窝心话，也能解了一天的乏。都说男女之情，无非那个……"他赧然笑了笑，"咱们那宗上头欠缺，对情的要求反比寻常人更高，所以和太监做伴不容易。姑娘既然和老祖宗指腹为婚过，自然比外人好千百倍，两下里体谅，不为难的。"

月徊听了他的话恍然大悟，怪道梁遇人前骄纵人后别扭，原来就是缺人心疼。她自觉已经很爱戴他了，可光是爱戴还不够，那人得宠着。

不过梁遇这人不好相与是真的，月徊说："我回来这么长时候，也不知道他喜欢什么。咱们说投其所好才能拉拢人心嘛，我瞧他什么也不缺，什么也不上心，连昨儿看上那个'多余'姑娘都是假的。"

杨愚鲁琢磨了下道："老祖宗这些年，确实独来独往惯了，连他近身伺候的人，在回了私宅之后也不让跟在身边。不瞒姑娘说，早前咱们当差一直战战兢兢，生怕什么地方疏漏了，惹得他老人家不高兴，又要吃挂落儿。这程子因您回来了，老祖宗高兴到了心缝儿里，逢人也有个笑模样了。"

梁遇不是有个诨名叫"太岁"吗，其实早年没有上位之前，底下人悄悄管他叫"夜猫子"。不光是他常半夜巡视的缘故，更因为这人不将就，要是叫他盯上，那就倒了大霉，要遭殃了。

大邺的司礼监自高宗时期开始创建，起初也不过个寻常内侍衙门，专管皇帝出警入跸事宜。汪轸掌权那会儿，尚且和御马监分庭抗礼，直到梁遇接管，因着他是皇帝大伴，这才彻底将这个衙门推向了全盛。

一位了不起的开山鼻祖，见天和你嬉皮笑脸，那是绝不能够的。加上他的长相原就让人生出距离感，一旦大权在握，便越发不可攀摘。

人活着，谁还没点儿脾气呢，不过小人物的脾气最后都被驯化，大人物的脾气万古长青，屹立不倒罢了。

杨愚鲁含蓄地冲月徊笑了笑："姑娘用不着琢磨老祖宗的喜好，琢磨也琢磨不透。横竖只要顺着他的意儿，万事都答应，就不会触了逆鳞。咱们越往南天儿越热了，人一热就犯毛躁，我和几位千户先前还嘀咕，就怕老祖宗经不得南边的气候，到时候大家日子都不好过。"

月徊忽然有了种重任在肩的责任感："您几位还指着我呢？"

杨愚鲁算得世事洞明，他说："姑娘不是为着咱们，是为着老祖宗。他老人家也不容易，腥风血雨闯过来，多少回险象环生，撑到今儿实属命大。如今二十六了，底下二十来岁的司房都张罗找伴儿了……"

月徊抬了抬手，示意他别说了："反正你们全觉得我对他有非分之想，那天夜里我拍门的经过，你们也瞧见了。"她"唉"了声，站起来摸摸额头，"我知道您的意思，就是让我脸皮再厚点儿，对他再放肆点儿，掌印面儿上正派，其实心里喜欢，是不是？"

杨愚鲁算是服了，这位姑娘是真敢说话，说起来一针见血，毫不藏着掖着。

就得要这份果敢，杨愚鲁冲她竖起了大拇哥儿："姑娘您真局器！"说罢给她斟茶，"来，再喝一杯。"

月徊摆摆手："不喝了，灌一肚子水，回头吃不下海鲜。"

她信步踱开了，隔一会儿，海沧船上吆喝起来，离了十来丈远都能听见，分明是又捕了一大网。那些拿刀的厂卫们骨子里也有贪玩儿的天性，很多时候并不单是为了吃，更多是为享受捕捞的过程。

月徊趴在船舷上瞧，扯着嗓门喊："大档头，给我留点儿好的。"

冯坦当风扬了扬胳膊，表示没说的。

然后为了传递海味，两船几乎船舷贴着船舷。福船比海沧船高很多，最后是从福船上放下吊篮，才吊上来满满一大篮的活鱼活虾。

那虾是真大，放在手掌上比一比，头尾超出一大截。月徊还从里头发现个稀罕巴物，软绵绵像鸡蛋一样的东西，拿手一抠，抠出了一只八爪鱼，那个光滑的蛋形，原来是它的脑袋。

八爪鱼的触手之灵活，简直如同落地生根，在月徊还没来得及撒手的时候，无数大大小小的吸盘缠上来，吓得她顿时鸡猫子鬼叫。

那一嗓子，惊动了舱房里的梁遇。梁掌印这会儿顾不得脏，不由分说上去救驾，拽着八爪鱼的脑袋就往下抭。那爪子上的吸盘吸着皮肉，硬被撕扯下来时，像烈日下晒裂的豆荚噼啪作响。最后鱼拽下来了，脑袋也拽掉了，里头墨囊溅了满手。梁遇大张着五指无所适从，月徊还要撸起袖子让他看："快瞧我这一身鸡皮疙瘩！"

闻讯赶来的少监们见了，知道大事不妙，尽量用平和的语气说："老祖宗，小的命人备水，您擦洗擦洗，换了这身衣裳吧。"

月徊也老大不好意思："您别上火，我来伺候您。"

梁遇已经气得没辙了，又不好在外人面前责备她，只是蹙眉问她："你招惹那鱼干什么？"

月徊说："吃它。"

"后来呢？是它吃了你，还是你吃了它？"他无可奈何，这么些年从没弄得这么狼狈过，一手一身的墨汁子，还带着一股隐隐的腥味儿，熏得他直犯恶心。

少监和近身的司房们如临大敌似的把他迎进舱房，打水的，侍奉他更衣的，好一通忙活。他把手按进水里，胰子打了一遍又一遍，可那墨汁子浸入了指甲缝儿，想洗净不容易。

于是眉拧得越发紧了，边上的人又不好上手给他擦洗，最后还是月徊捞起了袖子，一把抓住他，嬉皮笑脸地说："我来我来，要慢慢地搓洗，像您这么着急，皮都该蹭破了。"

少监和司房们都松了口气，因为老祖宗脸上神色分明和缓了不少，这位月徊姑娘真是治病的神药，只要她一出马，大伙儿立刻就有救了。

都是识趣的人，这会子戳在眼前不方便，舱房里的众人都退了出去，月徊心里还惦记着杨愚鲁的话，打算好好疼一疼哥哥。

"您坐。"她拿眼睛示意他，手上说是搓洗，其实像在抚摸，"瞧瞧这肉皮儿多嫩，不能下劲儿，要是搓坏了可怎么办！就得这么轻轻的……"边说边瞅他，"您就说，受用不受用？"

梁遇起先面色不善，经她这么撩拨，脸上隐隐显出尴尬之色来。抽了下手，没能挣脱，便也由她去了，只是嘴里还在教训着："几时能改了这亲自上手的毛病？那是个八爪鱼，逮了就逮了，要是条蛇，你也这么冒失？"

月徊不敢顶嘴，一径诺诺称是："我记住教训了，这不是着急吗，想拿它给您烤着吃。人说吃哪儿补哪儿，您肩上受了伤，它胳膊多，吃了能补您的亏空。"

她说的比唱的还好听，原本他还置气，谁知道人家竟是存着这样的好心，便也不忍苛责她了。

她极耐心极仔细地在他指缝间穿梭，轻柔的分量加上水的浮力，触碰得暧昧。他还记得早前南炕上摆桌给她表演竹节人，炕桌底下牵丝转交时，那看不见摸得着的巨大震撼。

那时候心里有事，不敢让她窥出端倪，拼尽全力地压制着，压得那么苦。如今她虽然还不开窍，但他蛮狠地拽动了爱情，她已经落进他的网子里，回头无岸了。

可惜墨汁子洗不干净，指甲边缘的晕染让他很不称意，但月徊有她哄人的技巧，她旋过来，挨在他身边，狗摇尾巴似的说："这是哥哥从鱼嘴下救我的见证，洗不掉才好呢，看见这个就想起我啦。"

梁遇失笑："是看见这个就想起八爪鱼了，和你有什么相干？"

月徊自作多情着："我记得您小时候最怕那些滑溜溜的东西，才刚为了我，您想都没想就拽那鱼，我都看在眼里呢。"

说起小时候，梁遇有些失神，是啊，其实他自小也娇生惯养，怕这怕那的。后来遭逢骤变，家门顷刻坍塌，他从官家少爷变成了下等火者，才知道那些怕都能克服。如果还想退缩，只是因为没被逼到那个份儿上。

他牵了下唇角，悄悄同她十指相扣："你心里明白就好。咱们的事上头，我是有些咄咄逼人了，可我也做不得自己的主，请你见谅。"

月徊耳根子发烫，垂首喃喃自语着："我觉得我命挺好，爹娘虽走得早，也没亏待我，给我留下个童养夫，用不着费心再找人，省了好些事儿。"

这话一出口，梁遇心里大为不甘："什么童养夫……"

月徊瞥了他一眼："不是吗？那我不给您洗手了……"

她想松开，可惜没成功，他紧紧扣住她的手道："往后别您啊您的了，就你我相称吧。我用不着你敬重我，把我当个寻常人，譬如对小四那样对我，也成。"

月徊直摇头："小四老挨我揍，我可不敢那么对您。"说罢发现这习惯改不过来，笑道，"我先把这茬改了吧。"说完回身取巾帕，把他的手捞起来包上。隔着棉纱细细地擦拭，那份无微不至，简直像娘对儿子。

所以男人得这么宠着，顺着他的意儿，又不能太不见外。月徊对他的感情一度相当复杂，不过本就存着觊觎之心，在捅破了窗户纸后彷徨了一阵儿，渐渐也就品咂出另一种截然不同的风味。

不讨厌他时不时渴望亲近的心，也不讨厌他暗中的一些小动作。月徊曾经短暂地喜欢过皇帝，然而皇帝和哥哥相比，居然就像杨愚鲁的那壶茶，着实淡出鸟来。月徊是个俗人，自来喜欢大红大绿，大富大贵，感情上头也是如此。越是烟雾缭绕，火星子四溅，越是激发她离经叛道的豪兴。

她在船尾翻转着烤串的时候想，宇文家送了那么个美人儿进宫，皇帝眼下八成早把她忘到脚后跟去了。这样很好，她等着回去倒打一耙，然后轻松脱身，好和哥哥双宿双栖。

仰头看看,天公作美,离开登州的时候还下着雨,等到了傍晚时分红霞满天,入夜便星辉无边了。船队日夜兼程,夜里除了船工,剩下的人都各自找乐子,在甲板上搭流水席,厨子一造儿接一造儿地上海味儿。月徊架的小炉子像在方外,船尾没人来,她就带着梁遇在那里辟出个清净地,盘着腿舔着唇,一手翻串一手打蒲扇。

梁遇本来不爱吃那些,但经不住她的好意,也进了两只虾,一条鱼。酒是管够的,月徊边喝边嘀咕:"等明年,我要拿杨梅泡一缸酒。杨梅酒就海鲜,吃得再多也不怕闹肚子。"边说边剥了一只虾递过去,"哥哥吃吧。"

梁遇接过来,曼声问她:"月徊,你心里的好日子,是什么样的?"

月徊想了想:"有吃有喝,兜里有钱,身边有哥哥。"

月下的梁遇微笑的时候,有种说不出的腼腆滋味。好看的人任何一个动作,都有流云般淡泊的蕴藉,他一手撑着身子,一手挑在膝头,那虾串儿慢悠悠地颠荡,他的语气也慢悠悠的。

"我在做随堂的时候,也曾亲自出去拿人,那时候经过一个村子,看见有户人家生了一儿一女,两个孩子在篱笆搭的围墙里头嬉闹,大人就在一旁看着,那才是真正的烟火人间……"

他话里透出艳羡,想必那是植根在心底深处最美好的向往吧!

月徊知道他的难处,有些东西是不能碰触的,便道:"等将来,咱们也领个孩子养活。自小养的有良心,将来知道孝敬。"

梁遇听了,抿唇一笑道:"你不想要自己的孩子吗?"

月徊喝了口酒道:"抱养的孩子也是自己的孩子啊,我一样心疼。"说完觑觑他,"咱们抱个好看的,像哥哥这么俊的。"

他摇头:"难找。"

月徊"哈"的一声笑起来,笑过再思量,也同意他的说法:"是难找,不知道什么样的人家,才能生出这么好看的孩子来。不过……你想过找亲生父母吗?"

他闭了闭眼,脸上神情淡漠:"我不缺老子娘,找着了干什么使?"

月徊听完松了口气:"我也不愿意你找,有了自己的亲爹亲妈,咱们的爹妈多可怜,自小捧大的孩子说丢就丢了。"她抱膝问,"那你说,咱们养一个好吗?"

他在昏暗的光线中深深看她:"替别人养孩子,你倒甘愿?"

月徊说:"没什么不甘愿的。只要认准了他,怎么着都值了。"

然而梁遇缓缓摇头:"养别人的孩子讲究瞒,我这身份,怎么瞒?亲的疏不了，疏的也亲不了，别让自己委屈，也别叫人家孩子为难。"

月徊惆怅不已，他的心思不好琢磨，她以为他看见人家的孩子眼热了，可她说要抱养一个，他又不喜欢。

她神情沮丧，梁遇知道她在想什么，这丫头说她傻，她也懂得思虑长远。他呢，并不因生养的事而困扰，探过手指，轻刮了下她的面皮："我的月徊长大了，开始想那些羞人的事儿了。"顿了顿，哀婉又惆怅地长吟，"我那么贪，偏要留住你，倘或什么都给不了你，叫我怎么对得起你……"

月徊的见识相较于深闺里的姑娘也算广的，她以前带着小四走街串巷，去的最多的就是教坊烟馆。那地方的红男绿女，污浊得不像阳间人，也有狎妓的内侍大太监，先是听歌赏舞，后来就搂着女人进房。不知道他们有什么手段，弄得那些女人连哭带喊，那种调门儿，像五更时候的鸡啼，又尖又利，直捅到天上去。

见识虽足，可她没亲身体会过情滋味儿，也不知道他这样半吞半吐的究竟是什么意思。只是两情相悦了，就得睡在一张床上，她暗暗也掂量过，要让男人得趣，是不是就得女人受罪……其实原不该想那些的，哥哥这么干净的人，往那上头想是玷污了他。可这事儿又是必须，既然不做兄妹，就得有另一种身份来拴住彼此。他说她长大了，开始琢磨羞人的事儿了，这话让她汗颜，但经过登州府衙留宿的那半夜，怎么能不想！

也许想才是对的，不想反倒坏事。其实和他在一起，就跟神仙不食人间烟火似的，也挺好，可他的想法显然不仅于此。月徊有时候觉得哥哥心里藏着一头吃人的兽，言笑晏晏背后是血盆大口。他的性情好时虽好，但每常也阴晴不定，说到根儿上，还是因为他自卑，怕她现在青涩不懂事儿，以后老练了，想头儿多了，渐渐会嫌弃他。

"您别怕对不起我，"她不假思索地说，"陪您一辈子是我自愿的。您看您，人又怪，名声又坏，我要是不接着，您就得打光棍。"

梁遇听着她那些直眉瞪眼的话，不知道拐弯儿，很有梁月徊的特色。原倒也没什么，只是一口一个"您"，他心里知道，那些故作轻松都是表面文章。她心底当真认同他们现在的关系吗？恐怕未必。

可他不忍戳破，就这么含糊着，能骗自己一日是一日。他笑了笑："这话很是，我也知道自己的毛病，瞧着花团锦簇，其实愿意和我搭伙的人不多。"

他垂手，捡起一旁的通条，松了松盆底的炭火。绿色的火焰照亮他的眉眼，他眼睫深浓，看不见眸底的郁色。

月徊说："才刚不还好好的吗，我怎么瞧您不高兴呢？"说着醒过神来，忙捂住了自己的嘴，"我又给忘了！这些年在京畿地界上，每个打交道的都是爷，都得这么尊称人家。"边说边挨过来，轻轻勾住了他的胳膊，"你可别恼，我说着说着就忘了，你要是听见了，就训我两句，我下回一定不犯了。"

他倒显得很宽容："不着急，慢慢来，这称呼本来没错，不过是我太讲究，太性急了。"

月徊这才放心，她就怕自己有时候口没遮拦，伤了哥哥也不自知。

仰脖儿看看天，今晚夜色真好，一条天河在头顶横贯，不知怎么，那些星星也慢慢挪动起来……她揉了揉眼皮："我有点儿晕了。"

她喝酒没什么章法，直笼统地往下灌，喝得太急了，容易上头。嘴里说着晕，人便歪下来，赖皮地枕着他的大腿，端端正正躺着，两手搁在肚子上，满足地长叹一声："就这样，容我躺会子。"

他起先有些不自在，但同她亲近了两回，那种防备的心思也渐次淡了。月下看她，玲珑美好，因人躺着，曲线毕现。

原不该看的，也不该时时有那种旖旎的心思，她还是妹妹的时候，他连想都不敢想。如今迈出了那步，很多感情汹涌如浪，就不由他控制了。

他的指尖微凉，落下来，轻轻抚触她的唇瓣。月徊蒙蒙睁开眼，笑着说："哥哥怎么了？别不是还没吃饱吧？"

这话听起来一语双关，也许她并没有别的意思，不过是他自己想得过于复杂了。他赧然一笑："人心哪有足意儿的时候……我喜欢你的嘴唇，生得极好看。"

月徊最爱听人夸她，寥寥两句，也让她打了鸡血似的。

"真的？"她勾起头，一双眼睛晶亮，"你再说说，我还有哪里长得好看。"

真是不经夸，他笑得越发深了，曼声道："我瞧着，哪儿哪儿都好看，哪一样都不能换。就要这样的鼻子，这样的眼睛，这样的脾气。换了一样就不是你了，我都不喜欢。"

月徊扭捏起来，嘀咕着："没看出来，你这么能夸人哪。我以前瞧你老是板着脸，那些少监见了你连大气儿都不敢喘。"

他哼笑一声："这世上，不是凭谁都能受用好脸子的。太监是贱骨头，你不发威，他们当你软柿子拿捏。别瞧他们现在个个俯首帖耳，早年间可不是这样。就得把他们踩在脚下，叫他们怕你，这么着他们才知道忠心，才知道反了你没有好果子吃。"

月徊听他放狠话，脸上还是笑吟吟的："可我知道你也恩威并施呀。像上回遇着风暴，死了那么些人，我以为那些落水的尸首你不会再管了，没想到费了那么大的周章把人捞上来,还专程打发鹰船送他们回家。"

说起那场风暴,他便沉默下来,那样昏天黑地绝处逢生,对活着确实有了更深的感悟。不过月徊瞧事儿还是只瞧表面了,他慢慢说:"让他们魂归故里,一则是安抚其他人的心,二则是给朝廷看,给皇上看。"

月徊嗯了声,脑瓜子继续迷糊着,没闹明白。

梁遇望向远处渺茫的天际,喃喃说:"让朝中知道此行不易,九死一生,才好堵住他们的嘴,让他们不敢轻视司礼监,不敢轻视我。至于皇上,这些年成功唾手可得,忘了自己的斤两。我这趟两广之行越艰难,他理政上头摔了跟斗,才越得低声下气儿来求我。"说罢美目一转,笑道,"你这程子看见的钩心斗角只是皮毛,更深地告诉你,怕吓着你。人活着,不到那份交情,不能真心对人,有时候面上为着你,其实是冲着更大的利益。"

月徊怔忡着,想了想还是固执地认准了:"反正这回办的是好事。你也别老把自己说得那么坏,谁还没点儿私心呢。"

她装模作样翻个身,这一翻身可正对着他的肚子了,她在暗处两眼睁得溜圆,就盯着他脐下三寸,越隐秘的地方,她越有兴趣。

罪过啊,其实她先前真没那份好奇心,也是到了这个艰节儿上才突发奇想。梁遇显然不适,下意识地往后让了让,可惜腿被压住了,他不能动弹。

这丫头有时候满脑子乱七八糟的东西,这回不知道又在打什么算盘。他只好尽量引开她的注意力:"我接了京里奏报,各路藩王送选的姑娘都进了宫,只差南苑王府了。"

月徊随口唔了声,再一想又觉得不对:"咱们出了大沽口就遇上他们,这都过去多长时候了,论理说早该到了。"

梁遇说:"是啊,除非那位郡主有意拖延,不肯进宫。"

月徊瞪大了眼睛扭头看他:"你的意思是,她和小四真有事儿?"

梁遇叹了口气:"朝夕相处两三个月,什么事儿不能发生?"

月徊讶然:"这小子长行市了啊,那回见了我还假模假式地说挣够了钱要养活我,不让我在宫里伺候人呢,原来早和人家姑娘勾搭上了。只是天下好姑娘那么多,干吗给自己挑了一条那么难走的道儿啊!"

这条路走不下去,人人都知道,可走与不走,哪能由自己做主。

梁遇替她抿了抿头,漠然道:"宫外小来小往还犹可,要是进了宫再黏缠,可没人救得了他们。"

月徊心里乱起来:"小四是个糊涂小子,我怕他一条道儿走到黑。他这是疯魔了吗，才吃上饭就想那出，自己腰还没人家汗毛粗呢……哥哥，你给曾少监传个口信儿，让他去找小四，和他说明白，成不成？"

梁遇说："不成。要是事情不到那个地步，这么一来反倒给他们提了醒儿。况且多个人知情，不是什么好事。"

月徊说："我那天瞧着郡主叫小四的那份温情，就知道里头不简单。你就别琢磨了，想辙让郡主进宫吧，只要把他们分开，这事儿就过去了。"

梁遇原本不大愿意过问别人的事，可又经不得她催促，只得一径道好，叹着气道："这也是为着你，就破一回例。否则宫闱里头越乱，对司礼监越是有益。"

于是一封飞鸽传书到了曾鲸手里，曾鲸接了令儿，立时出宫去了东厂胡同。东缉事厂虽说人手抽调了不少，但京里所剩人员也有七八千，进了衙门照旧是一派森然气象，和梁遇在时没什么两样。

眼下是三档头主事，曾鲸让他把人传来，等了会子才见小四急急赶到，见了他便揸手："少监找我，有什么示下？"

曾鲸因着他和月徊的关系，自然得拿出好脸色来，和声道："西洲啊，各藩来的人都进宫了，如今只差南苑。皇上今儿问起，皇后娘娘那头也预备见过了人，好——一拟定位分。你得了空上南苑王行辕问问郡主，什么时候能移驾。只要人进了宫，你的差事就算交了，督主有话留下，说即刻升小旗，底下那些番子也不好眼红。"

小四听了，犹豫着说："这趟差事不是我一个人经办，就我升了司小旗……"

曾鲸喷了一声："所以才让你劝郡主进宫，说动了也是大功一桩。"言罢端着茶盏笑了笑，"你们一路上总有些交情，你去劝说，比司礼监出马强。南苑打发人进宫，也是盼着郡主得宠，在皇上跟前能挣个脸，如今这么拖着……不是方儿。到底将来要在宫里头，在皇后娘娘手底下过日子的，骄矜得过了，大家看着不好看相，对郡主将来晋位也没个益处。"

梁遇教导出来的人，说话自留着三分余地，点到即止就够了，不会直刺刺地戳到人面儿上去。小四心里明白，垂手应了个是，送走曾鲸后在衙门徘徊了好一阵儿，将到入夜时分才打定主意往廊坊胡同去。

南苑王因是藩王，迁都之后进京朝贡不便，宪宗皇帝就在廊坊胡同指了一处宅邸，作为宇文氏的行辕。珍熹格格进京后一直住在行辕里头，住了有六七日了，绝口不提要进宫的事儿。大概因为她的艳名已经结结实实传进了皇帝耳朵里，皇帝为显大度，并不急于催促，但万事都有度，到底司礼监的人出面了，那宅邸也不能再住下去了。

南苑的规矩很严，头道门房传二门，垂花门再传里头院门，等了会子才见人出来回话，说："四爷，格格有请。"

小四随婆子进去，院儿里空空的，也不见珍熹的身影。他茫然四下寻找，身后一道云般轻柔的分量依偎上来，抱着他的腰说："你老躲着我，我以为你再也不见我了呢。"

小四红了脸，慌忙解开她的手连退好几步，垂眼道："请格格自重。我今儿来，是替司礼监堂官传一句话，格格要是准备周全了，宫里这就打发人来接您进去……"

"我不想进去，我就想和你在一起。"她的声线温柔，让他想起春天时，农户人家孵化出来的小鸡子，鹅黄色的，又漂亮又柔软。

"趁着我还没进宫，还有机会，你带上我，咱们逃吧！"她往前一步，繁复的点翠头饰下，那明眸皓齿美得如同一幅浓丽的画。

从相识那天开始，就是她步步紧逼，他避让不及。祁人本是马背上的民族，不论男女都弓马娴熟，因此相较一般的姑娘，她火热大胆，也让人招架不住。

从金陵城到临江码头，车马要走上两天，晚间在半道上扎营，那时候天儿还冷，生了篝火，她在篝火边给他跳了一支舞，跳完就对他说："我没看见皇帝是什么模样，我先看见了你，将来我喜不喜欢皇帝不好说，但我现在喜欢你。"吓得他手里的馒头落地，那晚挨了一夜的饿。

一个百里挑一的姑娘，不可能没有城府，小四知道她有目的，但却不明白，她这么做究竟是为什么。她是蜜糖捏的人儿，对于没有见过大世面的穷孩子来说，年纪相仿，美貌夺目，已经足够让人找不着北了。从南苑到北京这一路，她的美丽和果敢像太阳一样照耀着他，这种金玉里长出来的娇花儿，怎么不让人心生向往！

可是不能够，他又往后退了一步："我是个没家没业的人，连个司房都没混上，我能带您去哪儿。"

"随便去哪儿……"她哀声说，"我害怕进宫，怕在宫里站不住脚，怕皇帝不喜欢我。"

"不会的。"小四说，"皇上一定会喜欢您的……"

可她像个妖精一样缠上来，那无处不在的玉臂紧紧搂住他："我怕宫里寂寞，怕生不出皇子，被打入冷宫……西洲，你忍心见我过这样的日子吗？"

小四心慌意乱："格格，我不过是个庸人，您到底想让我做什么？"

然而珍熹却不说话了，连空气都静止下来，那双深邃的眼睛望着他，眸中金环紧紧圈住了他，隔了很久方启唇：“如果你也让我进宫，我可以听你的，但是你得答应我一件事，在我需要的时候，进宫来瞧我。”

小四越发糊涂了："宫里不是寻常厂卫能进去的……"

珍熹说："只要你想，没有什么干不成的。梁遇是你干姐姐的哥哥，宫里那些太监自然让你三分面子。你是知道的，皇帝体弱，登基两年就生了好几场大病，将来怎么样，谁也说不准。我孤身一人来到京城，总得有个依靠……"说着将唇探过去，在他耳边吹了口气，"我不愿意找别人，那些人看我的眼神个个叫我恶心。我知道你也喜欢我，那帮我这个忙，应当不为难吧！"

小四惊得脸色大变："这……这……这是大逆不道，要剥皮抽筋的啊。"

珍熹目光灼灼地望住他："怎么，你不愿意吗？"

小四自然不愿意，他一直觉得珍熹行事作风诡异，也知道她必定有所图，但万万没想到，她竟然打着这样的主意。

南苑随行的人虽多，但除了几个嬷嬷丫头，剩下那些人带不进宫里去。她瞧准了他，说喜欢不喜欢其实都是嘴上敷衍，要紧一宗，就图他和梁遇能沾上一点关系。

其实要说进不得宫，倒也不尽然，至少领了牌子的厂卫能进神武门，能入司礼监衙门回事。分隔民间和皇城的，不就是那座神武门嘛，只要穿过那道壁垒，想见一面并不难。

然而和嫔妃往来甚至走影儿，拿住了是什么罪过，实在不能想象。就算他无父无母，也不是孑然一身，到时候牵连起来少不得害了月徊，拖垮梁遇。珍熹就是瞧准了梁遇为求自保不会袖手旁观，最后不得不和宇文氏拴在一根绳上。同荣同辱，可比那些身外之物堆砌起来的交情靠谱多了，原来她费尽心机，所求竟是这个。

小四觉得失望，要说对她的感觉，那样美丽的姑娘世间少有，任谁瞧上一眼都会失了魂魄，他也不例外。他原本是存着侥幸，觉得兴许自己真有那么好的机缘，认识这么一个绝色，不想那些嘎七马八的东西，单是做朋友，那也三生有幸了。

可惜，她的算计让他发现自己那一腔热血太不值钱了，在她看来，他就是个出了事儿能祸害梁遇的傻子，别无其他。他捂着耳朵退后了两步："对不住您了，这事儿我帮不上您。非但帮不上，您要是敢胡来，我还会把您的原话告诉督主，一切等他老人家定夺。"

珍熹傻了眼："你这人……我原还说你憨直，原来你不光憨直，还缺根筋。"

小四道:"随你怎么说,你们宇文氏想在朝中有一席之地,也不能让你干这种事儿。你以为这是在保全自己,在替宇文家争脸?其实是在折辱你自己,你不明白吗!"

珍熹被他疾言厉色一通训斥,才刚那种妖娆妩媚的气韵霎时消退了,有些蒙,又有些可怜地站在那里。像要变天,慢慢蹙起眉头,慢慢堆起了满眼的泪,最后泪水越积越多,噼啪地砸下来,仰着脖子咧着嘴,号啕大哭起来。

小四慌了:"你……你哭什么……"

珍熹大泪滂沱:"我不过和你开个玩笑,你这榆木脑袋,竟然还当真了。"

可究竟是不是开玩笑,只有她心里最知道。

她以为这世上很少有男人能拒绝这种诱惑,没想到在他这里碰着了钉子。其实喜欢他是真的,想拉拢他也是真的,只是算错了他的心,他不是那种得知利己就从善如流的人,他知道取舍,也懂得守正。

令她对他刮目相看的,不单是他义正词严地拒绝了,更因为他那句"折辱了你自己"。他说得很对,说进了她心坎里。她是带着宇文家的重托和厚望进京的,家里人不遗余力地告诉她,成败在此一举,宇文家能否中兴,全看她能不能在紫禁城里站得稳脚跟。为了成功,她可以豁出一切去,将来进宫便要媚主,要不惜代价生下皇子……至于她自己喜不喜欢,情不情愿,压根儿不重要。

可是怎么能不重要,她才十五岁,十五岁本该是偎在额涅身边学女红,偶尔听说谁家少年郎风姿卓然,想办法偷偷看一眼的年纪,为什么要这么糟践自己!无奈家里人一心为着所谓的"大业",时候一久她也渐渐麻木了。可忽然听见他说了这句话,像从尘土下挖出了远古的记忆,明明她也有自己的委屈,她怎么就忘了呢?

她哭得尽兴,哭出了心里堆积的尘埃。做宇文家的女儿幸也不幸,宇文氏给她人人艳羡的美貌,但这美貌又会招来无比的灾祸。

她向他伸出了手:"西洲,我开个玩笑,你会不会就此讨厌我了?"

她试着碰了碰他的衣袖,他没有避让,给了她一点信心。复又轻轻牵住他的腕子,含着泪说:"你别恼,也别把我的话当真。我知道宫里森严,要你进来看我是强人所难。我会进宫的,之所以延挨到现在,还是因为舍不得……我舍不得离开宇文家,舍不得外头闲散的日子,也舍不得你……你放心,我明儿就进宫,真的……"她嗫嚅着,抽泣着,略沉默了下,又挤出一个笑来,"可是从南苑到京城这一路,是我这辈子最快活的时光,这样的日子,以后怕是不会再有了。"

她含着泪微笑的模样,像钉子似的砸进他脑子里。这一刻有些迷惘了,这么好的姑娘,为什么要成为野心的牺牲品?不懂她的人,只知道她小小年纪心机深沉,然而自己和她朝夕相处，有些天性是掩藏不住的。她也有所有姑娘都有的柔软，看见虫豸会受惊，打雷的时候会害怕。她不过比一般姑娘长得美些，这美让人变得有锋芒，所以长得太过好看了，不是好事。

小四转过腕子，握了握她的手："我就送格格到这里了，往后的路，得你自己走。"

她张了张嘴，到底话都隐匿进颤抖的唇瓣里，眷恋地抬起眼望望他，最后偎进了他怀里。

"西洲，我不会忘了你的。"她闭上眼睛，"你将来会忘了我吧？会娶妻生子，过自己想过的日子吧？"

小四说："也许会的……"也或者永远忘不了她，忘不了蹲在舱房门前生炉子，烟熏火燎里她滚烫的嘴唇。

第二天她依约，答应进宫了。皇帝被吊足了胃口，早就急不可待，派了司礼监和御前的人去接应，排场之大，不是那些顺顺溜溜进宫的王女所能比拟的。

小四尽护卫之职，送到神武门前，看着她盛装下车，登上了宫里预备的抬辇。内侍太监击了击掌，厂卫依规矩退让到一旁，随着掌事太监高呼一声"南苑王郡主入宫伴主啦"，抬辇上肩。珍熹脑后压住燕尾的那排米珠步摇籁籁颤动着，他看不见她脸上的神情，总觉得她随时会回过头来，可惜没有。

抬辇滑入顺贞门，渐行渐远渐渐不见了，曾鲸走过来，负着手冲他笑了笑："恭喜傅小旗，今儿就换了牙牌，走马上任吧。"

无论如何，南苑王郡主进了宫，各自的差事都算交了。曾鲸没有立时向梁遇回禀，吩咐乾清宫的人仔细留意御前的动向，待次日才写了信，装进鸽腿上的小竹筒里。

信鸽飞跃重洋，沿着临海一线向前搜寻，苍茫的海面上终于出现一支船队，福船巨大，后面跟随数十艘中小型战船，风帆鼓胀一路南行，在海面上绵延了百丈之远。

高大的船楼后部设了鸽巢，信鸽甫一落地，守在一旁的番役便解下腿上竹筒，将信送到了梁遇面前。

舱房里正议事，随堂和司房都在，梁遇展开纸卷看了眼，淡然笑道："南苑王府的人进宫了，拖了这么长时候，皇上一见果然被勾了魂儿，当晚就翻牌子，且留宿到天明。"

翻牌子并不稀奇，皇帝也图新鲜，新进宫的嫔妃当晚侍寝常有，但留宿到天明的却是不常见。宫里关于侍寝，有老祖宗传下来的规矩，嫔妃不在龙床上过夜，一般完事后就给送回自己寝宫，这也是确保皇帝睡梦中不受惊扰。当然也有不肯照章办事的,但能让皇帝破这种例,必然圣宠已极。这宇文氏才第一日进宫,就引得皇帝不顾礼法,瞧这势头,恐怕将来还有与皇后分庭抗礼的时候呢。

"这女人不简单,让曾鲸派人好好盯着,用度上头别亏待了她。皇后是诗礼人家出身,少不得看不惯,倘或因此训诫,势必明面儿上结仇,她不是宇文氏的对手,还是得想法子劝着点儿,可别皇后宝座还没坐热,就让人给拱下了台。咱们不在京里,六宫有小小变动不碍的,只是根基不能乱,要是乱了,再想收回来可不容易,别叫咱家费那个手脚。"

秦九安道:"小的回头就去传信。"

杨愚鲁斟酌道:"眼下南苑郡主不是顶要紧的,要紧的是羊房夹道那位,这几天就该临盆了。"

梁遇嗯了声:"还是照着早前的安排,生的是帝姬,就把信儿报给皇上;要生的是皇子,暂且压一压,皇上问起了再如实说,不过劝着皇上宫闱太平要紧,皇子才没了生母,不论交给谁养活都遭罪。倒不如留在羊房夹道,我这里安排人好生抚养。皇上小时候也坎坷,听了这话,自然明白里头的意思。"

横竖就是要留下皇长子,这孩子将来是个香饽饽,捏在谁手里,谁就能占尽优势。杨愚鲁在梁遇手底下当差多年,习惯了每字每句仔细琢磨,他说皇子才没了生母,那就说明司帐不能留,所以这就得安排下去了,免得皇帝看在皇子面上,给她晋个不上不下的位分。皇长子生母难产而死没来及册封,比起皇长子生母出身微贱,可好听太多了。况且诸如死后哀荣之类的,帝王家出手一般不会过于吝啬,将来皇长子大些了,也不会因生母而招人耻笑。

他思虑之深,全不用底下人提点谏言,只要照着他的吩咐去办,总错不了。

舱房里的人都退出去办事了,月徊这时候才从隔壁过来,探了下脑袋,小心翼翼地问:"哥哥,宇文格格进了宫,就不会再和小四有来往了吧?"

梁遇将字条抛进了水呈里,看着上面的字迹一点点晕染,最后模糊得不能分辨,才打开窗,连水一块儿泼了出去。向来她提起小四,他的兴致都不高,只道:"他要是知道利害,就不会再和人家有来往。宇文氏一进宫便得皇上厚爱,什么规矩体统,在她这里慢慢就行不通了,届时她想见什么人,随时传召即可,半点也不难。如今就看小四的定力,不被美色迷花了眼,才是他的本事。"

月徊坐在边上圈椅里,不无遗憾地长叹:"男人的嘴,真是叫人信不实啊!我离京那天早上,皇上还牵着我的手依依惜别,说心里只爱我一个人呢。瞧瞧现在,珍熹格格进宫了,他得了个大宝贝儿,怕是连我长什么样都想不起来了。"

梁遇瞥了她一眼："你在登州府喝花酒的时候是怎么编派我的？如今是谁吃着碗里的看着锅里的？皇上那时候之所以口口声声喜欢你，是因为御前四位女官已经伺候他两年了，他是图你脸儿生。"

月徊不理他："我也是被皇上惦记过的女人，我不图别的，就图长过脸。"边说边乜他，"你呢，还想着皇后娘娘呢？怕她和珍熹起冲突，怕皇后位置没坐热就给拱下来。"

她的酸言酸语换来他一笑："我也得皇后垂青过，怎么就许你长脸，不许我长脸？"

这下子月徊白眼乱翻起来："好啊，终于瞒不住了吧！早前你们眉来眼去的，我就知道有猫腻，这回不打自招了！"

不过那些都是闹着玩的说笑，当不得真的，月徊还是岔到司帐生孩子上头去了："你怎么知道孩子会没了生母？生孩子也不是必死无疑。孩子没了娘，那多可怜，退一万步，实在不成了交给皇后养活，对孩子将来也有益处。"

梁遇站在桌前，慢吞吞地归拢先前查看的珠池采收誊本，一面道："太医院早就替司帐查验过，说她胎位不正，孩子头上脚下，临盆时必然艰难。至于把孩子交给皇后……皇上的生母病逝后，皇上就是归到江太后名下的，又怎么样？依我说，要是位皇子，咱们自己领来养活，不比养在外头没根没底的孩子强些？"

月徊咋舌不已："怪道你要留他在羊房夹道，人家养舍哥儿，你倒好，要养就养皇子，不愧是办大事儿的！那天咱们也聊这个来着，你说什么都不答应，我差点儿以为你想自己生一个呢……"

梁遇怔了下，见她眼神复杂地望向自己，下意识微微偏过了身子："又在瞎琢磨什么！"

"没有瞎琢磨。"月徊说，随即觍脸提出了个令人匪夷所思的提议，"咱们在海上漂着，淡水越用越少，不知道几时能看见陆地。今晚让他们预备一桶水就成了，咱们俩一块儿洗澡。"她拿两手照着他的方向挠了挠，"我能给你擦背，又能省下一桶水，过日子就得这么精打细算，你说好不好？"

她的那些话，有时候真能惊飞人的三魂七魄。

梁遇朝外望了眼，所幸外头厂卫离这里很远，听不清她在说什么。他也有些糊涂了，疑心自己是不是听错了，便迟疑着问了一句："你先前……说什么？要一块儿洗澡？"

月徊说："是啊。我没有别的意思，就是觉得淡水用得太快了，咱们得省着点儿。"她说完，很正派地冲他笑了笑，"别胡思乱想，胡思乱想就说明你心思龌龊。我是个很纯粹的人，有一说一，我就想给你搓搓澡，这么一点小小的心愿，应当不为过吧?"

梁遇瞧人很准,他早前就看清了月徊,说这丫头是错投了女胎。其实她的好些行事作风活像男人,那份勇往直前的壮阔像男人,那份好色起来毫不遮掩的鲁莽也像男人。

对于肖想已久的那个人,她彷徨过,惧怕过,经过了最初那段碍于伦理的痛苦挣扎,终于进入了变本加厉的阶段。

月徊觉得哥哥像个谜,因为认回她起他就一直孤高着,越是孤高的人,越会引发人的破坏欲。她有时候会出现幻听,不知哪里来的声音一直在怂恿她,亲近……再亲近点儿,她怀疑发声的就是她娘。于是内心蠢蠢欲动,掂量再三,终于预备向他伸出魔爪了。

是他说喜欢她的,她也答应让他喜欢,既然彼此已经约定好了,就可以顺利该干吗干吗了。

月徊夜里躺在床上也思量,哥哥是她见过最诱人的男人,有那么一点小缺憾,可能因此性情变得矫情又古怪,但她不能就此嫌弃他。她要显得对他感兴趣一些,让他觉得自己受到重视,那样才不会自卑,不会时不时沉浸在自怨自艾里。先前住在海沧船上,因两间屋子离得远,不大方便,她尚且还显得很矜持自重。后来搬回福船上了,船工照着原来的格局重新修好了船楼,不单两舱之间的小窗保留下来,还特意扩大了几分。本来只能探过脑袋的窗户,现在能钻过半个身子了。

天时地利的时候,要压制住内心的骚动很难,于是昨晚上她悄悄把窗户推开了一道缝。那时候梁遇刚擦洗过,正在换衣裳,她顿时心头一拱一热,险些流下鼻血来。两只眼睛偷看怕太明目张胆,她把一只眼睛凑在那道缝儿上,等了半天想等他转过身来,可惜没能如愿。

也不知他是发现了还是怎么的,全程就拿后背对着她,但结实的肩背往下,腰肢竟然纤细得不可想象。他坐在床榻上,身后换下的里衣堆积得像一蓬云雾,那小蛮腰和半截臀就浮在云雾之上……啧啧,果然人长得好看,屁股也出众。

前半夜没能睡着,大睁着眼睛看着舱顶,心里默念"罪过",担心自己偷窥成癖,遂敲了敲墙板:"哥哥,你睡着了吗?"

隔壁应了声:"怎么了?"

她老实招供:"我刚才偷看你换衣裳了。"

结果隔壁半天没有回话,隔了好久才道:"时候不早了,睡吧。"

梁掌印居然对这种无耻行径逆来顺受，一味地姑息，所以最终换来了她更加没羞没臊的要求。

"你真打算一块儿洗澡？"梁遇眯着眼睛问。

月徊表示："当然。我看运河边上的人家，两个孩子常放在一个澡盆子里搓洗。咱俩年纪差了八岁，料着小时候也没有机会，多可惜！"

梁遇失笑："你的愿望真古怪，不过你说得也对，船上淡水储备少，是该省着点儿用。"他说着，走到她面前，弯下腰在她耳边呢喃，"你要是因昨晚上偷看了我心生愧疚，那大可不必。你偷看了我，我也偷看了你，区别在于我察觉了，而你直到现在还蒙在鼓里。"

他抽回身，在月徊震惊的目光里笑得肆意，也不再说旁的了，扬声吩咐门外："今晚给咱家预备一桶水，加足了香料，咱家要沐浴。"

门外小太监朗声应了，月徊站起身，有些愤懑地说："你怎么能偷看我……都看着哪儿了？看见腿没有？看见屁股没有？你一个做人哥哥的，怎么这么不要脸！"说罢愤然拂袖，昂着脑袋心虚着，溜回了自己的舱房。

进了屋子就倒在床上，捶胸顿足大呼倒灶，偷鸡不成蚀把米，说的就是她！他到底是什么时候偷看她的？她洗澡的时候还是换衣裳的时候？她明明不时留意那扇小窗，并没有发现他有任何异动啊。

哗的一声，窗又拉开了，梁遇的声音从容地响起："姑娘，今晚上还一块儿洗吗？"

月徊气不打一处来："我还没看见你正面呢，自然要洗，我不能吃这个亏！"

梁遇道好，重又阖上了窗。

今晚上倒着实可期待了，其实从遭遇风暴那晚起，他就一直觉得月徊别别扭扭很不自在，她应当很难接受哥哥变成一个不相干的人，再转而说喜欢她，她那个不甚复杂的脑子经不起这样的颠腾。现在好了，她大概是想明白了，人也渐渐活泛起来。他一直悬着的心终于落了地，她不再怨怪他，一定是爹娘在天上保佑。

说起爹娘，他依然有愧不敢面对，虽说月徊那里的态度，眼看这事成功了一半，但他仗着年纪比她大，半带逼迫半带诱哄地把她骗到这个地步，还是他的不该。日裴月徊……他提笔把两个名字写下来，左看右看，甚是般配。老天注定他们是一对儿吧，否则茫茫人海中，怎么让他停留在梁家，又怎么让娘在三十二岁的时候怀上月徊？

只是今晚要共浴……他有些心慌，耳根子也发烫。其实心里知道，到最后无非闹剧一场，不用那么当真的，然而心里就是七上八下，这丫头总有办法兴风作浪。

摸摸肩上的伤，好得差不多了，已经感觉不到痛，即便沾了水也不怕。还有什么要预备的？他将纸叠起来，压在砚台下，扬声喊近身伺候的人："桂生……"

桂生抚膝进来回事："老祖宗什么示下？"

"我那件雨过天青的寝衣呢？"他站起身道，"在哪儿，给我找出来。"

桂生连连应了，打开螺钿柜的门，从里头翻出了那件寝衣呈上来，一面笑着说："老祖宗怎么要找这件？咱们在登州府进了新料子，都是上好的，已经交人缝制了。小的才下去看了，正盘纽子呢，过会儿就能送上来。"

梁遇只管抻着肩头往自己身上比对，再三看镜子里，淡声道："还是这件好，这颜色显白。"

桂生差点笑出来，忙憋住了哈腰："老祖宗原就生得白净，这程子吹着海风，我瞧大档头都黑得像炭了，老祖宗还是出发时候的模样，一点没变。"

梁遇嗯了声，摸摸脸皮，这倒是真的，天生肉皮儿细嫩的，要比那些糙人占优势得多。

寝衣准备好了，好像就没什么可操心的了。他问："给姑娘做了新袍子没有？回头上了岸要用的。多备两件男人的衣裳，在外行动起来方便。"

桂生道："老祖宗放心吧，姑娘的衣裳已经做成了两套，这会儿正给姑娘做官靴呢。"

梁遇点了点头，抬手一摆，把桂生遣了出去。

第二十三章 运筹千里

　　因着晚间要共浴，两个人各自在自己的舱房里筹备。回头想想怪有意思的，就这么负着气约定了，谁也没想毁约。

　　月徊坐在镜前往脸上扑了厚厚一层珍珠粉，然后打了热手巾把子，仰在床上敷脸。脑子里小风车转得呼呼的，今晚洗过一回鸳鸯浴，哥哥就真是她的人了。

　　何德何能，何德何能啊……到这会儿还像做梦似的。老天爷厚待她，转了一大圈，梁遇还是落进了她手心里。她美滋滋地想着，人财两得，且又不担心他像皇帝似的三妻四妾，小四要是知道她做了这么稳赚的买卖，不知得多高兴！

　　敷完了脸起身，一脚踏在床板上，卷起裤腿看了看，腿毛不算多，稀稀拉拉的，但有点儿长。怎么办，得想办法刮一刮，于是跑出门找人，还得藏着掖着不让哥哥知道。终于找见了秦九安，她招了招手："秦少监，来、来……"

　　秦九安见她贼头贼脑，自发放低了嗓门儿："姑娘有什么吩咐？"

　　月徊说："我要那种小刀——刮胡子那种。"

　　秦九安和她大眼瞪小眼，苦笑着说："姑娘找错人了，咱们哪儿用得上那个啊。您瞧瞧我……"边说边抬抬下巴，"干干净净的，寸草不生。"

　　月徊才发现自己确实强人所难了，便四下望了望："那厂卫们呢，他们有没有？"

　　对于她的要求，他们这些人向来有求必应，秦九安说："您别着急，我来给您想法子。"让她先回去，自己顺着木梯往下层去了。

月徊在舱房里等了半天,终于见他托着一只盒子进来,压声道:"姑娘,这是从裁缝那儿找来的,专用它拆旧衣裳缝线,还没用过,使着干净。"见她伸手要来拿,他让了让,赔笑道,"不过您是做什么用度,我得知道,用完了我还得拿走。毕竟这东西放在您这儿危险……您到底是干什么使?钎脚吗?"

月徊吸了口气:"您瞧我多大年纪,用得上钎脚?我的脚嫩着呢!您别管了,我用完了再还您。"

她不由分说,把秦九安推了出去,自己坐在桌旁小心翼翼篦了篦刀刃,然后往腿上打了胰子,把胫骨上那几根稀稀拉拉的毛全剃了。剃完摸了摸,真是光滑干净,无可挑剔。于是开门把刀还给秦九安,又往腿上抹了一层玉容膏,这才安安心心等着天黑。

司礼监是最讲规矩的衙门,即便行船在外,到了时辰也得掌灯。福船很大,左右两舷挂上一溜的风灯,后面随行的船见了也如法炮制,海上顿时有光透迤一片。月徊放下窗屉子上的绡纱,眼下天儿到了顶热的时候,海上有水有风,比陆地上还好些,但也有那种细小的蠓虫,咬人又疼又痒。桌上放盏油灯,它们能想方设法地钻进来,飞蛾扑火般撞向灯罩子,底下放个水碗接着,一夜能接上厚厚一层虫尸。

侧耳听隔壁,有哗哗往桶里注水的动静,月徊喘着粗气琢磨,时候快到了,她得想好说辞,安慰不久后自责自卑的哥哥。

"没什么,我不图肉体上的欢愉,我图的是长久。"这话听起来是不是很上道?

还有,"知道亏欠我,就对我好一点儿",公平交易谁也没占谁便宜,减轻梁遇的负罪感。

月徊感慨着,果真人长大了,开始面面俱到考虑别人的处境,不像以前四六不懂呼啸来去,老子天下第一。

咚咚,隔壁传来敲墙声,她被吸进肺里的气呛着了,匀了好几下,才重新续上。

自己说出去的话,就算咬碎了牙也得办到。她握了握拳,穿着中衣就冲进了梁遇的舱房。进门见他一袭雨过天青的寝衣,宽袍缓袖披散着头发,站在巨大的木桶前,隔着一汪清水,半带忧郁地望着她。

"你想好了,真要共浴?"

月徊故作轻松地哈哈一笑:"哥哥不会是退缩了吧!早知今日,何必当初呢,你要是安安分分当我哥哥,哪有今天这些事儿!"

梁遇拧着的眉心逐渐舒展开了,牵着袖子比了比:"请。"

月徊拱拱手:"承让。"

于是各自抬腿迈进木桶里，形成一个无比诡异的画面，各自穿着寝衣，各自坐得笔直，不像在沐浴，像在运功疗伤。

两片花瓣从他们面前漂过，小船一样前仰后合着，仿佛在嘲笑他们愚蠢。水淹到了胸口，梁遇曼妙的曲线在水面下忽隐忽现，月徊的脖颈上沾了水珠，水珠滑落，滑进交领里，两人齐齐咽了口唾沫。

"你就是这么洗澡的？"月徊的语气里充满了无尽的嘲笑。

梁遇看了她一眼："你又是怎么洗澡的？"

月徊道："我省水啊，连衣裳也一块儿洗了，我可真是个当家的好手。"

梁遇的眼神鄙夷："你不会打算洗完还穿着，然后站到大太阳底下晒干吧？"

月徊哼笑了一声："别光说我啊，你呢，还不是穿着不肯脱。"

梁遇看了看自己的肩头："我的伤口还没愈合。"

月徊嗤笑："别胡扯，明明早就愈合了。"说着伸手抓住他的衣襟，顺势一扯，哥哥的香肩就这样暴露出来。受伤的地方覆盖了一层嫣红的结缔，那形状，竟和她肩上的胎记一模一样。

这莫不是命里注定的吧！月徊"咦"了声，退下自己肩头的衣裳让他看："你瞧瞧，是不是似曾相识？自打认亲以来，我就觉得咱俩各长各的，八竿子打不着，为这个还伤心过呢。这回可好，总算找着了一点相像的地方，我可足了。"

梁遇垂眼打量，心里也暗暗惊讶，果真都是北斗一样的形状，连斗柄的朝向都分毫不差。

他望了望她："这是老天爷的恩典，咱们注定要在一处。"

月徊啧啧了两声："你是越长越随我了，怪道老话儿说了，长得像的不一定是兄妹，还有可能是夫妻。"

提及"夫妻"两个字，彼此都有些尴尬，这词儿原本离他们那么遥远，不知怎么的，如今变成了必然的归途。

梁遇避开她的视线，转头望向垂帘外迷蒙的月色，月徊不像他，她是个二皮脸，当即拿手当勺儿，舀水往他肩上浇了两下。水过之处，他的肌理更显得丰盈饱满，在灯下发出蜜一般的光泽。月徊又咽了口唾沫，要是有张饼子，有碟子酱，她能把他卷进饼里吃了，谁让他水灵得像大葱一样。

"哥哥，你不是说伤还没好利索吗，且得养着，不能操劳。"她的爪子就那么大剌剌地从他衣襟处掏了进去，自言自语着，"别着急，有我呢，我给你洗吧洗吧……"

秀色可餐的男人，像王母娘娘的蟠桃，仙品怎么吃都不觉得腻。她之所以大胆，就是因为压抑了太久，跳过了他揭露身世那段，往前倒推，她哪天不在遗憾生在了一家！她不是那么死脑筋的人，只要突破了心理上的阻碍，对他下手只是时间问题。

梁遇唯有闪躲，难堪地说："月徊，你别这样。"

月徊顿住了手："是你说喜欢我的，既然喜欢，不就是答应让我对你这样那样吗？"

他一时顿住，想了半天，居然找不到一句话来应对她，只好继续任她胡作非为。

月徊薅得很高兴，这种没羞没臊的揩油，简直比吃上苏造肉还满足。梁遇的手感很好，不肥不瘦酸甜可口，美人果然浑身上下都是宝，除了脸，冠服端严下还有异于常人的美好。

她得意地嘿了声："我的福气，真没的说了！"

梁遇起先被她撩拨得心浮气躁，听见她如此感慨，反倒沉淀下来。他抬起手，湿漉漉的指尖摸摸她的脸，在那如玉的面颊上留下蜿蜒的水迹，然后学着她的样子，掬了一捧水泼在她胸口。

女人不比男人，中衣贴在身上，能看出里头朱红的主腰。月徊五雷轰顶，呆滞地低头看了看："你干什么？"

梁遇淡然道："只许你泼我，不许我泼你？"

要是互不泼水，这澡洗得就太无趣了。他又瞧瞧自己的手，似乎正琢磨，她在自己胸口薅了好几下，自己是不是也应该薅回去。

月徊戒备地环抱住了自己："你泼我一身就算了，别再想其他的了。"

梁遇扬了扬眉，不置可否。

只许州官放火，不许百姓点灯，这种行为确实不好，月徊权衡之下伸出了两臂："我可以让你抱抱。"

然而木桶就这么大的地儿，要是在水下纠缠住，只怕上不得岸。可是谁又能拒绝这样的提议，他终于伸出臂膀，倾前身子拥抱她。各自都盘着腿，像两株绞杀榕，蛮横狞厉地，找到了寄主便急切地向上生长。

水原本还带着些微的温度，时候一长便慢慢凉下来，他终于发力托起她，让她盘坐在他大腿上。这么一来就很羞人了，月徊捂住了自己的脸："哥哥你花样真不少，别当我不知道。"

梁遇说闭嘴，板着脸道："我冷。"

月徊一听，那可不得了，忙抱住他的肩背搓了搓："我来给你取暖。"

两个人就这么一本正经地胡扯，一个敢冷，一个敢抱。

梁遇把脸偎在她胸口，喃喃说："你还记得那夜大雨，我和你说过的话吗？"

月徊有些晕乎乎的，哥哥像酒，沾了一点就上头。他这样的动作，又多情又羸弱，月徊迸出了一腔柔情，抚了抚他的发，心不在焉地应了声："嗯？你说了那么多话，我怎么知道是哪一句。"

梁遇沉默了下，她没有一般姑娘的细腻，大大咧咧，横冲直撞，所以就得他引领，自己抛出的问题，还得他自己回答。

"我曾经和你提起过，进宫之前算计了一家子，你知道那是个什么人家吗？"

月徊想起来了，那时候他口口声声说自己不是好人，原因就打这上头来。只是当时过耳不入，也没仔细问过，想来里头还藏着内情。

她眨巴着眼道："一家子全在你身上栽了，看来不是一般的人家吧？"

他的目光慢慢移上来，眼眸深沉，里头藏着兽："南长街会计司胡同，毕家。"

月徊愣了愣，她这些年在京里摸爬滚打，哪条胡同有哪些人家都烂熟于心。南长街会计司胡同毕家，和地安门外方砖胡同刘家，是京城有名的两个阉割世家，朝廷曾赏七品衔儿，手艺父子相传，对外称"刀子匠"。那是朝廷认准的太监牙行，每个进宫当皇差的，头一道要过的就是那条三尺宽的春凳。不过毕家早年间听说犯了事，家给抄没了，人也死绝了，如今只余刘家一家独大，闹了半天，原来毕家的衰败竟是因他而起。

月徊讶然看着他："这么记仇可不好，人家职责所在，你怎么能灭人全家呢？"

所以他说过的话，有几句她听进耳朵里了？梁遇寒着脸道："你好像一点儿都不担心将来，也不在乎我经历过的种种。"

月徊说："我在乎啊。可你现在不是好好的吗，我也跟着沾光啦。过去的事儿，能不想就不想，何必自苦呢。想想将来，置他千亩良田，再造上几个大园子……你吃过的苦，拿荣华富贵来偿，也不算亏。"

梁遇叹了口气："起来。"

月徊扭了扭身子："不起。"嬉皮笑脸道，"话才说了一半，怎么不接着说？毕家到底哪里惹着你了，让你升发后头一件事就是除掉他们？"

这件事……真是说来话长，里头藏着一个天大的秘密，这些年一直深埋在他心底，要不是她，他可能一辈子都不会再提起。然而现在，很多事情开始改变，也到了让她知道内情的时候了。

他轻轻蹙了下眉，回忆得有些艰难："那两家，不用我多说，你也知道，他们吃着朝廷的俸禄，想巴结不容易。这两家里头，刘家根深叶茂，毕家却只有一个独子，才十来岁光景。那会儿毕家儿子常上门头沟瞧他姑姑，半路上要经过一条板桥，那桥年代久远，一凿就碎了……"他说着，笑了笑，笑容里有凄凉的味道，"我眼看着他摔下桥，在他快淹死的时候才把他捞上岸，毕家对我感恩戴德，自然我说什么，他们都会替我周全。"

月徊越听越不对劲儿，一口气提到了嗓子眼儿："然后呢？你费了老鼻子劲儿和毕家攀上关系，不是为了上毕家串门儿吧？"

他垂眼说："毕家承办牙行多年，和宫里掌事的多有往来，有时候小人物办事，比大人物还方便，使个眼色，让高抬贵手，事儿就通融过去了。况且我还仗着盛二叔的排头，他那时候是宗人府经历……"

月徊原本结结实实坐在他腿根儿上的，这下子好像有点儿危险了。借着水的浮力，她悄悄抬了抬臀，嘴里打着哈哈："还真是，别瞧不起小人物……"

他抬眼望住她，那眼神钻筋斗骨，要把人穿透似的："怎么不接着往下问？"

月徊说："哪还要问呢，后来你就在宫里扎根儿了，那个根儿啊……那个……扎得挺深，从小火者当上了掌班司房，后来做了随堂，替汪轸掌管了司礼监。"

她有心绕开了说，看来是怕了。他牵着一边唇角笑了笑："根儿确实扎得深，我的身上，全是恩将仇报的故事，对毕家是如此，对汪轸也是如此。"

月徊已经悄悄从他腿上迈下来了，为了稳住他，嘴上还在敷衍着："话也不能这么说，汪轸在时司礼监都是你在掌管。他就知道弄女人，但凡漂亮的落了他的眼，他想尽法子也要把人弄到手，老百姓都恨死他了。你取而代之，是替天行道。"

他点了点头："那毕家呢？"

月徊这时候已经扒上桶沿，冥思苦想了一番说："毕家干的是害人断子绝孙的买卖，这得多缺德啊，是不是？所以……"她边说边想跨出木桶，"所以照样算你替天行道。"

可惜她的小动作没有得逞，身子刚探出水面，就又给拉了回来。

她在水里身姿纤纤，哪怕性情粗豪不解风情，那腰还是女人的腰。

他两手扣着她，将她翻转过来，似笑非笑道："怎么了？你似乎很怕我？是怕我的城府，还是怕我这个人？"

月徊心里突突地跳，从没像现在这刻这么狼狈过。

她来前设想的，居然全部被推翻了！她那种大度和怜香惜玉的心，现在已经英雄无用武之地了，他根本用不着她去安慰。天底下最荒唐的事，不外乎"姐妹"

变夫妻。没错，其实她一直以来的种种龌龊行为是没有性别认知的，那哪是没脸没皮，分明就是小姐妹之间的玩笑啊！结果现在崴泥了，这小姐妹变成了男人，她心里实在受不了这种刺激。她觉得自己得离开这是非之地，可他勾住了她，让她脱不了身。

"我这不是怕，是慌。"她哆嗦着下巴，使劲拍了拍自己的脸，"八成是在做梦，在做梦……"

他的那双眼睛蒙上了尘："怎么？你不高兴吗？"

月徊说："高兴什么，我都快吓死了！这事儿我得好好琢磨……我得琢磨琢磨……"边说边于脚并用挣了出去，湿淋淋的一身在舱房里转了两圈，然后跌跌撞撞跑回了自己的屋子。

一切得从长计议，她好不容易接受的关系，好像又得推翻了。以前梁遇是太监，太监嘛，在她看来和女人差不多，她和哥哥腻歪，心里着实没把他当男人。可现在得知他全须全尾，还瞒天过海犯着诛九族的大罪……虽然梁家的九族未必能挖出来，但这一切也让她惶惶不安。

她穿着湿衣裳站在地心儿，衣服上的水滴滴答答落下来，在她脚边聚起了无数的水洼。她拿手比画了个桃儿的形状："还在？"又拿两手比画个西瓜，"还在？"越想越玄乎，"当我是傻子吧，骗谁呢！"

她重新打开门，气势汹汹地冲了过去。梁遇才从桶里出来，大概也正彷徨着，还没来得及换明衣。见她回来有点意外，刚想开口，就听月徊大喊了一声："我不信！"

他怔了怔："你要怎么样才肯相信？"

她没有给他机会自证，大步上前，掀起了他的寝衣。

雨过天青，这时候真是个羸弱的颜色。因为料子薄而柔软，沾水之后几乎紧贴身形，她垂眼一看，似乎隐隐约约能看出个形状，脸上轰然就烧起来了。

梁遇的脸色反倒越发苍白了："你……看见什么了？"

月徊说："像个蛤蟆……"险些叫他一口气上不来。

然后她又一阵风似的卷走了，回到屋子里默默换了衣裳上床，心里一时说不上是种什么滋味儿。以前她都干了些什么？累累罪行罄竹难书，现在回想起来，让她冷汗直流。

明明那么难的事儿，为什么到了他面前就迎刃而解了，这人天生是来挑战世俗的吗？月徊侧过身，伸手敲了敲墙板。那头没有回应，过了很久，才见头顶上的小窗开启了半边，梁遇的声音平淡如常："怎么了？"

月徊喃喃说:"我就想知道,是全在呢,还是……留下一半?"

那头沉默了下,大概回答这个问题很令他羞耻吧,隔了好一会儿才道:"齐全。"

啊,齐全……也就是说还能有后。月徊蜷缩起身子,心头乍悲乍喜,五味杂陈。

从今天开始,她就真的该和"哥哥"道别,去迎接一个崭新的梁遇了。她忽然迸出了两眼泪花,哽咽着说:"哥哥,你往后还是你吗?我怎么觉得,一下子把你弄丢了……"

隔壁没出声,不一会儿外面传来脚步声,停在她舱房前,轻轻敲了敲门。

关于梁遇最初给她的印象,就是个当了大太监的亲哥哥,结果现在这两样都发生了变化,实在让她有种说不上来的忧伤。

他还在敲门,咚咚咚,敲得很有耐心。月徊略挣扎了下,还是过去打开了门。

她红着眼睛说:"其实我没想让你进来,是怕敲门声吵着少监们。"

梁遇道:"我来也没有旁的意思,就想陪你一会儿。"

他能明白她的感受,哥哥忽然丢了,无关旁的,只是心理上的落差,让她觉得难受。说起来有些怪诞,本以为要跟的那人六根不全,也做好了守一辈子活寡的准备,忽然得知一切都变了,换成一般的姑娘,会高兴得忘乎所以吧!可月徊不同,她矫情的点和别人不一样,她这会儿不是庆幸,只觉得哥哥面目全非,好像不是以前那个人了。如同母亲看着长大后人嫌狗不待见的孩子,常会怀念襁褓中的温驯柔软,不明白自己怎么就养出了个不尽如人意的东西……他眼下就是这种处境。

他害怕自己不陪着她,她过不去那道坎儿,分明齐全是好事,为什么到最后愧对天地似的,实在让他想不明白。

她在桌前发呆,他在她对面坐了下来。灯下看她,神情呆滞的她,和眉开眼笑时大不一样。他叹了口气:"月徊,我本来不想告诉你,甚至打算咱们成亲那晚再……可我觉得这么骗你,心里过意不去。我……"他匀了匀气道,"本来是想向你邀功,想告诉你,我没有对不起爹娘,没有拖累你一辈子,如今看来,我好像做错了。你是更喜欢那个残缺的我吗?我这样,反倒让你为难了……"

"不不……"月徊摸着额头说,"我只是一时回不过神,你再容我缓一缓,我能想明白的。"

她抬眼瞧瞧他,还是原来的人,原来的眉眼,没有哪里不一样啊,可她心里就是空落落的。她有时候一根筋,想不明白的时候一脑子糨糊,但要想明白,也是一眨眼的工夫。

"你别动,就坐着,等我开窍。"她安抚了他两句,托着腮帮子使劲儿,想了半天没想明白，伸手在他手上摸了摸，"这样，没准儿能明白得快点儿。"

他转过腕子，把她的手攥进了掌心，诚挚道："这么生死攸关的事儿，我只告诉你一个人，你应当能明白我的心吧？"

月徊嗯了声："想是海上的风咸，把我的脑子吹得锈住了，我就是转不过这个弯儿来……你别急，再等等。"

梁遇听了，恍惚窥出了其中端倪，挪着杌子往前凑了凑。人离她那么近，近得能听见彼此的心跳。

"你看这样，能不能对你有助益。"他牵起她的手，放进了胸怀里，脸上赧然，但手上却将她压紧了，目光坚定，"怎么样？脑子转得快些了吗？"

月徊说："我好像感觉到了一点儿阳刚之气……"

那是好兆头，虽不明白她所谓的阳刚之气到底指什么，至少她在慢慢适应。

不过眼下他有点怀疑她的动机，是不是有心放长线钓大鱼。他给的饵不够，她就意兴阑珊，要是下猛药，也许那锈住的脑子就豁然开朗了。

"净身之后，长不出这样的肌理。"他说着站起身，抽了胸前衣带，笔直地站在她面前，"自小爹就给我找了四川最好的武师，教我习学刀剑弓马。这些年我没有落下，只是越练身上越结实，后来就不敢让人近身伺候了。"

月徊看得脸颊发烫，他光膀子的模样早前也见过两回，可没有一回是这么豁得出去的。这一身好肉，确实让人看得很欢喜，回头再琢磨琢磨，既然垂涎他的身体，更应该庆幸他还健全着。

月徊说："我好像又明白点儿了。"

他伸出手臂，把她圈进胸膛里，贴着她的唇角，用那种酥麻的语调说："你还没发觉里头的好处，等时候久了，自然就知道了。"

他也会玩若即若离那一套，月徊就等着他亲上来，可他偏不。唇瓣像羽毛，拂过去又拂过来，拂得她浑身起了一层细栗。

"现在呢？"他问，"想明白没有？"

月徊听见自己的心在腔子里乱窜，面前摆着两条路，一条是正道，一条是歧途。说句掏心窝子的，正正经经谈事儿，哪及这种搂着腰喘着气儿的切磋来得惊心动魄。她占足了便宜，这会儿已经想明白了，但她觉得应该再多坚持一下，毕竟积黏的女人，才让男人又爱又恨。

于是她说："明白了一大半吧，还差那么一点儿。"抬手摸摸他的嘴唇，唇周光滑，明明和秦九安他们是一样的。她眨巴着眼睛问他，"哥哥，你就说，是不是上我这儿蒙事儿来了？一个大男人也没长胡子，你说齐全，我怎么信不实呢？"

他笑了笑:"这世上有好些玄而又玄的药,能让人变了声调,也能控制男人不长胡子。只是伤身,时候用得久了,就当真长不出来了。"

月彻说:"我不信。"说着斜眼觑他,"哥哥,你可别欺负我见识少。"

梁遇被她的固执气着了,拉着她,直接压到了床板上。

他居高临下看她,那双眼睛里漫上了山雨欲来的空蒙:"你是成心的,是不是?"

月彻哎呀了声:"我哪是成心的!你别这样,有话咱们站起来好好说。"

他哼笑了声:"梁月彻,别以为我不敢法办了你。今儿既然准备洗鸳鸯浴,我自然预先把人都遣散了,就算我对你做出什么事来,也没人救得了你。"

月彻配合地筛了一回糠:"真的吗?你竟然这么算计我……"

梁遇看她演得做作,不由得枯了眉:"你能不能专心点儿,我正和你谈人生大事。"

月彻道:"我挺正经的,难道你看不出来?你忽然和我说了这么耸人听闻的事儿,我没被你吓疯就不错了,多问两句,你还不乐意了?"

她是个滚刀肉,在他的预期里,也没有她平静甚至带着高兴劲儿地接受事实的猜想。只是她不知道,要证明他说的都是真的有多容易。以前那个八风不动、禁欲自持的人,在遇见喜欢的姑娘后,也能调动起浑身潜藏的爱意。

她在他身下,眼眸明亮,充满好奇。就这样看着她,即便不动她分毫,某种朦胧的东西也在抬头……搅得他方寸大乱,心神不宁。

"月彻,哥哥如今是把命都交到你手里了。"如果没有爱到这种程度,如此致命的把柄,怎么能让她知道?

他原本以为自己够冷静,想得够长远,谁知并不。他像所有坠入情网的人一样,急于安抚她,急于澄清自己,急于让她知道,她跟着他不会不幸……他害怕她会逃,他必须织起大网密密把她圈住。他已经孤注一掷了,就算她背叛他,也只能高高举起,轻轻落下。

他略略压低身子,那宽大的缭绫锦衣像水浪上绵密的泡沫,将她严严覆盖上。他顺着她的肩头往下,找到她的手,与她紧紧十指相扣,指根上那种若有似无的接触,越发在心尖上拨动出震颤的回音。

他轻吸了口气,沉了沉身子,眼波却碧清,冲她腼腆一笑:"月彻……"

月彻经不得他这种奇异的挑逗,只要他带着羞涩的表情和语气叫她,她立刻就像个色欲熏心的莽汉一样找不着北,百试百灵。

"我小时候还挺爱戴你的,哥哥在我心里,是比爹小一号的人物。"她喃喃自语着,因他欺近浑身发烫。有种不可言说的感受,从心缝儿里,从脚底心儿,从脐下向外扩散。似乎被什么轻轻碰触了一下，起先还不明所以，后来才慢慢明白过来，哥哥真是齐全的。

惊讶过后便是感动，没想到她还有这一天。什么都不用说了，事实胜于雄辩，她吸了吸鼻子道："这回我信了。"

他说很好，凑在她耳边匀着气息，压低了嗓音道："每回我靠近你，就想……"

他是个文雅的人，不爱说粗鄙之语，那些人之常情，说到这儿也顿住了，继续不下去。

月徊抚抚他的脊梁，很真挚地说："彼此彼此。"看着他，心里涌起一种酸涩的味道，那味道冲了鼻子，潮湿了眼眶。她捧住他的脸，贪婪又用力地审视他，"还好，肉烂在锅里了，要不我该多难过啊。"

喜欢她，就不要在意她的措辞，可他还是忍不住发笑，颔首说对："你在对皇上笑，对小四笑的时候，我真恨你胡乱勾搭，恨不得掐死你。"

月徊"啧"了声："那怎么能是勾搭呢，是我人缘好……"

她忙着给自己贴金的时候，他隔着明衣慢慢寻觅，好像找见了，轻声问："是这里？"

月徊续不上来气儿："好……好像……"

接下来也不必她说什么了，他温和地微笑，挤挤挨挨，就算隔靴搔痒，也异常舒心。

月徊终于开始感激那药了，能妥善地把他隐藏得那么好："回头把方子借我抄抄，万一后辈里头有人用得上，也算功德一桩。"

梁遇并不认同："你不会指望后世子孙里头，还有人做太监吧！大邺朝出了我一个，已经乱了章法，要是再来一个，那这王朝八成气数将尽了。"

传续了一百多年的王朝，兴衰交替也是寻常。照着他们的立场来看，司礼监崛起是好事儿，可搁在哪朝哪代，宦官专政都是亡国的预兆。大邺从哪辈儿开始抬举太监的说不清了，但梁遇这辈儿拿了票拟和批红的大权，民间对他的口诛笔伐只会越来越多，往后皇帝懒政也罢，政绩不佳也罢，都是他的罪过。

"哥哥，你想过隐退吗？"她轻喘着说，"我早和你提过的，想让你从良，你现在干的事儿，都不是人事儿啊。"

这又算在骂他了吧！确实，打从进宫那天起，他的累累罪行便数不胜数。他排除异己，把持朝政，苛待后宫，制造冤狱，哪一桩不够砍一百回脑袋！他真不是好人，朝堂上那些有利天下的举措，即便是他极力促成，功劳也不在他身上，对天下人来说，他仍旧十恶不赦，连红罗党也是为反他而生的。他眼中的逆贼，却是天下百姓心里的义士，毕竟苛捐杂税堆在每个人头上，都是一座压弯人腰的大山。在所有人敢怒不敢言的时候，只有红罗党挺身而出，他们是敢于反抗吏治的英雄，梁遇则是人人得而诛之的奸佞。

可是他这样的奸佞，却官场情场两得意，这世上没有靠善心白手起家的人。

手顺着她身侧的曲线下滑，猛地托起了她的腰，他很称意，姣好的眉眼染上了一层桃色。

"我抽不了身，尝过了权力的味道，没人能再拒绝。那些辞官返乡的，哪个不是仕途不顺急流勇退？若官做得顺风顺水，今儿七品明儿一品，傻子才隐退。"他贴着她的耳畔说，"我要在这位置上长长久久地坐下去，让十万厂卫听我号令，三朝之内无人敢逆我。做不到这些，多年的隐忍就都白费了，慕容氏得我伺候，不配！"

月徊傻归傻，心头也打哆嗦："这野心有点儿大啊……"

梁遇懒懒地从颠倒中挣脱出来，笑道："你是第一天认得我吗？我的恶名，你应当早就听说过的。"

他打定了主意的事儿，向来不由人置喙。月徊无可奈何地琢磨起来："咱们没家没口的，也不怕株连九族，是吧？"

这就说明她打算和他同进退了，不过表达方式古怪了些，梁遇道："你放心，万一大事不妙，我会安排你逃命的。"

月徊说："我是那种只能同富贵，不能共患难的人吗？你办大事，我帮衬着你，反正要命一条……咱们真像一对亡命之徒。"

所以非但有兄妹的深情，有情人的浓稠，还有蚂蚱般同生共死的勇气，这么复杂的感情，光是想想就叫人头晕。

梁遇喜欢她的通透，他有应对变故的手段，保全她绰绰有余。司礼监眼下如日中天，至少在他这辈儿里，这个衙门是绝倒不掉的。她担忧的境况不会出现，她来人间一遭，享尽人间富贵就好。

又是轻柔的进击，一浪接着一浪，他吻了吻她的唇："今儿先支些利钱，等上了岸，挑个好时候拜祭过爹娘，咱们圆房。"

月徊心里暗自诧异，她有点儿不认得他了，仿佛脱下层层华美的外衣，底下藏匿的是另一个灵魂。她记忆中的哥哥不是这样的，她还记得他端着架子，冷冷一瞥她的神情，没想到换了个关系，他的某些本性毫不掩饰地呈现在了她面前。蛮狠血腥的欲望，令人战栗的掠夺，霸道是霸道了点儿，可是不得不说，还挺让人心潮澎湃。

船队一路南下，沿着海岸线蜿蜒的弧度，经过了宁波府、福建府，直下广东。

离广东越近，沿途传来的消息便越密集，提前派往广西剿灭红罗党的锦衣卫千户万海楼，与先遣的东厂档头会合，据说已经联手捣破了一个乱党窝点。

杨愚鲁将消息报进来时，脸上却带着郁气："可惜这回代价颇大，又死伤了驻扎在当地的几十名番役。拟定计划的时候曾报与总督衙门，两广总督是知情的，也答应派遣卫军接应，可是厂卫冲破乱党巢穴后，却迟迟不见卫军增援。事后责问总督衙门，衙门派出一位参将，以记错了时间搪塞，气得万海楼一刀把人砍了。"

梁遇坐在案后，放下了手里的书信："把人砍了？总督衙门是怎么处置的？"

杨愚鲁道："叶总督大怒，欲羁押万海楼，厂卫与卫军对峙了半个时辰，最后这事不了了之了。"

梁遇冷笑连连，错着牙道："就这么翻篇了？且翻不了篇呢，一个小小参将丢了条命就想糊弄过去，真是错打了算盘！叶震封疆大吏当久了，有些得意忘形了，咱家要捏死他，像捏死一只蚂蚁一样简单。我损失了几十厂卫，他还想动我的千户，是瞧着咱家好说话，打算爬到咱家头顶上来了。"

他生气的时候并不疾言厉色，只是那种沉淀下来的阴冷，叫人心里头直起栗。

杨愚鲁道："老祖宗少安毋躁，总算广西那个贼窝儿被铲平了，还生擒了几个番主。照着咱们的行程，再有三天就能抵达广海卫。广海卫离总督衙门驻地近，两广总督镇守南地多年，根基深厚是不假，但君要臣死，臣不得不死。老祖宗手上攥着皇命，先斩后奏，全在老祖宗一句话。"

梁遇闭了闭眼，长叹一声道："上次去大国寺求了一卦，解签的说我杀气过重，宜多结善因，我原不想一来就弄得腥风血雨，可惜这位总督不肯成全我。他纵着红罗党，纵着瑶民造反，既然他要图自己的好名声，那少不得让咱家当这个恶人。也罢，咱家从来不稀图那些虚名，能为朝廷办事，能替皇上分忧，万死不辞。"他说罢，沉吟了下，"上岸后不去总督衙门，先会一会布政使。叶总督这地方大员不得人心，听说布政使同他面和心不和，咱家这巡抚到了，正好给他们调停调停。"

所谓的调停，不过是联蜀抗魏，过后再各个击破。杨愚鲁道："已经派了哨船先行安排住处，并未通知三司衙门和总督衙门，到时候那些大员来不来迎接，全凭他们的心意。"

梁遇一笑："不来倒好了，各办各的差事，谁也不碍着谁。可惜了，到时候只怕孝子贤孙争着当，想接管水师和珠池，反倒不容易。"

这头正说话，外面秦九安进来回事，说："老祖宗，临海一线出现了一支队伍，看样子像海朗所的驻军，跟着咱们的船队跑了一炷香了。"

杨愚鲁道:"海朗所的驻军是肇庆总督府的前锋,看来两广总督已经得了消息了。"

梁遇并不理会那些正兵,撑着额头有些意兴阑珊:"别管他们,船队继续往广海卫进发……朝廷眼下是什么情形?"

秦九安道:"皇上并未重启内阁,还是照着老祖宗离京前的规矩办事,只是批红权因老祖宗不在,皇上收回亲自料理了。这两个月来,圣断和内阁谏言多有冲突,内阁那帮人见老祖宗离京,倒有些故态复萌了。皇上要增加屯兵他们不让,要修缮茂陵他们不让,连给慈庆宫加个顶,他们也要指手画脚,弄得皇上大发雷霆。"

文官最要紧的是谏言,谏言是什么?就是让皇帝不痛快,不停地给皇帝醍醐灌顶。梁遇走前就预料到了,只要有这帮言官在,皇帝就会越来越惦记他。现在还能忍耐,再过上两三个月,难保不发御笔圣旨,召他回京。

"宫里呢?这程子还太平吗?"

秦九安道:"皇上独宠宇文氏,短短两个月,已将其从贵人升为顺妃。照这势头看,顺妃取代皇后不过是朝夕之间的事。"

梁遇略沉默了下,复蹙眉道:"皇上年轻,不知道里头厉害,宇文氏早前也是北方的霸主,后来被神宗皇帝驯服,圈养在了江南。可狼就是狼,骨子里的血性磨灭不了,他们这些年看似老实,其实没有一日不在暗中活动。躺在富贵窝儿里头也没忘卧薪尝胆,不信去瞧瞧宇文家的子孙,有哪一个是贪图享乐,养得一身肥肉的!"

这倒是,当今皇上登基时,宇文家的人进京朝贺,不管是南苑王也好,南苑王世子也罢,警敏从容,一双眼睛像鹰隼似的,瞧人一眼就能瞧出个窟窿来。这样的人家,血性一辈儿传一辈儿,据说哪怕是襁褓里的孩子,也是日日鸡起五更,和朝中君臣一样作息。不过宇文氏善于做表面功夫,每到御门听政的日子他们就燃香,朝着京城方向三跪九叩,面儿上是感念皇恩浩荡,实则是提醒儿孙不忘马踏天下。

梁遇早有过削弱异姓王、收拢兵权的提议,可惜小皇帝胆色不够壮,怕因此社稷动荡,怕被世人诟病。其实眼下那些藩王还不成气候,这时候不下刀子,等他们招兵买马根基壮硕了,就会把刀架在朝廷的脖子上。

然而……有时候细想,也只有自嘲一笑,有利家国天下的创举都得伤筋动骨,小皇帝想安逸,维持现状最好。后来他便不怎么过问这事儿了,毕竟江山是慕容家的,兴也罢,亡也罢,他管不了那么多。

秦九安问:"那老祖宗看,是不是该往宫里传个口信儿……"

梁遇瞥了他一眼："皇上正在兴头上，你去劝人，皇上不高兴了，咱们能高兴得起来吗？"他站起身，摆了摆手里折扇，伴伴走出了舱房。

海上漂了两个多月，从北走到南，从春走到夏，不容易啊！迈出舱房，迎面一股热浪，天亮得发白，即便走到风帆笼罩的阴影下，风里夹裹的热也让人无处躲藏。

梁遇站在甲板上看，因是沿着海岸线航行，影影绰绰能看见陆地，对于许久不沾土星儿的人来说，已经是极大的宽慰。他长出了一口气，两广送来的奏报一封接着一封，越是看得多了，越是对地方总督衙门恨之入骨。不过两广总督叶震也不是等闲之辈，早年进士出身，在京里摸爬滚打多年，才调拨出来当上了封疆大吏。京城那一套虚与委蛇他全会，甚至做得比登州府迎接的排场更盛大。

广海卫登岸那日，所有官员悉数到场，乌泱泱的一大片人，穿着官服顶着大日头，站在码头上苦等。梁遇永远是不慌不忙的气度，锦衣华服的侍从撑着巨大的华盖，他带着月徊走在华盖下，风吹动他曳撒下的襞积，隐藏的竖裥里也是大片织锦行蟒，迈步的时候被阳光照见一角，光华璀璨，令人炫目。

"叶总督。"他满脸堆笑，拱了拱手，"总督大人离京时，咱家才入司礼监办差，没能有幸一睹总督风采，今儿得见，也算圆了我的缺憾。"

叶震笑得比他还热络，简直如见了阔别多年的老友一样，迎上前来见礼寒暄："内相……内相间关千里，一路辛苦。本督离京多年，但早已听闻过内相大名，内相说没见过本督，本督却见过内相。有一回本督进宫面圣，内相恰好从横街上路过，算来有五六年光景了，内相相较那时越发沉稳矜重。本督原想今年平定了红罗党后，入京向皇上面禀，也好拜会内相，没想到朝廷竟派内相亲来坐镇，实在令叶某汗颜。"

梁遇"哎"了声："都是为朝廷分忧，总督大人不必过谦。咱家临行前皇上一再吩咐，广东若乱，南国不宁，这件事是扎在朝廷心上的刺，皇上为此常彻夜难眠。这次咱家就是冲着剿灭乱党来的，番役加上锦衣卫及十二团营禁军，少说也有五六千人，不过……"他意有所指地牵唇一笑，"强龙压不过地头蛇嘛，到了紧要关头，还需仰仗总督大人。"

叶震打着哈哈道："这是自然，本督必定竭尽全力配合内相，若有疏漏之处，内相只管提点就是了。"

这是嘴上的漂亮话，就在前几天，广西捣毁红罗党窝点时，总督衙门可是听之任之，让他折损了几十厂卫。

梁遇哼笑，把手里折扇递给了月徊："咱家不大明白，红罗党究竟有多少人马，竟那么难以铲除，须得朝廷出动兵力平叛。咱家想着，是不是两广的驻兵不够？还是广海卫的水师懈怠已久？"他的目光在那些晒得满脸油汗的官员头上巡视，一眼便瞧见了人群前列的总兵，"杨总镇，两广的驻军海防等军务由你统领，倘或办事不力，总督大人怪罪下来，恐怕你吃罪不起吧！"

他亲点了名，令在场官员不由得俱一瑟缩。照理说他是京官，又是内官，和地方大员并没有什么往来，可头一回见面就能精准辨认出什么人什么衔儿来，可见这东厂提督不是白干的。

总兵杨鹤上前两步，拱手行了一礼。自己心里也暗暗琢磨他的话，两广的兵力都由总督调度，但名头上却是在他手里。乱党平定不了，最后背锅的少不得是自己，梁遇浸淫官场多年，一开口便四两拨千斤，先替他松了一回筋骨。

杨鹤战战兢兢："因那些乱党在各地流窜，想一网打尽属实不易……"

梁遇"嗯"了声："倘或真有难处，咱家也不会强人所难。横竖厂卫侦缉一向在行，查出乱党行藏的差事就交由厂卫去办。不过剩下的接应增援事宜，可得劳动总镇了，倘或再发生前几日的事，咱家身为钦差巡抚，有先斩后奏的特权……总镇大人，你可听明白了？"

一般美人儿耍起狠来，半点不讲情面。大七月里的天气，明明骄阳似火，经他一番杀鸡儆猴，在场众官员冷汗无不涔涔而下。

东厂的恶名鲜少有人没听说过的，那群擅长使用酷刑的杀人狂，目光也和正常人不一样。他们在梁遇身后一字排开，苍黑粗糙的皮肉，眼睛如同黎明时分的兽瞳，光天化日之下，发出幽幽的绿光。

"是，是，是……"人群里众口杂乱地应着，要论官衔，东厂提督还在两广总督之下，但有了御封的巡抚一职，便能正大光明地管辖两广地区。

下马威做足了，梁遇又换了个平和面貌，笑着说："咱家初来贵宝地，往后仰仗诸位大人的地方多了，还望诸位精诚合作，早日助我铲除乱党，早日向朝廷复命。"

"是，是，是……"又是一迭声的敷衍。

叶震扭曲着笑容上前支应："本地最好的会馆，当属梅山会馆，本督已将它包了圆，作内相行辕之用。"

梁遇道："总督大人客气，先遣上岸的人已经把一切安排妥当了，大热的天儿，能不劳烦总督大人的，就尽量不劳烦吧。但他日若有不情之请，还望总督大人伸一伸援手。"

他说完也不等叶震回话，举步往堤岸那头走去。华盖随他的步子向前移动，前后锦衣卫护持着，那壮观的排场让两广官员咋舌："险些以为是御驾亲临了。"

叶震冷笑："怕也差不了多少。"

杨鹤脚下挪着步子，压声道："这位内相，看来是个不好相与的。"

叶震却不以为然："虚张声势罢了。在京里靠着一张脸媚主求荣，这套在两广可行不通。传令下去，不论梁遇传召谁，一应不得前往。篱笆扎得紧，野狗钻不进，要是谁敢坏了规矩，一律按军法处置。"

杨鹤道是，看总督大人重新装点上笑容，快步追了上去。

天儿是真热，梁遇等人又客套一番，终于辞别了众官员，一行人进了落脚的地方。头顶上大树参天，远处还有棕榈树摇曳，但那热流是从小腿肚上贴地蹿上来的，像炒热的沙子当风扬起，一阵阵泛滥成灾。

月徊热得脸都红了，梁遇抬手替她解了领上金扣："往后白天别出去，没的晒脱一层皮。"

月徊新到一处地方，眼里装满了好奇，左顾右盼着："比起冷来，热可好受多了，我不怕热。"扭头看见无处不在的"瓶隐"二字，咧嘴笑着说，"这些南方人真别致，还爱取谐音哪。瓶稳，平稳啊，他们的口音和咱们不一样，这两个字也是这么念来着？"

梁遇一听，就知道她要闹笑话："那是瓶隐，不是瓶稳。古时候有个人叫申屠，常在山林间游历，随身携带个瓶子，纵身一跃就能藏身瓶中，所以才叫瓶隐。"

月徊噢了声："这倒好，不用盖房子，想住哪儿就住哪儿。盖上盖儿，兴许里头还冬暖夏凉呢。"听得杨愚鲁和秦九安都笑起来。

梁遇对于她胡扯的能耐见怪不怪，转头盼咐秦九安："厂卫们的吃住你要多费心，才到新地方，保不定水土不服。伙房用自己人，不许外头人插手，饮食多加小心。"

秦九安应了个是，哈腰退了下去。

待进了厢房，才感觉把层层热浪阻隔在了外面。梁遇脱下罩衣搭在一旁的玫瑰椅上，一面道："今儿入夜前，把总兵杨鹤和布政使籍月恒给咱家请来。用不着下帖子，带着厂卫登门，他们不来也得来。"

这两广就算是铜墙铁壁，也经不得一处一处慢慢凿，杨愚鲁道"是"，复放轻了语调说："海上这么长时候，老祖宗只在登州府上过岸，这程子脚下怕也虚浮了。趁着午后静谧，好好歇会子，剩下的交给小的们承办，错不了的。"

梁遇点了点头，抬手一摆把人打发了出去。

外面伺候的小太监开始张罗，一桶一桶的水往屋子里运，他偏头瞧了月徊一眼："姑娘，身上有热汗没有？一起洗洗吧？"

月徊因记着他说过的，等上岸后就要打她主意，因此很小心地保持警惕。他问要不要洗澡，她摇头："我就爱闻汗味儿。"

梁遇嫌弃地别开了脸："这是什么怪癖！"她不洗也由她，自己挪着步子往里去，边走边散漫道，"我洗澡，你替我守门。今儿夜里有郑仙诞[1]，回头等我洗干净了，带你上外头看女人去。"

南方的民俗和北方不同，月徊以前跑漕船，最多只到江南一带，从没到过两广这么远的地方，因此什么郑仙诞，连听都没听过。不过能去看姑娘倒是不错的消遣，但转念再一想，如今的哥哥不宜多看女人，他兴致勃勃，究竟想干什么？

看来到了炎热的地方，烧得他也沸腾起来了，脑子那么活络，是不是看见海岸边上往来的渔女穿着露腰的衣裙，就开始无端荡漾了？

"我只想知道，有没有男人可看？"月徊摸了摸下巴，"小时候在前门大街上卖呆看女人，一看能看一整天，早就看腻了。我如今大啦，通人事儿啦，我要看男人。"

梁遇听了，脸上一阵阴沉："男人？这里的男人个个长得黑亮黑亮，恐怕不合你的胃口。"

月徊说："那不至于，大档头眼下黑得就剩两只眼珠子了，可我瞧他也挺有意思，又高又大，一笑一口大白牙。"

她说这话的时候，从对面廊子上经过的大档头背后忽然一凉。

转过身看看，背后没人，但胳膊上汗毛根根竖立，那成串的鸡皮疙瘩，看得他撕心裂肺、百爪挠心。

屋里的梁遇冲她直发哂："大档头？没承想你还有这心思呢。"

月徊眨了眨眼："我就是好有一比，黑点儿的人看着结实，还显脸小。"

---

[1] 郑仙诞：又称"白云诞"。郑仙即先秦方士郑安期。郑安期曾在广州白云山一带行医卖药，传说某年瘟疫流行，为了拯救民众，郑安期在山上采仙草九节菖蒲时失足坠崖，遂驾鹤成仙。出于对郑安期的感激和敬仰，人们在其飞升处建了"郑仙祠"，又以飞升之日为"郑仙诞"，在农历七月二十五日登山拜祭。

梁遇不再搭理她了，一拂袖，转身就往隔壁去。月徊还挺欠地跟上去，他进屋后就关上了门，她趴在直棂门上直拍打："您别恼啊，我可是您的好妹妹……"

里头水声更大了，哗哗的，证明梁掌印很生气。

大档头见她退回来，快快坐在廊庑底下的阴凉处，便捧了个椰子送给她。

月徊颠来倒去地看，这东西长着一身青皮，掰又掰不开，不知该怎么下嘴。大档头立刻抽出随身的绣春刀，"咔"一下削了一半。里头椰汁一漾，洒了满地，他把剩下的递给月徊："大姑娘，你连椰子都不知道？两广可是个好地方，不光有这个，还有荔枝。杨贵妃那时候恨不得长在荔枝树上，你这回有福，来得正是时候。回头我让人送两筐来，让你瞧瞧新鲜的荔枝是个什么模样。"

月徊端着椰汁喝了一口，这水碧清，很甜，还带着一股清香的味道。像这种东西，产地上遍地都是，一点儿不稀奇，但路远迢迢运进京城后便成了奇货可居，只有那些官宦人家或是有钱的富户，才品过这鲜美滋味儿。

月徊喝出了哀伤："等咱们回去的时候运一船，渴了喝这个，又解渴又解馋。我啊，小时候看见有人拿椰子壳做灯，按上个提手，顶上再凿个小窗，里头装一支蜡烛……那会儿不知有多羡慕。"

大档头琢磨了下："椰子壳灯？那得找毛椰子，这个太嫩了。你要不要？要的话我给你找去。"

有机会弥补小时候的遗憾，当然是好事儿。月徊说："只是怕给您添麻烦，才到广东地界上，还有好些差事要办呢，净给我找椰子了。"

大档头提起手里的刀，朝不远处的海岸指了指："看见没有，满地的椰树，等我给你砍一个回来。"

他才说完，没等月徊开口，身后的直棂门就打开了。

刚出浴的督主新鲜得像抽芽的兰花，人是剔透的，但眼神也如刀锋般锐利，倨傲地乜着大档头："冯千户，看来你闲得很呢。咱家吩咐的要请杨总兵和布政使来园子里叙话，你是没听见咱家的令儿？"

大档头神色一凛，垂首道："回督主，杨少监和四档头已经带人去了……"见梁遇仍旧冷冷看着他，再不敢多言了，缩着脖子说，"卑职这就去看看，有没有帮得上忙的地方。"

大档头夹着尾巴跑了，月徊捧着椰子，把里头的椰汁喝尽了。

梁遇冲大档头的背影哼了声："偷奸耍滑，不知怎么有脸在十二档头里排第一的！"

月徊说:"哥哥你是在吃醋吗?见我先夸了人家,又趁着你洗澡的当口和人家闲聊……"

梁遇并不承认,淡漠地转过身,摇曳着直裰向前厅走去,边走边道:"不是人人都配得上我拿正眼瞧的,吃醋?吃冯坦的醋?"他不屑地哼了哼,"他也配!"

横竖天下人都不配,也许在他眼里,只有小皇帝能在这件事上和他论一论高下。

月徊跟着他进了前厅,问道:"哥哥,我听说皇上和珍熹格格恩爱逾常啊?"

梁遇"嗯"了声:"有件事忘了告诉你,宇文氏从顺妃晋封为贵妃了。"

月徊目瞪口呆,愣了半天,心里涌起一股莫名的哀伤,气得坐在圈椅里直蹬腿:"那不是答应给我的衔儿吗,说话儿就给了别人,还金口玉言呢,我看是人嘴里镶了狗牙!他拿贵妃位分当什么?喜欢谁就赏谁,我连一天都没坐上,就给我轰到保定去了。"越说越气恼,仰着脖子长号,"我的贵妃,被人撬了,我心不甘哪,气死我了!"

梁遇看她撒气,像在看唱戏:"你又不实心跟着人家,却贪图人家的贵妃位分,任是让谁来评理,都会觉得你办事不地道。那个宇文氏,使了多少手段才登上贵妃的宝座,你以为凭你那两只蝈蝈儿就能收买人心?我劝你醒醒神儿!"他当然也有他的不满,别开脸嘀咕着,"还有脸说别人吃着碗里瞧着锅里,自己这头吃肉,还非得把筷子杵到人家碗里……"

她嗯了声:"你说什么?别打量我听不见。那肉是我要吃的吗,是你塞到我嘴里的!"

梁遇这下真被她气着了,霍地站起身扭头往里间去,临走抛下一句话:"你给我进来!"

傻子才进去吧,月徊心想。原本没打算理他,结果他走了两步见她没跟上,重新折回来,不由分说,一把将她硬拖了进去。

广东的屋子和北方不一样,北方冬天冷得真材实料,南方最冷的时候也不用大棉裤子二棉袄,因此屋子里隔断不用板砖,就用藤篾编织的墙,又透风又敞亮,在里头坐着能听见外面的动静。

月徊被拽了进去,不敢高声,压着嗓子警告:"你可别胡来,我会叫的。"

梁遇那双眼睛盯着她,要吃人似的:"刚才那话,你再说一遍。"

月徊装傻充愣:"啊?我刚才说什么了?我什么也没说啊。"

"你说这肉不是你要吃的,是我硬塞给你的。梁月徊,你说话可真伤人心哪,对，是我偏巴结你，是我硬缠着你不放，是我害得你当不上贵妃的……"他把她压在竹榻上，他上面一使劲儿，底下就吱嘎作响，"可那又怎么样？这肉不可口，不香吗？你情愿和那些女人挣一锅烂肉，也不要我这碗樱桃肉，你是瞎了眼，还是瞎了心？"

他说得咬牙切齿，月徊却听得大笑，这世上也只有梁掌印能觍着老脸自比樱桃肉了。可是这肉啊，真如他说的那么爽口，那么香。早前她还不能接受，到现在却是错眼不见就心慌。

她笑不可遏，笑完了还得安抚他："我也没旁的意思，就是觉得自己像在考科举的时候被人坑了，说好的榜眼，一下子名落孙山，我这是官场失意，你能明白我的感受吧？"

梁遇说不明白，一边亲她，一边嗡哝着说："有真才实学的人，叫人顶了才难受……你狗肚子里没有二两墨，考不上榜眼不是预料之中的嘛……"

月徊在底下挣扎不已，原本被他亲了就亲了，他还偏捅人肺管子。她不服，梗着脖子说："是啊，我是个葡萄架子，哪有人花架子美。别人艳冠群芳，做贵妃是实至名归，我不成，我做贵妃是狗戴嚼子，冒充大牲口。"

梁遇实在觉得支应不了她了，蛮狠地堵住了她的嘴。

广东的七月真热，才洗的澡，和她一纠缠，又弄得一身汗。可是他喜欢这种热烘烘的感觉，像浑身泡在温泉里，通体都透着舒坦。

她起先还不屈，他一点一点吻晕了她。再看她的时候，她面色红润唇色潋滟，他只觉一股子邪火莫名蹿了上来，要不是过会儿还要见客，这个午后就是好时机，去办一件他想办已久，思之欲狂的事。

以前不是这样的，证明有些事不能起头，一旦起了头，就有愈演愈烈之势。他紧紧压住她，眼神专注地望着她，然后解开她的衣领，在她肩头咬出两排细细的牙印。

"痛吗？"他问。

月徊嗯了声，为他神魂颠倒，也不差这一回。

他低下头，从那玲珑香肩一路亲上去，暧昧地贴着她的耳朵说："原来我也喜欢闻汗味儿。"

月徊红了脸，知道自己味儿不小，可能熏着他了，心虚地说："这味儿不正，你等等啊，等我回头洗干净喽……"

他说："不管你是盐卤的，还是糖浸的，我都喜欢。"

哎呀，这人真是太会说话了，月徊感动地说："我以前做梦也没想到，你能把哥哥当成这样。"

第二十三章 运筹千里

以前的哥哥可亲可敬，高高在上；如今的哥哥从天上掉下来，又柔情又霸道。她说不上更喜欢哪个，反正她愿意跟现在这样的哥哥腻歪着，觉得他是活的，有血有肉，有七情六欲。

月徊小声问："爹娘的神位，你带着吗？"

他说带着，眼里的情欲一瞬褪尽了，坐起身沮丧道："我这辈子，最对不住你的，就是没法子让你名正言顺当我的夫人。"

月徊对这个并不太在意："人不都说了吗，妻不如妾，妾不如偷。我也没想回了京后，在提督府给你看房子，我原想做点儿买卖，开个茶馆或是鸣虫铺子什么的。"

所以这姑娘心是真大，一个人善于包容，心胸便能装下天地。他坐在那里，抿着唇浅浅地笑："你开个买卖行，我下了值来瞧瞧你，也不错。"

月徊崴过身子枕着他的腿说："我要选个前面是门脸儿，后面是住家的铺子，只要门一插上，就能在铺子里过夜。"她自己畅想着，欢喜得笑起来。伸出手勾他脖子，在他耳边说，"哥哥，将来咱们能有孩子吗？要是能有，长得像你也不要紧，人家会说，外甥像娘舅。"

她老有那种来历不明的急智，让梁遇哭笑不得。可惜厂卫们都知道他们是一对儿，要是没个男人顶缸，真生出个像他的孩子来，流言也不会断。

他抚了抚她的脸："会有的，说不定将来会封侯拜相。"

月徊并不担心孩子的前程，有他这个爹，还能错得了吗？

这头正说私房话，透过篾墙疏朗的经纬，看见外面直道上有人来了。梁遇站起身，抻了抻身上的衣裳，轻声嘱咐："在后头等着，我办完了事儿带你出门。"

走进前厅，他又是那个长袖善舞的掌印督主。脸上挂着笑，老远便拱起了手："蕃台、总镇，先前码头上人多眼杂，不便多言。眼下请二位下降行辕，怕是要连累二位反了总督大人的令儿，咱家是实属无奈，还请多多包涵。"

那些官员心里忌惮的种种，他率先便点明了，用不着藏着掖着，才好继续说事。

梁遇把内阁的谏言和皇帝的意思都同他们交代了一遍，临了笑道："不瞒二位说，内阁对叶公颇有微词，皇上也对其提督两广的能力存疑，咱家这回来，是带着皇上密旨的，且留观叶总督一阵子，倘或实在不成就，也只好摘了他的乌纱。"

杨鹤和籍月恒交换了下眼色，毕竟都是官场上混迹多年的，只要风向一变，立刻就能敏锐地察觉。

布政使先吐露了一番自己的内心："内相有所不知，下官专管两广民政、财政，譬如行政、军事、监察大权等，下官是无权过问的。这两年两广乱，一造儿瑶民，一造儿红罗党，下官就是有反总督之心，也没那个能耐。"

梁遇又瞧杨鹤："总镇大人，您的意思呢？"

杨鹤道："叶震拿捏着两广绿营和水师，卑职对此早就不满了，可惜因叶震是顶头上司，朝中也没有派人前来接管，我若有异动，便是谋反，因此一直忍到今日。如今既然内相亲临，我也发一发心里的牢骚，内相知道叶总督为什么既不平息瑶民作乱，又不剿灭红罗党吗？因为总督衙门和乱党有利益往来。桂平那些山头，本来都是总督私账上的产业，后来朝廷要收管，叶总督对瑶民宣称增加八成赋税，这才调唆得瑶民作乱的。叶震在两广欺上瞒下一手遮天，朝廷哪里知道，内相纵然耳听八方，两广离京城万里之遥，这些细枝末节的东西，难免会有疏漏。"

梁遇倒不是完全不查，大邺每个封疆大吏，多少都有侵公贪墨的小动作，但像叶震这样挑起民愤对抗朝廷的却不多。眼下从总兵口中听见这些话，算是给了他定心丸吃，他含笑看向布政使："蕃台，劳您出马的时候到了，以钦差巡抚的名义拟一封告瑶民书，朝廷并未增加税赋，不过将私田纳入两广鱼鳞图册罢了。私田的田主，大可拿田契来布政使司兑换朝廷分发的兑银，桂平一线从未将田地分割给百姓，这些瑶民本就是租田耕种，既不用增加赋税，又可减免租金，咱家倒不信，还有哪个再来造反。"

此话一出，杨鹤和籍月恒顿时对他肃然起敬，再一想又犹豫："这税赋……果真不加了吗？"

梁遇负手在地心踱步，长叹道："这个咱家来想办法呈报朝廷。瑶民本就不易，不增税赋，也是天子仁政，体恤夷民。"

于是杨鹤与籍月恒忙起身向他长揖："下官等，先替瑶民谢过内相了。"

只是他们不知道，他们进入瓶隐商谈的消息，早就被厂卫有意泄露给了总督府。叶总督闻讯震怒，那两位大员便斩断了一切退路，这下子除了与梁遇一条心，别无他法了。

所以为何瑶民难以平定，红罗党难以根除，只是因为两广的掌权者不作为，纵容他们与朝廷为敌，这才有了之后的举步维艰。

如果不到当地来，凭着派遣出京的几位千户，和两广总督的官衔差得太远，就算清楚里头隐情，也没人奈何得了他。

梁遇后来又问及叶震和红罗党暗中有什么利益牵扯，布政使简单直接地说：

"红罗党分上党和下党,上党培植读书人,下党是民间壮劳力。叶总督想借那些读书人控制两广科举,将来他的门生遍布朝野,那么他说话,震动的便不止两广,而是整个朝廷。"

梁遇发笑,这位叶总督确实有远见,还知道控制朝廷选拔贤能这条路。只是他料错了,皇帝没有派那些文弱的内阁官员来,却是遣了他。他不是正经科考出身,本走的就是野路子,靠着与皇帝亲近的关系才有了今天,他手上能转圜的余地比一般官员大得多。寻常大员来,官衔和叶震相差无几,又怕得罪人,最后少不得表面敷衍一番就草草回京复命,他却不是。为了给司礼监立威,这次平定瑶民也罢,剿灭红罗党也罢,必然都要做到极致,所以就少不得拿叶总督开刀。

梁掌印对于愿意归顺的官员还是十分客气的,笑着拱手道:"今日有劳两位大人了。两广大员无数,码头上悉数到场迎接,什么人什么心,咱家全瞧在眼里。咱家是宁撞金钟一下,不打破鼓三千,免了与叶总督的周旋,好专心办我自己的差事。二位与咱家都是为皇上分忧的,食君之禄忠君之事,但凡政务上相互扶持的,他日咱家回京,必定向皇上呈禀蕃台与总镇的大功。"

所以聊到最后,杨鹤和籍月恒反倒要庆幸这位巡抚大人传召了自己。总督再大,大不过皇帝,梁遇是伴着皇帝长大,扶植皇帝登基的人,这样的人物若是想扳倒一个两广总督,不是难事。

梁遇看了看天色,时候确实不早了,他该预备带着月徊出去逛了。应付官员这种事,一旦谈得差不多了,就不必再费神支应,他只叮嘱杨鹤:"广海卫的绿营和海师,总镇要清点明白,到了紧要关头,咱家会暂且接管。"

杨鹤道:"卑职听内相号令。"

梁遇又对籍月恒道:"广东的几大珠池连年入不敷出,朝廷调拨高昂的采珠用度,到最后收成竟只有下等米珠几斛。今年皇上大婚,广纳后宫,宫里珍珠的耗费要比往年大得多。咱家已经传召了廉州和雷州八处珠池的管带,要彻查里头情形。今年采珠时节,咱家正好在,到时候如有存疑之处,还请蕃台助咱家一臂之力。"

籍月恒一迭声道:"该当的、该当的……不瞒内相,八大珠池的采收,连年都由总督府辖下亲军承办,下官虽说管理财政,这件事却也不敢过问。"

梁遇唇边的笑靥加深了几分:"蕃台不必多言,一切咱家来两广的路上就已经暗摸清了。总镇这总兵当得憋屈,蕃台这布政使也当得憋屈,越性儿趁着这回不破不立,各自尽了职责,将来自有好处。"

两位要员诺诺称是,又寒暄了几句,方从瓶隐山馆退出来。

那厢门外对街的角落里,总督府的人看着总兵和布政使离开,方匆匆赶到门上递了名刺。

站班的锦衣卫粗声粗气让等着，其中一个转身进去通禀，过了会儿才出来，打雷般说："今日巡抚大人不便，制台大人的好意心领了。"

至于什么不便，里头并没有说。总督府同知斟酌再三，壮着胆儿道："两广夏季炎热，巡抚大人若是中了暑气，咱们这儿有特治的药……"后面的话没能说完，在锦衣卫两眼铜铃般的瞪视下，吓得咽回了肚子里。

总督府的邀约不去，谁知道是不是鸿门宴。梁遇在京里时养成了一身骄纵的毛病，要是合脾胃，就算你是草庐茅舍，他也愿意和你把臂言欢；但若是你不合他脾胃，那对不住，就算你住着广厦豪宅他也不赏脸。

还是那句话——你不配！

第二十四章 慈悲之剑

月亮慢慢升上来了，今天的月色不怎么样，细细的一线挂在天边的海面上，有些迷迷瀼瀼的。

这样的夜，星月都是点缀，郑仙诞的夜里，十里八乡处处张灯结彩。乡民还组织歌舞仪仗，舞龙舞狮伴着八音曲调，吞酒喷火之类，那种热闹的气氛，京城只有春节时才勉强能与之相比。

他们在广海卫登岸，便在广海卫暂时驻扎下来，这里临海，夜市乘着海风举办，更有一番趣致。

"这摊儿摆的，总有几里远。"月徊摇着蒲扇说，穿过熙攘人潮踮足远望，前面那些穿着短打的汉子举着狮头舞起来，哐哐的锣鼓声喧天，震得她脑仁儿嗡嗡地响。

梁遇带她绕到另一边，这里平和得多，道旁聚集了好多商贩，卖风车的、卖香烛纸钱的，还有广东特色的椰丝饼、椰子糖。

梁遇带她出门像带着个孩子，到一个小摊前，弯腰捏张油纸，挑了一把花花绿绿的糖果递给她："郑仙诞是为纪念一位成仙的医者，本来应该上白云山去祭拜的，但这里离得远，在海边祈福也一样。这节还有个传统，夜里男男女女都露宿在外'打地气'，据说能求得平安吉祥，百病不侵。"

月徊哦了声："要睡在外头啊？那咱们要不要打地气？"

梁遇的心思有些复杂，她这么一问，他就想岔了。像他这种情形，幕天席地不大方便："还是睡在屋里的好。两广不像北京，总督这会儿恨我恨得牙根儿痒痒，我倒不怕他对付我，我怕他憋着坏收拾你。"

月徊向来色厉内荏，听他这么说，老实地往他身边靠了靠，眼珠子四下转："总督的人，会不会暗杀咱们？"

"那倒不会，"梁遇云淡风轻地道，"周围有我的暗哨，他不敢。"

月徊松了口气，往自己嘴里喂糖，又捏了一块冲他晃晃，他摇了摇头。

"珠池采收的活儿，我给你揽下来了。"他微微仰着脸，沙滩上暖风吹着，浑身黏腻，但也不妨碍他优哉的好心情，"廉州和雷州加起来共有八处珠池。早前都是总督府打发人采收，这回调遣水师监工，我倒要看看，那些'珠盗'怎么得逞。"

珍珠啊，和金银一样惹人喜欢。月徊设想一下自己坐在珍珠山上的样子，就觉得意气风发，别提多高兴。

她嘿嘿地笑，梁遇偏过头打量她："又在傻乐什么？"

月徊说："我就是觉得跟着你，能捞好些油水。"

梁遇失笑："真要是让你当了官，八成是个巨贪。既这么，就好好跟着吧，不光有油水，还有……"

那纤长的眼睫冲她眨了眨，仿佛撩拨到了她心上。月徊心头作痒："还有什么？"

他只是笑，摇头不说话。她再追问，他便快步向前去，边走边道："咱们也去放两盏灯，求一求五谷丰登，人畜平安。"

月徊心道真是个接地气的愿望，他连只狗都没养，求个什么人畜平安！

不过水岸边上，蹲在那里放灯的姑娘真不少。这里姑娘的着装和北方不一样，太热的地方不讲究包裹严实，她们爱露胳膊露腰，外头罩一件轻纱，人一动起来，那肉就在底下若隐若现。

梁遇从香烛摊儿上买了两沓金纸，吹了火折子点燃，极有耐心地一张一张烧化。火光晕染着他的眉眼，那五官真是挑不出一点儿毛病来。

月徊看得陶醉，心里感慨，爹娘真是太会养孩子了，怎么一下能养着这么一个宝贝，长得俊俏又文武双全。要紧一桩，会使心眼子耍手段，背着人的时候还招人疼……真是的，越想越叫人喜欢。

可她喜欢，别人自然也喜欢。当初延庆宫王娘娘是深宫娘娘，惦记了好些年才壮胆儿勾搭他。眼下广东的姑娘可不一样，广东姑娘的性情随了当地的天气，太阳晒得热火朝天，热也热得坦坦荡荡。一个披着纱罗的女孩儿从对面走来了，柔情款款，手里还捏着一枝玫瑰。

第二十四章 慈悲之剑

月徊从没见过走路能走得如此风情万种的姑娘，她摆动腰臀，摇曳生姿，脸上挂着笑，皮肤虽然黑了点儿，但黑得匀称健康，搁在哪儿都是个美人。

月徊呆愣地拽着梁遇站起来，不由分说挡在了哥哥跟前："说不定是叶总督派来的杀手！"

黑姑娘走近了，瞧瞧梁遇又瞧瞧月徊，那股子笑意越发娇羞。

"你是什么人？"月徊夯着嗓子道，"闲杂人等不得靠近，快退后……退后……"

黑姑娘愣了下，手里的花儿举起来。月徊越发如临大敌，好大胆的姑娘，光天化日之下就给男人送花儿？

可她好像料错了，这花儿送到她面前，就没有再往上举。月徊和梁遇一块儿傻了眼，月徊看看那姑娘："给我的？"

姑娘笑得腼腆，含情脉脉的眼神，要是个男人，准会被她迷晕了。

梁遇一脸莫名，没想到她看上的是月徊。也难怪，月徊穿着男人的衣裳，乍一看个子娇小了点儿，但也是眉目朗朗一表人才。这广海卫的姑娘头顶蓝天脚踏海滩，平日鱼虾吃得又多，体格要比中原姑娘大一圈。自己生得魁伟，就喜欢月徊这种小个子，毕竟小个子好养活，适合当上门女婿。

本以为月徊会受宠若惊的，她这人有个习惯，听不得别人夸她好。谁知她接过花来，扔在了地上，拿手一指："看见没有，我就是这么糟蹋芳心的！我对你没意思，我有人了。"

梁遇的眉头高挑起来，对她刮目相看。

惨遭无礼拒绝的黑姑娘愣了愣，惊讶地看着她，一般来说接下去的反应就是眼含热泪，抽泣打噎，可是这姑娘没有。人家骂了句"衰仔"转身就走，从花摊上又拽了一朵花，寻找下一个目标去了。

月徊有点受伤，但依旧挺直了腰杆："什么眼神儿！"嘟囔完了又叹气，"她是在广撒网，原来她不是对我一见钟情。"

梁遇只好安慰她："你已经算不错的了，她压根儿瞧不上我。"

"所以我说她眼神不好。"月徊嗤笑，"她要是不换个眼光，这辈子甭想找着男人了。"

梁遇却很高兴，因为她那句"我有人了"，给了他难以言说的安全感。不拘怎么，有这个觉悟就是好的，现在能拒绝姑娘，日后就能拒绝男人。

"月徊……"他垂下手，袖子盖住他手指的行藏，指尖悄悄牵住了她的手。

月徊笑呵呵的："哥哥，你觉得这里的姑娘怎么样？"

梁遇道："不怎么样，我心里有喜欢的人了，她们再好再坏，和我有什么相干？"

这忠心表得就很舒称了。海风咸湿，热浪滚滚，因他这句话，这夜也变得多情起来。

"哎。"她含蓄地抿唇而笑，扭过头瞧他，一双眼睛像天上的星子一样皎皎，"哥哥，有你在，我心里头真踏实。"

她说得由衷，这是真话，自打认回他，她就觉得浮萍有依了，半夜里睡醒，不会饥肠辘辘，不知道明天的饭辙在哪里。倒也不是吃饱了肚子的缘故，是心里那种蔓延到头发丝儿上的笃定。她有了靠山，这靠山还对她一条心，咂摸一下，穷孩子顿时感动得热泪盈眶。

两个人买了一盏莲花灯，祈愿郑仙保得这次诸事顺遂，又对着大海参拜一番，这临海的夜市仿佛怎么走也走不到尽头。最后月徊犯懒了，说："咱们回去吧，今儿才上岸的，好好歇一晚，明儿你们且有公务要忙呢。"

梁遇也觉得该回去了，趁着郑仙诞的好日子，把爹娘的神位请出来祭拜祝祷一番，把他和月徊的事儿禀明了父母，剩下的就可以不慌不忙了。

瓶隐山馆离海边不算太远，走回去也不过一盏茶工夫。渐渐舞龙舞狮的动静甩在了身后，他们说笑着回到园内，穿过前头会客的大院子，后面是就寝的地方。

内寝也有正堂，因怕亮光招蠓虫，窗口都上了绡纱。

屋里灯火燃得煌煌，直棂门内正前方，却照出个圆圆的黑影，像球儿似的，慢慢在那里轻摇。梁遇带着月徊穿过甬道，走到门前停下了，那影子让人起疑，似乎有了点不好的预感。

月徊还是大剌剌的："八成是大档头给我做的椰子灯……"

她要上前，被梁遇拽住了，左右番子立刻推门进去查看。几乎是同一时间，他把她的脸搂进了怀里。番子查明后退出来回话，压声道："禀督主，是桂生。"

月徊被捂住了眼睛，不知道他们在说什么，挣扎着问："桂生怎么了？"

桂生是梁遇近身伺候的小太监，十六七岁年纪，比月徊还小些。梁遇这人平常规矩很多，用了好几拨人，最后都因不合心意草草打发了，只有桂生是唯一留下，且长长久久伺候了四五年的。

梁遇的脾气确实不好相与，但桂生脑子活络，也有眼力见儿，可以预见几年之后又是一个曾鲸。月徊也蛮喜欢这孩子，好几回她馋虫犯了，想吃厨子做的甜米酒，只要趴在窗口喊桂生，他一准儿脆生生应了，跑到底下伙房给她端来。

这是怎么了？梁遇挡住她的视线不让她看，她隐约也猜着了七八分，抓着梁遇的胳膊问："桂生是不是出事儿了？"

第二十四章 慈悲之剑

梁遇没有说话，边上番子的脚步声来了又去，泼水清扫，一切都寂然而迅速地进行。等到梁遇放开她时，一切都恢复了原样。只见正屋门大敞着，门里灯火辉煌，只是门槛内外洒扫过，浇得满地稀湿。

月徊惘惘的："桂生到底怎么了？"

梁遇铁青着脸："被人杀了，砍下脑袋，挂在了门框上。"

要不是他察觉异样及时阻止，月徊稀里糊涂闯进去，那场面，恐怕会吓破她的胆。

可饶是如此，也已经让月徊泪流满面。她蹲在地上闷声哭起来："咱们应该带上桂生的，要是带上他，就不会出这样的事儿了。"

几位少监和档头都赶来了，杨愚鲁低声道："老祖宗先挪到前院去吧，桂生的事儿交由小的们处置。"

梁遇沉默不语，拉着月徊往院门上走，等到了前头，平下心绪方道："都杀到我门上来了，办事的人身手了得，能躲过锦衣卫和番子的耳目，绝不是红罗党的人。叶震这是杀鸡给猴儿看，咱家本想给他留点儿体面的，结果他非要逼我动手。"

他说完，紧紧咬住了槽牙，那切齿的模样真是恨到了极处，杨愚鲁和秦九安在他跟前这些年，从来没见他动这么大的怒。

月徊坐在圈椅里只管发呆，四档头看了她一眼，拱手对梁遇道："督主，卑职这就去安排，园子四周加强戒备。"

杨愚鲁也忙回禀："小的命番役出动，连夜侦办此事。"

梁遇摸着发烫的前额，忖吩咐："不许声张，给我暗暗地查。那些正路官员，不是瞧不起咱们司礼监和东厂吗，好啊，那就越性儿让他们瞧一瞧咱们的腌臜手段。咱家偏不信了，内阁的阁老都能拉下马，这远离京城的地界上，还整治不了一个不得人心的总督！"

众人道是，只要他发了话，接下来办事便有主心骨了。

早前他们在船上时是商议过的，这回好歹讲个以德服人，东厂的恶名，不必非得在两广地面上得到证实。然而你永远无法预估那些假模假式的伪君子，会做出怎样不知死活的事来。老虎不发威，他就当你是病猫，与其如此，倒不如大大方方闹个痛快。本来就是，厂卫要是不设刑房不设昭狱，哪里还算得上是厂卫！

办事的人都退了下去，园子里夜巡的人手增加了，但今晚绝不会再有变故了，梁遇便好言去安抚月徊："你别怕，明儿天一亮，我就命人重新蹅摸地方，咱们换个住处。"

月徊却说不,那张团团的脸上满是倔强:"换了地方,他还以为咱们怵了呢。就住这儿,等摁死了那个叶总督,咱们再换地方!"

梁遇听了她的豪言壮语,全身紧绷的肌肉才放松下来:"这地方死了人,你不怕吗?"

月徊说:"怕什么?运河边上哪年不死十个八个人,要是怕,就擎等着饿死吧!"言罢又耷拉下了眉眼,哀声说,"就是桂生……太可惜了,那么晓事儿的孩子。"

梁遇低头不语,半晌道:"我会让叶震给他抵命的。但凡是我跟前的人,没有一个会白白杆死。"

这倒是,他不图贤名,睚眦必报,下起手来自然大快人心。月徊知道桂生不会白死,可心里终究过不去那道坎儿,本来挺高兴的夜,因这事儿变得愁云惨雾起来。

梁遇见她一脸菜色,便道:"我命人备了水,你洗漱后早些睡吧。"

月徊僵涩地站起来,拖着步子转身,可前方灯火杳杳,叫她没来由地哆嗦了下。

他见她忽然顿住了步子,问:"怎么了?"

月徊抚了抚肩:"有点儿冷……"

不必说透他也明白,顺着她的话头道:"是啊,两广夜里比白天凉得多……你一个人洗漱,恐怕看不清,我给你照着点儿亮吧。"

月徊想了想说:"也成。"

两个人沉默着走进里间,月徊在屏风那头洗澡,梁遇就在屏风这头坐着。

刚才的事儿不能琢磨,猛然得知身边的人身首异处了,她虽然没有亲眼看见,但光是想想,就觉不寒而栗。那是种最深层次的恐惧,打从心底里,打从脚趾头缝儿里四外漫溢。怕得够够的,仿佛视线看不见的地方就有森森的鬼影。浴桶里拨水的声音也大,哗哗的,搅得她心神不宁。

月徊朝屏风看了眼:"哥哥,你在吗?"

梁遇嗯了声:"你放心,我守着你。"

月徊松了口气,拧把手巾搭在脑门上,脑子似乎慢慢清醒了点儿,然后又有了新的担忧:"人都杀到门上来了,这叶总督是个上眼药的老手。他今天敢杀桂生,明儿就敢杀少监,后儿呢?是不是还要打你的主意?我有点儿怕,怕他对你不利,咱们初来乍到的……"

梁遇却说:"别怕。我走到今儿,水里来火里去,多少险象环生,比这厉害的多了去了。要装好人名垂青史,我是欠缺了点儿,但杀人放火我在行,他叶震再混，混得过我？今儿是疏忽了，没想到他能出这样的损招。眼下他既然下了战帖，那咱们就来试一试，总督衙门的禁卫和厂卫，谁的手段更厉害。"

月徊在他说话的当口穿好了衣裳出来，细声说："哥哥，该你了，我也给你照点儿亮。"

梁遇道好，起身往耳房去，月徊亦步亦趋跟在他身后。要是换了平常，这样的夜色、这样的时节，听着他洗澡的动静，她不淫心大起才怪，可今天却因桂生的事儿蔫了，蔫头耷脑地坐在灯下长叹："桂生真可怜，他家里人知道了，那得多难受啊。"

其实穷家子养儿子，送进宫就譬如死了，不会有更多的牵挂，死活也不必告知家里。桂生曾为自己能卖五两银子给哥哥娶媳妇而备觉荣光，这么个心思单纯的小子，在离家万里的地方无声无息地死了，纵是个铁石心肠，也会心生不舍。

这一夜他没能好好休息，月徊嘴上厉害，其实胆儿小得很，就在他身边睡下了。他迷迷瞪瞪稍阖了会儿眼，半夜里有番子进来回禀，说查着了线索，有百姓瞧见那个从山房里潜出去的人进了连塘绿营。既然能确定是绿营的人，那么受谁指使，也就一目了然了。

他道："查一查叶总督内宅有几个儿孙，从大到小，一个一个送下去给桂生做伴儿。"

番子领命去了，他一个人在案前坐到了天明。

难免气不顺，自打他执掌司礼监起，七年了，再没有受过这样的挑衅。这两广山高皇帝远，封疆大吏全不把朝廷放在眼里，既然朝廷震慑不了，自然也不拿他这个巡抚当回事。非常时期，就得用金刚手段。虽说他这头拉拢了杨鹤和籍月恒，但总督的威望还在，擒贼先擒王，如今剿灭红罗党不是首要的，头一桩竟是处置内鬼。

厂卫办事的效率向来毋庸置疑，叶震的两个儿子很快不明不白死了，起先叶总督还沉得住气，直到孙子溺死在了水缸里，终于勃然大怒，找上门来了。

叶总督面色发青，死盯着梁遇道："内相，这两日我府上丧事不断，内相可听说了？"

梁遇沉重地领首："咱家听说了，因忙于处置瑶民和红罗党，没顾得及去府上吊唁。制台大人节哀，人死不能复生，活着的人还需往长远处看。"

叶震皮笑肉不笑："内相就不好奇，家下儿孙是因何而死的吗？"

梁遇道："如今两广匪类猖獗，是该好好整顿一番了。制台啊，人无远虑，必有近忧。制台体恤读书人,却不知养虎为患,反噬其身。今日若不是制台来找咱家商议,咱家也不愿和制台提起,我等抵达广海卫的头天夜里,咱家近身伺候的孩子就被人砍了脑袋,可见这两广乱到何等地步,红罗党连咱家这巡抚的下马威也敢给。制台,现在他们将黑手伸向了贵家眷,要是再一味姑息,今日是令公子,明日也许就是令堂和尊夫人……制台大人,难道不忧惧吗？"

他这威胁真是给得不加掩饰,面儿上是借着红罗党,可各自心里都明白,分明是彼此之间的较量。

叶震到这会儿是有些后悔了,仅仅因一时气愤,贸然命人杀了梁遇身边的小太监,本以为他查不出端倪,只有吃了这暗亏,谁知最后竟下了这样的毒手,连着坑害了他三个儿孙。不单如此,听他的话头儿,恐怕还要继续牵连。叶震又惊又恨,只可惜不能明刀明枪地厮杀,这回来了也是自讨没趣,这阉贼根本没有收手的打算。

他霍然站起来,重重哼了一声:"看来这些贼人真是拿本督当软柿子捏了。本督执掌两广多年,还未受过这样的奇耻大辱,此事本督定会一查到底……"说着错牙一哂,"也会给内相一个说法。"

梁遇道:"咱家就等总督大人这句话！咱家身边的人金贵得很,死了一个,咱家就要他们十个来偿命。请总督大人一定严查,咱家倒要看看这红罗党是如何三头六臂,如何搅得两广官员不得安生的。"

叶震咬着牙,终于拂袖而去,坐在圈椅里的梁遇端起茶盏抿了一口,倒也从容自得。

冯坦上来问:"督主,叶家的人,还要继续下手吗？"

梁遇垂着眼道:"叶总督已经怒不可遏了,只要再蹦个火星儿,他就能烧起来。不过越是这个时候,越是要小心,不能让他逮住任何把柄。后儿给杨总兵传话,放消息出去,就说咱家要上虎跳门检阅水师。给他留个扣子,要是叶总督有刚性,那最好；要是他服了软,咱们就给他点把火。红罗党不是第一要紧,不过是乌合之众,要紧的还是这位封疆大吏,只要一举端了他,平定的事儿必定不费吹灰之力。"

冯坦领了命,召集底下档头和百户商讨对策去了。梁遇饮完了这盏茶,站起身,踱进月徊的卧房里。

月徊最初来时的兴奋劲儿随着桂生的死被消磨得干干净净,也因为这里的气候和北京不同,热久了让她有些厌烦。梁遇进她屋子的时候,她像一条被晒干的咸鱼,直挺挺仰在竹榻上。听见脚步声才睁开眼,半死不活地说:"两广总督挨呲来了？他等着,不打出他的黄儿来,哥哥就不是哥哥。"

梁遇笑道："他们家死了三个人，坐不住了，上我这儿发狠话来。也难怪，他当初在京的时候，司礼监还没掌管厂卫，早前的锦衣卫指挥使是个善性人儿，所以他以为厂卫还是以前的厂卫，不知道我从来不做赔本的买卖。"

月徊撑起身问："死了三个人呢，再死下去要成绝户了，你这是想逼他动手？"

所以说了，把她带在身边也有好处，能让她的脑瓜子变得灵活点儿。梁遇微微一笑，算是承认了，又道："我后儿要去虎跳门检阅水师，料着当天会有大动静。届时我会命四档头提前把你送到别处去，你到了地方别乱跑，踏踏实实等我回来。"

月徊在榻上蹭乱了头，他把她散落下来的头发绕到耳后，对外人可以心狠手辣，对她却是怎么深情都不够。

月徊当然不乐意，压住他的手道："我要和你一块儿去，你把我撂在别处，我心不能安。"

梁遇有些为难："刀光剑影的，万一有个好歹……"

"我有个好歹，你就给我守一辈子寡。"

他被她堵得接不上来话，半晌无奈道："又在胡说。"

月徊说："我告诉你，我想得很明白，别的都好商量，唯有这个，我不能答应。"这就是牵挂着，牵上了一辈子，没法子打发她了。他叹息着，自退了一步："也罢。"

月徊耷拉着嘴角，搂住他的胳膊，颇有同甘共苦的决心，喃喃说："放着你和人打架，我跑了，我成什么人了！这回咱们都平平安安的，等事儿完了就告诉爹娘一声，我也收收心，再不惦记皇上，也不惦记他的贵妃位分了。"

原本要是没有叶震出的那些幺蛾子，他们之间的事儿早该定下了。无名无分终究欠缺，虽然爹娘不在十几年了，但心里还惦记着，要正经焚一炷香，正经通禀过，彼此才算得了长辈首肯，能有理有据地在一起。

月徊提起皇帝，提起贵妃位，他嘴上虽没说，其实心里十分称意皇帝的移情别恋。自打宇文家的姑娘进宫，他就一直在盼着这个消息，他知道以皇帝的性情，早晚会负了月徊。负了才好，负了才能从从容容地站在受害者的立场上去解决这件事。要是皇帝果真那样坚定，果真一心一意空着贵妃位等月徊回去上任，到时候反而骑虎难下。所以从某种程度上来说，梁遇倒是应该感激南苑和那位宇文贵妃，要是没有他们横插一杠子，自己这姻缘不说保不住，多走许多弯路是免不了的。

"不是你的东西，本来就不该惦记。"他半带玩笑地说，"皇上和贵妃正打得火热，就算你这会儿走到皇上面前，也是不尴不尬，处境艰难。"

月徊说:"可不嘛,所以我知情识趣,换了个更好的,不叫皇上为难。不过依着你看,我要是真去皇上跟前兴师问罪,说'您不是答应就喜欢我一个人的吗,答应让我当贵妃的吗',你说皇上怎么办?会不会良心不安,破格让我当皇贵妃?"

梁遇不由得对她刮目相看,心道年纪不大,胃口倒不小,都琢磨上当皇贵妃了,真是可造之材!

他说:"不能够,皇贵妃是副后,代行皇后之职,统摄六宫。除非皇后废了或是崩了,否则这位分一般不设,你就别做这个梦了。"

月徊有点失望,倚着他说:"哥哥,依着你的眼光,是不是男人都喜欢珍熹那号的姑娘,长得好看又会来事儿,我瞧小四就被她拿捏住了,这会儿不知道怎么样了。"

梁遇道:"等回去就给他说门亲事,婚事定下,心也就死了。至于男人是不是都喜欢珍熹那号儿,这个我说不上来……"低头凑到她耳边一笑,"到底我在别人跟前不是男人,只在你跟前是。"

月徊赧然绞起了手指头:"那你瞧我这脸,是不是没法和贵妃娘娘打擂台?"

梁遇心道还琢磨打擂台呢,可见女人的好胜心强起来,也够叫人牙酸的。当然夸还是得夸,她就等着这个,但又不能夸得太过,过了透着假,她还是不能满意。于是他很务实地说:"光瞧脸,勉强能打个平手,可要是论情,她差得太远,没法比。你到底羡慕她什么?一个女人最好的年纪,消磨在不喜欢的男人身上,这位贵妃娘娘也只剩表面风光了。昨儿曾鲸的飞鸽传书到了广海卫,信上说贵妃晋封后,秘密见过小四两回,也不知道这两个人到底是什么打算。"

月徊有点儿忐忑:"小四这孩子不让人省心,要是我在京里,非打断他的腿不可!人家都当上贵妃了,他想干什么?私会后妃,这是怕自己死得不够快?"

可是这种事不是三言两语能劝退的,梁遇道:"打断腿怕是不中用,我可以替他安排个手艺好点儿的刀子匠,干脆净身进宫,送到贵妃跟前去,省了多少麻烦!"

他说得一本正经,却吓得月徊瞪大了眼:"这可不是好辙,快别闹了吧。"

他嗤笑了声,知道她不会答应。可玩笑归玩笑,真要是到了不可开交的时候,这也不失为一个好法子。只是现在和月徊商量,弄得与虎谋皮似的,再深聊下去恐怕惹得她不高兴,那又何必?

他正了脸色,提起了另一桩事:"皇上对宇文贵妃确实偏爱得厉害,皇长子说瞒下就瞒下,连皇后都没告诉。还嘱咐曾鲸不得泄露,说是怕引得贵妃不高兴。"

月徊讶然:"这不是昏君做派……"话没说完就被梁遇捂住了嘴。

他朝外头使使眼色："叫人听见不好听，误以为你因爱生恨。"见她憋得脸红脖子粗，又和缓笑道，"皇上年轻，将来会有很多皇子皇女，这位小皇子就算舍下了，也不会有损大邺根基。他不要，正好咱们要，现成的孩子多好，慢慢带大他，将来他和你亲，与咱们来说，多个孩子多条路。"

月徊听着他的话，总觉得哪儿不对劲，再一深究，恍然大悟："哥哥真是神机妙算！我想好了，回去多认几个孩子，养在一处。将来咱们自己……那个，谁也不知道里头玄机，嘿嘿。"

梁遇挑着眉，一副孺子可教的神情。可她嘴上孩子长孩子短的，却没想过要孩子须得经历怎样的过程。

她自己还是个孩子，虽长到十八岁，但因自小流落在外，没受过宅门府门里的教条，心性其实比那些闺阁小姐还单纯些。午后清风从撑起的支摘窗下流淌进来，他揽着她，崴身躺倒，看着木作的墙和青瓦房顶，想着等到将来年纪大了，能有这样从容清闲的时光，似乎也很不错。

虎跳门……他闭上眼睛思量，一路的行程和排兵布阵，像活动的山海图一样，在眼前徐徐铺排开来。随行的厂卫有多少，杨鹤手上兵马有多少，叶震能够调动的禁卫和募兵又有多少，他早就一一算清了。

不过凝神思量的时候，却发觉身侧有一只手蠕蠕从他大腿上爬过。她大约是觉得他睡着了，先前受惊老实了两天，现在又开始想着招惹他了。

他不动声色，仍旧闭着眼睛，眉舒目展，一副十分惬意的模样。感觉那手在他腿上捏一把，又爬上他腰侧，隔着薄薄的衣料刮了刮他的腹肌。手感和山陵般起伏的线条应当很令她满意吧，果然她尖着嘴小声吸了口气，表示赞叹。

梁遇要发笑，却又忍住了，他喜欢她这种偷偷摸摸的小动作，也喜欢让她占便宜。犹记得当初，她谨小慎微地觑着他，轻声叫他"哥哥"，大冬天里冻得发青的小脸儿到现在都让他心头牵痛。他就要这么养着她，纵得她胆儿肥，女人的可爱之处不是靠威吓、靠管束塑造出来的。况且她摸够了自然就停手了，人身上无非那些花样嘛，男人又不像女人……

然而他好像料错了，那双手一直攀上来，从他的斜襟下伸进去，停在他胸前最核心的地方。他浑身不由得绷紧了，不知道她还会有什么出圈的举动。也许只是为了离他的心更近一些，他倒也能体谅她急于亲近的意愿。

就这样，就此停下也好。等了等，那只手老老实实没有再活动，料想也不过如此了，谁知在他逐渐放松，打算重拾睡意的时候，电光石火倏地闪过脑子——这丫头，竟然伸出手指头弹了他一下。

他顿时像只虾似的蜷起来:"梁月徊,你干什么!"

月徊"啊"了声:"你怎么还没睡着!"

月徊觉得自己可能真是个疯子,为什么梁遇那种红着脸又羞又愤且有苦说不出的样子那么好看!她心头大为激荡,捧住他的脸说:"哥哥,你给洒家笑一个。"

梁遇气得扭头,把脸从她手里挣了出来:"你知道我是谁吗?我是司礼监掌印,是东厂提督!"

那又怎么样,衔儿再多也吓唬不了她。不过安抚倒是可以稍稍安抚一下的,她好言好语地说:"我就是想试试您腰杆子硬不硬。"

梁遇顿时被点着了似的,只觉头晕目眩,心火一阵阵往上冲,直冲进了他脑仁儿里。

日思夜想惦记的就是这么个怪物,没有姑娘的娇羞,粗枝大条起来比汉子还莽撞。他是活人,难道任她的爪子乱窜也不动如山吗?

他一把抓住了她的手,那股子愤怒在经历了最初的震惊过后,终于转变成了磨牙霍霍的挑逗:"你到底对我的身子有多好奇?我腰杆子硬不硬此刻不重要,我知道另一处一定不负你所望,你知道是哪里?"

月徊原是想打着哈哈敷衍过去的,毕竟她也想不明白,为什么自己要去弹那一下。

八成是天太热,把她热糊涂了。再不然就是自己睡了太久,现在醒过来百无聊赖,他又恰好在她的竹榻上蹭睡,她不趁机薅上两把,觉得对不起自己。

其实她可以解释的,也正预备解释,岂料他拽住她的手,把她送到了一个十分惊奇玄妙的去处。

哦,原来是这么回事儿!月徊惊讶不已,这才弄明白,腰杆子最硬的原来另有他处。

起先还不敢动,怕这危险所在要吃人,后来经他慢慢引导,才觉得这个比养蝈蝈儿可有意思多了。

月徊盲人摸象,梁遇闭上眼,神色安详。月徊倒要哭了:"哥哥,你确实全须全尾。"

他不说话,微掀起眼皮露出一线眸色,雾凇沉砀般迷蒙着,甘为她手下之臣。

当真是费了那么多的心力才得以保全,原来所做的一切不单是为自己,更是为她。他重新阖上眼,偏过头,偎在她肩上,嗟叹着到了这样的年纪这样的阶段,人生终究有今朝。他和旁的男人不同,旁人是等女人托付,他却是反过来,把这一辈子的把柄交到她手上。像完成了一桩了不起的创举,比扶植皇帝登基还要壮阔。他本来以为不会有这一日，没想到兜兜转转，那个丢了十余年的妹妹回来，谈笑之间就把他安置了。

他微微仰起脸，在她耳边叹息呢喃："都是命……"

月徊认同地点头，细细揣摩着："哥哥，你没掌权的时候也混在小火者堆儿里，你怎么如厕？你们不都站着吗，不怕被人看见吗？"

梁遇这回连眼睛都没睁，直接夺了回来。扭过身去躺着，兀自嘀咕："你闭上嘴，别和我说话了。"

又闹脾气，到底掌印督主当久了，不会好好聊天。

月徊不死心，扒着他的肩背说："哥哥，咱们聊聊嘛，我没别的意思，好奇一下还不成吗？"

梁遇直皱眉："你打听那些，没安好心吧？"

"我怎么没安好心了？你别拿你那小人之心来度我这君子之腹成吗？"她说着，把手搭在他腰上，边说爪尖儿边挠了挠，"哥哥，你和我说说。"

梁遇闭着眼睛叹气："说来话长，还是得感激盛二叔，要不是他办着宗人府的差事，常在宫里行走，我也不能独善其身。我才进宫那会儿，入的是御马监，二叔给我安排了个差事，不能说轻松，但人少，能有时间一个人待着。我曾是专给皇子们预备骑射用马的，外头下着大雨，我伏跪在泥里，让慕容家的那些皇子皇孙踩着我的脊梁上马。他们到了骑射场上，另有一帮人伺候，我就在围场外头等着，等他们出来，再让他们踩一回。"

他说到这里，外面的天色仿佛也应景似的，天顶上有闷雷滚过，顷刻下起雨来。他伴着雨声又道："我不常和人混在一处，尽量离那些火者远着点儿，就用不着和他们一起坐卧。因着汪轸瞧二叔的面子，后来把我调进司礼监做了奉御，第二年又升长随，这就一步步水涨船高，有了自己的值房和他坦，一切也都不碍了。"

月徊长长哦了声："天时地利人和，缺一不可。这要是露了馅儿……"

"露馅儿了不单会害了盛二叔，也会害了毕家。所以每年太监验身，我都是打毕家手上过，从来不出岔子。"

只是升发之后为了永绝后患，还是整治了人家一家子。这么多年过去了，手上案子经办了不少，唯独这毕家是他心里的坏疽，到如今还是让他不敢触碰。

雨势渐大，用半爿毛竹收集成细流，注入外面的水缸里，水流得深了，唯剩一串"咕咚"的轻响。

后来不知什么时候睡过去的，雨后闷热都被浇散了，倒是天清地也清，正适合小憩。等到睡醒之后推牖看，外面乌沉沉一片，这一觉睡得奇长，竟然一下子睡到了天黑。

月徊早歇过了觉，睡不了那么长，他睁开眼发现她不在身边，便趿了洒鞋出去看。这行辕里眼下戍守严密，也不怕她走丢了，果然一会儿就见她捧着个大盅从回廊那头过来，边走边道："哥哥你醒了？快收拾桌子，我做了椰子鸡，给你补补身子。"

虽说那句给他补补身子说出了女人坐月子的味道，但梁遇还是领她这份情的。忙进去把桌上收拾干净，又接了她手里的盅，揭开一看，鸡汤里头飘着椰肉，汤炖得碧清，那肉香和着椰香，能和东来顺的大厨比一比手艺。

小太监之后又送了几个小菜来，两个人便在灯下小酌。杨愚鲁中途进来回禀，说叶震辖下的连塘绿营人员往来频繁，料着后儿必有行动。

梁遇垂着眼抿了口酒："他自己操办，省了我的手脚。安排番子冒充他的人，一旦打起来难免有死伤，对咱们来说不上算。"

同朝为官，没有同仇敌忾，最后闹得自己人对付自己人，细想真是可笑至极。

梁遇已经将两广的情况上报朝廷，按着老例儿来说，臣工上折子，一般都是工整誊抄了，命人八百里加急送进京城。但梁遇不同，他是皇帝大伴，又兼整顿吏治的重任，他的奏疏大可用飞鸽传书，司礼监接到后直呈御前，耽误不了工夫。

唯一耗时的，大概就是寻找皇帝有些困难。如今的皇帝不像早前才登基那会儿克勤克俭了，自打后宫扩充后，一天中的大半时间流连在后宫，起先是宠幸两个选侍，等到宇文贵妃入宫后，几乎万千宠爱都归于贵妃一身。

贵妃性奢靡，好游玩，宫里的几处花园逛腻了，便撺掇着皇帝移驾西海子，在那湖光山色中避暑理政。西海子原本就宫殿众多，皇帝一会儿南一会儿北的，要找见实在得费一番脚程。

大热的天儿，曾鲸托着手书在堤岸上南北往来，烈日炎炎晒得眼睛都睁不开。好容易在凉风殿找着了人，待要进去，贵妃却从里头信步走出来，一头黑发随意拿竹笄挽住，雪白的宽袍下是一双不着罗袜的玉足，因袍裾宽大，裙随足动，颇有涉水而来的柔旖风度。

这天底下的男人，恐怕极少有人能抗拒她的容貌。若说进宫之初还有一点青涩稚嫩，那么现在已经将养得既艳且柔，饶是曾鲸这样净了身的，见了她也有怦然心动之感。

贵妃翩然而至，淡声说："少监怎么来了？皇上这会儿正歇着呢，不知多早晚会醒。"

曾鲸说:"奴婢在这里等着,等到皇上起身为止。"

贵妃轻俏地瞥了他一眼,视线落在他手里小小的锦盒上,偏身问:"是梁掌印有信儿呈报皇上?"

曾鲸道:"南边局势瞬息万变,掌印大人有要紧军务,恭请皇上圣裁。"

贵妃点了点头,视线如流水般,在他面上转了一圈儿。

"少监真是个实诚人,大晌午里跑到西海子来,连把伞都不打,瞧瞧晒得脸都红了。"贵妃边说边一笑,"正好,我这儿有把金丝藤编的伞,不用油纸绸缎做顶,又遮阳又透风,回头就赏了少监吧。"

曾鲸忙哈腰说:"多谢贵妃娘娘。奴婢是个糙人,一心为主子办事儿,风吹日晒不在话下。娘娘的好意奴婢心领了,那么金贵的伞,奴婢用着怕折了奴婢的草料[1],还是娘娘留着自个儿使吧。"

贵妃早前也听说过梁遇驭下极严,见曾鲸油盐不进,才知道这个传闻是真的。可她不死心,趁着梁遇不在,要是拉拢了他跟前信任的人,那么她在宫里就能如虎添翼,不必再忌讳皇后了。

她的笑容又深了几分,慢悠悠从木制的台阶上走下来。这凉风殿的布局和其他宫殿不一样,形制颇有盛唐之风,临水而建,殿上还有殿。殿与殿之间用合抱的柱子撑起相连的顶棚,那打磨得发光的木地板透出琥珀色的光,不染一点尘埃,明净得几乎能倒映出人影来。

贵妃莲步翩跹,在他边上转了一圈,和声问:"少监进宫多少年了?"

这帝王家,从来不是个能容下家长里短的地方,一旦谈及琐碎,就说明后头有大钩子等着他。

曾鲸自留了一份心,嘴上仍据实作答:"回娘娘的话,奴婢八岁进宫,到如今已经十五年了。"

贵妃哦了声:"十五年,可是老人儿了。我听说梁掌印二十岁那年就代前头掌印执掌司礼监,曾少监今年二十三,比梁掌印可整整晚了三年啊。"

曾鲸还是那样四平八稳的做派,微微一笑道:"奴婢等不过是承办粗使活计的,这世上和掌印一样足智的人,又能有几个?奴婢蠢笨,不敢有别的想头儿,只要能跟在掌印身边学着办差,就是奴婢最大的福气了。"

"那也不尽然。"贵妃那双金环璀璨的眼眸睇住他,含笑道,"我进宫这些时候,也曾留意过少监办事,可算是滴水不漏,未见得不及梁掌印。少监只是缺个

---

1 草料:谦指自己的福气或寿数。

机会，缺个能扶植你的人，只要少监愿意独自闯一闯，他日青云直上，别说是个随堂，就算是秉笔、掌印，也不费吹灰之力。"

曾鲸听在耳里，知道贵妃这是在利诱他。若说半点不心动那也未必，毕竟天下利己的人多了，不独他一个。但心动过后，只要敢踏出一步，那么就是把脑袋放到了铡刀之下，不知刀锋什么时候会落下来。恐怕还未尝到权力的滋味儿，脑袋就先搬家了。

他含蓄地笑了笑："娘娘玩笑了，奴婢是个没出息的人，掌印秉笔权大势大，处境也艰难，于奴婢来说，一个随堂的差事足够了。人说可着头做帽子，帽子太大了遮眼睛，奴婢本来眼神儿就不好，还是不做这个痴心妄想了。"

恰在这时，里头传出皇帝的咳嗽声，曾鲸不敢耽搁，忙向贵妃行了一礼，疾步往殿内去了。

贵妃长吁了口气，心道不识抬举，谨慎得过了，也只有在人手底下当碎催，登不上高位。不过这梁遇的根基之深确实出乎她的预料，她进京之后便私下打发人活动，不管是东厂、锦衣卫，还是内阁，想挑出个敢于反他的人，竟是一个都挑不着。

所以只能从皇帝身上下手，皇帝有今儿全赖梁遇辅佐。人在患难时能够相依为命，进了富贵窝儿可就不一样了。过去的狼狈岁月不愿意有人记着，除掉那个知情者，就是顺应天意。

贵妃负着手漫步踱过去，皇帝的声音隐约传出来："这个叶震，竟敢勾结乱党，煽动瑶民……"

曾鲸的嗓门压得很低，唧唧哝哝的，实在听不清楚。贵妃在外间慢悠悠转了两圈，终于见曾鲸退了出来，她便从另一头水榭入内，含笑偎在皇帝身边问："万岁爷怎么了？我瞧着怎么不高兴呢？"

皇帝勉强挤出个笑来："都是朝政上的事，你不懂，也不要过问。"

"我不过想为主子分忧罢了，公务送进寝宫来，也算不得是公务了。"她一面说，一面把手搭在他肩头，"是梁遇在南边遇上了棘手的买卖，回来讨主子示下了吧？"

皇帝叹了口气，苍白的脸颊上一丝血色也无，喃喃说："那些封疆大吏在外埠待得久了，眼里没有朝廷，他们就是土皇帝。眼下厂臣领巡抚的差事南下，到了那里才知道，两广总督私自占用国土，向瑶民征收租金。国土重新丈量，建立各地鱼鳞册，他不敢明目张胆地反对朝廷举措，便蒙骗瑶民增加重税，挑唆得两广大乱，瑶民怨声载道。这也就罢了，最可恨的是红罗党。下党养活上党，上党编书编戏，四处抹黑朝廷影射朕躬，这是什么？这是要反！"

皇帝的身子不好，早前就过于文弱，后来又是理政又要缠绵后宫，弄得一里一里越发亏下去，现在心情一有起伏就急喘。

贵妃忙给他顺气："主子别急，梁遇不是在南边吗，责令他处置妥当就是了。眼下天儿热，您着急上火的，急坏了龙体可怎么好！不过……梁遇的话是片面之词，要是两广总督具本参奏，兴许又是另一种说辞。没准儿参梁厂臣一本，说他滥用职权，诬陷朝廷大员也未可知。"

皇帝听罢，转过视线看她："贵妃这是什么意思？"

贵妃笑了笑："我的意思是，主子不可偏听偏信。事有两面，两广总督到底不及梁厂臣便利，飞鸽传书直达皇上手里。人家的马跑断了腿，也赶不上鸽子扇一下翅膀。主子暂且息怒吧，再等等，兴许过几天，两广总督的奏疏就入京了呢。"

皇帝的脸色当即就变了："梁遇是朕大伴，朕信得过他。"

贵妃一怔，复笑道："我知道您倚重他，他也确实会办事儿。"说着扭过身子去，酸溜溜地绞起了裙带，"要紧一宗，人家有个好妹妹，要不是这回跟着南下，恐怕也晋了位分了吧？"

她这么一提，皇帝忽然就想起月徊来，那个带着他滑冰吃爆肚的姑娘，每天早起一面给他梳头，一面哈欠连天……他好像忘了一些事儿，忘了自己曾对她说过，这辈子最喜欢她，要封她做贵妃的，可她才离京几个月，他就把这衔儿给了别人。

金口玉言还算不算数？好像是不算数了……皇帝瞧瞧贵妃的脸，这张脸真是千娇百媚，看一眼便让人神魂荡漾。贵妃的魅力在于她的娇，月徊的好处在于她的真。有时候"真"并不那么适合过日子，反倒是"娇"，可以点缀衣食无忧的人生。

皇帝重新堆砌起笑容，在那粉嫩的脸颊上亲了一口："贵妃这是吃味儿了？"

贵妃下意识地让了让："哪能呢，主子由来不是我一个人的，我也不能不识眉眼高低，和别人胡乱地争。"

皇帝喜欢她闹闹小脾气，一个闹一个哄，也算闺房的乐趣。

主要是贵妃太惑人，皇帝在她身上驰骋的时候，丧魂落魄地想。他是爱月徊的，直到现在，月徊还是他少年的梦。可他是皇帝，皇帝无法做到对一个人忠贞，当权者的身子和心应当是分开的，身子纵欲，而心干净透明。

贵妃微微眯着眼，迷茫地看着帐顶。她不喜欢皇帝，讨厌他的那双桃花眼，讨厌他虚张声势的语气，讨厌他总穿着妆缎的衣裳，甚至讨厌他嘴里的味道……贵妃？不过是有了头衔的妓女，扒下这层皮，还剩什么？在和皇帝做这种事的时候，她只有想着西洲，才能调动起一点热情来。越是得不到的东西，就越是念念不忘。

至于这皇帝，怕是天底下最恶心的男人了，越是位高权重，越有奇怪的癖好。

他的手闲不住，上下乱窜，作践起女人来，叫人十分不适。她得用很大的气力去忍耐，才让自己不至于吐出来。

皇帝倒在一旁气喘如牛，这时候的一国之君像只酒足饭饱的猪，再高贵的男人在床上也不过如此。

她披上衣裳，起身到偏殿洗漱。站在铜镜前照，脖子上点点瘀痕那么碍眼，她使劲儿蹭了蹭，可惜蹭不掉，便随手蘸了粉来盖住。

其实她有时候也觉得丧气，她敷衍皇帝，使尽浑身解数去刻意讨好，但梁遇在皇帝心中的地位好像从来不曾改变过。世人不都说，男人间再深的感情也敌不过女人的枕头风嘛。若不是这话不准，她就要去怀疑，皇帝心里真正喜欢的人是梁遇了。

唉，这些都不去说，目下最遗憾的就是进宫两个月，侍寝无数次，一直不能有孕。倘或能怀上个皇子，那这孩子不光是希望，也是救命稻草，至少让她清净上十个月，十个月之后就可慢慢图长远之计了。所以她需要一个孩子，不管是谁的孩子。

无聊地收拾完了自己，她又返回正殿，还没进门就听见皇帝震怒，似乎又在怨恨内阁掣肘。

"命梁遇赶紧平定了两广的事儿，速速回京。那个叶震既然不成就，两广总督换人就是了，朕不信他敢扯着大旗造反……"

有了皇帝这句话，就是天给梁遇借了胆儿，他可以凭着喜好来处置两广的动荡局面。

虎跳门检阅水师一行，出发前另备了一队人马，必要时扛着叶总督的名头来搅浑水。不过才到演练场，杨愚鲁便把皇帝的口谕送到了，令梁厂臣"不及奏上，可便宜行事"。

梁遇冠服端严地坐在高台上，头顶巨大的华盖伞裙飘拂，遮挡了刺眼的阳光。他倚着绿竹引枕，将手书卷起来掖进袖袋里。眯眼朝下看，一侧是硬着头皮暴晒的官员，另一侧是家里死了好几拨人，还要忍气吞声作陪的叶总督。

水师检阅？这位京里来的大官儿就是在找麻烦，有意给人小鞋穿。连塘绿营的参将两眼盯着对面高台："这阉贼懂什么水师，不过瞧瞧好多大船、好多兵勇罢了。"边说边侧过头对叶震道，"制台，人手都安排妥当了，只等制台一声令下。"

叶震面色凝重，慢慢深吸了口气："以炮声作号令，连他身边的人一块儿办了，不许有一个漏网之鱼。"

树碑立传的向来是胜利者，只要擒获了梁遇，到时候怎么向朝廷回禀，就是后话了。

所有人的目光都专注地望向高台上的人，连塘绿营仅仅只是其中一路。叶总督掌管两广不是一日半日，待到亟须之时，自然有神兵天降。

轰然一声，水师的炮响了，在港口外的海面上激起几丈高的水浪。炮声之后又有火铳声传来，一时此起彼伏连成一片，要是不留神听，还以为是周围山峦震荡的炮声回响。

当然番子们在炮声一响后，很快便用玄铁的盾牌筑起了一面墙，然而月徊觉得这样还是不够安全。她一下子就趴到椅子底下去了，自己趴着还不算，硬要拽着梁遇一块儿趴。

"哥哥，这儿还有地方，快来躲一躲。"她使劲拽他的袖子，"打起来啦，枪炮无眼，万一崩着了可不是好玩儿的。"

底下火铳连发，间或传来子弹破空的尖厉声浪。月徊在来前是有准备的，大不了刀剑呼啸，脑袋开瓢，可没想到双方打得这么认真，自己人整治自己人，还用上了西洋兵器。

火药的气味在空气里扩散，她探头往外看的时候，只觉底下烟雾暾暾，兵卒和官员们都作鸟兽散了。梁遇真是个倔强的人，仿佛面子比性命更重要，任月徊怎么拽他，他也不肯随她一块儿躲到椅子后头来，反倒在枪声过后朝底下高声喊话："两广总督叶震，违抗圣谕行刺巡抚，罪不可赦。众将听令，活捉叶震者赏金一千，提头来见赏金五百。若有助纣为虐者，累及家小，与叶震同罪。"

反正接下来就是打得不可开交，刚才的鸟铳也不知是谁放的，那些西洋火器要重新给子弹上膛是件十分麻烦的事，又装火药又装钢珠，还得拿棍儿往里头杵，在大规模作战的情况下不太实用，主要耗不起这个工夫。大邺人还是讲究真刀真枪拼杀，杀起来特别机动灵活，地面上对垒之余，还有叶震豢养的那帮死士，从搭建高台的横木间隙翻腾上来。甚至背后巨大的屏障挡板上方，也有扶桑人打扮的蒙面人借着绳索运送，直冲进番子搭建的盾墙里来。

梁遇抽出剑，一手护住月徊往后退，番子的阵型被破之后，扔了手上盾牌回身作战。月徊一直以为杨愚鲁和秦九安都是当着文差的随堂，没想到他们居然也能打，刀剑一武，比番子更骁勇善战。

只是打斗起来纵然极力维护，也有顾及不上的时候。月徊正琢磨这下该往哪里躲，只听"叮"的一声，不知从哪里射来的一支短箭，被梁遇的剑半道截断，落在了月徊足前。她还没来得及看明白，梁遇便一掌将她推到墙角，然后踢起一面盾牌向她直飞过来。番子用的盾牌又奇大，足有一人高，月徊暗呼这回怕是要砸在这儿了，下意识蹲地抱头。没想到这盾牌尖角浅浅钉入她头顶上方，然后又因自身重量耷拉下来，形成一个斜角，恰到好处地将她遮挡在了下方。

月徊松了口气，惊讶于哥哥的身手原来这么好，她本来以为他也就是自小练了点儿武，强身健体之余聊作自保……这下明白过来，那一身腱子肉不是白来的。他杀人时的那股从容，翻腕抖剑横削脖颈的狠劲儿，和他平时朗月清风的做派截然相反。

男人大概都期待饮剑江湖的豪兴，月徊扒着盾牌边缘朝外看，看见那一身牙白锦衣在刀光剑影中来去，连打架都打得那么好看。

不过这些黑衣的死士是真的把脑袋别在裤腰上了，他们每出一招都是冲着取人性命去的，月徊在边上看着，看出了满手冷汗。

好在杨总兵立场坚定，他心里有一本账，顺了梁遇便是顺了朝廷，顺了叶震，只有跟他造反一条路可走。这大邺天下，到底还没到群雄割据的时候，两广难道还想脱离朝廷自立为王？快别痴人说梦了！

于是杨总兵举起了手里的苗刀："给我杀！拿住叛贼，巡抚大人重重有赏！"

到最后圈子越杀越小，叶震手里的兵卒见势不妙，有的便顿住步子提着兵器开始观望。在朝廷派人来之前，总督是封疆大吏权倾一方，如今朝廷的钦差接手了两广事宜，总督和钦差打起来了，连总兵都反了总督，该站哪一头似乎也不用多想。

几位档头将叶震手下的参将、游击一一斩杀，叶总督渐渐变成了孤家寡人，只有几个死士最后护卫着他。放眼看高台上，梁遇和两位少监已经抽身旁观，拼杀的死士已不足五人，让番子解决绰绰有余。

大势已去，原想着梁遇是从京里来的，论人脉势力，自己远在他之上。可没想到，这帮锦衣卫人手都有鸟铳，在他这头打响了第一枪，后来厂卫就如连珠炮般射杀了他几十精锐。甚至连事先埋伏在码头周围的兵勇也像一瞬消失了似的，不知是被伏杀了，还是被策反了。

英雄一世，最后折在一个太监手里，真是时也运也。叶总督长叹一声，看着身边的人越来越少，最后能走的，也许就是手里长剑带来的归路。

干戈逐渐平息，月徊才从盾牌下爬出来。放眼看看四周，杀得一片狼藉，满地都是血肉。先前的震天杀声已经消散了，临了最叫人觉得讽刺的，是叶总督身边护卫到最后的副将，横刀砍断了叶总督急欲自尽的剑。在叶震震惊的目光中，反剪起了制台大人的两臂，向高台上大声疾呼着："巡抚大人，末将已生擒反贼叶震，交巡抚大人发落。"

所以到了生死存亡的关头，别去谈什么义不义，这就是梁遇不相信任何人的原因。

叶震被押到了梁遇面前，梁遇仍是一张可亲的脸，感慨着："制台大人这是何必，倘或梁某有不周之处，制台大人只管指正就是了。今儿是水师检阅的日子，水师在港口外演练，制台大人却在港口内向咱家亮剑……这事儿要是说出去，真个叫红罗党笑掉了大牙，自己人打自己人，岂不是大水冲了龙王庙？"

他说得有模有样，叶震却知道他的小人之心。太监由来阴狠，嘴上一套做起来又是另一套。锦衣卫早就已经串通了他手下参将，拿到当日的布兵图，所以他才胜券在握，不慌不忙。

"是我棋差一招，没什么可说的，但你的手未免也太黑了些，接连致我后宅四人死伤。"叶震狼狈地被押解着，即便到了这个时候也还要抗争，试图挺直脊梁。

梁遇听完，微转过头拿眼梢扫了他一眼："原本你我可以相安无事的，等咱家剿灭红罗党的时候制台小小伸一把手，事儿过去也就过去了，可你偏不。你在咱家才落脚的当晚杀了咱家近身伺候的孩子，咱家说过，咱家跟前死一个人，就要你们十条命来偿还，可惜制台没把咱家的话放在心上。"他转回身，笑着打量叶震，然后伸出手，在他脸上拍了两下，"封疆大吏当久了，忘了自己的斤两，和咱家斗？你还差了点儿！"

厂卫押着人去了，杨愚鲁上来请示下："这叶震，老祖宗打算怎么处置？"

梁遇回头瞧了杨愚鲁一眼："怎么处置？剥皮揎草，以儆效尤。叶总督在红罗党心里可是义士，是大邺朝廷上下难得的好官。放话出去，明儿午时，在广场上给叶震当众行刑。下令各坊武侯，明日坊门不得开启，点一百名厂卫乔装成百姓观刑，到时候来个瓮中捉鳖，咱家要一举灭了红罗党。"

杨愚鲁道是，匆匆压着三山帽下去安排去了。

秦九安垂手哈了哈腰："厂卫死伤还在统计，老祖宗受累了，先回吧。"一头说一头又看月徊，笑道，"姑娘今儿也跟着受惊了，早知道不来多好。"

月徊却摇头："我还是想来，你们在外头拼命，我一个人躲在后头，那多没义气！"

虽然她讲义气也没能帮上什么忙，但不添乱已经是最大的功劳了。

回去的路上她讨了梁遇的剑看，这剑的剑鞘上拿金丝并白玉雕嵌，里头的剑身拔出来寒光闪闪，她拽了根头发上去一吹，头发果然断了，当即啧啧道："吹毛断发、吹毛断发啊。"

梁遇见她有兴趣，便推了剑格让她看，只听"咔"的一声，剑柄处卸下一把更窄更轻盈的剑，他把剑递给她看："这是子母剑，短刃藏于长刃之中，如母亲怀抱婴儿，因此也叫慈悲剑。"

他这样心机手段的人，用这种剑似乎很不相称，但这世上的事哪里有绝对，大残忍中未必没有大慈悲，大慈悲里，也未必没有彻骨凉薄。

"等回京，我让人照着子剑的样子，给你也做一把。"他伸手摸摸她的脑袋，"才刚血肉横飞的，吓坏你了。"

月徊摇头："别的没什么，我就怕他们伤了你。我以前老觉得你这官儿当得容易，现在看看，好像不是这样。你才是真正上得厅堂入得厨房，弄得了权也打得了仗。我对你，那真是五体投地了。"

梁遇只是发笑："且有让你五体投地的时候呢，"说罢递了个眼色，"你等着吧。"

月徊憨憨地笑着，他眼波一转的时候，就说明脑子里又在想那些乌七八糟的事儿了。其实她也爱和他一块儿乌七八糟，但眼下叶震才逮住，要从他口中套出红罗党的老巢和名册来，还得费些手脚。

第二十五章 日装月徊

梁遇回到行辕草草洗漱一番，换了衣裳，这时已到掌灯时分，吩咐月徊好好歇着，自己带上近身的人便赶往总督衙门大牢了。

叶震恐怕做梦也没想到，自己有朝一日会成为这牢狱里的阶下囚。梁遇到时，他的两臂被吊在刑架上，那身官袍早就给扒了，中衣上星星点点沾着血迹。骨头倒是真硬，任谁问他都不开口，要开口就是一句话："本督是两广总督，你们敢私设刑狱拷打朝廷命官！"

梁遇四平八稳地坐在圈椅里："制台，咱家还称你一声制台，不是因为皇上没有罢免你的职务，是咱家瞧你有了岁数，给你留点体面。你看，你已然山穷水尽，再也没有退路了，何必死心眼子一根筋，和朝廷作对，和咱家作对呢？只要你把红罗党的名册交出来，咱家绝不为难你一家老小，明早就打发人送你老母妻儿归故里，如何？"

提起母亲和妻儿，叶震倒有一刻闪神，然而他知道，不管他说与不说，家人都难逃一死。与其如此，还不如做个硬骨头。他冲梁遇冷笑："红罗党反的不是朝廷，是你。你对红罗党赶尽杀绝，不过是为泄私怨罢了，何必冠冕堂皇？我叶震一生为官，好事办过，烂账也不少，今时今日再为民行个善举，到了阎王殿里，我也算功绩一桩。"

他说完了这些话，便抿紧嘴唇再不言声了，甚至还闭上眼睛，老神在在地假寐起来，恨得左右番子攥拳撸袖，上去就要给他动大刑。

梁遇抬了抬手指，把那些如狼似虎的番役叫退了，倚着扶手笑道："咱家还没犯困呢，制台倒先困了？来人……"他叫了声，"上制台夫人那里，借两只挖耳勺来，给制台做个撑子，撑开他的眼皮，今儿一宿不许他眨眼。"

人作弄起人来，真是世上最熟门熟道的，因为知道你最怕什么，他就能不出意外地给你来什么。

番子从吓得抖作一团的总督内眷们脑袋上挑了两只挖耳勺回来，一金一银，恰好分属于叶总督的一妻一妾。拿到叶总督脸上比了比，长度正合适。于是番子粗粝的手指掀起叶总督的眼皮，像撑支摘窗一样，一头低着眼眶子，一头撑着上眼睑。叶总督疼得叫唤起来，番子觍脸笑道："制台您别喊啊，您得谢谢您两位夫人，要不是这挖耳勺尺寸正合适，恐怕要捅破您的眼皮呢，那多受罪的！"

叶总督被这样作践，好好的官员弄得夜游神一样，番子们在一旁哈哈大笑，那种受辱的滋味儿，真比死还难受。

不单如此，不眨眼的痛苦实在是常人难以体会的。一直把眼皮大撑着，眼球失了水分又干又涩，叶总督在坚持了半个时辰之后终于大喊大叫，对梁遇破口大骂起来。

骂人能有什么好听话，什么阉竖，什么断子绝孙，全挑太监忌讳的骂。

梁遇的目光掉转开来，低头转动指上筒戒，淡淡扔下一句："给咱家敲了他那口牙。"

于是三指宽的大铁板子抽嘴，一板子下去嘴肿了，牙也碎了，那血泼泼洒洒往外涌。

梁遇有些厌恶地站起身道："看来也不用指着叶总督说话了，既然如此，把嘴缝起来吧，让他到阎王殿里也告不了状。"

不说话有不说话的好处，上了刑场不会一嗓子"快跑"，给那些自投罗网的红罗党报信儿。

大邺还承袭先唐时候的坊院制，这些里坊门禁平时形同虚设，一旦使用起来，却也绝对便于管制。叶震被押上广场示众的时候，场下已经聚集了很多渔民打扮的厂卫，他们每个都熟悉对方的长相。

渐渐地，人群中混入了一些陌生的面孔，穿着洒鞋戴着蓑笠，敞开的衣襟底下露出竹剑的剑柄。

此时的叶总督在红罗党心里真如神佛一般，他们盯着刑架上的人，个个满眼悲愤。

广场上负责看守叶震的番子哼着歌，十分愉快地将一只银盘托了上来。银盘里头放着一把半月形的刀，那刀却是赤金的，据说赤金的刀刃不易让皮肉腐坏。都要了人命了，还在乎那些无关紧要的细节，也只有不拿人命当回事的番子，才会在这种不着四六的地方考究。

那番子迈着鹤步，走路的样子透着诡异，像戏子登台，先要有一串亮相的动作，他也是这样。叶总督如今被缝住了嘴，只剩鼻子眼儿能出声，番子全不理会。一个合格的刀斧手，是能顶着震天的叫骂办完自己的差事的。起先才入行的时候也怕，也不情愿，但时间一长适应了，渐渐会上瘾。等修炼到家了，受用之余还能神游天外，物我两忘，真叫行行出状元。

一个能把这种差事办好的刀斧手，绝对是他们这行里的状元，毕竟那丝毫不差的手艺是需要经验的。昭狱里头有几十种刑罚，唯独剥皮的"红差"不多，因为让你上手操练的机会也不多，每一个刀斧手得了这样的机会，当差前都得沐浴更衣、焚香祝祷一番。也正因为机会难得，哪怕台下人脑子打出狗脑子来，也不影响刀斧手的发挥。

红罗党试图上来劫人了，还好四周都是早就埋伏好的兄弟，几拨人上来，都让他们横刀挡了回去，并不妨碍行刑的进度。刀斧手从银盘儿里捏起半月形的小刀，刀口锋利得吹口气就嗡声作响。叶震昨儿受了一夜的罪，又经过了先头一番挣扎，到这会儿见红罗党出现颓势，被那些乔装成渔民的厂卫砍瓜切菜似的收拾了，顿时没了希望，四肢也就彻底瘫软了下来。

不会反抗的人，下起刀子来更顺手。番子把他从上到下扒个精光，露出光溜溜的脊背来。

台下杀声震天，台上刀斧手的活计没有停顿。叶总督这会儿已经说不出话来了，浑身的肉都在颤抖。养尊处优作养出来的脂肪在皮肤和肌肉间层层分割爆裂，大日头底下照着，泛出一层鹅黄色的油光。

"上半辈子享了那么多的福，您也不亏。"刀斧手在叶总督耳边说，"我入行那么久，您是我手上过的头一位二品大员，咱们也算有缘。您放心，回头您的尸我给您收，没旁的，给您点一炷香，您吃饱了好上路。"

广场上那群红罗党差不多都给治服了，刀斧手抽空看了一眼，复又嗟叹："何必……人啊，气性不能太大，这世上有的人惹得，有的人惹不得。惹不得的绕着走，也不见得就落了下乘，您说是吧？"此时叶总督只剩微微的一点翕动，人跟血葫芦似的，已经看不出本来面目了。

番子高唱了一声："得嘞，您好走。下回再来阳世，记好了这回的教训。"

半月刀放进托盘里的时候，劫囚的红罗党已经全收拾干净了。

当然这只是部分人马，剩下的怎么深挖？逮住的活口就是新一轮的希望，能从这些人身上发掘出更多的可能来。

番子们收工之后，照了面就打趣儿："看来红差不光今儿，后头还有你显本事的时候呢。"

是啊，大不了再在那些反贼面前表演一回"更衣"。人呢，目睹杀猪杀羊，都是小场面，兔死狐悲不了，反觉得杀了更好，有肉吃。看见杀人，白刀子进红刀子出，其实也没什么了不得，一眨眼的事儿。只有让他们亲眼看到这种戏法儿，看了一回不想看第二回的，这才真正有用，真正能让他们知道什么叫害怕。

这回拿叶总督设一个局，钓起了一串大王八，四档头压着刀向上回禀："当场斩杀乱党十二人，擒获九人，其中一个还是下党的番头儿。"

梁遇正坐在案后，捏着银针叉剥好的荔枝吃。

"战果不坏，这九个人身上可以大做文章。"他搁下银针问，"放跑的那个呢？"

四档头说："遵着督主的吩咐，打发人悄悄跟上去了，有任何发现，都会立时传信儿回来的。"

梁遇取过手巾拭嘴，"瑶民那头的事儿算是平定了，眼下就剩红罗党了。早前叶震在的时候有人给他们打掩护，这会儿让他们暴露在青天白日下，那些小鬼儿用不了多久就会现形的。你传我的话，让大家再辛苦两天，等收拾完了这个烂摊子，好早些启程回京。"他一面说着，一面转头看向窗外，满世界都被太阳照得发白，他长叹了一口气，"这地界儿，待着真难受，汗出了一道又一道，闻着身上都发馊了。"

掌印大人由来是个香人儿，衣裳汗巾子，哪一样不要拿香熏了又熏。可这南方和北方不同，大夏天太阳热辣辣地晒着，人坐在屋里都冒热汗，就算熏香也盖不住汗味儿。

杨愚鲁道："可不是，还有些个水土不服的，白天打仗，夜里上吐下泻。病了难免惦记家里人，整宿躺在廊子上吹柳叶琴。"

梁遇"嗯"了声："出来有时候了，都想媳妇儿了。"

他鲜少有和底下人打趣的时候，此话一出，众人都咧嘴笑起来。大档头趁机道："督主，卑职这趟回去就办喜事儿了，届时还请督主赏脸喝杯喜酒。"

梁遇望向大档头，这苍黑的汉子笑得腼腆，他当即便点头："不拘人到不到，一份大礼总跑不了的。"

于是大家乱哄哄地向大档头道喜，没想到这个素来口无遮拦的人，这回倒沉得住气，这么大的事儿，瞒得滴水不漏。

那头笑闹，秦九安趋身问："眼下两广群龙无首，总督人选朝廷也尚未任命，老祖宗打算指派谁填这个缺？"

梁遇曼声道："暂且让总兵杨鹤代行总督之职，最后究竟派谁，还要听皇上示下。"

他们只管谈他们的兵事，月徊却还惦记着她的差事。她进门来，冲在场诸位拱拱手："我的珠池哪？大伙儿别忘了啊。我还得采珍珠回去，给娘娘们做首饰哪。"

这个不能忘，剿灭乱党是拿命拼杀，珠池收成却是高兴事儿。到时候看着堆成小山的珍珠，各人抓上一把，回去好给屋里女人做珠花。

反正诸事都有了章程，在朝着好的方向发展。当晚尾随那条漏网之鱼的番子回禀，在大柯寨发现了红罗党藏匿的窝点，接连伏守观察了两天之后，厂卫便集结起来，将那一处乱党捣了个干干净净。

其实若说红罗党有多难料理倒也未必，上党的读书人虽还有些头脑，但下党大多是莽夫，纠集于乡野，仗着一身蛮力，会些三脚猫功夫，就大摇大摆，四处兴风作浪。厂卫毕竟训练有素，没有了叶震明里暗里对红罗党的协助，便如杀鸡用上了宰牛刀。加上杨总兵急于立功表现，手上绿营禁卫合力围剿，大柯寨的窝点没花上两个时辰，就给抄了个底朝天。

事后杨总兵进瓶隐山房回事，叠着手道："红罗党最大的几处巢穴差不多已经料理完了，剩下都是些零散的据点，料想再花十天半个月的，也就彻底平息了。"

梁遇笑了笑："既这么，厂卫不必再动手，总镇大人也能处置了吧？"

杨鹤说："原本红罗党便算不得什么大势力，为难之处在于叶震庇佑，不接朝廷的令儿，这才弄成了顽疾。如今内相亲临，收拾了叶震，剩下的事就好办了。"

梁遇慢慢颔首："咱家也瞧出来了，这回咱家来两广，最大的用处就是镇住了那个贼头儿，要是叶震不和乱党勾结，就省了咱家出这趟远门。朝中事多，底下人也没来过南方，这回路远迢迢的，着实不上算。既然总镇大人发了话，那余下剿灭乱党的事儿，就全权托付杨总镇了。咱家这里还有珠池的差事没有料理……"边说边长叹，"这两广啊，本是富庶的地界，闹得又是乱党又是贪墨，可见没有一个好主事，果真坏了一锅汤。"

这算是唾弃了叶震，也给杨鹤提了醒儿。杨鹤诺诺道："为朝廷办事，没有不尽心的。叶震是因常驻两广多年，又处处霸揽着，才把个好端端的地方硬给糟蹋成了这样。"

梁遇站起身，负着手慢慢踱了两步。夕阳从窗口照进来，照着他的身条儿，把影子拉得老长。他是个斯文精致的长相，周身沐浴在夕阳的余晖下，人便越发显得渊雅。这会儿的语气声调也是美好的，和煦道："杨总镇好好办差吧，皇上都瞧在眼里呢。自皇上登基以来，两广连年都拖后腿，税赋、盐粮、进贡……没有一样能和人比肩的。但愿总镇代管期间，一切都能有个好势头，如此在皇上面前挣了脸，内阁就算有异议，也好拿政绩堵他们的嘴不是？"

杨鹤一听，当即便打了鸡血，红脸膛越发红了，抖擞起了精神道："请内相放心，卑职一定谨记内相教诲，为朝廷粉身碎骨，万死不辞。"

武将不会玩弄辞藻，说出来的话，必定是当时心中所想。梁遇又着实鼓励了他两句，这才打发他去了。

杨鹤走后，他把杨愚鲁叫了进来，懒声吩咐："红罗党的事儿，都留给杨鹤去善后，把咱们的人清点清点，分派到几个珠池去。我原想着找几个得力的人留下监管采珠，咱们这就返京，可惜月徊不答应，说她的差事没办完就回去，没脸见皇上。"

杨愚鲁笑着说："姑娘还是小孩儿心性，爱看开蚌取珠。"

梁遇想了想，应该就是这样。她对那些珍珠未必真的多在乎，其实就喜欢采珠的过程，像男人钓鱼一样。

杨愚鲁领了命，下去连夜清点厂卫人数了，梁遇刚打算往厢房去，就见秦九安匆匆进来，边走边道："老祖宗，曾鲸发了信儿来，说皇上龙体不豫，今儿早晨喘不上气儿，咳了好大一口血。"

梁遇站在那里，心头一阵乱："怎么样？要紧吗？"

秦九安道："缓和下来了，可少年见血，总不大好。曾鲸的意思是老祖宗还是及早荣返，以防有变。"

梁遇没言声，半晌才道："眼下天儿热，未见得有什么好歹，善加调理，还是能调理过来的。咱们这头的行程不变，等巡查了珠池再回京，坏不了事的。"

要说担忧，自然是有的，皇帝六岁那年他进了南三所，这么些年下来看着皇帝一点点长个儿，自己照顾他的饮食起居，最后亲手把他送上帝王的宝座，朝夕相处间，怎么能不担心他的身体？可如今各自的地位都不一样了，情分之外考虑得更多的是利益。在皇帝还没受够内阁，还没对手上政事叫苦不迭时，他巴巴儿地赶回去，前头的工夫就白下了。

所以不急，还可以慢悠悠陪着月徊采收一季珍珠。他走进月徊的卧房同她说："明儿咱们起航，上雷州去。"

月徊正在做椰子灯，一听乐了："红罗党不打了？"

他在她对面坐了下来："红罗党是乌合之众，打起来不难。今儿端了一窝，剩下的全成了散沙，交给总兵就是了。打打杀杀，哪有采珍珠叫人高兴。"他虔诚地说，"我这程子忙得很，冷落你了，往后补足你。"

月徊没明白，傻乎乎地说："不冷落啊，我觉得挺热闹。"说完忽然灵光一闪，发现他话里还有旁的话。

果然梁遇侧眼瞧她："今儿把爹娘的神位请出来吧，咱们一家子好好聊聊。"

月徊说"成啊"，转身从抽屉里取出香烛晃了晃："我早预备下了。"

其实这事儿不光他急，自己好像也挺急的。就像老吃素的人，尝过了一次猪油的味道，就对那种厚重的口感念念不忘了。

那天午后，他蹲在她竹榻上，他们干过什么来着……反正不腻歪在一处，心里就渴。那种渴是任你喝多少水都不中用的，时至今日，月徊对哥哥的那点敬畏可说是荡然无存了，要是再不把事儿定下来，她吃饭不香甜，夜里睡不着，这么下去要出事了，哪天来一出霸王硬上弓，那可怨不着她。

直到今日，梁遇对梁家二老的心都没有变过，不论他们是不是亲生父母。

没有给他这条命，但给了他平和缜密的初心，给了他一个姓，让他不至于像野孩子似的流落在外，也不至于在别人问起他的来历时，连自己的名字都说不上来。

所以他一直对爹娘心存感激，这么多年来，自己不管去哪里，那个写有他们生卒年月的小匣子总是带在身边。有他们在，自己便尚有来处。只是这回再取出来，心境有些不一样，既熟悉，又透着陌生。其实不是梁家人，这点让他到现在都感到遗憾。他在那蓝底洒金的纸上轻轻拭了拭，然后将灵位恭恭敬敬摆在案上，等月徊点上香烛，两个人并肩，向牌位叩拜下去。

他长跪揖手："爹，娘，儿子叩谢二老多年养育之恩。我的身世我已经查明了，父母大人不因我来历不明而轻贱我，由来将我视如己出，日装寄养在梁家，乃三生有幸。而今我找回了妹妹，本该善待妹妹，扶她成器，看她登高的，可我……私心作祟，罔顾伦常，把她强留在了身边。今日恭请二老，是为向二老罪己，求二老宽恕日装罪行，原谅我情难自禁，做出这等猪狗不如的事来。"

他确实对自己霸占月徊这件事感到满心羞愧。即便到了现在，月徊那傻孩子被他缠得没辙，答应和他不做兄妹做夫妻，但他在面对爹娘的时候，依然抬不起头来。

毕竟不是半道上忽然认回的妹子，月徊在牙牙学语的时候，头一个会叫的就是哥哥。彼时他还在念宗学，下学必会看见月徊拽着奶妈子来接他。同窗们都认得她，纷纷和她打招呼，一个人见人爱的妹妹，曾经让他倍感自豪。可谁知时隔多年，会发生这样惊人的逆转，他是怎么做到从疼爱转变成情爱的，连他自己也说不清楚。

他跪在灵牌前，满脸愧色，月徊最见不得他这样，忙给他打圆场："哥哥说的不是实情，他只站在自己的立场上看事儿，根本没有瞧透我的心思。"她这回也算豁出去了，厚着脸皮，把自己的牛黄狗宝全掏了出来，"从叙州出逃，我不就和哥哥走散了吗，这些年我在码头上挣嚼谷，没怎么学好，学了一身匪气，还贪财好色。当初哥哥把我找回来，我打一开始就是冲着给他当妾去的，他说我是他失散的妹妹，我还难过了一下子。后来没辙，当不了爱妾当妹妹也认了，我就干上了这个美差。爹娘如今是神仙了，我也不敢瞒你们，其实我贼心不死，认了亲之后我照旧贪图哥哥美色，这儿薅一把，那儿摸一把，我心里就舒坦。我的那点儿小九九有多邪性，真不敢说……那会儿，还在宫里时，哥哥还正经当着我哥哥呢，我就做了一个大逆不道的梦，在梦里把哥哥摁在树上轻薄了。老话不是说了嘛，日有所思夜有所梦，我这是馋了哥哥太久了，嘴上不说，论心思，我比谁都龌龊。"

她在梁遇震惊的目光里侃侃而谈，说完了很无谓地冲他耸了耸肩："我就是肖想你，怎么了？"

梁遇有些尴尬，怎么倒也不至于怎么，就是乍一听见她剖析内心，觉得十分震惊。

他有些窃喜，小心翼翼地探听着："那个梦……是什么时候做的？"

月徊记得很清楚："就是元宵节那晚，你吃了驴打滚闹胃疼。我看你那么虚弱，本来是挺心疼你的，可不知怎么的，回去我就做了个梦，把你按在树干上亲了。"说起那个梦，时隔几个月，猛然回想起还让她心头大震。偷偷摸摸，不敢让他知道，那种心痒难耐真是挠人。何况那时候他还没把自己的身世告诉她，亲妹妹能对亲哥哥存那份心思，细想起来真是透着欺师灭祖般的快感。

梁遇呢，是个皮薄馅儿大的宝贝。他听后暗自高兴，但碍于在父母灵位前不敢造次，只是抿着唇，自矜地微笑着，那笑容，甭提多招人。

"我没想到……"

月徊跪着，仰头看爹娘的牌位："别不敢想，大胆地想，错不了。"她把视线落在"梁门傅氏"几个字上，喃喃说，"娘，我是随了您吧？您看您当年怎么祸害我爹的，眼下我对哥哥起了那种心思，您可不能怪我。"

这话若给地底下的傅氏听了，八成一脸愤懑，觉得死无对证，百口莫辩吧！

梁遇长出了一口气，重新向上拱起了手："无论如何，爹娘若是怨怪，错都在我，和月徊百不相干。我走到今儿，已经没法子回头了，若是没有月徊，我只有孤苦一生，到死也没个亲近人。爹娘素来疼爱我，一定不愿我这辈子弄得这样凄凉收场。"

月徊在一旁敲边鼓："可不，爹娘最善性，况且我和哥哥勾勾搭搭，您二位答不答应都那样了……"

还是梁遇有忌讳，红着脸叱她："梁月徊，不许口没遮拦！"

月徊顿了下，掏出两个铜子儿说："那怎么办呢，爹娘的意思也猜不明白，要不咱们来占一卦吧，单面表示不答应，一阴一阳就是准了，你看这样行不行？"

梁遇说好，看着月徊把铜板合进掌心里，然后高举两手，口中念念有词。

这时候心悬起来，不知道这一卦占出来，会是怎样的结果。月徊也不安地朝他看了两眼："哥哥，要是爹娘不答应，你打算怎么办？"

梁遇没言声，只是蹙起眉，半晌才说："不会的。"

会不会，这种事可难说，月徊又觑觑他："哥哥，要是爹娘一回不答应，咱们再多问两回，问到爹娘答应为止，好不好？"

这样占卦还有什么意义呢，但做法却正合他心意。他有些难堪，最后还是说好，他和月徊两个，彼此都经不得爹娘不答应。多问两遍，问仔细些，不错漏了好姻缘，也是人之常情。

月徊见他点头，露出一点狡黠的笑，在她看来哥哥一定假正经得厉害吧。他也不管她暗里怎么嘲笑他，毕竟事关一辈子的幸福，男人想讨媳妇不丢人，便吸了口气道："占吧，我准备好了。"

"得嘞。"月徊愉快地应了一声，两手往上一抛。那两枚大子儿在空中翻转着，最后落回桌面上，一枚已经躺平，另一枚还在旋转……风车一样地旋转，并没有要倒下来的打算。

月徊伸出手，"啪"地将它扣住，两个人在爹娘牌位前，像两个兴致高昂的赌徒。

月徊说："哥哥，你猜是阴卦还是阳卦？"

梁遇谨慎地看了她一眼："不好说。"

"那咱们开开看看？"月徊小声道，灯火照着她的眉眼，有种赌命般的恐怖感。

梁遇咽了口唾沫："嗯。"

于是四只眼睛紧紧盯着月徊的那只手，挪开一点儿，再挪开一点儿，其中一枚显露出了真容，是个光背。接下来这枚，承载了太多希望，梁遇甚至不由自主地喊起来："字！字！字……"

眼看剩下这枚露出了边角，他的心都提到嗓子眼儿了，月徊忽然顿住了，说："等等，让我吹口仙气。"

梁遇简直闹头疼，看她像孩子似的，鼓起腮帮子噗地吹了一口，然后掀开手——

"哈哈！"她大笑一声，"爹娘显圣了！"

烛火照亮那两枚铜钱，果然一个是光背，一个是字。

梁遇浑身紧绷的神经倏地松懈下来，摸摸额头，冷汗淋漓。经历过那么多大场面的人，居然为了这个用尽了一身的气力，倒退两步坐回凳上，闭着眼睛，粗喘了两口气。

"多谢爹娘。"他喃喃说，"成全了我和月徊。"

月徊扑过来，搂着他的脖子亲了一口："日裴月徊，爹娘怕是早就看明白了，以后你要入赘咱们家。"

他腼腆地笑着，那种不露齿的矜持的表情，看得人邪火直蹿上来。

月徊说："好啦，这回爹娘都答应了，你想赖都赖不掉了。"一面说着，一面冲灵牌拜了拜，"爹娘放心，哥哥会对我很好的。其实我嫁谁您二老都担心，唯独嫁哥哥，可以放一百二十个心。他欺负人的本事全用在外头，回家就剩爱我了……"

梁遇连连点头，这就算说定了。他重新撩袍跪下："打今儿起，日裴既是您二老的儿子，又是女婿，我待月徊之心，日月昭昭，永世不变。"

月徊乐呵呵地把他搀起来："爹娘说都听见了，他们会在天上瞧着你的。"

真高兴，就像老实巴交的农户娶了个花魁似的，月徊的心缝儿里都透出快活。手脚麻利地把牌位收起来，打扰了爹娘半天，也该让他们回去歇歇了。

待一切都收拾好，转回身的时候，脑子里嗡地一下，看见哥哥正好奇地打量桌上那两枚铜钱。她待要上前去抢，可惜来不及了，他已经把它们都翻了过来。不出所料，这两枚铜钱的正反面一样，一枚纯阴一枚纯阳。不光如此，钱还是假钱，是外头摊儿上变戏法用的小玩意儿，专蒙孩子用的。

"装神弄鬼，害得我连喘气儿都不敢！"他被她戏弄了一遭，世上的事真奇怪，多高明的手段，他一眼就能看出端倪，唯独面对她这种假得透透的把戏，反倒灯下黑了。这就是对内和对外的区别，也不能说上了她的套，其实从他内心来说，是很愿意看见这种局面的。

但该生气还得生气，他拽过她，一下子就把她弄到了床上。扑上去，先在她臀上掐了一把："你敢戏弄我？"

月徊"哎哟"了一声，人像虾似的蜷起来："我就是代爹娘说出了他们的心里话。"

心里话难道是弄虚作假？他咬着牙，在她耳边说了声："该打！"

月徊惊觉腿上一凉，裙子不知什么时候被他撩了起来。这回要来真的了吧？她心花怒放之余又有点紧张，扒着他的肩问："哥哥，今晚咱们就洞房吗？"

梁遇叹了口气，她哪里能改了这直来直去的毛病，再多点儿姑娘家欲拒还迎的姿态呢！不过他好像就好她这口，不掺假不做作，说爱就爱，说做也就做了。

他嗯了声，微微和她分开一些，支着身子道："就今儿……我见杨鹤之前洗了澡。"

月徊说："哎呀，真是太巧了，我也洗完了，还擦了牙。"

于是他在她牙上亲了一下："看见了，擦得挺亮。"挪动一下身子，让那绷得发疼的地方停靠在温暖的港湾里，他带着迷乱的气息问她，"月徊，我给不了你像样的婚礼，可能一辈子都得偷偷摸摸的，你会怨我吗？"

月徊仰脸冲他笑："我就喜欢偷偷摸摸，比老夫老妻有意思多了。"

唉，真是好复杂的人性，既单纯，又透出淫邪来。

屋里点的灯太亮，梁遇摘下她髻上的一只金蝉小簪头，扬手一弹指，烛火便被打灭了。实心的金蝉落在木地板上，咔嗒一声响，然后翻滚着，不知滚到哪里去了。

本来月徊以为没吃过猪肉也见过猪跑，前几趟又亲又摸，不动真格儿的，好像也就那么回事。可是渐渐发现，这回不大一样，哥哥的手和唇无处不在，轻拢慢捻抹复挑，她就大珠小珠落玉盘了。

到这时候才从心底蹦出一句尖叫来："我的情哥哥！"

他听了浑身一震，带着鼻音轻哼："好妹妹……"

原本让人满含负罪感的称呼，这时候变成奇怪的神药。梁遇的慈悲剑构造果然巧妙，子剑镶进母剑里，剑格与剑格紧抵，剑身与剑身便严丝合缝，毫无间隙。

反复切磋，剑刚铸成的时候需要尽量磨合，床榻的榫头不堪重负，伸了伸腰，发出吱嘎的响动。

月徊提心吊胆，又意乱情迷："哥哥，动静……太大……"

月光透过窗扉上方的雕花挡板照进来，梁遇的眉眼染上了艳色，含含糊糊说："大吗……那我轻点儿……"

上下震动不像左右颠荡，力量相对时爆发起电光石火。子剑抽出，与母剑绞杀，同根而生，磨出了一串惊艳的叹息。他勾住月徊的手臂不让她逃跑，到最后咬牙切齿地问："你喜欢吗？嗯？"

月徊好像只剩喘气的本能了，剑来剑往，只听得呼啸的声响，剑首抵在了她心上。起先的不适变成绵密的震颤，码头上长大的孩子吃得起苦，也经得住打磨。她扣住他的五指，用力握了握，梁遇做什么都能做得很好，在那片泥泞里研磨，研出了她一身细栗。

只是她有些想哭，没想到大半年光景，终于走到了这一步。

她的情绪，他时刻都关心着，她喜欢了便急些，她不喜欢了，便更温柔些。见她微微一哽咽，他就把她拉进怀里来，温暖的手在那汗湿的脊背上轻抚，叼了叼她的唇："鸣金收兵，好不好？"

她说不好，细长的腿一迈，像把勾魂镰。他便不再说话了，顺着她的意儿大动，她的脸颊贴在他脖颈，指甲在他背上掐出了浅浅的月牙痕。

窗外的月亮终于迷蒙起来，她看不清楚了，月亮变成了双生。她想，真好，孤月终于有了伴儿，她的枕席间也有了解闷的人。

那种滋味竟这么叫人丧魂，他是头一次体会。像浑身的毛孔都打开了，人走在逼仄的通道里，曲曲折折走了好久，猛然之间走进一片耀眼的光瀑，照得他睁不开眼，照得他神思恍惚，痛快欲死。

他紧紧掬住月徊，那放大的匀气声像野兽，夹裹着浓情，自己听来都觉得羞臊。月徊失魂落魄，人也将死不死，好半天才回过神来，搂着他说："哥哥，成事儿啦。"

他嗯了声，缠绵地吻她。无穷尽的细腻心思，在一呼一吸间传递给她，让她知道他有多感激她。

这十八年间，所有和她有关的点点滴滴，从他心头浩荡流淌过去。小时候的亲密无间，父母被害后他带着她仓皇出逃，到后来失散又重聚，每一丝感情的变化都和她有关。他的手指在她身上游走，她像初生的婴儿般蜷缩在他怀里，他轻轻触了触："月徊，你疼吗？恨我吗？"

月徊还是高高兴兴的，耳朵贴在他胸口，听那个四平八稳的人为她心跳失常，由衷地觉得满足。

"疼当然是疼的，可是给了哥哥，我一点都不害怕。"她伸着胳膊搂住他的脖颈，偎在他唇边轻声说，"真好，没有什么比你齐全着更叫我欢喜的了。本来我以为你不行来着，就在先前，我也怕你不行……"她心虚地笑了笑，"我怕你吃药吃坏了，没想到哥哥生龙活虎，事后不困，还能和我闲聊。"

梁遇噎了下，有时候知道得太多了，也不是好事。

"谁说事后就该犯困？"他嗡哝着说，"我这会儿，比什么时候都清醒精神。"他是头一回做这事儿，能从头到尾有始有终，已然让他十分骄傲了。

月徊呢，亲近过了这回，才彻底肯定哥哥今后就是她的人了。这漂亮的脸蛋儿，这修长的身条儿，还有那宝贝，都是她的了。她对一切都爱不释手，摸摸大腿掐掐腰，满怀虔诚地在他胸前亲了一口。

只是男人总不足意，他才受用过一回，好像很有兴致再来第二回。月徊触到了那把剑，吓了一跳，知道不能再招惹他了，便识相地挠了挠头："哥哥真不困吗？我可困了……"

他说："你睡。"边说边从她脖子底下抽回胳膊，就着檐下灯光下床了。

月徊不知道他要去干什么，心里一阵失落。侧耳细听，他下床是不是穿了衣裳，要回去当他的掌印督主了？果然男人都是凉薄的，嘴上说得花好稻好，一旦达到目的，兴头也就过了。

月徊心里着实难受起来，这会儿本钱全掏出去了，就算赔得底儿掉，也是她自己命不好。她甚至迸出了两眼泪花，心里大叹着遇人不淑，就算是哥哥，也还是个庸俗的男人。

果然一会儿又听见他绞手巾的动静，心里又是更大的一成伤感，心想他八成觉得自己不干净了，不爱和她滚得一身汗，不爱那种浓情蜜意后纠缠出来的气味儿。啊，他是清高人，他嫌她埋汰了，狗男人，事前事后判若两人！

她侧躺着，难过之余眼泪流了下来，可还没等泪流到鼻尖，便感觉温热的帕子覆上来，他摸索着给她擦了擦脸。然后手巾又换了一面，仔仔细细替她擦拭胳膊和胸背，中途又去绞了一回，回来放轻了手脚替她擦净腿心儿，那种体贴入微，又让她狠狠唾弃起自己的小人之心来。

哥哥果然不像一般男人，他心细如发，知道怎么才能安抚她，怎么才能让她更舒坦点儿。巾帕所过之处，留下了一片清爽的轨迹，他轻声说："身上沾了汗不舒服，这样会好些，睡吧。"

月徊撑身坐了起来："哥哥，你不走吧？"

灯影下他眼睫乌浓，就着光给她抿了抿头："不走，我会守着你的。"

月徊嘴一瓢，感动非常："你不怕少监他们说嘴？"

他笑了："怕什么？他们敢在背后议论，我就叫他们永远说不出话来。况且咱们同睡也不是一夜两夜，他们早就见怪不怪了。"他轻轻推了她一下，"躺下，不累吗？"

月徊仰在枕上，朦胧间看他用她用剩的水擦洗自己，心道梁掌印这是彻底从天上掉进泥沼里了。往常他那么考究，几时也不能和人共用一盆水，自己这回糟蹋了他，把个神仙拖累成了庄稼汉，真是罪大恶极。

她说："哥哥，你快回来。"

于是他趿着鞋过来，上床在她身边重新躺下。

热血冷却，他身上清凉，月徊把滚烫的脚底板踩在他腿上，抱着他的胳膊说："你往后要继续清高着，不许用我用剩的水，也不许吃我吃剩的东西。"

他失笑："怎么了？你嫌我？"

她把脸偎在他肩头："我怕自己毁了你的道体，撵走了你的仙气。"

他越发觉得她犯傻，捏了捏她的脸颊："被我收拾糊涂了？"

这上头月徊绝对寸步不让："不是你收拾我，是我收拾你。你再聒噪，看我不吸干你。"

他嗤笑起来，倒没有打蛇随棍上，只道："吸干我有的是时候，不是今晚。今儿要好好将养，我看你伤着了，再混来，明儿就不能下地了。"

哦，那这个很要紧，虽说少监们对掌印铁树开花已经心照不宣，但毕竟不知道他有真材实料，明儿她要是一瘸一拐，事迹可就败露了。

于是小鸟依人地靠在他怀里，哥哥的肌理带着清香，大约是香料用久了，深入骨髓吧！月徊闭上眼，刚才那份颠荡还在脑子里回响，身上也留着先前的记忆。她现在真没什么想头了，就觉得老天爷待她不薄，她那些不能拿到明面上来的小心思都成真了。小四说十八岁以后再嫁不掉，就得给人做奶妈子，这回她用不着着急了，反正她有人了。

就这样，满脑子嘎七马八的东西，累透了便睡着了。夜里半梦半醒的时候也不忘摸摸他在不在身边，往后这要是养成了习惯，没他也不成了。

梁遇睡得浅，她一有动静他就惊醒，然后那手从上到下一顿薅，他被她闹得心浮气躁，却又无可奈何。这一夜不得好眠，天蒙蒙亮的时候他便醒了，窗口上刚泛起一点白，上夜的灯笼也还在檐下摇曳。他支起身看她的脸，看了又看，最后在她额上亲一下，打算起身，回自己的卧房去。

结果正要下床，她却缠住了他的腿："说话不算话，你说会守着我的。"

他嗯了声："守了你一夜，这会儿天要亮了。"

她不由分说，饿虎扑羊般把他扑倒，那手脚就如船上那只八爪鱼一样，紧紧缠裹住他，把脑袋抵在他胸前，闷声道："你说，和我做这事高不高兴？"

他赧然一笑，伸出手揽她："自然高兴。"说着凑到她耳边低喃，"这是世上顶叫我高兴的事，月徊也是世上最撩人的姑娘。"

她听了抬眼看他，窗口那熹微的小格子倒在她眸底，她的眼睛干净如清泉。

可是这眼底，又好像藏着委屈："会不会我把自己交代了，你就觉得不稀奇了？你会像汪轸一样置一所大宅子，里头装满各式各样的姑娘吗？"

怎么会呢？也许这是女孩子事后忐忑的小心思，他说："我这样的身份，是个能养一窝姑娘的人吗？你别胡思乱想，咱们和别人不一样，我能得一个你，已经是上天的恩赐了，不敢有别的妄想。"

月徊长出了一口气，细细的臂膀搂住他的脖颈，那曼妙的身段紧贴他，其实她不知道，他得调动所有的自制力，才能保证不再动她。他在司礼监这些年，经手了太多宫人初夜侍寝，女人的苦楚他瞧在眼里。忍着不碰她是在保护她，可惜这傻丫头，好像并不明白他的苦心。

她扭了扭腰，他牙都酸了，蹙眉道："你想干什么？"

她鼓着腮帮子，勉强憋住了笑："我瞧瞧哥哥，还能不能行。"

一切的坚持终于白费了，如倦鸟归巢，他还是去了该去的去处。她有拼死吃河豚的勇气，他怎么能不配合她，怎么能不得了便宜还卖乖。

他吻她耳畔："我不想……"

月徊一番龇牙咧嘴过后，终于长出了一口气："不想还这样？"

身子果然比嘴诚实，他无害地轻笑，扶摇下降，池浅而舟大，水击三千无休无止。只是天将亮，他也担心动静太大惹得人注意，便越发缓和坚定。三月聚粮，四月缓缴，腾跃数仞终于静止，静水深流，徐徐流进了她心坎里。

又是一身大汗，他的头发都湿了，一绺垂落下来，居高临下地看着她，缱绻道："今儿要动身往雷州，我看你乏累得很，就挪到明儿吧。"

月徊有苦说不出，又不愿意招他笑话，便硬着头皮说："我不累，定好的行程不能改，改了叫人起疑。况且红罗党也没收拾干净，留在这里我老觉得不安全。"边说边翻起身来，"我这就收拾……"

然而那处火辣辣的，她怨怼地瞧了他一眼："你是驴吗！"

梁遇面露尴尬："我说了不想的……"

嘴上说不想，起落起来比谁都卖命。月徊嘟囔着说："你回去吧，我洗漱完了就随你们动身。"

梁遇就这么给赶了出去，抱着衣裳回卧房的当口，半道上遇见了杨愚鲁。杨愚鲁是个知情识趣的，垂手道："老祖宗知会一声就是了，何必自己送洗衣裳。"说罢上来接手。

梁遇神色如常，慢慢踱着步子，踱回屋去了。

第二十六章 未及消寒

后来果真没有耽误行程,当日从瓶隐山房撤出来,就整顿了人马前往广海卫码头。

杨鹤率领两广官员前来送行,和上回不同,这回每个人脸上都带着敬畏。梁遇一身锦衣立在长堤上,身后是浩渺江海,他摇着扇子谈笑自若:"经年的硕鼠被扑杀,两广终于重见天日了。愿诸位大人恪尽职守,协助杨总镇,等咱家回京面见了皇上,再议官员任免事宜。贪官跑不了,清官也别怕被埋没,身上有烂账的,趁着这会儿还没发落将功补过吧。刮来的民脂民膏都还给百姓,千万别想着钻空子,要是再打什么坏主意,叶震可就是榜样。"

那些沿海的官员,没有几个是清廉的,当初乘着叶震的东风欺压蜑民,彼时谁能想到叶震会倒台,京里会来人整顿吏治!梁遇这么一说,个个提心吊胆长揖下去,待看着那一双又一双描金的方口官靴从眼前经过,直到人都上了船,才谨慎地直起身来。

钦差的船队起航了,绵长的螺声响起,几十名船工一字排开,毛竹撑得福船离港。直到船队行至开阔水域,方扬起风帆,一行往西南去了。

这一路上又接了朝中消息,皇帝亲笔写信,催促大伴早日返京。

"皇上信中没有写明,实则是对政务力不从心了。因着原先身子就不好,日夜理政加上后宫痴缠,龙体便一日不如一日。"杨愚鲁道,"依着老祖宗看,咱们几时返京为好?"

梁遇坐在案后闭目养神，手里菩提慢慢数着，隔了良久才道："行程不改，等珠池采收了一轮，咱们再回京不迟。"

他是在以他的方式成全月徊的心愿，男人啊，到了这时候都一样，早前周幽王烽火戏诸侯，不也是叫女人弄得五迷六道，忘乎所以吗？

从广海卫到雷州，又花了十来日，远远看见前方有沙袋垒起来的堤坝，就知道珠池近在眼前了。

派出去的水师比他们的船队先到一步，那些监管珠池的官员已经听闻了总督伏法的事儿，纷纷噤若寒蝉。这招杀鸡儆猴是一劳永逸的妙方儿，后来珠工采收，水面到处都是监看的哨船，采上来的珠蚌足有盆儿大。

月徊作为总管事，戴着草帽穿着曳撒，在珠池和福船之间来回奔波。进舱房的时候带来一身腥气，把个巨大的珠蚌放到他眼前，说："哥哥，你看，这里头是最好的南珠。往年涠洲连年有珠盗，今年水师日夜巡航，那些倭寇海盗就不敢来了。我开个蚌给你看……"

她熟练地拿刀将两头一剐，把刀嵌进蚌壳里，壳被撬开了，随手一挤，便挤出一颗麻雀蛋大小的南珠来。

"西珠不如东珠，东珠不如南珠。哥哥，那些官员送进京孝敬你的，还不是最好成色的，可见这地方管事的官员有多贪。"

梁遇看着这浑圆炫目的珍珠，到底长叹了口气："早听说雷州、合浦珠池官员贿私狼藉，如今看来真是触目惊心。这珠池还是得长期有人看管，每年采收时节，朝廷也要派遣专人过来监察。咱们瞧过了，心里有了底，余下的交给别人代管，咱们这就回京吧。"

月徊不明所以，这两天开蚌正开得高兴，怎么忽然要回京了，便问："为什么？"

梁遇郁郁道："皇上因贵妃和皇后闹得不可开交，再不回去，宫里头要摁不住了。倘或皇上废后扶持贵妃，那这大邺王朝用不了多久就得姓宇文，我不能眼睁睁看着一手扶植的皇权，被个女人弄得土崩瓦解。"

那厢皇帝终于接了梁遇的书信，说船队已然动身回京，几个月来悬着的心，终于落地了。

人在没有经历过挫折之前，总以为自己能耐无边，有三头六臂，纵是无人扶持也可以披荆斩棘。结果梁遇走了四五个月，天慢慢凉下来，皇帝那一腔热血也渐次变凉，试过之后才知道这朝堂内外有那么多的不顺心。以往梁遇替他挡着，他以为政务不过如此。后来他一个人站在暴风雨里,迎面的雨点子打得他睁不开眼,无处躲闪,他才懂得,就算是皇帝,独拳打虎也是痴心妄想。

这王朝立世已经一百多年,一百多年的痼疾像铁水融化又凝固,凭他用尽全力也掰不动。也许是自己太年轻了,也许再过两年才能有足够的底气来面对那些咄咄逼人的内阁大臣,但目下,梁遇缺之不可。

毕云的话里也透着喜兴,为主子终于不必那么艰辛而暗自高兴:"掌印大人一去好几个月,宫里没了他老人家坐镇,底下那些人都懒出蛆来了。如今可好,掌印要回来了,看谁还敢不听差遣,内阁的人还敢和主子叫板!"

皇帝面前放着打开的题本,在接了梁遇的手书之后,那些蝇头小楷便让他眼睛疼头疼,他是一个字都不想多看了,抬手把题本合了起来。

"他这一去是太久了,朕的信应该早就到了,不知他怎么现在才动身。"话里话外有些不耐烦,嗔怪梁遇回来得晚。

毕云忙打圆场,抱着拂尘道:"出门在外,许多变故不由人说了算。像掌印南下这趟,又是瑶民又是红罗党,再加上个总督作梗,能在这么短的时间内平定两广,已然是借着主子的威严了。主子想,两广那么多的乱子,掌印这会儿回来,怕是也没能完全料理干净手上的差事。掌印的脾气您是知道的,那么滴水不漏的,叫他中途回京,怕又得两头牵挂着呢。"

皇帝听毕云这么说才略感宽慰:"大伴心系社稷,朕都知道。这回他辛苦了,回来也要论功行赏才好。"说完了,因心情大好,几日不开的胃口霍然有了食欲,命点心局上了些小食,一个人坐在排云殿里,就着奶茶慢慢吃了一碟子。

待皇帝丢手,毕云方领人收好食盒退到殿外,出门正遇见贵妃从东边廊庑上过来。今天的贵妃穿着银红团花纹十样锦褙子,高高挽着头发,发间簪一套赤金楼阁簪子,与平时的素净不同,明艳得惊人,含笑问毕云:"听说梁掌印要回来了?几时能入京?"

毕云哈着腰道:"回贵妃娘娘,才动身不久呢,路上少说也得两三个月。"

贵妃哦了声:"掌印大人的妹子很得皇上喜欢,这趟回来,八成要留在宫里了吧?"

后宫是女人的战场,毕云知道在一个女人面前谈及另一个女人的好,是件很危险的事,便斟酌道:"掌印大人的妹子,早前在宫里伺候皇上梳头,皇上因瞧着掌印的面子,确实看重她些。"

"可不是嘛,我听说两个人还一块儿上什刹海滑过冰,上前门大街吃过爆肚。"她说着笑了笑,毫无吃味的意思,只是感慨着,"真没想到,皇上那么金贵的人，还上平民百姓取乐的地方去……"

毕云唯恐又惹出什么祸事来，忙笑着敷衍："主子鲜少出宫，这些年也就出了这么一回，自然对民间事儿好奇些。月徊姑娘又是民间长大的，那些吃的玩的她都知道……"

"你们京城里的人管这个叫什么？胡同串子？"贵妃饶有兴趣地问。

"呃……"毕云顿了下道，"算是吧，不过这词儿带着那么一点儿贬义，一般不这么说。"

管他怎么说，贵妃闲闲地摆了摆手，打发毕云去了，自己在排云殿前徘徊了好久。

关于那个梁月徊，她在船上见过，清清朗朗的姑娘，长得很美，但还不足以惑乱君心，就算回来了也难以对她形成威胁。会妨碍她前行的人，应该是梁遇，要不是他这阵子不在京里，她哪能调唆得皇帝搬到西海子避暑，哪能让皇后诸多怨言，令帝后反目！眼下他要回来了，两个月……时间很紧，但也足够赶在他抵京之前，办成那么一两桩小事儿了。

她回头朝排云殿望了一眼，天儿已经转凉，皇帝预备搬回紫禁城去了。西海子虽也规矩重，但园囿不是皇城，守备方面并没有紫禁城那么森严。她一向不喜欢那个大笼子，进去便有种暗无天日的感觉，不像在西海子，要见个人，说两句话，不过顺嘴一吩咐的买卖。

低头理理胸口蝴蝶佩下悬挂的穗子，看见这满身锦绣，其实应该知足的。大邺开国以来，还没有过这么年轻就封贵妃的官眷呢，自己算是开天辟地头一份儿。可这又不是自己想要的，荣华富贵，她在南苑时早就享尽了，如果能跟着西洲，带些细软离开这里该多好！可惜她心里也知道，这是绝无可能的。西洲对梁家兄妹忠诚，思前想后唯恐牵连他们，以至于第三回再让他进来相见，他死活都不愿意。自己呢，身上背负着整个南苑，就此撂下一切，便是背弃了整个家族。

可他不肯见她，她气恼、焦急、五内俱焚，那种欲见见不着的难受，比应付皇帝痛苦一万倍。眼下终是逼到了这个份儿上，梁遇要回来了。那太岁霸揽得宽，可以预见两个月后的京城又是另一种井然的光景，有什么执念就要趁现在去办，否则便没有机会了。

她长出了口气，重新收拾心情，换上个笑脸走进凉风殿里。皇帝正坐在榻上看书，她像只蝴蝶翩然而至："主子，今儿又是十五了。"

初一十五皇帝必须留宿皇后寝宫，这是老祖宗留下的规矩，即便皇帝后来对皇后失去了兴趣，这个规矩也不曾打破过。

皇帝眉眼间浮起一点倦色来："怎么又到十五了……"

贵妃眨了眨狡黠的眼睛，搂着皇帝的胳膊道："那今儿夜里，主子就称病叫去吧。"

皇帝说："就算病着，也得歇在皇后宫里。"

贵妃脸上不是颜色："皇后可人意儿，一定会把皇上伺候得妥妥帖帖的。"

她的酸言酸语很有那种味道，皇帝听得喜欢，忙把她搂在怀里安慰："皇后无趣，像个木头人，你又不是不知道。朕原不想去的，可大伴要回来了，倘或一直冷落皇后，少不得有人背后多嘴。"

贵妃把脸拉得八丈长："大伴、大伴……我竟不知道，究竟您是皇帝，还是梁遇是皇帝……"

皇帝果然不悦起来，喝了声贵妃，把她喝得噤住了口。

美人惶恐的样子都是美的，贵妃怯怯地瞪着大眼睛望着他，皇帝的震怒便如抽丝一般，瞬间消失得一干二净。叱完了还得重新揽进怀里安抚，和声说："朕知道你不愿意让朕在皇后寝宫过夜，可这是祖宗定下的规矩，朕也不能违抗。"

贵妃满脸委屈，朝外看了一眼："夜里要变天，我一个人有点儿怕……"

皇帝慢慢抚着那单薄的脊背："若是怕，就多叫几个人上夜，明儿一早朕就回来了。"

于是贵妃便不说话了，温驯地偎在皇帝怀里。皇帝徐徐抚慰她，她像只猫，受用地闭上了眼睛。

将要入夜了，天上半点星月也无。内侍预备好了仪仗接皇帝回宫，皇帝登上龙辇，贵妃在底下依依不舍地牵住了他的手。

"明儿一早就回来，啊？"

宫灯柔软的光照亮她精致的眉眼，皇帝垂手抚了抚她的脸颊。她有时候有些像月徊，大概因为年轻，总有一股子天真烂漫的气象。月徊……他心里念的还是她。也不知道她南下一趟长了见闻，又会带回多少有趣的事迹。他喜欢听她说话的语调，喜欢看她眉飞色舞的样子。她一去几个月，他甚是想念她，可她要是回来，他又觉得没脸面对她了。

皇帝收回手，轻叹了口气："走吧。"

御前总管高唱一声"起驾"，抬辇沿着长堤，一路往大宫门上去了。

贵妃目送着灯笼组成的长龙渐渐走远，回头瞧了贴身伺候的嬷嬷一眼。嬷嬷扬手一比,把人都遣散了,上前将个小纸包放进她手里:"主儿,已经预备妥当了。"

贵妃领首,接过宫人送来的斗篷披上。天顶传来隆隆的雷声,她仰头看看,再晚点儿,恐怕要走在雨里了。

小四在升作小旗之后,由曾鲸安排着,置办了自己的府邸。

总住在值房里终归不像话,提督府住着又不沾不靠的,爷们儿家还是得自己单门独户地过,将来娶一房媳妇,也好正经过日子。

他的宅子不算大,但绝不寒酸,三进的院子,还安排了几个粗使的仆从,见了他四爷长四爷短的,伺候起来一点不含糊。小四的日子过得很简单,有差事的时候跟着出差事,平时在衙门里办公学本事。到了下值的时候,该值夜就值夜,排不着班儿就回家睡觉。不像别的番子喝花酒欺负人胡天胡地,他算是东厂里头难得的异类,把这原该黑心肝的职务,干出了散淡平和的滋味儿。

这天还是照常下值,一个总旗过生日,他随了份礼,喝了几杯酒,没耽搁多少工夫就从醉仙楼辞了出来。他的宅邸置办在新鲜胡同,穿过苦水井就到了,连马都用不着骑。

像平常一样,进门管事的就迎了上来,不过这回不是叫声爷,迎进去了事,而是朝门内递了个眼色:"咱们家来客了。"

小四一头雾水:"什么客?"

管事的说:"是位女客。"

他一听便一激灵,边走边喃喃:"是不是月姐回来了……"

匆匆赶到院子里,老远就看见上房有个人影绕室游走,那穿着打扮挺华贵,很像发迹后的月徊,头上还带着繁复的首饰。

他兴冲冲跑进去,叫了声月姐,问:"什么时候回来的?"

背对着他的人回过身来,一张如花的笑脸,打趣说:"我不是你的月姐。不过你要是愿意管我叫姐姐,我也准了。"

来人并不是月徊,小四见是珍熹,不由得大吃一惊:"格格,怎么是你?"

他到现在还是管她叫"格格",也算对往昔岁月固执的怀念吧!

珍熹上前来,含笑牵住他的手:"我想你了,请你你又不来,只好我亲自登门找你。"

贵妃夜会男人,这是怎样的罪过,要是闹起来可了不得。小四往后退了两步:"你不能随意外出,万一泄露出去还活不活?"

珍熹却说:"放心,今儿是十五,皇上得进宫陪皇后过夜,这会子且顾不上我。"她又欺近他，嗅见他身上酒香，"你喝酒了？"

小四嗯了声："今儿有个同僚做寿，我过去喝了两杯。"

珍熹笑起来，男人长大好像就是一霎的事。早前他来金陵接她，还是个少年意气的傻小子，如今已然能在同僚中周旋，能以男人的方式结交朋友了。

"你以后成了家，八成是个顾家的男人。"她轻声说，探过去紧紧握住了他的手。

小四一惊，想要挣开，她有些失望的样子："你是不是嫌我脏了？"

小四说："你如今是贵妃……"

"什么贵妃，"她仰着脸说，"我心里只有你，你又不是不知道。"

男女之间那种微妙的感情是可以通过一言一行甚至一个眼神体现出来的，小四都明白。她在皇帝身边，简直一天都忍不下去，其实皇帝倒也没有那么不堪，但她有了比较，就算小四无权无势什么都不是，在她心里也依旧无人能及。

小四尴尬不已，为难道："咱们早就说好的，你我不是一路人。我只能陪你一阵子，往后的路要你自己走。"

她听了，眼中莹莹有泪："我有时候真恨自己生了宇文家，如果我只是个胡同里的穷姑娘，我就能嫁给你，和你生儿育女，过普通人的日子了。"

然而这辈子没有"如果"，小四还是挣开了她："只要你过得好，我没什么遗憾的。你本来就是天上的星星，我偶然瞧上一眼就足意儿了，不能想着把你摘下来。"他辛酸地笑了笑，声调矮下去，像在自言自语。半晌吸了口气转过身，伸手去倒桌上的茶水。

珍熹从他手里接过了茶壶，温声说："你坐下，我来。"一面斟茶，一面道，"咱们之间的缘分，兴许就到此为止了，可我总是不甘心，总还存着一点念想……难道你对我就没有一点留恋吗？我也不敢奢望什么，只希望在想你的时候，能让我见你一面。"

她端着茶水过来，把杯子放进他手里，一双眼眸含情脉脉地望向他，那光华万千的金圈儿里像是有另一个世界，紧紧地网住了他。

大多数时候，小四不敢看她的眼睛，那是双妖瞳，看久了会让人迷失本性。他只得掉转开视线，端起茶盏喝了两口，然而今天的茶水好像也和往日不同，不知是不是她亲手端来的缘故，竟然能咂出一丝甜意。他暗暗叹了口气，人生中的第一段情，最终会走向死局。现在年轻，做什么都由着性子，等将来年纪稍长，再回过头来看，这段岁月还剩下什么？年少无知的轻狂，和不知深浅的试探罢了。

"以后不要再来了。"他放下茶盏道,"趁着没被人发现,我送你回西海子。"

珍熹说不,外面下起雨来,秋老虎的雷声依旧有威势,闪电划破长空,照得她脸上清白一片。她微微瑟缩了下:"我怕打雷,回去也是一个人,就让我多留一会儿吧。"

小四没有办法,硬把人推到雨里总不大好,他只有默认了,慢慢退坐到圈椅里,涩然看了她一眼:"你也坐吧。"

明明已经立秋了,今夜好像格外热,颧骨隐隐发烫,身上也起了一层汗。他抬起手,不自在地松了松领扣。

那些细微的动作全落进了珍熹眼里,她如同品画般,撑着脸颊打量他。

他穿一身竹叶青羽绉面的直裰,因生得白净,少年人干净纯粹的气韵玉竹般高洁。其实要论年纪,他和皇帝差不了多少,但九五之尊的见多识广,让皇帝早早便褪了青涩,像个老道的情场高手。她曾经盼着从皇帝的脸上发现一丝羞赧,只要他还有这种表情,她也不会那样抵触他。可惜,早就识得情滋味的人,是懒于装出那种纯质来的。

西洲就不同,她对着他笑,在他面前献舞的时候,他的视线常不知该如何安放。就因为这个,她知道自己是走进他心里去的,他和皇帝大不一样。

他逐渐气息急促,如坐针毡,搁在圈椅把手上的手,下意识地挪到了膝上。

珍熹见状站起来,轻移莲步到他面前:"西洲,你好像很热啊?"

外面雷声阵阵,那褙子的一角正好拂在他手背上,轻柔的触感吸引住了他全部的注意力。她缓缓蹲踞下来,仰着那张美丽的脸,指尖如灵蛇一般,攀上了他的手腕。

若即若离的抚触,从袖口一直往上延伸,他禁不住轻轻颤抖。明知道不应该的,明明应该推开她的,可面对她的脸,他却狠不下这份心肠。

后来便飘飘然不知所以了,身体里像藏着一只兽,左奔右突寻找突破的方向。她在他身下时,他几欲发狂,拘着她不知应该拿她怎么办。还是她温柔引领,终也是不得法,还未入门就出了洋相。正懊丧的时候听得她一声笑,贴在他耳边说:"不要紧,再来……"

今夕何夕,何以至此,他全不知道了,满世界都是珍熹。那点克制再三的情愫,在这雨夜里灰飞烟灭,他甚至不知道一切是怎么开始的。

迷乱的时候听见她的饮泣,她泪眼迷蒙地捧住他的脸:"西洲,我到今儿,才觉得自己像个活人……"

他听了,放低身子和她相拥,珍熹的眼泪从眼尾源源流出来,好像总也流不完。

她并不想哭，不过是来和他借样东西罢了，弄得这样柔肠寸断做什么！可她好像控制不住自己，和皇帝做这种事的时候，她想的就是他。如今果然是他，她觉得此生没有什么遗憾了，能和自己喜欢的男人春风一度，这辈子也算没有白活。

只是不知道，他清醒后会不会怨怪她。就算怨也无可挽回了，人生苦短，及时行乐要紧。她又浮起了笑，一双玉臂紧紧搂住他的脖颈，像溺水的人找到了浮木，在一片滔天的喜悦里追问他："西洲，你爱我吗？"

谁能拒绝一个惊为天人的姑娘，加上药力的作用，他把她颠来倒去地盘弄，咬着槽牙说："爱，打从第一眼见到你起，无时无刻……"

这就足了。

她满心欢喜地迎接他，原来和喜欢的人一起，有那么多有趣的新发现。

外面雷声隆隆，一声急似一声，待激烈到了顶点再渐渐趋于平缓。他没有离开，覆在她身上急切地呼吸，带着少年人的孤勇。她搂住他，吻了吻他的脸颊，轻声说："西洲，我要给你生个儿子，让你的儿子做皇帝。"

那药弄得人七荤八素找不着北，她的声音后来就如隔着一层水幕，嗡嗡的，听不真切。等醒来的时候人已经不在了，珍熹像个残梦，零碎地散落在他记忆的每个角落。他头痛欲裂，撑身坐起来看，只有凌乱的床铺，证明她昨晚真的来过。

后来的两日，心里一直七上八下，他去提督府问曹甸生，曹甸生说："督主没有传信儿回来，究竟什么时候返京，还不知道。"

隔天又借进司礼监问了曾鲸，曾鲸说："快了，也就两三个月吧。"边说边瞧他面色，"小四，你遇上什么不顺心的事儿了吗？"

小四忙说没有，勉强笑道："我是想月姐了，盼着她早点儿回来。"

到了这个时候，才知道舍哥儿的难处，他没有一个能说心里话的人，只有月徊。可月徊又不在，还得等上那么长时候……他丧魂落魄地返回东厂，半道上怨恨自己管不住下身，气得狠狠抽了自己两耳刮子，蹲在地上不住地气哽抽噎。

后来下值回家，经过一条狭窄的胡同，迎面走来个人。这人远远看着就邪性，穿着市井百姓的衣裳，脚上蹬的却是官靴。他自留了份心眼儿，擦肩而过时把手搁在了刀把上。果然噌的一声响，对方忽然举剑刺来，他忙拔刀招架，可他毕竟才进东厂半年，论身手压根敌不过那个招招欲取他性命的人。

他料着这回要折在这里了，没想到在他疲于应对的时候，几个番子从天而降击退了那人。

小四从刀口上捡回了一条命，惊魂未定，番子们开始琢磨："看剑法不像咱们这条道儿上的……四爷，你到底得罪谁了？"

那厢司礼监里，奉御进来回话，说派出去的人赶到及时，傅小旗被救下了。

曾鲸长出了一口气："他的脑袋被惦记上了，这程子着人仔细关照他，要是出了岔子，老祖宗回来怪罪，咱们吃罪不起。"

奉御道是，顿了顿又问："这事儿……老祖宗一早就料到了，为什么事先不阻止？"曾鲸没应他。

贵妃的那点小九九怎么能同掌印相比，昨儿出的那事，也是斟酌再三后任其发生的。宇文家呢，其实并不愿意贵妃和那小小番役有牵扯，只是将在外，君命有所不受，事出了没法子，唯有尽力挽回，这才派人暗杀小四。掌印的顺水推舟还是为削藩，宇文贵妃最后真要是捅了大娄子，南苑王府想独善其身，自是不能够了。

所以就得保住小四，至少暂且来说，还没到他死的时候。眼下的较量全在暗中进行，无凭无据不能惊动皇上，他们要做的就是稳住局面，一切等掌印回京后再做定夺。

接下来宫中岁月依旧静好，和贵妃躲在西海子避世的皇帝，终于择了个良辰吉日回宫了。按着柳顺的话说："皇上跟孩子似的，趁着老祖宗不在松快两日，眼瞧着人要回来，赶紧回归本位，老祖宗也不能说什么。"

不过宫里女人多了确实麻烦，皇后和贵妃不对付，其他主儿煽风点火等着看好戏。贵妃倒也不和她们一般见识，原先那么骄矜的脾气，慢慢变得沉稳起来，除非寻衅的登门，否则她就在她的承乾宫里作养着，两个月过去，人还略微圆润了点儿。

不过皇帝的身子好像更不如以前了，入了十月，天儿微微有些凉，早晚咳嗽得越发厉害，有时候痰里带点儿血丝，咳过之后面色也蜡黄。

"别不是痨病吧！"贵妃常在跟前伺候，待皇帝歇下后退出来，和带进宫的嬷嬷悄悄商量。

嬷嬷忖了忖道："真要是这个病症，太医档也不会如实记档。您往后留神点儿，没的过了病气，伤了自己的身子。"

贵妃叠着两手，叹了口气道："越是这种病的人，那上头就越要，哪里能躲得过！只恨肚子还没动静，要是能怀上，就有了正大光明的借口。"

不过也不是没辙，还有称病这一宗。嬷嬷过乾清宫回禀，说贵妃精神头儿不济，整天恹恹的。皇帝略好些了来看她，确实是一副病西施模样，清汤寡水披散着头发，唇色发白。勉强打起精神来应付，一番颠鸾倒凤后，偎在皇帝怀里嘤嘤啜泣："我怕是不成就了,也不知道还能活多久。"

皇帝不明白她怎么忽然说这话,忙温声安抚："想是变天的缘故,你自小在江南长大,不能适应北方的气候,哪里就要死要活的。"

贵妃却摇头："皇上不明白,您越爱重我,我在这宫里就越不受待见。那天我去御花园,走在夹道里听见隔墙有人咒骂我,说南蛮子缠着皇上,三宫六院全成了摆设,咒我失宠早死,说这么着皇后才有个皇后的样儿。我自己细想想,眼下不明不白病了,太医又瞧不出所以然来,这病势来得怕不简单。"

皇帝听后皱眉："这是谁在嚼舌根!"

贵妃苦笑了下："我招人恨,自己知道。所以回宫后做小伏低,不敢肆意张扬,也是不愿意叫主子为难。她们咒我死,我倒不怕死,只是放不下主子,好歹咱们恩爱一场……"

那细洁的柔荑温柔捧住皇帝的头,皇帝在她怀里,她扬起脖子,轻轻"啊"了声。

皇帝受用完了,说："你放心,朕一定找出那两个咒骂你的人,给你个说法儿。"

后来便大动干戈,阖宫排查,最后矛头直指向谁,不用问也知道,必是皇后无疑。

皇后百口莫辩,白着脸喃喃："皇上,您怎么成了这样……怎么成了这样……"

皇帝雷霆震怒："朕怎么成了这样?是你怎么成了这样!当初说你饱读诗书,可堪母仪天下,结果怎么样?你善妒不容人,自打贵妃进宫,你在朕跟前念秧儿念了多少回,朕的耳朵都快起茧子了!"

皇后红着眼说："我那都是为着大邺,为着您的身子!您还知道自己是谁吗?见天儿和她滚在一处,再这么下去命还要不要!"

皇帝气得浑身打哆嗦："朕的身子,朕自己知道。"

皇后也是寸步不让,冷笑着说："色令智昏,您眼下还做得了自己的主吗?"

贵妃站在交泰殿的月台上往后看,看着皇帝愤然而出,看着坤宁宫的殿门大白天轰然阖上。皇后被禁足了,全天下都知道皇帝独爱宇文贵妃,为了她,就算废后也不在话下。

这个消息很快就传进了梁遇耳朵里,那时福船已经进了大沽口,月徊在边上啧啧："男人靠不住,当了皇帝的男人更靠不住。当初是他自己挑中了徐太傅的孙女,这会儿可好,为个贵妃,把皇后给圈禁起来了。"

她老是这样,经常感慨着,忘了哥哥也是男人,不小心就把他也给骂进去了。好在梁遇并不计较,至多乜她一眼："天底下男人都招你了?"

月徊忙龇牙打圆场："我是说有些男人。"

他微微撇了下唇角以示不满，隔了好一会儿，才蹙着眉头道："这趟回去处置宫里的事儿，小四是个难题。"

月徊扭头看向他："小四……怎么了？"

那件事他一直没和她提起，因为里头多少存着算计，月徊又那么顾念小四，到最后小四要填窟窿，恐怕她不能答应。

可如今就要进京了，这事瞒不住，该让她知道里头的原委。不过不能一股脑儿全倒出来，便避重就轻地告诉她："贵妃为早生皇子，给小四下了药。宇文家得知后，派人杀小四灭口，被番子拦阻了。我本不想让你担心的，可事到如今该让你有个准备，倘或这事儿没有后话，过去也就过去了；万一有后话……小四这回，恐怕保不住了。"

月徊霍地站起来，腿上的椰子滚落，椰汁洒了一地："你说什么？"

梁遇垂着眼道："这也是不得已，他逃不开这孽债，只有死路一条。"

月徊半天回不过神来，左思右想没了主意："那还有救没有？"

他平静地告诉她："南苑野心勃勃，这事儿不光我知道，皇上也知道。别瞧皇上被迷得找不着北，以我对他的了解，他未必会到这地步……"

"你的意思是……皇上在捧杀贵妃？"月徊那不甚灵便的脑子终于运转起来，惊惶地瞪着梁遇道，"捧得连戴绿头巾也不当回事儿？这皇上，可真不是一般人！"

皇帝和以往那些顺利继位的皇子不一样，在他克承大统之前，曾经经历过很长一段不受待见的年月。

别人都有娘，他没有。岁末大宴上，有子的嫔妃们想尽办法让自己的儿子露脸，只有他，孤零零一个人坐在最不起眼的角落里，眼巴巴看着先帝称赞他的那些兄弟。

他曾经对梁遇说："大伴，我最讨厌过年。帝王家不讲究亲情，为什么他们还要聚在一起，装得很高兴的样子？"

那时候他才六七岁光景，年少聪慧，能够很敏锐地感觉出别人对他的喜恶。

梁遇牵着他的手，慢慢走在幽深的夹道里，告诉他："帝王家维持表面和睦的法宝，就是装。装得久了，别人就会信以为真。"

大邺素有皇子封王的习惯，他的楚王封得坎坷，先帝几乎已经把他给忘了。还是梁遇想尽办法探出了先帝的行程，安排他和先帝说上了两句话。事后他抱着梁遇大哭:"世上只有大伴想着我,将来我一定不会忘了大伴。"

多少的筹谋算计、步步为营,才有了今天的成就。皇帝在政务方面确实尚不能独当一面,但江山来之不易,这点他不会忘记。

梁遇曾和他提过削藩的事儿,当时他即位不久,多有顾虑,并未明确应允,但这件事未必不在他心上。人性从来不是非黑即白的,他对贵妃的喜欢是真的,想利用贵妃打压南苑,也是真的。

不要小看一个从尘埃里爬上来的皇帝,身上那份忍辱负重的韧性。让梁遇忌惮的也正是隐而不发背后,隐藏的机锋和君心难测。

月徊着急的是小四的生死,要是他真有个好歹,那她就得后悔一辈子。

"早知如此,当初不给他找差事倒好了。"她哭丧着脸说,"没想到安排进东厂,和那个奸妃扯上了关系。我真不明白,她不是宇文家的人吗,宇文家在京城有的是门道,为什么偏欺负小四?我恨不得这就进京,把那个什么狗脚贵妃胖揍一顿,她是青楼粉头儿吗,还给爷们儿下药?宣扬出去,臊也臊得死她!"

月徊义愤填膺,把地上椰子踢得骨碌碌乱转。梁遇只得命小太监进来收拾,一面好言安抚她:"这一切暂且是我的推测,你也不必太过当真。船到桥头自然直,等回了京,再看看有什么法子转圜吧。"

月徊兴致低迷,想了想问:"贵妃进宫后不是受皇上独宠吗,怎么还要去借小四的……"她尴尬地说,"小四那么点儿的孩子,毛还没长全呢。"听得梁遇大摇其头。

"谁说那个年纪不成?"她有时候就是个二愣子,自己也有了男人,但好像对其中学问还是一知半解。

月徊迟疑了下:"就算成,怎么知道生出来的一定是男孩儿?"

他叹了口气,拉她坐下:"你也知道南苑王在京城势力不小,司礼监管束宫人再严,也有疏于防范的时候。重赏之下必有勇夫,只要银子使到家,还怕生的不是儿子?"

月徊突然蹦出个黑心肝的想法来,凑在他耳边压声说:"咱们要是生一个,贵妃换男孩儿的时候换进宫去,没准儿将来还能捞个皇帝当当。"说完又呀的一声捂住了嘴,"我这心思又龌龊了。"

梁遇失笑:"没什么,谁还没点儿私心呢。只可惜时机凑不上,就算凑上了,贵妃的儿子也当不成皇帝。"

月徊问:"为什么?皇后要是无所出,可就数贵妃位分最高了。"

"你忘了,皇上还有一位大皇子。"他笑了笑,捋捋她的头发道,"你好好带大他,将来养儿子当了皇帝,一样孝敬你。"

月徊听了怅然一叹,朝外头瞥了眼,见舱房外没人,伸手在他屁股上摸了一把:"哥哥……"

可话还没说完,秦九安就冒冒失失闯进来,月徊那手没来得及收回,被他撞了个正着。

在秦九安眼里,掌印大人的一世英名算是毁得差不多了,梁遇却神色如常,淡然扫了他一眼:"京里又有奏报?"

秦九安简直佩服他那份岿然不动的气度,忙正了脸色道:"这两日承乾宫传召太医传召得频繁。据胡院使说,贵妃上月癸水未至,脉象上尚看不出端倪来,但大有遇喜的可能。"

梁遇看了月徊一眼,树欲静而风不止,他暂且不能确定皇帝对贵妃和小四的私情知不知情,但贵妃既然有孕,于自己这头来说,就有了五成打压南苑王府的把握。

他摆了摆手,让秦九安退下,踅身坐回圈椅里,一手慢慢摩挲着鼻梁,转头看向外面的无边水色。

月徊最怕他这样心思深沉的模样,微微眯着眼,眼睫交错难以窥破,不知他在盘算什么,是不是和小四有关。

她挨过去一些,蹲在他腿旁小声说:"哥哥,你帮我个忙,替我保住小四成吗?那孩子是我一手带大的,早前我们那么苦,我夜里冷,他整夜把我的脚抱在怀里捂着……我不能眼看着他出事儿,我是他姐姐啊!"

梁遇垂眼看她,她一副可怜巴巴的模样,他一向不喜欢她对那个捡来的小子太过重情,但攸关生死,她必定寸步不让。倘或现在起争执,除了让两个人闹生分,好像不会有其他结果。他仔细呵护着这份情,自然不能让月徊怨恨他。

于是拽她起来,圈她坐在自己膝头上:"这个不必你央求我,但凡我能力所及,一定想尽法子保全他。怕就怕事迹败露,贵妃把他招供出来,倘或到了那个地步,便真是连神仙也救不得他了。你是聪明人,一定明白我的意思,是不是?"

月徊茫然说:"贵妃不是喜欢他吗,怎么会把他招供出来?"

梁遇的手在她纤细的腰肢上慢慢轻抚:"喜欢?皇权当前,喜欢值几个钱?贵妃是带着宇文家百余年的憋屈进宫的,她头一件要做的就是稳固自己的地位。如今看来,皇上是有意隐瞒皇长子的行藏,如此贵妃才会急于诞育皇子,铤而走险。"

月徊越听越觉得完了:"那一切岂不是都在皇上掌握之中?"边说边侧目看他,"皇上真有你说的那样心机深沉?"

在她的记忆里，皇帝一直是那个和她并肩坐在冰床上咧嘴大笑的少年。她从他眼睛里发现过真诚，便觉得他不是那种为达目的不择手段的人。

梁遇却一笑："人的心机，并不是时时刻刻都深沉，得看面对的是谁。"他仰起脸，缱绻地望住她，"月徊，你就像一面镜子，站在你面前的人，能看见自己的倒影。谁也不愿意自己面目丑恶，皇上如此，我也是如此。"

月徊听了，发现哥哥恭维起人来真是高级。她嗫嚅了一下子，但很快又冷静下来，戒备地觑着他说："你别唬我，我就想知道小四怎么才能从这件事里脱身。"

梁遇却摇头："只要孩子落地，他就脱不了身。或者说……打从一开始，他就脱不了身了。"

月徊一口气泄到了脚后跟："那可怎么办……"思来想去，也许一切的症结都在皇帝身上。

不过梁遇眼下要操心的，不是京里那三个人如麻的闹剧，他只担心皇帝会不会继续要求月徊进宫。虽说他仗着哥哥的身份，多少能够阻挠这件事，但放到明面儿上来，难免会和皇帝闹得不愉快。

他心有旁骛，有一搭没一搭地抚触她的手。月徊扭过身来，裙子妨碍她跨坐，便撩起来，大剌剌地骑在他膝头。

"你在愁什么？"她和他额头相抵，"是不是愁我还得进宫当娘娘？"

他嗯了声："我是不是杞人忧天了？"

月徊大而化之一摆手："别愁，我自己的事儿，自己能解决。"

她通透不过，机灵不过，不像那些大家子出身的小姐，每走一步路都得有人替她安排好。她自己会闯，此路不通的时候，就算脑门上生犄角，也会开出一条属于她的道儿来。

第二十七章 梦断西洲

从大沽口进内陆,依旧在天津港口登岸,一行人打马扬鞭,差不多五六日光景就进京了。

梁遇回宫的那天天儿不大好,皇帝依旧亲自到神武门相迎。灰蒙蒙的天地间,长桥两掖站满了身着朱红色团领袍的内监,皇帝在门洞前翘首以待,终于见隔河一队人马过来,心上一喜,向前迎了两步。

梁遇下马匆匆过了护城河,将到皇帝跟前,便撩袍跪了下来:"臣梁遇,叩谒吾皇万岁。两广乱党俱已剿灭,臣幸不辱命,今日向主子交差了。"

皇帝一迭声说好,亲自上前把人搀了起来:"大伴一路辛苦,朕……"说着唇角微捺了下,复又浮起个笑,平了平心绪才道,"朕盼了你好久,这趟南下不易,总算平安归来了,可喜可贺。"

虽说人人都存着算计,但多年的情义是不能抹杀的。梁遇对皇帝的感情,某种程度上同月彻对小四一样,看着长起来的孩子,不见时诸多揣测忌惮,见了依旧亲厚。只是皇帝面色不好,精神头也不佳,他嘴上不便说,心里着实悬了起来。

眼看要下雨,他哈腰上前比了比手:"劳动主子来接臣,臣罪过大了。主子荣返吧,要变天了,臣这一路上的见闻,待进了乾清宫再向主子一一回禀。"

皇帝颔首,摆驾折返,心里记挂着月彻又不好追问,直延挨到进了顺贞门才打探:"怎么不见月彻?"

话音才落，就听见背后有人脆生生应了声："奴婢在这儿哪。"

皇帝回头看，见她一身少监的打扮，要是不细分辨，真难从人堆儿里发现她。

她还是那个小太阳，走到哪里都发着光。皇帝望她的眼神带着点羞赧的味道，抿唇笑了笑，这笑容里有别来无恙的欣喜，也有言而无信后的愧怍。

月徊起先还不痛快他把贵妃位送给别人，但到了现在已然释怀了，横竖自己也没有忠贞不贰，两下里都不亏。等哥哥把两广的事儿都回完了，她扛着一袋珍珠送到了皇帝面前。

当然自己昧下的不算，这袋成色也属上佳，拿手一比画："给娘娘们做头面足够啦。我还另挑了一包好的，给皇后做凤冠。"边说边从怀里掏出来，解开袋口让皇帝过目，"合浦的南珠果然名不虚传，咱们往珠池去了一趟，亲眼见过了才知道，那地方看管珠池的官员真黑得没边儿啦，好东西全让他们留下了，只挑些下脚料敷衍上头。"

皇帝看看这饱满圆润的一捧珍珠，其实他对这种东西并不上心，只是听她说话，心里透着敞亮。

他顺势应了两句："以往送进宫的珍珠成色都不好，个头又小，朕以为咱们的珠池产不出好珍珠来了。"

月徊说："您的江山太大了，物产有多丰富，您不走不知道。像这珍珠，可都是钱啊，不叫信得过的人看守，全进了那些贪官的腰包了。我原想多带些回来的，可我们掌印着急回京，只能归置了这些现成的。您先看个大概，等剩下的采收完了送进宫，到时候库里且得辟出好大一块地方来装它们呢。"

皇帝含笑听她说，那股子眉飞色舞，意气风发，仿佛在她眼里就没有发愁的事儿，多平常的日子，也能让她过得有滋有味。

可惜自己辜负她了，皇帝落寞地想。当着梁遇的面儿有些话不太好说，又耐着性子周旋了几句，才对梁遇道："大伴舟车劳顿，先歇着去吧。朕命人预备了晚膳，都是大伴素日爱吃的，回头送过去，给大伴解解乏。月徊……朕留她说两句话，等说完了再让她回去。"

梁遇何等精明的人，瞧出皇帝对月徊的心依旧，至少在面对月徊时没有任何轻浮不尊重，说明月徊暂且是安全的。便长揖行个礼，却自退出了乾清宫。

皇帝看着他走下丹陛去远了，这才难堪地对月徊说："朕答应你的事，食言了……"

月徊回京的一路上都在考虑怎么应对这个场面，自己早就琢磨透了，不能表现得太洒脱，洒脱了皇帝会欠缺负罪感。就得是一副被辜负的委屈相，让皇帝无地自容,越无地自容,她才越能全身而退。

于是她脸上那抹悲伤而又无可奈何的苦笑,笑出了弃妇的精髓,喃喃道:"您别说啦,我都已经知道了。子怎么曰来着……花无百日红,您跟前有了那么可人疼的贵妃,撒开我也是该当的。其实那时候您和我许诺,我没往心里去,因为知道自己的斤两,那个位置不该我坐。如今您有如花美眷啦,咱们的约定到这儿就算了了,都别放在心上。我还拿您当朋友,照样不见外,也希望您别觉得对不住我,我好着呢。"

皇帝见她这样,心头越发沉重,沉默了半晌,迟疑道:"后宫的位分,也不是定死的……"

月徊悚然一惊,料他要说再增设一个贵妃的位分,当即眼泪就下来了:"那您最爱的还是我吗?不是了吧?就算您说爱我,我的心也凉了。我如今什么也不愿意想,大皇子落草就没了娘,怪可怜的,我打算给他当嬷嬷去了。我哥哥伺候您,我伺候小主子,绕来绕去都是给主子效命,这是老天爷的恩典。您往后……再别提以前的玩笑话了,提一回我没脸一回。您要是真心疼我,就让我自己混日子得了,也算成全了咱们往日的情。"

她说完,抹着眼泪离开了乾清宫,只留下皇帝凄怆地站在地心儿,站出了一身悲凉。

月徊走进掌印值房的时候,吓得汗毛都竖起来了。

"这位主子爷想什么呢,我的眼泪要是再掉得晚点儿,明儿怕是要下旨增设贵妃位分了。"她坐在圈椅里直倒气,"幸好幸好,我有急泪,要紧时候可帮了我大忙了。"

梁遇嘴上没说,其实暗中也担心会有这一出。好在她机灵,逃得也快,可逃得了一时,往后怎么办?皇帝要是还惦记她,势在必得,下回再掉眼泪,恐怕未必有用。

他拿手巾把筷子擦了一遍又一遍,这才递到她手里:"依你看,皇上的意思怎么样?"

月徊先前很紧张,这会儿静下来,觉得情况不算太坏。

有些东西只可意会不可言传,她和皇帝之间,也算朦朦胧胧有过那么一段。少男少女情窦初开,那份情不掺杂质,所以他拉不下脸来强迫她。她也是吃准了这一点,在他开口的时候先发制人,拿捏住他对不起她这一桩来堵他的嘴。眼下太庆幸他封了珍熹做贵妃,要是这个位子一直空着,她没了能搪塞的借口,只得充后宫,和哥哥之间，也唯有闲来无事走走影儿了。

"反正我有数，你不必担心。"月徊给他布了菜，好久没吃着宫里御膳了，一口下去透着香甜。她边吃边长长唔了声，"海味儿吃得太多了，还是陆上的菜色好啊……馋死我了。"

她一筷鸡丝溜海参，一筷燕窝炒鸭丝，那种丝毫不忧惧前程的洒脱姿态，看得梁遇有些气闷。

"你倒是心宽得很。"他捻着酸说，"皇上的心思，你怎么有数了？"

月徊说："你不懂，我有数就是有数。他这会儿且觉得对不住我呢，加上我哭了一鼻子，说心都死了，他不会再招惹我了。我倒是不担心自己，就担心小四。明儿得去瞧瞧他，那小子这会儿八成人不人鬼不鬼的……"

梁遇不言声，放下筷子取过巾帕，拭了拭嘴。

这沉默里且有学问，月徊歪着脑袋打量他："哥哥，您没什么要交代我的吗？"

"没有。"梁遇说，连瞧都没瞧她一眼，端起茶盏抿了一口，"我如今倒很怀念在海上的日子，大家都被圈着，各自安生。不像现在，顾了这头又要顾那头，一会儿青梅竹马，一会儿又是弟弟。亏你不是皇帝，倘或你也能置三宫六院，恐怕哪个也不会落下。"

这段话前半句还算正常，后半句终于让月徊听出了点端倪。

"哥哥，你不高兴了？"

梁遇瞥了瞥她："不容易，居然被你发现了。"

以前吃味只能生闷气，如今可以光明正大亮出来，月徊才知道，原来他忌惮皇帝，忌惮小四，忌惮了不止一日两日了。

说来好笑，男人那点心眼子，其实只有针鼻儿那么大。没捅破窗户纸的时候藏着掖着装得事不关己，等窗户纸凿了个洞，可就包袱全无，连滚带爬了。

月徊摸摸自己的鼻子，忽然觉得自己像个没心没肺的负心汉，充满了没心没肺的快乐。她挪动臀下杌子，往他身边靠了靠："那什么……我把小四当亲弟弟……"

梁遇眼波一转，哼笑了声。这和男人敷衍妻子说把红颜知己当亲妹妹有什么分别？世上最不清不楚的，就是所谓的异姓兄妹、姐弟。他和月徊当了那么多年的兄妹，一旦得知不是出自一家，他立刻便起了歪心思。她和小四本就没有这份阻碍，一个受挫一个安慰，岂不更要坏事！

"你别去见他，他的事儿我来料理。"他蹙眉道，"你见了他也于事无补，反倒叫那些要除掉他的人盯上你。"

第二十七章 梦断西洲

月徊眨了眨眼,并不认同他的话:"我认识他十二年了,这会儿想撇清关系,你不觉得晚了点儿吗?南苑的人说起小四,立刻就会想到你我,你以为不搭理小四,他们就能把咱们落下了?"

她早就看明白了,因此和他理论起来条理分明,三言两语就堵住了他的后话。

梁遇知道和她理论不出长短来,况且凭着她和小四的交情,硬要横加阻拦也是枉作恶人,便不再多言,任她自己做决定了。

不过让她离开跟前,他不能放心,略思忖了下道:"明儿我正好要去东厂检点公务,到时候你跟着一块儿去。只在衙门里说两句话就成了,别上家里,免得引人注目。"

月徊没辙,只得应了。

放下筷子擦了嘴,才端起茶盏,就听外面曾鲸叫了声老祖宗,隔帘回禀:"奶嬷儿带着大殿下过来了。"

月徊喜欢小孩儿,一听立刻站起身,搓着手说:"快抱进来让我瞧瞧!"

梳着大髻、穿着斜襟布衣的奶妈子怀抱了个襁褓迈进来,进门便纳福:"给掌印大人请安,给大姑娘请安。"

月徊忙上前看,"万"字不到头的斗篷下盖着个玉雕的小人儿,雪白的皮肤,嫣红的嘴唇,那模样,就像年画上抱鱼的娃娃。

"哎呀,这么得人意儿的!"她小心翼翼地接过来,瞧着瞧着,一颗心都要化了。

都说儿子随妈,大皇子的眉眼和司帐长得怪像的,不是皇帝那样的丹凤眼,是一双透亮透亮的杏核眼,宽宽的大双眼皮,直长的眉毛,将来绝不会辱没慕容家的美名。

月徊抱着他,不由得唏嘘:"我记得,当初我和司帐还有过过节呢。那时候她把我的蝈蝈儿倒进了鸡笼里,我气得大骂了她一场,如今她的儿子都落地了,可惜……"

时也运也,曾经司帐是四位女官里头最得宠的,谁也没想到最后她会消失得那样悄无声息。

这权力的中心,每个人都有自己的算盘,有能力的成为刀俎,没能力的只能任人鱼肉。梁遇不像月徊有那么多的感慨,他只注重眼前事,转头问曾鲸:"皇上瞧过大殿下没有?赐名了吗?"

曾鲸道:"瞧过一回,赐名白,小字雪怀。"

"慕容白……"梁遇喃喃说,"白者,明道也。"

曾鲸道:"明窗雪案,心怀坦荡,皇上对大殿下寄予了厚望。"

梁遇点点头,回身望向月徊,她抱着孩子颠荡,不住逗弄着,看来是极喜欢的。那孩子也不认生,睁着一双大眼睛仔细瞧她,兴许认错了人,把她当娘了吧!

月徊是越看越喜欢,捧在怀里不肯撒手:"殿下今儿晚上和我睡吧。"

慕容白"啵"地吐了个泡泡。

梁遇说:"殿下太小,一晚上要喝好几回奶,离不开奶妈子。你白天逗他解闷儿就罢了,夜里得让他跟着乳娘睡。等再大点儿断了奶,你要自己带他,也不是不能够。"

月徊不傻,一听就明白过来,把孩子放进奶妈子怀里,笑道:"也对,是我犯糊涂了。成了,更深露重的,早点儿带殿下回去吧,我明儿再过去瞧他。"

奶妈子道是,又深深纳了个福,抱着孩子退了出去。

待屋里人散尽了,月徊便翩然到了他面前,仰着头冲他嬉皮笑脸:"我夜里不能带孩子,因为还得带你,我懂。"

梁遇红了脸,作势道:"不许胡说!宫里不像外头,留神祸从口出。"

她点头不迭:"知道、知道……我又不傻!你只说,我猜中你的心思没有?"

他漠然看了她一眼,也不应她,慢慢踱到槛前,抬手关上了门。

门扉一阖上,那清浅的笑意便浮上他的脸。油蜡被他拂袖扇灭了,他拽过她,一把将她托坐上书案,两手从腋下滑到身前,略微使劲儿,揣捏出她一串酥麻,然后笑着,低低道:"你这样聪明的人,哪有猜不中的。"

虽说两个人常在一处,但从大沽口往内河起,加上一路快马加鞭赶回京城,连着算算总有十几日了,那种可看不可吃的久旷最是熬人。梁遇有时也像毛头小子似的,面上一本正经,心里惦记得厉害,一旦安定下来,就想打她的主意。于是昏昏的灯火,昏昏的急喘,把自己投进了胡天胡地的烈焰里。

月徊盘着他的腰,细声问他:"哥哥,这么多回了,我怎么还没动静?"

梁遇唔了声:"不想要,所以怀不上……等哪天时机成熟了,我自然给你一个。"

这宫里的太医可不光会诊脉开方子,那些稀奇古怪的药,平时研制得也不少。只是他不敢让她知道,其实早在南下之初,他就已经悄悄预备上了。所以他对她从来不是见色起意,而是蓄谋已久。

她累透了,趴在他肩上低吟,他像抱孩子般托起她,把她送回床上。月徊在迷蒙中睁眼看他,自打头一回开始,他就养成了替她清理的习惯。要按体力损耗来说，他才是那个更累的人，可他就是那么勤勉，可见爱惨她啦。

月徊有点儿得意，撑起身子说："我知道你的心，往后别替我擦洗了，我没那么爱干净，本来就邋里邋遢的。"

梁遇被她气笑了："邋遢还有脸说出来？"

她别别扭扭道："我这不是怕你累嘛，而且你每回给我擦，我都觉得挺害臊的。"

他一手撑着床沿，探过来亲亲她的唇："有什么可害臊的？你我是一体，况且……我得借着擦洗，给你上药。"

月徊一惊："上什么药？我总不会每回都受伤吧！"

他把一个指甲盖大小的药包放进她掌心："就是这个，无色无味，遇水即化。"

月徊捻起来看，发现这东西长得像水滴，柔软的一层外皮，轻轻一捏就……破了！

"啊。"她惶然叫了声，药粉顺着指缝漏下来，洒得满床尽是。

梁遇无奈地看着她："我就说了，这件事不能交给你来办。"

月徊也这么认为，不过现在可怎么料理？她难堪地问："还有吗？"

他说："这是最后一颗了，我还没来得及去太医院。"

于是两个人忧心忡忡地对坐着，看着这满床粉末逐渐渗透进被褥的经纬，梁遇说："罢了，老天既然这么安排，总有他的道理。其实我早就盼着这一天了，索性没了药，该来的就让他来，真到了那个时候，我也有法子应对。"

似乎他们都欠缺下决心的动力，这回听天由命，倒也不赖。

月徊促狭起来，干脆一下子把他扑倒了，在他耳边轻声说："一不做二不休吧！不过哥哥……我怕你有了岁数，招架不住……"

她向来嘴上厉害，动起真格儿的来就不成了。后来下场堪称惨烈，哼哼叽叽说不要了，可箭在弦上，哪里容她讨饶。

第二天乌眉灶眼的，梁遇却是一副酣畅淋漓后的餍足姿态。

小四见了她，打量再三："月姐，您的精神头儿不怎么好。"

月徊挠了挠头皮："昨晚上不知道哪儿来的野猫，在我窗口叫了一夜，吵得我没睡好……"不过现在不是研究她精神头的时候，她把小四拉到一旁，拿眼神给了他一顿下马威，"听说你上司礼监打听了我好几回，是不是有话对我说？"

然而事到临头，小四反而又退缩了，支支吾吾道："我只是想你……"

月徊打断了他的话："这事儿攸关生死，你可想明白了再说。"

小四张了张嘴，忽然顿住了，半晌才道："您都知道了？那督主是不是也知道了？"

那还用说吗，月徊只是叹气："你这小子，我那回在船上瞧你就不对劲儿，到底还是叫人算计了。这回可怎么办，万一……"

小四垂首道："我一人做事一人当，万一有个好歹，绝不连累您和督主。"

所谓的连累，不仅是罪状勾连，大多时候是情难割舍。

月徊惨然看着他，这孩子弄得胡子拉碴，一副失魂落魄的模样，她也舍不得怪他。最后在他肩上拍了拍道："别琢磨那些了，我想尽法子也会保住你的。你回头把自己收拾干净喽，我瞧着你，怎么比在码头上那会儿还埋汰。"

小四尴尬地摸了摸后脑勺，脸上带着愧疚之色："我对不起您和督主……您是不是还要充后宫，为我这事儿赔进自己？"

月徊摇头："我的贵妃位分被珍熹抢啦，我还进宫干什么？我往后就和我哥哥伙着过日子得了，反正他也孤苦伶仃一个人，没的到老了没人给他端茶递水，毕竟咱们的好日子是他给的，做人不能不知恩图报。"

小四听明白了，月姐今后的坎坷全是他和珍熹害的，珍熹抢了她的位分，自己又不成器，蹚了这趟浑水。兴许梁遇就是以此作为要挟，逼着她终身不嫁留下给他做伴儿的，这么一想月徊捡了他，原来是给自己捡了一大劫。

他颓然退后两步，靠墙哭起来，抬手抽了自己一耳光："我该死！"

月徊吓了一跳，忙拽住他的手："你干什么呀？"

"我害得您要和太监做伴……"

小四痛哭流涕，月徊有口难言，只好一径安慰他："没你这事儿我也乐意陪着他，我们本来就是一家子，自己人不顾念着，他将来怎么办？你是知道我的，我喜欢和好看的人扎堆儿，我哥哥他虽说缺了一块儿，可长得不赖，我一辈子对着他，一辈子赏心悦目，可是赚大发了……"

隔墙听着她胡说八道的梁遇叹了口气，负着手，慢慢往档子房去了。南下大半年，公务堆得像山，他大概瞧了瞧，把要紧的几桩处置完，等他出来的时候，月徊和小四的旧也叙完了。

午后带她回宫，本来要上羊房夹道看大皇子去的，临出门的时候见杨愚鲁匆匆赶来，哈腰说贵妃诊出了喜脉，消息已经传到皇上跟前去了。

梁遇哦了声："皇上什么说法儿？"

杨愚鲁道："石沉大海。乾清宫里一点儿动静也没有……老祖宗，怕是要出事了。"

出事……梁遇望向乾清宫方向，原本贵妃遇喜，御前头一桩就是打发人来知会他，然而等了又等，不见皇帝有任何动静。这对于高位有宠的妃嫔来说，确实不合常理，但皇帝不发话，梁遇也不能擅自过问，只好命杨愚鲁再去盯着："一旦有任何风吹草动，立时就来回我。"

杨愚鲁领命，匆匆出衙门往南去了，月徊提心吊胆地看向梁遇："皇上葫芦里卖的是什么药？"

梁遇没言声，其实心里有了根底。自己看顾大的孩子，自己果然最了解，皇帝隐忍再三，等的就是这个消息。

那厢承乾宫里的贵妃，因这孩子的到来，终于松了口气。

总算不用再侍寝了，她最先想到的是这个。然后仔细推算时间，算算这孩子的来历，究竟是不是出于西洲。其实要算清，真的不容易，因为皇帝从未停止御幸她，前前后后纠缠在一起，她已经算不出所以然了。既然算不出，倒也不用太过执着，反正孩子来了是事实，就算这个是皇帝的，将来总会再有机会，让她生一个属于西洲的孩子。

太医诊出她遇喜之后，她抱着陪房索嬷嬷狠哭了一通。宫里妃嫔个个都恨她，但又个个羡慕她，她们只知道她万千宠爱在一身，却不知道她心里的委屈。

女人最大的痛苦是什么？是每天对着一个不喜欢的人强颜欢笑，话语上得温存，床上得奉承，那种奴颜婢膝让她羞愤欲死。她不明白，自己好好的一位郡主，为什么会走到这般地步，即便伺候的是天底下最尊贵的男人，也无法填补那种丧失尊严的卑贱。如今总算怀上孩子了，这孩子来得及时，是她缓解困局的良药。她入宫前天夜里阿玛嘱咐过她，无论如何要怀上皇嗣。如今事成了，她对于南苑王府，总算能够交差了。

她没有说一个字，但她跟前的人知道她的苦楚。索嬷嬷给她擦泪，小声说："我的好主子，这是喜事啊，快收了眼泪，没的哭坏了眼睛。您高兴着点儿，已经打发人上御前报信儿去了，皇上得了消息一准儿要来瞧您的，您哭红了眼睛，倒叫皇上不明所以。"

贵妃这才停了哭，让人伺候着擦脸，重新粉上了胭脂。

可是等了又等，却不见皇帝来，连御前的人也一个不见，她心里不由得忐忑，转头问索嬷嬷："传信儿的人回来了吗？"

索嬷嬷也悬心，但又不能调唆得主子发急，便好言道："您且等一等，奴才上外头瞧瞧去。"

贵妃坐在南窗前,看着索嬷嬷在影壁那头询问小太监,不多会儿返回殿里来,含笑对她说:"皇上眼下正接见外邦使臣呢,暂且抽不出空来。主子再等等,料着用不了多少时候,就会赶过来的。"

贵妃便不再焦急盼着了,因为承乾宫里人人都料准了,皇帝得知消息后必定龙颜大悦,必定万般荣宠更惠及承乾宫。所以她和众人一样,带着这样的自信和期盼,从中晌一直等到了入夜。

有了身孕就变得嗜睡,她眯瞪了会儿,醒来的时候惊觉天已经黑了。东边夹道里传来太监通禀宫门下钥的呼声:"大人们,下钱粮啦,灯火小心……"

这声音是一张网,只要一个人喊起来,要不了多久这种喊声便会传向紫禁城的每一个角落。贵妃撑身朝外看:"皇上还没来?"

这就有些不对劲了,接见外邦使节也不至于从白天接见到掌灯,这么看来皇帝是有心不来相见……她觉得不可思议,明明昨儿还搂在怀里说尽甜言蜜语,怎么今儿说不理就不理了?难道皇帝只贪图享乐,压根儿不在乎慕容家血脉能不能传承吗?

之前怀上了孩子的笃定,现在又变成另一种忐忑,她要是皇帝结结实实高兴一番,温言煦语哄她将养。接下来不管圣眷移向哪里,至少让她清净上十个月,十个月后她有法子再把他勾过来,一旦骗得他答应立太子,那么皇帝在她这里的用途就算是终结了。谁知万事俱备后,第二环上便出了差池,皇帝不闻不问,哪里有让她好好养胎的意思。

她下床在地心转了两圈,忧心忡忡地朝外望,扬声叫来人:"想法子和柳顺探一探皇上的动向,问明今儿夜里传召谁侍寝。皇上得知我遇喜,究竟是什么反应。"

跟前人应了个是,忙出去承办了,她茫然来回踱步,踱了半天喃喃自语:"不对……不对……"

索嬷嬷站在一旁道:"主子少安毋躁,兴许皇上被什么绊住了脚。"

她摇头:"承乾宫离乾清宫那么近,出了景和门就到了。平时门槛都要被他踏平了,怎么我一有孕,他反倒不来了?"

贵妃到底年轻,就算思虑得再深,也只有十五岁罢了。索嬷嬷瞧她没了头绪,忙温言劝阻:"我的主子,您好歹沉住气。您是正经册封的贵妃,如今肚子里又怀了龙种,您怕什么?只要安心养好了胎,等孩子平安落地后,您就有指望了。您听奴才的,女人年轻指着丈夫,等有了儿子就指着儿子,皇上来不来都是后话。况且他哪能不来呢,您的儿子是他的第一子,世上没有爹不心疼儿子的。早前倒是听说过有位女官怀了龙种，后来却是死活不知，想必孩子没养住。将来咱们小主子是皇长子，无论如何地位摆在这里，您只要保得自己身子健朗，就等着享福吧。"

话虽不错，可贵妃心里还是七上八下的，毕竟这孩子的来历自己也说不明白。她眼下能依靠的还是圣宠，倘或圣宠忽然没了，那么凭慕容家亲情淡薄的老例，恐怕未必会把这孩子当回事。

"皇帝将来会有很多儿子，除非他明儿就驾崩。"贵妃兀自嘀咕着，"他不来，可见这事儿棘手……"

这头正说着，派出去的人回来了。贵妃忙传进来问话，小太监哈着腰道："见着柳总管了，总管说贵妃娘娘遇喜是好事儿，可就是这么巧的，今儿太医也诊出皇后遇喜了。皇上这会子往坤宁宫去了，今儿怕是没法子上承乾宫来，请娘娘先歇着，明儿等皇上得了闲，自然会来瞧娘娘的。"

像一盆冷水浇得人透心凉，贵妃惨然笑起来："什么？皇后也遇喜了？他不是说皇后像木头，没什么趣致可言吗，结果初一十五都没落下，还弄出个孩子来……"

这可真是个讽刺的笑话，皇后再不得宠也是皇后，位分且不说了，连怀孕这种事儿上也压她一头，真是应了"人算不如天算"这句话。

索嬷嬷叹了口气："男人嘴里的话，听听则罢，千万不能当真。眼下皇后也遇喜，皇上不来说得通，总比转头就去临幸别的妃嫔强。"边说边搀贵妃回床上，替她盖了锦被道，"女人怀孕生子，一只脚在鬼门关里，就比谁的身底子好。今儿您先歇下，等明儿奴才打听清楚了再说。"

于是一晚上辗转反侧极不踏实，好容易延挨到第二日，皇帝一早又要视朝。朝会散后倒是过来了一趟，却不见往日的温存，只说让她好生作养，略坐了一会儿，便借着内阁要议事，抽身回乾清宫去了。

贵妃说"不对、不对"，这两个字几乎要变成她的口头禅，思量再三，站住了脚吩咐："去司礼监找梁遇，就说我有请。"

索嬷嬷不知她要做什么，她是主子，一向又主意大，待要问明她的打算，底下人已经奉命传话去了。

至于梁遇，在宫里摸爬滚打多年，长袖善舞，左右逢源。那张俊雅的脸上带着笑，进来后趋身上前行了一礼："大沽口外一别，今儿才来给贵妃娘娘请安，娘娘一切安好？"

贵妃点了点头："托厂臣的福，一切都好。不知太医院报司礼监没有，昨儿胡院使替我诊出了喜脉。"

梁遇听了长揖:"臣昨儿巡查完厂卫衙门回来,底下人已经通禀了。没想到还连了个巧宗,皇后娘娘也有了好信儿,臣给娘娘道喜,这回宫里可说是双喜临门了。"

"可是……"贵妃神色一黯,哀致道,"皇上不知什么缘故,似乎对我遇喜这事儿并不十分看重。厂臣是朝廷股肱,素来也照应我们南苑王府,我如今彷徨得很,又不好问别人,只好请厂臣为我指点迷津……可是我做错了什么事,惹得皇上不高兴了?还是我遇喜冲撞了皇后娘娘,皇上这才对我不闻不问?"

梁遇叠着手,斟酌道:"娘娘多虑了,帝王家子嗣绵延是好事儿,皇上怎么会不高兴呢?想是因为这程子边境有靼靼人扰攘,加上圣躬也违和,因此慢待了娘娘这头,娘娘千万别胡思乱想,保重身子为宜。"

贵妃听罢哂笑了一声:"厂臣不是为了宽我的心,有意敷衍我吧?"

梁遇说:"不敢。娘娘眼下当静养,最忌多思多虑,想得太多对凤体不好,也累及小殿下。"

贵妃便沉默下来,半晌才长叹了口气道:"厂臣,我离乡背井进宫,不说独占圣宠,只愿皇上别因琐事与我心生芥蒂,就是我的福泽了。我在南苑的时候曾听阿玛提起厂臣,说京城内外,大邺上下,没有什么事能瞒过厂臣的耳目,我料也必定如此。既这么,请厂臣无论是看着大局,还是瞧着私交,一定替我周全,在皇上面前为我美言几句。"

又是大局又是私交,大局自然指社稷安定,私交呢,里头没南苑王什么事,说的是小四。梁遇在官场上日久,这点小机锋还是听得出来的,她要拉小四出来做垫背,那些所谓的情啊爱,到最后不过是用来挟制人情的手段而已。

他还是含糊周旋:"娘娘放心,皇上只是近日事多,待得了闲,一定会来瞧娘娘的。"

贵妃不满意他的答复,咄咄问:"皇后禁足的令儿,可是已经撤销了?"

梁遇哦了声道:"皇后娘娘遇喜,原本就要闭门养胎,所以禁足不禁足的,没有什么差别。"

贵妃听出他全是场面话,脸上顿时不是颜色了。隐忍再三,忍得心头哆嗦,最后错牙笑起来:"打搅厂臣有时候了,厂臣公务繁忙,我就不耽搁你办差了。你且去吧……哦,得了空,请月徊姑娘上我这儿来坐坐。厂臣是知道的,我入宫后圣眷不衰,四处树敌,也没个说知心话的人。月徊姑娘这头没有争宠的牵扯,请她来我宫里走动走动,兴许我们能交个朋友也未可知。"

梁遇自然知道她在打什么算盘，拿小四来要挟他，他和小四隔着一层，起不了太大作用。但要是拿小四和月徊商量，月徊就得急得上吊抹脖子。打蛇打在七寸上，贵妃深谙此道，之所以没有一气儿找月徊，是免于走弯路，先给他提个醒。要是他这头无动于衷，那她下一步就会惊动月徊，毕竟月徊一哭二闹，比她自己磨嘴皮子强千百倍。

梁遇笑了笑："月徊这两日要出宫回提督府，恐怕也没有机会来见娘娘。娘娘且宽宽心，皇上那头臣自然替娘娘周全。不过皇后遇喜是头等大事，倘或皇上更向着坤宁宫，那也是应当应分的，娘娘要平常心，看开些为好。"

他说完行了个礼，慢慢退出前殿，贵妃坐在南炕上，不由得感到泄气。

一切都与她设想的不一样啊，皇后是她的煞星，是老天爷派来挡她道儿的。至于皇帝，她也看清了，耽于享乐，薄情寡义。她没怀身孕的时候能陪着他风流，他还愿意常来承乾宫；一旦她怀了身孕，没法子和他做那事了，他就辗转物色下家，最终弃她于不顾了。

也罢，既然不爱，又何必在乎他来不来。她修养了一阵子，皇帝临门的次数屈指可数，她有太多的时间静下来，时候一长便开始狠狠想念西洲，揣测他得知自己当了爹，会是怎样一番心情。

"嬷嬷，我想见见西洲。"她走在御花园里，隔墙朝神武门方向眺望，"我已经有三个月没见着他了。"

索嬷嬷因她的突发奇想忧心不已："主子，咱们这是在宫里啊。"左右看了看，压声道，"宫里不比西海子，您不能起这个念头……"

"东厂不是常进司礼监回差事吗？"她没等嬷嬷说完就自顾自道，"北横街往东有个梵华楼，从司礼监出来上那儿去，不过十来丈远。"

索嬷嬷吓得魂儿都快飞了，杀鸡抹脖子似的道："我的主子，您想什么呢！这可是犯忌讳的，您不要命了？"

贵妃漠然说："皇上有了别的乐子，南苑也不管我了，我就见他一面，说两句话，有什么要紧？"

她自小是王妃捧在手掌心里长大的，说她老成，有时候也孩子心性，光图自己高兴。她的人生处处花团锦簇，在家时得宠，进宫后门庭也没冷落过，这回皇帝连着有七八日没上承乾宫来，她松散过后，反倒无所事事起来。

人啊，有时候就是这样，来了嫌他，不来又怅然若失。心头烈火翻滚过几遍，说一千道一万，幸好她还有那个在乎她的人。这个人深深埋藏在心底，不提倒还好，一提便思之若狂。她想见他，这就要见，心情之急迫，简直一刻都等不了了。

索嬷嬷再三央求她:"主子,您不能……这可不是闹着玩儿的!宫里处处都有眼睛,又在司礼监眼皮子底下,万一闹出来,不单是您自己,还得连累王府,您千万要三思!"

跟来的人其实也行监督之职,索嬷嬷先是南苑人,后才是她的乳娘。

贵妃看看她,她都快哭了,贵妃失笑:"嬷嬷,你怎么怕成这样?"

怎么能不怕,索嬷嬷暗暗想,遇喜前的一切没有凭证,过去就过去了;遇喜之后要是有个差池,那毁起来可彻彻底底。眼下最好的法子就是以不变应万变,安安生生把孩子生下来。只要孩子落地,她的地位就彻底稳固了,旁的都是后话,大可以后再说。

可惜她终究年轻,性子又骄纵,难免想一出是一出。加上眼下皇帝冷落她,她心里越没底,就越是思念那个心上人。

齐大非偶,年轻时不在乎,待得牵扯深了,才知道一个无权无势的男人庇护不了她半分。傅西洲不是梁遇,倘或他有梁遇那样的本事,凭她怎么去闹,身边的人都不必忧心。既然挑中的那个人除了少年侠气什么都没有,那么得了一个孩子,就不该再有其他奢望了。

"主子,咱们回去吧。"索嬷嬷道,"外头起风了,没的受寒。"

贵妃却不挪步,视线向东挪,挪向司礼监方向:"那个梁月徊,如今当真不在宫里了吗?"

这紫禁城太大了,只要不想遇上一个人,这辈子都可以遇不上。索嬷嬷垂手道:"主子,千万不要自寻烦恼。"

贵妃没辙,脚下慢慢蹉着步子,边走边道:"过不了几日就是冬至了,冬至皇上要往圜丘祭天地……"

天儿一日凉过一日,早晨起了厚厚的雾,皇帝遇了凉风就犯老毛病,身上烧起来,又咳又喘,卧在床上直捯气儿。

人在生病的时候,尤其怀念以前的日子,也想念以前的人。月徊如今在羊房夹道照顾大皇子,这天一早就见毕云从夹道那头过来,远远地喊了她一声,含笑上前道:"长远不见啦,姑娘这程子可好?"

月徊还是见人就一副笑的模样,揣着手说:"托福,我好得很哪。您今儿怎么有空上这儿来瞧我呀?"

毕云道:"我是奉了主子的令,请姑娘过乾清宫叙叙话。主子每到天凉就犯症候,才刚吃了药,想起姑娘来了。"

月徊念旧，听说皇帝违和，就觉得是该过去瞧瞧。

于是让毕云等一等，自己进围房吩咐奶嬷儿好好看顾大皇子，随即换了身衣裳重整仪容，这才跟着毕云往乾清宫去。

从羊房夹道到这皇城中枢得走好长的道儿，放眼远望，天也灰地也灰，不知怎么，总有股子愁云惨雾的意思。

月徊问毕云："太医瞧过了？还开以前的方子？"

毕云哎了声："就算换方子，也是稍许几味药，到底都求稳妥，谁也不敢拿龙体涉险。"

是啊，皇帝有个好歹，可是株连九族的大罪。月徊早前为他不平，想着是不是能从民间找大夫进来瞧病，无奈连他自己也不愿意尝试，这份好心也只能作罢。后来她和哥哥南下，途中听说他咳血，他还没及弱冠，咳血不是好事儿，大家嘴上不说，其实心里也担忧。加上大婚后六宫充盈，皇帝年少气盛不节制，身子骨也就一里一里地亏下来了。

可这事儿没法劝，就连哥哥也不能因这个让他保重龙体，月徊就更不合适了。因此进了东暖阁也得绕开了说，在宫里时候一长，那份热血慢慢消退了，她惊讶地发现，原来自己也像那些太医似的，一切只求稳妥。细想起来，皇帝真是孤家寡人，身边亲近的人，最终都会渐行渐远，明哲保身。

不过这暖阁里头香熏得过浓，实在有些呛人，这个她还是可以照应的。迈进门槛后，头一件事就是把南窗推开一道缝，再上皇帝龙床上放下半副帐幔，轻声唤他："皇上，奴婢来了。"

皇帝正打盹儿，听见她的声音才睁开眼，抿唇笑了笑："你来了？"

他咳得嗓子发哑，因发着热，脸上潮红不退，但眼睛明亮。

月徊见一旁矮几上的食盒里放着炖盅，便道："您还没进膳？饿着肚子可不成，我喂您吧。"

她要去取炖盅，皇帝却说不必，含笑说："你下去，别离朕这么近，没的过了病气。"

他这么一说，月徊心头顿时酸楚。他是什么人呢，九五之尊，人间帝王，别说跟前的人过了病气，就算立时要你死，都不带含糊的。可他却怕自己祸害了她，那么小心翼翼，这话换了平常人说，倒也没什么稀奇，可换成他说，就没来由地叫人难受起来。

月徊说："我就在跟前陪您说话。"

皇帝微微别开了脸，仿佛是怕自己呼出的气会牵连到她："还是走远些吧，回头还要照应殿下呢。"

月徊有些尴尬，嗔着："我只当您是心疼我，原来是我想岔啦？"

皇帝听她抱怨，赧然一笑，喃喃道："都一样，你和大殿下一样……都别靠近朕。"

毕云上前来，搬着杌子放在脚踏前，和声说："姑娘就坐这儿吧，远了怕听不清主子说话。"

月徊颔首坐下了，这会儿气氛有点悲凉，她便引着皇帝说起大皇子："大殿下明儿就满五个月啦，已经会认人了，看见我就笑，甭提多好玩儿。我原想带他来见您的，可惜今儿有雾，怕他路上着了凉。等明儿吧，挑中晌的时候过来，拿斗篷盖严了，进不了风的。"

皇帝听她说那些带孩子的细节，一字一句都透着关心，他仰在枕上，含笑说："大殿下的命比朕好，自小有你这么护着。"

月徊摆了摆手："我也不懂那些门道，全是奶妈子喂养，我就在边上凑凑趣儿。"

"可你不知道，你这一凑趣儿，大殿下能得多少实惠。"他轻喘了下道，"那些奴才，在你看不见的地方手有多黑，你没见过，朕见过。后来幸得大伴来了，朕才慢慢活出了人样。朕父子，多有福分才遇见你们兄妹……月徊……"

他看她的眼神带着眷恋，这时候不像皇帝，仿佛就是那个险些和她凑成一对儿的少年。

月徊哎了声，往前挪了挪："您今儿怎么了？是不是身上难受得厉害，才说这一车丧气话？"

他摇头："虱多不痒，难受得过了，就感觉不到了。朕不过想找人说说话，大伴这程子得替朕料理内阁积压下来的题本，太忙了……朕就想起你来。要是你不跟着南下，一直在朕身边……"

月徊说："您忘了长公主闹那事儿了，我出去是避风头的。"

皇帝沉默了下又道："其实那风头，也不是非避不可。朕松口，是因为皇后进了宫，大伴又不在，朕怕你吃暗亏……早知道不让你去多好，就不会错过，弄得如今……想留你也没脸。"

月徊最怕他趁病说这个，其实她离开的这大半年里，他风生水起没闲着。拟定的计划正逐步实施，全大邺都知道他专宠贵妃，要是将来打压宇文氏，也是因为贵妃累及娘家，和削藩无关。只不过步步为营到最后，得了熊掌又可惜鱼，所以说人心啊，永远没个满足的时候。

月徊心里明镜似的,她现在唯一担忧的就是小四。猜不透皇帝究竟知道多少,为什么贵妃遇了喜,他也还是隐忍不发。可又不能问,自作聪明要闯大祸的,他不提,她也只能装糊涂。

"我那天替您往各宫送珍珠,看见那些主儿,个个生得如花似玉,我这样的进来没地儿搁,还是别凑热闹的好。"她坦坦荡荡笑着说,"像现在这样,我领了差事伺候大殿下,那才是物尽其用。宫里不缺能给您做伴儿的女人,缺个我这样一心一意照顾大殿下的。等过程子皇后娘娘和贵妃娘娘都临盆了,宫里皇子一多,我怕那些人刻意怠慢大殿下。"

结果皇帝竟不说话了,神色茫然地望着帐顶,半晌才一叹:"哪来那么多的皇子……皇后,压根儿就没遇喜。"

月徊目瞪口呆:"啊?没遇喜?"

皇帝涩然闭了闭眼:"有了比较,才会患得患失……生出许多不平来。一旦不平……露的马脚便多了。"

他断断续续地说,月徊听得悚然,没想到他会缜密至此。当初说皇后也遇喜,她以为是巧合,哥哥也没有同她说起。如今皇帝亲口说没有,果然这才合乎情理。

这么想来,贵妃的种种他都一清二楚。贵妃年轻,以为一切都在自己的掌握之中,殊不知自己早成了别人棋局上的棋子。他们斗法不要紧,月徊最担心的就是牵扯上小四。她又不敢直刺刺地和皇帝提及,只得迂回着岔开话题:"您禁皇后娘娘的足,也是有意为之吗?我瞧时候不短了,坤宁宫里放恩典了吧?"

皇帝脸上神情淡漠,他对贵妃是真忌惮,对皇后也是真恨。

"朕亲政不久,不能废她,但朕能囚禁她到死。朕由来最恨的就是外戚干政,原瞧她出自太傅家,必定知书达理,谁知她哥哥擅自调动西山缇骑,朕想让她规劝规劝,结果……"他苦笑起来,猛烈一阵咳嗽之后匀了好半天的气,才又道,"结果你知道她怎么应对朕吗?'皇上宁肯放着外人调度精锐,也信不过我哥哥'……朕就知道这女人短视,没有皇后的眼界胸襟。"

月徊一听就明白了,皇后话里的"外人",说的大抵就是梁遇。可是帝后毕竟是夫妻,于他们来说,她和哥哥确实是外人。不过她记得当初皇后出阁之前,隐约对梁遇有过好感,没想到走进这紫禁城的中心,野心也就水涨船高了。

她兀自出神,皇帝掉转视线看她:"月徊,你能一辈子替朕看顾大殿下吗?"

月徊没想那许多,应道:"自然会的。我和大殿下投缘得很,他一见我就笑,我哪舍得抛下他。"

皇帝足意了,点着头道:"朕信得过你,只要你答应,就一定不会食言。"

后来月徊退出乾清宫，把皇帝召见的前后和哥哥说了，临了坐在圈椅里叹气："我瞧他，又觉得怪可怜的，年纪轻轻的，身子骨一点儿也不健朗。"

梁遇正批红，搁下了手里的朱砂笔道："下半晌又烧起来，烧得浑浑噩噩的，痰里血丝儿越发多了。我如今想想，不叫你留在宫里是对的，攀了高枝儿又怎么样，只怕不得长久。"

他的话说得囫囵，衙门里心腹虽多，也要提防隔墙有耳。

月徊明白他的意思，太医档他每天都要经手，那些给圣驾瞧病的在皇帝跟前讳言，在他跟前却得说大实话。

老咳出血来，着实不好，梁遇道："他心思是真沉，欲也是真纵。自己不知道保养，上年就夜御二女，纵是铁打的身子，也经不住这么磋磨。"

月徊大觉可悲可哀，好在眼下还没入三九，总不至于坏到那种地步。

事实也的确如此，圣躬不豫了两三日，毕竟仗着年轻，好转起来也快得很。

终于到了冬至前，冬至对家家户户来说都是大日子，民间要祭祖，帝王要祭天地。那个圜丘，建在大而不靠边的空地上，皇帝得焚香祷告，完了还得上景山叩拜列祖列宗，有好一套的流程要走。

贵妃所能承受的忍耐也到了极致，这是个大好时机，倘或过了冬至，再想让皇帝率领众臣离宫，就得等明年。

宫里每天都有负责采买的小太监进出，打发个靠得住的人出去传句话，一点儿都不难。

东厂最大的好处就是能随时入司礼监回事儿，他们算直系，比锦衣卫还便利点儿。后宫高位的嫔妃呢，只要不走出这四面宫墙，紫禁城里没有哪处去不得。尤其是梵华楼，建着六座掐丝珐琅大佛塔，里头供养着七百八十六尊小铜像，冬至去那儿上炷香，谁也挑不出错处来。

贵妃的肚子已经微微有些凸起了，她握着索嬷嬷的手哀求："就这一回，我和他说上两句话，让他知道我的境况，往后就再也不相见了。嬷嬷，我实在受不了了，皇上只想着皇后肚子里的孩子，每日太医院都有人进坤宁宫请脉，我这儿呢，五日才一回，我成什么了！我心里有好些委屈要和他说，只有让我见他一回，我才能鼓起劲儿活下去。"

索嬷嬷被她缠得没方儿，再加上已经打发人去送信了，到了这地步，索性咬咬牙，图往后安生。

她只好和贵妃约法三章："只这一回啊，我的主子。再有下回，奴才情愿您处置了我,也绝不能答应您了。"

贵妃眉宇间拢了一个月的愁云,这会儿终于散开了。她说好,描眉画目换了衣裳,眼巴巴地瞧着西洋钟上时刻将近,便兴冲冲出了承乾门,往北横街上去了。

入冬后多雨水,连着下了好几天,今儿也是烟雨蒙蒙。走进梵华楼正殿,殿宇两侧点着成排的蜡烛,一阵风吹过,烛火簌簌轻摇。檐角雕花的横木像竽箓上的簧片,呜咽着,吹出了一片冬日的哀歌。

藏传佛教那些佛,总有种亦正亦邪的味道,即便是普度众生的尊者,也有青面獠牙的愤怒相。

贵妃走过一重又一重唐卡,那些光鲜炫目的金银丝刺绣,在烛光里发出耀眼的碎芒。梵华楼和慈宁宫花园里的佛堂不一样,这里是光怪陆离的世界,转得久了,会让人心慢慢悬浮起来,迸出隐约的恐惧感。

然而能见心上人的希望,又冲淡了这种恐惧。自从怀上身孕之后,她更是急于找到安慰,也许过于自私了,也许会把西洲拉入深渊,但她还存着一点侥幸,因为她知道就算出了事,梁遇也不会袖手旁观。

有时候人的感情很靠不住,有时候又是世上最无坚不摧的利器。它是无形的,像水一样渗透进触摸不到的地方,她进宫越久,便越能感受到这种威势。

外面天地昏暗,那巨大的红烛摇曳,照得唐卡上佛陀的脸阴晴不定。她抚了抚肚子,开始想象西洲得知这个消息后会有怎样的反应。

总不会像皇帝一样无动于衷,他心思多单纯,他会惊讶,会高兴,说不定还有些不好意思。毕竟那天她悄悄离开,后来没能和他说上一句话——想起那夜,她的脸颊就隐隐发烫,她知道他和皇帝不一样,差不多的年纪,身子却天壤之别。西洲是春天雨后初生的嫩芽,皇帝却让她闻见了腐朽的气味。她无法断定腐烂的根茎上能不能开出花来,但心里更愿意相信,这个孩子是西洲的。

她有一个小小的怀表,是临行前阿玛送给她的。掀开浮雕的赤金外壳,能清晰地听见滴答的声响。

时间越来越近了,她的心也悬起来。神殿之中续恩情……她真的有太多话想对西洲说了。

终于,殿外的廊庑上传来轻促的脚步声,她的耳中血潮急急拍打,一浪接着一浪,无论多少回,见他之前都是这样澎湃的心情。

梵华楼用的是直棂窗,窗上蒙着薄薄的高丽纸,隐约能看见外面的光景。一个人影快步从廊下经过,今儿是冬至,东厂的吉服和锦衣卫差不多,朱红色的飞鱼服穿在挺拔的身形上，便显出一种公子王孙般的清高气象。

她抿唇笑笑，倒没有立刻迎上去，而是躲在重重悬挂的唐卡后，看着那双方口皂靴茫然停在殿前。

他不是个精于世故的人，有时候有点儿呆，可她就喜欢他的纯质，那是生长在富贵丛中的人不可能具备的。他找不见人，也不四处去寻，只看见那足尖慢慢转动，但还守在原地，如果她不出现，他会长长久久地等下去。

她轻轻叹了口气，还是从唐卡悬挂的空隙里穿了过来。

他大约也捏着心，所以面朝殿外望着，仿佛担心会有人进来。其实大可不必，今儿天不好，后宫嫔妃们只会往慈宁宫花园去拜佛祝祷，没有人会像她一样，费那么大的心思，到这偏僻的梵华楼来。

一种悖德的激情油然而生，她咬住唇，屏住呼吸慢慢靠过去。近了近了……这个傻子没有发现她。

她走到他身后，只要一伸手就能够着他了，原本想去拽他的衣袖，可临时忽然又换了主意，举起一双手，蒙住了他的眼睛："猜猜我是谁……"

她笑得甜美，这是在皇帝面前从未展露过的一种笑，因为向来吝于施舍给皇帝。

果然这次又是这样，当殿门上冠服俨然的人忽然出现，她脸上的笑瞬间就退去了，从稚气的喜悦一下子变成惶然的恐惧。那张精致的脸也扭曲起来，皇帝从不知道她会这么丑陋，她脸色变得煞白，那双眼睛睁得又大又圆，像死不瞑目的悬望。

皇帝迈进佛堂，贵妃私会男人的愤怒，此刻却被另一种无边的恨取代了。他死死盯住面前的人："你是谁？"

那人的腿倏地软下来，跪地磕头不止："皇……皇上饶命……"

贵妃骇然扭过头，难以置信地看向面前跪地的陌生人："你是谁？"

这可能是皇帝和贵妃唯一一次同样惊诧，说出同样的话。跪在地上顿首不止的，是彼此都没见过的一张脸。

皇帝是设局之人，他怎么能不知道月彻的养弟弟，那个和贵妃走影的傅西洲长的是什么模样！然而眼前这人压根儿就不是傅西洲。怎么会凭空冒出这么个人来，几乎不用多想，必定是梁遇安排的无疑。

这梁遇，竟是有这么大的胆儿黄雀在后！皇帝忍了几个月，好容易到了收网的时候，没想到他一个轻巧的举动，就这么把人摘出来了。

皇帝笑起来，真是个好哥哥！他记得上月，梁遇曾有心在他面前说起月彻流落在外时的不易,那个叫小四的孩子,是她幼年时相依为命的亲人。他明白梁遇的意思,请主子顾念月徊,放小四一条生路。只是那么隐秘的提醒只能点到即止,皇帝并不打算放过他,因此就算听出话锋来也未表态,这件事就这么无声无息地翻篇了。

本以为梁遇不会再管傅西洲死活,谁知竟是在这个紧要关头偷天换日。虽说换个男人,一样能达到皇帝预先设想的目的,但傅西洲闯了这么大的祸后断没有道理全身而退。他贵为天子,绿帽子戴了便白戴了吗?

皇帝长出了一口气,身后的内阁官员交头接耳,锦衣卫扑过去,把人押了起来。

贵妃失魂落魄地站在那里,也许是想起外头替她把风的救兵了,仓皇朝外看。皇帝哂笑了声:"你在找谁?找你的奶嬷嬷,还是傅西洲?"

那个名字从他嘴里说出来,贵妃就知道大势已去了。可她不甘心,在她还能说话的时候,好歹再替自己挽回几分。

她一边颤抖,一边强挤出笑容来:"主子,您在说什么呢?我怎么听不懂……"

皇帝身后那些内阁大臣隐晦地交换了眼色,心道怪事年年有,皇帝带着臣工来捉奸,却是八百年没遇见过。听这话头儿,皇帝早就知道这件事,并非今天偶然碰上,那么贵妃肚子里的,还算是龙种吗?南苑王府原本红得很,岂知转眼就没了指望,亏得皇上早前这么抬举贵妃,晋位晋得史无前例,结果宇文氏就是这么回报圣宠的。

贵妃装傻充愣,皇帝的笑意更盛,这招是他早年玩儿剩下的,他能走到今儿,靠的不就是扮猪吃老虎吗?

"场面上人多,说出来不好听也不好看。来人……"他凉声道,"把人压下去,交梁掌印看管。不许他死了,朕还有话要亲自审问。"

锦衣卫应了个是,粗暴地把人拽出了佛堂。

皇帝四下打量,不无嘲讽地说:"贵妃太不忌讳了,挑在这清净地,不怕冒犯了神佛?"

贵妃抿唇不语,半晌才道:"我来这里参禅拜佛,没想到惊动了皇上,竟带着这些臣工来瞧我,我罪过大了。"

皇帝闻言哼笑了声,这女人不见棺材不掉泪,眼下既然已经挑明了,她认不认账,都不重要了。

"朕有私事要处置,你们且去吧。"皇帝偏头吩咐臣工。

那些机要大臣并不愿意看这样的热闹,见皇帝发话,如蒙大赦,忙长揖行礼,匆忙退了出去。

第二十八章 玉宇风息

梵华殿里只余皇帝和贵妃两个人，皇帝慢慢走到她面前，垂眼看着她道："珍熹，朕对你不够好吗，你为什么要自甘下贱，和猪狗一样的人搅和在一起？"

经过了最初的惊魂未定，贵妃终于还是冷静下来。她算是看明白了，皇帝织起了一张网，就等着她扑进来，否则冬至这样的节气，怎么会不前不后地领着众臣闯进梵华楼！慕容家对宇文氏的提防，百余年来都没有停止过，到如今再看，南苑处心积虑送人进宫侍主，其实都是枉然。皇帝贪图享乐是不假，步步为营也是真的。难怪她未有孕时对她百般宠幸，一旦她遇了喜，他就不闻不问，再也不理会她了。

"皇上对我很好，我也常想着，要报答主子的恩情。"虽说山穷水尽，体面还是要维持的，贵妃平了平心绪道，"皇上也有相谈甚欢的朋友，譬如月徊姑娘。彼此间说话不必端着，也没有那么多的尊卑之分，有时候开开玩笑，说两句松散的，似乎也不为过。才刚您看见的……不过是我遇见了旧友，一时孟浪了，并不能说明什么。您如此兴师动众带领满朝文武前来，到最后折损的是您的颜面，这又何必呢？"

她果然还要狡赖，皇帝看着那张美丽的脸，即便早就五内俱焚过千百遍，但她如此轻描淡写的时候，他还是恨不得撕碎了她。

可他有好的教养，帝王不该气急败坏，他必须控制住杀了她的冲动。只是胸口忍得阵痛，让他几乎喘不过气来。

"凭你，也配和月徊相提并论？"他漠然看着她道，"你不过是个娼妇，朕瞧你有几分姿色，受用受用罢了。你要是安分，这宫里便有你一席之地，可你偏不知足，背着朕做尽偷鸡摸狗的勾当，打量朕不知道？你对不起朕的抬举，也对不起你的母族，南苑王府要是知道你怀了野种，只怕会悔青了肠子，懊恼当初不该送你进宫来吧！"

他一字一句像尖刀剜心，贵妃的脸红了又白，就算再心虚，也绝不能承认孩子来历不明。

她尖声道："皇上慎言！您怎么辱骂我我都认了，可您不能怀疑我肚子里的龙种！"

"龙种？你不是夜夜侍寝却怀不上，这才趁着朕十五回宫，跑到外头借种去的吗？"皇帝微微偏过身子问她，"你知道自己为什么一直怀不上吗？"

一种大厦将倾的预感从脚底心儿里蹿上来，贵妃紧紧攥住了手里的帕子。

"因为朕从未想让宇文氏的女人怀上朕的皇子，这大邺江山，也绝不可能容南苑的子孙来坐。宇文氏蛰伏百年，不就是图一道恩旨让你们走出封地，自由出入京城吗？朕这一辈儿若是开了这个口子，那再过两辈儿，坐在金銮殿上的人就会是姓宇文的，朕不能对不起列祖列宗。"他轻蔑地笑着，抬起手指在她唇上抹了一下，如同每回临幸完的最后那步，口中喃喃自语着，"那药能杀龙精，你存不住。若你一直无子，朕反倒会让你在贵妃位上一直坐下去，可你忽然怀上了身孕，岂不是不打自招，证明你对朕不忠，与人私通了？"

他那种阴冷的声调，像蛇一样钻进贵妃的耳朵里。她惊惧地退后了两步："慕容深，你竟然这样算计我！"

皇帝道："彼此彼此，你要是不算计朕，又怎么会弄出这么个假子来？只是朕不明白，那个人到底有什么好，值得你进宫之初就心心念念，一时不忘。"

所以她的一举一动从来就没能躲过皇帝的眼线。贵妃撑着供桌才勉强站直了身子，嘲讪道："皇上要听真话吗？真话就是在我眼里，鞑靼人都比你强些。你这病恹恹的身子，每动一下，每喘一口气，都让我无比恶心。你知道自己身上有股子烂臭的味道吗？你趴在我身上，我就觉得自己正和一具腐烂的尸首同房，你这尸首，又怎么生得出孩子来……"

她忽然大笑，一旦把一切都豁出去了，似乎也没有什么值得畏惧的了。

这十几年繁花似锦的日子，其实早过得够够的，有时她闹不明白自己为什么要来世上一遭，一边享着福，一边受着罪，两下里都抵消了，什么也没剩下。如果说快活的时光，可能就是从南苑来京城的路上，这一路有她喜欢的人相陪，那时候睁开眼探出头，就能看见他在她舱门前站着班。

贵妃沉浸在往日的回忆里，皇帝却被她的话触及痛肋，恨声斥责："你给朕闭嘴！"她还在痴痴笑着，他恨极，一把抓住了她的衣襟，"朕只问你，你的奸夫，是不是刚才那个人？"

贵妃的那双妙目呆滞地转过来，望向他，眸底浮起一丝遗憾。可怜自己终究不能再见到西洲了，早知如此，就不该一厢情愿地把他拖进来。如今自己什么也不能为他做，唯一能做的，就是不再连累他。

她徐徐长出一口气，说是："就是他。皇上不必觉得不平，凭你天下第一尊贵，在我这里也什么都不是。你今日这么待我，看来我是不能活了，无所谓，生死不过一口气罢了。你呢……"她眉眼弯弯，云淡风轻地说着恶毒的话，"反正你也活不长。机关算尽，临了也是为他人作嫁衣裳。"

皇帝因身子不济，最忌讳听见这种话，当即便气得脸色骤变，猛地拽下了一条幢幡，在手上绞成绳，套住了贵妃的脖颈。

佛堂里灯火晦明，唐卡上慈眉善目的佛像被吹得翻过一面，露出背后的眦目欲裂、一口獠牙。

雨还在下，簌簌打在园中半枯的芭蕉树上，激起一串轻颤。

梵华楼常年燃着藏香，那种幽深浓烈的味道，让人产生微微的晕眩感。

皇帝从佛堂里迈出来，脑中一片空白。没想到女人的脖子那么纤细羸弱，他才稍微使了一点儿劲儿，隐约听见"喀啦"一声，贵妃便软软地瘫倒下来，就这么死了。

殿门内善后的太监和锦衣卫无声地往来，其实宫里死个把人，不是什么了不起的事儿。他原本也没想让她活下去，唯一疏漏之处在于不小心脏了自己的手——这件事本可以交给底下人去办的，谁知自己这么沉不住气……

双手掩在宽大的袖笼下，哆嗦得越发厉害了，他咬牙紧紧攥起拳头，疾步走出梵华楼。身后响起索嬷嬷的哭喊："主子……我的主子……"皇帝闭了闭眼，细密的雨丝飘拂在脸上，像一层轻纱。

毕云很快撑伞上来接应，低低道："万岁爷辛苦了，奴婢伺候您回宫歇着。这头的事儿自有司礼监操持，万岁爷就别过问了……"

皇帝没言声，脚下一步步走得沉稳，神色瞧着也如常。

毕云暗松了口气，微哈着腰，引皇帝迈过随墙门。宫里对太监的一言一行甚至一个眼神都有严格的定例，你不能盯着主子的脸混瞧，瞧久了就是犯上，要受杖刑的。于是毕云将视线落在皇帝的玉带上，今儿是冬至，皇帝的衮服为大绶大带十二章，腰上系着金镶白玉的革带……忽然，一滴赤红的液体落下来，渗透进玉片镂空的雕花纹理里，毕云吃了一惊，慢慢将视线移上去——皇帝的唇角蜿蜒流淌下细细的血线，脸上的血色仿佛一下子被抽干了，变得煞白，不似活人。

"主子……"毕云骇然叫了声。

皇帝的目光呆滞地落在夹道的另一头，脚下顿住了步子，人微微一晃，便倾倒下来。

毕云眼疾手快接住了，身后跟随的一干内侍全乱了方寸，"皇上""万岁爷"叫成一团。

"快、快……快通知太医院和梁掌印……"毕云狂乱地喊。

皇帝恍惚听见那些人乱哄哄地叫嚷着，只是那声音越来越远，后来便陷入无边的黑暗里，周围彻底安静下来。

冬至是大日子，皇帝中途撂下的事儿得有人接，梁遇陪同众臣上景山拜祭完历代帝王，方才返回宫里。刚在值房坐下，就听外面传来纷乱的步伐，秦九安气喘吁吁地从门上跑进来，说："不好了，老祖宗，皇上在梵华殿亲手勒死了贵妃，回去的路上忽然口吐鲜血，晕过去了。"

梁遇顿时一惊，站起身问："太医院派人过去没有？"

秦九安道："御前惯常伺候的太医都往乾清宫会诊去了，老祖宗也快去瞧瞧吧。"一面说一面从墙角取过伞来，"还有一桩，那个顶替了傅西洲的人，已经奉皇上之命押解到司礼监大牢了。皇上特特儿吩咐，叫把人交到您手上，这回怕是气大发了，老祖宗防着回头万岁爷要问。"

梁遇心里有数，这事儿在操办之前，他就预料到不会那么轻易绕过去的，可这也是走投无路下唯一能两头兼顾的办法，既要让皇帝的计划顺利实行，又要顾念月徊的心情。如果这件事上他袖手旁观，可以预见接下来的几十年，那傻丫头提起小四就会哭天抹泪，所以出此下策是万不得已。目下事儿是糊弄过去了，但皇帝的愤怒只怕唯小四人头落地不能平息，过后会不会秋后算账，就得看小四的造化了。

从司礼监到乾清宫有不短的一段距离。向来四平八稳的梁遇这回顾不上姿态优雅，连秦九安递来的伞都来不及去接，便快步冲进了雨里。

北京十月的风夹带着雨丝，吹起来像刀子似的，饶是他这样身体强健的，都喘得喉头到肺一线生疼。

终于进了乾清宫，他从上到下全湿透了，推开迎上来给他擦拭的人，捋了把脸上的雨水问："皇上怎么样了？"

胡院使并几位太医会诊完，上来一五一十地回禀："圣躬有旧疾，逢着入冬要比其他三季虚弱，厂公是知道的。今年冬至下雨，皇上先前在圜丘祭天，无遮无挡吸了好些寒气，这就雪上加霜了。再者……后宫不宁，惹得皇上气血逆施，冲撞上焦，几下里夹攻，龙体当不得，以至气短咯血，昏厥不醒。"

梁遇听他长篇大论，那些病理的东西并不是他关心的，他只在乎皇帝眼下病势："何时能醒？"

胡院使摸了摸胡子："施过针了，但一直不见反应。倘或实在不能清醒，也只好以棱针扎虎口，迫使圣躬醒转了。"

这就是说，要以强烈的痛感刺激皇帝醒来。棱针扎虎口无异于上刑，原本用在龙体上是不当的，但皇帝如果一直这样浑浑噩噩，也是最后唯一可用的办法了。

梁遇颔首："咱家先瞧瞧，瞧完了再说。"

他提袍登上脚踏，因身上湿着，不能坐上床沿，便跪在榻前唤他："主子……主子……臣来了，您醒醒。"

皇帝面色惨白，血迹虽清理干净了，但唇角内侧残余的丝缕干涸发乌，这情形，看上去真像死了大半。

梁遇伸手摸了摸他的额头，奇得很，这次居然没有发热，气息也如游丝般，不似以往急促喘息，被下的胸口只有些微的一点起伏。

看来真是不太好了，事不宜迟，便回身对胡院使道："不管使什么法子，先让皇上醒过来。"

这是和阎王爷抢人，不必明说大家心里都有数。胡院使得了令，转身便去施为，着人撬开皇帝的牙关，拿参片让他含住续气儿，复又打开针包拔下一支三棱针来。棱针的针尖老粗，慢慢扎进皇帝虎口，三分不醒便用五分，直扎到六七分光景，才见他蹙眉轻轻呻吟了下。众人都说"好了好了，皇上醒了"，梁遇拿手巾压住了他的伤处，轻声问："主子觉得怎么样？"

皇帝茫茫然，翕动着嘴唇道："疼……"

知道疼就是好事，梁遇温声安抚："这是为叫醒主子不得已而为之，还请主子恕罪。"

皇帝两眼依旧定定的，半晌道："大伴，朕看见先帝了。"

活人看见阴司里的人，多少有些瘆人。梁遇握紧他的手道："想是主子思念先帝爷，做梦了。臣着人给奉先殿多添几盏长明灯，先帝爷见了，自然知道主子的孝心。"

皇帝没有再说旁的，闭上眼，叹了口气。

外面回事的人不断，因着既是冬至，又出了贵妃那件事，梁遇便抽身出来，由太医们调理皇帝病体，自己退到西边配殿里处置那些琐碎。

曾鲸进来问："贵妃的尸首怎么料理？"边说边压下嗓子道，"还怀着四个月的身孕呢。"

梁遇自己从来不信那些神神怪怪的事，但皇帝如今阳气弱得很，人又是他亲手勒毙的，不拘怎么，先安抚了皇帝要紧，便道："装棺吧，停到北边钦安殿去。打发一班僧人先替她超度，毕竟怀着孩子，也怪可怜的。余下的事儿等咱家和皇上商议了再行定夺。"

曾鲸领命退了出去，太医院又送方子来给梁遇过目。那些烈性的虎狼药，皇帝的身子是扛不住的，唯有以温养为主。他大致瞧了，见一切尚且妥帖，便交底下人承办去了。

皇帝的病势起起伏伏，直到晚间神思才略清明了些，能坐起身完整说上两句话了。暖阁里四角都燃着灯，似乎只有灯火通明，才能让他稍微觉得安心。

梁遇从门上进来，迎着皇帝的目光走到脚踏前，趋身问："主子觉得好些了吗？还有哪里不舒坦？"

皇帝摇摇头："大伴，你坐下，朕有几句话想和你说。"

梁遇道是，依言在杌子上落座，皇帝的目光空洞，带着点恐怖的声调说："朕把贵妃勒死在佛堂里，诸天神佛都看见了。朕亵渎了佛门清净地，你说……朕会不会遭天谴？"

梁遇只得劝解："是贵妃有负圣恩在前，皇上冲冠一怒事出有因，神佛必然会宽恕的。"

皇帝听了，似乎略微平和了些，但很快又满脸紧张，喃喃道："她肚子里还怀着孩子，据说这样死去的人怨念极深，朕怕……"

梁遇道："主子是九五至尊，自有神佛护体，那些孤魂野鬼奈何不了您。不过……贵妃已死，算是死无对证了，臣思量再三，要从这件事上做文章打压南苑，恐怕欠点儿火候。"

提起贵妃和南苑，皇帝便头痛欲裂。他松开了虚拢的拳，似乎不太认得这双手了："朕没想到会被她激怒至此，居然失手杀了她……朕原不想这样的，朕是皇帝，怎么能亲手杀人……现在回想起来，那时候的魂儿好像也不在身上了，朕只想让她闭嘴……"

皇帝暂且都是绕开小四说的，梁遇口头应对着，心里到底也不得踏实。

"臣料想，贵妃是知道自己不得活了，才有意一心求死。倘或孩子生下来，就是明晃晃的罪证，宇文氏混淆皇家血脉，当诛九族。可若是胎死腹中，谁也拿捏不住这个罪名，妃嫔走影的消息就算传出去，折损的也是皇上的颜面。"

所以贵妃也不蠢，临了还设计了皇帝一回。她要救南苑王府，除了一死，没有其他办法。

皇帝沉思良久，因中气不足，声音羸弱如蚊蚋："她走影怀上身孕的事儿，压下不必再提了。知会南苑王府，贵妃思念家乡甚深，有孕之后忧思成疾，沉井自尽了。命史官将朕的话写进圣训，自本朝起，后世子孙谨记，宇文氏女不得入宫，男不得尚主。慕容宇文永世不得通婚，免于内闱失火，狼烟再起。"

梁遇道是，起身长长作了一揖。

皇帝偏过头，惨然笑了笑："朕能为这社稷做的，目下只有这么多了，削藩的事儿，恐怕得留待以后慢慢再想办法。大伴以前对朕说过的话朕都记在心上，你是为着江山永固，只是没想到，会牵扯进傅西洲。"

终于说到这上头来了，生死一刀，其实要比提心吊胆好。

梁遇撩袍跪了下来："臣擅作主张，罪无可恕，主子要治臣之罪，臣绝无二话。"

皇帝目光锐利地望向他，半晌冷笑起来："果然在大伴心里，朕永远比不上月徊。大伴为月徊敢拂朕逆鳞，如此大胆，不过仗着朕重情义罢了。可是……"他慢慢红了眼，气哽的声调里满是愤怒和委屈，"可是那个傅西洲，他给朕带来的屈辱，你在乎过吗？朕是一朝天子，他和朕的贵妃走影儿，将朕置于何地！朕对贵妃的情太复杂了，有时候连朕都说不清，究竟是爱她还是恨她。朕想彻底把宇文氏从大邺版图上划去……可为什么他们送来的是珍熹……"

梁遇能够理解他的心情，一个死对头派来的女人，却又美得令人炫目，与你同床共枕几个月，就算你时刻提醒自己她是个细作，偶尔也会心存侥幸，把人和政局分开看待。

其实皇帝不是那么狠心肠的人，如果她最后没有说那些伤人心肝的话，他也不会勒死她。如今贵妃已经死了，但最让他刻骨仇恨的是那个和她私通的人。本来今天可以新仇旧恨一并清算的，结果因梁遇这四两拨千斤的一手，白白放过了那个奸夫。

至于梁遇，这么做也是深思熟虑后的决定。月徊虽然什么都没说，可经常心事重重，连夜里也是意兴阑珊，抱着他的胳膊发呆。他知道她忧心小四的生死，对他来说小四不重要，但对月徊来说重要，自己救他一回，月徊面前也能交代过去了。

"主子且息怒，这件事臣都查明了，傅西洲在迎贵妃入京的途中，确实和贵妃暗生情愫，但贵妃迟迟不肯进宫他曾劝诫过，其后便和贵妃再没有往来了。至于十五那晚的事，是贵妃使了不堪的手段才促成的，只需拷问贵妃跟前嬷嬷便知……"他跪地向上揖手，"请主子瞧着月徊的情面吧，放傅西洲一条生路。那小子不过个四六不懂的浑人，狠狠责罚他一回，让他长了记性就成了，何必为贵妃又伤月徊一重？"

梁遇世事洞明，就算是求人，也会深达痛肋，叫你拒绝不得。

堆积在皇帝心口的郁气一下子便消散了，他仰在引枕上喃喃："你说得对，朕已经伤过月徊一遭了，不能再来第二回。可那个傅西洲，就此轻易放过，是绝不能够的。或者让他净身入宫，在北五所当个火者吧。"他转过头来，灼灼望向梁遇，"大伴说，这样安排可妥当吗？"

妥当吗，这话问得有学问，难道还有人敢说不妥？

梁遇知道里头的厉害，今天的变故早就把皇帝推到了崩溃的边缘，如果这时候再去违逆他，不管你是谁，也许就再也走不出这乾清宫了。

为今之计只有顺着他的话头儿说，也许过了一晚上，明儿他就缓过来了。梁遇道："主子这么决断也无不可，好歹让他留着脑袋吃饭，已经是对他最大的恩典了。横竖不管怎么定夺，主子的龙体最要紧，今儿经历了那些变故，臣唯恐主子操劳过甚。您且歇着吧，今晚让御前的人仔细上夜，旁的事都交由臣来料理就是了。"

有梁遇在，一切都能承办得井井有条，这点倒是不必担心的。

皇帝乏累道："宇文氏不入陵寝，随便找个山林埋了吧。"

梁遇道是，上前抽了皇帝背后引枕，扶他躺下。

皇帝却并不愿意入眠，偎着被褥，明黄色的缎面衬得他面色也憔悴，自言自语着："朕不敢闭眼，闭上眼就看见宇文氏来找朕索命。她临死之前诅咒朕，说朕也活不长……大伴，朕害怕了，从没有这么怕过……"

有时候生死就在一线之间，先前他晕厥过去，如果梁遇不发话，如果太医没有全力救治，也许他已经随先帝去了。浑浑噩噩浸泡在幻境里的时候，魂魄脱离了躯壳，也不觉得有什么可惧的。然而清醒过后再去回想，竟是越想越可怖，再也不愿意经历第二回了。

梁遇登上脚踏握住他的手："主子别怕，她激怒您，是为求死。您虽是自小体弱，但这些年无非冬日难熬些，等开了春，病气儿就全散了，哪里就到那样的程度！"

皇帝的手紧紧拖住了他："可是今年，比起往年来确实差了好些，朕自己知道，你不必安慰朕。朕的天年能到几时，谁也说不准。也许朕福薄，不能在这高位上久居，等福泽消耗完了，就该撒手离开了。"他说着顿了顿，忽然如梦初醒般问，"月徊人呢？怎么不见她？"

梁遇道："臣来得匆忙，还未打发人去知会她。这两日大殿下肠胃不好，夜里时常啼哭，她那头撂不开手，又要牵挂主子这里，只怕分身乏术，反倒当不好差事。"

皇帝颔首，在梁遇几乎要放下心来的时候，听见他淡淡说了句："对傅西洲的处置，还是告知月徊为好，朕怕她怨怪朕。倘或她有什么要说的，朕也不会堵她的嘴，让她到朕跟前畅所欲言吧。"

梁遇握住他的手微微一僵，到底不动声色地抽了回来，替他掖好了被子道："是，臣回头往羊房夹道去一趟，把主子的意思转告她，顺便再瞧瞧大殿下。"

皇帝这才安心闭上眼，梁遇走出暖阁时叮嘱柳顺："挑两个八字重的，替万岁爷守门站班儿。这两日辛苦些，上夜的分作两班，通宵不许合眼，给咱家殿内殿外巡视。等钦安殿里那位发送了，再如常当值。"

柳顺说是，躬着身腰，把人送到了东边景和门上。

要说贵妃的荣宠，确实也曾盛极，从景和门出来，穿过东一长街就是长生左门。直笼统的一条道儿不带拐弯的，皇帝想见她，不必像去其他宫掖似的乘坐肩舆，信步走过去，不过十几丈罢了。可惜啊，如今人去楼空了……

梁遇从宫门上出来，站在夹道里举目眺望，本来这个时辰该掌灯了，今晚的承乾宫里却缺了一股人气，到处黑洞洞的。宫里伺候的宫人失去了主人，该打发向别处的都打发了，只留几个看守庭院的，用不着上灯笼，点两支油蜡就足够过夜了。等隔上几日重新分派主位进来，到那个时候承乾宫就会重新热闹起来，再也没人记得之前住过的旧主子。

他叹了口气，趑身向北，曾鲸一手挑灯一手打伞，轻声道："老祖宗，我瞧万岁爷好像有异。"

曾鲸是梁遇近身的人，说话比杨愚鲁等更随意些。梁遇听后略沉默了下，负着手感慨："时间过得真快，一眨眼皇上御极快满三年了。人都说君心难测，主子一日日长大，到底是帝王血胤，有些心思不是咱们能猜透的。"

曾鲸说是，听出掌印并不愿意和他谈论皇帝病势。仿佛真相被装在一个薄薄的琉璃樽里，轻轻一磕，就会倾泻而出。

他们没有返回司礼监衙门,从神武门上出了宫,直往羊房夹道去。羊房夹道是西海子边的一条胡同,以前作老迈宫人颐养天年之用,后来那地方空出来,让司帐住进去养胎待产。大殿下落地后,便由十几个宫人日夜轮番伺候着,专用以抚养大殿下。

月徊自出了宫城,也不回提督府去,就在羊房夹道里扎了营。她生来喜欢孩子,把皇子殿下当宝贝似的疼爱着,平时除了奶嬷儿喂奶,基本都是她抱在怀里。梁遇头几回来,她几乎忙得没空搭理他,他只好蹙着眉含着笑,站在一旁看她逗弄孩子,给孩子换尿布。

这回却不同,他才进棂星门,就见一个人影挑着灯笼站在夹道里。她穿着素色的褙子,冬日里看上去清冷伶仃,见这头有人过来了,忙紧着迎上前几步。

梁遇摆了摆手,曾鲸会意,躬身停住了步子。

他慢慢走向月徊,笑着说:"正下雨呢,怎么站在外头?"

月徊忧心忡忡:"宫里的事儿我都听说了,下半晌去找小四,东厂和新鲜胡同都没找见他的人影,不知道他上哪里去了……哥哥,"她拽着他的袖子问,"是你安排他避风头去了,是吗?"

梁遇没言声,牵着她的手往后面小院儿里去,待进门坐定了才道:"皇上这回恼火,恨不得把他挫骨扬灰,我找人替了他,糊弄得过一时,却没法子让皇上既往不咎。为这个,皇上只怕要和我生嫌隙了。我只想让你知道,哥哥已经尽我所能保全他,但若是皇上耿耿于怀,咱们也只能撒手。"

月徊听了,无奈地点头:"我知道,论理说已经仁至义尽了,皇上那头要是不罢休,咱们也是胳膊拧不过大腿。"顿了顿道,"我听说处死贵妃后,皇上自己也倒下了?如今怎么样了?"

梁遇道:"差点儿就出事了,好在太医们想尽法子救了回来,只是我瞧着不好,司礼监也得暗暗准备起来,不知道什么时候事儿就出来了。"

月徊一时悯悯的:"他上年出宫找我玩儿那会子多年轻健朗,怎么眼看就不成了呢?人活着真是一场空,今儿不知道明儿,有时候想想富贵荣华捏在手里,又有什么意思……"待发了会儿愣又问,"那他后来和你提起怎么处置小四了吗?"

梁遇有些难以开口,沉吟了下才道:"皇上的意思,要让小四进宫当秽差,以赎他的罪过。"

这下子月徊更是欲哭无泪了:"皇上多恨他啊,非得阉了他才痛快。可这么大的年纪净身,闹得不好就是个死,还不如一刀砍了他,也别叫他缺了一块儿,下去连祖宗都不认他。"

这也是实话,既然犯了这么大的罪过奉旨净身,能不能从那张春凳上下来真不好说。梁遇抬眼看她:"倘或真走到了这一步,我再想辙保他的性命。不过,我眼下担心的不是他,反倒是你。"

月徊啊了声:"担心我?"

"皇上大有要见你的意思,那句原话叫我心惊胆战……他说'朕不捂她的嘴,月徊大可畅所欲言'。他等着你向他求情,你知道里头的深浅吗?"

灯影下的两张脸面面相觑,月徊见他颇有深意地盯着自己,立时就明白过来了。

这一切的一切,仿佛是个首尾相连的怪圈,一圈套着一圈,你算计我,我也在算计你。月徊以前觉得皇帝纯质,其实不然,他的深邃、他的心机不比梁遇差多少。本来就是啊,一个泥里水里摸爬滚打挣上高位的人,哪里会像表面看起来那么简单。

温炉里的炭火明灭,偶尔发出哔啵的声响,月徊没有应他的话,回身蹲在炭盆前,拿通条慢慢地掏那炭火,从里头勾出几个芋头来。

"你还没吃饭吧?我焐了芋头,咱们伙着吃。"她边说边把芋头钩进铁盘儿里,搁在桌上的时候,芋头外皮上附着的火星子悄悄一闪,瞬间寂灭。

梁遇看着那几个芋头,心不在焉。月徊便上手剥了皮,烫得龇牙咧嘴还笑着:"别瞧它卖相不好,火里烤出来的才香呢。往年我和小四穷,半夜上人家地里偷芋头,偷回来存到冬天就这么吃,别提多解馋。"

说着说着,又说到小四,终归年少的时光都和他有关,无论如何都绕不过去。

梁遇接过来咬了一口,芋头烫牙,他便含在嘴里,努着嘴呼呼地灌了好几口寒气来弄凉它。月徊看着他发笑,瞧惯了他一本正经的样子,过起日子来倒挺有烟火气。

她低头给自己也剥了一个,捧在手里慢慢咬着,边嚼边道:"皇上这是想见我了,也想听我求情,我明儿还是得进宫一趟。你放心,我自己会看着办的,有些事儿也不是躲着就能成事,老话怎么说来着,躲得过初一,躲不过十五。"

她垂着眼慢条斯理地说着,那眼睫浓密像小扇子似的盖住了她的心事,梁遇忽然觉得害怕:"月徊……"

她嗯了声:"别担心,就算皇上让我填贵妃的缺,我也和你走影。"

明明愁云惨雾,结果竟被她一句话弄得气氛全无。

梁遇叹了口气:"你就是没正形儿。"

月徊捧着芋头嗟叹:"我要是有正形儿,你也不会看上我。细想想,皇上也蛮可怜,两任贵妃都不爱他……不过我比宇文贵妃强点儿,我着实喜欢过他一阵子。"

梁遇吃味了,扔了芋头过来啃她:"别胡说,我不打算让你进宫,我要留着你,给我生儿育女。"

月徊嬉笑着说:"该是你的跑不了,我掐指一算,哥哥你命里有儿子,真的。"

他把她搁进了怀里,气喘吁吁地盘弄纠缠。只是不知怎么,狂喜的时候也有种淡淡的忧伤,每一下都像没有明天似的,彼此都不说,但彼此都明白处境艰难。

第二天,月徊收拾停当进宫,才踏进殿门,就闻见一股子沉沉的病气儿。怪道人说屋子随主人,主人抱恙,屋子也就跟着病了。

皇帝恐怕不大好,梁遇是这么觉得的,起先她还不大相信,但在见了龙榻上的人后,确实也没有异议了。

皇帝的气色很坏,眼下青影深重,那双漂亮的丹凤眼再没了往日神采。见她来,勉强想撑起身,却还是徒劳,就算左右太监搀扶着,他也没法子坐直了说话。

月徊忙把人叫退了,上前握住他的手道:"万岁爷,我又不是外人,还用您坐起来相迎哪!您躺着和我说话也是一样,我听着呢。"

皇帝勉强笑了笑:"朕这身子,是一日不如一日了,也不知道什么时候能缓和些,好下床出去走走。"

月徊便宽慰他:"您是一时气不顺,将养两天就会好的。我来是为了劝您两句,世上没有过不去的坎儿。再者……"她臊眉耷眼地说,"我也觉得对不住您,小四闯了那么大的祸,我在您跟前实在没脸。您恼我吧?我护短糊涂,连累哥哥也跟着糊涂。您先养好身子,等圣躬大安了,您要怎么罚我都成,啊?"

皇帝连眨眼都透着乏累,却意味深长地望着她,弱声说:"月徊,人的身子,真和心境有莫大的关系,要是你一直在朕身边,朕也许不是今天这模样。朕如今多后悔,机关算尽祸害了自己。早知如此,何必置那份气,把你留下乐呵呵过日子,多好!"

说的都是大实话,可你不能顺着他的意儿说,你得替他找出些合理的说辞来。于是月徊很虔诚地开解:"您别这么想,哪朝哪代的皇上不是机关算尽,见天儿坐在龙椅上傻乐的,那都是昏君。您瞧您,登基后咱们大邺国泰民安,整顿吏治又开河治水,别人五年干成的事儿,您三年不到就全办了,可见您平时得有多操心。"

皇帝听了,眼底浮起一丝笑意:"朕就像蜉蝣,朝生暮死,所以别人可以慢慢完成的事儿,我就得比别人着急千万倍。"

月徊见他越说越低迷，心里不是滋味："我来瞧您，可不是为了听您说丧气话的。这两天天儿不好，等放晴的时候我搀您出去晒晒太阳，一见着阳光，保准您就好起来了。"

皇帝对那些已然不抱什么信心了，只是问她："大殿下，一切都好？"

月徊说："能吃能睡，闹了两天肚子，今儿我出门的时候全好了，还吵着要跟我一块儿走呢。"

皇帝唏嘘，不无遗憾地道："朕就这么一根独苗，交给你照应，朕能放心。"说着手上微微用了点儿力，攥住她说，"傅西洲……小四，你想不想救他？"

月徊满脸愧怍，讪讪道："我想救他，可我没脸求情啊。"

她就是这么敞亮的人，心里想什么，总不爱藏着掖着。

皇帝长出了口气："倘或你有这份心，朕可以和你做个交易，不动小四分毫，让他全须全尾活在世上。只是这个交易，恐怕得让你受点儿委屈，不知你愿不愿意？"

能让小四全须全尾地活着，这点对于月徊来说是莫大的诱惑。其实皇帝决定的事儿，和你商量，说做交易，这是存心给你脸。就算人家要了小四的命，再给你下道圣旨，你又能怎么样？

月徊勉强笑了笑，说："您能让我受什么委屈呢，有什么令只管吩咐吧，我都依着您哪。"

她答得干脆，仿佛从来不曾怀疑过他的用心，越是这样，越是让皇帝觉得难以开口。

虽然他站在云端俯瞰众生，可毕竟是人，活着除了对权力的无尽需索，还有对于青梅竹马、少年梦想的敬重和渴望。

月徊是他的情窦初开，纵使一开始他是冲着牵制梁遇而对她青眼有加，但时候一久，真正吸引他的还是她这个人。如果他能好好经营这份感情，如果他没有瞻前顾后背弃誓言，那么今天她站在他面前，应当是和他贴着心的。她该坐在他床沿上温言絮语宽他的怀，而不是口口声声说自己没脸，要他再使那些卑鄙的手法，才能逼她留下。

没错，他要她留下，即便这话可能会消磨掉她对他仅存的一点情义，也是非说不可。

皇帝惨然望着她："月徊……朕是天底下最坏最自私的人，你一定会恨朕，可朕也是没有办法。朕这身子，能不能撑过这个冬天，朕也不知道……"他抬起手，捂住了自己的胸口，"朕每喘一口气，这里都像刀割似的。慕容家祖辈里有肺疾，到了朕这辈儿,不光是朕,几位外放的王爷也有这种暗疾。可能朕的五脏六腑已经烂了,所以宇文氏说朕……说朕身上有腐尸的味道,朕又气又怕……朕怕死,可朕拗不过这天命。"

月徊的心被他拽动,一路往下滑,能够对他的绝望感同身受。还有他的举动,无端地招她心疼。他是个敏感且知趣的人,担心自己当真有那种不雅的气味,喘气若是急了,便拿巾帕捂住嘴,尽量避让开她。

月徊是头一次面对病得这么重的人,那种生命从指缝中流失的悲伤,真是让人无能为力。她不知道怎么开解他,只得不住地磋磨他的手,喃喃道:"您别这样,您还年轻,何至于……"

皇帝苦笑着摇头:"每个人的寿元都有定规,强求不得,我怕是活不到弱冠了。十八……我今年才十八,可惜……要是老天能再给我机会,我一定珍重你,善待你。"

他的自称从"朕"变成了"我",恍惚让月徊想起什刹海边上那个蹲地写字的少年,明媚的一张笑脸,一笔一画边写边介绍:"我叫慕容深,小字兰御。"

"月徊……"他眼睛里浮起凄凉的水色,轻声说,"我想封你做皇贵妃,将大殿下归在你名下。如果我还有命活着,兴许我们缘分未尽,如果我活不得了,将来大殿下继位,你就是太后。我……"他说着,眼泪滔滔流下来,"我没想到,自己会走到这一日,空有满腔雄心,无奈身子不争气……你一定怪我恨我,我这么自私,让你在这位置上消耗青春,消耗一辈子。可我没有办法,这大邺江山,是大伴好不容易替我争来的,最后又落到那些兄弟手里,我不甘心。"

他说了这么一长串,急喘之余也在观察月徊的神色。奇怪,她脸上没有任何讶异的表情,也许早在踏入乾清宫之前,就已经料到会如此了吧!

他越发羞愧:"月徊,你怎么不说话?你是不是也像宇文氏一样,咒我快死?"

月徊说"不",一开口,眼泪就掉了下来:"我是觉得您眼神不大好,怎么瞧上我了?我就是个跑码头的野丫头,靠着哥哥的牌头才勉强混出个人样儿,您让我当皇贵妃,当太后,我不配啊。"

她这会儿是恨,恨的不是皇帝,是自己的乌鸦嘴。她在得知贵妃位被珍熹霸占后,肖想过皇贵妃的位分,然而平步青云的人生,真是想什么来什么。

现在皇帝要封她做皇贵妃了,她本来应该笑的,谁知不留神哭了出来。她不能说自己悔断了肠子,只能表示自己感动坏了,万岁爷到死都不忘记她,实在是大爱无疆,情比金坚。

皇帝怎么能不明白她现在的心境，一个空头的皇贵妃，坑害她一辈子。像她这种洒脱的性子，几时贪慕过所谓的位分。

"朕也不瞒你，之所以出此下策，还是为了拉拢大伴，让他继续辅佐大殿下。"皇帝轻喘了口气，复道，"朕和大伴，本就是互相依附的，朕没了大伴，江山不稳；大伴若是没了朕，也未必能仕途通达，一人之下。你须知道，本朝的任何一位皇叔继位，头一个拿来杀鸡儆猴的必是大伴，所以……大伴还是扶植大殿下最为稳妥。"

月徊的眼泪含在眼里，一时又忘了哭。迫于无奈的悲凉，在听他晓之以理后变得甘之如饴起来。好像是这么个理儿，坏到极处便成好事了，她不爱自苦，后路她立刻就想好了，将来大殿下当皇帝，她当太后，哥哥辅政权倾天下，前途可谓一片光明。

皇帝笑了笑，仰在枕上叹息："朕昨儿一夜没合眼，那些对朕好的和不好的人，朕挨个儿都想了一遍，这样安排好歹算双赢，只是……对不住你。"

说实话，对不住倒也不至于，如果皇帝当真病入膏肓了，她来当这个皇贵妃，确实对稳住大局有百利无一害。然而她思前想后，还是忧心："我和哥哥自然一心辅佐大殿下，可大殿下还小，他离不开您啊。"

让一个襁褓里的孩子做皇帝，这是要亡国的征兆，皇帝怎么能不知道里头利害？

他匀了匀气息方道："朕要是能再延挨几日，也算是大殿下的福泽。若挨不下去了……秘不发丧，你的那门绝活儿，又可派上用场，只说朕违和，闻不得生人气味，一应政务交司礼监和内阁处置，待大殿下五岁开蒙，再让他承袭宗祧。"他说罢，无限眷恋地望着她，唇角微微一捺，哽声说，"朕对这阳世还有眷恋，朕还有好些心愿没有完成，怕看不见大殿下长大，怕来不及爱你……"

爱不爱的就不要说了吧，月徊心想我有爱的人了，您爱我，我也回报不了您啊。

"咱们是最好的朋友。"她笑着说，"我为朋友，向来两肋插刀。您别难过，也别往窄了想，好好养身子，您且有几十年的阳寿呢。"

他听明白她的意思了，眼泪又落下来，月徊伸手想去替他擦拭，他微微避让了下，她的手便尴尬地悬在那里，进退不得。

"朕知道，你恨朕拖累你一辈子，该当的，朕欠你的，下辈子做牛做马偿还你。"他叹了口气道，"月徊，朕这次是在赌，也替大殿下赌一赌，赌你们兄妹愿意瞧着朕托孤的情儿，辅佐大殿下登上帝位。倘或你们生了二心……最坏不过如此，但若是你们信守承诺，那这帝位就是大殿下捡来的，是你们兄妹给的恩德。"

他以退为进，果真是做皇帝的人啊，想得面面俱到。月徊直肠子一根到底，她说："您都让我当太后了，我哥哥哪还生得出二心来，毕竟天底下也没有比这更大的官儿了。所以您别愁，也别想那么长远的事儿，不为别人，就为着大殿下吧。"

皇帝颔首，那面色愈见憔悴。说了半天，仿佛耗尽了全部的力气，颓然合上眼道："你去吧，诏书过会儿就下，你回去预备预备，带着大殿下搬回宫里来。待皇贵妃的诏书下完，再追一道册立太子的诏书……雪怀，以后就是你的儿子，你亲生的儿子。"

月徊行了个礼退出来，脚底下软绵绵的，忽然一崴，险些摔倒。幸好毕云上来搀扶，轻声道："恭喜娘娘了。"

月徊怔忡着，这就已经是娘娘了？她对毕云咧了咧嘴，咧出个比哭还要难看的笑来："呈报司礼监了吗？"

毕云说："万岁爷一下令，就已经打发人往司礼监传话去了。"

月徊点了点头，自言自语着："我得回去收拾收拾……"

她走出景和门，梁遇已经站在夹道里等着她了。见了面也没说什么，只是上来替她打伞，引着她往宫门上去。

"到底还是到了这一步。"他茫然说，"这是命里注定的，一环套着一环，谁也挣不开这宿命。你眼下，有什么想头？"

月徊说："也没什么想头，就想着好好照顾大殿下，打小儿仔细留意很要紧，好歹别叫慕容家这病根儿落到他身上。"

梁遇长嘘了口气："你早说过想当皇贵妃，这回果真叫你说着了。"

月徊说："我这嘴，跟开过光似的，一说一个准儿。"言罢瞧了瞧他，"哥哥，你恼不恼？"

他信步前行，淡然道："才得着消息那会儿确实是有些恼，可再仔细想想，这已然是最好的安排了。皇上万一有个好歹，扶植谁都不如扶植太子对我有利。况且太子年幼，对外宣称你是他的生母，把知情者全都清理干净了，他一辈子都不会怀疑自己的出身，这上头咱们就能安心了。只是太过委屈你，不论是跟着我，还是晋了皇贵妃位……"

"我没什么委屈的。"月徊对插着袖子说，"我一个跑码头的都当皇贵妃了，屎壳郎变知了了这是，委屈什么？大殿下可是天底下最尊贵的孩子，他那么喜欢我，又给我当儿子，我还求什么？在宫里好啊……"她含着笑说，"你不也在宫里吗,我想见你就能见着。隔三岔五地屏退左右关门'议事'……啧啧!"

梁遇简直被她这股子苦中作乐的劲儿弄得哭笑不得,世上似乎没什么能难倒她的,即便到了今时今日,她也还是乐呵呵的,山人自有妙计。

"我知道,你这是在宽我的怀。"梁遇道,"其实你心里委屈,说不出来。"

月徊说:"真没有,你们都认为我该委屈,可我压根儿就不委屈。想想我这一辈子,活得挺值的,遇见了你,又遇见皇上,天底下没哪个女人有我这么好的运气。说起皇上,到如今我也不觉得他有多坏,帝王权术是他的本分,坏就坏在小四没头苍蝇似的撞进来,害人害己。我眼下唯一愁的是,皇上的身子骨不见起色倒也罢了,万一好起来,那我这皇贵妃是不是还得伺候床榻?"

其实这事儿早在她发愁之前梁遇就已经想到了。他是个小肚鸡肠的人,占有欲也强,绝不能容忍皇帝碰她一指头。皇帝拿小四的命作为要挟,非逼着月徊进宫,这事儿对各自都有利,暂且可以不计较,但若是他敢朝月徊伸手,那可能用不着等肺疾发作了,他会提早送他去见阎王的。

后来圣旨到了,司礼监并内阁官员一同来宣读,洋洋洒洒一堆溢美之词,听也听不懂。月徊抱着太子谢恩,内阁的阁老们还蒙着,不知道怎么一眨眼的工夫,皇上就蹦出个儿子来。

"日后,殿下还需仰仗阁老们和掌印大人多多教导。"月徊向众人欠身致意。

众人忙长揖行礼,就算心里有再多疑问,既然是皇上亲自下旨,且新晋位的皇贵妃又是掌印族亲,里头的缘故也不必去考究了,反正到最后闹不清这家务。

皇后位已然形同虚设,只差一封废后诏书了,月徊打今儿起就算摄起了六宫事务。当然她依旧是顶个名头,那些鸡毛蒜皮尘土飞扬的琐碎,她听了就脑仁儿发涨,推说找司礼监吧,自己抱着太子钻进了乾清宫。

皇帝的病不见大起色,时好时坏的,好起来能远远地逗逗孩子,坏起来就咳得震天,整日昏昏欲睡。御前伺候的人个个心里有数,这种境况是好不了了。

这个冬日真是出奇漫长,入三九似乎已经很久了,然而《消寒图》上的梅花却只画到一半,皇帝的身子,不知能不能撑到开春。

今儿又咳出两口血来,月徊不再让太子上乾清宫去了,唯恐孩子过了病气。不过她重情义,自己还留在御前,打算亲自伺候。

可惜梁遇不让,她想进暖阁,却被他拽进了配殿里,拱手道:"请娘娘保重自己,主子病重,肺痨会传染的,娘娘不是不知道。"

自打她册封以来,他就口口声声叫她娘娘,弄得月徊牙根儿痒痒,成心逗他:

"传不传染不劳费心，皇上都这样了，跟前没个贴心的人不行，梁厂臣。"

他气结，见左右没人，一把掐住了她的腰："你叫我什么？"

月徊本想挤对他两句的，可一开口，忽然泛起一阵恶心来，要不是压得快，差点就吐出来了。

梁遇见她面色大变，心头顿时一紧："怎么了？不舒服吗？"

月徊倒是全不忧心，抿了抿头道："我这两天老犯恶心，厂臣给我传个太医来瞧瞧吧。我料着……好信儿要来了。"

梁遇发狠地盯了她半天，那种专注的，压抑却狂喜的隐忍，叫月徊的心狠狠哆嗦了一下子。

"是不是真的？"他低低问。

月徊不大好意思："是不是真的我说不上来，请太医瞧过了才能知道。"

于是梁遇亲自去请了胡院使进偏殿诊脉，胡院使歪脖儿确认再三，笑着拱起手道："恭喜娘娘，您遇喜啦。照着脉象瞧，足有三个月了，娘娘这程子千万要仔细些，虽坐稳了胎，但根基尚不牢靠，东边暖阁里少去为宜。臣这就给娘娘开安胎的药，不宜多吃，两副足以。娘娘气血健旺，略调理调理，平时仔细饮食，就没有什么可担忧的了。"

月徊这刻的心境真是难以言表，虽说早就有这预感，但正经怀上了，却又是另一种喜忧参半的感觉。

这孩子来得是时候，又不是时候，他们有程子没用药了，倘或一直没动静，哥哥怕是也要怀疑自己的能耐了。但若说是时候，皇帝又健在，将来要是显了怀，能够瞒下却没法子欺上，这事儿闹起来就是泼天大祸。

月徊瞧了梁遇一眼，不知他打算怎么周全。梁遇在官场上混迹多年，早练就了和稀泥的高超手段，斟酌了下对胡院使道："胡大人只管开方子，不过这件事暂且不宜声张。皇上目下一病不起，皇贵妃娘娘才晋封一个月，太子殿下不是娘娘亲生的，这点院使大人知道。就算为着太子殿下吧，娘娘遇喜的消息，还是等皇上病势略稳些了，再由咱家亲自回禀皇上。"

胡院使不过是个小小的太医，他不懂风云变幻的朝中局势，只知道司礼监已经处置了羊房夹道所有的知情者，唯独他这个每日为太子生母请脉的人还留着一条性命，继续在太医院供职。在他看来这是梁掌印的恩典，自己更是杀鸡儆猴中的那只猴儿，当时刻惕惕然。如今自己能做的，无非掌印说什么就是什么。自己只要请好了脉，开好了药，其他的事儿一概不知一概不问，就是他的本分了。

胡院使诺诺道是："厂公说得有理，皇上病势沉重，最忌大悲大喜。娘娘的好信儿，留待皇上病情缓和些再说不迟。"

梁遇称意了："你去吧，这两日辛苦些，咱家看主子夜里不安稳得很，还需你们太医院的人时时看守才好。"

胡院使应了个是，躬身退出了配殿。

殿里只余梁遇和月徊两个，梁遇深吸一口气，哆嗦着向她拱起了手："恭喜……恭喜娘娘。"

这是受了多大的刺激啊，好像连话都说不利索了。月徊失笑："厂臣难道不高兴吗？"

他是太高兴了，高兴得想哭，高兴得不知应当如何是好。

当初入宫，虽然侥幸留了个全乎身子，却知道这辈子必然是个断子绝孙的命了。他不可能留下这么大的把柄等着让人去抓。那些恨他入骨的仇家，就算无风还要起三尺浪，真要是有了孩子，哪怕是追到天边去，他们也会把人挖出来的。

他是打定了主意孑然一身，可是没想到老天赏了他一个月徊。如今兜兜转转，又诊出了有孕，纵是将来孩子不能正大光明管他叫爹，看在眼里养在跟前，也是这辈子圆满的佐证。

其实从刚才胡院使说月徊遇喜起，他就止也止不住地打战，为了能说出一句囫囵话来，他必须使劲握住拳，才能勉强遏制住狂喜的内心。

他想仰天大笑，想高呼一声"我梁遇也有今日"！他的身体如同某种容器，无边的喜悦装满了他，就要漫溢出来。可他不能在这时肆意，他只有竭尽全力克制，克制地微笑，克制地轻声细语，在月徊问他高不高兴的时候，摊开掌心让她看。

月徊一看就明白了，他掌心的甲印掐得那么深，深得几乎要割破皮肉，可见他花了多大的力气忍耐。

她倒有些心疼："我的宝宝真好福气，他一来，舅舅就高兴成这样！"

她老爱逗他，他也常被她调侃得尴尬，然而这份欢喜沉甸甸压在心头，冲不散。这里人多眼杂，他不能抱她在怀里好生庆贺，只得压声叮嘱她："这会儿更要仔细自己的身子，千万不能再往御前去了。"

月徊颔首，可又为难："我不得做给别人看看嘛，没的叫人说这皇贵妃白当了。"

梁遇蹙眉道："你上头又没有婆婆盯着，要做给谁看？做给那些宫人太监看？你只管好好调理，御前人手够使了，你有太子要照顾，谁也不敢来挑你的眼。"

不上皇帝病榻前当然可以，怕只怕皇帝万一迈过了坎儿，这孩子怎么才能瞒天过海？上回珍熹已然让他受够了打击，要是自己再如法炮制一回，那他用不着病死，气也气得升天了。

梁遇瞧出她的忧惧来，温声宽慰她："到时候自然有法子糊弄过去，你不必担心。况且……"他回身看向东暖阁方向，落寞道，"这回怕是真不成了，人都说年关难过，倘或熬不过，也是命吧！"

自此，乾清宫几乎夜夜灯火通明。好在宫门下钥之后，各宫都不得往来，连那些白天要来面见圣驾的妃嫔，都被一一劝了回去。这紫禁城人多吗？自然是多的，且又多又杂，但存心要瞒住一件事，其实也不难。梁遇一声令下，乾清宫里的任何消息不得往外传递，因此皇帝的病情只零星透露给内阁，说万岁爷身子每况愈下，近期的朝政不能亲理，要请张首辅及诸位多费心。

阴雨连天，又逢寒冬腊月，人像缸里被冻住的鱼。紫禁城没来由地被一片巨大的阴霾笼罩着，风雨刮过慈宁宫花园的树木，那呼啸的幽咽，一直传到乾清宫里来。

殿内外不分白天黑夜都燃着灯，似乎只有灯火照亮每一个角落，才能驱赶邪祟，留住皇帝的命。

太医在偏殿又重新合计过了方子，前几天众人还辩药理，各执一词，今日已然达成了一致。

胡院使把方子递上来，在梁遇那鹰隼般锐利的视线里，微微矮下了身子。

全是疏肝解郁的药，意在保养，不在治病。梁遇捏着那张纸，手上轻轻颤了下。

"太医们连轴熬了三宿了，回头上东边围房里歇一歇。胡院使再辛苦两日，主子病情离不得你。"梁遇慢慢将方子折起来，递还过去。

胡院使道"是"，不敢抬眼，哈着腰上前接方子。梁遇穿着玄色通臂妆花的曳撒，袖口上层层叠叠的金丝云气和蟒纹鳞甲，衬得手指白玉般无瑕。然而这双漂亮的手上攥了多少条人命，真是数也数不清。皇帝万一驾崩，若如常昭告天下，那他们这群太医便还得活；如果秘不发丧，那不必说，他们这些人没有一个能活着走出乾清宫。

所以皇帝一人，牵扯了多少人啊，谁不想治好皇帝？然天命难违，少年天子油尽灯枯了，任是个神仙，也难起死回生。

胡院使哆嗦了下："厂公……"

梁遇慢回娇眼，嗯了声："胡大人有话要说？"

恰在这时，殿门上有个人影探了探头，是太后跟前的珍嬷嬷。

梁遇扬声让进来，杨愚鲁带人迈进门槛，珍嬷嬷上前行了个礼道："回掌印大人，太后娘娘辰时三刻，崩了。"

果然风雨连天，是个适合死人的时节。梁遇长叹了口气："先替太后换好装裹，回头咱家再派人过去料理。"

珍嬷嬷道是，领命回慈宁宫去了，胡院使见状也不能逗留，揖了揖手，从偏殿退了出去。

殿里只余杨愚鲁，他轻轻叫了声老祖宗："倒也不失为一个好时机。"

梁遇点了点头："皇上的事儿不知什么时候出来，要是碰得巧……好好发送，也免得下去的路不好走。"

话都不必说透，点到就已经明白了。倘或没有太后这出，皇帝悄然驾崩，真是黑灯瞎火连个念经开道的僧侣都没有，这一世帝王路走得该多寂寞。太后的事儿出了，恰是个良机，正好给皇帝留了空，即便不能名正言顺以帝王规制操办，至少借了太后的丧仪，也能走得体面面。

"你去安排吧，悄悄把太后灵柩运进泰陵安放，景山的殡宫得腾出来候驾。"

杨愚鲁道是，出门叫上两个奉御，一同往月华门上去了。

梁遇从圈椅里站起来，退下腕上的菩提慢慢数着。出门看天，天还是灰蒙蒙的，没有放晴的迹象，东暖阁里很安静，站在廊下听，听久了会让人忘了呼吸。

忽然门帘一动，柳顺从殿内迈了出来，看见他便疾步上前回话，说："老祖宗快瞧瞧去吧，万岁爷醒了，说要见您哪。"

梁遇忙往东暖阁里去，进门见皇帝半倚着引枕，脸颊虽消瘦，但精神头看起来还不错。毕云正伺候他喝水，他慢慢进了些，听见脚步声抬眼看，见梁遇进来，便微微牵了下唇角："大伴。"

暖阁里的人立时都退了出去，梁遇提袍欲上前来，皇帝摇了摇头："就这么说话。"

梁遇只得站住脚，温声道："主子大安，臣这就派人回禀皇贵妃去。"

皇帝依旧摇头："她是个姑娘，身底弱，别让她来了，就咱们说会子话吧。"他的眼神变得悠远，哀致道，"大伴，朕的身子，朕自己知道，哪里是大安，不过回光返照罢了。朕的时候不多了，等不得也耗不得……朕只求大伴一件事，尽心替朕辅佐朕的儿子，让太子成器，别像朕似的，眼高手低，一事无成。"

他怨自己，带着一股灰心丧气的味道，梁遇只得劝慰他："主子千万不能胡思乱想，您年轻，病势来时汹汹，退起来也快得很，哪里就到这种地步了。太子日后有您亲自教导，不必臣来辅佐……"

皇帝急起来："这会子不是客套推辞的时候，大伴，你一定要答应朕！"

梁遇见他急红了脸，忙道："主子的令儿，臣哪里敢不从，臣一定竭尽全力辅佐太子殿下，请主子放宽心，好生将养身子。"

皇帝这才放下心来，长嘘了口气道："你带话给月徊，朕对不起她，到死都在连累她。朕这一生没有朋友，只有她愿意结交朕，却被朕害得囚禁在这深宫里，一辈子不得嫁人生子，朕实在愧对她。"

梁遇一径宽解，和声道："皇贵妃的性子，主子是知道的，她天塌了都能当被盖。早前为不能当上贵妃，在南下途中气得直倒气，如今比贵妃还高上一等，心里美着呢，主子只管踏踏实实的，不必操心她。"

皇帝点了点头："好在有你护着她，朕也不担心她将来的路不好走。她这样洒脱的人，太子由她抚养长大，必定随了她的脾气，不至于像朕似的心思沉重。"他说着，慢慢转过视线来瞧着梁遇，苍白的脸上浮起一点笑，"大伴，朕这辈子能遇见你，是朕的造化。不论君臣那一套，你是朕的良师益友，是对朕最好的人。朕还记得，小时候想吃桑果儿，是你大夏天里爬上树，替朕摘下一大篓来……这些情，朕就算到了地底下，也不会忘。"

一个病重的人开始追忆往昔，实在算不得什么好预兆。梁遇道："主子才好些，别一气儿说那么多话，且歇一歇养养精神，来日方长。"

皇帝听了，怅然笑了笑，喃喃道："是啊，朕该养养精神了……"

可惜这一养，就再也没能醒过来。

皇帝宾天的消息传到月徊跟前时，她才哄得太子睡下。秦九安进来回事，她以为自己听错了，连着问了好几遍："你说什么？"

秦九安哭道："皇贵妃娘娘节哀，万岁老爷爷，驾崩了。"

月徊站在那里，脑中直发蒙，虽然早有准备，但事情真实发生了，还是让她惶恐无措，不知如何是好。

她大哭起来："掌印呢？这事儿怎么料理？"

秦九安忙做噤声的动作："娘娘好歹忍住，皇上有遗旨秘不发丧，娘娘知道就罢了，千万要瞒住三宫六院。"

月徊捂住了嘴，茫然坐下发了会儿呆，皇帝的事和太后碰上了，梁遇打算瞒天过海她也知道。原先不觉得有多难，可事儿真到了眼前，又好像不可思议，仿佛身后有巨浪推着，蛮横地把人推到了如此境地。

她站起身，无头苍蝇似的说："我得去瞧瞧皇上。"

秦九安垂手道："老祖宗吩咐，说才死了人的地方不干净，请娘娘等收殓完了再过去。"

"人都没了，还不叫我见最后一面？"她说得气急败坏，一则是为皇帝早夭伤心，二则觉得哥哥护她护得过了，纵是在曾鲸这些亲信面前也得做出一副悲痛欲绝的样子来，否则这遗腹子就难以叫人信服。

她匆匆赶往乾清宫，掀起明黄绸缎的硬板夹帘，一眼便看见几个身穿丧服的太监，正跪在脚踏上替皇帝换衮冕。

那张脸瘦脱了相，了无生气的时候看上去竟那么陌生。她忽然有些怕，仓皇地往后退了两步，身后一只手轻轻搋扶了一把："请娘娘节哀。"

月徊回头看了看他，再看龙床上的人，吞声饮泣起来："哥哥，皇上……"

"万岁龙驭上宾，社稷痛失英主，实乃大邺之大不幸。可事已至此，还请娘娘以大局为重，谨遵皇上遗诏，好好保重自己，尽心抚养太子殿下。"

月徊听他说的尽是场面话，知道自己失态了，唯有点头："那一切，就全仰仗厂臣了。"

梁遇道是，扬声唤来人，将她送回了寝宫。

后来的一切，全由司礼监处置，昭告天下太后升遐，在慈宁宫大设灵堂，大办水陆道场。半人高的灵位上写的虽是大行皇太后，棺椁中躺的是谁，月徊心里一清二楚。因此率众哭临[1]的时候，那份情真意切看起来简直像假的，以至于众妃嫔背后议论："果真没有金刚钻，揽不了这瓷器活。皇贵妃娘娘怕是没见过太后几回吧，太后一崩，竟能哭成那样，难怪人家能平步青云，一脚登顶。"

至于后来停灵，也是按着皇太后的规制停了七七四十九日，这四十九日内皇帝没有出面祭拜，那些内阁大臣也并未起疑。毕竟皇帝龙体违和日久，且皇帝与皇太后本来就针尖对麦芒，太后丧仪皇帝不出面，一则是避讳，二则是情分不到。待得梓宫运送进景山观德殿停放，这场国丧才算彻底落下了帷幕。

"五年。"梁遇来见她时，淡声道，"五年期满，太子已然开蒙，就可顺利承袭帝位了。"

---

[1] 哭临：帝后死丧，集众定时举哀同哭。

月徊笑问："厂臣就没有想过，让我肚子里的孩子做皇帝？"

梁遇听了，偏头打量她："娘娘动过这个心思吗？"

月徊拿瓢舀了水，气定神闲地浇灌她栽种的那两株牡丹，看见有新叶长出来，疼惜地轻轻抚了抚，笑道："这叶子太嫩了，经不得狂风暴雨。太子是帝王血胤，又有厂臣辅佐，将来承继宗祧顺理成章。至于我们娘俩，有饭吃有衣穿，能时时见你，就足意儿啦。将来孩子长大，当个闲散王爷吧，养一大帮妻妾，生一大堆孩子，替我们梁家开枝散叶，就挺好的了。"

梁遇沉默了下，那双美目中夹裹了无数的野心和欲望，目光轻轻一闪，从她身上移开了。

伸手摘下一片叶子，就着日光迂回转动，看那叶片间的脉络经纬蜿蜒舒展，他兀自呢喃着："血胤……那东西值个什么，我说谁有，谁便有。"言罢发现月徊怔怔看着他，复又一笑，"这偌大的江山，到底不能交到昏君手上，且再看看吧，择贤能而御天下。太子若是成器，臣一定尽全力辅佐他，若是不成器……"边说边靠近她耳畔，"扶植咱们自己的儿子，也未为不可啊。"

【正文完】

番外篇

皇帝的身子总不见好，上年立冬过后因内闱变故一病不起，后来就懒于视朝。原以为交了春[1]应当会好起来的，没想到依然如故。如今将要立夏了，还是不愿接见臣工，朝政大事无不隔帘垂治，时候一久，内阁的阁老们难免心生疑惑——

"皇上的病情究竟如何了？不让臣工得见天颜，咱们奏对都冲着门帘子，我连那幅喜鹊登枝有多少针脚都数得一清二楚了。"

众人挪揄："多少针脚，你倒是说说。"

"依着我，无论如何见皇上一面，只要瞧见圣躬无恙，咱们也就安心了。"

有人哼笑："不就隔着一道门帘吗，你要是有胆儿，一打帘子迈进去，不就瞧见了。"

可大家都知道，这门帘打起来容易，有命进去，却未必有命活着出来。所以到最后也是彼此怂恿，没有一个人敢真正去实施的。

大学士彭隐将张恒拽到了一旁："首辅大人，诸位大人想的原没有错，皇上不见咱们也就算了，您是首辅，怎么连您也不得入内？说句大不敬的话，里头坐的是不是皇上还未可知。如今这朝野上下全被梁遇抓在手掌心里，他想如何便如何，卑职怕……皇上万一遭遇了什么不测……"

---

[1] 交春：立春。

张衡骇然看向彭隐,其实某些疑问一直在他心里,乍听得另一个人说起,简直像炸雷一样,炸得他脑仁儿嗡声作响。

是啊,早该怀疑其中有诈的。当初立后,他和太后被耍得团团转,这件事后来不了了之了,焉知不是当真有那个能拟声的人存在!不过他虽怀疑,却不敢当即断言。略斟酌了下,压声道:"圣上违和,一向是由胡院使亲自诊断的……"

彭隐立时就明白他的意思了:"首辅大人想向胡院使打听内情?"

张衡没有说话,正在琢磨可行不可行的当口,外面有小太监进来传话,拱手道:"诸位大人,皇后娘娘崩了,请内阁预备拟定谥号。"

众人面面相觑,徐皇后的一生可谓悲惨,进宫后未得几久重视,宇文贵妃便进了宫。这位姥姥不疼舅舅不爱的皇后靠着谏言想立贤后的名儿,结果适得其反,惹怒了皇帝,到死都被囚禁在坤宁宫里。如今人病死了,宇文贵妃也没了,剩下一位梁皇贵妃,仗着太子生母的身份越发名正言顺,只怕下一步,就要问鼎后位了吧!

"皇后娘娘崩了,皇上总要出面料理的。"有人乐观地预测。

张衡和彭隐交换了下眼色,不由得哂笑。太后崩逝,皇帝都可以称病不露面,一个不得宠的皇后,哪里来那么大的面子!

那日回去之后,张首辅悄悄拜会了胡院使,委婉地表达了对龙体的担忧。

胡院使叠着两手叹气:"圣躬违和日久,目下还是以调理为主。首辅大人是知道的,原本御前的消息不便往外传播,但因首辅大人不是外人,我也就不讳言了。皇上肺疾沉重,不能见臣工,就是怕人气儿熏着了他老人家,每顿送膳的人数务必控制在三人以内,就是这个道理。"说着顿下来,纳罕道,"首辅大人今儿找卑职,就是为了问卑职这个?请首辅大人只管放心,皇上有卑职等侍奉汤药,眼下龙体虽然不豫,但假以时日,必定会大安的。"

张首辅尴尬地应了,敷衍道:"内阁诸位大人忧心圣躬,常在朝房议论,因此我特特儿找了胡院使,以解众臣的困惑。"

场面上的那些话,真真假假就不必去验证了,反正当晚掌灯,一队锦衣卫便闯进了张首辅府上。

负责督办的总旗板着一张阎王似的脸,拱手道:"请首辅大人跟咱们跑一趟。若有不服,衙门正堂上大可喊冤。"

张首辅被带走了,满朝文武人心惶惶。到了第二日,皇帝隔帘细数了首辅的罪状,说张恒"结党营私,藐视朕躬",着令罢免首辅一职,交东厂和锦衣卫严查,首辅的职务暂且由彭隐彭大人协理。

彭隐迈着鹤步出来领旨，那份老神在在，引得众人一片哗然。当初撺掇张首辅查明真相的是他，现在张首辅倒台了，接任首辅一职的也是他。明眼人一看就明白，好一招请君入瓮，果真老首辅不倒台，新首辅上不来。

月徜也问哥哥："那个告发张首辅的人，就是彭大人吧？这种两面三刀的小人，怎么能当首辅呢？"

梁遇慢慢捋她的肚子，她快要临盆了，他没有那些闲工夫来处置张恒："正因此人狡诈，所以让他协理。这个当口，越识时务的人越讨人喜欢，那个张恒我早就想处置他了。当初他奉太后之命查访直隶地界儿上的擅口技者，我就知道这人不宜再留着，后来忙于南下剿灭红罗党，才容他多活了那么些日子……"

他正说话，月徜的肚子上顶起了好大的包，他"哟"了声，放柔了声调和肚子里的孩子寒暄："你在同爹打招呼吗？可是等不及了？快了快了，再等半个月，咱们爷俩就能见面了。"

哥哥希望这胎是男孩儿，毕竟只有男孩儿，才能一展他的雄心抱负。可月徜却盼着是个女孩儿，因为她不愿意让孩子搅和进朝堂纷争，当个无忧无虑的帝姬，受尽宠爱多好！

太子已经会说话了，极少的时间由奶妈子带着，大多时候还是和她在一起。奶妈子把他放在地上，他摇摇晃晃地过来，还没到跟前就张开了手臂，奶声奶气儿地叫"娘"。

月徜待要去抱他，梁遇先伸出了手。

她如今怀着身孕，哪里能对付这个年纪、正浑身顽皮劲儿的男孩子。好在太子对他也不陌生，咧着嘴，搂住他的脖子叫"大伴"。

他是永远的大伴，先帝管他叫大伴，现在太子也管他叫大伴。梁遇笑着把太子抱在怀里，指着月徜的肚子问："殿下瞧瞧，你母亲怀的是弟弟，还是妹妹？"

太子懵懂，细声说："喜欢妹妹。"但见梁遇面色一沉，这么小的人儿，就学会察言观色了，立刻改了口风，"弟弟吧。"

月徜心疼孩子，太子在她跟前这么久了，她是真拿他当亲生的一样看待。从他手里接过来，嘟囔着："他那么小，懂个什么，你逼他指认弟弟还是妹妹……"边说边抚太子的小脸，"就是妹妹，雪怀喜欢妹妹，娘也喜欢妹妹。"

梁遇在一旁看得发笑："若是个妹妹，万一又生出一段一模一样的故事来，你不担心吗？"

终于为人父母，才明白如果爹娘活着得知他们的心意，会是何等百感交集的心情。两个一同养大的孩子，最后决定不做兄妹做夫妻了，换了哪个做爹娘的，恐怕都会一声叹息吧。

月徊的心大,再次发挥了极好的作用,她一昂脑袋说:"怎么了,我就觉得我们这样挺好。要是雪怀以后喜欢妹妹,用不着像你这么熬心熬肺的,我二话不说就答应了。"

梁遇摇头:"胡闹,你忘了你身在帝王家,答应了岂不乱套!"

月徊才想起来,自己肚子里的孩子只能算在先帝名下,这里头丝毫不能混淆,像他说的,混淆了就得出大事儿。

也罢,八字还没一撇呢,暂且不操心那些。月徊逗了太子一会儿,小小的宝贝,软软地依偎在她身旁,把人心肝都融化了。

后来奶嬷儿抱下去喂吃的,月徊啧啧:"瞧瞧雪怀,多好的孩子,他那么依赖我,和我一点儿不生分。"

梁遇对太子向来挑剔,蹙眉道:"只怕将来雌懦,办事不决断。"

月徊听了不喜欢:"那叫温柔,不叫雌懦!"

梁遇见她护犊,实在没有办法。在她眼里太子就是她的儿子,月徊重情义,对太子的情不单是爱护,还有故人托付不敢相忘。

"等我生完了孩子,你带我去见小四吧。"月徊说着,又有点伤嗟的样子,"那小子一走就没了消息,只管逃他的难去了,也不惦记惦记我,真是丧良心。"

梁遇笑了笑:"他托我带过话,说自己对不住你。"

"那他怎么还不回来?"月徊托腮道,"如今要阉了他的人都不在了,他为什么还飘在外头?回来了多好,好歹有个照应啊。"

梁遇唔了声:"京城是伤心地,他已经是大人了,想必有他自己的想法,你也不能事事管着他。"边说边在她身旁坐下,做出一副不大称意的模样来,怨声道,"你怎么尽顾着别人,不来顾一顾我?"

月徊牵住他的手好一通揉搓,觍脸笑道:"我如今吃喝拉撒全靠厂臣照应,只有你顾着我,哪儿轮得着我来顾着你啊。"

"可是……"梁遇嗫嚅了下,"我只要娘娘的一点温存。"

月徊最喜欢他小媳妇的样子,那样叱咤风云的人物,在她跟前幽怨使小性儿,她那颗汉子般豪迈的心,就膨胀得无比硕大。

"我最疼你了。"她在他腮帮子上捏了一下,"要不是我如今还怀着个小的,一定好好宠幸你。"

他赧然笑了,最爱听她说那些荤话,就算身怀六甲不宜胡思乱想,她也乐意在话语上尽力抚慰他。

就这样吧,一定要长长久久下去。他知道女人生孩子一脚踏进鬼门关里,嘴上虽不说,心里却重重忧惧,连夜里都睡不好觉。这是种很奇怪的感觉,一头盼着那个素未谋面的孩子,一头又害怕月徊生产遇险,宁愿她晚点儿生。在这反复的纠结和撕扯间左右为难,可该来的一天,终于还是来了。

那天一早眼皮子就开始怦怦地跳,他从西朝房议完了事回来,才刚走进值房,就见杨愚鲁从外面匆匆进来,哈了哈腰道:"老祖宗,钟粹宫的人来回话,说娘娘羊水破了,这会子才开始阵痛,请老祖宗过去瞧瞧。"

梁遇哦了声,心里直打突,脸上神色却淡漠得很,只说:"早前预备的稳婆过去了吗?打发人知会太医院没有?"

杨愚鲁说:"这是头等大事,早就照着老祖宗的吩咐安排妥当了。"

梁遇点了点头:"你下去吧,我忙完了手上的事儿就过去。"

杨愚鲁道是,退出值房正遇上秦九安,两个人都感慨着,掌印实在是难,原本和皇贵妃都到了那般地步了,谁知回京后先帝横插了进来。如今是名也不正,言也不顺,皇贵妃这会儿要临盆了,生的是别人的孩子,难怪掌印瞧着那么冷淡,还要等手上事物处置妥当了,才肯往钟粹宫去。

手下人大肆唏嘘的时候,梁遇将父母的灵位紧紧握在手里,兀自嘀咕着:"爹,娘,月徊要生了,二老在天之灵,一定要保佑她。我原想生个儿子,好歹传续梁家血脉,如今想想,什么都不求了,只要月徊平安就好。"他一头说着,一头站起身,在屋子里转了两圈,"我得去看看……得去看看……"走了两步又折回来,把装灵位的盒子重新阖上,复恭敬参拜了一番,这才匆匆往钟粹宫去。

司礼监掌管皇城中所有人的生老病死,后妃临盆生孩子也不是什么稀奇事儿,但关乎自己,心境大不一样。一脚踏进钟粹宫,发现这是个异常忙碌的世界,满院子都是来来往往运送热水的宫女和嬷嬷。那些人见了他,至多蹲个福,就匆忙承办自己的差事去了,司礼监不管是堂官也好,掌印也好,站在那里全是多余的,帮不上什么忙,反倒添乱。

杨愚鲁上来说:"老祖宗,小的伺候您上西边配殿里歇会子。"

他嗯了声,才要迈腿,见一个稳婆打扮的人出来,忙扬声叫住了:"娘娘眼下怎么样?"

稳婆说:"且有会子呢,才发作的,少说得等上一个时辰。"

"一个时辰就能生下来?"

稳婆听了一笑："回厂公的话，不敢说一个时辰孩子就落地，有的孩子性子快，有的孩子性子慢。不过娘娘不是头胎，应当比头一次临盆更顺畅些。厂公少安毋躁，里头有什么进展，奴婢会打发人出来回禀的。"说完又匆匆走开了。

事到如今，他也宁愿她不是头胎，可太子不是她生的，她没有受过那份苦，这次临盆究竟要消耗多少时间，谁也说不准。

他随杨愚鲁进了西配殿，人一旦心不在焉，就容易出错。手里端着茶盏，明明要掀盖儿刮茶的，结果取下了托碟，待得茶杯烫手，才猛然醒过神来。

茶是喝不下去了，随手将茶盏搁在了一旁。他忧心忡忡地在殿内踱步，不时朝产房看几眼，实在不放心，回身吩咐杨愚鲁："你去传咱家的话，不管娘娘是头胎还是二胎，不许伺候的人敷衍了事。只要娘娘平安生产，所有人都重重有赏。"

杨愚鲁道是，快步往前殿传话去了。

这时候奶嬷儿抱着太子过来，纳个福道："掌印大人，殿下一心念着娘娘，也念着您，连午觉都不肯歇，吵着闹着要过来瞧瞧。"

梁遇见太子一双大眼睛忧惧地望着他，便伸手将他抱过来，搂在怀里轻声说："娘娘正给殿下生妹妹呢，殿下说，娘娘可是很快就会出来了？"

太子重重嗯了声："妹妹。"

看来真是一辈传一辈，老辈儿经历过的情形，又在他们身上重现了一回。难怪那时候娘生月徊害怕，要让盛时的夫人千里迢迢赶到叙州陪产。他如今算是明白了爹娘当时的心情，长子不是亲生，外头人却以为是二胎，于是说又不能说，那份瞻前顾后，那份提心吊胆，唯恐伺候不周，怎么不叫人急断肠子！

所幸月徊争气，熬了两个时辰，就听殿里传出孩子的哭声来。他那时人都木了，身上汗毛根根奓立，不敢相信自己当了爹，这世上终于有了他的血脉。

杨愚鲁进来报喜："老祖宗，生了！"

他顾不上纠正那点错漏的措辞，疾步走进前殿。碍于身份的缘故，他不便立刻进去看月徊，只得抓住了里头出来的宫人询问："娘娘怎么样？好不好？"

宫女笑着说好："掌印大人放心吧，娘娘身底儿强健，只是受了累，这会儿睡着了。"

他松了口气，这才想起孩子来："是皇子还是帝姬？"

宫人道："是位帝姬，生得眉清目秀，着实没见过那么漂亮的女娃。"

若说没有怅然，那是假话，毕竟他的一腔抱负到这里算是交代了，但月徊母女平安，这是最要紧的。奶嬷儿抱着襁褓上前，他小心翼翼接过来看，托住襁褓的手在哆嗦，必须咬牙强忍，才能忍住眼里的泪。

"帝姬很好……"他怜爱地盯着那小脸看，"帝姬将来和爹娘贴着心肝。"忽然想起来，回身吩咐，"愚鲁，把好信儿呈报御前，恭喜皇上得了位帝姬，皇贵妃母女均安。"

杨愚鲁应是，毕竟样子还是要做的，便煞有介事地领了命，快步走出了钟粹门。

孩子抱下去喂奶了，梁遇一直在外等着，等到里头出来传话，说皇贵妃娘娘醒了，他才正了冠服进去看她。

屋里的人全退了出去，月徊虚弱地仰在枕上，偏头看了他一眼，遗憾道："是个姑娘。"

他哽咽了下："姑娘也好，我很喜欢。"是个姑娘，便有了另一种打算，好好扶植太子登基，等少帝能够独当一面的时候，他就可以功成身退了。

这场暗战，终究是月徊占了上风，于是她得意地笑着，笑得不加掩饰。

等她生完了孩子，他答应带她去看小四的，这时她才知道，当初梁遇一气儿把小四送到了寒山寺。

寒山寺在苏州，离京城那么老远的，要去一趟实在不方便。只有趁着来年春暖花开，帝姬根基长结实了，放心把她留在京里，他们才借着带皇上寻医问药的由头，轻车简从赶往江南。

山一重水一重，终于到了姑苏城，梁遇带她往寒山寺去，边走边道："我让他投靠炼心，在寺院里修身养性一阵子。炼心我以前同你提起过，那个会作诗的和尚，往上倒两辈儿是宗室，倘或他愿意，承袭个郡王的爵位不在话下。"

"那怎么想起来出家了？"月徊不大理解，这花花世界，有那么多好吃好玩儿的东西，抛家舍业做了和尚，从此竹杖芒鞋顿顿吃素，多叫人不甘心！

梁遇笑了笑，那笑容在艳阳下依旧耀眼。说起方外的朋友，难免有些感慨："愿意抛弃富贵前程选择出家的，都是有慧根的人，不像你我眷恋红尘，这也舍不下，那也舍不下。"

月徊发笑："我就是个俗人，要不然也不能有儿有女还有你。出家有出家的圆满，不出家有不出家的快活，我那种庸俗的快活，是炼心大师永远无法体会的。"

她志得意满，这辈子真的没有什么遗憾了。

到如今回过头来想想，自己上辈子八成做了惊天动地的好事儿，才在这辈子得到这样的福报。自小过过一段苦日子，后来和哥哥重逢，就顺风顺水想什么来什么。连垂涎三尺的哥哥都能变成童养夫，这世上真没有什么是她不敢肖想的。

她嬉笑着，趁四下无人牵住了他的手。两个人并肩走在山路上，日光透过扶疏枝叶照下来，在衣裙上投下错落的光点。月徊轻轻嗟叹："要是能一辈子这么走下去，那多好。"

梁遇紧紧扣住她的手，温声道："再过几年吧，等太子即皇帝位，能自己主理朝政的时候。"

月徊转过头来瞧他，讪讪道："你的壮志凌云，没想到断送在了我手上。"

"这是什么话。"他打断了她，笑道，"空有野心，没有时运，也是枉然。既然老天爷不成全，就不必强求了，只要你和宜簪都好好的，等日后看着姑娘出嫁，我就带你隐退。"

月徊唔了声："太后也能隐退？"

他一笑："成啦，是你带着我避世。太后厌烦宫里岁月，择一个山清水秀的园囿颐养，我这个老掌印功成身退伺候太后，到时候你想去哪儿，我都陪你去。"

月徊听了，呜咽一下："我不敢想你白发苍苍的样子。哥哥在我眼里，永远是俊美的年轻人。"

他唇角的笑意加深："放心吧，二十年后，我也俊美依旧。"

这人，倒是对自己的容貌从来不带怀疑的。

前面就到山门了，远远看见两个僧人站在台阶上迎接，前面这个应当就是炼心大师，好一副道骨仙风的做派，翩翩的海青穿在身上，颇有仙气缥缈之感。

月徊原本是欢欢喜喜的，既能见着哥哥方外的好友，又能找回小四。结果走近些，眼泪顿时落下来，炼心身后站的不是别人，正是剃度出家的小四。

小四生得齐全，脑袋上就算剃光了头发，也是圆润敞亮。月徊细看他，那光光的顶心还烫了个疤，看来这两年得了住持的认可，已经有资格点上僧侣生涯的第一颗戒疤了。

"你……"月徊站在台阶前，气涌如山。

小四却眉舒目展，双手合十向她行了一礼："小僧释空，见过施主。"

"施主你个鬼！"她老大不客气，恨声道，"我是你姐姐，你管我叫施主？"

小四噎住了，满脸尴尬。

梁遇对炼心一笑："这是舍妹月徊，向来是这样的脾气，你千万别见怪。"

佛门中人，自有一股宏雅从容的气度，炼心含笑，微摇了摇头。

月徊到这时才意识到自己失态了，忙合十向炼心拜了拜："请大师见谅，我是见这孩子……实在失礼了，请大师见谅。"

炼心的宽和，是方外人不争炎凉的大度，他说："无妨，世人大抵不能理解，梁施主诧异，也在情理之中。"

炼心的声线，不像梁遇清冽，仿佛秋日林间落在枯枝上的松塔，有种温暖明朗的气象。月徊对声音尤其敏感,难免多看了他一眼。他长眉秀目,那双眼眸很有慕容家的风采,一样的眼波婉转,一样的欲说还休。月徊忽然想起皇帝来,如果他身子健朗,如今已经弱冠了,要是能够站在这里,大概也和这位炼心大师一般风采吧!

炼心是洞达人,回身对小四说:"今日天气晴朗,你带梁施主去竹林散散吧!"

小四合掌道是,引月徊穿过木制的长廊,走向禅房后的紫竹林。

这地方清幽得很,林前一片空阔的平台上置办了石作的桌凳,听着竹叶沙沙的声响,看着不远处明净的白塔,月徊的心却不能像这环境一样平静。

"你把自己弄成这样,对得起我的心血吗?"她简直怒其不争,"我把你拉扯大,不是为了让你出家做和尚的!你这就去收拾,跟我回京城,横竖皇上不会再追究那事儿了,我可以和你下保,你还担心什么?"

"施主……"

"施什么主,给我说人话!"

小四才要开口,就被她怒声喝断了,到最后实在没法子,叫了声月姐,道:"我这会儿过得挺好的,心也静了人也安稳了,您就让我继续在寺里修行吧!"他说着,眼里隐隐闪过一片浮光,垂首道,"这三千烦恼丝,缠得我透不过气儿来,珍熹死后,多少个夜里我都梦见大着肚子的她,我知道我一辈子都迈不过这道坎儿,您就别管我了。我和她的种种,三言两语说不清楚,虽说她设计了我,但我扪心自问,难道就不暗暗盼着那事儿发生吗?千错万错都是我的错,打从一开始我就知道她要进宫,我和她的这份情本不应该生根,可我情难自已,害了她,也害了孩子……"

月徊说:"你没有害任何人,是她用心险恶,偏把你拉进泥沼里来。如果我是她,就算领了家里的令儿,进宫后谁也管不着,我就安安心心过自己的日子,他南苑王府还能进来打我不成?可她偏不,自作聪明弄出那么些么蛾子,怪得了谁?"

小四脸上僵了僵,半晌摇头:"事儿都过去了,再论孰是孰非,已经没这个必要了。我唯一觉得对不住的就是您,我闯下泼天大祸一走了之,把烂摊子扔给了您,害得您去填了这个窟窿,我就算万死,也不足以赎罪了。"

月徊摆了摆手:"这个你不必自责,进宫是我自愿的,我都当上皇贵妃了,还有什么不足意儿的。我就问你一句,你跟不跟我回去?"

小四摇头:"月姐,我的罪孽太深了,您就让我青灯古佛,好好赎罪吧。"

月徊气结:"你不问问,佛祖收不收你这个拿修行当赎罪的人?"

她这话说得小四一阵发愣,修行的最大意义在于放下一切执念不悲不怨,他参禅诵经这么久,其实一直就未参透。

月徊瞧出他的动摇,也不再一径逼他了,站起身道:"一个香疤,长了头发就看不见了,像你这么六根不净的人,还是趁早还俗吧!你有大好前程,我也有用得上你的地方,你要是还记着报我的恩,就老老实实给我回京去。"

他果真开始犹豫,虽然不肯松口,但那份两难,从眼睛里就能瞧出来。

月徊走了两步,回头望他:"小四,我生了个女孩儿,取名叫宜簪。你这个做舅舅的还没见过她呢,难道不想瞧她一眼?我盼着你回来,可你要是实在不愿意还俗,我也没法子强求你,你自己好好想想吧!"

可惜,寒山寺一行,到启程那天,也没见小四露面。

梁遇站在甲板上问她:"你失望吗?"

月徊看着浩渺河水,慢慢摇头:"人各有志,他要是不听我劝,我也只有撒手了。"

小四的脾气很偏,但他的偏是没有锋芒的,不会疾言厉色,有时候又偏得叫人心疼。月徊几乎已经不抱希望了,从苏州返回北京,日夜行船得一个来月,她顾不了小四,便开始想念两个孩子。

总算到了天津码头,因还要装圣驾荣返的样儿,行程就得多耽误两天。

内阁官员的重新任免,果然让这朝堂安静了不少。那些文人就是这样,一个张恒落马,就让他们联想到自己仕途潦倒,甚至门庭被抄没的恐惧,因此个个俯首帖耳,再也不敢妄议妄动了。

仪驾浩浩荡荡地返回紫禁城,月徊坐在辇车上,打帘朝外看。忽然,道旁一个扯起黄幔路障的身影闯进了她的视线,定睛细看,居然是小四!

她笑起来,这小子脚程倒快,赶在他们返京之前,回东厂述职了。

她放下帘子,回身抱住了梁遇,仰起脸冲他龇牙:"哥哥,这回我总算称意儿了。"

梁遇的耳目众多,哪里能不知道小四的动向,之所以没同她说,不过是想给她个惊喜罢了。只是还得逗一逗她,圈住她的腰,在那红唇上吻了一下,凑在她耳边问:"怎么了?难道又有好信儿?"

月徊是个机灵鬼,做出一副惊讶的神情来,将计就计"啊"了声:"我明明瞒得那么好,怎么被你瞧出来了?"

至于接下来梁遇如何抓心挠肺,百般央求打听,那就是后话了。

【全文完】

图书在版编目（CIP）数据

慈悲殿 / 尤四姐著.

—武汉：长江出版社，2021.2

ISBN 978-7-5492-7477-2

Ⅰ.①慈… Ⅱ.①尤… Ⅲ.①长篇小说—中国—当代 Ⅳ.① I247.5

中国版本图书馆 CIP 数据核字（2020）第 251815 号

慈悲殿 / 尤四姐 著

出　　版	长江出版社
	（武汉市解放大道 1863 号）
选题策划	林　璧
市场发行	长江出版社发行部
网　　址	http://www.cjpress.com.cn
责任编辑	陈　辉
特约编辑	林　璧
印　　刷	北京盛通印刷股份有限公司
版　　次	2021 年 2 月第 1 版
印　　次	2021 年 2 月第 1 次印刷
开　　本	700mm×1000mm 1/16
印　　张	35
字　　数	630 千字
书　　号	ISBN 978-7-5492-7477-2
定　　价	75.00 元（全两册）

版权所有 盗版必究（举报电话：027-82926804）

（如发现印装质量问题，请寄本社调换，电话 027-82926804）